D1688765

SV

Mario Levi
Wo wart ihr, als die Finsternis
hereinbrach? *Roman*

Aus dem Türkischen von
Barbara und Hüseyin Yurtdas

Suhrkamp Verlag

Originaltitel: *Karanlık Çökerken Neredeydiniz*
Die türkische Originalausgabe erschien 2009
bei Doğan Kitap, Istanbul.

Für die vorliegende deutsche Fassung
wurde der Text in Zusammenarbeit mit dem Autor
leicht überarbeitet und gekürzt.

Für die Förderung der Übersetzung danken wir
dem Türkischen Ministerium für Kultur.

© der deutschen Ausgabe Suhrkamp Verlag Berlin 2011
© Mario Levi
© Kalem Literary Agency
Alle Rechte vorbehalten, insbesondere das des öffentlichen Vortrags
sowie der Übertragung durch Rundfunk und Fernsehen,
auch einzelner Teile. Kein Teil des Werkes darf in irgendeiner Form
(durch Fotografie, Mikrofilm oder andere Verfahren)
ohne schriftliche Genehmigung des Verlags reproduziert
oder unter Verwendung elektronischer Systeme
verarbeitet, vervielfältigt oder verbreitet werden.
Satz: Hümmer GmbH, Waldbüttelbrunn
Druck: Pustet, Regensburg
Printed in Germany
ISBN 978-3-518-42226-7

1 2 3 4 5 6 – 16 15 14 13 12 11

Wo wart ihr, als die Finsternis hereinbrach?

Gewidmet der Generation der 78er, die daran geglaubt hat,
daß dieses Land verändert werden kann ...
Wegen der Lauterkeit der Proteste ...*

Mein Dank gilt Yuda Siliki, Kemal Sayar, Kâmil Kasacı, Mete Akoğuz, Ece Erdoğuş sowie den Straßen dieser Stadt, ihrer Geschichte, ihren Kränkungen, ihren Liedern und Gedichten, die mich zu dem Menschen gemacht haben, der ich bin ...

Der Gang in die Hölle

Jahrelang verfolgte mich ein Traum in seiner ganzen Unerbittlichkeit ... Doch es dauerte sehr lange, ehe ich soweit war, zu erkennen, was der Traum mir sagen wollte. Auch jetzt bin ich mir noch nicht sicher, inwiefern mir das gelungen ist. Inzwischen hallen nur noch die Stimmen und das Gelächter in mir nach. Der unvergeßliche Bösewicht aus Cowboyfilmen, Lee Van Cleef, in seiner schwarzen Kleidung mit dem langen Jackett schaute mich mit seinen Adleraugen und einem unheilverkündenden Grinsen an, das eine seiner Bosheiten ankündigte; mit seiner langläufigen Pistole schoß er gerade meinem Vater, der ein wenig von mir entfernt stand, in die Stirn. Noch immer habe ich vor Augen, wie mein Vater schmerzhaft getroffen zusammenbricht und sich mitten auf seiner Stirn ein rotes Loch auftut. Wo befanden wir uns? ... Warum waren wir dorthin gekommen? ... Was wurde von mir verlangt oder erwartet? ... Der Ort glich einem der Strände meiner Kindheit. Doch gleichzeitig war es totenstill wie in einem Horrorfilm. Womöglich war es ganz früh am Morgen. Die passende Zeit für eine Hinrichtung. Auf dem unendlich ausgedehnten Strand waren nur vereinzelt Menschen. Sie saßen weit voneinander entfernt. Ich erinnere mich, daß mich ein Mann quasi mißbilligend ansah, mich verächtlich, ja sogar lächerlich zu finden schien. Und auch an eine ältere Dame mit vom Sonnenbrand ziemlich gespannter Haut erinnere ich mich. Sie ähnelte einer Freundin meiner Großmutter mütterlicherseits, mit der sie sich an bestimmten Wochentagen zum Conquen-Spielen traf. Sie stand auf und sagte mit Blick auf meinen am Boden liegenden Vater bestürzt: »On l'a tué le pauvre.« (Man hat den Armen getötet.) Die Frau achtete nicht auf mich. Es war auch nicht klar, an wen in jener unendlichen Leere sie diese Worte richtete. Etwas weiter abseits saßen noch drei Männer und unterhielten sich lachend. Als hätten sie von dem Vorfall weder etwas gehört noch gesehen. Ich jedoch stand daneben. Ich schaute ängstlich, aber mit dem Versuch eines Lächelns den immer noch grinsenden Lee Van Cleef an, der den Rauch von der Mündung seiner Pistole wegpustete. Das war alles ... Danach wachte ich auf ...

Den Traum habe ich vor zehn Jahren geträumt. Damals war mein Vater schon lange gestorben. Anfangs konnte ich keinen Sinn darin erkennen, warum ich ihn zum ersten Mal nach all den Jahren in einer solchen Situation sah. Dann habe ich verstanden. Eigentlich war ich es selbst, der den Mord verübte. Aber weil ich das selbst natürlich nicht fertigbrachte, habe ich diesen Menschen, dessen Anwesenheit ich noch in späteren Jahren bei jedem Schritt, den ich tat oder unterließ, spürte, durch den ärgsten Bösewicht töten lassen, den ich mir vorstellen konnte. Dieser Bösewicht war einer von den Filmhelden, die uns in weit zurückliegenden Zeiten in den gemeinsam angeschauten Filmen am meisten beeindruckt hatten. Wieviel Zeit lag dazwischen, wie viele Menschen ... Wie viele Gefühle, wie viele Worte, wie viele Bilder ... Ich hatte Angst, wieder einmal Angst. Ich fürchtete mich aufzufallen, ›allzusehr‹ wahrgenommen zu werden ... Ich kam ja aus einer Geschichte voll tiefgehender Bedrohungen, die mich diese Angst spüren ließen und mein Schweigen erwarteten und nährten ... Diese Geschichte, die mich ohne mein Zutun umfing, war gleichzeitig die Geschichte meiner Einsamkeit, die ich zwangsläufig durch meine eigenen Schritte gestaltet hatte. Es war die Geschichte, die mich an meine ganz privaten Dunkelheiten erinnerte, an meine Sexualität, an mein Gesicht, das ich jahrelang nicht im Spiegel sehen mochte, und es war außerdem die

Geschichte meiner Sprachen, durch die ich mich selbst kennengelernt hatte, die Geschichte meines Landes und meiner alten Stadt ... Warum waren jene weiter entfernten Männer wohl dem Mord gegenüber derart unbeteiligt geblieben? ... Wieso hatte die Dame auf diese ›fremdartige‹ Weise reagiert? ... Und was war mit dem Mann, der mich geradezu verurteilend angeblickt hatte? ... Wer war dieser Mann? ... War er eine der Gestalten aus meiner Hölle, die ich mir durch meine Isolierung geschaffen hatte, eine der Personen, die ich mir in verschiedenen Abschnitten meines Lebens in unterschiedlichem Gewand vorgestellt hatte, die mich mit ihren Drohungen stets irgendwie zurückhielten und die ich unausweichlich wie Feinde wahrnahm, erlebte? ... War ich vielleicht selbst dieser Mann? ... Diese Fragen hätten mich wiederum zu ganz anderen, unerwarteten Fragen und Möglichkeiten führen können. Doch ich konnte sie nicht weiterverfolgen. Dieser Mord reichte mir. Endlich war es mir gelungen, meinen Vater zu töten ...

Am Morgen nach dem Traum erinnerte ich mich nicht nur an bestimmte Momente mit Vater in manchen Szenen in seinem Laden, der für ihn fast so etwas wie ein Tempel gewesen war, sondern auch an seine Worte, die sich im Laufe der Jahre tief in mir eingegraben hatten: »Du wirst mal ein Nichtsnutz werden!« ... Wenn ich über die Werte nachdachte, auf die er sein Leben gegründet hatte, sollte es mir eigentlich nicht viel ausmachen, von ihm als Nichtsnutz angesehen zu werden. Vielmehr rechtfertigte es sogar noch meine Protesthaltung, wenigstens in meinen Augen, wenn eine derartige Lebensweise für mich als passend angesehen wurde. Um den Geschmack dieses Protests bis zuletzt auszukosten, brauchte ich neben diesen Worten auch das Gefühl des Abgelehntwerdens, um noch mehr an mich zu glauben ... Doch wenn ich die Sache unter einem anderen Aspekt betrachtete, war ich unweigerlich aufs neue konfrontiert mit der Wunde, die mir das Gefühl meiner Bedeutungslosigkeit geschlagen hatte. Das war es, womit ich nicht fertig wurde: für bedeutungslos zu gelten ... Wahrscheinlich war es das, was mich lange Zeit am meisten geschmerzt hat. Wer möchte nicht auf irgendeine Weise Gehör finden?

Ich hatte die Universität gerade abgeschlossen und tat alles in meiner Macht Stehende, das Leben zurückzuweisen, das man mir bieten oder besser gesagt aufzwingen wollte. Nachgeben bedeutete ungefähr soviel wie in den Tod einwilligen. Es bedeutete, besiegt zu werden, klein beizugeben und – am schlimmsten – sich auszusöhnen ... Das erlaubten damals weder meine Gefühle noch meine politischen Überzeugungen ... Denn unsere Zeit damals bezog ihre Kraft aus dem Geist des Wandels, ja des Umsturzes ... So verkaufte ich zum Beispiel als Zeichen des Widerstands die Goldstücke, die ich zu meiner Bar-Mitzwa geschenkt bekommen hatte und die zu Hause in einer Schublade in einem schwarzen Samtbeutel sorgfältig für ›bedeutsame Tage‹ aufbewahrt wurden. Mit diesem Geld in der Tasche ging ich, unter dem Vorwand, mein Studium fortzusetzen, nach London, wo ich mich herumtrieb, wie es mein Vater von mir erwartete, mich mit irgendwelchen Phantasien selbst betrügend. Meine Eltern hatten sich sehr dagegen gewehrt, das Gold zu verkaufen. Doch gerade dieser Widerstand reizte mich. Einerseits wollte ich ihnen weh tun, andererseits das Gefühl erleben, mich ohne die Unterstützung meines Vaters auf und davon zu machen. Und ich wollte ihnen sagen, daß jene Tage für mich ›bedeutsamst‹ waren, mit anderen Worten, daß ich sehr glaubwürdige Motive hatte, an deren Berechtigung ich glaubte. So fanden sie kaum noch Einwände dagegen. Außerdem kam sowieso nicht viel Geld zusammen; nach meinen Berechnungen konnte ich damit in dieser Stadt, wo nicht nur Fakten, sondern auch Illusionen sehr teuer gehandelt wurden, lediglich sechs Monate auskommen. Danach ... Von dem, was danach kam, konnte man lediglich träumen und die Erregung genießen, die aus diesem Traum erwuchs. Wenn mein Geld fast verbraucht wäre, würde ich mich einem unbekannten Abenteuer überlassen, und in der Hoffnung, irgendwie durchzukommen, würde ich diverse Jobs annehmen als Kellner, Tellerwäscher, Putzkraft im Hotel oder als Kassierer in Supermärkten, die nachts geöffnet hatten, ohne darauf zu schauen, ob sie in arabischer Hand waren oder nicht. So würde ich mein Auskommen sichern und beweisen, daß ich in der Fremde auf eigenen Füßen stehen konnte, und wenn es soweit war, würde ich zurückkehren mit dem Gefühl des Sieges, das ich so nötig hatte ... Wann das soweit sein sollte, wußte ich nicht. Vielleicht würde ich auch gar nicht zurückkehren. Schließlich war ich ja wie viele meiner ›Nächsten‹ von dem brennenden Wunsch beseelt, viele Werte abzulehnen, und ich liebte aus ganzer Seele den Kampf, in den mich dieser Wunsch verstrickte ... Doch nach einigen Monaten merkte ich, daß ich eine falsche Entscheidung getroffen hatte. Die Tatsachen waren ziemlich entmutigend. An der London School of Economics, wo ich an einem Zertifizierungskurs teilnahm, gab es so viele Lehrkräfte, die sich selbst und ihre Kenntnisse wichtig nahmen, daß ich unter Druck geriet. Mit dem wenigen Geld, das ich in den von Zyperntürken geführten Restaurants verdienen konnte, würde es mir nicht möglich sein, aus dem Leben meines Vaters zu verschwinden. Zudem erlebte ich noch andere Enttäuschungen. Das England, das ich erleben mußte, war nicht nur das Land jener schönen Häuser mit Gärten. Außerdem sprach in diesem Land nicht jeder ein gutes Englisch, und unglückliche, frustrierte Menschen gab es mehr, als ich erwartet hatte. Das konnte man in der Londoner Metro leicht beobachten. Der Westen, den ich dort sah, war erschöpft und mitleidlos, ein hinter seinen Lichtern verborgener, sehr finsterer Westen. Ein Westen, der seine Fremden zermalmte und auf unterschiedliche Weise umbrachte ... Das war eine der größten Krisen meines Lebens. Gleichzeitig erkannte ich plötzlich, daß ich nicht ohne Istanbul würde leben können... Nun gut... Auch diese tiefe Enttäuschung, die mir zugleich eine radikale Selbsterkenntnis bescherte, liegt inzwischen lange zurück. Damals bin ich heimgekehrt. Oder bin ich ein weiteres Mal geflohen? Es schien, als hätte ich in London einen Traum zurückgelassen, der sich aus Lügen nährte. Als hätte ich irgendwo eine Chance begraben... Jedoch ohne zu verstehen, was ich wie ermordet hatte... Und ohne eine Ahnung davon, wie teuer mich dieser stille, lautlose Mord einmal zu stehen kommen würde... Damals war ich noch weit entfernt von der Begegnung und dem Konflikt, der mein Leben von Grund auf erschüttern sollte.

Über meine Rückkehr freuten sich die Daheimgebliebenen in unterschiedlicher Weise. Natürlich konnte ich mich dieser Freude unmöglich anschließen. Meine Mutter wiederholte unaufhörlich, daß ihre Gebete erhört worden seien, mich mit einem Mädchen ›von hier‹ und ›aus unseren Kreisen‹ zu verheiraten, und sie versuchte nach Kräften, mich, der ich nun auch dieses Abenteuer unversehrt und ohne Schaden überstanden hatte, in ihre eigene Welt hineinzuziehen, in ein Leben, das sie für das richtige hielt, das in den Bahnen der Tradition geordnet ablief. Zweifellos verband sie mit diesen Worten keinerlei schlimme Absicht. Ich jedoch hätte sie aus dem Gefühl heraus, nicht wirklich wahrgenommen, akzeptiert zu werden, am liebsten geohrfeigt. Doch eigentlich war nicht sie es, die ich schlagen wollte, sondern die unverzichtbaren Werte, die sie vertrat.

Mein Vater begnügte sich damit, diesen Szenen wortlos, einfach nur lächelnd zuzuschauen. Auch er genoß natürlich seinen Sieg. Ich konnte nicht sagen, was ich in London zurückgelassen hatte. Ich wußte es selbst nicht genau. Ich fühlte nur einen tiefen Schmerz, eine Mattigkeit in mir. Auch von diesem Gefühl hätte ich ihm nichts erzählen können. Wir konnten nichts für uns Wichtiges offen miteinander besprechen. Vielleicht bemühte ich mich deshalb in jenen Tagen, sein ›geistreiches‹ Urteil über mich als Nichtsnutz weiter zu verstärken. Kurze Zeit nach meiner Rückkehr ging ich eines Morgens zu ihm in den Laden und verkündete ihm, ich wolle ein kleines Restaurant eröffnen. Ein kleines, gemütliches, legeres Restaurant. Genau wie das Leben, das ich zu führen erträumte ... Hinter diesen Worten verbarg sich natürlich auch die Bitte um finanzielle Hilfe. Doch dieser Krämer, der jahraus jahrein Drogeriewaren hergestellt, Sommersprossenmittel, Schwefelseife, Talkumpulver, Enthaarungspaste, Präservative aus China, Brillantine und Rasierpinsel verkauft, der stets zu rechnen gewußt hatte und sich rühmte, er habe niemals einen Wechsel zu Protest gehen lassen, war unmöglich von diesem Geschäft zu überzeugen, und erst recht nicht wollte er darin investieren. Er hatte wieder einmal Gelegenheit, mich an meiner verwundbarsten Stelle zu treffen. Anstelle von Geld bekam ich Vorhaltungen, anstelle von unterstützenden Worten mußte ich mir noch einmal eine seiner wohlbekannten Ansprachen anhören. Wie viele Jahre ich nutzlos Wirtschaftswissenschaften studiert hätte. Für das Geschäftsleben wäre die wahre Universität sowieso die Straße. Dieses Vorhaben hätte weder Hand noch Fuß, und es käme ihm so vor, als wollte ich ihn immer nur ruinieren. Diese Reden brachte er überdies in Ladino vor. Das bedeutete, sowohl sein Zorn als auch seine Besorgnis waren echt. Immer wenn er sehr wütend war, benutzte er diese Sprache. Ebenso, wenn er sich sehr freute oder unbedingt ein Geheimnis mitteilen wollte ... Er glaubte, sich in dieser Sprache sowohl zwangloser als auch wirkungsvoller auszudrücken. Es war mir egal. Genauso wie es mir egal war, daß er mir erneut meine Nichtsnutzigkeit vorhielt. Als ich an jenem Morgen den Laden verließ, war ich nicht so sehr traurig über das, was ich gehört hatte, sondern daß ich keinen Ausweg wußte. Daß ich keinen

Ausweg wußte und daß ich immer noch den Vater zur Verwirklichung meiner Träume brauchte ...

Diesen Konflikt hätte ich auch anders lösen können. Vielleicht hätte ich ein Leben unter härteren Bedingungen wählen können. Doch jedes Alter und jede Epoche haben ihre eigenen Realitäten. Heute kann ich diese Tatsache viel eher akzeptieren. Mit der Zeit schwenkte ich, ähnlich wie so viele, die gleich mir derartige Widerspenstigkeiten durchgemacht hatten, auf meine Art die Fahne der Kapitulation. Ich sah rechtzeitig den Abgrund, der sich vor meinen Bestrebungen auftat. Anfangs kam ich in den Laden, indem ich mir weismachte, ich könnte meine Hoffnungen für eine Weile aufschieben. Mein Vater verlangte von mir nichts weiter. Da war das Geschäft, das er praktisch aus dem Nichts begründet und mit großen Mühen aufgebaut hatte, und ich war sein einziger Sohn ... Das war die Realität. Auch schaffte ich es, mir einzureden, wesentlich weniger kompliziert leben zu können, wenn ich mich für das entschied, was mir mein Vater seit Jahren zur Wahl stellte.

Manchmal fiel es mir schwer, mich zu erkennen und zu ertragen. Da halfen mir die Lösungen, besser gesagt die Betäubungsmittel, die mich meine Jugend finden ließ. Ich war fest davon überzeugt, noch ein sehr langes Leben vor mir zu haben, und ebenso überzeugt, mich eines Tages diesem Leben gegenüber stärker fühlen zu können. Dann würde ich auch meine Träume verwirklichen können, ohne irgendeinen anderen um Hilfe bitten zu müssen. Ich war in einem Alter, in dem ich nicht verstehen konnte, wie wichtig die Gegenwart war. Damals war es möglich, Dinge aufzuschieben. Vielleicht erlebte ich aber eine weitere Flucht. Es war eine Flucht, auf der ich mich bewußt versteckte, die aber, wie ich glauben wollte, mich stärker mit dem Leben verband. Ich steckte genau zwischen den eigenen Präferenzen und den Forderungen des Vaters. Vielleicht hatte ich meine anfängliche Kampfkraft verloren. Vielleicht wollte ich mir auch aus jenem Gefühl der Niederlage eine Zuflucht bauen, in der ich mich sicherer fühlen konnte. Manchmal war Leid ja auch eine Art Betäubung ...

Wenn ich damals in den Laden ging, war das ganz anders als in meiner Studentenzeit. Ich wollte andere Menschen sehen. Ich wollte mir auch einreden, ich könnte mit anderen Menschen neue Spiele spielen und es überdies in diesen meinen Spielen zur Meisterschaft bringen. Die Verbindungen zu den Helden eines Spiels, das mit jedem Tag meines Lebens in weitere Ferne rückte, zu meinen Freunden, waren endgültig abgebrochen, besser gesagt, ich hatte sie abbrechen müssen. Wir hatten uns in alle Winde verstreut. Ich dachte, daß auch sie genau wie ich hofften, sich in ihrem neuen Leben eher selbst zu finden. Ich hatte seit langer Zeit nichts mehr von ihnen gehört. Ich hatte keine Ahnung, wo sie alle waren, mit wem sie zusammen waren, was sie erlebten. Offen gesagt, ich wollte es auch nicht wissen, nicht erfahren. Ich glaubte nun einmal, daß ich das Ganze nur mit so einem Bruch durchstehen konnte. Wenn man daran denkt, was wir zurückgelassen, miteinander geteilt hatten, war das schwer erklärlich. Doch hatte sich nun einmal jeder entschieden, einen Weg zu wählen und diesen alleine zu gehen. Ich zweifelte nicht, daß sie sich auch hin und wieder an mich erinnerten. Doch ich zweifelte auch nicht daran, daß sie nicht mit mir in Verbindung treten würden. Die Schauspieler der tollen Truppe, die wir die ›Schauspieltruppe‹ genannt hatten, von denen jeder einzelne mir seine eigene Geschichte hinterlassen hatte, sollten wohl nun für eine sehr lange Zeit, vielleicht sogar bis zu meinem letzten Atemzug, die Helden eines Traumspiels bleiben, das für mich niemals enden, dessen Vorhang niemals fallen würde ... Es erfüllte mich mit trauriger Freude und gab mir zugleich Kraft, wenn ich mir ausmalte, wie sie ihre anderen Leben lebten und was sie erleben würden.

Es war auch gar nicht so einfach, das Gefühl der Niederlage auszuhalten. Der Kampf war zu Ende. Es schien, als wäre ein Lastwagen über uns hinweggefahren. Wenigstens ich fühlte mich so. Es wurde wieder von einem Wandel* geredet. Doch dieser Wandel war so einschüchternd, so schmerzlich, ganz anders, als wir ihn uns einst erträumt hatten ... Trotzdem mußten wir weiterleben. Die neuen Wölfe waren mit neuem Hunger in die Stadt herabgestiegen ... Diejenigen, die das aushalten konnten, würden schon sehen, was danach kam. Diejenigen allerdings, die einen Ausweg hatten finden können, würden – soweit sie konnten – das herausholen, woran sie glaubten, was übriggeblieben war von den Kämpfen jener Menschen, dem Erbe und den Überresten, die sie nicht nur in der Erde dieses Landes, sondern auch in der Geschichte ihrer Gefühle beerdigt hatten. Natürlich würden die Wunden auch wieder verbunden werden. Sie würden verbunden werden, aber sie würden sich nie mehr schließen, ihre Schmerzen würden für diejenigen, die nicht vergessen konnten, auf immer zu spüren sein ... Das konnte ich sogar damals sehen ...

In so einer Verfassung war es gar nicht leicht, zum Militärdienst einzurücken. Gerade dort wurde mir wieder einmal klar, was für eine starke Waffe Schweigen manchmal sein konnte. Doch ich möchte an diesen Abschnitt meines Lebens am liebsten nicht mehr denken. Ich möchte mich nicht daran erinnern, obwohl ich damals auch lernte, daß ich gewisse Probleme ganz alleine lösen mußte und daß der Mensch in schweren Zeiten in sich selbst eine erstaunliche Durchhaltekraft finden kann. Das Abenteuer meiner ›Fremdheit‹ setzte sich in gewisser Weise dort fort ... Es war ein sehr verletzendes Abenteuer ... Wieder mußte ich mich bestimmten Realitäten stellen ... Selbst die oberflächliche Erinnerung schmerzt den Menschen. Immerhin dauerte dieser Alptraum nur kurze Zeit. Die Gesetze gaben mir nur für kurze Zeit Gelegenheit, mit den Waffen zu leben, die ich nie akzeptieren werde. Als ich zurückkehrte, hatte ich das Gefühl, aus einer ganz anderen Welt zurückzukehren...

Unter diesen Umständen konnte ich mich trotz all meiner Enttäuschungen und Träume immerhin leichter an den Laden und die Geschäftswelt anpassen. Mit der Zeit gelang es mir sogar, dort mit meiner Andersartigkeit nicht mehr aufzufallen. Durch Zusehen lernte ich sogar, ein guter *tavla*-Spieler zu werden, und ich lernte, verschiedene Menschen zu spielen, für den Bankdirektor einen anderen als für einen Lastenträger oder einen Ladenbesitzer. Noch entscheidender war, daß es mir gelang, den Laden, in dem ich einstmals nur ein Besucher und in vieler Hinsicht ein Fremder gewesen war, seinen Regeln entsprechend zu leiten, so daß ich das Geschäft in einer Weise entwickelte, daß ich mich manchmal selbst nicht wiedererkannte... Schließlich blieb keine Spur mehr von dem einst einfachen, altmodischen Laden. Genauso wie von den Waren, die immer weniger den Bedürfnissen der Zeit entsprachen... Wir importieren jetzt Essenzen für Industrieunternehmen. Ich allein bin der Inhaber und Leiter des Geschäfts. Denn mein Vater ist vor langen Jahren unerwartet am Tisch sitzend an einem Herzinfarkt gestorben.

An jenem Tag habe ich nicht geweint. Wir mußten den Toten sowieso in aller Eile beerdigen. Es war ein Donnerstag. Die Zeremonien mußten unbedingt am nächsten Morgen stattfinden. Denn am Freitagnachmittag wären wir in den Beginn des Schabbath hineingeraten. Freilich hätten wir bis zum Sonntag warten können. Doch meine Mutter bestand aus irgendeinem Grund darauf, die Sache sofort zu Ende zu führen. Mein Vater mußte in der Erde an seiner letzten Ruhestätte Frieden finden. Ich vermute, ihre Worte hatten weder mit dem Glauben noch mit der Tradition zu tun. Wahrscheinlich war sie völlig durcheinander, weil sie diesen Tod nicht aushalten konnte... Für mich war es jedoch egal. Ich beobachtete das Geschehen wie ein Zuschauer. Als wäre der zu Beerdigende nicht mein Vater. Ich stand den Ereignissen völlig unbeteiligt, völlig beziehungslos gegenüber. Die Formalitäten waren leichter erledigt, als ich erwartet hatte. Ich trauerte nicht. Ich fühlte nur Bitterkeit. Eine Bitterkeit, die ich mit der Zeit besser verstehen und an einem anderen Platz in meinem Leben einordnen konnte ... Vielleicht dachte ich erstmals an meinen eigenen Tod, vielleicht glaubte ich, daß zwischen uns noch eine Rechnung offen war; vielleicht fühlte ich den Schmerz, auch wenn ich nicht zugab, daß ich durch diesen Verlust gezwungen wurde, noch ein wenig erwachsener zu werden. Ich war nun ein Mann ohne Vater ... Diese Bitterkeit war schließlich da und wurde mir, ob ich es wollte oder nicht, auf bestimmte Weise spürbar ... Die Trauerfeier war trotz der ganzen Hektik und Eile stark besucht. Angesichts dieser Menschenmenge mußte ich zugeben, daß er nach Ansicht vieler Menschen in seinem Umfeld rechtschaffen gelebt hatte. Nachdem die sieben Trauertage vorbei waren, sammelte ich seine persönlichen Sachen im Laden ein. Und genau an jenem Tag geschah es ... An jenem Tag mußte ich plötzlich bitterlich weinen. Sein kleines braunes, in Leder gebundenes Heft, in das er seine Schulden und Außenstände sorgfältig eingetragen hatte, lag in einer der Schubladen des Tisches ... Die Zeit war dort stehengeblieben ... Als wäre dieses Heft die Zusammenfassung seines Lebens ... Wahrscheinlich war das der Tag, an dem ich ihn begrub, endgültig begrub ...

Nach diesem Tag veränderte sich das Gesicht des Ladens schneller. Jetzt gibt es nur noch ein Bild, das von jenen alten Tagen erzählt. Eine kleine Ecke ... Dort stehen die alten Glaszylinder voll Kölnisch Wasser mit Zitronen- und Lavendelduft, die mein Vater so gerne zusammengemischt hatte. Neben diese alten Zylinder legte ich jenes braune Heft. Wer Augen hat, sieht es, wer sich erinnern will, erinnert sich. Warum ich das tat, fragte ich mich nicht. Vielleicht wollte ich mich ständig daran erinnern, daß er nun tot war und daß sein Leben nur aus ein paar kleinen Rechnungen bestanden hatte. Also hatte ich unter anderem wohl auch das Verlangen nach Rache ... Nun ja, wenn ich jetzt nach so langer Zeit bedenke, daß mein Vater wie viele andere Juden im Glauben an das für ihn Richtige gelebt und seine Tage auf dieser Erde im Wissen um sein Schicksal geduldig erfüllt hat, werde ich etwas weicher, doch es schmerzt immer noch. Was ich auch anstelle, die Distanz zwischen uns, dieser Abstand, der mir immer sehr weh getan hat, schließt sich trotzdem nicht. Hätten wir diese Distanz nicht in dieser Weise erlebt, hätte ich dann einen anderen Weg einschlagen können? Wer weiß ... Um das zu fragen, ist es zu spät ... Es ist sogar zu spät auszusprechen, daß ich inzwischen sehr gut verstehe, was Seyfettin Abi meinte, der bei der Beerdigung meines Vaters am traurigsten aussah und der mich in meinen schweren Tagen, als ich über die Trümmer zu gehen und mich selbst zu finden versuchte, am meisten an den Laden band. Seyfettin Abi war mir durch seine Intellektualität und eine Menge anderer Eigenschaften stets sehr nahe gewesen. Er war wohl ungefähr so alt wie mein Vater. Und wie gut gelang es ihm doch, Trauer und Humor miteinander zu verbinden ... Das war so an dem Tag, als er sagte, die Freimaurer hätten ihn ausgeschlossen, und das war auch an jenem Tag so, an dem er erklärte, er sei ein Bektaşi-Bruder, ebenso wie an dem Tag, an dem er behauptete, seine Frau habe seit Jahren nicht mehr mit ihm gesprochen ... Die Geschichte, die ich mit ihm erlebt habe, ist inzwischen sehr lang und vielschichtig ... Vielleicht gelingt es mir eines Tages, auch an ihn zu erinnern, so wie er es verdient.

Als ich ihn an jenem Tag der Beerdigung fragte, warum er so traurig sei, sagte er mit Tränen in den Augen: »Ich trauere nicht so sehr über den Tod des Verstorbenen, vielmehr über dich.« Damals konnte ich seine Worte nicht verstehen. Ich stand sehr unter Druck. Ich wollte, daß die Zeremonien so schnell wie möglich vorbei wären. Auch war ich wütend, daß mein Vater gerade jetzt gestorben war, denn ich hatte beabsichtigt, am Wochenende zum Fußballspiel von Fenerbahçe gegen Beşiktaş zu gehen, doch nun mußten wir zu Hause bleiben und die Trauertage absitzen. Deswegen verstand ich das, was Seyfettin Abi sagen wollte, erst Jahre später, als die Zeit dafür gekommen war. Wahrscheinlich hatte es ihm großen Kummer bereitet, daß ich nach diesem Todesfall gezwungen war, mich einem Leben zu ergeben, dem ich trotz aller kleinen Erfolge eigentlich immer fernstehen würde. Nun, lassen wir das... Ich habe mich auch längst an diese Unterlassungen, diese Verschleppungen gewöhnt... Wie könnte ich sonst diese stillen Morde erklären, die ich an unterschiedlichen Orten auf unterschiedliche Weise begangen habe?... Wie könnte ich sonst so nahe an der schmalen Grenze zwischen Leben und Tod verweilen?... Fragen waren mein Spiel, sie waren zugleich die Fragen jenes Spiels... Ich habe so sehr an dieses Spiel geglaubt...

Worte, Farben, Schatten

Mein Name ist Isaak. Ich war immer stolz darauf, ein eingefleischter Istanbuler zu sein, der seine Verbundenheit und Zugehörigkeit zu der Stadt bei jeder Gelegenheit zur Sprache bringt, aber genauso stolz, ein Anhänger des Fußballklubs Fenerbahçe zu sein, was mir bis zum heutigen Tag viele aufregende Momente verschafft hat. Auch wenn ich scheinbar keine große Mühe aufgewendet habe, diese persönlichen Identitäten zu wählen oder zu erlangen ... Nicht grundlos habe ich das Wort ›scheinbar‹ verwendet. Es ist richtig, daß der Mensch sich in bestimmten gesellschaftlichen Gegebenheiten als Resultat einer Reihe von Zufällen vorfindet. Angenommen, meine Vorfahren wären nicht aus Spanien vertrieben worden, sie hätten sich nicht entschlossen, hierherzukommen, und hätten mit den Menschen dieser Stadt nicht fünfhundert Jahre lang die Geschichte und das Schicksal geteilt. Angenommen, mein Vater hätte mir nicht, solange ich als Kind zurückdenken kann, erzählt, daß er ein Anhänger von Fenerbahçe sei, hätte mir nicht von den berühmten Toren von Lefter erzählt ... Meine Wahl, meine wirklich eigene Entscheidung zeigte sich in späteren Jahren, als ich beharrlich auch weiterhin dabeiblieb. Selbst wenn man den Preis dafür zahlt, bringt man es einfach nicht übers Herz, wegzugehen, sich zu trennen ... Denn mit der Zeit kann man sich für das Dableiben glaubhafter finden, für wertvoller ansehen. Zwar war ich als Mensch, der aufgrund seines unauslöschlichen geschichtlichen Erbes Rassismus in jeder Form ablehnte, Freiheit in jeder Form offen begrüßte, stets wütend darüber, mit denjenigen dieselbe Sprache und die Grenzen des Landes teilen zu müssen, die weiterhin so niveaulos waren, das Wesen ihres Nationalbewußtseins darin zu sehen, alle, die sie für anders hielten, vor die Wahl zu stellen, dieses Land entweder zu lieben oder zu verlassen. Doch vor allem in meiner Zeit im Ausland und jedesmal, wenn ich mich an jenen schmerzbeladenen antiimperialistischen Kampf erinnerte, war ich auch stolz darauf, mit meiner ganzen Existenz diesem Land verbunden zu sein. Wobei ich nicht so sehr an ein Vaterland glaube, sondern an kulturelle Sphären und an örtliche Besonderheiten... Auch wenn ich oft erlebt habe, besser gesagt schmerzlich erleben mußte, daß ich nicht wirklich als Türke akzeptiert worden bin, nur weil ich Jude bin, nur deswegen. Ich bin in diesem Land, an das ich mich vor allem gefühlsmäßig gebunden fühle, für manche ein Türke im weiteren Sinn, für manche ein Jude mit einem Personalausweis der Republik Türkei. Doch inzwischen habe ich dermaßen viele Augenblicke, Informationen und Beweise für diese ›Fremdheit‹ erlebt, daß ich mich nicht besonders anstrengen muß, das Wort ›Fremder‹ zu benutzen. Es ist nicht mein Wort, vielmehr ein Wort, das zeitweilig in den Gesetzen vorkommt, wodurch ich unwillkürlich ebenfalls dazu gebracht wurde, es zu benutzen und zu fühlen. Ist es nicht vielsagend genug, daß die Immobilien der Stiftungen der ethnischen Minderheiten als ›fremdes Besitztum‹ angesehen werden?... Ich will gar nicht weiter auf den Umstand eingehen, daß für Angehörige dieser ›Andersartigen‹ viele Berufe im Staatsdienst ›verboten‹ sind, daß sie sogar wie Staatsfeinde als ›Sicherheitsrisiko‹ eingestuft werden. Denn wer diese Dinge aufrollt, wird eines Tages mit ›unerwünschten‹ Folgen konfrontiert werden, wenn das, was er sagt, jemandem ›allzusehr‹ prüfend und verhörend erschienen ist; dann bewahrheitet sich das Sprichwort ›Der Wolf reißt die Schafe, die sich von der Herde entfernen‹, und es bewahrheiten sich die Befürchtungen jener,

die immer ›Laß das!‹ sagen oder ›Wühl das jetzt nicht auf!‹.
Unsere Geschichte überliefert genügend Beispiele dafür, daß
manche ›Fehler‹ sehr teuer bezahlt werden mußten. Solange
der Mensch sich an diese Beispiele erinnert, gelingt es ihm
besser, auf rutschigem Boden zu gehen ...

Doch wenn ich mein Leben flüchtig an mir vorbeiziehen
lasse, sehe ich andererseits, daß ich meine engsten Freundschaften, ja sogar gefühlsbetonten Beziehungen mit Menschen
erlebt habe, die diese Unterschiede für unwichtig hielten, obwohl sie im Vergleich zu mir in diesem Land ›türkischer‹ geboren waren. Das gehört zu den wichtigsten Aspekten meines Schicksals an diesem Ort. Sonst würde ich wahrscheinlich
nach all den Jahren meine persönliche Geschichte nicht so
weit ausbreiten und dabei manche Möglichkeiten und Gefahren riskieren ... Ich bin in diese Geschichte verwoben ...
Die Stadt, die es mir ermöglicht hat, mich zu erschaffen, die
mich fest an sich bindet, die mich in keinem anderen Gefühlsklima existieren läßt, erwartet auch diese Geschichte
von mir. Es macht einen großen Unterschied, ob man nur in
Istanbul lebt oder ob man Istanbul lebt ... Um das andere
Istanbul zu erleben, zu fühlen, muß man die unterschiedlichen Stimmen von Istanbul hören ... Die Tiefe der Stadt
konnte nur auf diese Weise bewahrt werden. Die Erzählung,
die ich erlebt habe, war meine Geschichte, kurz gesagt, meine
Sprache ... Zudem brauchte ich diese Erzählung auch, um
mein Leben zu retten ... Im Dunkel dieser Erzählung atmet
zugleich diese unabwendbare, nicht gewählte, vielmehr alternativlose ›Fremdheit‹, das Angehaltenwerden an einer bestimmten Grenze, das gefühlsmäßige Wissen, niemals völlig
im Zentrum leben zu können, und die Drohung, jederzeit die
Koffer packen zu müssen. Selbst wenn die nicht immer beschreibbaren Kränkungen, die aus der Andersartigkeit resultieren, viel weniger verletzend sind als Dinge, die in manchen
angeblich zivilisierten Ländern vorkommen, die seit Jahr-

hunderten versuchen, ihre Kultur in dieses Land zu exportieren... Zunehmend kann ich die Realität besser sehen und verstehen. Dennoch will ich jetzt endlich nicht mehr alles, was ich erlebt habe, vergessen und aus meinem Leben verbannen.

Ich habe das alles erlebt, obwohl ich in den Augen vieler Juden kein guter Jude bin. Beispielsweise halte ich den Schabbath nicht ein. Ich kenne in dieser Stadt nur wenige, die ihn wirklich vollständig einhalten. In unserem Haus wird am Freitagabend kein Kiddusch-Gebet gesprochen. Natürlich sage ich kein schlechtes Wort über diejenigen, die beten. Manchmal verschafft es mir sogar eine kleine Freude, wenn ich sehe, daß manche Menschen an ›etwas‹ glauben, das sie nach Wunsch benennen und erleben, das sie ans Leben bindet. Im Grunde ist das eine traurige Freude. Denn ich selbst bin derart gebrochen, daß ich die hierfür nötige Naivität und Einfalt nicht mehr aufbringe. Trotzdem begehe ich weiterhin zusammen mit Freunden, weil ich meine große Familie längst verloren habe, die Pessach-Feste. Vielleicht geht es bei dieser Neigung nicht so sehr um den Glauben und die religiösen Pflichten, sondern um das Bedürfnis, die Jahre der Kindheit aufleben zu lassen. Auch wird auf diese Weise die Tradition durch jemanden weitergegeben... Wie wichtig das inzwischen auch sein mag...

Meine Frau Çela, mit der ich seit fast fünfundzwanzig Jahren mein Leben teile, ist in jeder Hinsicht den Traditionen verbunden und in diesen Dingen immer viel gewissenhafter als ich; ja, die Frau, die ich manchmal als das Symbol meiner Kapitulation ansah, hat sich stets auf die Traditionen gestützt, wie man so sagt. Deswegen wunderte ich mich nicht, daß sie sich sehr bemühte, unsere Kinder in den Werten, die sie erfüllten und umgaben, mehr noch gemäß den historischen Erwartungen zu erziehen. Hatte das irgendeinen Nutzen?... Heute fällt es mir sehr schwer, diese Frage zu beantworten. Denn mein Leben ist nach dem, was ich zuletzt erlebt habe, gehörig durcheinandergeraten. Eine Szene, die sich nicht im Text befand, die nicht geschrieben war, mehr noch, die zu schreiben ich in meinen langen, scheinbar ruhigen Jahren kaum für möglich gehalten hätte, hat den Ablauf des Stükkes vollständig verändert. Ein Bote kam unerwartet auf die Bühne und sprach die Repliken, die mich zu jener Erzählung hinriefen ... Die Reise konnte sowieso nur unter dem Eindruck einer solchen Begegnung beginnen ...

Einst war ich stark davon überzeugt, daß Traditionen ein vernichtendes, ein tödliches Gesicht haben ... Die Nachwehen dieser Überzeugung sind immer noch in mir vorhanden. Der Unterschied besteht darin, daß ich, wahrscheinlich auch unter dem Einfluß dessen, was die Jahre einem aufzwingen oder wegnehmen, wohl einen Großteil meiner Härte, meiner Kampfkraft verloren habe. Wann und wo habe ich diesen Widerspruchsgeist, das Protestgefühl verloren? ... Wer weiß ... Was für einen Sinn hat es, wenn ich mich zu erinnern bemühe? ... Ich habe wahrscheinlich irgendwann aufgegeben, mein Außenseitertum zu spielen. Vielleicht befürchtete ich auch, noch mehr in die Minderheitenposition zu geraten. Anfangs war ich sehr unsicher, ob dieser Rückzug von manchen nicht als Feigheit ausgelegt werden könnte. Meine Entscheidung paßte überhaupt nicht zu mir, zu der Rolle, die ich für mich entworfen hatte, um mich ans Leben zu binden. Das ist mir inzwischen aber gleichgültig. Es ist mir auch gleichgültig, daß ein ehemaliger ›Revolutionär‹ an so einen Ort gerät oder sich selbst dort einsperrt. Schließlich hat jedes Leben seine eigene Wahrheit oder, besser noch, offene Wahrheiten, die jeden Augenblick sich verändern, einbrechen können. Die Jahre können einem die Tatsachen auf unterschiedliche Weise zeigen. Man kann sogar aus den Veränderungen, aus dem veränderten Blick auf das Erlebte einen neuen und sehr erschütternden Sinn herausholen.

Wie so viele, die ebenso wie ich ihr Judentum und die Suche nach Freiheit zugleich leben wollen, ging ich – nicht so sehr wegen der Vergebung meiner Sünden, sondern um keine Gewissensbisse zu spüren – nur bei Hochzeiten, Beerdigungen, an Jom Kippur und zu Bar-Mitzwa-Feiern in die Synagoge, die ich in der Überzeugung, ich könnte meinen Anspruch aufs ›Einheimischsein‹ dadurch besser geltend machen, im Laufe dieser Wandlungen *havra** zu nennen gelernt hatte. Dabei hatte ich jahrelang dieses Wort zu vermeiden gesucht. Jahrelang ... Gleichsam auf der Flucht vor einem anderen Fluch, den ich nicht verdient zu haben glaubte. Genauso könnte man es als Flucht betrachten, daß ich eine Zeitlang die Bezeichnung ›jüdisch‹ vermied und bevorzugt das ›feinere‹ und ›unschuldiger‹ aussehende Wort ›mosaisch‹ verwendete. Zweifellos gab es Gründe für diese Zurückhaltung. Natürlich erinnere ich mich an Erlebnisse im Zusammenhang mit gewissen Wörtern, auch wenn es lange her ist. Es ist schon bezeichnend genug, daß ich mich noch immer daran erinnere. Eine Begebenheit habe ich beispielsweise in der Grundschule erlebt. Ich ging in eine staatliche Volksschule. Unsere Klasse war wie in jeder staatlichen Volksschule sehr voll, hatte viele Schüler aus vielen Bevölkerungsgruppen. Wenn ich mich jetzt daran erinnere und darüber nachdenke, dann war unsere Lehrerin eine von den Frauen, die Probleme und Verdruß aus ihrem persönlichen Leben in die Klasse mitnehmen. Inzwischen kann ich dieser Verletztheit viel eher mitfühlend als mit Groll begegnen. Was haben die Bedingungen nicht alles in manch einem zerstört ... Doch selbst wenn ich meine Erlebnisse aus dieser Sicht betrachten kann, so reicht das nicht aus, meine Kränkung zu vergessen, die entstand, weil sie oftmals, wenn wir sehr laut waren, schrie: »Hier geht es ja zu wie in einer Judenschule!«, wobei sie das Wort *havra* verwendete. Ich kann nicht entscheiden, ob sie aus Unbedarftheit, und weil ihr ein gewisses Feingefühl fehlte, diesen Satz so gerne gebrauchte, ob sie vielleicht eine heimliche Diskriminierung, einen Groll ausdrücken wollte oder ob es schlichtweg Unfähigkeit war, angemessenere Worte zu finden. Doch was auch immer der Grund gewesen sein mag, diese Worte waren schließlich die ersten, die mich jenes Anderssein wirklich fühlen ließen, ebenso wie diese Diskriminierung, die man immer abstreitet.

In meiner Klasse waren noch andere jüdische Mitschüler. Keiner von uns traute sich, auf dieses erniedrigende Gerede zu reagieren, wir dachten gar nicht daran, lieber beteiligten wir uns mit innerer Bitterkeit am Gelächter der Mehrheit. Wir waren nämlich so erzogen worden, daß wir auch das Schweigen kennen und erleben sollten ... Im Grunde war das eine bittere Erfahrung. Eine Erfahrung, die andauernde Auswirkungen haben sollte. Der Grund, weshalb ich das Wort *havra* jahrelang nicht verwendet habe, verbirgt sich in dieser Erfahrung. Doch während der Schulzeit habe ich gelernt, mich mit gewissen Verletzungen auszusöhnen. Genauso gewöhnte ich mich mit der Zeit daran, daß meiner angeborenen, nicht selbstgewählten Identität die Feigheit ebenso als Eigenschaft zugeschrieben wurde wie der Geiz. Im Laufe der Zeit traten nämlich viele Menschen in mein Leben, die an dieses Abstempeln gar nicht dachten, die sich eigentlich dafür schämten oder es lediglich als harmlose, freundschaftliche Neckerei, als Stoff für Scherze ansahen. Andererseits sieht man aber auch, je besser man sich und andere kennt, wie angebracht und richtig es ist, manche Menschen mit ihrer Ausweglosigkeit, ihren Defekten und ihren Nöten allein zu lassen. Es ist dies eine Art von Erziehung zur Weisheit. Eine Erziehung zur Weisheit, die diejenigen, die auf rutschigem Boden laufen, im Kampf ums Überleben wohl oder übel lernen und sorgfältig an ihresgleichen weitergeben müssen. Ich weiß inzwischen sehr wohl, daß diese Erziehung in der jüdischen Tradition vorkommt ... Diese Tatsache war mir in meiner Kindheit natürlich nicht bekannt, auch wenn der Unterricht schon irgendwie begonnen hatte. Als ich beispielsweise zum ersten Mal hörte, wir seien geizig, lief ich betroffen und ein wenig traurig zu meinem Großvater, um von ihm ›die Wahrheit erklärt‹ zu bekommen. Ich erinnere mich noch heute gut an die Antwort auf meine Frage: »Ist es wahr, daß wir geizig sind, wie sie sagen?« Die Antwort war, begleitet von einem warmen, vielleicht ein wenig traurigen Lächeln, ein einfacher, aber wunderbarer Satz, der heute für mich eine andere Bedeutung hat und von feinem Humor aus der Tradition durchdrungen ist: »Nein, geizig sind wir nicht ... Wir sind nur ein wenig sparsam ...« Als ich den Großvater dann nach seinen Gedanken bezüglich der Feigheit fragte, verneinte er diese Etikettierung wieder lächelnd, wobei er seinen Kopf leicht schüttelte, dann murmelte er nach kurzem Nachdenken seine Antwort: »Vielleicht sind wir ein wenig vorsichtig ...« Es dauerte sehr lange, bis ich die Tiefe des Humors, ja sogar die Melancholie darin begriff. Das ist das Schicksal mancher Aussprüche.

Wenn ich mich an diese Vorfälle erinnere, ergreift mich natürlich ein Gefühl der Unsicherheit. Auch wenn ich glaube, das Recht zu haben, zu sagen, ich sei mehr als viele andere Menschen in dieser Stadt ein Einheimischer, sogar ein Hausherr ... Wie viele Menschen, die heute in Istanbul leben, können sich einer fünfhundertjährigen Geschichte ihrer Familie in dieser Stadt rühmen? ... Trotz dieser Tatsache ist meine Vergangenheit auch voller Widersprüche. So etwa, wenn ich mich daran erinnere, wie meine Großmutter mütterlicherseits mit ihren Freundinnen auf der Straße Ladino sprach, weil sie nichts anderes konnte, und dafür von vielen Menschen verspottet wurde ... Damals schämte ich mich neben ihr und wollte woandershin gehören, wo ich dieses mein Anderssein nicht erleben und zeigen mußte. Wie unrecht war das doch von mir. Wie Kinder halt sind ... Woher hätte ich wissen sollen, daß das eigentliche Problem ganz woanders zu suchen war ... Meine Großmutter und ihre Altersgenossinnen hatten sich nicht absichtlich dafür entschieden. Als sie Kinder waren, kam es gar nicht in Frage, daß sie türkische Schulen besuchten. In der geschlossenen Welt, in der sie lebten, in dieser über Jahrhunderte hin bewahrten Sprachwelt, in jenen selbstgenügsamen Beziehungen war das zudem gar nicht erforderlich. In ihrem bescheidenen Leben, in dem sie zur Mutterschaft in einer Familie erzogen wurden, brauchten sie nicht viel zu lernen. Das waren die Tage, in denen jene Menschen in ihrem zurückgezogenen Leben ein anderes Miteinander, eine andere Gemeinschaft, ein anderes Aufeinanderangewiesensein erfuhren, ohne an weitere Möglichkeiten zu denken ... Nun gut ... Das ist lange vorbei ... Ich denke jetzt nur noch daran, wenn die Rede darauf kommt. Und ich sage mir so oft wie möglich, daß sowohl das Leben als auch dieses Land andere, wichtigere Probleme und Wahrheiten haben ...

Das Land, in dem wir leben, hat derart viele miteinander verknüpfte Fragen, soviel Unbeantwortetes und so vieles, worüber man nicht sprechen kann ... Wir versuchen an einem so schwierigen Ort zu atmen ... So viele Menschen lassen andere nicht atmen, die sie für fremd erklären ... Davon abgesehen, manchmal denke ich, daß im Grunde jeder Jude, wo auch immer auf der Welt, unwillkürlich mit der Angst lebt, ausgegrenzt, überfallen oder sogar vernichtet zu werden. War das vielleicht eine der unausweichlichen Folgen des Gefühls von langer Verbannung, das noch tiefer sitzt als das, was durch den Glauben und die Gebete weitergegeben wurde? Vielleicht ... Vielleicht aber war im Gegenteil diese Angst, die den Menschen um so mehr ans Leben bindet, und die in unterschiedlichen Weltgegenden in unterschiedlichen Formen und Ausmaßen mit unterschiedlichen Toden tradiert wurde, eine andere Form des Überlebenskampfes. Mit dieser Möglichkeit mußte ich in meinem Leben immer rechnen. Deshalb habe ich die Gefühle der Menschen, die einer Minderheit angehören, sich als solche zu betrachten gezwungen waren, immer tief in mir gefühlt ... Dort war die Bedrohung. Dort waren auch die finsteren Spuren der Kulturen, die auf Ruinen und Mord gegründet waren am Rand eines Abgrunds, den man immer verleugnen wollte. Die Verbannungen atmeten in der Tiefe dieser Finsternis. Ich hatte gesehen, was ich sehen konnte, und auch, was ich nicht sehen wollte ... Denn die Geschichte war lehrreich ... Diese Worte habe ich nie vergessen.

Doch was bleibt nach alledem? ... Wenn doch alles vorübergeht ... Wenn alles ein Ende hat ... Wenn die Gräber so sehr in uns sind ... Das ist schwer, wirklich schwer zu beantworten ... Was ich von hier aus nur habe sehen können, ist, daß jede Gesellschaft, die ihr Selbstvertrauen verloren hat oder die sich ihrem Leid irgendwie nicht stellen kann, jedes Anderssein, mit dem sie sich konfrontiert fühlt, als Bedrohung wahrnimmt. Genauso empfinden Menschen, die gezwungen sind, mit ihrer Ausweglosigkeit und dem Gefühl der Niederlage zu leben, Menschen, denen es nicht gelingt, mit sich selbst ins reine zu kommen ... Dabei bedroht keiner keinen, wenn man sich diese Unterschiedlichkeiten als etwas Zusammengehöriges denkt ... Jedermann will eigentlich nur selbst leben ... Leben, wie er es für sich selbst für richtig hält. So einfach ist die Sache im Grunde ...

Diese Überzeugung wird mehr als bestätigt durch das, was die Helden des langen Spiels, das ich jahrelang gespielt und dem ich zeitweilig auch still zugeschaut habe, mit ihren Gefühlen und Zuständen im Verlauf ihres Lebens erlebt haben.

Jetzt lachen jene Gesichter in mir

In jenem Laden in Bahçekapı wurde über alles gesprochen, worüber jeder spricht, der mit seiner Arbeit oder seinem Leben unzufrieden ist: über Politik, über Fußball, über Frauengeschichten – als hätte man viel Ahnung davon –, doch ehrlich gesagt kamen niemandem die Mauern in den Sinn, die die Glaubensunterschiede zwischen den Menschen errichten. Mein Vater fühlte sich wie viele seiner jüdischen Altersgenossen von ganzem Herzen mit der Tradition der Demokratischen Partei (DP) verbunden. Aus seiner Sicht war das Erhängen von Menderes eine Schande und das größte politische Verbrechen in der Geschichte dieses Landes. In späteren Jahren war er natürlich Anhänger von Demirel und seiner Gerechtigkeitspartei (AP). Inönü hingegen haßte er im wahrsten Sinne des Wortes. Sein Haß resultierte aus der Minderheitenpolitik von Inönü. In jener Epoche mußten die Menschen, nach allem, was sie mitgemacht hatten, trotz all ihres guten Willens notgedrungen einsehen und akzeptieren, daß sie nicht als echte Staatsbürger dieses Landes galten. Es war unmöglich zu vergessen oder zu verzeihen, was ihnen angetan wurde. Mit der Zeit habe ich diese Kränkung sehr stark innerlich verspürt. Ich konnte nicht anders, als über das Geschehene traurig zu sein. Allmählich habe ich auch erkannt, daß diese finstere Epoche des Nationalen Chefs,* an die sich manche als eine ruhmreiche erinnern wollen, die brutalste faschistische Epoche in der Geschichte dieses Landes war. Es wurden viele Fehler gemacht, und das Volk wurde dem Staat langsam entfremdet. Dabei hätten auch wir uns gerne aus ganzem Herzen an dem Kampf für ein gerechteres Land beteiligt.

Was waren das damals doch für Zeiten ... Mit einem bitteren Lächeln denke ich heute an das Erlebte. Mit einem bitteren Lächeln ... Einerseits, weil ich den jungen Mann, der jene Tage mit einer derartigen Begeisterung erlebte, nun mit anderen Augen sehen kann, andererseits, weil ich nach all den Jahren besser verstehe, daß jene Begeisterung echt war, daß der Aufstand gegen jenes Besudelte sehr rein, sehr sauber war ... Und weil jener junge Mann mich manchmal dauert ... Und weil ich zugleich stolz auf ihn bin ... Weil ich mich nach dieser Reinheit, dieser Verletzlichkeit und Schutzlosigkeit sehne. Und weil es mir letztlich nicht gelungen ist, allen mitzuteilen, daß die Helden jenes Spiels die wahren Helden des Landes, meines Landes sind. Ich war im zweiten Studienjahr, als ich versuchte, die Angestellten im Laden meines Vaters gegen meinen Vater, ihren faschistischen Arbeitgeber, zu ›organisieren‹ ... Was für eine Komödie war das doch ... Insgesamt vier Leute arbeiteten im Laden. Insofern könnte man sich an das Spiel auch als ein Drama, sogar eine Tragödie erinnern. Doch nachdem ich mich gezwungenermaßen mit der Realität und so vielen Verlusten habe auseinandersetzen müssen, nehme ich lieber Platz auf jenem Beobachterstuhl, um mir noch einmal eine Komödie anzusehen ...

Die Komödie haben die Helden des Spiels, zu dem ich willentlich selbst gehörte, geschrieben ... Kemalettin Bey aus Fındıkzade* beispielsweise war mindestens so konservativ wie mein Vater; mit seiner stets sorgfältigen Kleidung, in seinen sauberen, aber inzwischen völlig verschlissenen weißen Hemden, seinen längst unmodern gewordenen, alten Krawatten, die früher von einem guten Geschmack gezeugt hatten, mit seinen dunklen Anzügen, seinem Henkelmann, in dem er das Mittagessen von zu Hause mitbrachte, und durch seine Sprechweise wirkte er auf mich wie einem alten Istanbul-Foto entstiegen. Er arbeitete als Chauffeur für meinen Vater und wollte nicht aufhören, obwohl er schon über siebzig war, denn nach seiner eigenen Aussage sah er die Arbeit als eine Art Gottesdienst an; meiner Ansicht nach setzte er dieses Leben fort, weil er für sich kein anderes gefunden hatte oder weil er ständig vor etwas floh, das ich nicht verstand und nicht benennen konnte. Jahrelang hatte er für die Ortsgruppe der AP gearbeitet und fühlte sich bemüßigt, bei jeder Gelegenheit zu verkünden, alle Linken seien Vaterlandsverräter, die aus dem ›Ausland‹ mit Geld unterstützt würden. Soviel ich herausbekommen konnte, hatte auch er einst ein Geschäft gehabt, hatte Konkurs gemacht und bei meinem Vater als Fahrer angefangen, um seinen Lebensunterhalt zu verdienen. Wo und wie hatten sie sich kennengelernt? ... Auf welche Weise war er in den Laden gekommen? Das ist für mich immer im dunkeln geblieben. Mein Vater zeigte keine Neigung zum Erzählen. Er hatte die besondere Eigenart, Geheimnisse von Menschen, die er wertschätzte, für sich zu behalten ... Deswegen stocherte ich in der Angelegenheit nicht weiter herum. Das war nicht nötig. Ich wußte nur, daß ihre Beziehung, ja Freundschaft, weit in die Vergangenheit zurückreichte.

Ich erinnere mich vage an jene Zeit, in der ich Kind war. Es gab damals noch keinen Laden. Wir hatten nur einen kleinen Raum in einem jener veralteten Geschäftshäuser in Eminönü, der zum Teil als Lager, zum Teil als Verkaufsraum genutzt wurde, und der uns hoffnungsvoll in die Zukunft schauen ließ. Kemalettin Bey trat zufällig zur selben Zeit in unser Leben wie der Kleintransporter, den mein Vater gekauft hatte, um den Apotheken in Anatolien Drogeriewaren zu liefern. Mein Vater sagte, er habe ihn eingestellt, weil er die langen Fahrten nicht alleine machen wollte. Aus irgendeinem Grund habe ich diese Worte, deren Sinn mehrdeutig war, nicht vergessen. Wer weiß, welche Erlebnisse sie auf jenen Straßen geteilt, was sie einander erzählt hatten ... Jedesmal, wenn ich mich daran erinnere, wie nahe sie einander standen, denke ich auch, daß sie in jenem Kleintransporter mit der Zeit wie in einem fahrenden Zimmer gelebt haben müssen, das ihre Geheimnisse bewahrte. Dieses Zimmer hatte auch in meinem Leben einen sehr wichtigen Platz. So als ob vieles dort anfing und endete, was mit meiner Beziehung zu meinem Vater zu tun hatte und an das ich mich zu verschiedenen Zeiten unter verschiedenen Vorzeichen erinnern wollte. Daß wir uns nicht verstanden, macht mich immer noch traurig.

Für die beiden jedoch war die Situation anders. Nach all diesen Straßen und Fahrten waren sie an einen Punkt gelangt, wo keine Rede mehr davon sein konnte, daß sich ihre Wege je trennen würden. Letztendlich haben sie sich ja nie getrennt, trotz aller Veränderungen, die sie erlebten. Nach dem Einzug in den Laden in Bahçekapı war das Anatolienkapitel zu Ende. Man brauchte auch den müden Kleintransporter nicht mehr, der Tausende von Kilometern zurückgelegt hatte. Das war die Zeit, als es anfing, uns langsam besser zu gehen. Auf Drängen meiner Mutter kauften wir sogar die Wohnung in Şişli, in der wir zur Miete gewohnt hatten. Wäre es nach meinem Vater gegangen, dann hätte er diese ›ortsfeste Investition‹ nie gemacht. Nach seiner Ansicht mußte Geld immer Bargeld sein, stets ins Geschäft gesteckt werden, oder besser, in einer schnell transportierbaren Form verfügbar sein. Man wußte ja nie, wann der Staat was beschlagnahmen würde. Ich mache ihm keinen Vorwurf wegen dieser Denkweise. Unser ererbtes kollektives Gedächtnis hat diese Sorge als nur allzu berechtigt bestätigt. Abgesehen davon protzte er auch nicht gerne. Vielmehr war er ärgerlich auf alle, die das taten, und er sagte, daß nur Leute sich so benahmen, die mit gewissen persönlichen Problemen nicht zu Rande kamen. Ich vermute, viele Vertreter seiner Generation dachten so, und mit diesen Gefühlen lebten und starben sie. Unwillkürlich hatte die Bedrohung in der Geschichte das Bemühen verstärkt, nicht zu sehr auf sich aufmerksam zu machen. Deswegen mußten wir uns mit einem Peugeot 504 begnügen, der aus einem mir unbekannten Grund der Juden-Mercedes hieß, obwohl wir genügend Geld hatten, um uns eins von den guten Mercedes-Modellen leisten zu können. Durch den Kauf des Wagens war auch das Problem mit Kemalettin Bey gelöst. Mein Vater gab vor, er könne aufgrund seiner Nervosität, die durch seinen Diabetes verursacht war, unmöglich Auto fahren, und bat ihn, seinen privaten Fahrer zu machen. Und damit hatte eine neue Epoche ihrer Gemeinschaft begonnen. Mit der Zeit erkannte ich besser, welches Feingefühl darin lag. Dieses Mal stand mir Vater als ein Mann vor Augen, der sich immer zu seinem langjährigen Weggefährten auf den Vordersitz setzte, sich möglichst nie die Tür aufhalten ließ und den Freund nie als Chauffeur behandelte. Als suchte mein Vater in dieser Beziehung einen Bruder, dessen Fehlen er manchmal fühlte. Anders kann ich mir auch nicht erklären, daß er ihn zur Erholung von seinem immer schlimmer werdenden Asthma in einem Sommer für 14 Tage auf den Uludağ bei Bursa schickte und für alle Kosten aufkam. Die Behandlung zeigte allerdings keinerlei Erfolg. Was konnte man denn auch erwarten bei einem Mann, der trotz heftigen Hustens und Atemnot zwei Päckchen Bafra-Zigaretten am Tag rauchte...

In den Tagen, als ich mit ihm über den Funken sprach, den wir für den großen Aufstand entzünden wollten, und fest davon überzeugt war, daß ich mich um seine ›Bewußtseinsbildung‹ bemühte, hörte ich ihn im Zwischengeschoß des Ladens mit leiser Stimme zu meinem Vater sagen, er solle sich über meinen Zustand keine Sorgen machen, diese Begeisterung rühre aus einer jugendlichen Laune her und würde vorbeigehen. Ich kam gerade die Treppe herunter und blieb stehen. Ich fühlte mich denunziert und verraten. Dabei hatte er mir immer lächelnd zugehört, mit Interesse, ja sogar mit Blicken, die mich glauben ließen, im Recht zu sein. Ich war sehr wütend und verletzt. Einerseits, weil ich derart verraten worden war, andererseits, weil ich sah, daß ich nicht wie erwartet wichtig genommen wurde. Von dem Tag an gab ich meine Bemühungen auf, ihn von einem – wie ich glaubte – für ihn richtigeren Leben zu überzeugen, und behandelte ihn als unwichtig, ja, ich versuchte, ihn gar nicht mehr zu beachten. Wenn wir uns begegneten, begnügte ich mich mit einem Lächeln. Mit einem Lächeln und dem allerbanalsten Gerede, zu dem einen das tägliche Leben zwang. Im Geiste verachtete ich ihn. Und ich wiederholte mir ständig, er habe dem Leben gegenüber irgendwie kein ausreichendes Bewußtsein. Und doch erinnere ich mich, daß ich an dem Tag, an dem er an Prostatakrebs starb, sehr traurig war. Auf dem Weg vom Friedhof nach Hause dachte ich trotz allem: Ach, hätte ich doch eine Gelegenheit gesucht, mit ihm über andere Dinge zu sprechen. Dafür war es aber nun zu spät. So ist das Leben. So schnell verlieren wir manche Menschen.

Der Tod von Kemalettin Bey hatte auf jeden in unserer kleinen Gemeinschaft eine andere Wirkung, aber zweifellos erschütterte er am meisten meinen Vater. Damals fing ich an, in den Laden zu kommen, um mich davon zu überzeugen, daß es noch ein anderes Leben gab. Wohl oder übel übernahm ich das Chauffieren. Vater setzte sich wieder auf denselben Platz. Lange Zeit blieb er völlig stumm ... Er war in ein Loch gefallen. In ein Loch, an das er sich mit der Zeit zu gewöhnen glaubte ... Für mich war das egal. Ich fühlte mich von diesem tiefen Schweigen nicht gestört. Hatte ich doch schon vor Jahren aufgehört, über persönliche Dinge mit ihm zu sprechen.

Auch auf Monsieur Davit, der unsere Buchhaltung machte, war im Grunde keine große Hoffnung zu setzen. Er war ebenfalls ein normaler Jude, der auf seine Weise längst gelernt hatte, sich mit seinem Leben zu bescheiden. Er hatte zwar nie viel Geld verdient, doch er betrachtete Reichtum als das beständigste Symbol eines erfolgreichen Lebens. Das war eine traurige Herausforderung. Als fasziniere ihn sein Leben lang weniger das Geld als solches, vielmehr die Vorstellung von dem Prestige, das Reichtum verleiht. War er aus diesem Grund ebenfalls Anhänger der AP? Wer weiß ... Er hatte ein bißchen Geld gespart, und wenn er im Laden nichts zu tun hatte, verbrachte er die freie Zeit mit Geldverleih gegen Wucherzinsen, natürlich im Rahmen seiner Möglichkeiten. Mein Vater sah diese Tätigkeit stets als eine unheilbringende und verfluchte an, die Menschen ohne geschäftliche Fähigkeiten und Moralbegriffe ausübten, und manchmal äußerte er seinen Unmut. Aber da er ihm nur einen geringen Lohn zahlte, drückte er ein Auge zu, sowohl wenn Davit manche Ausgaben ein bißchen aufblähte und ein Sümmchen in die eigene Tasche steckte als auch wenn er ›sündigte‹. Im Grunde verstanden die beiden sich sehr wohl in den harmlosen gemeinschaftlichen Mauscheleien, die alle kleinen Händler sehr gut kennen. Das Ganze hatte seine Ordnung. Schließlich beklagte sich keiner. Denn mein Vater wußte sehr wohl, daß er Davit beim Eintreiben von offenen Rechnungen vollkommen vertrauen konnte. Zudem führte der Geldverleih bei Monsieur Davit zu einem größeren Selbstvertrauen.

Doch niemand konnte ahnen, daß diese Arbeit seinem Lebensende den Boden bereiten würde. Deswegen waren wir sehr bestürzt, als er eines Tages ins Zuckerkoma fiel und kurz darauf an Hirnblutung starb, nachdem der Sohn von Monsieur Daniel aus Izmir, einem Hersteller und Großhändler von Rasierpinseln, plötzlich pleite gegangen war und eine für Monsieur Davit bedeutende Geldmenge in den Sand gesetzt hatte. Mein Vater dachte jedoch gar nicht darüber nach, wie bedeutsam es für Davit gewesen war, wenigstens in dieser Angelegenheit Erfolg zu haben, und wie wichtig er das bißchen Geld genommen hatte, sondern sagte nur in bezug auf den Menschen, der diesen Tod verursacht hatte: »Izmirli bueno no ay.«»Es gibt keinen guten Izmirer.« Anders ausgedrückt: »Die Izmirer sind keine anständigen Menschen.« Ob er mit diesen Worten nun nur die Juden in Izmir im Visier hatte oder alle Izmirer, weiß ich nicht. Es lohnte sich auch nicht, danach zu fragen, warum er so sehr von diesem Gedanken überzeugt war. Mich interessierte viel mehr die Tragödie eines Mannes, der sich so sehr zum Sklaven seines Geldes gemacht hatte. Außerdem hatte ich Izmir immer sehr geliebt wegen meiner Erinnerungen und der Menschen, die ich dort getroffen habe. Nach dieser langen Erzählung habe ich es noch viel lieber. Nun weiter...

Im Laufe der Zeit lernt der Mensch, andere in seinem Umfeld, die ihn irgendwie berühren, mit ihren fixen Ideen sich selbst zu überlassen. Inzwischen genügt es mir, mich zu erinnern, daß es für jedes Wort und Verhalten sicherlich einen Grund gab; das erleichtert es, manchen Widerspruch zu ertragen. Mit den Gefühlen, die mir mein heutiger Standpunkt verleiht, kann ich lächelnd auf die Entscheidung von Monsieur Davit schauen, der mich bei meinen Bemühungen, jenen Aufstand anzuheizen, meinem Schicksal überlassen hat, genauso wie zuvor schon Kemalettin Bey. Doch in jenen Tagen haben wir heftig diskutiert. Wir konnten der Diskussion nicht ausweichen. Was blieb mir schon anderes übrig, vor allem da auch er wie viele andere im Geist der damaligen Zeit überzeugt war, der Kampf gegen die Kommunisten wäre am leichtesten zu gewinnen nach dem Motto: »Häng ein paar auf am Taksimplatz, und dann laß uns mal schauen, ob sie weitermachen!« Auch ich solle mich von diesen Gedanken lossagen, ehe ich in weitere Unannehmlichkeiten geriete, mich auf mein Studentendasein besinnen und eifriger studieren. Das war der Rat, den er mir fürs Leben gab. Von ihm hatte ich nichts anderes erwartet und im Grunde im voraus gewußt, was für eine Antwort ich bekommen würde. Meine Absicht war wahrscheinlich in erster Linie gewesen, ihn zum Nachdenken über sein Leben zu bringen und zu der Einsicht, daß er auch mit anderen Gegebenheiten leben konnte. Vielleicht wollte ich mich mit meinen intellektuellen Spielen auch selbst beweisen. Vielleicht kämpfte ich darum, meine Verschlossenheit soweit wie möglich zu überwinden, indem ich mich als einen Menschen darstellte, der gebildeter war als er und seine Umwelt. Es war nicht so, daß ich nicht von meinen Gedanken und der Notwendigkeit dieses Aufstands überzeugt gewesen wäre. Damals war das die ethische Haltung, die ich am vertrauenswürdigsten fand. Aber leider war die Realität von Monsieur Davit nun einmal, wie sie war, und ich hatte nicht die Kraft, das Bild zu verändern, das sich mir bot.

Şevket dagegen, der manchmal Waren auslieferte oder Geld eintrieb und oft Botendienste machte, hatte weder die Zeit, sich über solche Dinge den Kopf zu zerbrechen, noch die Kraft, denn er dachte immer an seine Frau, die ihm das Leben vergiftete. Während er in aller Frühe in den Laden kam, ihn jeden Tag sorgfältig auskehrte, wobei er sich hinter dem Vorwand versteckte, daß man den ›Brottrog pflegen‹ mußte, jeden Abend mehrmals die Wasserhähne und die Elektrizität kontrollierte, was schon zur fixen Idee geworden war, und möglichst immer als letzter gehen wollte, lebte er die ganze Zeit mit dem Traum, im Rentenalter in seine Heimat zurückzukehren und Kleinvieh zu mästen. Ich kann mir das alles nur mit dem hartnäckigen Wunsch erklären, in seinem Leben eine zweite Seite aufzuschlagen. Wahrscheinlich vergingen für ihn die Jahre mit der Flucht in diese Träume. Dann war für ihn eines Tages der Abschied von der Arbeitswelt gekommen. Damals sah ich seine Frau zum ersten und zum letzten Mal. Sie war wirklich eine unerträgliche Frau. Es schien, als übte sie mit ihrer ausladenden Fülle, ihren riesigen Händen und dem entschiedenen Auftreten über den gemächlichen, schmächtigen Şevket ihre Herrschaft aus. Sie kam eines Tages in den Laden, begann mit meinem Vater heftig über die

Abfindung zu verhandeln, und im Streit schlug sie dabei heraus, was sie nur konnte. Danach habe ich auch Şevket nie wiedergesehen. Ich habe nie erfahren, ob er auf die Scholle zurückgekehrt war, wo er geboren war und seine Kindheit verlebt hatte, um das von ihm ersehnte Leben zu beginnen, oder ob er sich der Anziehungskraft Istanbuls nicht hatte entziehen können und auf der Spur des Traums, der ihn jahrelang ans Leben gebunden hatte, gestorben war. Vielleicht atmen wir beide immer noch die Luft am selben Ort. Wir leben in einer Stadt, die viele Leben an vielen unterschiedlichen Plätzen mit vielen geheimen Gesichtern in sich birgt ... Derartig viele Menschen mit so vielen verschiedenen Sehnsüchten verlieren sich und gehen dahin in den einander fernen und fremden Straßen, den Wohnvierteln dieser Stadt ...

Mordo jedoch, der wohl vier, fünf Jahre ältere Cousin meines Vaters, der genauso wie Kemalettin nach der Pleite seines Geschäfts in jenem Laden Zuflucht, besser noch, Unterschlupf gefunden hatte, hatte ein poetisches Gemüt und fürchtete sich sozusagen vor seinem eigenen Schatten. Jedesmal, wenn wir über politische Dinge sprachen, schaute er ängstlich, nervös umher und sagte, ich solle meine Stimme dämpfen. Seiner Ansicht nach hatten die Wände Ohren, und jeder, selbst Leute, von denen man es nicht vermutete, konnte sich als Geheimpolizist herausstellen. Die Geschichte seines Konkurses war bitter, eine andere Art von Verhängnis. Wenigstens das hatte ich herausbekommen. Wiederholt hatte er davon erzählt, was er erlebt hatte, und den Vorfall geschildert, der dazu geführt hatte, daß er buchstäblich völlig erledigt war. Die Lügen, mit denen er seine Erzählung hin und wieder ausschmückte, zog ich freilich ab. Manchmal änderten sich die Orte, manchmal die wörtlichen Reden, manchmal die Kleidung und manchmal auch jene ›erotischen Augenblicke‹ ... Er hatte eine ausschweifende Phantasie. Nach Ansicht meines Vaters war das die größte Stärke seines Lebens. Waren diese Worte auch nicht gerade verächtlich gemeint, so waren sie doch abschätzig. Aber ich liebte gerade diese Seite an ihm, warum soll ich es leugnen. Auch wenn er die Erzählung ab und zu mit kleinen Lügen ausschmückte, den Kern veränderte er nie. Er hatte eine Parfümerie gehabt. Zwar war es eine kleine, aber sie brachte ihm nicht nur genug ein, daß er seiner Familie ein gutes Leben bieten konnte, wozu eine Wohnung mit Zentralheizung im Stadtteil Kurtuluş gehörte, Kleidung, in der man sich nicht zu schämen brauchte, und in den Sommermonaten ein kleines Haus auf der Insel Büyükada. Es war auch genügend Geld für die *drahoma*, die Aussteuer der Töchter, da, als es soweit war. Das waren seine Worte, die ganz offen zeigten, wie er sich im Leben zu behaupten versucht hatte. Jene gekränkte Stimme ist mir noch immer im Ohr.

Doch nach dieser Einleitung, die zu verschiedenen Zeiten mit verschiedenen Worten erzählt wurde, fing der zu Herzen gehende Teil der Erzählung an. Dann verstand man jene Gekränktheit um so besser. Eines Tages verliebte er sich in eine Gymnasiastin, die jünger war als seine Töchter und mit ihrem nach Kaugummi riechenden Atem, ihrem sauberen Duft regelmäßig in den Laden zu kommen begann ... Er verliebte sich ganz fürchterlich ... Das waren seine eigenen Worte. Als die Sache herauskam – irgendwie war sie herausgekommen –, brach natürlich ein Sturm los. Damals schrieb er dem Mädchen Gedichte, wie er es seit seiner Schulzeit gewohnt war. Das Mädchen aber verlangte als Gegenleistung für ein paarmal Beschnuppern und ein paar verstohlene Küsse von ihm ständig kostenlos Parfüm, Kosmetikartikel und vor allem Geld. Schließlich rächte sich seine Frau, indem sie, ohne ihn zu informieren, die Wohnung, die auf ihren Namen lief, Hals über Kopf verkaufte, eine größere Geldmenge vom gemeinsamen Bankkonto abhob und mit ihren Töchtern für immer zu den Verwandten nach Tel Aviv ging. »Ich blieb aufgeschmissen allein zurück«, sagte er, wenn er an diese Stelle der Erzählung kam. Dann hörte ich aus seiner Erzählung nicht so sehr die Stimme der Wut, des Zorns, sondern eines tiefen Leids. In solchen Momenten erkannte ich noch mehr, was für ein gutgläubiger und verletzlicher Mensch er war. So eine Liebe verlangte Mut. Doch meiner Meinung nach hatte er sich bei dem, was er tat, dem Leben gegenüber weniger von Mut leiten lassen, sondern im Gegenteil von seinen Schwächen und, was noch schlimmer war, von dem Glauben, alle Menschen seien so wie er... Das Leben war nicht so, wie er es erwartete, wie er es sich in seiner Phantasiewelt ausgemalt hatte ... Als er die Realität ein klein wenig erkennen konnte, war es schon zu spät. Vielleicht war es ungerecht, daß er vor aller Augen nach so vielen Jahren des Lächelns, mit seinem so poetischen Gemüt und seiner Rückhaltlosigkeit diese in jeder Hinsicht äußerste Armut erleben mußte, aber letztendlich war dies das Ergebnis der Verwirrung. Soweit die Erzählung. Das Ende vom Lied war, daß er mit dem Großteil des Kapitals aus seinem Laden die Spielschulden des älteren Bruders des Mädchens bezahlte, das er so wahnsinnig liebte. Nach einer Weile verließ ihn jenes Mädchen und verschwand.

Trotz allem, was er erlebt hatte, konnte Cousin Mordo nicht aufhören, weiterhin mit diesen naiven Gefühlen und seinem Lächeln ins Leben zu blicken. Vielleicht war dieses Spiel der Phantasie das einzige oder beste Spiel, das er zu spielen verstand, vielleicht seine eigentliche Realität. Vielleicht unterließ er deswegen nie, sich stets sehr sorgfältig zu kleiden. Außerdem war er ein gutaussehender Mann. Manchmal summte er Schlager von Tino Rossi vor sich hin, mit dem man ihn in der Jugendzeit öfter verglichen hatte. »Le plus beau tango du monde« – »Der schönste Tango der Welt« – war ihm das liebste Lied, an das er sich am besten erinnerte. »Es war der schönste Tango der Welt, den ich in ihren Armen getanzt habe.« An wen erinnerte er sich, wenn er diesen Tango sang? An das Mädchen, das er geliebt und nicht hatte vergessen können? An seine Frau, die ihn verlassen hatte? Oder an seine Töchter, auf die er sehnsüchtig wartete?... All das Schöne war gänzlich in jenen Bildern geblieben. Manchmal frage ich mich, warum ein so gut aussehender Mann so eine große Niederlage erlebt hat. Diejenigen, die mit Schönheit gesegnet waren, wurden ja vom Leben bevorzugt, so daß sie immer einen Schritt voraus waren, wenn sie sich unter die Menschen mischten. In jener bitteren Komödie hatte dieser Vorzug jedoch keine rechte Bedeutung. Was konnte man weiter erwarten von einem Mann, der Lyrik sehr liebte und wichtig nahm, obwohl er ein schlechter Dichter war. Manchmal las er mir aus jenen alten Heften die Gedichte vor, die er für jenes Mädchen geschrieben hatte. Er wurde dann immer sentimental und versank in der Erinnerung an seine Schmerzen...

Oft sagte er auch, er habe die Leitung des Ladens. Das war eine der wichtigsten Repliken jener bitteren Komödie. Denn eigentlich brauchte ihn in diesem Laden keiner. Ich bin mir sicher, auch mein Vater dachte so. Doch der hatte trotz all seiner Härte eine mitleidige Seite. Einmal äußerte er: »Hätte ich den Blödian nicht hier aufgenommen, dann hätte er sich umgebracht, hundertprozentig!« Er hatte recht. Meiner Ansicht nach hatte es für Cousin Mordo nach seinem großen Zusammenbruch und dem Sturz in jenen Abgrund keine andere Rettung gegeben, als in diesem Laden zu arbeiten und sich in einer erneuten Selbsttäuschung ans Leben zu klammern. Hatte das Leben ihn im Laufe der Zeit noch ängstlicher und schüchterner gemacht? Wer weiß ... Doch wirklich sehenswert war sein Benehmen, wenn ich mit ihm von der ›Revolution‹ redete, wenn seine ängstlichen Blicke und sein Augenzwinkern mir signalisierten, ich solle nicht weiterreden. Eigentlich war es ein bißchen gemein von mir, daß ich absichtlich weitersprach, wenn ich diese Angst sah. Eine Gemeinheit oder – aus anderer Sicht – ein weiteres Spiel der Einsamkeit, das von beiden fortgeführt werden wollte. Vielleicht versuchte ich auch unbewußt, aus seinen Schwächen Kraft zu ziehen. Vielleicht auch liebte er seine Rolle in diesem Spiel, und er wollte allen, mich eingeschlossen, diesen ängstlichen Mann zeigen, als ob er sich heimlich ein wenig lustig machte über sein Leben, wobei er glaubte, er könnte sich durch Ironie an die Welt klammern ... Woher soll ich das wissen ...

Eines Tages kam aus dem Haus in Kurtuluş, wo er seit Jahren in einem Zimmer als Pensionär gelebt hatte, die Nachricht von seinem Tod. An seiner Beerdigung beteiligten sich nur wenige Menschen. Doch eine seiner Töchter war aus Israel gekommen. Ich ging zu dieser mir ganz fremd erscheinenden Cousine hin und sagte: »Ihr Vater war ein wundervoller Mensch; es tut mir sehr leid, daß ich ihn verloren habe.« Ich wollte meinen Groll irgendwie äußern, doch bemühte ich mich, ruhig zu bleiben und mit gemäßigter Stimme zu sprechen. Das verlangte die Atmosphäre bei einer Beerdigung. Eigentlich hätte ich laut losbrüllen mögen. Denn inzwischen war ich überzeugt, daß diesem gänzlich in seinem Schweigen und seiner Lyrik versunkenen Mann eine maßlose Ungerechtigkeit widerfahren war ... Meine Augen waren feucht. Auch ihre Augen füllten sich mit Tränen. Mit zitternder Stimme antwortete sie mir: »Ach, wenn doch auch Sie wüßten, was wirklich geschehen ist ...« Ihre Worte konnten die verschiedensten Bedeutungen haben. Ich bohrte nicht weiter nach. Es reichte mir, wenn sie wußte, daß jemand sich in dieser Weise an ihren Vater erinnerte. Mein Vater warf eine Schaufel Erde auf das Grab und sagte dann: »Gott möge ihm seine Verfehlungen verzeihen.« Höchstwahrscheinlich dachte er, sein Cousin habe das falsche Leben gelebt. Was konnte ich tun? ... Was geschehen war, war geschehen. Das Wasser hatte längst sein Bachbett gefunden. Wer wollte, konnte sich auf eigene Weise an ihn erinnern.

In den Tagen nach diesem Todesfall dachte ich viel an diesen einzigen Dichter unserer Familie und die unterschiedlichen Erinnerungen, die er mir hinterlassen hatte. Ich stellte mir in bezug auf ihn viele Fragen und konnte keine Antworten finden, die mich zufriedengestellt hätten. Es handelte sich nämlich um die nie erwähnten, im dunkeln gebliebenen Fragen dieser Erzählung. Hatte beispielsweise seine Frau sich wirklich niemals bei ihm gemeldet, nachdem sie das Land verlassen hatte?... War von dort wirklich nie eine Nachricht gekommen?... Wenn sie sich nie gemeldet hatte, war das Rachsucht, Haß?... Und Mordo?... Warum hatte er sich entschlossen, an dem Ort zu bleiben, wo man ihn zurückgelassen hatte?... Warum war er nicht seinen Töchtern nachgereist, wenn schon nicht seiner Frau?... Hatte er all die Jahre darauf gewartet, daß ihm verziehen wurde oder daß man ihm eine Gelegenheit gab, sich zu entschuldigen?... Wollte er ein neues Leben beginnen, nachdem er verlassen worden war, oder war er überzeugt, daß ihm kein anderes Leben mehr blieb?... Am allerwichtigsten war: Was von dem stimmte, was er erzählt hatte, und inwieweit war es ausgedacht? Welche Tatsachen sollte ich nach Ansicht der Frau kennen, die ich nur auf der Beerdigung gesehen hatte und die nicht mal die sieben Trauertage für ihren Vater dageblieben war?... Manche Antworten wußte zweifellos mein Vater. Ich bin mir sicher, auch Mordo hatte sie gewußt. Doch ich war in den Tagen, als sich die Erzählung in dieser Form langsam in mein Gedächtnis einschrieb, mit ihm nicht so lange zusammen, um im Gespräch diese Themen zu vertiefen, besser gesagt, ich habe leider nicht mit ihm zusammensein können. Einerseits kam ich nur selten in den Laden, und andererseits war ich, ehrlich gesagt, von einer ganz anderen Begeisterung erfüllt, die für mich viel wirklicher war. Woher hätte ich ahnen können, daß eines Tages diese Fragen so wichtig würden? ... Die Erzählung blieb deshalb in mir nur mit diesen Worten und Eindrücken haften. Mit ihren Lücken, Dunkelheiten und Fragestellungen... Auch bemühe ich mich, mit dem Vorhandenen zufrieden zu sein. Wenn ich mich daran erinnere, daß auch Mordo ein Teil dieses Ladens gewesen ist, werde ich unweigerlich melancholisch, doch ich kann mich sehr leicht trösten mit dem, was ich gewonnen habe, indem ich ihn kannte. Manchmal tut die Erinnerung weh. Doch gleichzeitig läßt sie den Menschen fühlen, daß er dieses Leben lebt. Am ehesten glaube ich an die Erzählung von Cousin Mordo, wenn ich mich dieser Realität zu stellen traue.

Zu einer bestimmten Zeit meines Lebens verkörperten für mich ebendiese Stimmen, Gesichter, Hoffnungen und Erwartungen ans Leben den Laden ... Dieses Richtige wie auch diese Fehler ... Diese Gemeinsamkeiten wie auch diese Einsamkeiten ... Diese Fakten wie auch diese Träume ... Es war gewiß eine Komödie, wie ich versuchte, die Protagonisten des Spiels auf meine Seite zu ziehen. Eine Komödie, die in aller Grausamkeit zeigte, wie wenig Ahnung vom Leben ich hatte ... Doch ich konnte nur das tun ... Ich suchte mich selbst, so wie alle. Ohne zu wissen, womit ich bei dieser Suche konfrontiert werden würde. Doch anders war das auch gar nicht zu denken. Um weiterzukommen, mußte man auch ein bißchen unwissend sein. Erschien dem Menschen nicht deshalb die Finsternis tiefer als die Helligkeit? ... Waren nicht deshalb die Nächte faszinierender als die Tage? Damals konnte ich auch nicht wissen, daß mich diese Stimmen und Gesichter, die ich zurückzulassen versuchte, unmerklich auf ein anderes Spiel vorbereiteten. Es heißt ja, daß manche Friedensschlüsse die Tür zu neuen Kriegen öffnen. Der Weg, zu dem ich aufbrach, war genau so ein Weg ... Mein innerer Zwiespalt war genau so ein Zwiespalt. Es würde die Zeit kommen, wo ich mich diesem Zwiespalt stellen mußte ... Doch

die Tage waren anders. Das Gefühl jener Tage war anders ...
Und die Erzählung jener Flucht war anders ... Man mußte
erst mal leben ... Leben und besser verstehen können ... Verstehen können und sich selbst mit Geduld aufbauen, um sich
von anderen akzeptieren zu lassen ...

Jener kleine Laden, der still und leise seine eigene Geschichte schrieb, lag eingezwängt in einer der Gassen, die
auf der einen Seite angrenzen an den Ägyptischen Basar mit
seinen gewürzduftenden Ständen und auf der anderen an den
steilen Hang einer der Hügel, auf denen unsere Stadt gebaut
ist, Zeuge vieler Zeitenwenden, Aufstände, Hoffnungen und
Tode. Die Gasse mündet in die Straße, die hinunter zu *Yeni
Camii*, der Neuen Moschee, führt, deren Tauben mir aus irgendeinem Grund immer sehr schwermütig vorkamen. Die
Gesichter im Laden erzählten mir zugleich von den Rudimenten eines Erbes, das von jenseits der Jahrhunderte kam ...

Meine Hände im Spiegel

Meine Studentenjahre verbrachte ich zu einem großen Teil mit Lesen und Musikhören. In den Laden ging ich nur, um mich ein wenig zu zerstreuen oder wenn ich die Wirkung meiner, wie ich glaubte, laufend klarer und deutlicher werdenden Gedanken auf andere erproben wollte oder wenn ich Lust hatte, mit meinem Vater zum Essen zu jenem *köfteci* beim Bahnhof Sirkeci zu gehen. Ansonsten konnte man mich jedoch, ausgenommen die Tage, an denen ich an die Uni ging, kaum losreißen von den Büchern oder den Melodien, die von meinem Plattenspieler der Marke Dual erklangen. Diese Zeiten, in denen ich mich so lange in meinem Zimmer einschloß, daß es die übrigen Hausbewohner beunruhigte, ja daß sie sich sogar Sorgen machten, waren, wie ich glaubte, die Zeiten, in denen ich mich auf draußen vorbereitete. Ich war davon überzeugt, auf diese Weise manche meiner Ängste zu überwinden und darüber hinaus das Leben, das Dasein besser zu verstehen ... Mein Taschengeld gab ich fast vollständig für Bücher, Zeitschriften, Schallplatten und manchmal fürs Kino oder Theater aus. Es kam mir sogar ein bißchen so vor, als täte ich das aus Protest gegen meine Familie, die mir nicht erlaubte, von zu Hause in eine eigene Wohnung zu ziehen. Um mich aufzulehnen und nicht wie sie zu sein, nicht wie sie zu leben ... Gut, daß ich das getan habe. So bahnte ich mir langsam meinen Weg. Und dann gab es natürlich auch Konzerte. Vor allem die Konzerte von Timur Selçuk, Cem Karaca und Ruhi Su ... In diesen Konzerten war ich am stärksten davon überzeugt, daß die Revolution eines

Tages kommen würde. Das war damals mein Kampf, um mich ans Leben zu klammern ... Wir befanden uns in einer vielleicht allzu romantischen, aber unwiederbringlichen Phase unseres Lebens. Der Kampf endete eines Tages mit einer Niederlage, und diejenigen, die sich stärker als ich auf die Sache eingelassen hatten, bezahlten dafür einen hohen Preis, sie starben durch das ihnen angetane Unrecht, oder sie wurden auf Dauer traumatisiert. Was sie erlebt haben, ist denen sehr wohl bekannt, die die Geschichte dieses Landes miterlebt haben.

In jenen Tagen, als die Niederlage und die dadurch verursachte Enttäuschung zu erleben und zu fühlen waren und ich in den Laden zu gehen akzeptierte, in der Hoffnung, mir ein neues Leben aufzubauen, waren Marlboro-Zigaretten und Nescafé schon keine Schmuggelware mehr. Von da an konnte man alles mögliche viel leichter verkaufen und einkaufen. Ich beobachtete diese Veränderung, die mir das Innerste umdrehte, ich konnte sie sehr wohl sehen. Doch andererseits war ich auch bereit, mein neues Spiel gut zu spielen. Nur durch eine solche Entschlossenheit konnte ich mich von der Berechtigung meines Daseins überzeugen. In dem veränderten wirtschaftlichen Klima konnte der Laden mit dem Verkauf von minderwertigen Drogeriewaren nicht weiterbestehen. Sogar mein konservativer Vater, der sonst immer an seinen fixen Ideen festhielt und im höheren Alter seine alte Unternehmungslust verloren hatte, begriff dies. Deshalb fiel es mir nicht besonders schwer, ihn davon zu überzeugen, ins Importgeschäft einzusteigen. So begannen wir mit dem Import von Essenzen und Ölen als Grundstoffen für Kosmetikprodukte und Nahrungsmittel. Um genau zu sein, der Grund für den Rückzug meines Vaters war nicht nur, daß er sich alt und müde fühlte. Auch er sah den Wandel. Es war nicht nur eine äußerliche Veränderung, er mußte zusehen, wie eine Kaufmannsmentalität langsam zusammenbrach, die Selbstgenügsamkeit und Solidität als höchste Werte geschätzt hatte. Was er sah, das sah ich auch. Der Unterschied zwischen uns beiden rührte daher, daß wir das Geschehen von einem anderen Standpunkt aus betrachteten. Zudem starb auch noch Kemalettin Bey... Es waren dies die letzten Szenen des Spiels, dem er seine Jahre geschenkt hatte... Das Leben gewährte ihm in dieser neuen Epoche trotz all seines Wissens und seiner Erfahrung nur die Rolle eines Zuschauers, eines Gastes...

Um auf mich zu kommen... Meine Chancen standen günstig. Binnen kurzem erkannte ich, daß man nicht allzu gescheit sein mußte, um viel Geld zu verdienen. Es reichte, wenn man erkannte, was am Markt fehlte. Diejenigen, die diese Lücken am schnellsten bemerkten, stellten sich bei Themen wie ›Suche nach der Tiefe des Lebens‹ und ›Wertschätzung von Feinheiten in zwischenmenschlichen Beziehungen‹ dümmer an als ich, sie waren zudem weniger gebildet. Diese neu entdeckte Tatsache war für mich ziemlich ärgerlich. Ich lehnte mich aufs neue gegen das auf, was ich erlebte. Doch am Ende gab ich auch diesen Kampf auf. Es war eigentlich gar nicht so wichtig, wer sich in welche Lüge oder welchen Betrug verrannte. Auch wer welchen Egoismus als Sieg ansah... Außerdem hatte ich nach ein paar Jahren eine Position erreicht, in der ich mir mit Geld mühelos einige Wünsche erfüllen konnte. Das hatte ich von mir nicht erwartet. Auch hätte ich nicht erwartet, daß mein Selbstvertrauen gehörig steigen würde dank der Position, die ich so leicht erreicht hatte. Doch so war es nun einmal. Diesen Akt des Dramas, wenigstens diesen Akt, hatte ich den Regeln entsprechend zu spielen gewußt. Dies alles hatte ich zweifellos für mich getan, so wie jeder andere, der das Milieu ernst nahm, aus dem er kam, in dem er aufgewachsen war und mit dem er irgendwie nie hatte brechen können. So wie ich damals fühlte, konnte ich nicht wissen, daß derjenige, der das Leben wirklich ernst nahm, vor allem dadurch vorwärtskam, daß er das ausblendete, was die Persönlichkeit des Menschen einengte. Deshalb arbeitete ich viel. Ich stürzte mich in die Arbeit. Ich war ja vom Zauber der Vertröstung auf später besessen ... Eines Tages würde ich das erwünschte Leben führen ... Das Leben führen, das ich wünschte ... Was war das für ein Leben? ... Wie war dieses Leben? ... Die Antwort oder die Antworten darauf hatten keine große Bedeutung. Es war nicht einmal notwendig, eine Antwort zu finden. Vielleicht lag der Zauber darin verborgen, daß es keine Antwort gab ... Das Verführerische einer Hoffnung war ausreichend. Irrtümer und Lügen, die einem ermöglichten, eine solche Zeit leichter zu ertragen, waren ausreichend. Ein Gefühl von Morgen im Heute war immer noch ausreichend, selbst wenn es andere Ziele zeigte ...

Trotz all meiner Versuche, mich in Phantasien und Selbstbeschwichtigungen zu flüchten, konnte ich einer Frage nicht ausweichen, die mich beunruhigte, ja meinen Verstand manchmal regelrecht verwirrte ... Ich war zwar noch nicht bereit, mich mit der Realität, auf die meine Frage verwies, auseinanderzusetzen, wie es nötig war, und doch beunruhigte mich irgendwie eine Vermutung. Warum soll ich das verheimlichen? Hatte ich wohl das Bemühen um geschäftlichen Erfolg wegen meines Vaters auf mich genommen? ... Lag die Ursache des Strebens nach Erfolg darin, mich meinem Vater gegenüber zu beweisen, rechnete ich vielleicht damit, ihm sogar überlegen zu sein? War es möglich, daß ich von mir verlangte, auf diese Weise meine tiefe, unstillbare Kränkung zu überwinden? ... Der geschäftliche Erfolg war für ihn der wichtigste Erfolg im Leben. Meiner Ansicht nach wollte ich, indem ich diesen geschäftlichen Erfolg binnen kurzem erreichte, diesen zu etwas Gewöhnlichem, ja Banalem, machen. So wollte ich ihm zeigen, wie unwichtig sein Leben war. Solch einen Erfolg konnte jeder, der wollte, irgendwie erreichen. Sogar einer wie ich, den er wegen seiner Unangepaßtheit und seines in seinen Augen sinnlosen Bestrebens als ausgesprochenen Nichtsnutz ansah. Ich hatte mir das so ausgerechnet: Eines Tages, wenn er mir sagen würde, wie stolz er auf mich sei, würde ich ihm die Wahrheit mit einem Lächeln verkünden, dieses Mal nicht vom Zorn überwältigt, sondern den Zorn beherrschend. Aber ich habe mit der Zeit auch diesen Traum aufgegeben. Hatte ich angefangen, mich vom Erfolg berauschen zu lassen? ... Ich weiß es nicht. Das einzige, was ich erkannt habe und einsehe, ist, daß ich eine bestimmte Kränkung nie überwinden werde, beziehungsweise es nicht wollte. Wahrscheinlich kommt gerade daher die Auflehnung. Auch die Wut und die Mauer ... Sogar ... Sogar der Bruch ...

Jener Tag war aus meinem Gedächtnis nie gelöscht worden. Es geniert mich nicht mehr, daß das, was ich erlebt habe, anderen sehr banal erscheinen mag. Ich habe nämlich in späteren Jahren diese Leere zwischen uns, daß wir einfach nicht miteinander sprechen konnten, unsere Entfremdung, die mich manchmal sehr schmerzte, stets mit dieser einfachen Kindheitserinnerung in Verbindung gebracht ... Mit dieser einfachen Kindheitserinnerung ... Um die anderen Entfremdungen und Kränkungen nicht zu sehen ... War der Punkt, an den mich diese Begegnung ständig führte, von der ich mich einfach nicht frei machen konnte und wollte, etwa der Punkt, wo ein Spiegel zerbrochen war? Vielleicht ... Doch was nützte es, selbst wenn man eine einigermaßen richtige Antwort auf diese Frage geben könnte? Der Deckel darüber war irgendwie geschlossen. Um ihn zu öffnen, hätten wir uns beide bemühen müssen. Dabei war weder ich geneigt, zu sprechen, zu erzählen, noch war ihm bewußt, was ich erlebt hatte ...

Ich war damals acht oder neun Jahre alt. Mein Vater hatte gerade den Kleintransporter gekauft, mit dem die Geschichte seiner Fahrten in die anatolischen Städte und Städtchen beginnen sollte, wodurch er zum einen seine Geschäfte langsam ausweitete, zum anderen mit Kemalettin Bey jene Freundschaft erlebte. Meine Großmutter sagte, der Wagen würde unserem Haus ›*azlaha*‹, Segen, bringen, unsere schweren Tage würden durch ihn enden, und er würde uns ermöglichen, einen großen Laden und eine Wohnung zu kaufen; sie kümmerte sich nicht um das Lächeln meines Vaters, unterdrückte ihren Ärger, nicht ernst genommen zu werden, versuchte diesen zu befrieden mit jener großen Welterfahrenheit, die sie sich selbst eindringlich empfahl, und wiederholte ständig, daß sie Tag und Nacht Gebete sprach. Mein Vater hingegen bemühte sich, noch besonnener zu sein, er sah sich selbst von jenen Träumen weit entfernt, und doch unterließ er es nicht, seine Mutter zu ermahnen, sie solle ihre Gebete nicht vernachlässigen. Diese Gebete waren erforderlich, um ihm Hoffnung und Mut zu geben, ihn am Leben zu erhalten, schließlich war es für einen guten Juden sehr wichtig, sein Vertrauen nicht zu verlieren. War auf diese Weise nicht vor Jahrhunderten, ja vor Jahrtausenden, ein Bund mit Gott geschlossen worden? Waren sie in dieser langen Zeit diesem Bund nicht, wo immer sie auch gelebt hatten, treu geblieben? Hatte diese Treue sie doch auf diesen langen, schweren Wegen der Verbannung davor beschützt, völlig aufgerieben zu werden, zu verschwinden ...

Meine Mutter war traurig, weil sie lange von meinem Vater getrennt sein würde, und mit weinerlicher Stimme drückte sie von Zeit zu Zeit ihren Kummer aus, indem sie ihn mit dem ›Schicksal‹ zu verknüpfen versuchte, das seinen Sinn in den Tiefen jenes in vielen verschiedenen Böden verwurzelten und von verschiedenen Sprachen berührten Erbes hatte. So ein Leben war vielleicht nicht das, was sie sich gewünscht, von dem sie als junges Mädchen geträumt hatte. Doch als traditionell erzogene Frau wußte sie sehr wohl, daß man schwere Zeiten gemeinsam durchstehen und die Ereignisse mit Geduld ertragen mußte. Auch das Bedürfnis, diese Gemeinsamkeit zu spüren und spüren zu lassen, kam aus dem, was jener Überlebenskampf gelehrt hatte ...

Und nun zu mir ... Damals, als alle diese Werte still und langsam in mein Leben eingeschrieben wurden, freute ich mich kindlich begeistert vor allem, daß wir endlich ein Auto hatten. Das Auto war zwar kein geflügelter Chevrolet Impala, doch es war unser Fahrzeug. Mit diesem Wagen würden wir an manchen Wochenenden sogar nach Sultansuyu zum Picknick fahren oder zum Teetrinken nach Emirgan. Für diese kleinen Ausflüge würden wir nicht mehr auf die Autos von anderen angewiesen sein. Mit dieser Begeisterung bestieg ich zum ersten Mal den Kleintransporter. Voll Freude nahm ich neben meinem Vater Platz, der sich mit großem Ernst hinters Steuer setzte. Ich war ganz außer mir vor Begeisterung. So sehr fühlte ich, daß das Fahrzeug meins, unseres war ... Erfüllt von dieser Freude, drückte ich meinen Rücken fest ins Polster und streckte meine Füße zur vorderen Ablage aus. Mein Vater sah mißbilligend auf diese Bewegung und sagte rasch mit harter Stimme: »Was ist denn los, ist dies etwa der Besitz eines Ungläubigen? Tu die Füße runter.« Ich wußte zwar nicht, was ein Ungläubiger war, doch zumindest spürte ich, daß es etwas Böses bedeutete. Ich war ganz verdattert. Sofort nahm ich meine Füße runter und saß da wie vom Donner gerührt. Ich konnte ihn nicht anschauen. Ich schwieg, schwieg nur. Kein einziges Wort kam aus meinem Mund. Mir war zum Weinen zumute, doch ich wagte nicht zu sagen, ich hätte es nicht böse gemeint. Mir war, als wäre mir großes Unrecht widerfahren. Ich war sehr bekümmert. Was meinen Kummer noch verschlimmerte, war, daß dieser Mensch, dem ich so nahe sein wollte, nicht sah, was ich fühlte, und ich ihm meine Freude nicht hatte mitteilen können. Ich schwieg, ich schwieg bloß, ja, ich schwieg einfach. Ich versuchte meine Erbitterung zu unterdrücken. An jenem Tag zerbrach etwas in mir, was ich nicht benennen konnte und auch in den folgenden Jahren nicht benennen wollte... Jener Tag war es, an dem meine irgendwie nicht zu heilende Verletzung entstand... Der Bruch zwischen uns, der dazu führte, daß ich keine persönlichen Dinge mehr mit ihm besprach, war ebenfalls von jenem Tag geprägt...

Im Laufe der Jahre habe ich mich viele Male gefragt, ob ich diese Kränkung nicht viel zu wichtig genommen hatte. Vielleicht hatte es diese Entfremdung schon immer gegeben, sie gehörte grundsätzlich zu unserem Leben, wir waren womöglich von Anfang an zu dieser Entfremdung verurteilt. Zweifellos hätten wir die Leere, die durch die Entfremdung entstand, auch in unser beider Persönlichkeiten suchen können, daß wir einander, obwohl wir es manchmal sehr stark wollten, unsere Schwächen nicht offen zeigen konnten, und wir trotz allem, was unsere Erfahrung uns gelehrt hatte, die Fähigkeit des Sich-Öffnens irgendwie nicht hatten entfalten können. Das war eine andere Form, das Leben zu verfehlen. Das Ergebnis war ein Nichtmiteinandersprechen. Als wäre unser gemeinsames Schicksal das Nichtmiteinandersprechen gewesen. Deswegen erlebten wir infolge der Entfremdung, die immer zwischen uns bestehenblieb und immer spürbar war, in späteren Jahren auch andere Einsamkeiten, die wir gemeinsam großgezogen hatten. Dennoch erinnerte ich mich immer wieder an jenen Tag und jene Kränkung. Warum?... Warum wurde dieses Ereignis von mir so erlebt?... Darauf gab es keine Antwort. Ich bemühe mich auch gar nicht mehr, eine Antwort darauf zu finden. Fest steht, ich konnte mich nie des Gefühls erwehren, mein Vater erwartete mein Leben lang von mir, ich sollte ein anderer Mensch sein, doch trotz Bemühens und guten Willens ist mir das nicht gelungen. Ich habe mich sehr dagegen gewehrt, widerstanden, soweit ich konnte. Jetzt ist mein Vater tot.

Ich ließ auf dem Friedhof im Stadtteil Ulus sogar einen Grabstein für ihn anfertigen, würdig eines Kaufmanns, dem es in seiner Erdenzeit gelungen war, viel Geld zu verdienen. Dank meiner ›Großzügigkeit‹ konnte ich mich hinter der Maske des trauernden Sohnes heimlich amüsieren über diejenigen, die mir das Erbe, einen gut laufenden Laden und einen ziemlichen Geldbetrag, unausgesprochen neideten. Es war für mich von unschätzbarem Wert, mich über diese Menschen, die mir auf die Nerven gingen und die sich für berechtigt hielten, ganz selbstbewußt einzufordern, was sie von einem anderen erwarteten, hinter einem Lächeln köstlich zu amüsieren. Mit anderen Worten, ich hatte zum Lohn für meine ›Großzügigkeit‹ in den Augen dieser Menschen, die ihre Gewöhnlichkeit nicht vor mir verbargen, einen seltenen Spaß billig erkauft. So gesehen hatte ich das Grab meines Vaters sehr ›günstig gekauft‹, wie er selbst gesagt haben würde, und sogar seinen Tod benutzt, um eine hinterhältig aussehende, doch ganz unschuldige Rache zu nehmen. Was hätte ich noch verlangen können? ... Es war dies einer meiner Versuche, diese Stimme, die mir all die Jahre innerlich weh getan hatte, so tief wie möglich woanders zu begraben. So tief wie möglich ... Indem ich mich bemühte, sie zu vereinfachen, zu banalisieren, herabzusetzen ... War es mir aber gelungen, die Werte tief genug zu vergraben, die er vertrat, oder zumindest in meinen Augen vertrat, und die, wie ich glaubte, mich hinderten, ein Leben nach meinen Vorstellungen zu führen? ... Ich weiß nicht. Das Schlimme ist, daß ich inzwischen nicht mehr weiß, wie sehr ich das eigentlich möchte ... Dennoch habe ich ein paar Dinge getan, die er nie hatte tun können, die ihm nicht mal in den Sinn gekommen wären.

Ich gehöre wahrscheinlich zu den Juden der zweiten oder dritten Generation, die sich bemühen, dem Fluch des Geldes zu entfliehen. Über diesen Zusammenhang habe ich zum ersten Mal bei der Lektüre von *Die Welt von Gestern* von Stefan Zweig nachgedacht. Diese traurige Biografie wurde im Laufe der Jahre zu einem der Bücher auf meinem Nachttisch, die ich immer wieder las. Woher hätte der Autor wissen sollen, daß diese Zeilen in ihrer Wirkungsmacht dem Leben eines anderen Juden in Istanbul in einer ganz anderen Zeit und in einem ganz anderen Gefühlsklima einen Sinn geben, ein neues Fenster öffnen würden? ... Womöglich reisen Bücher, die mit wahrem Gefühl geschrieben waren, über die Grenzen ihrer Sprache hinweg durch die Welt. Vielleicht erschien mir das Geschriebene deshalb nicht ›fremd‹. Die Erwartungen und die Ängste trafen sich trotz aller Unterschiede in sehr ähnlichen Bestrebungen und Hoffnungen. Wie anders kann ich meinen wachsenden Wunsch nach Beschäftigung mit unterschiedlichen Kunstrichtungen erklären, um mich noch mehr selbst zu finden, zu leben und zu lieben? ... Beispielsweise war ich bisweilen ganz fasziniert vom Fotografieren. Ich habe unzählige Dias, die alle in besonderen Schubladen archiviert sind. Dort leben nicht nur die Farben, die Winkel und Ansichten dieser meiner Stadt, mit der ich ein Liebesverhältnis habe, sondern auch vieler ferner Städte, die mich stark beeindruckt haben. Denn bis heute habe ich viele Reisen gemacht, auf denen ich im Rahmen meiner Möglichkeiten in vielen Straßen viele Momente für immer festgehalten habe. Meine Reiselust und meine Leidenschaft für die Fotografie ergänzten einander. Das waren teure Leidenschaften, doch ich zögerte nicht, den notwendigen Preis zu zahlen für das, was sie mich erleben und gewinnen ließen. Zur Gegenleistung gehörte auch die Zeit, die ich für meine im Grunde nie geliebten Geschäfte aufbringen mußte. Doch ich hatte die Tatsachen seit langem akzeptiert. Wenn ich mir meine Wünsche erfüllen wollte, war ich gezwungen, auch das Ungeliebte zu tun. So einfach war die Sache.

Natürlich kannte ich mich mit allen technischen Fortschritten der Fotografie aus. Jede Neuerung vereinte zugleich ein Sterben und eine Geburt. Von den Schwarzweißfotos, die in Dunkelkammern abgezogen wurden, sind wir heute bei

Bildern angelangt, die wir auf einem kleinen Bildschirm betrachten und sofort bekommen können. Unter dem Eindruck dessen, was ich erlebt habe, möchte ich am liebsten wieder in jene Welt der Schwarzweißfotografie, in jene Dunkelkammer zurückkehren. Ich habe mit ein paar befreundeten Fotokünstlern gesprochen. Sie sagen, sie könnten mir Workshops empfehlen, wo ich mich weiterbilden könne.

Wieweit ist es möglich, zurückzukehren? ... Was hat es für einen Sinn? ... Inwieweit ist es notwendig? ... Diese Fragen passen so gut zu der Erzählung, zu der ich gewagt habe mich auf den Weg zu machen ... Ich wäre wahrscheinlich eher von der Sinnlosigkeit einer Rückkehr in die Vergangenheit überzeugt gewesen, hätte nicht jene große Erschütterung, die mein Leben mit Mitte Fünfzig in eine andere Richtung lenkte, in einem unerwarteten Moment jenen Raum in meinem Inneren zerstört, der auf gar nicht so festen Grundlagen stand, wie ich gemeint hatte. Hätte ich dieses Erlebnis nicht gehabt, dann hätte ich den anderen Beteiligten an dem Spiel nicht aufs neue begegnen wollen. Ich hätte nicht erkannt, daß ich nicht wirklich im Frieden mit mir war, hätte mich nicht gefragt, wo in diesem Leben ich stand. Diese Frage hätte mich nicht dorthin gezogen, wo ich manche Dinge und Menschen zurückgelassen hatte. Das Gefühl, daß diese zurückgelassenen Orte, die ich unbewußt gemieden hatte, weil ich mich nicht mit meinen Schwächen auseinandersetzen wollte, wie Ruinen aussahen, hätte mich nicht aufs neue erfaßt. Ich wäre nicht wieder zu jenen Ruinen zurückgekehrt, um meine Wunden, die sich nicht schließen wollten, die ich trotz der Zauberkraft des Vergessens nicht hatte heilen können, mit denen ich nur besser auszukommen gelernt hatte, noch einmal mit anderen Worten und Bildern zu verbinden. Ich hätte nie erfahren, wie sehr ich mich nach jenen Menschen sehnte. Ich hätte jene Menschen nicht noch einmal mit jenem Spiel in Verbindung gebracht. Die Helden jenes alten, nie endenden Spiels... Dieser Satz hat für mich inzwischen eine so große Bedeutung... Jenes Spiel bedeutet inzwischen so viel...

Ja, mit jener Erschütterung hat alles noch einmal angefangen. Später folgten weitere Erschütterungen... Und zwar Erschütterungen, die ich in keiner Weise erwartet hatte... Vielleicht ist das Spiel auch noch nicht zu Ende. Vielleicht hat das Spiel noch andere Szenen, die mich in Zukunft noch weiter verändern, die mich zur Selbsterkenntnis führen werden.

Damit ich aber von meinem Platz aus, von dieser Ecke der Bühne her, auf mein Leben blicken konnte, war es absolut notwendig gewesen, das Stück erneut zu inszenieren. Erneut, trotz aller Veränderungen und der dazwischenliegenden Jahre... Mit all seinen Bedeutungen... Ich mußte die Mitspieler aus der ›Schauspieltruppe‹ finden, die ich in dem langen Kampf verloren hatte. Mit all ihren Nöten, Unsicherheiten und Hoffnungen... Wieder um meiner selbst willen... Damit ich mit dem fertig wurde, was jene Erschütterung in mir geweckt hatte... Um besser zu hören... Um noch einmal an mich zu glauben und an das, was ich erlebt hatte... Erstmals nach so vielen Jahren, seit ich in der Hoffnung auf ein neues Leben in den Laden gekommen war, verspürte ich wieder dieses Bedürfnis... Ich wollte mich aus ganzer Seele an die mir noch verbleibenden Tage klammern. Der Unterschied war, daß ich dieses Mal nicht mit dem Verlangen zu flüchten antrat, sondern mit dem Mut zur Rückkehr... Was wollte ich tun?... Ich hatte nur wenige Anhaltspunkte...

An einem der hellsten Anhaltspunkte befand sich Necmi. Ich versuchte ihn zu sehen. Das kleine Licht zitterte und wirkte in der Finsternis recht erschreckend. Doch mir blieb keine andere Wahl, als dem Licht zu folgen. Necmi... Den ich im Grunde nie vergessen hatte, den die Jahre in einem anderen Spiel, und zwar einem sehr bösen Spiel, von mir weggeführt hatten ... Unsere Geschichte verlangte, daß ich zuerst ihn suchte für mein Spiel, für das Spiel, das ich nach Jahren erneut spielen, auf die Bühne bringen wollte ... Ich überließ mich dieser Eingebung. Natürlich ohne zu ahnen, wo ich anklopfen würde, zu welchem Leben diese Tür führen würde ...

Wir hatten so sehr an jenen Kampf geglaubt ...

Der Anknüpfungspunkt war eine Telefonnummer. Die Nummer von Necmi, die ich aus früheren Jahren noch hatte ... Inzwischen war unendlich viel Zeit vergangen. Für manche eine ganze Lebenszeit ... Es war gut möglich, daß ich den Gesuchten gar nicht antraf. Im schlimmsten Fall waren am anderen Ende der Leitung fremde Leute, doch einen Versuch war es wert. Langsam drückte ich die Tasten, und mit jeder Zahl wurde ich aufgeregter. Ich hatte mich in keiner Weise vorbereitet. Falls er ans Telefon kam, wollte ich aus meinem spontanen Gefühl heraus reden. Ich mußte nicht lange warten. Binnen kurzem meldete sich eine Frauenstimme. Die Stimme kam mir sehr bekannt vor. War ich richtig? ... Um das zu erfahren, mußte ich fragen. Natürlich blieb ich weiterhin förmlich. Schließlich war der Kontakt seit vielen Jahren unterbrochen ...

»Guten Tag ... Ich hätte gerne Necmi Bey gesprochen ...«
Nach ganz kurzem Schweigen folgte eine förmliche Antwort.

»Im Moment ist er nicht zu Hause ... Wer sind Sie denn, mein Herr?«

Nur diejenigen, die diese Frau sehr gut kannten, konnten hinter dieser Förmlichkeit den Schalk eines Kindes erkennen, das jederzeit zum Spielen aufgelegt war. Die Jahre hatten diese Stimme nur ein wenig kraftloser und zittriger gemacht. Auch ich schwieg kurz. Ich bemühte mich, das Gespräch mit den beeindruckendsten Worten fortzusetzen, die mir einfielen.

»Fatoş Abla, bist du es? ... Sag bloß, du kennst mich nicht!«

Es war die Mutter meines Freundes, aber sie selbst hatte gewollt, daß ich sie *abla*, ältere Schwester, nannte. Bei dieser neuerlichen Begegnung mit der Frau, der ich mich manches Mal näher gefühlt hatte als meiner Mutter, konnte ich meine große Vertrautheit ihr gegenüber auf diese Weise nur unbeholfen ausdrücken. Unser Alter hatte inzwischen nichts mehr zu sagen, und auch unsere Vergangenheit hatte nichts zu sagen. Die Zeit schien abermals stehengeblieben zu sein. Ich wartete, ob dieselbe Vertrautheit auch von ihrer Seite kam. Ich wurde nicht enttäuscht. In ihrer Stimme lag eine Mütterlichkeit, die auch von ihrer Seite das Gefühl wachrief, als wäre die Zeit stehengeblieben, und die Mütterlichkeit führte unausweichlich zu einem Vorwurf. Es war ein lächelnder Verweis, so wie in den mir wohlbekannten Zeiten, die in diesem Augenblick plötzlich zurückkehrten. Und noch wichtiger, in dieser Stimme lagen immer noch dieser Leichtsinn und das Erotische.

»Isi, mein Junge, wo steckst du denn bloß? ... Du bist mir aber ein Treuloser! ... Man ruft doch wenigstens mal an!«

In einem Moment schienen die vergangenen Jahre wie weggewischt. Die Wirkung dieses Gefühls der Erleichterung verlangte nach Scherzhaftigkeit.

»Ich hatte soviel Sehnsucht nach dir, da habe ich es nicht mehr ausgehalten und angerufen...«

Natürlich kam sofort die Antwort: »Jetzt reicht's aber, du Lügner! Los, sag mal, was hast du gemacht? ... Hast du geheiratet? ...«

Es war nicht schwer, die zweite Frage zu beantworten. Doch warum stellte sie diese Frage so früh und direkt. Ich sagte, daß ich verheiratet sei und zwei Kinder habe, einen Jungen und ein Mädchen. Das wurde erwartungsgemäß gewürdigt.

Auf die Frage nach meiner Tätigkeit hatte ich mir inzwischen elegante, harmlose, abgerundete Formulierungen zurechtgelegt. Ich sagte kurz, was es zu sagen gab. Dann fragte ich nach Necmi. Wieder schwieg sie kurz. In dem Moment bereitete ich mich auf jede erdenkliche Antwort vor. Ihre erste und natürlich kommentierte ›Information‹ klang, als beklagte sie sich über ihren Sohn.

»Er reist, er ist viel auf Reisen ...«

Diese Worte konnten viele Verhältnisse und Lebensweisen andeuten. Ich schwieg und versuchte, sie spüren zu lassen, daß ich eine Erläuterung erwartete.

Ihr Sohn sei schon seit Jahren Fremdenführer. Er sei in Istanbul, ich könne ihn anrufen, ich müsse ihn unbedingt anrufen, er würde sich sehr freuen, wenn er meine Stimme höre, er habe viele Male sehnsüchtig von mir gesprochen, schon bald werde er wieder zu einer langen Anatolientour aufbrechen, er arbeite viel, er verdiene zwar gut, aber weil er keine ortsfeste Arbeit gefunden habe, habe er nicht geheiratet, kein Heim gegründet, jahrelang sei er mit einer Reiseleiterin herumgezogen, doch schließlich habe er sich auch von ihr getrennt, er komme einfach nicht zur Ruhe, lebe wie ein Vagabund ...

So erfuhr ich die Lebensgeschichte von Necmi aus ihrer Sicht. Es fiel mir schwer zu glauben, was ich gehört hatte. Ich war verwundert, höchst verwundert. Wie sollte ich denn nicht verwundert sein ... Ich fand meinen Freund, von dem ich immer gehofft und geträumt hatte, er würde mir aus einem ganz andersartigen Leben, aus weiter Ferne winken, in ein Netz von Beziehungen verwickelt, wie ich es nie erwartet hätte. Ich wußte, es gab im Leben für jede Entscheidung berechtigte Gründe. Gleichzeitig hielt mich meine Verwunderung davon ab, einen Kommentar zu geben. Ich konnte nicht antworten. Obwohl ich spürte, daß von mir in diesem Augenblick ein paar ergänzende Worte erwartet wurden, mit denen ich ihre Vorwürfe bestätigte ... Um das Schweigen zu brechen, fragte ich, wie ich Necmi finden könne, und um sie nicht zu enttäuschen, sagte ich, daß ich den Vagabunden zur Rechenschaft ziehen würde. Sie lachte und sagte, daß dieser Vagabund keinerlei Vorwürfen von wem auch immer zugänglich sei, aber vielleicht würde er ja auf mich hören. Dann berührte sie mit zärtlicher, womöglich auch sehnsüchtiger Stimme, die mir das Gefühl gab, sie vermißte irgendwie gewisse Zeiten schon sehr, eine der brennendsten Wunden unserer Geschichte jener weit hinter uns liegenden Tage ...

»Was wart ihr doch für gute Jungen ... Was für gute Kameraden ...«

Ich wußte erneut nicht, was ich sagen sollte. Dieses Mal konnte ich nicht sprechen. Sonst hätte ich vielleicht geweint. Meine Kehle durchdrang ein Schmerz, der die Last, die Bitterkeit und das Bedauern all der Jahre trug ... Als bemerkte sie, was ich fühlte, versuchte sie, mir wieder aufzuhelfen mit ihrer Stimme, die ebenfalls an die alten Zeiten erinnerte, aber zugleich das Liebevolle mit einer scherzhaften ›Schwesterlichkeit‹ einfärbte, ja vertiefte.

»Aber was wart ihr doch häßlich! ...«

Als ich diese Worte hörte, fühlte ich einen leichten, inneren Schmerz, über den ich inzwischen lächeln konnte. Genauso wie die in aller Offenheit gemeinsam erlebten Schmerzen, an die jener Spiegel immer erinnert hatte, irgendwo zurückgeblieben waren ... Mit der Kraft, die ich aus diesem Gefühl gewann, erwiderte ich ihre Herzlichkeit:

»Ich bin sehr gut aussehend geworden, Fatoş Abla ... Du glaubst nicht, was das Älterwerden geholfen hat! ...«

Ich hatte erwartet, daß sie lachen würde, aber wieder schwieg sie eine kurze Zeit. Vielleicht lächelte sie, das konnte ich nicht sehen. Ihre Stimme drückte sowohl Zuneigung zu mir als auch jenes ›schwesterlich‹ liebevoll Gestrenge aus.

»Necmi ist noch häßlicher geworden! ...«

Es schien, als enthielte ihre Stimme etwas unbestimmt Brüchiges. Als käme dieses Brüchige aus der Tiefe, aus sehr tiefer Tiefe ... Mir entging dieser kleine Wechsel, von dem ich nicht wissen konnte, wie wichtig er war, nicht. Ich deutete ihre Worte dennoch in dem Sinn, daß sie mir sagen wollte, ihr Sohn sei gealtert. In dem Moment konnte das Gesagte mich nur bis dahin führen. Vielleicht war er zu einem Mann mit Bauch geworden, mit ergrauten Haaren und noch stärkerer Brille ... Ich versank erneut in Gedanken und hörte zu sprechen auf, ohne es zu merken. Ihre nächsten Worte genügten, mich in die Gegenwart zurückzuholen, und riefen zugleich andere Bilder in mir wach.

»Na ja, ihr werdet euch ja sowieso treffen ... Sag ihm, er soll nicht zuviel trinken. Manchmal trinkt er viel ...«

Derartige Ermahnungen hatte sie auch früher schon ausgesprochen. Damals als junger Mann hatte sich Necmi jederzeit plötzlich in eine schwierige Lage bringen können, und meistens war nicht vorauszusehen, was er tun würde. Ich war sein verläßlichster Freund gewesen, und zumindest äußerlich hatte ich reifer gewirkt als er. Deswegen hatte mich Fatoş Abla viele Male beauftragt, ihn wie ein großer Bruder zu beschützen. Es berührte mich sehr, nach Jahren wieder in der gleichen Weise in Dienst genommen zu werden, und doch, ich weiß nicht, warum, tat es mir ein bißchen weh. Hätte ich gewußt, was sie mir eigentlich über Necmi sagen wollte, wäre ich zweifellos noch betroffener gewesen. Noch war es aber zu früh, die anderen, erschütternderen Tatsachen zu erfahren. Oder es war viel zu spät ... Was hätte ich nach dem, was ich wahrgenommen hatte, noch sagen können? ... Schmerzlich berührt beendete ich das Gespräch.

Um mit einem Menschen, mit dem ich vor Jahren viele Geheimnisse geteilt hatte, erneut Verbindung aufzunehmen, hatte ich nur ein kleines Stück Papier ... Ich schaute auf die hastig hingekritzelte Handynummer und hatte dabei ein seltsames Gefühl ... Es war einerseits aufregend, andererseits erstickt in einer bitteren Freude ... Die Bitterkeit rührte ein wenig daher, daß so viele Jahre vergangen waren. Aber mir schien auch, als sei ich irgendwie gekränkt, weil ich ihn derart schnell gefunden hatte ... Als hätte ich mich viel mehr anstrengen müssen, ihn nach der langen Zwischenzeit zu finden ... Viel mehr anstrengen ... Um unsere Trennung möglichst bedeutungsvoll zu machen ... Damit unsere Geschichte, unsere Suche um so glaubhafter wurde ... Aber da war nichts zu machen, die Reise sollte halt auf diese Weise beginnen ... Vielleicht war das auch ein Zeichen. Ein Zeichen, das mir sagen konnte, daß sich mein Traum verwirklichen würde ... Ich versuchte, dieses Spiel des Schicksals zu mögen.

Danach kam ein langes Sich-Erinnern. Ich war nun mit meinen Erinnerungen und meiner Einsamkeit allein ... Da ich sehr oft in jenes Haus gegangen war, hatte ich viel mitbekommen von Dingen, die viele Menschen nicht wußten und nicht erfahren sollten.

Der Vater von Necmi, ein Staatsanwalt, war eines Tages aus nie wirklich geklärten Gründen in Adana ermordet worden. Es kursierten verschiedene Gerüchte. Manche meinten, der Mord sei wegen einer Korruptionsklage begangen worden, andere, es sei eine Staatsangelegenheit, noch andere sagten gar, es sei eine Liebesaffäre schuld, doch der Vorfall blieb im wahrsten Sinne des Wortes schleierhaft oder wurde verschleiert. Necmi war damals erst zwölf Jahre alt. Wie er mir Jahre später in einem unserer Gespräche bei gerösteten und gesalzenen Kichererbsen und Wodka mit Zitrone erzählte, war es ihm unendlich schwergefallen, vaterlos aufzuwachsen. An jenem Abend versuchte ich mit ihm auch den Schmerz der Entfremdung zwischen mir und meinem Vater zu teilen. Wir entwarfen langsam den Weg, der sich vor uns ins Leben öffnete. In vielen der folgenden tiefen, eindringlichen Gespräche versuchten wir die ›Besonderheiten‹ zu finden und zu erkennen, das, was uns selbst ausmachte. Je näher wir einander in diesen Gesprächen kamen, um so mehr entfernten wir uns unweigerlich von den anderen. Die Unausweichlichkeit der Entfernung, ihre Vorteile wie auch ihren Preis erlebten wir mit jedem Tag mehr. So sehr, daß nach einiger Zeit auch die anderen Helden unserer Erzählung, die Mitglieder unserer ›Schauspieltruppe‹, gezwungen waren, die Tatsache anzuerkennen. In jenem Zimmer konnte viel Offenheit erlebt, gezeigt und miteinander geteilt werden ... Die meisten dieser tiefen Gespräche führten wir in seiner ziemlich großen Wohnung in Teşvikiye. Seine Mutter wurde nicht böse, wenn wir Alkohol tranken, im Gegenteil, sie unterstützte uns sogar, denn so würden wir erwachsen, pflegte sie zu sagen. Deshalb war es für mich ein ganz besonderes Haus, ein Haus der Freiheit. Weil ich hier, anders als bei mir zu Hause, keine Tradition vorfand, war es ein Haus der Freiheit, in dem ich mich ganz anders fühlte ... Wenn wir in manchen Nächten sehr viel getrunken hatten, schlief ich auch dort. In den meisten dieser Nächte blieben wir allein. Fatoş Abla überließ uns dann uns selbst, zog sich äußerst attraktive Kleider an, schminkte sich stark und ging zu Vergnügungen, über die sie uns nichts erzählte, die wir aber für sehr besonders hielten, und wenn sie gegen Morgen nach Hause kam, war sie oft betrunken, und manchmal kam sie gar nicht heim. Erst viele Jahre später konnte ich erfassen, daß hinter der lachenden, lebenslustigen Frau, die sie in solchen Zeiten absichtlich hervorkehrte, eine ganz einsame, gebrochene Frau gelebt haben mochte. Wenn ich jetzt darüber nachdenke, was ich damals erfuhr, aber nicht für wichtig nahm ... Fatoş Abla hatte von ihren Eltern, die ihre Heirat nie akzeptiert hatten, einen größeren Nachlaß geerbt. Nach dem Mord an ihrem Ehemann gab sie das Geld mit vollen Händen aus, als wollte sie Rache nehmen an etwas, das sie schwerlich hätte benennen können. Aber eigentlich war auch die Weise, wie sie sich selbst in diesem Leben einer lustigen Witwe verschwendete, sehr bitter und eine andere Art von Aufstand gegen das Schicksal ...

Wir waren damals Gymnasiasten, die sich wie alle in diesem Alter auf ihre Art gegen ihr Leben auflehnten, die gar nicht anders konnten, als das Leben entsprechend dieser Auflehnung zu interpretieren, und überhaupt erst versuchten, es kennenzulernen, und darum waren wir noch nicht reif, zu spüren oder zu erforschen, was sich hinter manchen Bildern verbarg ... Deshalb gingen Necmi diese Szenen, die er immer mit mir teilen wollte, weil er vielleicht einen wirklichen Zeugen brauchte, zweifellos sehr nahe. Womöglich nannte er deswegen seine Mutter, sobald wir allein waren, nachdem sie in dieser Aufmachung das Haus verlassen hatte, »eine echte Hure«, die jetzt wieder hingehe, »um einen abzuschleppen«, und aus Wut darüber trank er noch mehr. Inwieweit stimmte das, was er sagte? ... Ich habe mich nie getraut, die Wahrheit zu erforschen. Weder wollte ich ihn unglücklicher machen noch mir diese Frau, der ich mich so nahe fühlte, in so einem Leben vorstellen. Die »Hurenhaftigkeit« seiner Mutter war ihm sowieso zu einer, wie es schien, unausrottbaren, fixen Idee geworden.

Manchmal gingen wir auch eine Zeitlang in die vorgerückte Nacht hinaus, um durch die Straßen zu wandern. Um unsere Betrunkenheit auch draußen zu erleben oder um durch einen langen Spaziergang den Alkoholgehalt in unserem Blut ein bißchen zu senken, damit wir noch mehr trinken konnten ... Ein wenig hofften wir auch, unsere Gedanken zu zerstreuen ... In diesen Stunden hatten sich über die Gassen von Teşvikiye und Nişantaşı im allgemeinen tiefe Stille und Einsamkeit gesenkt. Im winterlichen Frost hatte die Dunkelheit, die das Bild bedeckte, in das wir eintauchten, besondere Anziehungskraft, Poesie und Schauder. Der schmutzige Heizungsrauch, der aus den Schornsteinen der alten Wohnhäuser kam, gehörte zu den unvergeßlichen Bildern unserer Nächte. Wir redeten mit den Hausmeistern, die nach Mitternacht riesige Kohlebrocken zerschlugen, welche von Lastwagen vor den Appartementhäusern abgeladen worden waren, und die Kohle in die Keller hinuntertrugen; wir riefen auch den Straßenjungen, die in geheimen Ecken mit Karten um Geld spielten, Sätze zu wie »Na wie läuft's denn, Leute?« oder »Hast du einen Grand auf der Hand?«. Oder wir quatschten die Zeitungshändler an, die die Frühausgaben verkauften. Für gewöhnlich kauften wir ganz aufgeregt Zeitschriften mit nackten Frauen, obwohl die Bilder von Druckerschwärze wie beschmiert aussahen. Sogar die ärgerlichen Sternchen auf den Brustwarzen der Frauen konnten nicht verhindern, daß wir ziemlich scharf wurden.

Wenn wir dann nach Hause zurückkehrten, verzog Necmi sich auf die Toilette und wichste beim Anblick jener Bilder. Besonders dann, wenn er überzeugt war, daß seine Mutter es mit anderen Männern trieb, gab er sich dieser Beschäftigung nachdrücklich hin. Kam die Reihe an mich, zog auch ich mich manchmal an diesen Ort zurück und versank in der Glut meiner Phantasien, doch zog ich es vor, diese sehr persönliche Art der Sexualität, die man uns unter dem Einfluß jener Feigheit, Primitivität und letztlich Nutzlosigkeit der blindlings und lieblos vermittelten Sittenregeln als Schuld einreden wollte, in der Vertrautheit meines Zuhauses zu erleben. Weil ich es nicht anders gewohnt war, versteckte ich voll unvermeidlicher Aufregung jene Hefte zwischen meinen Büchern und vorzeigbaren Zeitschriften, wobei ich mich von der Angst, erwischt zu werden, nicht befreien konnte. Necmi hatte keine derartige Sorge. Bei ihm lagen diese zotigen Hefte überall in seinem Zimmer herum. Seine Mutter ließ das zu. Manchmal schaute sie aufmerksam jene Zeitschriften an und machte Bemerkungen über die Posen, Blicke und Körpermaße der Frauen. In der einen Hand hatte sie dabei ein Glas mit einem alkoholischen Getränk und in der anderen eine Zigarette der Marke More, die es zu jener Zeit nur auf dem Schwarzmarkt gab. Sie begnügte sich nicht mit Bemerkungen, sondern fragte uns, weshalb uns welche Frauen gefielen, und es machte uns Spaß, wenn sie über unsere Antworten lachte und wir ihren nach Alkohol und Zigaretten riechenden Atem spürten... Ich roch diesen aufreizenden Duft, denn bei unseren Unterhaltungen setzte sie sich direkt neben uns. Meist trug sie einen Morgenrock und saß, wenn man das so sagen kann, ungeniert da, indem sie die Beine weit ausstreckte.

Necmi schien sich an dieses Verhalten längst gewöhnt zu haben, doch für mich war die Sache damals anders – warum soll ich es verschweigen –, so anders, daß ich es keinem hätte erzählen können. Während nämlich diese Frau, die uns schon damals viele Farben des Lebens auf natürliche Weise zeigte, sich bei diesen Gesprächen mit uns in dieser Weise benahm, obwohl sie die Mutter meines besten Freundes war, weckte sie Phantasien in mir, und ich malte mir viele Male aus, daß sie unter ihrem Morgenmantel ohne Unterwäsche, nur mit einem kurzen Satinnachthemd bekleidet wäre und mir zuflüsterte, sie wolle mit mir leidenschaftlich Liebe machen, es mich lehren... Las sie meine geheimen Wünsche in meinen Blicken? Zweifellos. Doch das Gefühl wurde dort begraben, wo es gefühlt wurde.

Für Necmi war es irgendwie Schicksal, als Jugendlicher in solch einem Leben aufzuwachsen, wo er die Last seiner Problematik einerseits selbst trug, aber auch ungewollt andere damit belastete. Ein Schicksal, dessen Schatten ich seit den ersten Schritten sah, die wir aufeinander zu taten... Seine Ankunft bei uns, in unserer Schule beispielsweise, war in meinen Augen ›pompös‹... Wir waren im Gymnasium im zehnten Schuljahr, das vor fünf, sechs Wochen begonnen hatte. Eines Tages sahen wir ihn in unserer Klasse in einer der hinteren Bänke sitzen. Er war ruhig, ernst und wirkte äußerst selbstbewußt. Seine Geschichte, die uns alle begeisterte, sollten wir einige Tage später in einer der langen Mittagspausen erfahren. Er war von einer Schule geflogen, die sich ihrer Disziplin rühmte und deren Namen er nicht mehr erwähnen wollte, und weil unsere Schule nahe bei seinem Haus lag, hatte er sich hier einschreiben lassen. Um genau zu sein, war auch der Grund für seinen Schulverweis ›pompös‹. Er hatte der jungen Chemielehrerin, die immer ganz kurze Röcke trug und deren Beine alle Jungen von unten bespiegeln wollten, eine saftige Ohrfeige verpaßt, als sie ihn wegen Abschreibens bei einer Prüfung aus dem Klassenzimmer verweisen wollte! ... Eindrucksvoll war auch, wie er während der ausführlichen Beschreibung des Vorfalls mit stolzem Lächeln sagte: »Die Frau flog in die eine Richtung, ihre Brille in die andere, verdammt!« Nicht mal der Literaturlehrer, der von seinen Aufsätzen begeistert war, hatte ihn mehr retten können. Er ging zum zweiten Mal in die zehnte Klasse, weil er es geschafft hatte, in neun Fächern durchzufallen. Seine Akte war reichlich dick, er hatte viele Einträge, Schulstrafen, und er hatte unter anderem die ›Begabung‹, die disziplinarischen Regeln einer Schule sehr gut kennenzulernen, zu beobachten und zu erforschen ...

An jenem ersten Tag in unserer Klasse wußten wir das alles noch nicht. Doch begann die Darbietung schon ganz von allein, wie um das später Erzählte anzukündigen ... Seine erste Stunde bei uns war Literatur ... Eşref Bey war ein ausgezeichneter Literaturlehrer, doch zugleich bekannt wegen seiner Strenge. In Wirklichkeit hatte er auch eine väterliche Seite, die uns allen Sicherheit gab. Doch wegen jener unvorhersehbaren, irgendwann bei irgendeiner Störung auftretenden Strenge nahmen wir uns vor ihm in acht. Als er Necmi kurz nach Stundenbeginn erblickte, rief er ihm vom Pult aus lächelnd und ein wenig auch herausfordernd zu: »Dich hat es wohl neu hierherverschlagen!« Sowohl die Stimme als auch die Blicke des Lehrers bestätigten nur zu sehr den Eindruck, den der neue Mitschüler auf uns machte, und es schien, als sollten wir wohl recht behalten. Ein leichtes Lachen verbreitete sich in der Klasse. Wir wußten noch nicht, welches Unheil der Neue schon auf sich gezogen hatte und wie gefährlich er deswegen sein würde, doch schien er auch nicht zu wissen, welche Gefahr ihm von Eşref Bey drohte. Weil er das nicht wußte, erhob er sich zur Antwort auf diese Worte ein bißchen rowdyhaft und konterte: »Herr Lehrer, unsereins ist ein Opfer des Schicksals... Einmal ist man halt gefallen... Das ist eine lange Geschichte...«

Eine neue Welle leiser Belustigung ging durch die Klasse. Eşref Bey verharrte zwischen Lächeln und Strenge, um genau zu sein, schwankte er zwischen beiden, und um anzudeuten, daß der Unterricht schon viel früher begonnen hatte, sagte er in ironischem Ton: »Du hast dich wohl ein wenig verspätet.«

Necmi antwortete darauf mit der gleichen Abgebrühtheit: »Das wird sich schon geben, Herr Lehrer, die Ordnung wird sich schon wieder einpendeln!...«

Das Kichern in der Klasse wurde hörbarer. Auf diese Worte hin konnte Eşref Bey nicht neutral bleiben. Er fragte in herausforderndem Ton: »Warum haben der Herr dann geruht, uns die Ehre zu erweisen?«

Necmi blickte mit großem Ernst, als wollte er eine wichtige Erklärung abgeben, zuerst in die Klasse und dann auf Eşref Bey und sagte: »In meiner alten Schule habe ich mich mit der Schulleitung nicht verstanden!«, woraufhin ein großes Gelächter ausbrach. Auch Eşref Bey lachte oder versuchte vielmehr, sein Lachen so gut wie möglich hinter seinem Erstaunen zu verbergen, und brachte nur heraus: »Da schau einer an!«

Solch einen Einstieg verschaffte sich also Necmi in dem von allen gefürchteten Fach. In den folgenden Tagen zeigte er uns noch besser, wer in unsere Mitte gekommen war. Auch in anderen Stunden führte er sich ähnlich kühn auf. Einige liebten ihn sehr wegen seiner Offenheit, andere jedoch, das war klar, sannen auf Rache für seine Worte und sein Benehmen, weil sie fühlten, wie die Autorität unrettbar erschüttert wurde. Doch letzten Endes konnte niemand gegenüber seinem Verhalten und seinem Kampf gleichgültig bleiben. Denn in seinen Widersetzlichkeiten lag nicht nur das Streben nach Aufmerksamkeit für seine Existenz, sondern auch das Bemühen, andere ihre Existenz mit anderen Augen sehen zu lassen. Er besaß sogar die Kühnheit, zu uns und vielen unserer Lehrer ganz offen von Revolution zu sprechen und dem ebenfalls für seine Strenge bekannten Geschichtslehrer zu widersprechen, der die sinnlose These der damaligen Rechtsradikalen verteidigte und uns vortrug: »Die Finger einer Hand sind nicht eins, darum können die Menschen auch nicht einig und gleich sein.« Manchmal waren wir im Zweifel, ob dieser Lehrer, der bei jeder Gelegenheit über die ›versklavten Türken‹ in der Sowjetunion Reden zu halten wagte und der es wohl als Verdienst ansah, sich stets seiner nationalen Gesinnung und seines Konservativismus zu rühmen, nicht Beziehungen zu einer Geheimdienstorganisation hatte. Wenn Necmi ihm mit lauter Stimme, ja schreiend widersprach mit den Worten »Sie betreiben Demagogie und lügen! Vergleichen Sie nicht Menschen mit Fingern. Wir sprechen hier von sozialer Gerechtigkeit!«, dann erforderte das unter den Bedingungen der damaligen Zeit großen Mut.

Necmis Widerworte, die ihn vielen Menschen entfremdeten, brachten ihn nicht nur uns näher, sondern unweigerlich auch Eşref Bey. Diese Annäherung war nicht unverdient. Necmi schrieb aufgrund seines guten Stils und seines Wissens, das von der Lektüre vieler Bücher herrührte, tiefgründige Aufsätze, die wir alle bewunderten. Auf den Gängen und im Lehrerzimmer sprachen Lehrer und Schüler lange allein miteinander. In diesen Gesprächen sah ich manchmal auch die Blicke eines Vaters auf seinen Sohn. Blicke eines Vaters, die manchmal ermutigten, unterstützten und den Weg wiesen, manchmal tadelten ... Ich kannte inzwischen auch die Geheimnisse jener Wohnung in Teşvikiye. Da war es nicht so schwer für mich, bestimmte Verbindungen herzustellen. Denn ich wußte auch, daß Eşref Bey trotz all seiner Träume und Erwartungen eine sehr geliebte Frau nicht hatte heiraten und von ihr kein Kind hatte bekommen können. Sie versuchten vielleicht unbewußt, beieinander ein Gefühl zu finden, das das Leben ihnen vorenthalten hatte ... Ich entschied mich erneut, die Trauer und zugleich die Lebensfreude, die von dem, was ich sah, ausgelöst wurden, für mich zu behalten und in mir zu bewahren. Dieses Gefühl gehörte mir. Darüber zu sprechen wäre womöglich gleichbedeutend gewesen mit der Zerstörung des Zaubers. Dazu hatte ich kein Recht. Es passiert ja, daß manches Verleugnete eines Tages derartig wirklich wird ... Das einzige, was mich angesichts dieser Bilder leiden ließ, war, daß ich mich zeitweise ausgeschlossen fühlte. Einerseits von meinem engsten Freund, andererseits von meinem liebsten Lehrer ... Offen gesagt war ich eifersüchtig. Dann stellte ich mir vor, was Necmi und ich in jenen Nächten geteilt hatten. Das waren die Zeiten, die uns gehörten ...

Es gab mehrere Gründe, warum wir uns innerhalb kurzer Zeit so stark verbunden fühlten und eine so haltbare Brücke zwischen uns entstand. Ein Grund waren die Bücher, die wir lasen, und der Enthusiasmus, den sie in uns entfachten. Die meisten dieser Bücher standen auf dem staatlichen Index. Es war ein bißchen auch die Faszination der Heimlichkeit und des Protests. Zwar waren die übrigen Mitglieder der ›Truppe‹ ebenfalls enthusiastisch. Niso und Yorgos glaubten genauso an diesen Kampf ... Nicht umsonst fragten wir, als Eşref Bey in einer Stunde Tevfik Fikret durchnahm, warum wir nicht die Gedichte von Nâzım Hikmet läsen. Wir bekamen natürlich einen Tadel zu hören. Doch eigentlich dachte auch er wie wir. Leider mußte in unserer Zeit damals in der Klasse das Spiel in dieser Art gespielt werden. Wir waren in der Türkei der 70er Jahre ... Man konnte nicht erwarten, daß wir mehr taten ...

Doch daß sich die Freundschaft mit Necmi so sehr vertiefte, kam nicht bloß aus jener Begeisterung. Es gab noch einen sehr wichtigen Grund, daß wir häufiger beisammen waren. Wir hatten beide bei den Mädchen wenig Glück, eigentlich überhaupt kein Glück. Denn wir hatten beide in Hinblick auf die gängigen Vorzüge keine anziehenden Eigenschaften. Es dauerte sehr lange, bis ich damit fertig wurde. Die Menschen sind bei diesem Thema sehr grausam, sie sind gegenüber Andersartigen oder Möglichkeiten, die sich aus anderen Schönheiten ergeben können, immer sehr verschlossen beziehungsweise immer zu ängstlich, etwas zu wagen, was die Mehrheit nicht akzeptiert. Aus diesem Grund näherte ich mich im Laufe der Zeit dem Gedanken, es gäbe einen bedeutsamen Zusammenhang zwischen Erfolg und Unglücklichsein. Um diese Wahrheit verstehen zu können, muß man diese Hölle jedoch erleben. Die ›Hölle‹ waren nicht allein ›die anderen‹, sondern oft auch unser eigenes Leben, in das wir verstrickt waren ...

Mehrmals gingen wir zusammen ins Bordell. Einmal wären wir fast verprügelt worden. Wir waren aufgeregt in eine der langen Gassen eingeschwenkt, die vom Yüksekkaldırım steil abwärts abzweigen, und in einem der nach *hamam* riechenden Häuser waren wir zu den Zimmern gegangen, die man uns genannt hatte, um uns für ein paar Augenblicke des Vergessens in die Arme der Frauen zu werfen. Ich war schnell fertig. Es gehörte zu den Bräuchen dort, daß man schnell fertig war. Necmi war noch nicht aus dem Zimmer gekommen. Nach kurzer Zeit hörte man Geschrei. Die Frau von Necmi schrie wütend: »Hau ab, Mensch, du Hurensohn!« War ihr bei diesen Worten bewußt, welchen Beruf sie selbst ausübte? ... Anscheinend war sie sehr wütend, sie sagte, was ihr gerade einfiel, und schien ihren reichen Schatz an Beschimpfungen vorführen zu wollen: »Du tollpatschiger Stricher! Wenn du keinen hochkriegst, wozu kommst du dann her, Brille! Mensch, wichst ihr etwa, ehe ihr hierherkommt?«

Es gab ein Getümmel. Während die Frau schrie, stolperte Necmi hastig die Treppe runter, wobei er versuchte, seine Kleidung zu ordnen, seine Hosenknöpfe zuzuknöpfen. Der Zuhälter, der an der Tür stand, setzte sich in Bewegung und ebenso ein paar andere Gäste. Das Gesicht von Necmi war hochrot. Er zog mich am Arm und konnte nur sagen: »Hau ab!« Wir rannten zuerst aus dem Haus, dann durch die Gasse, danach den steilen Yüksekkaldırım sozusagen im Laufschritt hoch bis zur Haltestelle Tünel, wo wir den erstbesten Trolleybus nahmen und uns unter die Menge von Beyoğlu mischten. Das war eine Zeit, als die Istiklâl Caddesi noch nicht Fußgängerzone war und die Oberleitungsbusse sich noch nicht von Istanbuls Straßen verabschiedet hatten...

Auf der Fahrt sprachen wir nicht ein Wort. Am Taksimplatz stiegen wir aus und liefen, wieder wortlos, bis zum Café Cennet Bahçesi. Wir waren sehr gerne dort. Dieses Café in Gümüşsuyu gehörte zu den Ecken, von denen aus man die Stadt am schönsten sah. Nachdem wir uns bei frisch gebrühtem Tee ein wenig beruhigt hatten, erzählte Necmi, was passiert war. Die Frau schien sich selbst satt zu haben. Ohne auch nur den Büstenhalter auszuziehen, hatte sie ihr rotes Unterhemd hochgezogen, den Schlüpfer abgestreift, sich mit ausgebreiteten Armen aufs Bett gelegt und gesagt: »Los, mach schon!«, wobei sie geräuschvoll Kaugummi kaute. Bei diesem Anblick war sein Verlangen plötzlich erloschen, und danach konnte er anstellen, was er wollte, die Lust erwachte nicht wieder, er bekam keinen Ständer mehr. Als die Frau nach einer Weile mit verächtlichen Blicken frech lächelnd sagte: »Na, was ist denn? Er steht dir wohl nicht!«, gab er zurück: »Du hast ihn nicht hochgekriegt! ... Obwohl jeder dich für eine Nutte hält, wenn er dich sieht! ...« Damit nicht genug, hatte er sein Geld zurückverlangt. Die Frau war natürlich vor Wut außer sich. Ich konnte mich vor Lachen nicht mehr halten. Ich lachte buchstäblich Tränen, ein wenig auch unter dem Eindruck der erlebten Anspannung. Auch Necmi begann zu lachen. Er wußte, was er getan hatte. Als er jedoch hinzufügte: »Es tut mir nicht leid um das nutzlos ausgegebene Geld. Ich bin wahrscheinlich ausgerastet, als sie mich Brille nannte ...«, wurde ich still und war sehr betroffen. Necmi hatte sechs Dioptrien, und ich wußte nur zu gut, mit welchem Schmerz und Unbehagen er zeitweilig seine große Brille mit dem schwarzen, dicken Rahmen trug. Ich hatte keine Brille, aber in mir gab es ein tief eingeprägtes Wissen und eine Geschichte in bezug auf das Erleben von Andersartigkeiten und Häßlichkeiten ...

Doch Necmis Empörung rührte nicht allein daher ... Er war auch sehr verletzt, daß eine Frau, die vom Leben schon derart geohrfeigt worden war, so unbarmherzig, gemein und völlig verständnislos für seine Lage sein konnte. Damals kamen wir aber nicht auf die Idee, daß jene Frau ihre Wut auf wer weiß wen gegen ihn richtete, weil ihre Kraft nur bis dahin reichte, ja, daß sie als Antwort auf das Gesagte auf eine andere Weise weinte. Wir konnten uns nicht denken, daß jeder Mensch seinen eigenen Aufschrei hat, und auch nicht, daß Menschen, die mit ihrem Leid und ihrer Einsamkeit nicht zurechtkommen, bewußt oder unbewußt andere verletzen ...

Letzten Endes diente jener Tag aber dazu, unsere Freundschaft mehr zusammenzuschweißen ... Von dem Tag an ging Necmi nicht mehr ins Bordell. Und er bemühte sich, auch mich davon abzuhalten. »Wenn wir kein Mädchen haben, wichsen wir halt! Da mußt du wenigstens nicht zeigen und beweisen, daß es dir gelingt...«, sagte er einmal. Im Grunde wich er aus. Ich beteiligte mich ebenfalls an diesem Ausweichen, indem ich die Aussage entspannend und glaubhaft fand. Davon abgesehen, widersprach es den Moralvorstellungen eines Revolutionärs, solche Orte aufzusuchen!... Nach der Revolution würden sich zudem diese gesellschaftlichen Probleme lösen!...

Damals begann Necmi davon zu sprechen, daß er in Ankara Politikwissenschaft studieren wolle. Ich wußte, daß er diesen seinen Wunsch verwirklichen konnte. Ich wußte auch, daß er in jenem Kampf weiter gehen würde als ich. Unsere Wege würden sich früher oder später trennen. Wir hatten dieses Unausweichliche absichtlich dem natürlichen Verlauf des Lebens überlassen... Was geschah, war ja derart kompliziert... Als ich mich auf die Trennung vorbereitete, war ich überzeugt, er werde nach Beendigung seines Studiums in wichtige Staatsämter gelangen können. Das haben wir alle geglaubt. Er konnte Staatssekretär werden oder Botschafter, eines Tages sogar Minister... Eröffnete man nicht der Opposition, wenn sie glaubwürdig, im Recht, scharf und deshalb gefährlich aussehend in ihrer Befragung war, einzig um diese oppositionellen Eigenschaften abzuschleifen und mit der Zeit zu vernichten, den trügerischen Weg zur Regierungsgewalt? Deswegen war ich höchst überrascht, als ich hörte, er sei von Beruf Fremdenführer geworden. Das roch mir, wenn man so sagen kann, nach einer Katastrophe...

Zu was für einem Leben würde mir die Telefonnummer, die ich auf ein Stück Papier geschrieben hatte, die Tür ein wenig öffnen?... Schon diese Frage reichte aus, mich zu beunruhigen. Vielleicht würde ich mich unter dem Eindruck dessen, was ich zu sehen bekam, fühlen, als hätte ich sinnlos in ein Wespennest gestochen. Zuerst dachte ich noch etwas nach. Ich gab mir Mühe, mich an die Orte zu erinnern, an denen wir uns zuletzt gesehen hatten, um mir die früheren Tage leichter zu vergegenwärtigen ... Um mich aufs neue zu fragen, wie er sich wohl verändert haben mochte ... Ein Bild rief ein anderes Bild hervor, und jedes Bild schien eine weitere lange Geschichte zu erzählen. Bald erkannte ich, daß ich es nicht länger aushalten würde. Überzeugt davon, meine Bedenken überwunden zu haben, tat ich den entscheidenden Schritt.

Als er meine Stimme hörte, sagte er als erstes, daß er sehr aufgeregt sei. In dieser Situation hielt ich es für unpassend, meine Überlegenheit als Anrufender zu nutzen. Auch ich war sehr aufgeregt. Für diese Aufregung sorgten viele Gefühle: das Bedauern über die verlorene Zeit, das Schuldgefühl, all die Zeit über nicht angerufen zu haben, und die Momente der Sehnsucht, die sich in all den Jahren angesammelt hatten; doch hatte es wenig Sinn, in diesem Augenblick bei diesen Dingen zu verweilen. Ihn förmlich nach seinem Ergehen zu fragen, fand ich ebenfalls unpassend angesichts der Geschichte unserer Beziehung. In der Hoffnung, einfach nur das Gefühl unserer früheren Tage nochmals zu erleben und aufleben zu lassen, sagte ich, ich habe plötzlich eine tolle Idee gehabt und müsse ihn deswegen sofort sehen.

Er sagte prompt zu, ohne irgendeine Erklärung oder einen Hinweis auf die Idee zu fordern ... Es war, als setze sich das mit Fatoş Abla begonnene Spiel mit anderen Worten fort. Ja, als wäre inzwischen gar nicht soviel Zeit vergangen. Oder wir brachten es nicht über uns, einander in diesem Moment diesen Abstand spüren zu lassen, vielmehr glaubten wir, ihn nur so überwinden zu können. Ich erwartete sowieso, wenn wir uns trafen, lange mit ihm zu sprechen. Aufgrund dieser Erwartung konnte ich für unsere Geschichte wohl einen neuen Raum eröffnen. Daß er spontan, ohne eine einzige Frage zu stellen, mein Angebot angenommen hatte, verstärkte den Eindruck, er würde mich nicht enttäuschen. Als er auf meine

Frage, wo wir uns treffen sollten, sofort die erwartete Antwort gab, reichte dies aus, mir zu zeigen, daß er gewisse Erinnerungen noch immer bewahrt hatte. Der Billardsalon ...

Es fiel uns nicht weiter schwer, uns für zwei Stunden später zu verabreden. Doch ich wollte lieber ein wenig früher dort eintreffen. Ich wollte mich sowohl erinnern als auch vorbereiten. Von unserem alten Platz, wo ich seit Jahren nicht gewesen war, hatte ich Stimmen und Bilder bewahrt. Ich konnte mich ihnen nicht entziehen. Im Erdgeschoß des Salons wurde Billard gespielt, im Untergeschoß Tischtennis. Mit Necmi waren wir meistens im Untergeschoß gewesen. Es gefiel uns auch, den Billardspielern im Erdgeschoß zuzuschauen. Es gab einige aus unserer Schule, die häufiger dorthin kamen. Das waren richtige Stammgäste, die angeseheneren Gäste. Fast alle hatten Zigarettenpäckchen dabei. Das vermehrte ihr Ansehen noch. In unserer Generation waren ›Gras‹ und ›Pillen‹ nicht so verbreitet und ›legal‹ wie heutzutage. Unsere schlimmste Gewohnheit waren Zigaretten, und natürlich war das eine ›Statusangelegenheit‹.

Yorgos war ein meisterhafter Billardspieler. So wie Necmi gehörte er im Literaturunterricht zu den farbigsten Gestalten. Er schrieb schöne Gedichte, und Eşref Bey sagte oft zu ihm, er werde eines Tages ein guter Dichter werden. Auch in der ›Schauspieltruppe‹ hatte er einen besonderen Platz. Er war zwei Jahre älter als wir. Das hatte einen sehr traurigen Grund. Denn dieser Grund hatte ihn in jungen Jahren zu einem Menschen gemacht, der manchmal sehr hart und zugleich sehr empfindsam und reif sein konnte. Wir sahen in ihm deswegen unweigerlich den großen Bruder. Ohne ihn wäre es wohl niemals möglich gewesen, das ›Stück‹ aufzuführen. Während ich, gefangen von diesen Stimmen und Bildern, auf Necmi wartete, wurde ich von einer leichten Welle der Aufregung erfaßt. Ich folgte der Spur einer langen Geschichte ... Wie viele Menschen waren es doch, die ich suchte und aufs neue finden mußte ... Ich wußte nicht, ob es mir gelingen würde.

Bei dem Versuch, die tief in meinem Inneren verbliebenen Stimmen und Bilder aufzuwecken, tauchte in meinem Gedächtnis auch der Unfall wieder auf, an den ich mich jetzt lachend erinnerte ... Die Schule dauerte nicht nur samstags, sondern auch mittwochs nur bis zum Mittag. Dieser unvergeßliche ›Unfall‹ passierte uns an einem solchen Tag. Ich war damals fußballverrückt. Viel stärker als heute. Als wäre es erst gestern, erinnere ich mich, wie ich in zwei aufeinanderfolgenden Spielzeiten alle Spiele von Fenerbahçe auf der Neuen Offenen Tribüne des Stadions, das damals Mithat Paşa hieß, anschaute, ganz egal, ob es schneite, eisig war oder matschig. Wer sich auskennt, hat schon verstanden, von welchem Stadion ich spreche. Es war das spätere Inönü-Stadion. Über diese Namensänderung war ich sehr wütend, doch ich konnte nichts machen. Mit den Namen von Stadien hatte ich sowieso immer ein Problem. Jetzt stört mich genauso der Namen Şükrü Saraçoğlu. Doch wieder kann ich nichts machen. Ich bemühe mich, darüber hinwegzusehen und nicht daran zu denken. Denn die Liebe zu Fenerbahçe steht für mich höher als alle politischen Feindschaften. Damals gab es also noch kein Saraçoğlu-Stadion. Deswegen spielte der Club im Mithat Paşa. Die Seite, die an die numerierten Plätze der Neuen Offenen Tribüne angrenzte, war unsere. Dorthin gingen die meisten fanatischen Anhänger. Man schaute die Spiele stehend an. Der Komfort war gleich Null. Auf den numerierten Plätzen war es ein bißchen anders. Man mußte nicht fünf, sechs Stunden vorher hingehen, um reinzukommen. Außerdem konnten die Anhänger von Fenerbahçe und Galatasaray sogar nebeneinandersitzen, wenn die Ovationen nicht ausuferten. Ist das nicht erstaunlich? ... Aber das hat es wirklich gegeben ... Oder ... Oder hat es das nicht gegeben, nur ich erinnere mich jetzt so daran? ... Leider läßt der Zustand, den wir heute erreicht haben, uns so eine Frage stellen... Als hätten wir ein anderes Land an einer anderen Stelle zurückgelassen ... So wie wir es auch mit unseren anderen Werten gemacht haben ... Als machten wir Rückschritte im Ausleben unserer Bindungen ... Nun gut, lassen wir auch das ...

Jetzt ist es viel richtiger und amüsanter, mich an jenen ›Unfall‹ zu erinnern, der uns eines Mittwochs wegen unserer Fußballeidenschaft passierte ... Fener und Galatasaray kämpften im Halbfinale um den Türkei-Pokal. Damals spielte man tagsüber ... Wir beschlossen, alle zusammen zu dem Spiel zu gehen. Wir alle gemeinsam ... Es gab nämlich auch einige in unserer Gruppe, deren Vereinsfarben wir nicht mochten. Doch gehörte dieser Kontrast – es ist schwer zu sagen, wieweit wir uns dessen bewußt waren – wahrscheinlich zu den buntesten Aspekten unserer Gemeinschaft. Ich kann mir anders nicht erklären, daß sich Streit zwischen uns meistens aus Fußballgesprächen entwickelte. Ich, Necmi und Niso waren Anhänger von Fener, jederzeit bereit, uns gegenseitig zu unterstützen. Yorgos, Şafak und Varujan jedoch waren unsere Galatasaray-Fans. Obwohl wir an jenem Tag auf numerierte Plätze wollten, mußten wir früh zum Spiel hingehen, weil wir sonst vielleicht keine Karten mehr bekommen hätten. Darum schwänzten wir die Schule. Natürlich gingen wir von zu Hause los wie gewöhnlich. Wir wollten uns im Billardsalon treffen, dort ein bißchen herumhängen und dann zu Fuß zum Stadion gehen. Die Abmachung wurde selbstverständlich eingehalten. Als der Unterricht begann, waren wir alle da. Unsere Taschen ließen wir wie immer an einem versteckten Platz. Nach dem Spiel wollten wir zurückkommen, unsere Taschen abholen und zu Hause sagen, wir hätten noch nachsitzen müssen, um unsere Verspätung zu erklären. Der Besitzer des Salons, Recep Abi, war eingeweiht. Wir vertrauten ihm. Er erschütterte unser Vertrauen nie. Manchmal sagte er, wir sollten unseren Unterricht ernst nehmen, er gab uns auf seine Art Ermahnungen, doch wie sehr er selbst an seine Worte glaubte, weiß ich ehrlich gesagt nicht.

Nicht nur Yorgos, auch Varujan spielte gut Billard. Als ich in den Salon kam, fand ich sie vertieft ins Spiel um das Billett für das Fußballspiel. Es war Yorgos' Tag. Er hatte schon sechsunddreißig Punkte. Und es schien, als würde es so weitergehen. In so einem Zustand war er völlig aufs Spiel konzentriert, und wenn Krach gemacht wurde, konnte er sich sehr aufregen. Das war damals halt so. Varujan zog ein Gesicht. Ihm war klar, daß er verlieren würde. Doch auch er war unbestreitbar heimlich von Yorgos fasziniert. Gerade als Yorgos einen schwierigen Stoß vorbereitete, versetzte uns Necmi plötzlich in höchste Alarmbereitschaft, als er flüsternd, als wollte er uns vor einer ernsten Gefahr warnen, sagte: »Wir sind erwischt worden!« Es fiel uns nicht schwer, zu erkennen, was Sache war. Die Gefahr war an der Tür. Dort stand der Direktor und schaute uns mit einem vielsagenden Lächeln an. Als ihn die Nachricht erreicht hatte, sechs der ›üblichen Verdächtigen‹ seien nicht im Klassenzimmer, hatte er anscheinend keine große Mühe gehabt, eins und eins zusammenzuzählen. Wir wußten natürlich nur zu gut, was uns jetzt blühte, doch trotz all unserer Abgebrühtheit standen wir wie versteinert an unseren Plätzen. Nur Yorgos hatte noch nicht gemerkt, was los war. Er war derart auf seinen schwierigen Stoß konzentriert ...

Der Direktor näherte sich dem Ort des Geschehens lautlos und langsam mit einem unverhüllten Siegerlächeln im Gesicht und machte uns ein Zeichen, still zu sein. Er hatte die Fäden in der Hand. Wir waren erwischt worden und nicht fähig, groß zu widersprechen. Daß wir der Strafe nicht entrinnen würden, war uns sonnenklar. Auch waren wir gefangen von seiner geistreichen, liebenswürdig strengen Art, wie er sie in ähnlichen Situationen oft bewiesen hatte. So verging ein Augenblick, doch Necmi tat wieder das Erwartete, indem er sich nicht länger an das Sprechverbot hielt und zu Yorgos, jetzt mit lauter Stimme und in der ihm eigentümlichen Weise, sagte, der Direktor sei gekommen, uns zu besuchen und zu inspizieren. Dabei nannte er, so als ob wir untereinander redeten, bloß den Vornamen des Direktors... Yorgos, der sich auf seinen Stoß vorbereitete, schnallte die Situation immer noch nicht und antwortete auf die Warnung bloß spontan mit: »Scheiß drauf!«

Der Direktor stand inzwischen am anderen Ende des Tisches ihm gegenüber. In diesem Moment schauten sie einander in die Augen. Der Anblick von Yorgos, sein Gesichtsausdruck waren wirklich sehenswert. Den Queue in der Hand, in Stoßposition, blieb er wie versteinert stehen. In dem Moment hätten wir alle loslachen können. Doch uns war nicht zum Lachen zumute. Nur zu gut wußten wir aus Erfahrung, wohin wir anstatt des Fußballspiels gehen und was wir dort machen würden. Wäre es dabei geblieben, daß wir nur in die Schule zurück- und mitten in der Stunde wie begossene Pudel ins Klassenzimmer treten mußten. Doch wie erwartet kam dazu noch das Nachsitzen am Nachmittag bis sechs Uhr. Diese Strafen kannten alle, die mal die französischen Schulen besucht haben. Der Name dieser Strafe war ›retenue‹, das bedeutete ›Zurückgehaltenwerden‹, also Nachsitzen. In dieser Zeit ließen sie einen auf jeden Fall auch eine Schreibarbeit machen. An dem Tag mußten wir in Schönschrift, in Kalligraphie, zweitausend Zeilen schreiben. Und zwar auf französisch!... Genauer gesagt, selbstverständlich auf französisch. Necmi schrieb einige Male zwischen die Zeilen auf türkisch: »Ich scheiße auf so eine Schule!« Doch der ›frère‹, der an diesem Tag Aufsicht hatte, war so alt, daß er sich selbst nicht im Spiegel erkannt hätte, und er konnte nicht gut Türkisch. Hätte er das Geschriebene entziffert, dann wäre es mit Necmi aus gewesen.

Als wir abends nach Hause zurückkehrten und hörten, daß das Spiel null zu null unentschieden ausgegangen war, waren wir getröstet.

So ein Ort war das also, an dem ich mich mit Necmi treffen wollte ... Da war es nur natürlich, daß ich in dem Moment eine Sehnsucht fühlte und eine bittere Freude ... Auch daß ich mich sehr weit entfernt fühlte von dem, was ich hier sah ... Wahrscheinlich fühlte ich aber auch eine Enttäuschung ... Ich schaute auf die Uhr. Es war fast halb acht. Er war schon eine halbe Stunde zu spät dran. Ich entschloß mich zu warten. Ich überlegte auch, ob ich ihn anrufen sollte, ob er sich verlaufen hatte, doch ich verzichtete darauf. Es gefiel mir, mich von meinem Platz aus in die neuen Ausblicke zu vertiefen. Außerdem gehe ich mit solchen Verspätungen inzwischen sehr gelassen um. Zumal in dem Augenblick jemand eintrat, der genau wie ich das Durchschnittsalter in dem Salon erhöhte. Ich schaute aufmerksam hin. Er war es.

Er trug eine schwarze Lederjacke, ein rotkariertes Hemd und Jeans. Er hatte ziemlich zugenommen. Seine Haare waren gelichtet wie meine. Er trug eine schicke Sonnenbrille. Damit wirkte er ziemlich ›interessant‹. Ich betrachtete ihn von meinem Sitz aus. Er schaute sich um. Ich wartete, daß er mich sah. Nach kurzer Zeit begegneten sich unsere Blicke. Er lachte, kam näher. Ich erhob mich und ging ebenfalls auf ihn zu. Wir umarmten uns fest. Ohne ein Wort zu sagen ... Um den Zauber der Umarmung nicht zu zerstören oder um den Augenblick des so lange hinausgezögerten Wiedersehens auszukosten ... Dann schauten wir einander an. Wir lächelten uns zu. Wir konnten nichts anderes tun als lächeln ... Mit unserem Lächeln begegneten wir dieser langen Trennung ... Mit so vielen Menschen, so großer Sehnsucht und so vielen Erinnerungen ... Konnte man da nicht gerührt sein? ... Die ersten Worte kamen von ihm.

»Nun gut ... Die Jahre haben uns ganz schön zugesetzt ...«

Was sollte ich sagen? ... Auch ich sah die Tatsachen. Dennoch fühlte ich das Bedürfnis, zur Verteidigung überzugehen.

»Ich kann mich nicht beklagen ...«

Wirklich nicht? ... Diese Frage zu beantworten gab es in dem Moment keine Zeit und keine Notwendigkeit. Er schlug mir auf den Rücken. Er wirkte etwas frustriert und auch ein wenig, als sei ihm das Leben gleichgültig. Ich sah in dieser Gleichgültigkeit die schwere Last der Jahre. Seine Antwort machte sowohl diese Last deutlich als auch die daraus folgende Kampfansage und seinen Humor.

»Tu nicht so, Mensch! ... Wir sind hier unter uns! ...«

Waren wir wirklich unter uns? ... Auch diese Frage wollte ich nicht beantworten. Ich grinste deshalb bloß. Außerdem hatte es keinen Sinn, groß zu widersprechen. Ich versuchte, das Thema zu wechseln, das Gefühl der alten, fernen Tage zu finden.

»Was machen wir nun? ...«

Diese Worte konnte man in vielfacher Hinsicht deuten. Doch unter dem Einfluß des neuen Gefühls, genauer der Beklommenheit, die wir erlebten, wählte er die einfachste Antwort.

»Ich weiß nicht ... Ich habe viel Zeit ... Komm, laß uns irgendwo ein bißchen rumsitzen ...«

Er schaute sich um. Auch er hatte zweifellos das Bedürfnis, den Billardsalon mit neuen Augen zu sehen. Zusammen mit ihm schaute ich mich noch einmal um. Ich war sehr gespannt, was er sah, fühlte, woran er sich erinnerte ... Dann, als wollte er jene Gleichgültigkeit noch stärker demonstrieren, ging er einen Schritt weiter, was zum Sinn dieser Begegnung sehr gut paßte.

»Zu Hause wartet niemand auf mich. Morgens hier, abends dort ... Unsereins lebt halt so dahin ...«

Das war der erste Anhaltspunkt, den er in Hinblick auf sein

Leben gab, vielleicht absichtlich zu geben versuchte. In dem Moment fiel mir ein, was Fatoş Abla gesagt hatte. Daß er viel ausging, viel trank ... So als ob diese Tatsache in unterschiedlicher Weise in ihrer beider Leben einen großen Stellenwert hätte. Noch ein Detail fiel mir auf. Es schien, als sei der gegenwärtige Necmi weit entfernt von jenem zornigen Necmi von einst. Ich versuchte dieses Gefühl abzuschütteln. Wir hatten uns wiedergefunden. Zuerst einmal wollten wir diese Begegnung genießen, wo wir keine einleitenden Sätze brauchten oder alle einleitenden Sätze sinnlos wurden. Deshalb versuchte ich, durch seine Worte ermutigt, mich stärker dem Abend zuzuwenden, von dem ich nicht wußte, wie er verlaufen würde.

»Ich habe meinen Wagen gleich hier in der Nähe. Sollen wir nach Ortaköy fahren?«

Er schaute weiter herum und lächelte. Als könne er nichts sagen. Wahrscheinlich war er ebenfalls in Gedanken abgeschweift. Als er antwortete, waren seine Blicke noch immer dort, wohin er versunken war.

»Das paßt mir ... Ich habe kein Auto ...«

Dann wandte er sich mir zu. Es wirkte so, als bemühte er sich, sein Lächeln nicht zu verlieren, als er fortfuhr: »Und auch keinen Führerschein ...«

Es war offensichtlich, daß seine letzte Erklärung einen Hinweis enthielt. Ich schaute ihn an und suchte zu verstehen. Er ließ mich nicht lange warten. Er zog leicht die Sonnenbrille, die er bisher nicht abgesetzt hatte, nach unten. Sein rechtes Auge war geschlossen. Ich versuchte mir nichts anmerken zu lassen, doch konnte ich nicht verhindern, daß mein Erschauern sichtbar wurde. Der Anblick hatte mich unerwartet getroffen. Er bemerkte es. Wiederum lächelnd gab er eine Erklärung, die noch ergreifender war.

»Du vermutest richtig ... Ich habe das Auge schon vor Jahren verloren ... Ich erzähl's dir später, los komm ...«

Er rückte die Sonnenbrille zurecht und zog mich zur Tür, wobei er leicht meinen Arm drückte. Er schien uns beide nach draußen ziehen zu wollen. Vielleicht hatte er genug von dem, was er hier gesehen hatte. Vielleicht langweilte ihn alles nach kurzer Zeit wegen der Dinge, die er erlebt hatte. In dem Moment fiel mir wieder ein, daß er Fremdenführer war. Ich versuchte mir vorzustellen, wie er die Menschen an den historischen Stätten herumführte. Und das machte mich wieder traurig. Ich konnte es nicht ändern. Ich wollte unbedingt erfahren, wo der alte Necmi hingegangen war, wo und wie er verlorengegangen war ... Doch ich schwieg. Ich schwieg wieder. Diese Geschichte hob ich mir für die späteren Stunden des Abends auf. Seine Augen hatten mich sowieso ins Grübeln gebracht. War es lange her, daß er diesen Verlust erlitten hatte? ... Er wirkte, als sei er mit sich in Frieden. Es war, als hätte er dieses Auge wie eine Wunde zeigen wollen, die sich schon lange geschlossen hatte. Doch er hatte sie gezeigt, er hatte sofort den Wunsch gespürt, sie zu zeigen. Auch das war zweifellos wichtig. Es war der zweite wichtige Hinweis auf sein Leben, den er innerhalb von wenigen Minuten gab. War er im Laufe der Jahre von jenem äußerst verschwiegenen Menschen zu einem geworden, der begeistert seine innere Welt offen zur Schau stellte? ... Oder ... Oder war dieses Verhalten, waren diese Posen sämtlich Teil eines Spiels? ... Vielleicht versteckte sich hinter dieser Selbstdarstellung, diesem Spiel des Sich-Zeigens ein tiefsitzender Zorn ... Meine Vermutungen behielt ich für mich. Denn ich wußte, wir würden über kurz oder lang zu diesen geheimen Stellen seiner Lebensgeschichte gelangen. Wir würden genügend Zeit haben, um über alles zu sprechen. Um zu reden, zu erzählen, zu verstehen und zuzuhören ...

Aber da ich sowieso gerade mit kleinen Spielen aufgefordert worden war, uns gegenseitig neu kennenzulernen und zu verstehen, konnte ich auch auf die Wunde eingehen, in der

Hoffnung, sowohl mir als auch ihm unsere Nähe noch einmal spürbar zu machen. Ich fühlte mich gedrängt, etwas zu sagen.

»Mit deinem einen Auge wirst du nicht mal mehr Pingpong spielen können!...«

Er lachte. Dann wurde er betroffen. Und plötzlich sah ich, wie in seinem Gesicht jener alte Ausdruck von Durchtriebenheit aufschien, nach dem ich mich so sehr gesehnt hatte. Seine Antwort war ganz von der zu ihm passenden ›Beschaffenheit‹...

»Dein Nicht-mehr-spielen-Können kannst du dir in den Arsch stecken! Mensch, ich habe dich doch immer besiegt, du Idiot! Wenn's sein muß, besiege ich dich auch heute noch!...«

Diese Antwort genügte mir, jedenfalls für den Augenblick. Nach dieser aufrichtigen Wut hatte ich mich sehr gesehnt... Er hatte mich tatsächlich oft besiegt, zumindest meistens, und wenn er selten einmal eine Niederlage einstecken mußte, war er sehr wütend geworden. Das war die schönste Seite des Spiels. Seine Flüche, sein Verhalten bei verlorenen Punkten. Dafür hatten wir immer weitergespielt. Der Sinn des Spiels war sowieso nicht, seine Kunst zu zeigen, sondern sich zu amüsieren. Als ich ihn einmal fragte, von wem er dieses Spiel so gut gelernt hatte, sagte er: »Vom schwulen Mihal!... Wäre er schlau gewesen, hätte er türkischer Meister sein können... Aber er wurde lieber Schuster.« Mehr wollte er darüber nicht sagen. Hatte er sich das ausgedacht?... Ich glaube ja. Denn lange Zeit später erzählte er mir von Mihal als einem, der sich entschieden hatte, zu bügeln und Wäsche zu stärken. Ich ließ mir nichts anmerken. Offensichtlich gab es hier ein anderes Spiel, das unterschiedliche Gründe haben mochte. Gleichzeitig war dies ein Spiel innerhalb unseres Spiels, das dadurch noch bunter wurde. Auf diese Weise versuchten wir die meisten Sonntagabende zu überbrücken, wo uns unweigerlich Trauer befiel, weil wir am nächsten Tag in die Schule mußten. Einmal war er auch sehr eifersüchtig geworden, weil mir mein Vater ein Paar Pingpongschläger der Marke Yasaka gekauft hatte ... Wie weit sind jene Tage nun entfernt ... In dem Moment wurde mir bewußt, daß ich jene Schläger viele Jahre lang nicht benutzt hatte, nachdem wir uns getrennt hatten. Ich kannte die Einsamkeit sehr genau, die aus diesem Bewußtwerden entstand ...

Allerdings konnten wir nicht mehr lange hier stehen und Wortgefechte führen. Es hatte gut angefangen. Ich hatte nichts dagegen, den Schmerz der vielen Jahre auf diese Weise zu vertreiben. Doch mußte ich auch zugeben, daß wir uns nicht gerade an einem Ort befanden, der sich für ein aufrichtiges langes Gespräch eignete. Seine Hand lag immer noch auf meinem Arm. Mit entschlosseneren Schritten näherten wir uns der Tür. In dem Moment konnte man in seinen Worten einen Hinweis darauf finden, was er erlebt und gefühlt hatte.

»Los, Junge! Laß uns abhauen, ehe die Lausebengel hier Onkel zu uns sagen ... Dann hätten wir den Salat!«

Er hatte recht. Wir hatten uns das genommen, was uns der Ort geben konnte ... Weiter dort zu bleiben hätte keinen Sinn gehabt. Wir gingen nach draußen. Es war ein sonniger, klarer Februarabend.

Wir gingen in Osmanbey langsam jene steile Straße hinauf. Wir sprachen nicht. Auf dem Weg zu der Stelle, wo ich meinen Wagen geparkt hatte, kamen wir an der Schule vorbei. In dem Moment wurde das Schweigen unweigerlich gebrochen. Eigentlich war seine Reaktion nicht besonders erstaunlich. Die Worte waren die des alten Necmi.

»Ich scheiße auf so eine Schule!«

Ich war natürlich beeindruckt. Denn diese Worte hatten eine Geschichte für uns. Ich lächelte. Besser gesagt, ich versuchte zu lächeln. Auch er lächelte ... Wir erinnerten einander an das, was zu erinnern war. Wie hätten wir jenen Strafnachmittag und andere Strafen vergessen können ... Dieser Protest gehörte zu dem Protest, der uns zu uns selbst machte ... In aller Naivität ... In aller Unschuld ... Mit allem, was wir verloren hatten ... Die ›Schauspieltruppe‹ hatte jene Schule nie geliebt. Ich hingegen versuchte, die Mitspieler der Truppe um eines ›Stücks‹ willen zusammenzubringen, das wir an der Schule aufgeführt hatten. Ich gab mir Mühe, deswegen kein schlechtes Gewissen zu haben. Schließlich hatte ich mich auf diesen Weg gewagt, um auch dem Unerwarteten zu begegnen. Meine Schritte würden uns natürlich in die Vergangenheit zurückbringen, der ich seit Jahren ausgewichen war und der vermutlich auch die anderen Spieler des ›Stücks‹ ausgewichen waren. Das war aber nur eine Möglichkeit ... Ich wußte ja nicht, wer wo geblieben war, wer zurückkehren wollte oder nicht ...

Mit meinen Zweifeln, Unsicherheiten und Erwartungen kamen wir zu meinem Auto. Als Necmi sein Schweigen, in das er sich für ein, zwei Minuten gehüllt hatte, in einer Weise brach, wie sie zu dem mir wohlbekannten Menschen paßte, war ich erleichtert.

»Oho, na aber! ... Schau mal einer den Wagen an! ... Du hast wohl gute Geschäfte gemacht! ... Da haben wir es wohl auch bei dir nicht geschafft, dich zu assimilieren! ...«

Hatte ich ihm die Geschichte meiner Beziehung zu Autos erzählt? ... Von jenem Kleintransporter, den ich in einer der Gassen meiner Kindheit abgestellt hatte, die ich möglichst vergessen wollte, zu der ich aber manchmal zurückging. Hatte ich ihm erzählt, wozu und wohin mich dieser Kleintransporter geführt hatte? ... Was ein geflügelter Chevrolet Impala in mir für Phantasien ausgelöst hatte ... Wie ich seit jener Zeit von Autos fasziniert war, von Autos, die ich selbst haben wollte ... Ich hatte sicherlich davon erzählt ... Ich kann mich nicht genau erinnern, aber ich wußte, diese Geschichte konnte man nicht übersehen. Deswegen zeigte ich ihm meinen

Audi A6, als führte ich mein Spielzeug vor. In dem Moment war ich wieder ein Kind. Wie ein Kind, das nicht ganz hatte erwachsen werden können... Und er?... Was fühlte er wirklich?... Ich wußte, ich konnte diese Frage nach den wenigen Schritten unserer neuen Wanderung nicht ausreichend beantworten. Ich konnte nur ein paar Vermutungen anstellen. Doch das war nicht nötig. Ich überließ mich noch einmal dem Gefühl, daß die Zeit die Türen öffnen würde. Außerdem gab mir seine Reaktion, ausgehend von seinem letzten Satz, eine weitere Gelegenheit, uns einander zu nähern. Erfreut, diese Gelegenheit nutzen zu können, gab ich eine Antwort, von der ich überzeugt war, daß sie nötig war.

»Jetzt werd mal nicht rassistisch, du Arsch!... Bring mich nicht so weit, daß ich dich vollscheiße!...«

Daraufhin hob er grinsend die Hände, als wollte er zeigen, daß er aufgab. Wir stiegen ein. Auch ich grinste. Unser gemeinsames Grinsen erinnerte mich an die Wärme, in die ich mich noch einmal ganz hineinfallen lassen wollte. So zu tun, als sei ich beleidigt, hatte nämlich vor allem den Sinn, zu unseren alten Zeiten zurückzufinden. Weder war Necmi im geringsten rassistisch, noch verteidigte ich betroffen eine Rasse... Das war ja damals eine unserer gerade für mich wertvollsten politischen Errungenschaften. Und was immer er auch erlebt haben mochte, die Jahre konnten ihn davon nicht entfremdet haben. So gesehen waren diese Hänseleien in unserer Beziehung vollkommen unschuldig und gehörten einfach zu ihrer Farbigkeit...

Als wir losfuhren und noch einmal an der Schule vorbeikamen, fiel mir mit einemmal auf, wie viele Flüche wir benutzten. Doch darüber mußte man sich nicht wundern. In den neuen Dialogen des Schauspiels mußte dieser Jargon vorkommen. Wahrscheinlich waren wir überzeugt, die Momente, die wir damals erlebt hatten, auf diese Weise wiedergeben zu können. Die Geschichte rief uns auch auf diese Weise.

Eine Zeitlang sprachen wir nicht und schauten einander nicht an. Es herrschte abendlicher Stoßverkehr. Nach einer Weile schaltete ich den CD-Player ein mit der Sammlung, die ich für uns vorbereitet hatte. Das erste Lied begann langsam mit den von weit her kommenden Schreien der Möwen. Mir erschien dieses Lied gut zu unserer Vergangenheit und zum Geist des Kampfes zu passen, den wir geführt hatten: »Ich bin sehr müde ... Warte nicht auf mich, Kapitän ... Ein anderer soll ins Logbuch schreiben ...« Die Worte von Nâzım Hikmet führten hin zu einem ganz anderen Leid, wenn sie von Cem Karaca gesungen wurden, einer anderen geschichtlichen Zeit des Aufstands ... Kaum hatte Necmi das gehört, reagierte er schon:

»Uh! ... Du triffst mich ins Herz, gemeiner Kerl! ...«

Ich spürte, ich hatte ihn irgendwo ganz tief drinnen getroffen. Ich konnte nicht vermeiden, daß dieses Gefühl auch auf mich überging. Ich hatte das schon durchgemacht, als ich die Lieder, die wir hörten, erneut gehört hatte ... Die Lieder von Cem Karaca, Fikret Kızılok, Timur Selçuk, Selda, Ruhi Su ... Einige davon hatten wir damals zusammen vom Plattenspieler gehört ... Ein paar andere waren später in unser Leben gekommen ... Um unserer Trennung mehr Bedeutung zu geben ... Für unsere Kämpfe ... In der Hoffnung, uns an unterschiedlichen Stellen ans Leben zu klammern ... Weil wir die Lieder während der Fahrt hörten, schwiegen wir und achteten darauf, was unsere Erinnerungsfetzen in uns wachriefen. Es reichte uns, ab und zu einige kurze Kommentare zu geben und die Lieder leise mitzusummen.

Zwischendurch sah ich, wie sehr er ergriffen war. Ich kannte seinen Gesichtsausdruck, wenn er sehr ergriffen war. Das hatte sich nicht geändert. Es war dasselbe Gesicht. Dieser Anblick führte auch mich weit fort. Ich fühlte mich gedrängt, ihm zu sagen, daß wir das Gerät ausschalten könnten. Er machte mir ein Handzeichen, daß ich es weiterlaufen lassen sollte. Wir versanken wieder in Schweigen. So war es am besten. So mußten wir während der Fahrt nicht über Belangloses reden. Außerdem, ist nicht Schweigen auch eine Form der Rede?... Vielleicht waren wir sogar an denselben Ort abgedriftet, wo wir die gleichen Bilder berührten. Wenn das der Fall war, paßte es sehr gut zu diesem Abend. Wieder breitete sich Wärme in mir aus...

Mit diesem Gefühl kamen wir in Ortaköy an. Wir parkten den Wagen. Um ein wenig die kühlere Luft zu genießen, gingen wir langsam ans Ufer des Bosporus. Eine Zeitlang schwiegen wir noch. Dann begann ich, um die Stimmung nicht zu stören, mit leiser Stimme zu sprechen und uns an unseren Abend etwas mehr anzunähern.

»Wollen wir Fisch essen gehen?... Vielleicht gibt es irgendwo gute Makrelen oder Meerbarsch... Und wenn nicht, dann vielleicht frische Bastardmakrelen... Wir lassen uns eine proppenvolle Pfanne machen und essen das Ganze mit den Fingern, bis wir platzen... Und Rukola mit viel Zitrone... Das Ganze nicht zum Verkosten, sondern zum Sattwerden, klar?«

Bei diesen Worten breitete sich Freude auf seinem Gesicht aus. Er verlor diesen stummen, ein wenig leidenden Ausdruck und wurde wieder lebhaft. Jetzt stand im Gegensatz zu diesem in sich gekehrten ein ganz aufgeschlossener Mensch vor mir. Einer, der in Worten und Haltung einen sehr selbstbewußten Menschen zu spielen schien.

»Fisch, Raki und Meer... Überlaß das mal mir!«

Wir schlenderten ein wenig umher und schauten uns um. Dann betraten wir ein Restaurant, das ihm gefiel. Wir fanden einen Tisch, er bedeutete mir, Platz zu nehmen, und ich setzte mich hin. Er ging zum Oberkellner und sagte ihm etwas, das ich nicht verstand, mir aber vorstellen konnte. Der Ober lächelte und nickte. Alles Nötige war besprochen worden. Diesen Necmi kannte ich nicht. In dem Moment fiel mir ein, daß er ja Fremdenführer war. Ich hatte einen Profi vor mir, der sich mit der Sprache von Orten wie diesem sehr gut auskannte ... Dann kehrte er mit sich zufrieden zurück und setzte sich mir gegenüber. Nach und nach kamen die Vorspeisen und die warmen Zwischengerichte auf den Tisch, sozusagen ›zünftig‹. Jetzt war das Umfeld bereitet für eine Aufwärmrunde. Dabei waren die grundlegenden Komponenten, die wir für unsere Aufwärmrunde brauchten, längst bereit. Die sich wandelnde Stadt, ein paar alte Erinnerungen, unsere Einsamkeit, in die uns die alten Lieder versetzt hatten, die Fremdheit, die die neuen Lieder erweckt hatten, und vor allem die Fische, die früher durch dieses Wasser geschwommen waren und die es nie mehr geben würde ...

Ich erinnerte ihn an die Makrelen, die seine Mutter an einem Sonntag zu Hause in Teşvikiye für uns gegrillt hatte, an die leicht salzige Petersiliensoße mit Öl und Zitrone, die wir auf die Fische gegossen hatten ... Ich hatte weder jenen Tag noch den Geschmack der Fische vergessen. Daraufhin erinnerte er mich, wie wir bei meiner Mutter zu Hause in Salz eingelegte *uskumru*-Makrelen gegessen hatten. Er konnte sich irgendwie nicht an den Namen des Gerichts erinnern. Als ich »*vaht*« sagte, nickte er mit dem Kopf und lachte. Der Name hatte uns beide immer zum Lachen gebracht. Auch diese Makrelenart kam damals an unseren Küsten vor. Sicherlich hatte er also auch die gedörrten Makrelen, die wir über dem Herd hatten ziehen lassen, bei uns gegessen. Die gab es jetzt auch fertig zu kaufen. Doch man konnte den Geschmack der zu Hause zubereiteten Vorspeise nicht kaufen. Man konnte auch den Geruch nicht kaufen, der sich im Haus ausbreitete, wenn die Makrele vor sich hin dörrte. Damals konnten wir sogar sagen, daß man den Fischsalat nicht aus *kolyoz*-Makrelen machen sollte. Man mußte ihm dieses Gefühl nicht schildern. Es reichte, sich nur zu erinnern. Der Abstand zur Vergangenheit brachte uns einander noch ein wenig näher.

Der Kontrast schmerzte, doch um die Nähe zwischen uns aufs neue zu erleben, mußten wir uns auch auf einen solchen Abstand einlassen. Das ergab sich tragischerweise aus der verlorenen Zeit ...

Wir sprachen natürlich auch über Fenerbahçe. Er verfolgte die Spiele jetzt im Fernsehen. Als Einstieg in das Thema erinnerte ich ihn, wie wir an einem eiskalten Sonntagmorgen um sechs Uhr für einen Platz auf der Neuen Offenen Tribüne Schlange gestanden hatten. Und wie wir in einem plötzlichen Handgemenge Polizeiknüppel draufgekriegt hatten ... Es hatte Fener gegen Galatasaray gespielt. Wir hatten uns prügeln müssen, um reinzukommen. Daran erinnerten wir uns noch gut. Doch interessanterweise konnten wir uns nicht an das Ergebnis erinnern. Tatsächlich gab es eine Erklärung für dieses Vergessen. Wichtiger als das Spiel selbst war nämlich die Aufregung, bei so einem Spiel dabeizusein, war unser Verlangen, diese Atmosphäre zu erleben. Das Gefühl war einfach naiv und kindlich. Wir kamen langsam in Fahrt. Er erinnerte mich an Didi* und die Freistöße, die er Osman beigebracht hatte. Was war das doch für eine Technik ... Sie ging in die Fußballgeschichte ein unter dem Namen ›Folha Seca‹, Trockenes Blatt ... Der Ball stieg hoch in die Luft, flog über die Abwehr hinweg, dann senkte er sich zum Tor nieder, wobei er immer schneller wurde ... Das ist einer der schwierigsten Bälle für den Torwart. Wir konnten nicht wissen, wie sehr dieser Stoß wirklich dem brasilianischen Original ähnelte, aber diese Freistoßtore haben wir nicht vergessen können. Doch in dem Moment, genau in dem Moment, senkte sich eine andere Traurigkeit auf uns beide. Damals war Niso mit dabeigewesen ... Wir waren ein unzertrennliches Dreigespann gewesen ... Und was kam dann? Necmis Worte bezeichneten das, was dann kam, in aller Deutlichkeit und Einfachheit:

»Das Leben hat uns alle woandershin zerstreut, verdammt

noch mal! ... Wer hätte sich vorstellen können, das zu erleben, was wir erlebt haben? ...«

Der Tag, an dem ich Niso nach Israel verabschiedet hatte, fiel mir ein. Wir wußten damals nicht, wo Necmi war. Das waren die Tage, wo jeder um anderer Hoffnungen willen seinen eigenen Weg ging. Diese Trennungen waren im Lauf unseres Lebens etwas ganz Selbstverständliches gewesen. Denn unsere Neigungen, Bestrebungen und Hoffnungen riefen uns irgendwohin. Wir waren noch nicht alt genug, an die Lücken zu denken, die durch die Trennungen entstehen würden. In dem Augenblick mochte ich glauben, daß auch Necmi diese Lücken in sich trug. Ich glaubte mich verpflichtet zu einer Erklärung.

»Niso ist nach Israel gegangen ... Seit Jahren habe ich nichts mehr von ihm gehört. Doch es geht ihm wohl gut. Ganz sicher wirbelt er auch dort gehörig Staub auf, der Mistkerl ...«

Er lachte. Wieder gab er eine für ihn und uns typische Antwort: »Dieser Rabbinersohn, dieser kommunistische Saubär! ... Du hast recht, er wird auch dort vor den Kollaborateuren und Imperialisten nicht zurückgeschreckt sein! ...«

Diese Worte, die eine sehr tiefe Liebe in sich trugen – das konnte ich leicht sagen, weil ich Necmi und uns kannte –, charakterisierten Niso gut ... Wir brachten durch unser Reden über einen unserer Freunde, den wir irgendwo auf dem Weg verloren hatten, nicht nur unsere Liebe, sondern auch unser Vertrauen zum Ausdruck.

Dann schwiegen wir. Schwieg er genauso wie ich aus Sehnsucht nach unserem Freund, den wir in dem Moment sehr gerne bei uns gehabt hätten? ... Das wußte ich nicht. Doch wir schwiegen wieder. Wir aßen ein wenig von unseren Vorspeisen und schwiegen. Dann versuchte er mich zu einem neuen Punkt zu bringen. Es schien, als hätte er meine Erzählung verstanden, gespürt.

»Wir müssen ihn finden, unbedingt müssen wir ihn finden...«

Was sollte ich sagen?... Ich war sowieso auf dem Weg dahin.

»Ich finde ihn, versprochen! Wir bilden ein Gericht und ziehen ihn zur Rechenschaft!...«

Als er das hörte, breitete sich wieder ein trauriges Lächeln auf seinen Lippen aus. Wortlos hob er sein Glas. Dann stürzte er in einem Zug sein Getränk hinunter, ohne mir die Gelegenheit zu geben, ihm zuzuprosten. Ich war fassungslos. Ja, er trank wirklich viel. Er trank viel und aß wenig. Es schien außerdem, als brauchte er lange, um an die Grenze zur Betrunkenheit zu geraten. Im Laufe des Abends sollte ich noch genauer sehen, wie wenig er aß. Als gefiele es ihm besser, vor dem vollen Teller zu sitzen. Doch dann ließ er auch hiervon ab. Es schien dies der wichtigste Hinweis darauf, daß er längst das Gefühl für Besitz oder die Sorge darum verloren hatte. Vielleicht versuchte er sein Leben zu bestätigen, indem er es von dieser Sorge befreite, vielleicht versuchte er sich selbst zu bestätigen... Diesen Necmi kannte ich ebenfalls nicht. Es war endlich Zeit, daß wir uns persönlicheren, heikleren Fragen zuwandten. Plötzlich befiel mich das Gefühl, wenn ich den entscheidenden Schritt hin auf diese Fragen nicht jetzt sofort tat, würden wir in dieser Nacht nie mehr dazu kommen. Er hatte herrliche gedünstete Geißbrassen bestellt. Als die Platte an unseren Tisch getragen und der Deckel gelüftet wurde, versuchte ich, den Duft, der uns in die Nase stieg, zu genießen, genauso wie das Behagen über die Sorgfalt, mit der der Oberkellner uns die Fische auf die Teller legte. Ich berührte den Fisch mit meinem Besteck und startete einen ersten Versuch:

»Was sagst du?«

Man konnte die Frage in verschiedenem Sinn verstehen. Ich hätte sogar nur den Geschmack des Fischs meinen können. Doch er verstand. Er lächelte wieder, oder vielmehr versuchte er zu lächeln. Er nahm ein kleines Stück Fisch, führte es zum Mund und kaute es langsam. Kurzzeitig senkte sich eine tiefe Stille über den Tisch... Versuchte er, ein wenig Zeit zu gewinnen? ... Suchte er die beste Antwort, die ihn verbergen, schützen konnte? ... Seine Worte verstärkten nur allzusehr meine Befürchtungen.

»Ich mache halt den Fremdenführer... Gerade sind wir in der toten Zeit. In ein, zwei Monaten fange ich an, irgendwohin zu fahren. Doch allmählich nehme ich nicht mehr so viel Arbeit an wie früher. Eine Weile habe ich wie ein Verrückter gearbeitet. Ich will nicht undankbar sein, ich habe wirklich ordentlich Geld gemacht. Doch auch jetzt verdiene ich noch gut...«

Hier hielt er inne, er konnte nicht weiter. Vielleicht wollte er nicht weitersprechen. Sicher war ihm bewußt, daß ich eine andere Antwort erwartet hatte. Er kannte mich. Wir kannten einander. Wir wußten, daß wir ganz sicher nicht zusammengekommen waren, um nur das zu besprechen. Ich schaute ihn lächelnd an, ohne zu antworten. Es war unmöglich, daß ihm mein Lächeln entging und daß er es nicht verstand. Daraufhin fuhr er fort, als wollte er den Weg zu unserem eigentlichen Gesprächsthema eröffnen. Als wollte er auch mich dorthin einladen...

»Gut, ist in Ordnung ... Ich werde dir erzählen, soweit das möglich ist ... Aber du mußt auch erzählen, einverstanden? ...«

Ich nickte wieder lächelnd und machte eine Geste, als wollte ich ›selbstverständlich‹ sagen. Mit dieser Bewegung wollte ich auch andeuten, ich werde ihm den Grund verraten, weshalb ich ihn aufs neue in mein Leben gerufen hatte. Ich zweifelte nicht, daß ich ihm mein Gefühl mitgeteilt hatte. Daraufhin bereitete er sich vor, das Erzählbare zu erzählen. Ich konnte diese Vorbereitung sehen. Deshalb schwieg ich weiter und versuchte zu lächeln. Gleichzeitig versuchte ich meine Aufregung zu verbergen, ich wollte nicht, daß womöglich meine Worte, meine Stimme den Zauber seiner Versenkung in die Vergangenheit zerstörten. Er nahm noch einen kleinen Bissen von dem Fisch. Wieder kaute er ganz langsam. Endlich öffnete sich die Tür zu seiner Erzählung.

»Du weißt ja, daß meine Punktzahl bei der Eingangsprüfung für das Studium der Politikwissenschaft ausreichte. Du weißt auch, daß ich mit großer Begeisterung nach Ankara gegangen bin ...«

Das wußte ich. Wieder nickte ich und entschied mich, nicht zu sprechen. Deswegen entging mir das Zittern in seiner Stimme nicht, das er zu unterdrücken, zu verschleiern versuchte. Kam dieses Zittern daher, daß er endlich ein Geheimnis oder etwas, woran er sich nicht gerne erinnerte, mitteilen wollte, oder wegen der Finsternis seiner Geschichte? ... Es war schon bedeutsam genug, daß ich diese Frage zu stellen das Bedürfnis hatte. In diesen Augenblicken hatte ich keine andere Wahl, als zu glauben, daß mein Schweigen und Zuhören uns an einen besseren Ort bringen würden. Überdies begann auch ich bei diesem Anblick innerlich zu zittern. Es war besser, ihn bei seiner Rückbesinnung möglichst in Ruhe zu lassen. Er ließ mich sowieso nicht lange warten.

»Schon bald war ich mitten im politischen Kampf. Das Umfeld war bereit, ich ebenfalls. Ich stürzte mich voll in Arbeiten für die Organisation, Demonstrationen, Versammlungen, Aufmärsche, Zusammenstöße, Drucksachen. Und zwar in einem Ausmaß, daß ich nach einer gewissen Zeit nicht mehr zurückgekonnt hätte, selbst wenn ich gewollt hätte ... Ich wollte ja sowieso gar nicht zurück ... Nach einer Weile rückte ich an eine wichtige Stelle in der Organisation, ich übernahm gefährliche Aufträge, trug die Verantwortung für viele Menschen ... Diese Verantwortung führte zeitweilig zu großen Spannungen ... Doch ich beklage mich nicht. Ich hatte mich dafür entschieden. Ich glaubte ja an die Revolution ...«

Er stockte wieder. Ich suchte seine Blicke, die irgendwohin wanderten und versanken ... Nur so konnte ich meine Liebe zu ihm ausdrücken. Auf unserer Reise in die Vergangenheit würde es auch Stellen, Bilder geben, wo wir innehalten mußten, das fühlte ich. Ich fühlte auch, daß wir auf eine Katastrophe zusteuerten. Ich hatte Angst vor dem, was ich zu hören bekommen würde. Doch wir hatten nun einmal begonnen und konnten nicht umkehren. Ich war entschlossen, alles zu tun, damit er fortfuhr. Es gab nur eine Frage, die in diesem Augenblick erwartet wurde.

»Und was geschah dann?«

Er schaute aufs Meer. Als er meine Frage beantwortete, war in seiner Stimme kein Groll. Vielleicht Enttäuschung. Ein Sich-Abfinden oder eine Weisheit, die aus dem Sich-Abfinden hervorgegangen war ... Ein jahrhundertealter Spruch kehrte an unseren Tisch zurück und gewann durch unsere Erlebnisse eine tiefere Bedeutung: Ein Leben ohne Prüfung gilt nicht als gelebtes Leben ...

»Wir haben viele Genossen verloren ... Nach Ansicht mancher Leute hatten wir sehr große Schuld auf uns geladen. Dann ... Dann mußten wir uns eingestehen, daß wir den Kampf gegen den Faschismus verloren hatten. Das war die Realität, obwohl wir die Organisation waren, die die meisten Anhänger hatte ... Auf diejenigen, die am Leben geblieben waren, wartete ein einziger Ort ...«

Um was für einen Ort es sich handelte, war nicht allzuschwer zu erraten. Ich hoffte trotzdem auf eine andere Möglichkeit. Ich fragte, ob er nicht zu fliehen versucht hatte. Doch. Seine Geschichte war inzwischen zu einer Geschichte der Angst geworden. Er hatte in meiner Stadt in anderen Häusern mit anderen Erwartungen und Ängsten gelebt ... Das Zittern war immer noch in uns. Ich versuchte zu verstehen.

Ich sagte mir, daß wir diese Rückkehr in die Vergangenheit nur so erleben konnten.

»Nach dem Putsch gelang es mir, nach Istanbul zu entkommen. In Ankara konnte ich nicht länger bleiben. Ich wurde überall gesucht. Ich wußte, daß ich auch in Istanbul nicht lange würde bleiben können. Es gab keinen anderen Weg, als ins Ausland zu gehen. Wer konnte, ging ins Exil. Unsere Verbindungen waren weitgehend abgeschnitten. Doch wir taten immer noch, was möglich war. Ein Paß wurde vorbereitet. Ich wartete. Ich wohnte bei einem Ehepaar, die Sympathisanten der Organisation waren, doch ich konnte auch dort jederzeit aufgespürt werden. Mir war es sehr unangenehm, daß ich meine Gastgeber in solche Gefahr brachte. Es ging ihnen materiell sowieso sehr schlecht. Der Mann war arbeitslos, tagsüber paßte er auf das dreijährige Kind auf. Die Frau war Grundschullehrerin, und um etwas mehr zu verdienen, gab sie Privatunterricht. Sie versuchten, sich eben aufrecht zu halten. Es war sehr gut, sehr mutig von ihnen, in solchen Zeiten einen Mann wie mich in ihrer Wohnung zu verstecken ... Aber wie lange noch konnte ich ihren guten Willen strapazieren? Der Paß kam und kam nicht. Wir schraken sogar zusammen, wenn der Hausmeister klingelte. Ich konnte nicht länger bleiben. Was auch immer passieren würde, diese Warterei war noch schlimmer. Eines Abends nahm ich allen Mut zusammen und ging hinaus, um meine Mutter zu besuchen, wie ich sagte. Ich würde zurückkommen, wenn es möglich war. Meine Gastgeber wußten jedoch, daß ich vielleicht nicht zurückkommen würde. Wir umarmten einander in diesem Bewußtsein. Ich schaute mich um. Die Stadt strömte, das Leben strömte dahin ... Ein jeder erlebte seine eigene Erzählung ... Sein eigenes Schicksal ... Bis zum Haus meiner Mutter war es ungefähr eine Stunde Fußweg. Das Laufen tat mir gut, in dieser Situation mit diesen Gefühlen tat es sehr gut ... Vielleicht würde ich lange nicht mehr so laufen können ... Ich fühlte, es konnte jederzeit so weit sein, daß ich verhaftet wurde. Ich sagte mir, daß das Haus meiner Mutter ganz sicher unter Beobachtung stand. Aber, wie gesagt, ich war inzwischen so weit, daß ich nicht mehr warten konnte. Ich wollte, daß das ein Ende hatte. Das Versteckspiel, der Albtraum, die Ungewißheit, nenne es, wie immer du willst. Als die gute Frau mich plötzlich vor sich sah, wußte sie vor Überraschung zuerst nicht, was sie machen, was sie sagen sollte. Auch sie wußte, wie gefährlich mein Besuch war. Seit Monaten hatten wir nichts voneinander gehört, trotzdem schien es, als freute sie sich gar nicht, so besorgt war sie. Sie hatte eine Ahnung, worin ich verstrickt war. Ich sagte, ich sei auf einen Kaffee gekommen. Ich würde nicht bleiben, könne nicht bleiben. Sie wußte nicht, was sie darauf antworten sollte. Dann redeten wir lange miteinander ... Über unser Heimatland, unser Leben, unsere Träume, Erinnerungen ... Worüber man in solchen Situationen eben spricht ... Eigentlich war ich gekommen, mir ihren Segen zum Abschied zu holen, doch das konnte ich nicht sagen. Ich wollte nicht, daß sie noch trauriger wurde. Ich sagte nur, daß ich ins Ausland gehen wollte. Sie nickte, um ihr Einverständnis anzudeuten. Danach umarmten wir uns ganz fest. Das war das erste Mal nach so langen Jahren ... In so einer Zeit des Abschieds ... Ist das nicht bitter? ... Was sollte ich tun? ... Es war meine Mutter ... Trotz allem, was sie mich hatte durchmachen lassen ... Sie war ohne Hoffnung. Hätte sie gewußt, daß ich eine Pistole an der Hüfte trug, sie wäre wahrscheinlich in Ohnmacht gefallen ... Ich sagte, ich würde mich sofort melden, wenn sich die Lage beruhigt hätte. Wieder nickte sie mit der gleichen Niedergeschlagenheit. Dann ging ich hinaus. Die Nacht war finster, sehr finster ... Finster und still ... Ich hatte ein ganz schlechtes Gefühl ... Kurz darauf erkannte ich, daß ich mich nicht getäuscht hatte. Als ich ein paar Schritte in die Straße hinein getan hatte, näherten sich mir lautlos zwei

Männer, sie hakten mich unter und begannen mit mir vorwärts zu marschieren. Sie waren sehr höflich und ruhig. Einer sagte: ›Bis hierher, Bruder Necmi, wir wollen doch keine Probleme, nicht wahr? Laß uns gehen.‹

Ich widersprach nicht, nickte nur stumm. Ich verstand, daß es Beamte in Zivil waren, daß das Haus wie vermutet unter Beobachtung gestanden und sie schon lange im Hinterhalt gelauert hatten ...

›Der Frau Mutter wird nichts passieren, wenn du dich nicht widersetzt‹, sagte der andere.

Ihr Benehmen war vertrauenerweckend, ich war beruhigt durch ihre Worte, zudem war ich nicht in der Lage, mich zu widersetzen. Ich war mir sicher, sie würden meiner Mutter nichts antun. Auch, daß sie sehr wohl wußten, wen sie weswegen verhören würden ... Ich machte also keine Probleme, so wie sie es verlangten. Etwas weiter vorn wartete ein Auto. Vor dem Einsteigen tasteten sie mich ab. Natürlich nahmen sie mir meine Waffe weg, wobei sie mit bemühter Höflichkeit sagten, daß ich diese jetzt ja nicht mehr brauchen würde ... In ihrem Lächeln lag Siegesstimmung. Auch ich lächelte wortlos und wollte ihnen einen ersten Vorgeschmack meiner Schweigsamkeit geben. Nur so konnte ich in dem Augenblick das Gefühl der Niederlage ertragen. Doch es gab auch einen anderen Grund für mein Lächeln. Ich fühlte mich erleichtert, obwohl ich wußte, daß ich in kein Fünfsternehotel gebracht und dort nicht sehr gut behandelt werden würde. Aber wenigstens war ich vor den Qualen der Unsicherheit, ob ich verfolgt wurde, gerettet. Außerdem würde ich dort, wo wir hingingen, auf einige Genossen treffen, und wir konnten das Gefühl einer Schicksalsgemeinschaft erleben. Drinnen würde sich möglicherweise auch etwas machen lassen. Die Hoffnung stirbt zuletzt. Vielleicht hatten wir die Schlacht verloren, doch wir konnten zeigen, daß unsere Widerstandskraft nicht erloschen war, indem wir aneinander festhielten, und das konnten wir zuerst einmal uns selbst beweisen. Wie hätten wir sonst an die Richtigkeit dessen glauben können, was wir erlebt hatten ... Ich versuchte, all meinen Mut zusammenzunehmen, und wiederholte mir ständig, ich dürfe nicht weich werden. Ich durfte nicht weich werden. Ich durfte nicht weich werden ... Das Schicksal vieler Menschen hing von mir ab. Das Schicksal meines Kampfes hing von mir ab. Was ich tat, würde auch meine Zukunft bestimmen, falls ich am Leben blieb ... Falls ich am Leben blieb ... Denn ich konnte schon ahnen, was mich erwartete. Im Wagen blieben wir stumm. Die Fahrt dauerte nicht lange. Gayrettepe war nicht weit entfernt, aber diese Stille gab mir wenigstens Gelegenheit zu überlegen, was mir passiert war und in Zukunft passieren würde. Dann kamen wir an den Ort, wo wir erwartet wurden. Die mich dort in Empfang nahmen, waren allerdings nicht ganz so höflich. Als ich in die Verhörzelle gebracht wurde, gaben sie mir meine neue Kleidung. Es waren Blutflecken darauf. Das tun sie, um einen zu entmutigen. Um den Widerstand zu brechen ... Ich redete mir ein, daß ich auf dieses Spiel nicht eingehen dürfe. Den dreckig grinsenden Wächter, der mich mit ›Willkommen, Cowboy!‹ empfing, grinste ich sogar genauso an und sagte mit frechem Blick: ›Was, Cowboy? Konntest du dir nicht was Kreativeres einfallen lassen?‹ Natürlich verpaßte er mir sofort eine Ohrfeige.

›Hier gibt es keine Organisation. Drück dich ja korrekt aus, Brille!‹ reagierte er. Ich mußte wieder grinsen. Einerseits, um meinen Widerstand aufrechtzuerhalten, andererseits, weil ich mich in dem Moment an einen sehr komischen Vorfall erinnerte ... Weißt du, woran ich mich erinnert habe? ...«

Seine Frage brachte mich unwillkürlich zum Schmunzeln. Natürlich erinnerte ich mich. Ich wollte nicht sagen, daß ich bei der Vorbereitung auf die Begegnung mit ihm an den Vorfall gedacht hatte. Doch es war schön, daß er sich erinnerte, wirklich bewegend. Und seine Aufforderung, mich an den Vorfall zu erinnern, war ebenfalls bewegend. Also hatten diese Momente sich auch in ihm irgendwie festgesetzt. Ich versuchte dieses Gefühl in das Beisammensein einzubringen. Ich hatte ihm sowieso seit einer Weile ins Wort fallen wollen, doch irgendwie nicht den richtigen Zeitpunkt gefunden. Denn er sprach dermaßen schnell und erregt ... Er wirkte, als wolle er unendlich viel erzählen, mitteilen ...

»Das war knapp, verflucht! ... Und wie wir den steilen Berg raufgerannt sind, weißt du noch? ...«

Er nickte lächelnd. Die Bilder überlagerten sich eine Weile. Deswegen schien mir dieses Lächeln sowohl Leid als auch Gelassenheit zu enthalten. Was er dann sagte, unterstrich diesen Eindruck nur noch mehr.

»Seit Jahren war ich nicht mehr Brille genannt worden ... Doch in diesem Moment kränkte mich der Ausdruck gar nicht. Im Gegenteil, ich mußte sogar lachen ... Inzwischen war dermaßen viel geschehen. Du wirst es vielleicht nicht glauben, doch als ich das Wort hörte, stärkte es sogar meinen Lebenswillen. Ich erinnerte mich an ein Wort deines Vaters, der einmal sagte: ›Wir haben all die Zeiten heil überstanden, indem wir gelernt haben, über unsere Peiniger zu spotten.‹ Es half mir sehr, daß ich mich in dem Moment daran erinnerte. Ich habe mich auch an dich erinnert, mir ist klargeworden, wie sehr ich dich vermißte, ich dachte, was du wohl machst. Doch dann war auch das vorbei ... Was vergißt der Mensch nicht alles, wenn er die Werkbank passiert ...«

Bei seinen letzten Worten schaute ich verständnislos. Natürlich merkte er, daß ich nichts kapierte. Er erklärte, indem er zu lächeln versuchte: »Wenn du gefoltert wirst ... Dann wird dir erst richtig klar, wie wertvoll dein Leben ist ...«

Ich hatte schon gefürchtet, daß er das sagen würde. Doch es sollte mich eigentlich nicht verwundern, daß ein Mensch in seiner Position auch diese Finsternis erlebt hatte. Vielleicht würde er nicht erzählen, was er erlebt hatte. Ich konnte von ihm nur das Erzählbare erwarten. Ich konnte lediglich indirekt vorgehen. Angesichts seiner Entscheidung, über seine Erlebnisse dort wie von einem gewöhnlichen Spiel zu erzählen, konnte ich mich nur so verhalten. Zumindest konnte ich sein Gefühl kennenlernen, das das Vergangene in ihm zurückgelassen hatte. Auf diese Weise konnte ich ihn weiter öffnen.

»In welcher Situation hast du dich am hilflosesten gefühlt?«

Er hielt inne, drehte den Kopf, als wollte er mich nicht anschauen. Mir fiel wieder das Zittern in seiner Stimme auf.

»Wenn ich die Stimmen der Gefolterten hörte ... Vor allem die Schreie der Frauen ... Vielleicht waren sie nicht echt ... Vielleicht ließen sie uns diese Schreie absichtlich hören. Ich weiß nicht. Aber diese Augenblicke waren schrecklich. Du liegst auf der Pritsche in den blutigen Kleidern, die sie dir zugewiesen haben, wartest darauf, zum Verhör geholt zu werden, und diese Stimmen gellen in deinem Ohr ... Da läßt du dich unwillkürlich von dieser Stimmung erfassen ...«

Ich gab keine Antwort, besser gesagt, ich konnte nicht antworten. Ein Protest wuchs in mir, ich sagte aber trotzdem nichts. Er wirkte, als hätte er furchtbares Leid ertragen. In diesem Land waren so viele Menschen, die solch einen Kampf gewagt hatten, in äußerster Finsternis ausgelöscht worden ... So viele Menschen hatten so viele Tode erlebt ... In die erbarmungslose Geschichte dieses Landes wurde die Erzählung so vieler aus dem Leben gerissener Menschen eingeschrieben, die starben, ohne die eigene Kindheit hinter sich gelassen, ohne vielleicht jemals ihre große Liebe erlebt zu haben ...

Wir vergruben uns aufs neue in ein kurzes Schweigen. War in seinen Blicken ein Vorwurf, eine Enttäuschung? ... Und wenn, gegen wen richteten sich diese Gefühle? ... Gegen das Leben oder gegen solche wie mich, die derartige Schmerzen nicht erlebt hatten? ... Oder war ich es, der diese Blicke so deutete? ... Es gab wieder viele Möglichkeiten. Ein weiteres Mal konnten wir das Erlebte mit all unseren Grenzen und Schwächen betrachten. Sicherlich war das neuerliche Bemühen um Individualität keine Schuld in dieser unserer Beziehung. Doch konnte ich trotzdem nicht verhindern, daß ich mich schuldig fühlte. Selbst wenn ich mir selbst damit unrecht tat ... Weil der Mensch, der mir dermaßen wertvoll war, diese Schmerzen hatte erleben müssen ... Weil ich nicht mit ihm zusammen gelitten hatte ... Meine nächste Frage war aus diesem Gefühl geboren. Diese innere Stimme hörte, kannte nur ich. Nur ich ... Doch ich konnte nicht anders, als zu fragen. Ich mußte der Spur der Erzählung nun soweit wie möglich folgen

»Warst du lange drin? ...«

Noch einmal breitete sich ein trauriges Lächeln auf seinem Gesicht aus ... Doch dieses Mal war in seinem Lächeln etwas wie ein versteckter Stolz, den ich unmöglich übersehen konnte ...

»Sieben Jahre ... Ich war zum Tode verurteilt ...«

Mich schauderte. Soviel hatte ich nicht erwartet. Wer weiß, was er für Erinnerungen hatte. Deshalb hatte ich das Bedürfnis, deutlich zu machen, ich sei ein wenig zu weit gegangen. Vielleicht sollten wir jetzt aufhören.

»O je! ... Erzähl nicht weiter, wenn du nicht willst ...«

Aus seinen Blicken las ich, daß er sprechen wollte. Ich wartete. In dem Moment wurde mir ein anderes Detail bewußt, das ich bisher nicht für wichtig gehalten hatte. Während er erzählte, faßte er oft mein Handgelenk, manchmal meinen Arm, manchmal auch meine Hand. Und dabei drückte er fest zu. Wollte er sicherstellen, daß das, was er erzählte, wirklich verstanden wurde? ... Vielleicht versuchte er, sich mit seinen Erinnerungen und Erzählungen ans Leben zu klammern und sah in diesen Erlebnissen seinen größten Reichtum. Im

Billardsalon hatte er meinen Arm genauso gepackt. Jetzt erst konnte ich diese Verbindung herstellen.

»Dann kam ich raus... Sie glaubten, ich hätte meine Strafe genügend abgebüßt... Trotzdem dachten sie wohl, sie wären noch nicht ganz fertig mit mir... Ich hatte zwar noch nicht zu Ende studiert, dennoch schickten sie mich sofort zur Wehrdienstverwaltung... Obwohl sie meine Situation kannten... Den Gesetzen mußte Genüge getan werden. Nach dem, was ich erlebt hatte, hätte mir sogar der Wehrdienst wie Ferien erscheinen können. Doch alles war sehr klar. In Wirklichkeit hatten sie mir ein Geschenk gemacht... Ein Geschenk, das mir den Dienst ersparte...«

Wieder zog er die Sonnenbrille leicht nach unten und zeigte sein geschlossenes Auge. Wieder schauderte es mich. Er lächelte mit seinem schmerzlichen Blick. Dann rückte er die Brille sorgfältig zurecht. Ich wartete. Er fuhr fort, dieses Mal mit Blick auf den vor ihm stehenden Teller.

»Im Verhör auf der ›Werkbank‹ konnten sie mich nicht kleinkriegen. Dabei tat ich alles, um sie zu ärgern. Eines Tages kriegte ich diesen Faustschlag... Ich hatte die Brille auf...«

Er mußte nicht fortfahren. Unwillkürlich entfuhr mir: »Gott strafe sie!...«

Er lächelte weiter. Und hielt weiterhin meinen Arm fest... Dann ließ er los und schwenkte die Hand, als wollte er sagen: Laß nur, ist ja egal. Es war, als versuchte nicht ich ihn, sondern er mich zu beruhigen. Er fuhr fort, vor sich hin blikkend.

»Weißt du, was ich als erstes gemacht habe, als ich frei war. Ich bin losgelaufen. Wie ein Verrückter bin ich gerannt. Ich mußte mich unbedingt auslaufen. Rennen, so weit ich konnte... Wohin ich lief, warum ich lief, weiß ich nicht, ich bin einfach gelaufen... Es war Abend, ich lief, solange meine Kraft reichte...«

Als ich das hörte, hatte ich das Bedürfnis, meinerseits seinen Arm zu halten, zu drücken. Er lächelte wieder. In dem Moment bemerkte ich, daß er manchmal unbegründet, manchmal zuviel lächelte. Daß auch seine Stimmungen unvermittelt wechselten. Mal war er äußerst lebhaft, fröhlich, mal war er teilnahmslos, traurig ... In dem Moment wußte ich nicht, wo wir uns gerade befanden. Er schaute mich lange an. Ich schaute ihn ebenfalls lange an. Bei dem, was er dann sagte, hoffte ich zuerst, er wolle die Stimmung ein wenig aufhellen.

»Bei dem Fußballspiel haben wir doch diesen Polizeiknüppel abgekriegt ...«

Nach dem, was ich gehört hatte, erschien mir jener Tag damals mit einemmal sehr weit entfernt zu sein. In jeder Hinsicht fern ... Dennoch versuchte ich, eine Antwort zu geben.

»Der hat schlimm weh getan, was? ...«

Er bestätigte mit Kopfnicken. Dieses Mal schien in seinem Lächeln etwas wie Zärtlichkeit zu liegen. Zärtlichkeit oder eine andere Art von Nachsicht, die wirkte, als käme sie aus seinen Erfahrungen. Zweifellos war diese Wahrnehmung meine eigene Wahrnehmung. Zumindest war es das, was ich in den Momenten sehen konnte. Denn was er erzählte, steigerte meine Beunruhigung.

»Ein elektrischer Polizeiknüppel ist viel schmerzhafter ... Zum einen wird dein Körper ganz schwarz, zum anderen fühlst du dich sehr erniedrigt ...«

Ich neigte den Kopf vor. Ich fühlte aber keine Scham, als der Schmerz so banalisiert wurde. Es tat mir nur leid. Ich war traurig, wütend, wollte protestieren, doch fand ich wieder nicht die richtigen Worte und keine Stimme. Er fuhr fort:

»Sie können ihre Überlegenheit nicht anders zeigen. An sich wissen sie schon alles ... Alles ... Ihr Bestreben ist, einen kleinzukriegen, einen so weich wie möglich zu machen ...

Weil ich davon fest überzeugt war, haben sie mich nicht kleingekriegt. Natürlich gab es welche von uns, die geredet haben. Manche haben ihre Freunde verpfiffen, wenn ihnen große Gegenleistungen dafür versprochen wurden. Aber weißt du was, sie haben hinterher auch nichts erreicht, wurden nicht befördert. Ich bin sicher, die meisten leiden jetzt innerlich an dieser Gemeinheit. Unsere Generation war nicht so wie die vor uns* und hat auch niemals so werden können. Tatsächlich ist das System über uns hinweggegangen wie eine Dampfwalze ... Weißt du, ich habe damals diese Realität, ob du das Leben nennst, Wissen, Ahnung oder was sonst, irgendwie sehen können ... Das war der Grund, warum ich geschwiegen habe. Zumindest hatte ich so meinen Widerstand bewiesen. Um mich leichter mit dem Tod abzufinden, wenn die Zeit gekommen wäre ... In jenen Tagen ging es für uns oft um Leben und Tod ... Einmal war ich splitternackt. Es war eiskalt. Sie überschütteten mich mit kaltem Wasser. Ich zitterte. Ich war ganz allein. Als sie an jenem Tag an meinem linken großen Zeh eine Elektrode anschlossen, hatte ich zum ersten Mal Angst, an einem Herzschlag zu sterben. Doch ich sagte mir ständig vor: ›Ich werde hier rauskommen! Ich muß unbedingt hier rauskommen! Ich werde rauskommen! ... Sonst hat all das keinen Sinn, was ich erlebt habe.‹ Wenn du wüßtest, wie sehr der Mensch in solchen Zeiten am Leben hängt ... Wie hart, wie zäh man wird ...«

Ich entschied mich, wieder zu schweigen. In dem Augenblick konnte ich mit ihm auf einer viel tieferen Ebene sprechen. Ich ergriff seine Hand und drückte sie. Er gab den Druck zurück. Wir zeigten einander auf diese Weise, was wir nicht in Worte fassen konnten. Ich zweifelte nicht, daß er fühlte, was ich fühlte. Dann fuhr er fort, mit jener labilen Lebhaftigkeit zu erzählen, und hielt dabei meine Hand fest ... Doch plötzlich brach seine Stimme.

»Aber einmal wurde ich an einer verwundbaren Stelle getroffen und begann zu weinen. Weißt du, wann das war?... Schau, jetzt muß ich gleich wieder weinen...«

Er fing tatsächlich an zu weinen, ohne den Satz zu Ende zu führen. Meine Hand war noch immer in seiner. Als er die Szene schilderte, füllten sich plötzlich auch meine Augen mit Tränen. Wie konnte ich bei solch einer Begegnung teilnahmslos bleiben? Ich war derjenige, der jene Zeit am besten kannte.

»Ich saß inzwischen in Sağmacılar ein. Ich konnte meiner Mutter Nachricht geben. Als sie zum ersten Mal zu Besuch kam, rief sie vor allen Besuchern, Gefangenen und Wärtern in der großen Gemeinschaftsbesuchszelle: ›Ich bin stolz auf dich, mein Sohn!... Ich bin stolz auf dich!...‹ Von ihr hätte ich diesen Ausbruch nicht erwartet. Sie war zum ersten Mal so offen. Da erkannte ich, wie sehr sie mich liebte. Wir weinten beide. Ich war glücklich, daß ich weinen konnte, daß ich endlich weinen konnte. Sehr glücklich... Ich hielt mich für sehr vom Schicksal begünstigt, daß ich das erlebte...«

Er fuhr zu weinen fort. Auch ich weinte. Doch ich bemühte mich auch, ihn zum Lachen zu bringen. Ihn und mich... Denn ich wußte, daß in solchen Situationen das Lachen von Herzen kam...

»Heldenmutter Fatoş Abla!... Du warst echt verrückt!...«

Dieses Mal begann er in seinem aufgewühlten Zustand zu lachen. Ich lachte ebenfalls. Das gehörte zu den eindrucksvollsten Gemeinsamkeiten dieses Abends.

Dann schwiegen wir wieder. Wir tranken. Als er erneut zu erzählen anfing, war seine Stimme sehr ruhig.

»Weißt du, was ich all die Jahre wollte?... Dem Mann begegnen, der mir jenen Fausthieb versetzt hat... Vielleicht war er einer von diesen Folterern... Auf der ›Werkbank‹ weißt du ja nicht, wer dir gegenübersteht. Entweder blendet dich ein Licht, oder deine Augen sind verbunden. Aber einige Male kam mir seine Stimme bekannt vor. Vielleicht weil ich sie erkennen wollte. Was denkst du, was ich dann tun würde? ... Ich weiß, daß ich nicht verziehen habe ... Deiner Ansicht nach ... Kann ich deiner Ansicht nach fragen: Warum hast du mir das angetan? ... Ich weiß nicht ...«

Er wirkte nicht zornig. Dieses Fehlen von Zorn war mir vorher schon aufgefallen. Zeitweise war er wie abwesend, wie weit fort, ja sogar, als hörte er mir gar nicht zu, was auf eine tiefsitzende Wunde hinwies. In jenem Moment war es ebenso. Ich hätte in diesem Augenblick nicht sagen können, ob er diese Rache wirklich immer nötig haben würde. Statt dessen sagte ich, was er vermutlich hören wollte. In diesem Moment konnte ich nicht anders.

»Es gibt für jeden eine Zeit, wo er sein Leben einer Prüfung unterziehen muß ... Das ist eine Zeit, wo er sich selbst nicht ausweichen kann ... Deine Folter ist längst vorbei. Doch seine wird vielleicht ein Leben lang dauern ...«

Ob er wohl glaubte, was ich sagte? ... Das weiß ich nicht. Doch ich wollte es glauben. Um seinetwillen. Für solche wie uns und die, die wie er lebten ... Er bestätigte das Gehörte wieder mit einer Kopfbewegung. Vielmehr deutete ich sein leichtes Nicken so. Hatte er sich klargemacht, daß die Henker sich eines Tages selbst als Opfer würden sehen können? ... Wo waren wir im Gespräch gelandet ... Wir schwiegen erneut ... Dann plötzlich lächelte er wieder sein vieldeutiges Lächeln. Wir tauchten an einer anderen Stelle in die Vergangenheit ein ...

»Einmal hatte ich auch ein sehr seltsames Erlebnis. Nach der Folter, als mir die Augenbinde abgenommen wurde, erblickte ich einen Mann mit einem rechtschaffenen Gesicht. Er war etwa so alt wie mein Vater. Er erzählte mir von ihm. Sie hatten zusammen Jura studiert. Er wußte dermaßen viel über mich, daß ich verblüfft war. Er begegnete mir sehr freundschaftlich. Er ermahnte mich, regte sich auf wie ein Vater und tadelte mich. Weil ich als Sohn eines solchen Vaters zu einem derartigen Kommunisten geworden war... Mein Vater war wirklich ein Nationalist gewesen. Ich wußte nicht, was ich sagen sollte. In dem Moment fühlte ich mich ihm sehr nahe. Fast hätte ich angefangen zu weinen. Unter der Folter war ich standhaft geblieben, jetzt konnte ich bei seinen Vorhaltungen fast nicht mehr standhaft bleiben. Doch er forderte mich mit keiner Frage zum Auspacken auf. Statt dessen fragte ich ihn nach meinem Vater, ich hatte den Mut, ihn zu fragen, wie er gestorben sei. Ich fühlte, er kannte die wahre Antwort. Er neigte den Kopf und sagte: ›Man weiß nie, wen der Staat wann und wie durchstreicht...‹ Er war eine Weile still. Dann fuhr er fort: ›Oder eigentlich weiß man es, man wartet darauf, wenn es soweit ist...‹ War er aufrichtig?... Es wirkte so. Denn er war sehr bewegt, als er das sagte. Vielleicht aber spielte er, wollte mir verdeckt drohen... Doch hier hörten wir auf, er ging nicht weiter, wie ich schon sagte... An jenem Abend bekam ich ein besonderes Essen gebracht. *Menemen*, eine Eierspeise, gefüllte Mangoldblätter mit Joghurt, frisches Weißbrot und als Nachtisch süß eingelegten Kürbis mit Walnüssen... Diese Speisen mochte ich sehr gerne. Ich war aufs neue verblüfft. Ich hatte doch gar nicht soviel geredet. Folglich konnte das keine Belohnung sein. Es gab außerdem gar keine solche Belohnung... Als ich nachfragte, sagten sie, das sei ›das Essen des Oberstleutnants‹... So erfuhr ich, mit wem ich gesprochen hatte... Auch das haben wir erlebt... Wie du siehst, war nicht alles ganz so schlecht...«

Er war ein wenig heiterer geworden. Er kam vom einen aufs andere, doch war es trotzdem möglich, die Teile miteinander zu verbinden. Wahrscheinlich konnte er nur auf diese Weise erzählen, was er erlebt hatte. Ich mußte wieder schweigen. Er fuhr sowieso fort, ohne mir die Gelegenheit zum Reden zu geben, nachdem wir nur kurz geschwiegen hatten:

»Eigentlich ist meine Lage wirklich nicht so schlimm. Vorigen Monat war ich wegen einer neuen Brille beim Augen-

arzt. Was glaubst du, was bei der Untersuchung rauskam? ...
Meine Kurzsichtigkeit hat sich gebessert! ... Ich brauche nur
noch Glasstärke 5,5. Außerdem brauche ich zum Lesen keine
andere Brille mehr.«

Als ich dies hörte, mußte ich unwillkürlich denken, daß er
die Sache mit der Brille trotz des Verlusts seines Auges immer
noch nicht verwunden hatte. Ein Bild aus unseren früheren
Tagen trat mir noch einmal vor Augen. Mit seinem schwarzen, dicken Brillengestell wurde er unvermeidlich das Ziel
des Spottes von Menschen, die dermaßen einfach gestrickt
waren, daß es ihnen gar nicht in den Sinn kam, aus ihrer Gewöhnlichkeit auszubrechen, oder die, ohne es zu merken, jene
oberflächlichen Beziehungen zum Schutzschild ihrer Schwächen machten und die ihre Auswegslosigkeit nur ertragen
konnten, wenn sie sich an die allgemein anerkannten Werte
klammerten. Als ich mich an jene Gemeinheiten erinnerte,
tat es mir aufs neue weh. Es war jedoch nicht an der Zeit,
das Thema wieder aufzuwärmen. Darum versuchte ich, ihm
noch einmal zu geben, was er erwartete. Wobei ich glaubte,
eine kleine Abschweifung könnte angebracht sein...

»Ich habe auch schon eine Lesebrille. Ohne Brille kann ich
nicht mal eine Zeile lesen...«

Darauf antwortete er wieder mit seinem durchtriebenen
Gesichtsausdruck. Es war deutlich, daß er mich aufziehen
wollte.

»Du brauchst vor allem eine Brille, um Geld zu zählen!...«

Ich antwortete ihm dieses Mal nicht mit einem Fluch, sondern grinste und dachte, es sei richtiger, seine Frotzelei mit
Frotzeln, vielmehr seinen Angriff mit einem Angriff zu kontern.

»Laß das jetzt mal, und sag mir, Junge, was ist das für eine
Arbeit, Fremdenführer?... Wie hast du dich auf diese Weise
dem System ausliefern können?... Du konntest ja nicht mal
gescheit Französisch?«

Mir kam gar nicht in den Sinn, daß er Fremdenführungen in einer anderen Sprache als Französisch machen könnte. Er zeigte mit dem Zeigefinger auf mich, wie um mich auf eine Überraschung vorzubereiten, und lachte wie ein Kind. Ich brauchte nicht lange zu warten, um zu erfahren, daß ich mich nicht getäuscht hatte. Was er erzählte, sollte mich in eine wiederum ganz unerwartete Erzählung hineinziehen. Wir taten einen Schritt in ein anderes Leben hinein. Sogar die Sprache dieses Lebens war anders.

»Nachdem ich draußen war, wußte ich nicht, was ich machen sollte. Ich hatte keine Lust, nach Ankara zurückzukehren. Ankara war abgeschlossen, dieses Ankara war für mich tot... Wenn du wüßtest, wie fern meine Träume gerückt waren, Staatssekretär oder Diplomat im Auswärtigen Dienst zu werden. So ein Leben wollte ich nicht mehr. Besser gesagt, ich konnte es nicht wollen. Mein Studium war nicht abgeschlossen. Mir fehlten nur einige Seminare, doch wie hätte ich nach einem derartigen Bruch je wieder dorthin gehen können?... Noch dazu in dem Wissen, daß einige meiner Freunde aus dieser Stadt als Kämpfer für unsere Sache gefallen waren... Ein paar saßen immer noch... Und von einigen hörte man überhaupt nichts mehr... Wir hatten den Kampf in den Straßen jener Stadt geführt, und die Stadt war nun ohne sie... Wie hätte ich in jenes Ankara zurückkehren können... Einmal abgesehen davon, selbst wenn ich das Studium abgeschlossen hätte, hätte ich meine Träume trotzdem nicht verwirklichen können. Höchstwahrscheinlich hätte ich ja zum ›Risikopersonal‹ gehört. Das bedeutet, daß du in kein Staatsamt gelangen kannst, das klebt ein Leben lang an dir. Ich weiß nicht, ob sich das inzwischen geändert hat. Es interessiert mich nicht mehr. Doch damals war das so. Außerdem damals... Damals wollte ich nach all dem, was vorgefallen war, für einen solchen Staat gar nicht mehr arbeiten. Verstehst du, die Bindung war völlig zerrissen. In Wirklichkeit waren auch meine Bindungen an dieses Land zerrissen. Ich hatte nicht nur Ankara, sondern auch die Türkei in mir getötet. In jeder Hinsicht ... In jenen Tagen faßte ich den Entschluß, ins Ausland zu gehen. Wir hatten natürlich mit unterschiedlichen Stellen Verbindungen. Am geeignetsten war Griechenland. Ich wußte nicht, wie lange ich dort würde bleiben können, aber ich zweifelte nicht, daß man mich irgendwo irgendwie unterbringen würde. Ich ging davon aus, daß ich lange nicht zurückkehren würde. Vielleicht würde ich überhaupt nicht zurückkehren. Manche Türen standen unsereinem offen. Zudem konnte ich den Kampf auch dort weiterführen. Zugleich hätte ich mich von einigen lästigen Verrätern befreit, die ich nur schwer ertragen konnte. Es war am besten, sie in ihrem Land ihrem Schicksal zu überlassen.

In Athen unterzog ich mich in bezug auf jene Fragen einer eingehenden Selbstprüfung. Doch ich konnte mich nicht lange in solche Gedanken vergraben. Ich mußte das abschütteln ... Ich wollte mir doch ein anderes Leben aufbauen ... Zuerst lernte ich Griechisch. Ich konnte selbst kaum glauben, welche Fortschritte ich innerhalb kürzester Zeit machte. Bei den Aktivitäten für die Beziehungen der Organisation lernte ich eine Griechin kennen. Ihr Name war Ira. Sie war sechs Jahre älter als ich. Das Leben hatte auch sie gebeutelt. Sie sah älter aus, als sie war, doch gleichzeitig war sie unglaublich schön. Oder mir erschien es so. Ich verliebte mich. Es schien, als sei auch sie von mir beeindruckt. Wir lebten miteinander. Sie war Lehrbeauftragte an der Universität. Soziologin. Sie hatte eine schlimme Ehe hinter sich, nachdem sie ziemlich früh geheiratet und sich dann getrennt hatte. Offiziell war sie nicht geschieden, doch hatte sie seit Jahren keine Nachricht mehr von ihrem Mann, der aus Mardin stammte und als politischer Flüchtling nach Schweden gegangen war. Du wirst sagen, die Frau interessierte sich für Männer von unserer Scholle. Das war vielleicht auch Schicksal. Sie konnte ein wenig Türkisch, doch noch besser schien sie Kurdisch gelernt zu haben. Was sie gelernt hatte, das versuchte sie an mich weiterzugeben. Ich bekam Kurdischunterricht von einer Griechin, gut, was? ... Sie hatte eine sechsjährige Tochter. Mit ihr verstand ich mich sehr gut. Das Leben floß auf angenehme Weise dahin. Plötzlich waren wir eine kleine Familie geworden. Ich fand die Wärme, die ich seit Jahren vermißt hatte. Und auf welche Weise, durch welches Tun, wo? ... Wie du siehst, war ich fortwährend ›Vaterlandsverräter‹ ...

Diese Familie trug sehr dazu bei, mein Griechisch weiterzuentwickeln. Es kam der Tag – du wirst dich wundern –, als ich anfing, fließend Griechisch zu sprechen. Ich konnte sogar Gedichte lesen und verstehen. Ira fand für mich eine Arbeit in der Stadtbibliothek. Auch da las ich viele Bücher. Das Leben ging weiter. Das heißt, es lief, soweit es laufen konnte ... Ich führte lange Telefongespräche mit meiner Mutter, die sie rührten, wie ich spürte, die mich aber ebenfalls sehr rührten. Mit der Zeit sollten wir immer mehr einsehen, welch große Bedeutung diese Telefongespräche hatten und wie sie uns innerlich erschütterten ... Es war offensichtlich, daß wir eine Lücke zu schließen versuchten. Nach meiner Entlassung aus dem Gefängnis war ich nur kurz bei ihr gewesen, ehe ich mich auf das Auslandsabenteuer eingelassen hatte. In der kurzen gemeinsamen Zeit hatten wir aber nicht viel miteinander reden können. Sie wußte nicht, was ich erlebt hatte. Sie ahnte es bloß, vermutete etwas, wußte aber nichts. Vielleicht wollte sie es auch nicht wissen. Und ich erzählte nichts. An dem Tag, als sie mich im Gefängnis von Sağmacılar besuchen kam, hatte ich ebenfalls nichts erzählt. Hätte sie alles erfahren, die gute Frau hätte einen Herzschlag gekriegt. Schau mal, merkst du, wie ich ›gute Frau‹ gesagt habe. Wie hätte ich ihr nach allem, was ich erlebt hatte, weiterhin böse sein können ... Noch dazu ... An jenem Tag ... Nachdem, was sie an jenem Tag gesagt hat ...«

Seine Stimme brach plötzlich wieder. Also gehörte diese Begegnung zu einer der wichtigsten Begegnungen seines Lebens. Ich faßte wieder seine Hand. Ich versuchte, mir die Szene bildlich vorzustellen. Jene Worte trugen auch mich irgendwohin ... Ich bin stolz auf dich, mein Sohn, ich bin stolz auf dich ... Wie sehr brauchten wir doch solche Worte ... Als ich dieses Mal seine Hand faßte, versuchte ich mich gleichzeitig irgendwo festzuhalten. Ich bin sicher, daß er dieses Haltsuchen spürte. Anders kann ich mir nicht erklären, warum er meine Hand ganz fest hielt. Diese Verbundenheit wollte ich ihm geben, indem ich an unsere Tage damals erinnerte.

»Daß Fatoş Abla sich so äußern würde, hätten wir nie gedacht, was? ... Wenn das ein Film wäre, hätten der Regisseur, der Drehbuchschreiber dagesessen und gegrübelt, wie kommt es, daß eine Frau, die von ihrem Sohn so weit entfernt scheint oder schien, sich derart verändert? Er würde nach der Glaubwürdigkeit dieser Wandlung suchen. Doch man kann halt nicht wissen, welches die wahren Gefühle eines Menschen sind. Vielleicht können wir nicht einmal die, die uns am nächsten stehen, wirklich so sehen, wie sie es verdienen, weil wir viel zu sehr mit uns selbst beschäftigt sind ...«

Wieder leerte er das fast volle Glas in einem Zug. Er füllte unsere Gläser neu. Ich spürte, daß er seine Erzählung fortsetzen wollte. Ich sprach nicht viel. Ich wußte, daß ich in dem, was er erzählen würde, eine Antwort auf meine Worte finden würde.

»Wie hätte ich nach dem, was ich erlebt hatte, weiterhin auf sie böse sein können ... Zudem waren wir durch meinen Auslandsaufenthalt inzwischen weitere fünf Jahre getrennt gewesen. Ich war auf dem Weg zurück, doch mochte ich mir das vorerst nicht eingestehen. Aber zwei Ereignisse ließen mich die Wahrheit erkennen und beschleunigten meine Rückkehr. Meine Mutter war in eine tiefe Depression geraten, soweit ich das aus den Telefongesprächen mit ihr entnehmen konnte. Um dies nicht zu verstehen, hätte ich taub sein müssen, in jeder Hinsicht taub, oder ich hätte alles Gefühl verloren haben müssen, aber trotz allem, was ich erlebt hatte, hatten sie so einen Menschen nicht aus mir machen können. Wer diese ›sie‹ auch immer sind, na ja ... Ich wollte die Frau am anderen Ende des Telefons umarmen und unbedingt sehen ... Ich konnte den Schmerz, sie durch diese Trennung völlig zu verlieren, nicht ein Leben lang tragen. Auch Ira unterstützte mich sehr. Mit Nachdruck sagte sie immer wieder, daß ich gehen müsse. Ich wehrte mich trotzdem. Ich wußte ja, daß die Begegnung zugleich eine Trennung bedeutete. Zwischen mir und Istanbul gab es eine gefühlsmäßige Mauer, mit der ich mich trotz aller Anstöße noch nicht auseinandergesetzt hatte. Ich sprach mit Ira über meine Befürchtungen, wollte sie soweit wie möglich mit ihr teilen. Sie war ja für mich nicht nur die Geliebte, sondern auch eine Freundin und Kampfgefährtin. Ich sprach auch mit anderen Genossen über meine Rückkehr. Das war wieder einmal eine Zeit der Kritik und Selbstkritik. Wir konnten inzwischen nicht anders, als das Leben so zu betrachten. In unseren Gesprächen wuchs der Entschluß zur Rückkehr. Zur selben Zeit ergab sich für Ira die Möglichkeit, beruflich nach Schweden zu gehen. War das bloßer Zufall? ... Aus diesem angeblichen Zufall hätte ich einige Folgerungen ziehen können. Doch ich zog sie nicht, besser gesagt, ich konnte nicht. Deswegen war die Trennung überhaupt nicht leicht. Es tat noch mehr weh, mich von Sofia zu trennen. Ich hatte sie schon fast als meine Tochter angesehen. Seltsam, sehr seltsam, doch es schien mir, als zerstörte ich eine Familie. So sehr hatte ich mich an sie gewöhnt. Als ich Abschied von Sofia nahm ...«

Er stockte, konnte den Satz nicht beenden, weil seine Stimme wieder brach. Es war nicht schwer, seine Gefühle zu verstehen. Ich mußte ihm wieder zeigen, daß ich an seiner Seite, ihm sehr nahe war. Dieser Verpflichtung wollte ich mich nicht entziehen. Ich wollte mich auch dem Gefühl nicht entziehen. Was ich einzig für unsere Gemeinsamkeit tun konnte, war, seinen Satz zu vollenden...

»... Du hast dich von einer Vaterschaft verabschiedet... Es ist nicht leicht zuzugeben, doch dies entspricht wohl den Tatsachen...«

Er nickte. Es gab sowieso keinen Grund, das abzustreiten. Wir hatten selbst die Grundlage für unsere Schutzlosigkeit bereitet. Daß ich einen seiner Schwachpunkte berührt hatte, war mir bewußt und auch, daß wir diese Angelegenheit im Laufe der kommenden Zeit miteinander noch weiter durchleuchten mußten... Und daß dieses Erforschen ihn mit noch anderen Schwachstellen, Lücken konfrontieren würde... Doch ein Weglaufen gab es nicht. Waren wir nach der Zeit der Trennung nicht sowieso für eine solche Konfrontation zusammengetroffen?... Dennoch antwortete er mir nicht sofort. Besser gesagt, er gab seine Antwort indirekt. Er mußte seine Erzählung beenden. Um manche Facetten des Lebens zu berühren, mußte erst der richtige Zeitpunkt kommen...

»Ich erlebte das Ende eines Traums. Ira sparte nicht mit Hilfe und Freundschaft, um meine Rückkehr zu ermöglichen. Sie half mir so sehr, daß ich plötzlich das Gefühl hatte, sie wünschte, daß ich ginge. Ich verdrängte diese Frage, um mich innerlich nicht zu zerfressen. Unser Zusammensein war für mich sehr wertvoll gewesen. Sie hatte einen entscheidenden Anteil daran gehabt, daß ich am Leben festhielt. Sie kennenzulernen war für mich ein großer Glücksfall gewesen. Ich wollte nicht beschmutzen, was mir dieses Glück beschert hatte... Mit diesen Gefühlen flog ich in die Heimat. Sie hatten mich trotz allem nicht ganz von meiner Heimat trennen können... Ich kehrte zu meiner Mutter und nach Istanbul zurück. Doch wie anders war die Lage als vor Jahren... Was sollte ich machen?... Ohne Arbeit ging es nicht. Aber wo sollte ich arbeiten?... Wer würde einem Mann wie mir Arbeit geben?...

Dich wollte ich auch nicht belasten. Obwohl ich nicht wußte, wie es dir ging, ahnte ich doch, daß du immer noch einen Kampf ums Leben führtest. Ich wollte dich nicht in Schwierigkeiten bringen. Vielleicht fühlte ich mich auch noch nicht bereit, dir gegenüberzutreten. Ich glaubte, daß für uns die Zeit noch nicht reif war. Die Stimmung meiner Mutter verbesserte sich langsam. Manchmal führten wir lange Gespräche. Doch auch in jener Zeit konnte ich ihr nicht von meinen Erlebnissen im Knast erzählen. So floß das Leben dahin. Nun gut, wir hatten eine Nachbarin mit Namen Zeynep. Sie war schon seit Jahren Fremdenführerin. Sie riet mir zu dieser Arbeit. Ich könne gut Griechisch, hätte eine außergewöhnliche Allgemeinbildung und könne auf Menschen zugehen. Ich könne es schaffen. Zudem sei es eine abwechslungsreiche Arbeit, ich würde mich nicht langweilen. Auch kämen die Touristen, die ich zu führen hätte, aus einem Land, das ich gut kannte, so daß sie mir nicht allzu fremd wären. Ich müsse eine Ausbildung machen, am Anfang würde ich mich vielleicht sehr anstrengen müssen, dann würde ich mich daran gewöhnen. Das wäre ja für alle so. Und woran der Mensch sich nicht alles gewöhnen könne ... Ich hörte still, sogar mit Interesse zu. Ich war erstaunt. Nicht über ihre Worte, sondern daß ich ihr so lange zuhören konnte. Plötzlich kam mir das Gehörte sehr attraktiv vor. Ich sagte, ich wolle es versuchen. Du weißt, ich bin ein Draufgänger, und was mir passiert ist, war die Folge dieses Charakterzugs. Schlimmstenfalls würde es nicht klappen. Ich hatte sowieso nicht viele Möglichkeiten. So habe ich halt angefangen. Ich verdanke es Zeynep, daß sie mir Verbindungen verschafft, mir meinen Weg geebnet hat.

Mit Ira stehe ich noch im Briefwechsel. Natürlich per E-Mail. Unsere Verbindung ist nicht abgerissen. Doch es ist jetzt eine andere Verbindung. Das wissen wir beide. Manchmal denke ich, ich habe eine sehr wichtige Chance meines Lebens verspielt, indem ich sie verlor. Nur akzeptiere ich inzwischen, daß die Lebensumstände das verlangten. Es war eine Phase, die vorbei ist... Was soll man machen... Ich mußte halt auch das erleben... Der Mensch erlebt, was er verdient hat...«

Es war Zeit innezuhalten und das Gespräch schweigend weiterzuführen. Ich war aufs neue überrascht. Ich war überrascht und fühlte eine Bewunderung, die ich nicht verbergen wollte. Ich zögerte deshalb nicht, meine Gefühle auszudrücken. Ich mußte ihm mit derselben Vertrautheit begegnen. Ohne Umschweife.

»Was für eine Geschichte... Die ist ja wie ein Film, verdammt noch mal!...«

An seinem Gesichtsausdruck erkannte ich, daß es ihm Spaß machte, seine Erlebnisse mit jemandem zu teilen. Er antwortete mir mit kindlicher Begeisterung. Vielleicht war das eine Art, seine Lebensbejahung auszudrücken.

»Genau wie ein Film, ja!... Manchmal bin ich auch ganz erstaunt, wie ich überlebt habe...«

Es war, als enthielte diese Aufregung außer Hoffnung und einem noch nicht verbrauchten Protest auch eine gewisse Traurigkeit. Ich versuchte, die Stimmung etwas zu zerstreuen.

»Du wirst jetzt als Fremdenführer wer weiß wie viele Frauen abgeschleppt haben...«

Das traurige Lächeln blieb auf seinem Gesicht. Er winkte ab. Dieses Lächeln war anders als das unreife Grinsen von früher, mit dem wir unsere kleinen, meistens erlogenen Erfolge bei Frauen erzählt hatten. Zudem brachte seine Antwort eine andere Seite seines Lebens zur Sprache. Jetzt waren wir auf der Spur einer anderen Schwachstelle.

»Sicher war das am Anfang interessant, genau wie du sagst. Doch mit der Zeit langweilt man sich... Mit der Zeit... Man sehnt sich nach einem geordneteren Leben...«

Es war sehr deutlich, in welche Richtung seine Worte zielten. So war ich genötigt, meine eigene Schwachstelle zur Sprache zu bringen. Wir fuhren fort, einander die Spuren unserer Mängel zu zeigen.

»Ist denn das von dir als geordnet bezeichnete Leben derart attraktiv? ... Wenn du wüßtest, welche Verrenkungen ich mache, um mich von so einem Leben zu befreien...«

Er schaute mich freundschaftlich an. Ich bin mir sicher, er verstand. Er verstand mich sehr wohl, aber er fuhr fort zu erzählen, wohl weil er glaubte, er hätte nicht genügend erklärt, was er meinte.

»Weißt du, was ich möchte? ... Fühlen, daß ein lebendiges Wesen neben mir zu Hause ist ... Eine Frau, mit der ich gemeinsam Essen kochen, zum Einkaufen gehen, Filme anschauen, Zeitung lesen und über das Gelesene diskutieren kann, was weiß ich, einfach eine, mit der ich das Leben teilen kann ... Vielleicht ein Kind ... Ein ganz gewöhnliches Leben, wie es in den bunten Illustrierten und in den gefühlvollen Komödien, die nur Dummköpfe anschauen können, ohne sich zu langweilen, gezeigt wird, ein Leben, das hier die Norm ist ... Ich lache über meine Phantasien; zudem denke ich manchmal, daß diese Zukunft für mich viel schlimmer wäre, doch es macht mir Spaß zu phantasieren. Wie haben wir in jenen Jahren des politischen Kampfs solch eine Lebensweise verabscheut ... Mein Denken hat sich nicht geändert. Ich bin immer noch überzeugt, daß wir einen Aufstand brauchen. Und auch, daß wir unsere Erfahrungen den neuen Generationen weitergeben müssen ... Der Unterschied ist, daß ich inzwischen zugebe, daß wir auch Schwächen haben...«

Plötzlich fielen mir unsere Abende in alten Zeiten ein. Ich kannte ihn so gut, daß ich zu den Wurzeln jener Sehnsüchte hinabsteigen konnte. Daß ich wußte, woher seine Erwartungen eigentlich rührten ... Hätten wir jene Abende nicht anders erleben können? ... Ich erinnerte mich an die Worte von Fatoş Abla am Telefon. An die junge Frau, die Fremdenführerin war wie er ... Es war der richtige Zeitpunkt, danach zu fragen. Die Geschichte mußte ich von ihm hören.

»Hast du es nie versucht? ...«

Als er meine Frage vernahm, drückten seine Gesichtszüge ein Gefühl aus, das ich nur schwer benennen und verstehen konnte. Vielleicht war es Bedauern, vielleicht eine Niederlage, vielleicht auch Ratlosigkeit. Er schürzte die Lippen. Es sah ganz so aus, als würden wir uns noch einmal auf einen anderen Weg machen.

»Nach meiner Trennung von Ira sagte ich mir, ich würde nun hingehen, wohin mich der Wind trieb. Es war mir egal. Vielleicht versuchte ich auch, etwas Versäumtes nachzuholen. Wir hatten unsere Jugend ja nicht richtig ausgelebt ... Noch dazu ... Na, egal ... Ich lernte sie im vierten Jahr meines Daseins als Fremdenführer kennen. Sie war eine Berufskollegin. Ihr Name war Nihal. Kurze Zeit nach unserer ersten Begegnung begannen wir zusammenzuleben. Wir lebten zusammen, soweit das unsere Arbeit zuließ. Sie machte genauso wie ich diese langen Touren durch Anatolien. In den Sommermonaten konnten wir uns fast gar nicht sehen. Doch die Wintermonate waren gut, sogar sehr. So ging es drei Jahre lang. Dann ... Ich habe dir ja gerade von meiner Sehnsucht nach Seßhaftigkeit erzählt, und sie, die sich dieses Leben schon vor mir gewünscht hatte, begann in jenen Tagen nachdrücklich darauf zu bestehen. Sie sagte, laß uns heiraten und Kinder haben. Sie machte Pläne. Wir könnten unsere Verbindungen, unsere Erfahrungen einsetzen und eine Tourismusagentur aufmachen. Das war kein dummer Gedanke. Sie war eine unternehmungslustige Frau und hatte mindestens soviel Organisationstalent wie ich. Anfangs fand auch ich den Gedanken bestechend. Wir bereiteten sogar alles für die Hochzeit vor. Wir schauten uns eine Wohnung und Möbel an. In diesem ganzen Hin und Her überfiel mich plötzlich das Gefühl, als richtete ich mich für eine andere Art von Gefangenschaft ein.

Es war, als verriete ich mein Leben, meine Vergangenheit... Als ob... Als ob ich überhaupt nicht bereit wäre für eine Ehe. Hatte ich angefangen, unseren Altersunterschied als bedeutender zu nehmen oder die dadurch bedingten unterschiedlichen Lebensansichten?... Sie war neunzehn Jahre jünger als ich, gehörte einer anderen Generation an. Du wirst sagen, wo hattest du vorher deinen Verstand, wie konnten jene drei Jahre so vergehen. Ich weiß es nicht. Vielleicht erfand ich auch plötzlich einen Vorwand. Vielleicht ist das eine sehr bekannte, sehr gewöhnliche männliche Verhaltensweise. Doch ich stand möglicherweise auch unter dem Einfluß von Eindrücken, die ich nicht sehen wollte. Ich versuchte ihr meine Gefühle mitzuteilen. Was für einen Abstand ich nicht nur zu ihr, sondern zum Leben als ganzem empfände; daß bei Menschen wie mir wichtige Seiten abgetötet worden seien und daß auf diesem Abgestorbenen nicht so einfach ein neues Leben aufgebaut werden könne... Das waren vielleicht schöne, eindrucksvolle Worte. Aber war ich ganz ehrlich?... Hatte ich nicht nur ihr, sondern auch mir die Wahrheit gesagt?... Sie wußte zuerst nicht, was sie sagen sollte, glaubte sogar, ich machte nur Spaß. Stell dir vor, wir hatten sogar den Hochzeitstermin beim Standesamt festgelegt. Als sie sah, daß es mir ernst war, sagte sie, sie erwarte eine andere Erklärung. Eine überzeugendere, realistischere, sinnvollere Erklärung. Was konnte ich aber noch anderes sagen?... Das Problem hatte nicht mit uns zu tun, sondern mit mir, und in dieser Lage konnte ich sagen, was ich wollte, es gelang mir wohl nicht, mich verständlich zu machen. Ich konnte einfach nicht, das war alles. Sie fragte auch, ob mein Entschluß etwas mit Ira zu tun habe. Ich hatte ihr nur einmal in einem langen Gespräch erzählt, daß wir in Athen zusammengelebt hatten. Was ich erzählt hatte, mußte auf Nihal großen Eindruck gemacht haben... Es drängte sie wohl, danach zu fragen. Wieder fand ich keine befriedigende Antwort. Ich konnte nur sagen, daß das Problem tiefer liege. In dem Augenblick fühlte ich einmal mehr die Kluft, die Entfernung zwischen uns. Ich konnte ihr keine Schuld dafür geben, daß sie mich nur so weit sehen konnte. Sie beschuldigte mich ebenfalls nicht. Zuerst einmal zog sie es vor zu schweigen. Sie bemühte sich vor allem zu schweigen und die Situation zu akzeptieren. Da ... Da wurde mir auch klar, daß sie sehr verletzt war ... Später sagte sie mir, zu heiraten und insbesondere ein Kind zu haben sei für sie unendlich wichtig und daß man den Grund für diesen Wunsch sehr tief innen suchen müsse. Sie würde mich nicht vergessen, alles tun, um mich nicht zu vergessen, aber auch alles dafür tun, um ihren Herzenswunsch zu verwirklichen. Wie hätte sich eine Enttäuschung anders ausdrücken lassen. Fürchte die Rache einer sehr enttäuschten Frau! ... Diese Worte wiederholte ich mir immer wieder. Zudem spürte ich, daß es ihr mit ihren Worten sehr ernst war. Dennoch machte ich keinen Rückzieher, ließ mich nicht erweichen. Obwohl ich sah, daß ihre Worte wie ein letzter Appell waren ... Und obwohl ich wußte, daß sie sich nur äußerlich hart gab ... Ein paar Tage später trennten wir uns ... Meine Mutter war sehr traurig. Sie mochte Nihal sehr. Nihal mochte sie ebenfalls sehr gerne. Seither sind Jahre vergangen, trotzdem sehen sie sich noch immer, wenn auch nicht oft. Auch wir beide treffen uns ab und zu. Ein paar Monate nach unserer Trennung heiratete Nihal einen reichen Geschäftsmann, einen Börsianer. Sie selbst setzte mich davon in Kenntnis. Indem sie mich eines Nachts anrief ... Als sie anrief, war sie eigentlich noch nicht verheiratet, sie sagte, sie werde in ein paar Tagen heiraten. Im Hintergrund spielte ein Lied, das wir beide sehr liebten. Es war klar, daß sie es mich hören lassen wollte. Ich fühlte mich sehr mies. Dennoch wünschte ich ihr mit abgedroschenen Formeln viel Glück zu dem Leben, das sie sich erhoffte. Ich konnte nicht leicht verdauen, daß sie einen anderen, noch dazu so schnell, an meine Stelle gesetzt hatte, doch mir war bewußt, daß ich nicht das Recht hatte, ihr auch nur den geringsten Vorwurf zu machen. Ich war es ja gewesen, der ihr gesagt hatte, er wolle sie nicht heiraten. Aber aus welchem Grund betonte sie dann so sehr den Reichtum des Mannes? ... Ich weiß es nicht ... Vielleicht hatte sie keinerlei Hintergedanken. Vielleicht wollte sie bloß ihre Aufregung, vielleicht sogar Befürchtungen ausdrücken. Vielleicht wollte sie auf ihre Weise Rache nehmen. Vielleicht ... Vielleicht erwartete sie auch eine letzte Aufforderung von mir. Daß ich sagte, sie solle alles aufgeben und zu mir zurückkommen ... Diese Vermutung begann erst später in mir zu rumoren. Jedesmal, wenn ich an sie dachte, tat es mir leid, und ich fühlte Bedauern. Dann rief sie lange nicht mehr an, fast drei Jahre lang. Ich rief sie ebenfalls nicht an. Es war nicht so, daß meine Hand nicht gelegentlich nach dem Telefon griff. Denn ich sehnte mich manchmal sehr nach ihr. Dann wollte ich glauben, daß auch sie sich sehr nach mir sehnte. Dennoch rief ich sie nicht an, ich konnte nicht. Der Gedanke schmerzte mich, daß sie noch immer Verlangen nach mir haben könnte. Und wenn das so war, hatte ich weder das Recht, sie zu verwirren, noch, mich selbst zu verwirren ...

So verging die Zeit. Eines Nachts, paß auf, wieder eines Nachts, so ist es ja immer, rief sie an, als ich es nicht erwartete. Ich war sehr aufgeregt. Zweifellos spürte sie das. Ich versuchte es auch gar nicht zu verbergen. Denn auch sie war aufgeregt. Das spürte ich ebenfalls. Wir redeten, solange es ging. Sie hatte nun eine Tochter, fast zwei Jahre alt. Sie sagte, sie wolle sich mit mir treffen. Ich fragte nicht, warum sie zu dieser Zeit anrief. Ich willigte sofort ein. Am nächsten Tag trafen wir uns. In der Konditorei Gezi am Taksim-Platz ... Sie kam mit ihrer Tochter. Darüber war ich nicht verwundert. Unter anderem fragte ich sie, ob sie glücklich sei ... Sie sagte: ›Na ja, die Ehe ... Wenn du dir sagst, so ist das eben, dann läuft's auch ...‹ Ich wußte, diese Worte bedeuteten etwas. Doch ich ging nicht darauf ein. Ich hatte verstanden, was es zu verstehen gab. Und sie hatte gesagt, was sie sagen konnte. Sie fragte, ob ich ihr böse sei, und ich sagte nein. Tatsächlich war ich ihr nicht mehr böse. Daraufhin fragte sie mich, ob es in meinem Leben eine Frau gebe. Nein, es gab keine. Auch ich versteckte die Wahrheit nicht... Ein Lächeln breitete sich in ihrem Gesicht aus. Es war ein schmerzliches Lächeln... Dieses Lächeln konnte vielerlei Bedeutung haben... Ich ging wieder nicht darauf ein... An jenem Tag war das genug für uns beide. Später setzten wir unsere Treffen fort. Wie gesagt, mit langen Abständen dazwischen. Manchmal rufe ich an, manchmal sie. Wir setzen uns zusammen und sprechen über das, was es so gibt. Wir sind weder Freunde noch Geliebte... Unsere eigentümliche Verbindung hat von beidem etwas. Man kann sie nicht benennen, aber wir können auch nicht auf sie verzichten. Wer weiß, vielleicht ist es so am besten für uns... Ich sehe ihre Tochter aufwachsen und sehe Nihal reifer werden. Natürlich werde auch ich immer reifer... Ich weiß ja nicht... Noch immer ist mir keine begegnet, die ich hätte heiraten wollen... Wir leben halt so dahin mit solchen Träumen...«

Ich konnte seine Situation gut nachfühlen... Wir alle versuchten, uns selbst zu finden und zu ertragen in unserem Leben, in das unsere Schwächen uns hineingezogen hatten. Wir alle konnten Gefangene unserer Ängste sein. Präferenzen wurden auf verschiedene Art erlebt und ausagiert. Er war an jenem Abend an jenem Tisch nicht der einzige, der überzeugt war, aus Angst manche Schritte in seinem Leben nicht getan zu haben. Er drückte wieder meine Hand. Wir hatten nach all den Jahren jene Brücke aufs neue gebaut. Er hatte eine traurige Geschichte erzählt. Sein Verzicht auf die Ehe im letzten Moment, der Wunsch Nihals, ihn wiederzusehen, ihre Begegnungen, ihrer beider Bedürfnis danach... Dar-

in lag der Schmerz. Obwohl das alles nur zu bekannt war ...
Etwas ganz Alltägliches ... Doch wer möchte schon zugeben,
daß das, was er erlebt, nichts Besonderes ist? ... Ich kannte
diese Überzeugung ebenfalls und wie man sich deswegen
ans Leben klammerte ... Wer weiß, was der Grund für die
Angst war ...

Wir hatten gegessen und getrunken, hatten den Tisch abräumen lassen. Jetzt tranken wir Kaffee und einen Pfefferminzlikör. Ich reichte ihm eine Zigarre. Er wies sie zurück. Ich zündete mir eine an. Da gab er mir einen weiteren wichtigen Hinweis auf sein Leben. Als brächten seine Worte eine weitere Angst zur Sprache, die in Finsternis begraben war.

»In meiner Studienzeit habe ich viel geraucht. Im Knast habe ich ebenfalls geraucht, auch als ich wieder draußen war ...
Ich habe jahrelang geraucht. Seit einem Jahr rauche ich nicht mehr. Eines Nachts hatte ich schreckliche Atemnot, ich dachte, ich müsse sterben. Es ging mir sehr schlecht. Das will ich nicht noch einmal mitmachen, sagte ich mir, und gab das Rauchen auf.«

In dem Moment hatte ich einen Kloß im Hals ... Es war etwas, das ich benennen, aber nicht laut aussprechen, ihm in so einer Situation nicht sagen konnte, etwas, das ich für mich behalten wollte ... Vielleicht würde ich es ihm eines Tages sagen ... Eines Tages ... Um uns herum waren trotz der fortgeschrittenen Nachtstunde immer noch viele Leute. Das Leben lief für viele junge Menschen weiter und würde weiterlaufen ... Ihnen käme das damals Vorgefallene vielleicht wie ein Märchen aus einer anderen Welt vor. Was war das doch für ein trauriger Bruch zwischen den Generationen, was für ein unüberwindbar scheinender Abstand. In diesem Augenblick wollte ich ihm die Frage stellen, die ich mir selbst auch schon so oft gestellt hatte. Auch ihm. In der Hoffnung, eine andere Antwort zu bekommen ...

»Wurde dieser Kampf ganz umsonst geführt, Necmi? ... Sind so viele Menschen umsonst gestorben, haben so viele umsonst einen derart hohen Preis gezahlt? ...«

Lächelnd blickte er vor sich hin. Diese Antwort genügte mir nicht. Darum fuhr ich fort. Um mehr zu verstehen, um eine laute Äußerung zu hören.

»Auch die vor uns hatten einen Idealismus. Auch sie haben für ein gerechteres, ehrenvolleres Land gekämpft ... Schau, es scheint doch, als ob wir alle unsere Werte verlören ... Alle unsere Werte ... ›Der entschlossene Kampf gegen den Faschismus‹... Sind wir derart kindlich, naiv gewesen? ...«

Es wirkte, als müsse er sich bemühen, sein Lächeln nicht zu verlieren. Er antwortete, indem er vor sich hin sah. Wieder hörte ich die Enttäuschung in seiner Stimme.

»Dieser Staat hat es sogar in Kauf genommen, seine eigenen Kinder zu opfern, um es anderen recht zu machen.* Manchmal frage ich mich, wie diejenigen, die die große Macht in der Hand hatten, sich jetzt selbst sehen, wenn sie, wie ein jeder von uns, im Pyjama nachts oder in der Frühe vor dem Spiegel stehen. Welche Antwort sie sich geben, wenn sie sich fragen, sofern sie sich überhaupt fragen können, was sie in Wirklichkeit getan haben, wie sie gelebt haben? ... Was sehen sie im Spiegel, wen sehen sie, nachdem sie unter so viele Todesurteile ihre Unterschrift gesetzt haben, nachdem bekannt wurde, wie viele zu Tode gefoltert wurden, daß Tausende in die Verbannung geschickt wurden, ihnen die Staatsangehörigkeit aberkannt wurde? ... Du weißt doch, es wurden sogar welche an den Galgen gebracht, nachdem ihr Alter in den Papieren heraufgesetzt worden war* ... Wie du siehst, ist die Antwort keineswegs ideologisch, sondern höchst menschlich, einfach, doch meiner Ansicht nach unsagbar schwer ...«

Bei diesen Worten konnte ich das, was ich unbedingt sagen wollte, nicht zurückhalten.

»Vielleicht war das Spiel größer, als wir gedacht, ja sogar

erträumt hatten. Ist es deiner Meinung nach denn Zufall, daß die Ereignisse hier denen in Argentinien, Brasilien, Chile und Griechenland so sehr ähnelten? ... Wenn ich dies bedenke, dann glaube ich, daß wir in diesem Land etwas nicht ausreichend durchlebt haben. Was sagst du dazu, daß gegen diejenigen, die dieses Böse getan haben, noch kein Gerichtsverfahren eröffnet wurde? ... Als gäbe es eine geheime Vereinbarung. Mehrere zivile Regierungen hat es gegeben. Was haben diese getan? ... Es hat darunter sogar welche gegeben, die im Wahlkampf Stimmen gewonnen haben, indem sie den Putsch verurteilten. Als hätten sie sich zum Schweigen verpflichtet, um an dem Platz zu bleiben, an den sie gelangt waren. Die Gewissen sind noch immer nicht geläutert. Zweifellos werden auch Gerichtsurteile die von uns ersehnte Befreiung nicht wirklich bringen. So naiv bin ich nicht. Trotzdem glaube ich, und zwar aus ganzer Seele, daß dieser Schritt notwendigerweise erfolgen muß. Damit wir in diesem Land eine ehrenvollere Geschichte schreiben können ...«

Er neigte bei meinen Worten den Kopf vor. Dann fixierte er einen fernen Punkt.

»Wir müssen zuallererst lernen, die Putschisten und die Folterer in unserer inneren Welt mit unseren Gefühlen zu richten und zu verurteilen ... Andererseits möchte ich inzwischen nicht so oft in jene Tage zurückkehren. Es ist schwer, sehr schwer, dir zu vermitteln, was ich fühle ... Es hat lange gedauert, bis ich mich von einigen Alpträumen befreit habe. Ich kann dir auch nicht sagen, warum die Wunde sich immer noch nicht geschlossen hat. Was du denkst, ist gut. Doch das sind sehr subjektive Gedanken. Wenn ich dir sagen würde, daß die Realität ganz anders ist? ... Schau mal, wir haben alle unser Leben recht und schlecht aufgebaut. Es war nicht einfach, aus der Finsternis herauszukommen. Mit dem Verlust fertig zu werden, mit allem, was wir verloren haben, sogar mit unserer Scham, über die wir nicht sprechen können ... Doch nun ... Nehmen wir mal an, es würde ein Gerichtsverfahren eröffnet, wie du sagst. Wer wird deiner Meinung nach wohl als Zeuge aussagen? ... Vielleicht wollen manche nicht erzählen, wie ihre Vergangenheit aussieht. Du sagst, diese Männer sollen verurteilt werden ... Soll man deiner Ansicht nach vor einem ordnungsgemäß aufgestellten Gericht nur sie verurteilen? ... Was ist mit denen, die geschwiegen haben? ... Ist Schweigen nicht Mittäterschaft? ... Die Zeugen waren ja nicht nur Opfer ... Kann deiner Ansicht nach dieses Land solch eine Auseinandersetzung aushalten? ... Sind wir nicht heute in dieser Lage, weil wir uns mit unserer Trauer nicht auseinandergesetzt haben? ...«

Hatte er recht? ... Ich hatte über diese Seite der Angelegenheit nicht nachgedacht. Ich erhob meine Stimme nicht. Auch er schwieg kurze Zeit. Dann wurde er wieder lebhafter:

»Eines Tages werden über unsere Erlebnisse Filme gedreht werden, und andere Romane werden zu denen, die es schon gibt, hinzukommen ... Manche werden auf diese Weise vielleicht ihr Gewissen zu reinigen versuchen. Das System muß sich selbst reinigen. Erzählen bedeutet nämlich gleichzeitig auch vereinfachen, banalisieren und die Schmerzen, die Tode, die Scham leichter erträglich machen. Doch die wirklichen Katastrophen kann man nicht so leicht zur Sprache bringen, man kann sie nicht erzählen ... Es gibt sicher welche, die ihre Geschichte jemandem mitteilen, um so zu überleben. Ein jeder hat seine eigene Art der Selbstprüfung, der Auseinandersetzung ... Andererseits weiß ich nicht, wie erfreulich es ist, wenn deine Geschichte erzählbar wird, mit anderen Worten legal. Du darfst erzählen, denn von dir geht keine Gefahr mehr aus ... Das ist eine der Möglichkeiten, die mich am meisten schmerzen ... Doch du wirst sehen, sie werden letztlich unsere Stimme hören. Auf irgendeine Weise werden sie sie hören ... Auch für das Spiel der Vereinfachung gibt es eine Grenze ... Denn wir haben geglaubt. Wir haben an unseren

Kampf geglaubt... Sicher haben wir Fehler gemacht; wir haben die Realität nicht ausreichend gesehen, und in manchen unserer Analysen haben wir uns gründlich geirrt, nun gut. An die Lösungen, die andere Genossen in anderen Ländern gefunden haben, haben wir nicht mal denken wollen, geschweige denn darüber sprechen ... Doch wir haben geglaubt, verstehst du, wir haben geglaubt ... Vielleicht ist es das, was wir geben können, was wir vor allem geben können, dieser Glaube ... Diese Überzeugung ... Wir sind noch immer da, um zu sagen, ihr habt uns trotz allem nicht töten können ... Du wirst sehen, es wird welche geben, die uns verstehen, ganz sicher wird es sie geben ... Es kommt eine Zeit, auch dafür kommt eine Zeit ...«

Natürlich konnte ich gegen den Glauben an unseren Kampf nichts einwenden. Aber war er wirklich überzeugt von dem, was er gesagt hatte? ... Oder versuchte er, sich an einer derartigen Erwartung festzuhalten, weil ihm keine andere Wahl als der Glaube blieb? ... Diese Fragen konnte ich ihm nicht stellen. Jedenfalls nicht in diesem Augenblick. Ich schaute noch einmal umher und bemerkte wieder einmal, wie sehr ich den Atem meiner Stadt liebte, so wie sie dalag, in ihre Lichter gehüllt an ihren Ufern, die viele historische Epochen verbargen. Ja, das Leben ging weiter. Diese Ufer, die Menschen mit ihren Träumen, Enttäuschungen und Hoffnungen würden immer fortfahren, jemandem Geschichten zu erzählen und sie in Erinnerung zu bewahren. Jede Zeit hatte ihre Ungerechtigkeit und würde sie haben ... War die Geschichte der Menschheit nicht immer zugleich auch eine Geschichte der treulosen Morde? ... Ich versank in Gedanken. Dann kehrte ich an den Tisch zurück durch die Worte, die mich erneut zu unserer Freundschaft und gemeinsamen Vergangenheit riefen.

»Wie steht's mit dir? ... Du hast andauernd mich reden lassen. Ich hatte wohl offenbar auch das Bedürfnis zu reden.

Das hat gutgetan, danke. Wie lange schon habe ich kein so ausführliches Gespräch geführt ...«

Eigentlich war ich kaum noch in der Lage zu sprechen. Das Gehörte hatte mich derart erschöpft und an unerwartete Punkte geführt ... Trotzdem wußte ich, ich würde dem Erzählen nicht ausweichen können. Ich nahm mir vor, zu anderer Zeit auf die Einzelheiten einzugehen, und erzählte das, was mir zuerst einfiel, soweit ich konnte. Von meiner Zeit in London, von dem Restaurant, das ich hatte eröffnen wollen, von Kemalettin Bey, Monsieur Davit, dem Cousin Mordo, von Şevket und wie ich im Laden versucht hatte, sie ideologisch zu schulen und ihnen ein gesellschaftskritisches Bewußtsein beizubringen. Mit Necmi zusammen war ich in jenen Tagen unserer Freundschaft ein paarmal in den Laden gegangen. Ich wußte nicht, ob er sich daran erinnerte, ob er sich jene Szenen vergegenwärtigen konnte. Doch beim Zuhören lachte er sehr. Diese Seite meiner Geschichte erschien ihm wohl wie eine nette Komödie mit anrührenden Szenen. In seinem Kommentar lag jedoch weder Abwertung noch Neckerei. Seine Stimme war, anders als ich erwartet hatte, voller Liebe, als er sagte: »Gratuliere Mensch! Du bist auch einer von uns!«

Als ich in seinem Gesicht die Freundschaft und Wärme sah, erkannte ich nochmals, wie richtig ich in der Vergangenheit gehandelt hatte. Daraufhin erzählte ich kurz, mit welchen Gefühlen ich in den Laden eingetreten war, wie ich das Geschäft übernommen und ausgebaut hatte, vom Abenteuer der Heirat mit Çela, von meinen Kindern ... Wieder ließ ich die Einzelheiten weg ... Diese Einzelheiten und die damit verknüpften Erinnerungen gehörten in jener Nacht mir, zumindest in jener Nacht. Erwartete ich nach meinen letzten Worten von ihm eine Bestätigung, auch wenn ich wußte, daß das falsch war? ... Wahrscheinlich ja. Es war unangenehm, daß ich mich von dieser Unsicherheit nicht befreien konnte, dennoch wartete ich, ja. Ich weiß jedoch nicht, ob er merkte, was ich erwartete. Womöglich merkte er es nicht. Letztlich war es nicht seine Unsicherheit. Er zeigte mir in diesem Augenblick nichts als seine liebevollen Blicke. Ich konnte diese Blicke sehen, obwohl sie hinter seiner Brille verborgen blieben. Er begnügte sich damit, mir in kurzen Sätzen ohne viel Kommentar zu sagen, daß ich recht getan und ein sehr vernünftiges Leben geführt habe ... Die Kürze war freilich auch ein Kommentar. Vielleicht wollte er nicht viel reden. Er wirkte, als könnte er zu dieser Nachtstunde nicht mehr viel Gerede ertragen. Im Wesen dieser Rückschau lag Kürze, sogar ein wenig Ausweichen. Ich hatte kurz erzählt und kurze Antworten, Entgegnungen bekommen. Das war für diesen Moment das Richtige. Wir würden in anderen Nächten zu anderen Punkten gelangen.

Dann bezahlte ich die Rechnung. Außer uns war niemand mehr im Restaurant. Wir standen auf und gingen langsam zum Ufer. Wir sprachen wieder nicht ... Setzten uns auf eine Bank. Eine Weile schauten wir auf den Bosporus, das Meer. Wir schwiegen und kehrten wieder zu den Stimmen in unserem Inneren zurück. Was dachte er? ... Ich fragte nicht, wem er sich in Gedanken zuwendete. Ich fragte auch nicht, warum er seine Erlebnisse nicht aufgeschrieben hatte. Ich war sicher, wenn er gewollt hätte, hätte er schreiben können, und zwar sehr gut. Ich erwog verschiedene Möglichkeiten, ob er Dinge in sich völlig abgetötet hatte, die er nicht benennen wollte, oder ob er sie gänzlich in sich begraben hatte und dort bewahren wollte. Hätte er sonst gesagt, daß Erzählen Banalisieren bedeute? ... Eigenartig. Diese Worte hatte auch ein Schriftsteller in einem anderen Land gesagt, der zum Zeugen anderer Tode geworden war ... Der Zufall war erstaunlich, bedenkenswert, aber auch höchst beunruhigend. Deswegen dachte ich noch einmal über die Reise der Worte nach ... Das Meer erinnerte mich in diesem Augenblick aber nicht nur an diese Reise, sondern auch an meine eigenen Wege.

»Mein Leben war nicht so farbig wie deins...«

Ich schaute ihm ins Gesicht. Er sah müde aus, sehr müde... Die Stimme, mit der er mir antwortete, drückte diese Müdigkeit überdeutlich aus.

»Laß mal, du... Glaubst du etwa, ich hätte mir diese Farbigkeit gewünscht?«

Dieser Necmi war ein ganz anderer als der, der an die Richtigkeit seines Lebens glaubte, zu glauben schien. Welcher Necmi war der echte?... Welcher war mir vertrauter?... Ich versuchte noch einmal zu erklären, was ich mit Farbigkeit hatte sagen wollen...

»Ich weiß nicht... Von hier sieht es so aus... Ich habe mich wohl dafür entschieden, nicht soviel zu kämpfen. Das hat aber auch seinen Preis...«

Er nickte. Als wollte er damit andeuten, daß er mich verstanden hatte, meine Gefühle teilte... Seine Antwort zog mich in eine andere Richtung. In dem Augenblick verstand ich besser, daß der Schmerz, den er auszudrücken versuchte, für ihn zu einer fixen Idee geworden war.

»Du hast wenigstens geheiratet, eine Familie gegründet. Du hast eine Frau und Kinder. Du kannst sagen, wohin du am Morgen gehst, wohin du am Abend zurückkehrst. Das solltest du wertschätzen...«

Meine Lebensumstände wertschätzen... Hätte er wohl diese Worte so leicht dahingesagt, wenn er gewußt hätte, daß gerade hier die Geschichte begann, die der Grund dafür war, daß ich sie alle sehen wollte?... Ich würde ihn ganz sicher mit dieser Tatsache konfrontieren. Ich konnte das Spiel nicht so weiterführen, ohne ihm von dieser Katastrophe zu erzählen. Doch auch das hatte seine Zeit. In dem Moment konnte ich ihm höchstens zu sagen versuchen, daß jeder von seiner Warte aus unterschiedliche Aspekte sah. Das war der Grund, weshalb ich ihm mit einer Frage antwortete.

»Findest du?...«

Ich wollte, daß er den in der Frage liegenden Einwand sah und auch die Provokation. Doch auch er bestand darauf, sich an seinem Gefühl festzuhalten, es sogar zu verteidigen. Seine Antwort war kurz, schlicht, doch seine Stimme kam aus tiefstem Inneren.

»Ja, das finde ich ... Glaub mir, genau so ist es ...«

Diese Haltung war eindrucksvoll. Zweifellos verdiente diese Stimme berechtigterweise Gehör. Trotzdem war ich ein wenig enttäuscht, warum er mich nicht fragte, weshalb ich zu dieser Nachtzeit nicht lieber zu Hause saß. Das bedeutete, auch er war partiell blind und taub ... Mußte ich so denken? ... Was weiß ich? ... Schließlich fühlte ich eine gewisse Unterlegenheit angesichts dessen, was ich gehört hatte. Es war mir bewußt, daß ich mir unrecht tat. Doch ich konnte mich nicht von diesem Gefühl der Unterlegenheit, ja sogar der Schuld befreien. Darum war es ein wenig erleichternd, daß ich seine Blindheit, Taubheit, unverblümt gesagt, seine Schwäche sehen konnte. Würde ich ihm die Geschichte des Familienbildes schildern können, in dessen Farben und Gefängnis ich lebte? ... Gewiß würde ich das tun. Das Gefühl bei unserer Begegnung gab mir dieses Vertrauen. Ich beschloß, ihm nicht zu antworten, die kleine, aber bedeutsame Kränkung für mich zu behalten, um mich in der Wärme dieses Vertrauens zu bergen. In jene Zeit der Stille hinein stellte er die zum Sinn des Abends sehr passende Frage.

»Nun sag doch mal, warum wolltest du mich eigentlich sehen? ... Nach all den Jahren ...«

Mir war die Aufrichtigkeit der Frage bewußt. Es lag weder Bissigkeit noch eine Befürchtung darin. Doch konnte ich mir unter dem Einfluß der unausgesprochenen Kränkung einen kleinen Vorwurf nicht verkneifen.

»Ich habe schon gedacht, du würdest überhaupt nicht danach fragen.«

In seiner Antwort lag wieder eine tiefe Spur Lebenserfahrung. Auch er schien die Aufrichtigkeit in meinem Vorwurf zu spüren.

»Alles der Reihe nach, Alter. Das Leben hat uns Warten und Geduld gelehrt.«

Ich war inzwischen soweit, den nötigen Schritt zu tun.

»Wenn ich zu dir nun sagen würde *Istanbul ist mein Leben*...«

Die Worte erzeugten sofort die erwartete Wirkung. Die Freude auf seinem Gesicht brachte mir den jungen Mann von damals zurück. So sehr hatte ich mir gewünscht, diesen Burschen wiederzusehen... Deshalb nahm ich es nicht wichtig, wie leicht er aus einer Gemütsverfassung in eine andere wechseln konnte. Wie ermutigend war es doch, daß er sich trotz seiner Erlebnisse begeistert erinnerte an das, was wir vor langer Zeit zurückgelassen hatten.

»Ein tolles Stück, verreck!... Das hat Aufmerksamkeit erregt, Mensch!...«

An sich war es nicht verwunderlich, daß er sich in dieser Weise erinnerte. Die ›Schauspieltruppe‹ war seine schönste, vielleicht die einzige schöne Erinnerung an jene Schule. Die bleibendste Erinnerung, die vermutlich unvergeßlich blieb... Wie hätten wir vergessen können... Wir hatten jenes Stück zusammen geschrieben, zusammen inszeniert und gespielt. Wir hatten an dem Theaterwettbewerb der Gymnasien teilgenommen und eine Auszeichnung bekommen. Şebnem hatte den zweiten Preis in der Kategorie beste Darstellerin gewonnen. Viele Leute sagten, ihr sei großes Unrecht geschehen, denn eigentlich hätte ihr der erste Preis gebührt. Ein Kritiker schrieb in einer Zeitschrift über sie: ›Ein neuer Stern ist über unseren Bühnen aufgegangen‹... Das war vor Jahren... Vor vielen langen Jahren... Da wußten wir noch nicht, daß wir uns derart zerstreuen, uns völlig aus den Augen verlieren würden... Sein nostalgisches Gefühl war deshalb ermutigend... Es war genau die richtige Zeit, sozusagen ›die

Bombe platzen‹ zu lassen. Dieses Mal war ich kindlich aufgeregt.

»Was sagst du dazu, wenn wir das Stück noch einmal spielen? ... Mit demselben Ensemble, der ›Schauspieltruppe‹! ... Wenigstens einmal noch ... Mach dir keine Sorgen wegen des Geldes ... Auch nicht wegen der Bühne und nicht mal wegen der Zuschauer ... Ich habe an alles gedacht. Du mußt nur einverstanden sein. Denn wenn du nicht mitmachst, klappt es nicht. Wir können die Leute nur gemeinsam zusammenbringen.«

In seinem Gesicht war jetzt nicht nur jugendliche Begeisterung, auch Freude und Überraschung. Seine Reaktion zeigte unverstellt seine Gefühle.

»Verfickte Kiste! ... Mensch, wie bist du denn da drauf gekommen? ...«

Das war schwer zu erklären. Im Moment würde er die Erklärung nicht verkraften. Natürlich würde ich einmal sagen, was zu sagen war. Ein andermal ... Ich wiederholte mir die Worte. Ein andermal ... Obwohl ich dieses andere Mal bisweilen in weiter Ferne sah ... Deshalb freute ich mich weiter an der Freude und Überraschung in seinem Gesicht. Dieses Gefühl durfte ich nicht verlieren. Ich mußte meinem Appell Nachdruck verleihen. Damit würde ich auch mich selbst ermutigen.

»Das ist jetzt egal ... Was meinst du? ... *Istanbul ist mein Leben* ... Vielleicht ändern wir im Text ein paar Stellen, wo wir es für nötig halten ... Hauptsache ist, wir fangen an ...«

Er dachte nicht lange nach. Er schlug mir auf den Rücken. Seine Antwort war das Zeichen, daß wir zumindest die ersten Schritte zusammen tun würden.

»Wie wir damals die Leute beeindruckt haben, Mensch! ...«

Natürlich konnte ich sehen, wie gerührt er war. Auch ich war gerührt. Dann schwiegen wir ein Weilchen. Wir mußten uns nun der Realität stellen. Die ersten Schritte reichten nicht aus. Es ging darum, dasselbe Ensemble zusammenzubringen. Er brachte die Bedenken zuerst zur Sprache.

»Wie sollen wir uns zusammenfinden? ... Alle leben irgendwo verstreut ...«

Ich mußte ihm zeigen, daß ich mehr oder weniger über Lösungen nachgedacht, in kleinem Umfang Vorbereitungen getroffen hatte. Ich wollte nicht, daß er die Hoffnung verlor, die uns erfüllte. Woher hätte ich wissen sollen, daß hinter seiner Frage ein tieferes, schwerwiegenderes Problem lauerte ...

»Niso ist, wie ich schon sagte, in Israel ... Den kann ich wahrscheinlich finden ...«

Dieser Schritt veranlaßte ihn, ebenfalls einen Schritt zu tun. Schließlich hatte ich es mit einem ›Organisierten‹ zu tun.

»Ich kann Yorgos womöglich in Athen aufspüren.«

Es war, als überzöge sein Gesicht wieder ein Schmerz, eine Trauer, die nur schwer mitteilbar schien. Natürlich war ich von seinen Worten etwas überrascht. Wahrscheinlich verließ er sich auf seine Beziehungen in Athen. Doch wie kam er darauf, daß Yorgos dort sein könnte? ... Hatte Yorgos doch in unseren letzten Tagen erwähnt, daß er nach Frankreich gehen wollte. Mein Zweifel und meine Überraschung entgingen ihm nicht, das konnte ich an seinem Lächeln sehen. Er schien sagen zu wollen: Das werde ich schon noch erzählen, zur rechten Zeit werde ich auch das erzählen. Am besten war, nicht zu fragen. Ich wußte, zu gegebener Zeit würde er alles erzählen. Gewiß würde ich seine Version der Erzählung hören wie auch die der anderen. In jenem Moment sah ich nur, daß es eine geheime Erzählung über Yorgos gab, die mit mir zu teilen er sich noch nicht bereit fühlte. Die Möglichkeit genügte mir. Wir waren an einen äußerst bedeutsamen Punkt gelangt, an dem wir jederzeit fortfahren, in jedem Sinne fortfahren konnten ... Die Möglichkeiten und die Fragen waren unausweichlich verknüpft. Nun waren wir bei einer viel schwierigeren Frage angelangt. Was war mit den Mädchen? ... Wir schauten einander an. Zweifellos war er bei derselben Frage gelandet. Und seine Erinnerungen glichen den meinigen ... Wenn die Rede auf Yorgos kam, war es nämlich unmöglich, sich nicht an eines der Mädchen zu erinnern. Mir fiel es zu, einen weiteren Schritt zu tun.

»Wenn wir Niso gefunden haben, dann können wir auch Şeli finden. Denn sie ist ebenfalls nach Israel gegangen ...«

Das wußte er nicht. Woher auch? ... Damals, als sich seine Spur in Ankara verloren hatte, waren die Dinge hier weitergegangen. Er forderte keine Erklärung. Das Leben hatte uns gelehrt, zu warten, Geduld zu haben und vor allem einzusehen und anzuerkennen, daß Ereignisse viele Dimensionen haben können ... Er lächelte nur bitter. Warum er so lächelte, das wußte ich freilich. Darüber mußte man nicht lange reden. Eine Frage war jedoch vorhersehbar. Er formulierte sie, obwohl sie uns beide bewegte.

»Wird Yorgos deiner Meinung nach kommen wollen?«

Ich kannte die Antwort nicht, er wahrscheinlich genausowenig. Die Frage mußte aber gestellt werden, sie mußte unbedingt um dieser Geschichte und um Yorgos' willen gestellt werden. Ich wollte meine Hoffnung nicht verlieren und versuchte, uns beide durch Zuversicht zu überzeugen.

»Nach so vielen Jahren ... Vielleicht ist genau jetzt die Zeit reif ...«

Wahrscheinlich war es am besten, an diesen Fall zu glauben. Dann versanken wir erneut in Schweigen. Es war unnötig zu sagen, an wen wir dachten. Jetzt war die ›schärfste‹ Heldin unseres Dramas an der Reihe. Die Heldin, die ich in einem der geheimsten Winkel versteckt hielt ... Ich wollte deshalb, daß zuerst er von ihr sprach. Ich wollte mich nicht durch meine Stimme verraten. Ich wartete nicht lange. Als er kurz darauf loslegte, war es noch dazu, als spürte er, was ich fühlte ... Mit dem verräterischen Zittern in der Stimme ...

»Nun ist nur noch Şebnem übrig ... Willst du nicht wissen, was mit ihr ist?«

Mußte ich bei so einer Frage nicht unsicher werden? Mein Herzschlag beschleunigte sich plötzlich. Ich schwieg weiterhin, denn ich fand keine Antwort. Nun war ich also binnen kurzem mit einer weiteren Tatsache konfrontiert. Seine Stimme hatte heiser geklungen. Als sollte ich eine böse Nachricht hören. Mich schauderte. Ich nahm meinen ganzen Mut zusammen, schluckte und gab mir Mühe, mir mein Erschrecken nicht anmerken zu lassen.

»Du weißt irgend etwas ... Ist es sehr schlimm? ...«

Er nickte wortlos. Ich hatte mich an diese Bewegung, die er oft wiederholte, gewöhnt und nichts dagegen einzuwenden, weiter in dieser Weise mit ihm zu sprechen. Doch dieses Mal machte mir seine Bestätigung angst. Inzwischen war es nicht mehr von Belang, ob meine Stimme mein inneres Zittern wiedergab. Meine Sorge brachte mich so weit, daß ich eine unsinnige Frage stellte. Ich zögerte nicht, den Schritt zu tun. Nicht jede Frage mußte logisch sein.

»Lebt sie? ...«

Sein Blick löste sich nicht von den Lichtern, die sich im Meer spiegelten. Als könnte er mich nicht anblicken. Was war das für ein Kummer, was für eine Ratlosigkeit? ... Seine Worte waren weit entfernt von einer Antwort auf diese Frage. Auch seine Stimme zitterte.

»Ich weiß nicht ... Das kann ich irgendwie nicht entscheiden ...«

Seine Worte wurden immer geheimnisvoller. Hätte ich geahnt, daß wir zu dieser vorgerückten Nachtstunde an so einen Punkt gelangen würden! Ich zweifelte nicht länger, daß wir an die Schwelle einer sehr dunklen Geschichte geraten waren.

Doch ich mußte sie unbedingt erfahren. Ich bohrte in der für uns typischen Weise nach.

»Nun laß einen doch nicht vor Spannung platzen, mein Gott!... Spuck's einfach aus!«

Wieder reagierte er mit bitterem Lächeln auf meine Reaktion. Als wollte er antworten und konnte doch nicht... Als wollte er herausfinden, ob ich bereit war für seine Erzählung... Es war nicht schwer, dieses Zaudern aus seiner Frage herauszuhören.

»Willst du sie wirklich sehen?...«

Meine Besorgnis, meine Spannung wuchsen mit jedem seiner Worte. Es schien, als wären alle meine Schutzwälle nun zerstört. Ich wollte auf kürzestem Weg die Wahrheit erfahren.

»Bist du blöd?... Natürlich will ich!... Ich will sie sehen, verstanden! Wie auch immer!...«

Er wendete sein Gesicht wieder dem Meer zu. Dieses Mal gab er seine Antwort in einem Ton, der wohl mich und ihn beruhigen sollte. Zumindest entnahm ich seinen Worten diese Absicht.

»Sie lebt, mach dir keine Sorgen... Sie hat sich bloß sehr verändert... Sehr...«

Er hielt inne. Seine Stimme brach. Ich faßte ihn an der Schulter. Erst nach einer kleinen Pause konnte er weitersprechen.

»Ich bringe dich zu ihr.«

Diese Worte zogen mich noch stärker zu der Erzählung hin. Deshalb wagte ich es, ihn durch eine Frage noch etwas mehr zu drängen. Obwohl ich fühlte, daß er keine größeren Erklärungen abgeben wollte. Die Frage war kurz, einfach, unschuldig, freundschaftlich. Ich würde mit jeder Antwort zufrieden sein.

»Kannst du nicht ein bißchen erzählen?«

Dieses Mal faßte er meine Hand und drückte sie, als wollte

er uns beide zu einer passenderen Zeit hinziehen. Als erwartete er von mir, daß ich irgendwo einhielte.

»Nicht heute nacht ... Wir haben viel geredet ... Laß uns jetzt gehen ...«

Ich schaute auf die Uhr. Es war nach zwei. Er hatte recht, wir hatten viel geredet. In jeder Hinsicht ...

»Wann bringst du mich zu ihr?«

Seine Antwort kam ohne großes Nachdenken. Die Antwort verdüsterte nicht die Wärme und das gegenseitige Vertrauen zwischen uns, dennoch schien unabhängig vom Wortlaut ein Ausweichen darin zu liegen.

»Wann immer du willst ... Morgen, bald, sobald du es willst ... Wir sehen uns ab jetzt ja ständig ...«

Ich mußte an meiner Entschlossenheit festhalten. Ich war nun mal überzeugt, nur in dieser Weise in der Erzählung vorankommen zu können.

»Dann morgen. Um zwei Uhr nachmittags. Ich hole dich gegenüber der Polizeistation ab.«

Trotz all meiner Gefühle mußte ich innerlich lachen. Was für einen passenden Ort hatte ich doch vorgeschlagen nach allem, was ich gehört, was er erzählt hatte! ... Als ich den Vorschlag formulierte, war mir das noch nicht mal aufgefallen. Doch als ich die Worte ausgesprochen hatte, war es zu spät. Natürlich hatte ich damit keine Absicht verfolgt. Dennoch hatten mich Bilder aus alten Zeiten zu dem Vorschlag gebracht. Damals hatten wir uns oft am Schreibwarenladen gegenüber der Wache von Teşvikiye getroffen. Ein anderer Treffpunkt war vor dem Konak-Kino gewesen. Leider gehörte dieses Kino wie so viele Kinos und andere Plätze inzwischen der Vergangenheit an. Kurz gesagt war es meine Absicht, eine weitere Brücke zu jener Zeit zu schlagen. Wir beide lächelten über meinen Vorschlag. Er nickte wieder. Ja, diese Bewegung machte er oft. Ich mußte mich damit nicht aufhalten. Ich sagte mir lediglich, daß Menschen, die einander gut kannten, sich auch schweigend verständigen konnten. Ich erhob mich. Er schaute weiter aufs Meer. Es war wieder, als spräche er mit jemandem irgendwo. Es gab für mich nun nur einen Weg, die Nacht langsam zu beenden.

»Soll ich dich nach Hause fahren?«

Er schaute weiterhin in jene Ferne. Die Wirkung des Alkohols war jetzt deutlicher an seinem Gesicht abzulesen. Er trank wirklich sehr viel, war aber ziemlich trinkfest. Er verhaspelte sich nicht, redete nicht wirr. Das Leben hatte ihn auch in seiner Beziehung zum Alkohol verändert. Ich konnte die Wirkung des Alkohols seiner Müdigkeit zuschreiben. Nicht nur der Müdigkeit dieser Nacht, sondern der Müdigkeit des verlorenen Lebens. Auch in der Antwort, die er auf mein Angebot gab, konnte man diese Müdigkeit erkennen.

»Nein, danke. Fahr du mal ... Ich sitze noch ein bißchen hier. Nachher gehe ich ein Stück zu Fuß, um klarer zu werden ...«

Als ich das hörte, sah ich keinen Anlaß, weiterzureden. Ich berührte ihn an der Schulter. Er griff ebenfalls nach meiner Hand. Wir verstanden einander. Ich ging wortlos weg, stieg in mein Auto und vermischte mich mit einer anderen Färbung der Stadt. Dieses Gefühl war wichtig. Denn alles, worüber wir gesprochen hatten, hatte uns eine Zeitlang etwas wie eine ganz andere Farbe erleben lassen. Eine andere Farbe beziehungsweise eine andere Stadt ... Eine ganz andere Stadt als die, in der wir leben mußten ... Wo war Şebnem in dieser Stadt? ... Diese Frage wollte mir nicht aus dem Kopf. Unsere Vergangenheit vermischte sich mit den Augenblicken, die ich erlebte. Paris, Träume, Tarabya ... Als ich in dieser Nacht nach Hause zurückkehrte, fiel mir eine weitere Frage ein. Hätte Necmi mir wohl von Şebnem erzählt, wenn ich nicht von der Realisierung meines Traums, der Wiederaufnahme des Stücks, gesprochen hätte? ... Und wenn er das nicht getan hätte, warum? ... Die Frage hätte andere Fragen hervorbringen können, bei denen wir uns an Spuren der Vergangenheit hätten erinnern können. Doch an dem Punkt hörte ich auf. Mehr würde ich nicht ertragen. Am nächsten Tag würde ich sowieso sehen, was es zu sehen gab ...

Die Nacht, der Brunnen und stürmische Bilder

Ich konnte wirklich nicht wissen, was der Tag bringen würde, zu dem ich am anderen Morgen erwachte. Ich ahnte lediglich, Necmi würde mich in eine neue, mich tief erschütternde Erzählung hineinführen. Inwieweit war ich bereit für die Şebnem in dieser Erzählung? ... Was würde ich ihr sagen können, nach all dem, was ich Jahre hindurch in mir verschlossen, erlebt und aufgeschoben hatte? ... Was würde sie wohl sagen? ... Keine dieser Fragen konnte ich beantworten. Dabei hatte ich mir jahrelang so eine Begegnung erträumt. Ich hatte mir unser Gespräch vielmals in verschiedenen Varianten ausgedacht. Die Erwartung bezog sich freilich auf alle Spieler der ›Schauspieltruppe‹. Doch Şebnem war anders, anders als alle anderen. Das aber wußte auch nur ich. Ich allein ... Denn ich hatte all die Jahre hindurch meine Gefühle mit niemandem teilen können. Die Niederlage, die ich innerlich erlebt hatte, war meine Niederlage. Die Vergangenheit war meine Vergangenheit. Und die Bilder, die Stimmen, die Worte hatten sich dermaßen ineinander verwoben ...

An jenem Morgen stand ich etwas später auf als sonst. In den Laden zu gehen, hatte ich keine Lust. Ich telefonierte, um zu erfahren, ob ich erforderlich sei. Nein. Ich schützte Unwohlsein vor und sagte, ich werde nicht kommen. Natürlich wäre dieser Vorwand nicht nötig gewesen. Ich war der Chef. Aber das Leben hatte mich wohl diese Art von Disziplin gelehrt ... Dabei gab es einen sehr wichtigen Grund, die Arbeit zu schwänzen ...

Das Wetter war bedeckt. Für den Nachmittag war Regen

angesagt. Woran solche Wetterlagen den Menschen nicht alles erinnerten ... Im Grunde wurde unser Leben stärker als angenommen von Umständen bestimmt. Auch diese Tatsache konnte ich erkennen. Trotzdem war es nicht so leicht, sich völlig von gewissen Gefühlen zu lösen. Auf diese Weise konnte ich mir die Schwermut erklären, die mich zunehmend befiel, als ich mit dem Wagen zu unserem Treffpunkt fuhr. Im Gegensatz dazu fiel es mir nicht schwer, mir Şebnem auf einem Regenbild vorzustellen. Meine Niedergeschlagenheit resultierte freilich auch aus dem, was die Orte in mir auslösten, an denen ich vorbeifuhr. Das Restaurant Motorest in einer der Tankstellen in Beşiktaş, an das sich wahrscheinlich heute nur noch wenige Menschen erinnern, wo ich mein erstes Schildkrötenbein gegessen habe, unsere erste Diskothek in Elmadağ, Hydromel, das Varol, das im Vergleich zu den Puffs in Karaköy eine ›luxuriösere‹ Atmosphäre hatte, Pizza Pino, die wir für die erste italienische Pizzeria in Istanbul gehalten und wo wir uns alle über die Süßspeise ›Mädchentraum‹ amüsiert hatten ... Was für Geschichten, Träume und unvergeßliche Erinnerungen waren mit all diesen Orten verbunden ... Wieder einmal brachten die Bilder neue Bilder hervor. Ich fuhr auf einer geschichtsträchtigen Straße. Vielleicht deshalb bemerkte ich nicht, wie die Zeit verging. Als ich an die Ecke gegenüber der Polizeistation kam, sah ich Necmi, wie er beim Warten auf mich zerstreut in der Gegend herumguckte. Ich hielt an. Wieder stieg er grinsend ein. So wie beim ersten Mal ... War das eine Art des Sichversteckens, eine Verteidigungsstellung? ... Vielleicht. Ohne sich auch nur nach meinem Befinden zu erkundigen, ohne mich anzuschauen, nannte er das Fahrziel, als verriete er ein Geheimnis:
»Psychiatrie und Nervenkrankenhaus in Bakırköy.«
Ich wußte schon wieder nicht, was ich sagen sollte. Zu denken, daß Şebnem dort arbeitete, erschien mir nicht sehr logisch. Ich wußte, welchen Weg sie vor Jahren eingeschlagen

hatte. Dann blieb nur eine Möglichkeit offen. Eine Möglichkeit, die den Gram in Necmis Gesicht sehr gut erklären konnte... Doch ich stellte die Frage nicht, die ich stellen wollte. Ich wartete auf eine Erklärung von ihm. Nur so konnte ich meine Ratlosigkeit verbergen. Nur so konnte ich der Antwort aus dem Weg gehen, die ich fürchtete. Eine Weile fuhren wir schweigend. Wie erwartet war er es, der das Schweigen brach. Als hätte er meine stumme Frage gehört.

»Du vermutest richtig. Sie ist schon seit Jahren dort.«

Bei diesen Worten schaute er nicht zu mir hin. Wieder zitterte seine Stimme. Beide waren wir sozusagen auf die Straße verbannt wie in ein Zimmer, in das einzutreten wir uns fürchteten. Wir redeten weiterhin nichts. Wir fuhren ›dorthin‹, wir fuhren nur. Plötzlich wendete er mir das Gesicht zu. Seiner freundschaftlichen, lieben Stimme schien ein leicht herausfordernder Ton beigemischt zu sein.

»Bist du dir wirklich sicher, daß du sie sehen willst?... Du kannst das Ganze immer noch abblasen. Womöglich erträgst du nicht, was du zu sehen bekommst...«

Ich schaute weiterhin auf die Straße. Ich konnte nicht entscheiden, ob in seinen Worten ein freundschaftliches Beschützen lag oder eine Geringschätzung, die ich nicht sehen wollte. Doch offen gesagt war ich ein bißchen sauer. Ihm war nicht bewußt, was ich erlebt hatte, welche Erinnerungen das, was ich hörte, bei mir auslöste. Andererseits hatte ich mich auch nicht bemüht, mich mitzuteilen. Ich schaute ihn bloß kurz an. Ich wollte, daß er die Entschlossenheit in meinen Augen sähe. Dieses Mal schaute er auf die Straße. Es blieb mir also nur übrig, auf die Überzeugungskraft der Worte zu vertrauen. Das war der wirkungsvollste Weg, sowohl meine Entschlossenheit, die ich durch Blicke nicht hatte mitteilen können, als auch meinen Unwillen, den ich wegen seines Benehmens fühlte, irgendwie ausdrücken zu können.

»Es gibt kein Zurück!... Wir gehen bis zum Ende!...«

Er antwortete nicht. Dieses Mal schaute ich ihn nicht an. Vielleicht sagte er innerlich ›auf deine Verantwortung‹. Ich forschte dem nicht nach. Ich wollte Bescheid wissen.

»Los, erzähl! ...«

Ich versuchte, mit einem schnellen Seitenblick den Ausdruck auf seinem Gesicht zu erkennen. Es gelang mir nicht. Er hielt das Gesicht noch immer auf die Straße gerichtet. Nachdem er eine Weile geschwiegen hatte, begann er die Geschichte vom Kern der Sache her zu erzählen.

»Ihrer Krankenakte nach ist sie seit zwanzig Jahren dort ... Sie spricht nicht. Das ist ihr Dauerzustand. Man weiß nicht, was sie sieht, wie sie das Gesehene sieht. Ich merke auch nicht, ob sie mich erkennt. Sie sitzt halt nur da ... Manchmal lächelt sie. Manchmal malt sie Bilder ...«

Ich wollte in diesem Augenblick nur schweigen, nichts als schweigen. Schweigen, solange es ging ... Damit ich diese mir unerwartet mitgeteilte Schweigsamkeit besser sehen, hören und mir klarmachen konnte ... Die Vergangenheit, die ich weit hinter mir gelassen zu haben glaubte, zog mich eilig an, die gelebte Gegenwart wurde mir scheinbar aus den Händen gerissen und in einen Abgrund versenkt. Şebnem ... Die kleine, dunkle Şebnem mit den riesengroßen, schwarzen Augen ... Wie hatte sie es doch trotz ihrer geringen Körpergröße verstanden, uns alle mit jenen Augen und ihren durchdringenden Blicken zu lenken, zu versammeln ... Als wäre es ihr Schicksal gewesen, in bezug auf uns immer die große Schwester zu spielen. Mit Problemen setzte sie sich als erste auseinander. Diese Rolle hatten wir ihr gegeben, übertragen. Wir mochten diese Seite an ihr sehr. Denn selbst ihr Zorn hatte noch Wärme. Eine Wärme, die uns allen Zuversicht gab ... Damals dachte ich öfter, sie würde diese Rolle ihr Leben lang nicht ablegen können. Sie schien vom Schicksal geradezu ausersehen, sich mit Problemen zu beschäftigen ... Diese Haltung war mir immer sehr nahe gegangen.

Nach unserem Schulabschluß brachte sie eines Abends die ›Schauspieltruppe‹ noch einmal zusammen. Sie argumentierte, es passe nicht zu uns, wenn sich unsere Wege nach einem traditionellen Abschlußball trennten... Wir fuhren zum Essen in ein Restaurant in Tarabya. Şebnem und ich saßen nebeneinander, und als nach einer Weile unter dem Einfluß des Alkohols alle in eine andere Richtung driftetem, redeten wir lange und stießen auf eine unbekannte Zukunft an. Dieses Gespräch hatte ich nicht erwartet. Ermutigt von dem, was ich gehört hatte und sagen konnte, brachte ich endlich das Geständnis heraus, mit ihr allein sein zu wollen. Das war auch ihr Wunsch. Offen gesagt war ich auf eine solche Antwort nicht gefaßt gewesen. Nun begann für mich eine Nacht, auf die ich seit langem gewartet hatte. Ein Traum nahm mich langsam gefangen. Es war gar nicht so schwer, uns von der ›Truppe‹ zu trennen. Şeli und Yorgos wollten gerne woandershin gehen. Wir hatten nichts dagegen, daß auch sie allein bleiben wollten. Necmi und Niso hatten schon längst ein ideologisches Streitgespräch über die Revolution begonnen. So gingen auch wir ein bißchen Hand in Hand, dann setzten wir uns auf eine der Bänke am Bosporusufer. Das Hotel Tarabya mit seinen Lichtern und allem, woran es erinnerte, lag nicht weit entfernt. Direkt vor uns waren Boote vertäut, die zu ganz fremden Leben zu gehören schienen. Doch das Meer verbarg seine alten Geschichten. Von dort her kamen so viele Erinnerungen, die ich mit so vielen Erlebnissen und Menschen verband... Dieses Gefühl versuchte ich ihr mitzuteilen. Dabei erfuhr ich dann, daß auch sie mit dieser Bucht viele unvergeßliche Erinnerungen verband. Diese gemeinsamen Erinnerungen zogen uns noch mehr zueinander hin. Unsere Kindheit hatten wir inzwischen weit hinter uns gelassen. Die Kinder waren erwachsen geworden, aber waren sie wirklich erwachsen?... Diese Frage konnten wir uns in jener Nacht weder für uns selbst noch gegenseitig beantworten. Denn in uns wohnte eine andere Schwermut; andere Hoffnungen, Erwartungen und Ängste existierten... Wir waren an einen Punkt gelangt, wo viele Gefühle ineinanderflossen, die Lichter der Nacht, das Klatschen der leichten Wellen an die Boote und vor uns die unausweichliche, nun nicht mehr aufschiebbare Trennung... Die Trauer, die mit dieser Trennung in unser Leben kam... Die Erinnerung an das, was wir in unserem ›Spiel‹ geteilt und erlebt hatten, und natürlich auch das, was wir nicht hatten aussprechen können... Mit diesen Wellen wurde ich zu ihr hingezogen... Ich würde meine Gefühle nicht länger verheimlichen, sie nicht verheimlichen können... Wir sprachen über unsere Welt in der Zukunft, unsere Begeisterung und vor allem über unseren Protest. Über unseren Protest, der uns um so mehr mit dem Leben verband... Denn wir brauchten diesen Protest wahrscheinlich. Um unser Leben noch mehr zu lieben... Um unsere Wunden leichter zu ertragen, in der Hoffnung, sie verbinden zu können... Um vergessen zu können, wie verlassen wir waren... Denn auch wir gehörten zu jenen verwundeten Kindern...

Warum konnte Şebnem nur in so einer Situation ihre Verletzungen offen zeigen?... Wer weiß... Vielleicht hatte sie den Mut dazu nicht gehabt oder geglaubt, keinen Mut zu haben, selbst wenn sie sich das sehr gewünscht hatte. Zum ersten Mal sah ich diese ihre äußerst verletzliche, zarte Seite. Wenn ich in jener Nacht nicht sagte, was ich sagen wollte, würde ich es wahrscheinlich niemals sagen, dachte ich. Es war kühl geworden. Die Kälte der Nacht brach in jeder Beziehung über mich herein. Ich zitterte innerlich. Wir drängten uns ziemlich eng aneinander. Sie legte den Kopf auf meine Schulter. Danach schlang ich meinen Arm um ihren Nacken. So verharrten wir schweigend. Ich war außerordentlich aufgeregt... Sie begann mit gedämpfter Stimme zu sprechen, so als flüsterte sie mir ins Ohr... Die Empfindung der Nacht verlangte nach so einer Stimme. Doch eigentlich war die Stimme nicht gedämpft, sondern ein Schrei. Ein Schrei, den ich in dieser Nacht nicht richtig wahrnehmen konnte ... Dabei war das, was sie sagte, sehr erschütternd. So erschütternd, daß es den Menschen tief erschauern lassen konnte ...

»Ich fürchte mich, Isi, ich habe schreckliche Angst ... Vor dem Leben, vor der Zukunft ... Mir ist, als fiele ich von irgendwo herunter. Als wenn ... Als würde mich ein bodenloser Brunnen verschlingen ... Ich weiß nicht, warum ich so fühle, aber es ist so ... Ich habe einfach Angst ...«

Ich wußte nicht, was ich sagen sollte. Wollte sie, daß ich ihre Hand hielt? ... Sollte ich sie das ganze Leben hindurch, unser beider Leben hindurch, festhalten? ... Sollte ich ihr sagen, ich wolle mit ihr zusammen alt werden ... Das wollte ich sehr gerne. Ich konnte das, was sie von mir erwartete, mit einer Handbewegung wegwischen. Oder ich konnte ihretwegen den Verlauf meines Lebens ändern ... Doch aus meinem Mund kam nur ein einziges Wort. Ein einziges Wort, das meine Verwirrung, meine Hilflosigkeit und Schwäche in aller Deutlichkeit offenbarte ...

»Ich ...«

Mein inneres Zittern wirkte sich auf meine Stimme aus. Ich hatte einen Satz begonnen und wußte nicht, wie ich ihn beenden sollte. Dann hielt ich inne. Ich suchte nach den passenden Worten. Sie ließ mich nicht weitermachen, sondern verfolgte lieber die Spur jener Angst, die uns in diesen Augenblicken gefangenhielt. Auch wollte sie vielleicht nicht hören, was ich sagen konnte ...

»Sei still ... Ich weiß, was du fühlst. Quäl dich nicht unnötig ...«

Wußte sie tatsächlich, was ich fühlte? ... Was sie angesichts meines Schweigens sagte, setzte mir eine Grenze.

»Fang bloß nicht an, dich in mich zu verlieben ... Bloß nicht ... Du kannst dir im Traum nicht vorstellen, was ich durchgemacht habe. Du kennst mich überhaupt nicht, weißt du? ... Du wirst mich auch niemals kennen. Geh und lebe, wie du es für richtig hältst ...«

Was meinte sie mit dem Richtigen? ... Was war das Richtige? ... Wie wollte ich leben? ... Wie lebte sie? ... Was war es, das sie mir noch immer nicht erzählt hatte? ... Alle diese Fragen sollten in jener Nacht unbeantwortet bleiben ... Dann richtete sie sich auf, zog einen ihrer Ohrringe ab, legte ihn in meine Hand und sagte mit nun wieder liebevollen Blicken:

»Bewahr diesen Ohrring um dieser Nacht willen auf ... Für uns ... Vergiß mich nicht, nie ...«

Ich schloß meine Hand um den Ohrring. Ich wußte, ich würde sie nie vergessen. Weder sie noch die kleinste Einzelheit jener Nacht ... Wir schauten einander lange an. Mit aller Kraft versuchte sie offenbar, sich an ihrer Zukunft festzuhalten, auf die sie trotz aller Ängste entschlossen zugehen wollte. Plötzlich trafen sich unsere Lippen. Es waren die heißesten, brennendsten Küsse meines Lebens. Während ich sie umarmte, sagte ich ihr, ich würde den Ohrring fest in meiner Hand behalten und bis zu meinem letzten Atemzug aufbewahren. Da schlang sie ihre Arme um meinen Hals. Eine Weile blieben wir so. Vielleicht hätte ich in dem Augenblick trotz aller Warnungen den Mut zu dem Schritt gefunden, der unser Leben hätte verändern können. Leider hinderte mich das, was sie mir ins Ohr flüsterte, ein weiteres Mal am Überschreiten jener Grenze.

»Diesen Sommer gehe ich nach Paris, um Schauspiel zu studieren. Du weißt, wie sehr ich das möchte. Außerdem ist es der beste Weg, von hier zu flüchten ... Ich möchte fliegen, so weit ich fliegen kann ... Bitte versteh mich. Versteh mich ... Versuch, mich zu verstehen ... Beschuldige mich nicht. Ich weiß ja, daß du mich nicht beschuldigst, doch ich wollte das noch mal sagen. Vielleicht fühle ich mich schuldig. Denn ... Denn du bist ein sehr guter Mensch ... Diese

Nacht vergesse ich nicht, ich werde sie nie vergessen, versprochen...«

Was konnte ich in dieser Lage sagen?... Ich mußte schweigen. Mußte an dem mir zugedachten Platz bleiben, indem ich sie umarmte, nur umarmte. In der Hoffnung, dieser Liebe würdig zu sein, indem ich nicht versuchte, sie von ihrem Weg abzubringen...

Damals brauchte ich unzweifelhaft so eine Überzeugung. Jahre später habe ich mich gefragt, ob ich meine Haltung nicht dazu benutzt hatte, jene Angst zu verdecken. Das waren Augenblicke, in denen ich sie sehr vermißte... Doch in jener Nacht war genau das die Wahrheit... Dann brachen wir auf und liefen noch etwas Hand in Hand. Danach brachte ich sie nach Hause. Im Auto meines Vaters... Als wir uns ihrem Haus näherten, forderte sie mich auf, irgendwo anzuhalten, und ich hielt an. Sie sagte, sie wolle mich ein letztes Mal küssen, und wir küßten uns. Sie sagte auch, sie glaube, ich werde in Zukunft einmal ein sehr schönes Auto besitzen und werde kommen und sie in diesem Auto abholen. In Zukunft, nachdem vielleicht viele Jahre vergangen sein würden und wir uns selbst besser kannten... Sie wußte von meinen Gefühlen in bezug auf Autos. Ich hatte auch ihr meine Geschichte erzählt. Und zwar lange vor jener Nacht... Wenn sie sich daran erinnerte, zeigte das etwa nicht, daß ich in ihrem Leben einen viel wichtigeren Platz einnahm, als ich gemeint hatte?

Auf der Fahrt, die uns zu einem Wiedersehen mit ihr bringen sollte, war es natürlich unvermeidlich, sich an jene Nacht vor so vielen Jahren zu erinnern. Der Schmerz, den ich jahrelang verborgen, den ich meistens sogar vor mir selbst versteckt hatte, brannte erneut in mir, auch wenn es mir gelungen war, ihn im Laufe der Zeit ein wenig zu löschen. Ich wollte Necmi von diesem Schmerz erzählen, doch es gelang mir nicht. Ich hatte ihm von jener Nacht sowieso nichts erzählt. Ich wußte auch nicht, ob ich das eines Tages schaffen würde.

Sicherlich konnte ich mir aber auf jener Fahrt selbst viele Fragen stellen, die jene Nacht und andere aus ihr hervorgegangene Nächte betrafen. Doch seine Frage verhinderte viele andere Fragen und genügte, mich augenblicks zu unserer Fahrt zurückzubringen.

»Du warst auch in sie verliebt, nicht wahr? ...«

Wieviel Zeit war inzwischen vergangen? Wie lange war ich versunken gewesen in dieser Erzählung, von der ich geglaubt hatte, sie sei in einem ganz anderen Leben geblieben, ich hätte sie in einer weit zurückliegenden Vergangenheit vergraben? Ich fühlte mich wie bei etwas Unrechtem ertappt. Das Gefühl war so stark, daß ich nicht einmal über das ›auch‹ in der Frage hinreichend nachdenken konnte. Es war sinnlos, mich zu verstecken, und für das, was ich so lange nicht hatte sagen können, genau der richtige Zeitpunkt.

»Das konnte ich dir irgendwie nicht erzählen. Ich weiß eigentlich nicht, warum ...«

Er unterbrach mich plötzlich. Ich sollte später erkennen, daß er mir nicht so sehr ein Bekenntnis ersparen als vielmehr selbst eine Erklärung abgeben wollte, indem er anfing, seine Geschichte zu erzählen. Ich mußte eine weitere Erzählung anhören. Dieses Mal ging es aber auch um Şebnem ... Und zwar in Bildern, die ich nie erwartet hätte. Der Anfangssatz war wirkungsvoll und provokativ genug.

»Du warst nämlich nicht der einzige, der von ihr beeindruckt war ...«

Es war nicht schwierig, von diesen Worten her zu einem Ergebnis zu gelangen und gewisse Verbindungen herzustellen, und auch zu spüren, daß das, was er zu sagen versuchen würde, mir Şebnem noch näher bringen, mir von einer fern gebliebenen Erzählung Nachricht geben würde ... Meine Hände lagen auf dem Lenkrad. Ich schaute ihn mit unverhohlenem Erstaunen an. Auch er schaute mich an. Dann wendeten wir uns beide wieder der Fahrbahn zu. Uns verband also noch ein anderes Schicksal. Ich dachte auch im Zusammenhang mit meinen Erlebnissen mit Şebnem an das Schicksal. Ich konnte der Frage nicht ausweichen, was gewesen wäre, wenn ich in jener Nacht jenen Schritt getan hätte, ihn hätte tun können: Hätte sich unser Leben wirklich verändert?... Wäre Şebnem trotz all ihrer Begeisterung und Erwartungen von ihrem Weg abgewichen?... Ich war im Fahrwasser eines alten ›ach wenn doch‹ und mußte mich wieder einmal herumschlagen mit dieser wohlbekannten Unzulänglichkeit.

Inzwischen waren wir beim Krankenhaus angekommen. Ich war einer Wirklichkeit nahe, vor der ich jahrelang geflohen war, die ich mit Phantasien gespeist hatte. Diese Wirklichkeit konnte mir ein sehr erbarmungsloses Gesicht zeigen. Es fiel mir schwer, auch nur mir selbst meine Gefühle einzugestehen. Denn in der Realität, die ich berühren, ertragen sollte, verbarg sich eine Vergangenheit, atmete die Spur von etwas, das nicht hatte gelebt werden können. Deswegen erfüllte mich weiterer Schmerz.

Nachdem wir den Wagen geparkt hatten, schritten wir wortlos dahin. Offensichtlich wollten wir beide nicht zuviel reden... Nach einer Weile waren wir auf dem Weg, der zur Station führte. Die Menschen in den offenen Arkaden, die von gelb und grün gestrichenen Säulen begrenzt waren, zeigten deutlich, wohin wir strebten. Eine Frau undefinierbaren Alters mit kurzem Militärhaarschnitt und sehr schlechter Kleidung näherte sich uns. Schwach lächelnd sagte sie etwas in unverständlichen Worten. Necmi tat, als kennte er sie, legte ihr den Arm um die Schulter und fragte sie nach dem Ergehen. Vielleicht kannte er sie auch, das weiß ich jetzt nicht mehr. Doch eindeutig fühlte er sich nicht fremd an dem Ort, wo wir uns jetzt befanden. Dann schaute die Frau mich an und führte Zeigefinger und Mittelfinger zusammengelegt an die Lippen, zum Zeichen, daß sie eine Zigarette wollte. Ich reichte ihr eine und zündete sie auch an. Mit der Hand machte sie ein Zeichen des Dankes und entfernte sich, wieder unverständliche Wörter murmelnd. Eine andere Frau saß auf der Erde, lehnte sich an eine der Säulen an und erzählte jemandem etwas, vielleicht sich selbst. Wir näherten uns schrittweise Şebnem. Necmi faßte plötzlich meinen Arm, als wollte er mir zeigen, daß er meine Verunsicherung spürte, und sagte mit leiser Stimme:

»Du wirst keine besonders schönen Dinge zu sehen bekommen.«

Ich antwortete nicht. Mir war hinreichend bewußt, wohin ich gekommen war und warum. Ich fühlte mich wie in einem Film. Unweigerlich schlugen sich meine Gefühle in meiner Stimme nieder. Dennoch wollte ich meine Entschlossenheit unbedingt noch einmal bestätigen, um aus dieser Entschlossenheit Kraft zu schöpfen.

»Das weiß ich ... Doch ich will sie sehen. Was auch immer es zu sehen gibt ...«

Meine Stimme zitterte. Dieses Zittern war nicht zu verbergen. Daraufhin zog er mich am Arm zu einer nahegelegenen Bank und hieß mich setzen. Er setzte sich neben mich. Dieses Mal erzählte er etwas mehr. Um mich vielleicht einzugewöhnen ... Und durch das Eingewöhnen zu entspannen ...

»Wir kommen gleich zur Station L, wo die chronisch Kranken sind. Die meisten sind schizophren. Hoffnungslose Fälle in vieler Hinsicht. Niemand fragt nach ihnen, keiner von draußen kümmert sich um sie. Sie haben sich hier ihre eigene Welt geschaffen. Eine gemeinsame Welt oder eine ganz einsame ... Keiner weiß, was sie sehen, was sie fühlen. Ich habe mit vielen von ihnen gesprochen. Sie haben für sich sehr interessante Daseinsformen gefunden, begründet ... Du wirst es nicht glauben ...«

Hier hielt er inne und schaute zu Boden. Seine Worte hatten ihn an wer weiß was für Augenblicke erinnert. Es fiel ihm schwer zu sprechen. Vielleicht stand ihm das Bild eines Menschen vor Augen, der in einer anderen einsamen, privaten Welt gefangen war. Vielleicht erinnerten wir uns an denselben Menschen aus unserer jeweiligen Sicht. Ich ließ von dem Gedanken ab und wartete, daß er weitersprach. Nach einer kurzen Pause fuhr er fort:

»Wie ich schon sagte, haben die Kranken hier niemanden mehr. Sie werden irgendwie hergebracht und sterben hier... Still und unbemerkt... Das Krankenhaus kümmert sich um sie, jahrelang, und beerdigt sie...«

Worauf diese Worte anspielten, war klar. Sicherlich hatten die meisten dort eine sehr leidvolle persönliche Geschichte. Dieser Tatsache gegenüber konnte ich nicht unsensibel sein. Doch wie die bekannte Redewendung sagt, kümmert man sich, wenn es brennt, zuerst ums eigene Haus. Şebnem... War Şebnem, die mit ihren großen, strahlenden, dunklen Augen ins Leben geblickt hatte, nun derart einsam und von allen verlassen?... Ich mußte auf die Beantwortung meiner Frage nicht lange warten. Was ich zu hören bekam, gehörte zu den Erzählungen, die dem Menschen im wahrsten Sinne des Wortes das Innere versengen. Necmi aber schien kein Leben, sondern einen Film, einen Roman zu erzählen. Ich hörte ihm zu, ohne ihn zu unterbrechen. Ich konnte gar nicht anders. Ich saß wie angenagelt auf meinem Platz.

»Anfangs lief alles, wie sie es sich gewünscht hatte. Du erinnerst dich doch, wie leidenschaftlich sie am Theater hing... Ihr größter Wunschtraum war, eine gute Schauspielerin zu werden. Mit diesem Traum ging sie nach Paris. Nach zwei Jahren verliebte sie sich dort in einen Franzosen, der wie sie von einer Schauspielkarriere träumte. Nach kurzer Zeit entschlossen sie sich zu heiraten. Ihre Eltern waren sehr gegen diese Ehe. Um so schlimmer, als sie ihr überhaupt kein Beispiel einer guten Familie gegeben hatten... Hast du gewußt, daß sie einen sehr konservativen, bösen Vater hatte?... Einen gewalttätigen Kerl, der geschäftlich dies und das versuchte und dabei das Geld seiner Frau vergeudete, ein Despot, ein Irrer... Ich habe ihn einmal gesehen. Hätte ich ihn doch nie gesehen! Şebnems Mutter hatte von ihrer Familie viele Immobilien geerbt. Die wurden mit der Zeit nach und nach verkauft. Zuletzt ging die Frau für Tagelohn als Näherin in die Häuser, um den Lebensunterhalt der Familie zu sichern. Eine Geschichte von Abstieg und Elend, genau wie in diesen kitschigen, billigen Romanen... Ein Vater, der dem Schmerz, im Leben nichts erreicht zu haben, nur entfliehen konnte, indem er sich nicht um den Überlebenskampf seiner Nächsten kümmerte... Eine unterdrückte, opferbereite Mutter... Wohlbekannt, aber genauso wirklich... Das war das Umfeld... Natürlich gehörte zu dieser Primitivität, daß sie überhaupt keinen Wert auf die Theaterbegeisterung ihrer Tochter legten. Şebnem blieb nichts übrig, als in ein anderes Land zu fliehen. Als die Sache mit der Heirat rauskam, kümmerte sie sich, wie schon bei ihrer Flucht, nicht um die Unmutsäußerungen, ja sogar Drohungen der Eltern. Du weißt, es war ihr Schicksal, ihren eigenen Kopf durchzusetzen.

Anfangs lief die Ehe gut. Damals schrieb sie ihren Eltern regelmäßig Briefe, sie erzählte, was sie erlebte, wie glücklich sie sei. Wer weiß, ob sie sich zu rächen versuchte oder sich selbst versichern wollte, daß sie das für sie richtige Leben gewählt hatte. Diese Beziehung führte sie drei, vier Jahre fort. Danach hörten die Briefe plötzlich auf. Şebnem hüllte sich in Schweigen. Eines Tages kehrte sie nach Istanbul zurück. Mit einem Kind im Arm und in ziemlich elendem Zustand... Die nötige Erklärung ist rasch gegeben. Ihr Mann hatte gesagt, er wolle nicht weiterhin mit ihr und dem Kind leben und war mit einer portugiesischen Fotokünstlerin nach Brasilien gegangen... Ihre Eltern nahmen sie natürlich auf. Doch was für eine Aufnahme das war, kannst du dir wohl vorstellen. Damals versuchte sie, das Kapitel Paris für immer zu beenden. Sie hatte das Studium abgeschlossen, hatte dort auch in einigen Stücken auf der Bühne gestanden, wenn auch nur in kleinen Rollen, doch ihre Rückkehr nach Istanbul führte dazu, daß ihre Verbindung zur Schauspielerei abriß. Wie sehr mag sie den Zustand, in den sie geraten war, als große Niederlage und Verlassenheit erlebt haben... Daß Şebnem ihre Leidenschaft für die Schauspielerei aufgibt, ihre Begeisterung abtötet und sich in sich zurückzieht, das kommt einem doch völlig unglaublich vor, oder? Vielleicht wollte sie auch ein neues Leben anfangen, ein ganz neues, ganz anderes Leben. Nach einer Weile gelang es ihr auch, dieses Leben aufzubauen. Zumindest fing ihre Umgebung an, das zu denken. Es fehlte dennoch nicht an Spannungen zu Hause. Insbesondere ihr Vater trank immer mehr; er rührte ständig vergangene Dinge auf und ließ seine Tochter nicht in Ruhe, indem er ihr vorwarf, was sie ihm angeblich angetan hatte. Diese schwieg jedoch zu seinen Vorwürfen, sie schwieg nur und weinte manchmal. Sie wehrte sich nicht, konnte vielleicht nicht... Vielleicht lehnte sie sich mit ihrer Schweigsamkeit, mit diesem stummen Widerstand in anderer Weise gegen ihren Vater auf... Indem sie ihm durch ihre Schweigsamkeit nicht den erwarteten, gewünschten Widerspruch lieferte... Wenn ich dies so überlege, denke ich unweigerlich, daß ihr Zusammenbruch schon lange vorher begonnen hatte. Wenn du mich fragst, zeigt sich das auch in dem, was sie als ihr neues Leben wählte. Selbst wenn ihre Umgebung sagte, es sei ihr gelungen, ihr Leben in Ordnung zu bringen, konnten wohl diejenigen, die sie so gut kannten wie ich, ihre Erlebnisse auch so sehen und interpretieren?... Als ich davon erfuhr, lächelte ich lediglich bitter. Weil sie inzwischen das Französische sehr gut beherrschte, hatte sie in einer großen französischen Firma eine Stelle als Direktionsassistentin gefunden. Manche wunderten sich ein wenig, wie sie in so kurzer Zeit an einen solchen Platz gelangt war, doch wer ihre Kraft kannte, mit der sie Gewünschtes zu erreichen, sich durchzusetzen verstand, der war nicht so erstaunt. Sie verdiente gut und konnte die Familie unterhalten. Dadurch zeigte sie vielen in ihrer Umgebung, was für eine starke und der Familie verbundene Frau sie war. Damals ging sie auch oft auf Geschäftsreisen. Du erinnerst dich, sie wohnten in einem alten Haus in Bomonti. Als die Dinge langsam besser zu laufen anfingen, begannen sie darüber zu sprechen, daß man das Haus verkaufen sollte, um in eine bessere Gegend zu ziehen. Doch ihre Mutter hatte wenig Neigung, dieses einzige Haus zu verkaufen, das ihr von ihrer Familie noch geblieben war. Es war freilich nicht schwer, diesen Widerstand zu verstehen.

So vergingen drei Jahre. In dieser Zeit kam weder aus Paris noch aus Brasilien irgendeine Nachricht ... Eines Tages ereignete sich das Unglück, das den großen Riß verursachte. Sie war gerade auf Geschäftsreise, als ihr Vater im Suff durchdrehte und, nachdem er seine Frau und sein Enkelkind bewußtlos geprügelt hatte, überall Petroleum vergoß und das Haus anzündete. Die Nachbarn waren an die Schreie, die aus dem Haus drangen, inzwischen so gewöhnt, daß sie zuerst nicht einschritten. Als die Flammen sich jedoch ausbreiteten, wurde ihnen die katastrophale Lage klar. Doch da war es schon zu spät. Bis die Feuerwehr eintraf, war das Haus schon eine Brandruine. Es war unmöglich, ins Innere vorzudringen. Alle drei hatten in den Flammen den Tod gefunden. Als Şebnem zurückkehrte, sah sie nichts als diese Ruine. Angesichts dessen, was sie sah, weinte sie nicht einmal, sie war wie versteinert, zeigte keine Reaktion. Man tat alles, um sie wieder zu sich zu bringen. Zwei, drei Tage verbrachte sie im Haus einer Nachbarin. Vergebens ... Da gab es nur die Lösung, sie hierherzubringen. Das ist alles. Seither spricht sie nicht, wenn man ihre Akte und die Eintragungen sowie die Aussagen der Ärzte nimmt ... Anfangs kamen verschiedene Besucher. Zwei Jahre lang kam der Direktor der französischen Firma, für den sie als Assistentin gearbeitet hatte, hartnäckig immer wieder.

Obwohl er sah, daß er keine Antwort bekam... Wer weiß, was für eine Verbindung es zwischen ihnen gab, oder was der Mann fühlte, zu fühlen anfing bei diesem Anblick. Das ist eine andere Geschichte. Es gibt hier niemanden mehr, der sich an jene Zeit damals erinnert. Bis vor kurzem war da einer. Einer von den altbewährten Krankenpflegern... Der ist auch vor ein paar Monaten verstorben. Von ihm habe ich erfahren, was ich über den französischen Besucher weiß. Der Mann sei jedesmal mit einem Strauß Feldblumen gekommen... Dann kam auch er nicht mehr. Sie stellten Nachforschungen an und erfuhren, daß er in seine Heimat zurückgekehrt sei. Vielleicht hatte er aufgegeben. Vielleicht auch... Nun ja... Mehr wissen wir nicht. Für Şebnem machte es sowieso kaum einen Unterschied. Jedenfalls nach außen hin. Denn sie hat ihr Schweigen seit dem Tag, an dem sie hierhergebracht wurde, nicht auch nur einen Augenblick gebrochen...«

Diese Geschichte hatte Necmi fast in einem Atemzug erzählt, und ich hatte unbewegt und atemlos zugehört. Was konnte ich angesichts des Gehörten schon sagen?... Ich mußte mich wieder einmal mit Schweigen begnügen. Wahrscheinlich war das gemeint, wenn es hieß, man sei völlig perplex. Die Geschichte klang dermaßen unglaublich... Sie war so erschütternd und voll von einer mir unbekannten Schlechtigkeit... Sie tat mir sehr weh... Oder hatte Necmi sich das Ganze wohl ausgedacht?... Mein Gefühl zog mich in dem Augenblick sogar in Richtung dieser Variante. So schwer fiel es mir, das Gehörte zu glauben. Doch mir war klar, es gab keinen Grund dafür, daß er sich so etwas hätte ausdenken sollen. Noch dazu nach allem, was er selbst erlebt hatte... Gut, aber wie hatte er das alles erfahren?... Als hätte er meine Frage gehört, unterbrach er kurz darauf mit seiner Frage unsere Stille.

»Du wunderst dich, woher ich das alles weiß, nicht wahr?...«
Ich nickte. Ich konnte nicht sprechen. Er ließ mich nicht

warten.« »Auch ich habe es erst Jahre später erfahren. Ich habe dir gestern abend ja gesagt, warum ich das Rauchen aufgegeben habe ... Jene Nacht und der Morgen danach waren letztlich sehr wichtig. In solchen Zeiten möchte der Mensch auch das sehen, was er in der Vergangenheit zurückgelassen hat. Ich habe auch daran gedacht, dich anzurufen. Doch, ungelogen, noch lieber wollte ich Şebnem sehen. Ich hatte so eine Sehnsucht nach ihr ... An jenem Morgen wurde mir das immer klarer. Im Sommer nach unserem Abitur hatten wir uns ein paarmal getroffen. Wir wußten, daß wir in verschiedene Städte gehen würden. Wir wollten ein freies Leben beginnen. Was auch immer das heißen mag. Wir erzählten einander lange von unserer Kindheit, wie wir aufgewachsen waren. Ich erzählte ihr auch, was wir beide zusammen erlebt hatten. Ich wollte, daß sie dich auch aus meiner Sicht kennenlernte. Sie weinte fast. Damals erkannte ich den Grund nicht, aber ich fühlte, daß sie sich deine Geschichte nicht nur wie die eines Klassenkameraden anhörte. Später dachte ich, sie sei dir durch ein tiefes Gefühl verbunden. Vielleicht liebte sie dich auch, oder es ging um ein ganz anderes Gefühl, das sie nicht einmal selbst definieren konnte. Die Bezeichnung bedeutet nichts, aber da war etwas, das konnte ich nicht übersehen. Sie erzählte mir natürlich auch etwas über sich. Über ihre Träume von der Schauspielerei und was für ein naseweises, schwatzhaftes Mädchen sie als Kind gewesen sei ... Und über ihre Leidenschaft fürs Malen ... Davon hatte sie keinem etwas gesagt, ich war der erste, der davon erfuhr ... Sie zeigte mir auch ihre Bilder. Sie waren wirklich sehr eindrucksvoll, neuartig ... Damals teilte sie mir noch ein weiteres Geheimnis mit. Zweimal war sie wegen starker Depressionen ein paar Tage im Krankenhaus gewesen. Das heißt, jene ›Verrückung‹ hatte heimtückischerweise schon damals begonnen ... Die Bedeutung ihrer Gemütsschwankungen habe ich damals kaum begriffen. Der Mensch begreift einen Zustand nicht wirklich, solange er ihn nicht selbst erlebt... Außerdem waren wir damals nicht in der Lage, uns mit solchen Details zu befassen... Nun gut, lassen wir das jetzt. Ich komme vom Hundersten ins Tausendste...

Ich kannte ihr Haus sehr gut, wie du dir denken kannst. Ich habe auch einen guten Orientierungssinn. Unsereins ist zwar einäugig, aber trotzdem... Ich bin hingegangen und habe die Straße gefunden, nicht aber das Haus. So sehr konnte mich mein Gedächtnis nicht täuschen. Ich war zwar an ein, zwei leeren Grundstücken und einer Hausruine vorbeigegangen, doch ehrlich, ich wollte irgendwie nicht schnallen, was das bedeutete. Wie ich so rumlief und dastand, weckte ich das Interesse einer alten Tante. Du weißt ja, die merken gleich, wenn einer fremd ist in der Wohngegend. Sie fragte mich, wen ich suche. Schließlich war aus meinem Benehmen leicht zu erraten, daß ich jemanden suchte. Ich versuchte ihr mein Problem zu erklären. Sie hörte mich an und fragte, ob ich ein Verwandter von Şebnem sei. Ich sagte, ich sei ein alter Freund von ihr. Hatte sie verstanden?... Vielleicht. In manchen Filmen schwant einem in solchen Situationen ja immer etwas. Mir ging es hier ganz genauso, wenn du weißt, was ich meine. Der Film lief weiter. Sie lud mich zu sich nach Hause ein und bot mir einen Kaffee an. Sie schien viel erlebt, viel mitgemacht zu haben. Dann erzählte sie mir aus ihrer Sicht, was ich dir gerade erzählt habe. Denn sie war eine nahe Freundin der Familie gewesen. Beim Zuhören hatte ich natürlich Tränen in den Augen. Sie fragte mich nicht, wer ich eigentlich sei. Doch sie hatte recht gut verstanden. Ich versuchte sowieso nicht, meine Gefühle zu verbergen. Als ich schwieg, sagte sie: ›Los, Junge, sie ist mutterseelenallein, fahr dorthin und besuch sie. Ich weiß nicht, ob sie noch lebt. Wir konnten sie nicht hierbehalten. Jeder versucht selber durchzukommen. Wir hätten nicht mal das Geld für ihre Medikamente gehabt. Wenn sie lebt, dann fängt sie vielleicht bei deinem Anblick zu sprechen an. Freilich, wenn es noch Hoffnung gibt. Inzwischen ist ja soviel Zeit darüber vergangen, das ist vor so vielen Jahren passiert, daß ich gar nicht daran denken will. Hör auf die Stimme deines Herzens ...‹ Dann, als ich schon gehen wollte, gab sie mir etwas, das mich laut losheulen ließ, ich konnte mich nicht länger beherrschen. Ein Heft, in dem viele Seiten verkohlt waren. Ihr Tagebuch... Die Alte hatte es in der Ruine gefunden und aufbewahrt. Ein Stück, das aus dem Brand gerettet worden war. Auf den erhaltenen Seiten verbargen sich Einzelheiten ihrer Geschichte... Wer weiß, was in dem Verbrannten noch gestanden hatte... Die alte Frau vertraute mir das Heft an ... Mensch, diese Filme muß auch immer ich erleben! ... Ich habe dir Şebnems Geschichte als eine Mischung aus meiner Lektüre und den Erzählungen der alten Frau erzählt. Was für eine tolle Geschichte, nicht? ... Als hätte jemand irgendwo einen Vertrag geschlossen, dir die Fakten in die Hand gedrückt und gesagt: ›Los, nun schreib das mal auf!‹ Aber wo hätte ich denn die Geduld dazu ... Ich habe nichts aufgeschrieben, aber ich konnte doch nicht davon ablassen, die Geschichte weiterzuverfolgen. Selbstverständlich bin ich ins Krankenhaus gefahren. Es war nicht leicht, sie zu finden, doch zuletzt ist es mir gelungen. Ich habe auch vom Stationsarzt viel erfahren. Er hat mich, wie ich es jetzt mit dir tue, auf den Anblick vorzubereiten versucht. Er hat auch wissen wollen, wer ich bin. Dieses Mal konnte ich ihm die Wahrheit nicht verschweigen. Ich erzählte ihm alles, was ich wußte, woran ich mich erinnerte, auch meine Gefühle. Er nahm sich Zeit, hörte aufmerksam zu. Als hätte Şebnem bei ihm einen besonderen Platz. Er sagte, solche Abbrüche gäbe es. Seit Jahren spräche sie nicht. Nur manchmal reagiere sie mit einem bitteren Lächeln auf etwas Gesehenes und Gehörtes. Das sei alles ...«

In dem Augenblick brauchte er eine Pause. Auch ich mußte ehrlich gesagt ein wenig Atem schöpfen. Es war nicht leicht, innerhalb so kurzer Zeit eine so große Last aufgeladen zu bekommen. Hätte er nicht wieder zu sprechen angefangen, hätten wir sicherlich lange stumm dagesessen. Doch nach kurzer Unterbrechung fuhr er fort. Offensichtlich hatte er noch mehr zu erzählen.

»Während des ganzen letzten Jahres habe ich sie oft besucht. Wenn ich keine Touren hatte, bin ich häufiger hergekommen. Manchmal haben wir uns auf eine Bank gesetzt, manchmal waren wir in ihrem Zimmer... Du wirst es selbst sehen, tatsächlich wohnen immer vier Personen in einem Zimmer. Doch wenn du das Zimmer betrittst, siehst du sofort, wo ihr Schlafplatz ist. Die Wand um ihr Bett herum ist vollgehängt mit ihren Bildern. Als wäre das Bild die einzige Verbindung zu ihrer weit entfernt scheinenden Vergangenheit. Da braucht sie nicht zu sprechen, um sich auszudrücken. Der Arzt nimmt sehr wichtig, was sie tut. Deswegen ermuntert er sie sehr zum Malen, er sagt sogar, man könne mit diesen Bildern eine Ausstellung eröffnen. Tagsüber, wenn alle hinausgehen, sind die Zimmer leer. Ich habe mit ihr auch viel in dem Zimmer geredet. Geredet, geredet, geredet... Und sie hat zugehört, oder es sah so aus. Sie hörte zu, aber sie schwieg, immer. Ich habe ihr alles gesagt, was mir einfiel. Was ich erlebt habe in den Jahren, als wir getrennt waren, auseinandergerissen waren. Als machte ich Inventur von meinen Tagen, meinem Leben... Als legte ich sowohl ihr als auch mir Rechenschaft ab...«

Er sprach weiter. Doch in dem Moment, als er erzählte, was er in jenem Zimmer erlebt hatte, glitt ich ungewollt in eine andere Zeit, ich klinkte mich schweigend aus. Den Rest hörte ich nicht mehr. Mich zogen nicht nur die Augen von Şebnem fort, ihre Blicke und ihre Stimme, die mich zutiefst aufwühlten. Das Gehörte war der Anstoß, mich mit einer sehr schmerzlichen Eventualität auseinanderzusetzen. War diese Frau, die sich verabschiedet hatte, die anscheinend nur noch mit ihrem

Körper auf der Welt war, in Wirklichkeit einst mir in einem tiefen, unausgesprochenen Gefühl verbunden gewesen? ... Wenn der Schluß richtig war, den ich aus dem Gehörten zog, wie sollte ich damit fertig werden? ... Mußte ich diese Tatsache dann nicht für einen weiteren Fehler meines Lebens halten? ... Ich durfte mich nicht von dieser Idee gefangennehmen lassen. Ich mußte vielmehr Hoffnung zum Handeln schöpfen. Die Hoffnung, Şebnem ins Leben zurückzuholen ... So kaputt wir auch waren ... In der Kraft, die mir meine Gefühle gaben ... Indem ich meine Bemühungen zugleich ansah als Kampf, meinem eigenen Leben einen Sinn zu geben ...

Weiter kam ich nicht. Wieder wurde ich von ihm zurückgerufen. Er wollte wissen, was ich dachte. Ich konnte nicht sagen, was ich fühlte, gesehen hatte. Ich versteckte mich hinter anderen Fragen. Doch das waren keine Fragen um des Fragens oder um der Ausflucht willen. Ich brauchte so viele Anhaltspunkte, um einen Weg zu finden beziehungsweise in dieser neuen Finsternis gehen zu können ... Waren wirklich die Verbindungen zu der Welt, in der sie gelebt hatte, gänzlich abgerissen? ... Oder ... Oder hatte sie vollkommen bewußt, absichtlich das Schweigen gewählt? ... Hatte sie sich in ihre innere Welt verschlossen, um die Menschen in ihrer Umgebung zu beobachten, nur zu beobachten? ... Konnte sie, mit anderen Worten, sehen, hören, verstehen? ... Die Antwort auf meine Fragen zeigte, daß auch Necmi ähnlichen Möglichkeiten nachspürte. Das Gesamtbild machte aber eher den Eindruck, daß sie den Schock sehr tief erlebt hatte. Konnte insofern ihre Malerei ungefähr so etwas wie einen Widerstand, einen Rückzug in die andere Welt, eine Ecke ihrer Kindheit, bedeuten? ... Vielleicht wollte sie sich immer noch mitteilen. Noch immer sich mitteilen und eine Brücke nach irgendwohin bauen ... Sich irgendwo festhalten ... Das war es, was ich in jener Finsternis sehen wollte ...

Necmi war ebenfalls der Ansicht, daß man diese Tatsache keinesfalls übergehen durfte. Mich erfaßte eine wachsende Aufregung. Ich war nun bereit, ihr zu begegnen. Ich sagte, daß wir gehen könnten. Wir standen auf und gingen auf die Station zu. Als wir eintraten, sagte Necmi, wir müßten zuerst beim Stationsarzt und der Oberschwester vorbeischauen. Ich müsse mit ihnen sprechen. Er habe unseren Besuch angekündigt. Ich mußte mich seiner Führung anvertrauen. Wir gingen ins Stationszimmer. Der Arzt war dort, wir machten uns bekannt. Der Name des Arztes war Zafer. Er war sehr höflich. Als auch ich meinen Namen nannte, versuchte er noch höflicher zu sein und sagte, es gäbe in der Welt einige berühmte jüdische Psychiater. Das war nicht böse gemeint, er wollte wohl die Besorgnis, die er in meinem Gesicht las, etwas zerstreuen. Doch für mich lag in solch einer Einstellung immer etwas wie eine heimliche Diskriminierung. »Wahrscheinlich liegt es daran, daß man mit dieser Arbeit viel Geld verdienen kann«, antwortete ich absichtlich vieldeutig. Wir lachten. Das war eigentlich kein schlechter Anfang. Der Name der Oberschwester war Şükran. In dem Krankenhaus, in dem Şebnem in so einer Finsternis lebte, bedeutete der Name des Arztes Zafer ›Sieg‹ und der Name der Oberschwester Şükran ›Dankbarkeit‹. Wäre das ein Roman gewesen, wer weiß, was die Rezensenten in die Namen hineininterpretiert hätten ... Dabei erlebten wir nur eine Geschichte, die einem Roman ähnelte. Zumindest ich fühlte mich unter dem Eindruck der letzten vierundzwanzig Stunden in so einer Stimmung. Ohne zu wissen, was ich in Zukunft erleben würde ... Alle wirkten einfühlsam und aufrichtig. Necmi versäumte nicht zu sagen, er habe mich ausreichend informiert. Sie lächelten. Sie wollten einen Tee anbieten. Ich wollte, daß die Begegnung baldmöglichst stattfand, doch den Tee abzulehnen wäre unhöflich gewesen. Und auf diese Weise konnte ich mich noch etwas an die Umgebung gewöhnen, mich durch etwas Konversation stärken und vorbereiten auf das, was ich sehen würde. Die Oberschwester sagte, als spräche sie im Namen aller, sie seien ganz begeistert und glücklich zu erfahren, daß Şebnem einen Freund habe, der sich nach all der Zeit derart für sie interessiere. Das Wort ›Freund‹ erweckte natürlich meine Aufmerksamkeit. Was hatte Necmi ihnen über mich erzählt? ... Das herauszufinden schien mir nicht leicht. Ich fragte aber nicht nach. Im weiteren Verlauf würde ich sowieso verstehen und die Tatsachen sehen können.

Um in das Zimmer zu gelangen, mußten wir durch die Station hindurch. Der erste Anblick war, wie Necmi gesagt hatte, nicht so angenehm. Auch Doktor Zafer wollte mich darauf aufmerksam machen. Ich versuchte ihm dagegen lächelnd zu erklären, ich sei vorbereitet auf das, was wir zu sehen bekämen. Wir standen auf und gingen den Schicksalsgefährten von Şebnem entgegen. Was ich sah, war auf den ersten Blick für einen Menschen wie mich, der dieser Welt sehr ferne stand, wirklich irritierend. Drei Frauen unterschiedlichen Alters, wiederum mit ganz kurz geschnittenen Haaren, näherten sich uns. Sie betrachteten mich neugierig. Sie kannten den Arzt, und auch er sprach mit ihnen in zwangloser Art und Weise. Alle redete er mit Namen an. Eine von ihnen rief laut in die Runde, als wenn sie mich gut kennte: »Ah, schaut mal an, wer gekommen ist!« Auf diesen Ausruf kamen noch zwei weitere Frauen herbei. Die gesamte Aufmerksamkeit richtete sich auf mich. Wieder war ich etwas irritiert. Zafer Bey bemerkte, was ich fühlte, und flüsterte mir zu, ich solle mich nicht ängstigen, sie seien völlig ungefährlich. Alles sei unter Kontrolle ... Wirklich? ... Was bedeutete Kontrolle? ... In dem Moment kam auch die Oberschwester mit zwei anderen Schwestern aus dem Zimmer ... Das Interesse von Doktor Zafer hatte bewirkt, daß auch sie sich bemühten. Er fragte nach Şebnem. Sie war nicht zu sehen. Eine der Anwesenden sagte, sie sei spazierengegangen. Die Oberschwester fühlte sich wohl zu einer Erklärung veranlaßt, denn sie sagte, Şebnem habe die Erlaubnis zum Spazierengehen. Sie täte niemandem etwas. So ginge sie denn hinaus, sobald sie Lust habe, liefe herum, manchmal säße sie stundenlang schweigend auf einer Bank, dann kehre sie zurück. Wir könnten sie im Garten finden. Daraufhin gingen auch wir hinaus und liefen ein wenig. Zafer Bey erblickte sie als erster. Er faßte meinen Arm, zeigte auf den Platz, wo sie saß, und sagte, es sei besser, ich ginge alleine zu ihr hin. Ich zögerte. Er lächelte, nickte leicht und zwinkerte mir zu. Diese Blicke waren nicht nur ermutigend gemeint, sondern bedeuteten auch, daß ich jetzt handeln sollte. Es war soweit. Ich schaute zu Necmi. Auch dieser schien mich mit Blicken zu ermutigen. So sollte ich Şebnem endlich wiedersehen, die ich seit Jahren nicht gesehen, aber sehr vermißt hatte; nachdem ich mich viele Male gefragt hatte, wo und mit wem sie lebte und was sie erlebt hatte. Noch einige Sekunden. Ein paar Schritte ... Sie saß mit dem Rücken zu uns. Ich näherte mich langsam. Sie trug einen Hut auf dem Kopf. Als ich nahe bei ihr war, hielt ich ein wenig an, dann setzte ich mich neben sie, wobei ich mich bemühte, kein Geräusch zu machen. Ich schaute ihr ins Gesicht. Sie schien nicht gealtert. Vielleicht waren da ein paar Falten ... Mehr nicht ... Als wäre die Zeit für sie stehengeblieben. Doch ihre Blicke ... Sie zerrissen einem irgendwie das Innerste. Diese ergreifenden schwarzen Augen schauten in weite Ferne. In weite Ferne, vielleicht in einen Abgrund ... Es schien, als habe sie bemerkt, daß ich gekommen war und mich neben sie gesetzt hatte. Sie schaute, sie schaute unbewegt irgendwohin. Ich überlegte, was ich sagen sollte. Ich konnte ebenfalls nicht sprechen. Dann drängte es mich, sie an der Schulter zu berühren. Schüchtern, ohne zu wissen, wie sie reagieren würde, und doch natürlich in Erwartung einer Reaktion ... Als sie meine Hand auf ihrer Schulter spürte, drehte sie sich zu mir. Ihre Blicke waren in der Ferne, ja sehr weit weg ... Ich schluckte. Ich konnte nur schwer an mich halten, um nicht zu weinen. Meine Augen füllten sich mit Tränen. Sie lächelte leicht. Oder sie schien mir in diesem Augenblick leicht zu lächeln. Als lächle sie von einem anderen Ort und einer anderen Zeit her ... Plötzlich fiel mir ein, was Necmi erzählt hatte. Ich schaute hinter mich. Sie waren nicht dort. Sie hatten mich lieber mit ihr allein gelassen. Dieses Alleinsein war entlastend. Ich überließ mich der Spontaneität, die aus dem Gefühl des Nichtbeobachtetwerdens entstand. Deswegen konnte ich intuitiv und natürlich sagen, was mir in dem Moment gerade einfiel. Ganz schlicht ...

»Grüß dich, Şebnem, ich bin gekommen ...«

Sie schaute, schaute lange. Es schien, als lächle sie weiterhin. In derselben Erstarrung, derselben Ferne ... Erstarrt, fern, ohne Reaktion. Ich fuhr fort, indem ich jetzt nicht nur zu ihr, sondern auch zu mir selbst sprach:

»Es ist unendlich lange her ... Ich ... Wenn ich Bescheid gewußt hätte, wäre ich schon früher gekommen. Eigentlich habe ich gar nicht viel gemacht ...«

Ich beabsichtigte, sie zum Lachen zu bringen, und bemühte mich, meine Ratlosigkeit und zunehmende Unsicherheit zu verschleiern. Ihre Blicke veränderten sich nicht. Wie Necmi gesagt hatte, war es unmöglich, aus diesen Blicken zu entnehmen, ob sie meine Worte verstand, ja ob sie mich überhaupt hörte. Sie schien sich irgendwo vergraben zu haben. Mit ihren fernen Blicken und ihrem Lächeln ... Ich sagte, der Hut stünde ihr sehr gut. Ihr Gesichtsausdruck veränderte sich nicht. Diese Starre war furchtbar, wurde mir immer erschreckender. Plötzlich hätte ich ihr am liebsten gesagt, daß ich jenen Abend nie vergessen hatte. Doch ich konnte nicht. Ich würde diese Ferne nicht länger ertragen können. Mit einem Anflug von letzter Hoffnung konnte ich nur noch sagen, daß ich sie von nun an nie wieder allein lassen würde. Langsam stand ich auf. Ich schaute mich um. Es war niemand da. Ich ging zur Station zurück. Necmi und Doktor Zafer waren im Stationszimmer. Ich setzte mich wortlos zu ihnen. Eine der Schwestern fragte mich, ob ich Tee trinken wolle. Ich wollte. Auf diese Weise konnte ich Zeit gewinnen, eine Grundlage schaffen, um das, was ich erlebt hatte, besser zu verstehen. Ich fragte Zafer Bey, ob man erfassen könne, was ein Mensch fühlte, der auf diese Weise weit entfernt sei. Vielleicht war das eine unnötige, eine sinnlose Frage. Dennoch blieb ich nicht ohne Antwort:

»Wir wissen es nicht. Sicherlich hat sie sich ihre eigene Welt geschaffen. Wir achten darauf, daß sie regelmäßig ihre Medikamente nimmt. Wir tun unser Möglichstes, ihren Lebenswillen zu erhalten, so wie bei allen unseren Kranken...«

Daraufhin fragte ich, ob in solchen Fällen eine Rückkehr ins Leben möglich sei, besser gesagt in unsere Welt. Würde sie wieder sprechen können? ... Konnten wir sie zurückgewinnen? ... Dieses Mal gab er eine etwas wärmere und hoffnungsfreudigere Antwort.

»Das ist nicht ausgeschlossen ... Vielleicht ist das keine vollständige Rückkehr, kein Erwachen wie in gewissen Filmen, doch wir dürfen eine solche Wahrscheinlichkeit nie aus den Augen verlieren ...«

Ich nahm meinen Mut zusammen. Ich wollte so sehr gerne für sie kämpfen ... Ich sagte, was mir einfiel, ohne zu überlegen:

»Vielleicht bewirkt ein Wort, ein Lied, ein Gegenstand dieses Wunder, was meinen Sie? ... Ich will alles tun, was ich kann.«

Er schien ein wenig verwundert über meine Worte. Er lächelte. War das ein unterstützendes, ermunterndes oder ein leicht verächtliches Lächeln über meinen aus seiner Sicht kindlichen Eifer? ... Sollte er denken, was er wollte, das tat nichts zur Sache. Ich war nun entschlossen, die Schritte zu tun, die ich tun konnte. Ich würde wiederkommen, um Şebnem zu besuchen. Danach vielleicht noch einmal ... Und noch einmal ... Zweifellos würde ich das auch für mich tun, aber ich würde es tun. Ich schaute zu Necmi hin. Auch er lächelte. In dem Augenblick dachte ich, daß auch sein Lächeln vielerlei bedeuten konnte. Mir kam noch ein Gedanke. Wir kämpften jetzt für dieselbe Frau. Um dieselbe Frau zu gewinnen ... Fern von jeder Rivalität ... Denn nun ... Denn nun gab es diese Frau nicht mehr ... Es gab nur die Träume, die Hoffnungen, die wir um unserer Leben willen nicht verlieren wollten. Indem wir versuchten, Şebnem zu gewinnen, versuchten wir etwas schwer zu Benennendes zu gewinnen, das mit uns selbst zu tun hatte. Das Schicksal hatte uns erneut im selben Kampf vereint. Nachdem das Leben für uns beide an verschiedenen Orten, mit verschiedenen Toden dahingeflossen war ... Ich versank wieder ... Hätte ich nicht die Aufforderung von Zafer Bey gehört, wer weiß, wo ich gelandet wäre.

»Kommen Sie, ich zeige Ihnen die Bilder, die sie gemalt hat. Sie geben meiner Ansicht nach wichtige Anhaltspunkte für ihre innere Welt.«

Diese Aufforderung machte mir deutlich, daß er meine Begeisterung wertschätzte. Wir standen auf und gingen wieder durch die Station. Manche der Bilder hingen in den Korridoren, andere, wie Necmi gesagt hatte, an den Wänden ihres Zimmers. Die einen zeigten ein aufgewühltes Meer, Wellen, die an steile Felsen schlugen, andere zeigten weite Ebenen mit sturmgepeitschten, gebeugten Bäumen. Es waren Bilder ohne Menschen. Oder wir konnten die Menschen auf ihnen nicht sehen. Ich fühlte mich gedrängt, meine Gefühle in Worte zu fassen. Nicht nur um verlauten zu lassen, was die Bilder in mir erweckten, sondern weil ich die Sorge nicht los wurde, es würden ein paar entsprechende Worte von mir erwartet...

»Sehr eindrucksvoll ... Und so traurig. Als wäre alles in einen Sturm geraten ...«

Es war sinnlos, mehr zu sagen. Dann erklärte ich Zafer Bey, daß wir gehen müßten. Wir hätten seine Zeit über Gebühr beansprucht. Er sagte mir, daß ich jederzeit wiederkommen könne. Unter der Bedingung, daß ich vorher anrufe, Bescheid sage. Besuch an solch einem Ort sei von ein paar Erlaubnissen abhängig. Ich mußte versprechen, die Regeln zu beachten. Ich würde binnen kurzem unter Beachtung der Vorschriften kommen. Ich fragte auch, ob ich Şebnem kleine Geschenke mitbringen dürfe. Es war den Versuch wert, alles war den Versuch wert. Natürlich wußte ich nicht, was ich bringen sollte. Doch ich war nun noch entschlossener, zu kämpfen, als in dem Moment, als ich meinen ersten Schritt in dieses Krankenhaus getan hatte.

Wir verabschiedeten uns von Zafer Bey und gingen nach draußen. Bis zum Auto sprachen wir nicht. Ich schaute mich um. Ich versuchte, das kleine, schutzlose Land besser kennenzulernen, wo Şebnem seit Jahren lebte, und das, von den Menschen draußen ungesehen, völlig unverstanden vielen Winden, Stürmen offenstand. Dann war es Zeit für den Rückweg. Wir kehrten in unser Land zurück, das wir als sicherer kannten. Diese Rückkehr gestaltete sich ziemlich still. Zwischendurch sagte ich, ich wolle alleine hinfahren, um Şebnem noch einmal zu sehen. Necmi sagte, er erwarte keine Erklärung, er wisse sowieso, daß ich das tun werde. Dann schwiegen wir. Wir mochten beide nicht viel sprechen. Ich setzte ihn in Teşvikiye ab. Ich wollte ein wenig allein sein. Eine Stimme schien mich zu jener unvergeßlichen Nacht meiner Erzählung hinzurufen, an jenen Ort, wo wir jenes Gespräch und jene Annäherung erlebt hatten. Seit Jahren hatte ich von dort nicht aufs Meer geschaut. Genauso wie ich nicht auf mich geschaut hatte. Die Straße am Bosporus entlang war still, an den Ufern gab es Spuren eines sehr weit von mir entfernten Lebens. Als ich angekommen war, hielt ich und parkte das Auto. Ich stieg aus und marschierte eine Weile am Strand entlang. Es hieß, das Hotel Tarabya würde abgerissen und neu gebaut. Das bedeutete, man mußte noch ein paar weitere Erinnerungen begraben. Städte lebten und alterten. Mit einer mir schon sehr vertrauten Enttäuschung setzte ich mich auf eine der Bänke. Wer weiß, welche anderen Augenblicke diese Bank miterlebt hatte. Auf welcher Bank hatten wir in jener Nacht gesessen? ... Welche Bank war es gewesen? ... Das konnte ich nur vermuten. Ich versank in meinen Erinnerungen, sah noch einmal die Angst in den Augen von Şebnem, versuchte ihre Stimme aufs neue zu hören. Da fiel mir der Augenblick ein, als sie mir den Ohrring in die Hand gedrückt hatte. Mein Herzschlag wurde plötzlich schneller. Jener Ohrring ... Ich hatte den Ohrring noch. Ich wußte auch, wo ich ihn versteckt hatte. Im Laden in meinem Arbeitstisch gab es eine Schublade, wo ich andere Erinnerungsstücke aufbewahrte ... Dort lagen auch alte Bleistifte, kleine Notizen, Telefonnummern, gewisse Kinokarten, Flugbilletts und Zugfahrkarten neben Eintrittskarten für Fußballspiele und alten wertlosen Münzen, die ich allesamt nicht wegzuwerfen über mich gebracht hatte. Alle diese Dinge hatte ich in jene Schublade gestopft. Immer in der Hoffnung, sie eines Tages brauchen zu können ... Natürlich waren sie zu gar nichts nütze. Dort lagen sie in der Finsternis. Ich war mir sicher, auch der Ohrring war dort. Die Möglichkeit, daß der Ohrring sich dort befand, hatte meinen Herzschlag beschleunigt. Ich knüpfte meine Hoffnung, Şebnem aufwecken zu können, an ein äußerst ergreifendes Detail ... Würde ich Erfolg haben? ... Würde mir gelingen, was die anderen trotz aller Bemühungen und guter Absichten nicht erreicht hatten? ... Das konnte ich nicht wissen, natürlich nicht. Doch ich würde es versuchen, auf jeden Fall. Vielleicht hatte ich den Ohrring all die Jahre hindurch für eine solche Gelegenheit aufgehoben ...

Der Abend brach herein. Zuerst dachte ich, ich würde mich ins Auto setzen, zum Laden fahren und den Ohrring suchen.

Doch dann nahm ich davon Abstand. Es fing an zu regnen. Außerdem glaubte ich, für diesen Tag genug gesehen zu haben. Mehr würde ich nicht ertragen. Ich war todmüde. Ich wollte nach Hause und über das Erlebte nachdenken, indem ich mich noch an andere Einzelheiten erinnerte. Ich wollte mich soweit wie möglich erinnern, ausruhen und schlafen und am nächsten Morgen das Abenteuer ausgeruht fortsetzen. Außerdem war das, was ich suchte, nicht allein Şebnem. Ich durfte nicht vergessen, daß ich mich mit einer anderen Hoffnung auf den Weg gemacht hatte. Mal schauen, was ich noch alles sehen und erleben würde. Ich wußte, daß ich in viele Leben mit vielen Fragen eingedrungen war. Es gab derart viele Fragen, auf die ich keine Antworten wußte, ja die ich nicht einmal zu stellen wagte ...

Ich erwachte aus einem langen Schlaf

Es war sehr entspannend zu erleben, wie das häusliche Leben seinen mir inzwischen vertrauten Gang ging. Manchmal liebte ich diese Welt der Sicherheit, auch wenn ich wußte, daß sie trügerisch war. Wie konnte ich das Angenehme einer solchen Umgebung jedoch nach einem solchen Tag weiterhin genießen? ... Der Abend würde von selbst die Antwort auf diese Frage bringen. Ich war entschlossen, Çela nicht von meinen Erlebnissen zu berichten. Ich war mir nicht sicher, wieweit das von uns gewählte Leben ein solches Bekenntnis zulassen würde. Ich hatte die Grenzen nie ausgetestet, hatte mich bemüht, unsere Ehe stets im Rahmen der von uns für richtig gehaltenen Werte zu führen. Schließlich hatte Çela ebenso ihre Grenzen wie ich. So waren die Jahre hingegangen. Ich war verheiratet mit einer Frau, die ein Leben gewählt hatte, das nicht gegen die Traditionen verstieß, die sich mit dem Vorhandenen zu begnügen verstand und die, anders als ich, mit sich im reinen war, und zwar in höchstem Maße. Mit einer Frau, die sich sowohl mit dem Vorhandenen zu begnügen als auch etwas zu erreichen wußte ... Eine Zeitlang hatte sie an der Herstellung von Modeschmuck Gefallen gefunden, sie hatte Kurse besucht und ihre Fertigkeiten ausgebildet. Ihre Mühe wurde durch einen kleinen Laden belohnt, den sie in Nişantaşı eröffnete. Sie verdiente einiges Geld, doch eines Tages erlosch ihre Begeisterung, und sie gab das Geschäftsleben auf. Schließlich mußte sie weder arbeiten noch Geld verdienen. Sie hatte getan, was sie wollte, und es dann aufgegeben. Dann hatte sie sich in die Vereinsarbeit gestürzt und wichtige Ämter übernommen. Kurz gesagt, sie wußte ihr Leben auszufüllen. Sie hatte immer großes Selbstvertrauen besessen. Dieses Selbstvertrauen zog mich manchmal sehr an, beeindruckte mich, manchmal fiel es mir auf die Nerven. Doch ich konnte die Tatsache nicht übersehen, daß sie Lebensart hatte. Sie verstand sich gut darauf, Essen zu machen und auszuwählen. In diesem Punkt hatten wir viele gemeinsame Vorlieben. Sie zog sich geschmackvoll an. Sogar mich, was soll ich es verschweigen, zog sie gut an ... Meine Hemden, meine Hosen, meine Jacketts suchte für gewöhnlich sie aus. Ich überließ ihr gerne die Kontrolle. Die Reaktionen aus meiner Umwelt hatten mir viele Male die Richtigkeit meiner Entscheidung gezeigt. Kurz gesagt, unsere Ehe war eine von den Millionen normaler Ehen, die man in vielen Ländern antreffen kann. Eingeschlossen sogar manch kleine Ausreißer meinerseits, oder ehrlicher gesagt Seitensprünge, die sie wohl manchmal ahnte, wie ich glaubte, aber nicht zur Sprache brachte, vor denen sie lieber die Augen verschloß. Während unserer Ehe gab es, abgesehen von dem, was ich auf manchen Reisen erlebte, kaum, wenn man so sagen kann, Zwischenfälle, die unser Zusammensein belasteten. Ich glaubte immer, es reichte mir, was ich erlebte, vielmehr wollte ich mich das glauben machen. Manches Begeisternde begrub ich vielleicht für immer in mir, weil ich nicht wagte, mein Leben unnötig zu erschüttern.

Woher hätte ich wissen sollen, daß diese Entscheidung ganz langsam und heimtückisch den Boden für die Erschütterung bereitete, die Nedi mich erfahren ließ? ... Wie sehr war ich anfangs, als er geboren wurde, und später in seiner Kindheit überzeugt gewesen, ein guter Vater zu sein. Ich würde ihn nicht erleben lassen, was mein Vater mich hatte erleben lassen. Letztlich war es auch so. Doch das, was ich tat oder zu tun meinte, verhinderte nicht das Zutagetreten des Bruchs, als es soweit war. War das ein Fluch, den wir verletzten Kinder für immer tragen mußten? ... Wer weiß. Es gab viele Gründe, weshalb ich mir diese Frage an jenem Abend erneut stellte. Die Frage würde neue Fragen aufwerfen und die Fragen eine andere Art von Einsamkeit. Der Kampf verlangte aber nach dieser Einsamkeit. Das Spiel verlangte nach den Stimmen und Bildern dieser Einsamkeit.

Mit Neli hingegen, meiner kleinen süßen Tochter, hatte ich keine Probleme. Das war ausgeschlossen, denn ich konnte nie vergessen, wie ich sie vor Jahren, als wir sie fast schon verloren zu haben glaubten, wiedergewonnen hatte. Nach jenen Tagen, die uns alle zutiefst erschüttert hatten, begriff ich ihren Wert noch stärker und trug sie an meiner zartesten Stelle. Sie war mein anderer Kampf, mein Gewissen, meine Hoffnungsträgerin ...

Sie bereitete sich auf die Universitätszugangsprüfungen vor und sagte, sie wolle nun Medizin studieren. Ich konnte mir nicht einmal vorstellen, daß sie eines Tages Ärztin sein sollte. Ihr konnte ich nicht erzählen, was ich erlebt hatte, was mich diese unerwartete Finsternis, in die ich geraten war, fühlen ließ. Hingegen würde ich ihren Traum so lange wie möglich teilen und alles dafür tun, sie zu unterstützen. Als ich nach Hause kam, hatte sie sich mit ihrer Mutter gestritten, wie diese berichtete, und sich von auswärts einen Hamburger kommen lassen, weil sie wieder mal das Essen nicht mochte. Nun war sie in ihrem Zimmer, angeblich, um für die Prüfung zu lernen. Aus dem Gesagten konnte ich zwei Schlüsse ziehen. Zum einen gab es ein traditionelles Essen, zum zweiten hatte sie sich wieder einmal mit ihrer Mutter angelegt. Letzteres war ein ausreichender Grund, mich sofort in ihr Zimmer zu begeben. Selbstverständlich versäumte ich nie anzuklopfen, ehe ich ihre kleine Welt betrat ... Das tat nur ich. Es gefiel ihr sehr, daß ich das machte. Und mir gefiel es, ehrlich gesagt, daß es ihr gefiel. Sobald ich ihren spöttischen und gleichzeitig so liebenswerten Befehl ›Herein‹ hörte, öffnete ich langsam die Tür und trat ein, wobei ich mich um ein Lächeln bemühte. Ich wollte mich ein Weilchen von dem, was ich erlebt, gehört hatte, ablenken. Sie saß am PC. Auch sie lächelte. Sie stand nicht auf und schrieb weiter. Sie wußte, was ich gleich tun würde. Ich näherte mich, umarmte sie von hinten und drückte ihr einen dicken Kuß auf die Wange. Mit einem Ausdruck, als wollte sie zeigen, daß zu viele Küsse sie störten, entzog sie sich, wobei sie nicht versäumte, leise zu kichern. Seit etwa zwei Jahren erlebten wir ähnliche Szenen. Das war ein neues, kleines Spiel der Liebe zwischen uns. Zumindest ich wollte unserer Beziehung so eine Tönung geben. Obwohl ich merkte, daß sie sich gestört fühlte, beugte ich mich auf dieselbe spielerische Weise leicht vor und tat so, als schaute ich auf ihren Bildschirm. Lächelnd, aber mit einem leicht beschämten Gesichtsausdruck versuchte sie, mit der Hand das Geschriebene zu verdecken. Ich ließ mir die Gelegenheit nicht entgehen.

»Aha, du bist wohl beim Chatten ... Laß mal sehen ...«

Ihre Reaktion zeigte, daß sie einerseits die Absicht zu haben schien, das Spiel fortzusetzen, und andererseits klarzumachen, welches Problem sie an diesem Abend während meiner Abwesenheit gehabt hatte. Sie formulierte ihre Beschwerde indirekt.

»Ah, Papa!... Hast du nichts anderes zu tun? ... Mama hat weiße Bohnen mit Spinat gekocht. Das magst du doch so gerne. Geh halt ...«

Ich hatte mich nicht geirrt. Der Unfriede hatte sich mal wieder am Geplänkel über das Essen entzündet. Dieses war zweifellos nur ein Vorwand für einen Zank gewesen. Hinter vielen häuslichen Streitigkeiten verstecken sich ja diverse Gründe und Szenarien, mit denen man sich nicht immer direkt auseinandersetzen will ... Ich ging nicht darauf ein. Ich wollte mich auch nicht länger damit befassen, daß sie sich womöglich übergangen, ausgeschlossen fühlte, wenn es so ein

Essen gab. Ich hatte keine Lust, über solche Einzelheiten nachzudenken. Doch sie hatte recht. Ich selbst mochte weiße Bohnen mit Spinat wirklich sehr gerne. Und Çela bereitete dieses Gericht tatsächlich gut zu. Schließlich hatte ihre Mutter sie zu einer guten jüdischen Tochter erzogen. Ich lächelte. Doch zugleich tat ich so, als sei ich ein wenig ärgerlich, enttäuscht. Und sie tat so, als schämte sie sich ein wenig ... Reichten diese kleinen Spiele ihr wohl? ... Ich glaube nein. Doch ich wußte, wir würden heute abend nicht über ihr Problem sprechen können. So stand ich mit einem harmlosen Gesichtsausdruck auf und näherte mich langsam der Tür. Um das Spiel fortzusetzen, beschränkte ich mich lediglich auf die Worte:

»Wenn es erlaubt ist, gehe ich ... Wünsch mir guten Appetit!«

Als ich gerade die Tür öffnen wollte, rief sie. In ihrer Stimme schwang mit, daß die Frage für sie sehr wichtig war:

»Worauf kommt es dir bei Beziehungen am meisten an?«

In meinem Geist wurde plötzlich das Bild Şebnems lebendig. Der Platz auf der Bank im Krankenhausgarten, wo wir gesessen hatten ... Und die Nacht vor vielen Jahren ... Mir fiel nur eine einzige Antwort ein.

»Auf die Stimme der Gefühle zu hören ...«

War das wirklich so? ... Hatte ich wieder nicht gesagt, was war, sondern was sein sollte? ... Ich hatte die Antwort mit Blick auf Justin Timberlake gegeben, dessen Poster in voller Größe an der Tür klebte und dessen Musik sie aus einem mir unerfindlichen Grund liebte. Ich konnte nicht verhindern, daß sich meine Augen mit Tränen füllten. Um ihre Reaktion zu sehen, drehte ich mich ihr wieder zu. Natürlich sah sie meine Bewegtheit, vielleicht war sie auch wegen der unerwarteten Antwort erstaunt und berührt. Ich hatte mich dieses Mal nicht zu verstecken versucht. Ihr Gesicht schien zu schwanken zwischen Lächeln und Ernstwerden. Sie fragte, ob etwas mit mir los sei. In dem Moment hätte ich am liebsten hier in diesem Zimmer all das erzählt, was ich während des Tages erlebt und was dies in mir ausgelöst hatte. Doch ich konnte nicht. Ich sagte, mir sei ein alter Freund eingefallen. Sie nickte, biß sich leicht auf die Lippen und versuchte zu lächeln. Spürte sie, daß ich log?... Dieser Augenblick würde sich vielleicht auf diese Weise in unser Leben eingraben. Nun gut, wir würden leben und dann, wie immer, weitersehen. Auch ich lächelte leicht und ging hinaus. Mit der bitteren Freude, an diese Möglichkeit zu glauben...

Ich ging in die Küche. Wir hatten uns angewöhnt, in der Küche zu essen, wenn die Kinder nicht da waren. Auf dem Tisch standen außer den weißen Bohnen mit Spinat noch gebratene Fleischbällchen und eine große Schüssel Salat. Im Laufe der Jahre hatten wir auch die Gewohnheit entwickelt, uns beim Essen zu erzählen, was wir den Tag über getan hatten. Sonst hätten wir keinen Gesprächsstoff gefunden. An und für sich hätten wir ein Thema gehabt, über das wir bei der Gelegenheit lang und breit hätten sprechen können. Ihr war bewußt, in was für eine tiefe Schweigsamkeit mich das Verhalten von Nedi gestürzt hatte. Wie äußerst enttäuscht und wütend es mich gemacht hatte. Im Grunde war auch sie erschüttert. Sie hatte versucht, das Problem wieder anzuschneiden, um sowohl mich als auch sich selbst zu trösten. Mir war klar, daß sie nicht diskutieren, sondern Anteil nehmen wollte und Kraft bekommen, während es so aussah, als gäbe sie Kraft. Doch als sie merkte, daß ich lieber schwieg, machte sie nicht weiter. Denn sie wußte, wo und wann man aufzuhören hatte. Deshalb erzählte sie, was im Verein los gewesen war. Ich konnte nicht von meinem Tag erzählen, jedenfalls nicht an diesem Abend. Zuerst sagte ich, ich hätte einen normalen Tag erlebt. Ich hätte zwischen Zahlungen und Bankgeschäften sogar Zeit für ein paar Partien *tavla* gefunden. Diese kleinen Lügen lagen in Reserve mit ein paar ausweichenden Sätzen, die immer paßten. Sie schadeten weder dem Sprecher noch dem Zuhörer. Doch ich wußte auch, daß die Frau, mit der ich seit so vielen Jahren zusammenlebte, den Kummer, der sich zweifellos in meinem Gesicht spiegelte, bemerken und nach der Ursache forschen würde, mochte ich mich noch so bemühen, ihn zu verbergen. Ich glaubte, ich könnte mich hinter der Erzählung von Necmi und dem, was er mir anvertraut hatte, verkriechen. Ich war mir sicher, Çela wollte die Geschichte hören. Anfangs hatte der Gedanke dieses Treffens nach so vielen Jahren auch sie begeistert. Ich konnte ihr nicht alles verheimlichen. Zudem war es auf diesem Weg viel leichter, mein Leid zur Sprache zu bringen. Ich erzählte also von Necmis Inhaftierung, wie er sein Auge verloren hatte, von seinem Auslandsaufenthalt, von Ira, seiner Rückkehr, von Nihal ... Sie hörte interessiert zu, wobei sie manchmal sehr bewegt war. Wie eine wirkliche Freundin ... Sie sagte, sie wolle ihn sehen, näher kennenlernen ... Ihre Worte wärmten mir das Herz. Sie kam mir sehr nahe. Ich hatte mich ihr schon lange nicht so nahe gefühlt. Doch leider konnte ich ihr trotz dieser Annäherung in dem Augenblick nichts von Şebnem erzählen. Vielleicht fühlte ich mich schuldig, als hätte ich sie irgendwie betrogen. Hatte ich sie wirklich betrogen? ... Das war eine gefährliche Frage, und ich entschied mich, hier innezuhalten. Ihr entging nicht, daß ich stockte. Die weibliche Intuition erzeugte wieder einmal ein weibliches Mißtrauen. Hegte sie den mit Besorgnis gemischten Verdacht, meine Geschichte hätte auch eine Seite, die ich nicht erzählen wollte? ... In diesem Moment mußte ich auf jede Möglichkeit gefaßt sein. Zudem waren ihre Worte überaus besorgniserregend.

»Du hast irgend etwas.«

Ich fühlte mich ertappt, aber mir wurde noch einmal klar, das ich dieses ›Etwas‹ jedenfalls nicht an jenem Abend mitteilen konnte. Ich verkroch mich hinter meiner Müdigkeit.

Einer allumfassenden Müdigkeit. Ich hatte letzte Nacht kaum geschlafen, stand unter dem Eindruck dessen, was Necmi gesagt und woran er erinnert hatte. Ich wußte nicht, wie überzeugend das klang, was ich sagte. Sie antwortete nicht, gab keinen Kommentar ab. Ich hakte ebenfalls nicht nach. Je weniger wir sprachen, desto besser. Gemeinsam deckten wir den Tisch ab. Dabei versäumte ich nicht, zu sagen, daß das Essen sehr lecker gewesen sei. Gut, wenn es mir gelang, die Lage zu entspannen. Sie lächelte. Sie hatte auf das kleine Lob gewartet, und es schien so, als wollte sie ihrerseits die Stimmung verbessern. Im Fernsehen lief eine Serie, die sie nicht verpassen wollte, sie mußte sofort schauen gehen. Ich sagte, ich wolle etwas Musik hören, und ging in den Salon. Ich hörte ein wenig Georges Moustaki, etwas Charles Aznavour. Diese Chansons hatten wir früher sehr geliebt. Besonders Şebnem hatte sie geliebt. Sowieso war sie es gewesen, die mir Moustaki nahegebracht hatte. Damals hatten wir Schallplatten. Unsere Platten, die wir unter tausend Beschwerlichkeiten erworben, mit Bitten und Betteln von Bekannten und Verwandten aus dem Ausland hatten mitbringen lassen, die wir sorgfältig geschützt und aufbewahrt hatten ... Dann waren CDs gekommen. Wußte Şebnem, was eine CD war? Ich wollte nicht einmal fragen, an welcher Stelle ihre Geschichte den Einschnitt erfahren hatte. Es schmerzte, an einen möglichen Bruch auch nur zu denken. Sie, die Musik sehr geliebt hatte, wußte vielleicht nicht, wie diese sich verändert hatte ... Plötzlich dachte ich, beim nächsten Besuch würde ich ihr einen tragbaren CD-Player mitbringen und ihr die Lieder aus unserem alten Leben vorspielen. Ich wußte sehr wohl, daß Musik alte, irgendwo verborgene Gefühle in unerwarteter Weise wiedererweckte. Das konnte ein Ausgangspunkt für Weiteres sein. Natürlich hatte ich den Ohrring nicht vergessen. Ich mußte den Ohrring finden, ja unbedingt. Ich wußte nicht, ob ich ihn ihr gleich zeigen würde, wenn ich ihn fand und

mitnahm, doch ich mußte ihn unbedingt finden. In dem Moment hatte ich das Gefühl, etwas Neues erwarte mich. Ich brauchte unbedingt eine solche Begeisterung. Dieses Bedürfnis war immer mehr gewachsen durch die Wege und Ereignisse der Vergangenheit. Konnte ich mein Leben auf diese Weise retten? ... Wer weiß. Doch es war den Versuch wert. Es würde den Versuch wert sein. Daran mußte ich glauben.
 Ich schaute auf die Uhr. Nahezu drei Stunden lang hatte meine Reise in die Vergangenheit gedauert, und dabei hatte ich zwei Gläser Kognak getrunken. Obwohl ich müde war, fühlte ich mich nicht schläfrig. Doch auf mich wartete schließlich der nächste Tag. Ich mußte ein wenig ruhen. Ich stand auf und ging ins Schlafzimmer. Çela war längst zu Bett gegangen und schien eingeschlafen zu sein. Ich zog mich leise aus, zog meinen Pyjama an und legte mich hin. Im Bett bemerkte ich, daß sie nicht schlief, sondern auf mich wartete. Sie umarmte mich. Dann umarmte sie mich auf eine weiblichere Weise. Sie begann meinen Penis zu streicheln. Ich war leicht erstaunt. Nur in seltenen Fällen ergriff sie die Initiative. Allzuoft liebten wir uns sowieso nicht. Wie in jeder langjährigen Beziehung war die Begeisterung der ersten Tage längst verflogen. Auch wäre mir nicht im Traum eingefallen, in einer solchen Nacht mit ihr zu schlafen. Doch es war nicht schwer, mich zu erwecken. Ich überließ mich dem Strom dieses Anreizes. Sie zog mir langsam die Pyjamahose herunter. Ich legte meine Hand zwischen ihre Schenkel. Sie hatte unter dem Nachthemd keine Unterhose an. Das hieß, sie hatte sich schon vor dem Zubettgehen vorbereitet. Das lange gegenseitige Streicheln erinnerte uns an unsere nie verlorene Bindung, an eine Liebe. Wir waren in vertrauten Gewässern. Das waren unsere eigenen Gewässer. Wir konnten einander dennoch aufreizen. Daß wir den Körper des anderen nahezu auswendig kannten, machte uns beide zudem gelöst. Wir umarmten einander fester. Ich war bereit, ich drang in sie ein. Sie

umklammerte mich enger. Es war sehr erregend, ihren schneller werdenden Atem an meinem Ohr zu spüren. Ich setzte meine Bewegungen fort. Als ich spürte, daß ihr Höhepunkt nahte, ließ auch ich mich gehen und dehnte diese Gipfelmomente so lange wie möglich aus. Wir erlebten gemeinsam den Orgasmus. Solch eine Vereinigung und Gemeinsamkeit hatte ich schon lange nicht mehr erlebt. Ich blieb noch ein wenig auf ihr liegen. Der Geruch der Liebe mischte sich mit dem vertrauten Duft ihres Parfüms, das ich sehr mochte. Ich küsste ihren Hals und ihre Brüste, ließ meine Hände über ihre Haare, ihre Taille und ihre Hüften gleiten. Dann zog ich mich langsam aus ihr zurück. Ich legte mich neben sie. Ich schaute. Der Mond schien ihr ins Gesicht. Ich sah sie lächeln. Dies war ein für meine Begriffe selbstzufriedenes Lächeln, doch das störte mich ehrlich gesagt nicht. Denn unverkennbar lag in ihren Blicken auch Liebe. Dann kamen die Nebensächlichkeiten, wie stets nach dem Liebemachen... Als ich zwischendurch allein im Bett war, fragte ich mich, warum sie bei dem Gespräch während des Essens so mißtrauisch gewesen war. Ich konnte nicht anders, als mir diese Frage zu stellen. Hatte ihr weibliches Gefühl sie auch diesen Schritt tun lassen?... Wer weiß... Vielleicht übertrieb ich. Vielleicht steigerte ich mich unnötig in ein Schuldgefühl hinein. Mit der gleichen Selbstsicherheit kehrte sie aus dem Bad zurück und legte sich wortlos neben mich. Sie legte ihren Kopf auf meine Brust. Ihre gepflegten Haare dufteten gut. Es war, als klängen in uns beiden unterschiedliche Stimmen nach, die wir in der Stille einander hören ließen... Stille, die noch mehr Sicherheit geben wollte... Doch das Schweigen währte nicht allzulange. Wieder war sie es, die den ersten Schritt tat. Ihre Stimme und ihre Worte drückten deutlich ihr Gefühl der Geborgenheit aus:

»Es ist gut, daß es dich gibt...«

Wenn man versucht hätte, in die Tiefe dieser sehr simplen

Worte hinabzusteigen, hätte sich ein Aspekt unseres Lebens in aller Klarheit ausgedrückt. Doch in diesem Augenblick hatte ich nicht die Kraft, in diese Tiefen hinabzusteigen. Ich wollte schlafen, nichts als schlafen und mich auf den nächsten Tag vorbereiten. Der beste Weg, ein mögliches Gespräch abzuschneiden, war, ihr zu geben, was sie verlangte. Die Worte lagen sowieso längst bereit.

»Es ist auch gut, daß es dich gibt...«

Sie streichelte meine Brust. Ich vermutete, sie wußte selber, daß es besser war, nicht weiter zu gehen.

»Komm, laß uns endlich schlafen ... Du bist furchtbar müde...«

Ich nickte wieder stumm. War diese Antwort genug?... Ich wußte, für mich war sie nicht genug. Doch in dem Moment wollte ich ihr nur meine Müdigkeit mitteilen. Es würde mich Stunden kosten, zu erzählen, alles zu erzählen, was notwendig war. Eines Tages würde ich es ihr vielleicht erzählen. Doch die Zeit jetzt war keine gemeinsame, sondern gehörte zu den einsamen Zeiten einer Ehe. Und wie war es für sie?... Ich wollte mich von der komplizierten Wirklichkeit dieser Frage ebenfalls fernhalten. Es war, als sähe sie die von mir schweigend gegebene Antwort jedenfalls im Moment für ausreichend an. Sie streichelte wieder meine Brust, wandte sich friedlich von mir ab, drehte mir den Rücken zu, nahm die Embryohaltung ein, indem sie mit ihren Hüften mein Bein berührte, und begann zu schlafen. Auch ich drehte ihr den Rücken zu und nahm dieselbe Haltung ein. Seit Jahren schliefen wir in dieser Weise. Indem wir einander den Rücken zukehrten. Ohne diese Situation als Problem anzusehen. In jener Nacht dachte ich vor dem Einschlafen auch über diesen unseren Anblick nach. Es gab Menschen, die in dieser Art zu schlafen eine Entfremdung, eine Form von Beziehungslosigkeit vermuten würden. War es das wirklich?... Verrieten wir uns durch diese Art des Schlafens? Vielleicht suchten wir unsere kleinen Freiräume. Jeder hatte schließlich das Recht, so zu schlafen, wie er wollte. Außerdem stellte man nach so vielen Jahren des Zusammenlebens manche Fragen nicht oder wollte sie nicht stellen. Dennoch war es interessant, warum ich unsere Art zu schlafen nie problematisiert hatte. Es war mir egal. Wir hatten ja gelernt, mit vielen Tatsachen zu leben, die wir lieber nicht diskutieren wollten ...

Vor dem Einschlafen hatte ich mir Sorgen gemacht, ob ich wegen all meiner Erlebnisse nicht dauernd wieder aufwachen würde. Doch meine Befürchtung bewahrheitete sich nicht. Als ich die Augen wieder öffnete, bemerkte ich, daß gerade ein neuer Tag graute. Ich hatte geträumt. Ich war von vielen beunruhigenden Bildern und Stimmen umgeben gewesen, doch was ich sah, verschwand hinter einem dichten Nebelschleier, als versänke es in den Wassern eines Landes, das nicht mehr wiederkam. Es blieb lediglich ein Gefühl zurück.

Ich stand auf und ging unter die Dusche. Das war eins der kleinen Rituale am Tagesanfang. Ich versuchte es zu genießen. Indem ich daran dachte, was ich erleben würde und wohin ich gehen würde ... Dann verließ ich das Bad und setzte mich im Bademantel ein wenig in den Salon. Ein neuer Tag brachte neue Möglichkeiten. Ich schloß die Augen. Ich hatte mir angewöhnt, vor allen anderen aufzustehen und der Stille des Hauses eine Weile zu lauschen. Rein äußerlich gab es nichts Besonderes. Doch ich wußte, daß dieser Morgen anders war, ein bißchen anders. Niemand im Hause ahnte, was ich innerlich durchmachte. Doch diese Einsamkeit hatte ihren eigenen Reiz. Insbesondere zu so einer Zeit, an so einem Wendepunkt ... Vielleicht entstand aus der Auswegslosigkeit und dem Einverstandensein mit dem Tod eine neue Hoffnung ... Eine kleine Hoffnung, von der ich nicht wußte, in welche Regionen sie mich führen würde ... Mit diesem Gefühl zog ich mich an. Dann machte ich mir Frühstück. Auch darin lag nichts Besonderes. Es gehörte zu meinen Gewohnheiten, allein zu frühstücken. Ich kochte mir Kaffee. Im Kühlschrank waren Oliven, ungarische Salami mit Pistazien, Anchovispaste und Schnittkäse. Auf dem Küchenbüfett standen Erdbeer- und Aprikosenmarmelade. Das war mehr als genügend Auswahl für ein gutes Frühstück. Alles war zudem mit vielen Assoziationen und Erinnerungen behaftet... Die Erinnerungen waren auch geprägt von der Gewohnheit, unbedingt zu Hause zu frühstücken. Von dieser kleinen Zeremonie wollte ich nie lassen. Für mein Wohlbefinden war diese allmorgendliche Zeremonie notwendig. Nach den Nächten, in denen ich bei Necmi übernachtet hatte, waren wir morgens oft ohne Frühstück aus dem Haus gegangen. Plötzlich fielen mir jene Tage ein. Und wie ich den ganzen Tag wegen des fehlenden Frühstücks nur schwer zu mir gekommen war und wie ungeduldig ich darauf gewartet hatte, möglichst schnell nach Hause und zu meiner Ordnung zurückzukehren... An einem Morgen wie diesem war das Gefühl der Erinnerungen unausweichlich. Es war ja eine Zeit der Erinnerung, des jahrelang aufgeschobenen Rückblicks... Plötzlich merkte ich, daß ich Sehnsucht nach der damaligen Zeit hatte. Auch wenn mir das Erinnerte zeitweilig viele Enttäuschungen bereitet hatte, an deren Auswirkungen ich immer noch litt... Schließlich konnte der Mensch manchmal sogar nach Momenten suchen, die ihn unglücklich gemacht hatten, wenn er sah, daß sie sehr entfernt lagen. Dann rückt das Ferne näher und kann dazu führen, daß man das Vergangene mit anderen Augen sieht, und das erleichtert es einem sogar, Frieden zu schließen mit den Schmerzen, die einen innerlich haben bluten lassen. Man möchte eine bittere Freude gewinnen aus manchen Schmerzen, weil sie sich in alten Bildern versteckt haben... Meine Prägung in bezug aufs Frühstück reichte versteckt jedoch in eine viel frühere Zeit zurück. Ich erinnerte mich, wie ich auf meinen Vater gewartet hatte, wenn er an den Freitagabenden auf dem Heimweg von der Arbeit die Zutaten fürs Frühstück mitgebracht hatte, und bemerkte, wie sehr ich diese Zeit vermißte. Er hatte stets in Eminönü bei einem bestimmten Delikatessenhändler eingekauft. Schon in jener Zeit begann die Kultur der *meze*, der Vorspeisen also, ein Bestandteil meines Lebens zu werden. Szenen eines alten Films zeigten, wie er die heimgebrachten Päckchen öffnete und seine Einkäufe in den Kühlschrank legte. Deswegen war es auch faszinierend, sich daran zu erinnern, was meistens in den Päckchen war. Ein Kringel Salami, die ganz anders ausschaute als die ursprüngliche, aber niemand kam auf die Idee zu fragen, warum man sie ›ungarisch‹ nannte; ein ziemlich großes Stück gereifter Pfefferschnittkäse, den es heutzutage nirgends mehr gibt; ein wenig rohes *tarama*,* ein wenig Gänseleber, ein paar geritzte, grüne Oliven, ein sahniger, weicher Frischkäse, ein wenig Anchovispaste ... All das war gut, doch das eigentliche Prachtstück waren die ›Fischeier‹ aus dem Rogen der Meeräsche, die er nicht immer kaufte und die es nur bei guten Delikatessenhändlern gab. Die hatten natürlich ihre ganz eigene Tradition. Die Güte des ›Stücks‹ konnte man messen mit Qualitätskriterien wie Größe, Feinheit des umhüllenden Bienenwachses, so daß man gegen das Licht das Innere durchscheinen sah. So wie das auch jetzt ist... Manche Geschmacksnoten, etwa des gepfefferten Schnittkäses, der wirklich eine gewisse Schärfe hatte, und auch der Gänseleber, die höchstwahrscheinlich gar nicht aus Gänseleber gemacht worden war, haben sich jeweils in kleine Legenden verwandelt und sind verschwunden, doch die ›Fischeier‹ existieren weiterhin für diejenigen, die es wollen ... Jene Frühstücke bekamen durch die kleinen Feinheiten, deren Wert ich erst Jahre später angeben konnte, ihren eigentlichen Sinn ...

Doch diese Speisen wurden auch meistens am Sonntagabend gegessen. Denn da war das Essen, das bis zum Freitagmittag gekocht sein mußte, weil gegen Abend der geheiligte

Schabbath begann, an dem keine Arbeit getan werden durfte, aufgegessen und alle. Das war die schönste Zeit jener Abende, an denen mir traurig bewußt war, daß ich am nächsten Tag Schule hatte. Schön war es auch für die Frauen des Hauses, meine Mutter und meine Großmutter väterlicherseits ... Denn durch diese Regelung waren sie von der Plage des Essenkochens befreit. Der Tisch war reichhaltiger gedeckt als beim Frühstück. Außer dem schon Erwähnten gab es manchmal noch eingemachte Makrele, Räucherfisch, kalten Braten oder gebeiztes Rinderfilet, geräucherte Zunge und Kartoffelchips, die damals nicht so verbreitet waren wie heute und die der Delikatessenhändler herstellte ...

Es war ganz unvermeidlich, daß ich mich an jenem Morgen bei jenem Frühstück an diese verloren geglaubten Momente, die Stimmen, Gerüche und alten Geschmäcker wieder erinnerte. Ich hatte nämlich einen Zustand erreicht, wo ich jeden fernen Augenblick in die Gegenwart rufen, zurückholen konnte. Dieser Zustand war erschreckend. Ich wiederholte mir immer wieder, daß ich nicht in den Abgrund stürzen dürfe. Ich beendete mein Frühstück und war sozusagen bereit für einen neuen Tag. Als ich aus dem Haus ging, schliefen die anderen Bewohner noch. Meine Verschlafenheit jedoch, auf die ich jahrelang vertraut hatte, in die ich mich verkrochen hatte, war von mir gewichen. Ich wußte, ich würde an jenem Morgen nicht einfach nur in den Laden gehen wie an den anderen tief verschlafenen Morgen. Mich trieb jetzt eine höchst bedeutungsvolle Begeisterung an ...

Chansons und der Inhalt jener Schublade

Die Straße war wie immer voller Menschen. Ein jeder wollte irgendein Ziel erreichen. Was wollte man erreichen und warum? ... Die Frage riß mich erneut von meinem gegenwärtigen Augenblick los und führte mich weit fort. In dieser Ferne konnte ich mit einem anderen Aspekt meines Selbst konfrontiert werden. Ich wollte jedoch nicht so weit gehen. Es reichte mir, woran ich mich bei meinem Frühstück erinnert hatte. Nicht umsonst hatte ich mich in so ein Abenteuer gestürzt. Ja, das ›Spiel‹ mußte aufs neue gespielt werden, unbedingt. Obwohl ich wußte, der Vorhang konnte je nachdem, was passierte, auch für einen anderen Schluß fallen ... Nichts mehr würde so sein, wie es war, um es mit einem allzu verbrauchten, sinnentleerten Ausdruck zu sagen. Wie hätte das auch sein können? ... Ich hatte mit anderen Menschen an anderer Stelle ein Leben begründet, an das ich glauben wollte. Höchstwahrscheinlich galten diese Gefühle auch für die anderen Spieler der ›Truppe‹ ... In welchem Maße, inwieweit konnten wir einander dann die Echtheit und Aufrichtigkeit jener unserer fernen Tage schenken? Mir schien, daß zumindest Şebnem ihren Platz nicht wie früher unter uns einnehmen konnte. Ich hatte im Ohr, was der Arzt gesagt hatte. Erwarten Sie keine vollständige Heilung ... Wir waren ja nicht in einem alten türkischen Film, wo Wunder geschehen. Das war mir klar. Dennoch waren in mir eine seltsame Hoffnung und Widerstandskraft, die ich nicht erklären konnte, nur erleben, tief erleben und nicht hinterfragen wollte. Ich glaubte einfach fest daran, daß Şebnem irgendwie zurückkehren würde, mußte ... Ich würde dafür kämpfen, soweit es mir möglich war. Die Begeisterung für den Kampf reichte schon aus, mich zu beleben. Denn der Kampf war auch ein Kampf mit mir selbst. Ich fühlte, wie mir in der Finsternis wieder ein kleines zitterndes Licht leuchtete. Und ich wollte mich so gut wie möglich vorbereiten auf das, was das Licht mir zeigen würde ...

Inzwischen befand ich mich in dem erdrückenden Gewühl von Bahçekapı, wo ich meinen Wagen auf den Parkplatz stellte. Ich schaute den Menschen um mich herum ins Gesicht. Wer weiß, wie viele Menschen es gab, die mit einem inneren Kampf, der nicht immer sichtbar wurde, einen neuen Tag begannen ... Es war mir, als hörte ich meine Großmutter mütterlicherseits sagen, daß jedes Haus ein Geheimnis habe. Plötzlich breitete sich eine bittere Freude in mir aus. Vielleicht war es eine Hoffnung. Vielleicht betrat ich den Laden deswegen an diesem Morgen mit einem anderen Gefühl als an anderen Tagen, mit neuer Begeisterung und lächelnd. Fehmi hatte die Zeitung gekauft und auf meinen Tisch gelegt. Alles sah gründlich gereinigt aus, die Böden frisch gefegt. Das war für Fehmi, dessen Tag im Laden früher als meiner begann, eine der wichtigsten Zeremonien. Dann brachte er mir meinen Kaffee, und wenn keine Arbeit zu tun war, löste er die Rätsel in der Zeitung. Denn Rätsellösen hielt seiner Ansicht nach geistig frisch. Man mußte diese Ordnung trotz aller möglichen Störungen des Alltagslebens bewahren. An jenem Morgen war ich jedoch nicht willens, die gewohnte Ordnung einzuhalten. Ich mochte an jenem Morgen weder meinen Kaffee mit Behagen trinken noch in der Zeitung die Kolumnen der von mir geliebten Kolumnisten lesen. Ich setzte mich an meinen Tisch, öffnete die Schublade, in die ich jene alten ›Dinge‹ getan, versteckt hatte, die ich irgendwie nicht hatte wegwerfen können, und begann meine Suche. Zuallererst stieg mir ein Geruch von Altem in die Nase. Vielleicht wollte ich auch diesen Geruch riechen. Was fiel mir nicht alles in die Hände ... Zwei Kugelschreiber, deren Tinte völlig vertrocknet war. Der eine war ziemlich dick und hatte zehn Farben. Er stammte fast noch aus meiner Kindheit. So alt war er. Ein anderer Stift hatte eine durchsichtige Kapsel mit Wasser, auf dem ein Schiffchen schwamm. Wenn man den Stift auf und ab bewegte, schwamm das Schiff hin und her. Was für Träume hatte ich an dieses Hin und Her geknüpft! Ich probierte es aus: Das Schiff schwamm immer noch. Trotzdem war es nicht wie früher. Es war sehr weit fort, als habe es nur den Traum und die Erinnerungen zurückgelassen. Sein Zauber war längst zerstört. Dann kam eine kleine Glasglocke, die eine Hütte in sich einschloß. Ein Häuschen inmitten der Natur, das weitab von allem vielleicht eine kleine Familie oder eine alte Frau beherbergte und aussah wie aus einem Märchen. Wenn man die Halbkugel schüttelte, schneite es über der Hütte, und der Eindruck der Märchenhaftigkeit verstärkte sich noch. War es nicht unvermeidlich, daß bei diesem Anblick ein paar Phantasien erwachten? ... Wer weiß, welch ein Haus ich ersehnt, welche nicht erlebte Wärme ich gesucht hatte ... Ein Belichtungsmesser der Marke Voigtländer und ein Blitzlicht. Als ich eines Tages im Garten des Sommerhauses in Erenköy, das wir für die Ferien gemietet hatten, mit einer russischen Kamera Marke Lubitel ganz aufgeregt einen Vogel aufzunehmen versuchte, fiel ich hin. Zwar konnte ich den Fotoapparat retten, jedoch nicht verhindern, daß der Belichtungsmesser, der um meinen Hals hing, hart auf den Boden aufschlug und unbrauchbar wurde. Ich war sehr traurig. So traurig, daß ich die Wunden an Arm und Knie nicht mal bemerkte. Denn ich wußte sehr wohl, daß ich für diesen einfachen Belichtungsmesser keinen Ersatz bekommen würde. Mein Vater gab sich nicht zufrieden, ehe er mich für meine Unachtsamkeit nicht richtig bestraft hatte. Erst Jahre später konnte ich den Verlust ersetzen, als ich einen Fotoapparat mit eingebautem Belichtungsmesser erhielt. Das war dann eine Minolta ... Zwar aus zweiter Hand, aber gut erhalten. Mein Vater hatte sie vor dem Hauptpostamt von einem senegalesischen Physikprofessor, der ihn auf französisch nach dem Weg gefragt hatte, gekauft. Der Tourist war mit dem Fahrrad auf Weltreise. Ermutigt durch das Interesse meines Vaters, erzählte er, er habe kein Geld mehr und müsse die Kamera verkaufen. Ich bin sicher, daß mein Vater die ›Ware‹ bei diesem Gelegenheitskauf billig erworben hatte. Natürlich hatte ich keine Ahnung, ob die Geschichte wahr war. Doch was ich hörte, machte mich sehr aufgeregt und zugleich unvermeidlich traurig. Ich versuchte mir den Mann vorzustellen. Wie betrübt er war, als er sich von dem Apparat trennte, wie entschlossen und eigensinnig er seine Reise fortsetzte ... Daß er schon zu erschöpft gewesen sein mochte, um sein Geld richtig zu berechnen, oder vollkommen weltfremd. Daß er einfach nur eine Geschichte erfunden hatte, um einen Fotoapparat, den er nicht mehr brauchen konnte, den er vielleicht sogar gestohlen hatte, zu verkaufen – das fiel mir gar nicht ein. Diese Möglichkeiten hätten mir erst in späteren Jahren einfallen können, als ich erwachsen wurde – erwachsen zu sein glaubte – und meine Naivität immer mehr verlor, mich in einen weniger unbedachten Menschen verwandelte ... Vielleicht hatte ich den Fotoapparat, der sich immer noch in meiner Sammlung, in meinem kleinen Museum, befand, wegen dieser Geschichte nicht weggegeben. Das Blitzlicht war noch interessanter. Es war ein kleines Blitzlicht, das aus Birnchen zum einmaligen Gebrauch bestand. Die Birnen waren teuer. Deswegen galt der Gebrauch des Blitzlichts für die damaligen Verhältnisse als großer Luxus. Doch sowohl das Geräusch nach der Entladung als auch der leichte Brandgeruch, der aus der Birne aufstieg, waren erlebenswert. In der Schublade befand sich noch ein kleiner Fotoapparat. Das war aber ein Schlüsselanhänger. In diesem befanden sich Fotografien, die irgendein Zimmer zeigten. Man mußte nur durch den Sucher gucken und auf den kleinen Auslöser drücken, um die Bilder weiterlaufen zu lassen. Für einen jungen Mann in der Pubertät waren hier höchst erregende, unerhörte ›erotische‹ Fotos zu sehen. Viel gewagter, nackter und erregender als die erotischen Fotos in den Zeitschriften, die wir gemeinsam mit Necmi gekauft hatten ... Was hatten diese Fotos nicht alles ausgelöst ... Ich hielt den Apparat ans Auge, um mir jene Fotos noch einmal anzuschauen. Ich drückte auf den Auslöser. Wieder hatte ich das Gefühl, von sehr weit her auf das zu blicken, was ich sah. Die Bilder waren überhaupt nicht mehr erregend ... Sie reizten lediglich zum Lachen ... Wo hatte ich jene heißen Augenblicke gelassen?

Die beiden Armbanduhren in der Schublade riefen mich ebenfalls an bestimmte Punkte der Vergangenheit. Die eine hatte mein Vater mir zur Belohnung für das bestandene Eintrittsexamen in die französische Schule geschenkt, wobei er die Wasserfestigkeit des Geschenks gerühmt und es als ›Schweizer Wertarbeit‹ bezeichnet hatte. Ich wußte nicht, was ›Schweizer Wertarbeit‹ bedeutete, doch ich merkte, daß er mich mit diesem Ausdruck auf die Qualität und, noch wichtiger, den von ihm bezahlten hohen Preis hinweisen wollte. Es sei auch nötig, die Uhr jeden Abend vor dem Schlafengehen aufzuziehen. Sonst würde sie unweigerlich am nächsten Tag stehenbleiben. So war das also auch ein Teil seiner Disziplinierung meines Lebens. Seine Worte und das, was er von mir zu tun verlangte, erschienen mir blödsinnig. Zudem konnte ich an die Wasserfestigkeit der Uhr irgendwie nicht glauben. Nachdem die Worte eines Freundes aus unserem Wohnviertel meine Zweifel noch verstärkt hatten, entschloß ich mich, jenen Versuch zu machen. Mein Vater sagte auf meine Frage, ob ich mit dieser Uhr ins Meer gehen könne, selbstverständlich könne ich das, doch man wisse ja nie, und der Mensch solle im Leben manche Dinge nicht zu sehr forcieren – weshalb es mir sehr verführerisch erschien, das Unerwünschte zu tun. Ich erfand eine Ausrede. Ich würde sagen, ich habe vergessen, vor dem Baden im Meer die Uhr abzumachen. Mein Vorhaben verwirklichte ich am Strand von Caddebostan an einem Samstagmorgen und erlebte einen heimlichen Triumph, als, bald nachdem ich aus dem Wasser gestiegen war, das Glas des kleinen Objekts, das mir mit jedem Blick, den ich darauf warf, einen unliebsamen Aspekt der Zeit zeigte, anfing sich zu beschlagen. Das wertvolle Schweizer Erzeugnis hatte Wasser gezogen und blieb nach einigen Tagen sogar stehen. Meister Kadir, der in einem der kleinen hüttenartigen Läden, die sich in der steilen Aşirefendi-Gasse in Sirkeci aneinanderreihen, seit vielen Jahren Uhren reparierte, schaute sich die Sache an, nachdem er sorgfältig wie immer das Vergrößerungsglas auf sein rechtes Auge gesetzt hatte, und in ruhigem Ton, der das Ding in seiner Hand gleichsam ein wenig herabsetzte, sagte er, die inneren Teile seien völlig verrostet und nicht mehr zu reparieren. Bei unserer Rückkehr in den Laden bekam ich von meinem Vater die erwartete Ohrfeige. Er war sehr wütend. War er ärgerlich, weil ich sein Wort nicht befolgt oder weil ich den Wert der Uhr nicht geachtet hatte oder weil sein Sohn so dumm war, mit dieser Uhr ins Meer zu gehen, oder weil seine Lüge irgendwie herausgekommen war? ... Alle Möglichkeiten kamen in Betracht. Die Ohrfeige war ziemlich schmerzhaft, und mir war klar, er würde mich strafen, indem ich lange Zeit ohne Uhr bleiben mußte, doch andererseits war ich insgeheim außerordentlich froh, ihm dies angetan zu haben. Meine zweite Uhr sollte ich erst zwei Jahre später zu meiner Bar Mitzwa bekommen. Dieses Mal war Cousin Mordo der Schenkende. Und zudem mit einem ganz anderen Gehabe als mein Vater, mit einer Zartheit, die gut zu ihm paßte. Er kam am Vorabend der Feier, die in der *havra* von Şişli an einem kalten, regnerischen Samstag stattfinden sollte, zu uns nach Hause und zu mir ins Zimmer, als wollte er mich zum Komplizen einer Schuld machen, und forderte mich mit seiner trotz aller Enttäuschungen kindlich gebliebenen Stimme und schüchternen Blicken auf, das kleine Päckchen zu öffnen, das er mir reichte. Als ich seiner Aufforderung aufgeregt und ein wenig ungeduldig nachgekommen war, sah ich diese Uhr, die mich begeisterte. Ich war überwältigt. Als Cousin Mordo meine Ergriffenheit sah, war auch er gerührt. Doch seine Worte waren noch erschütternder. Er habe die Ohrfeige, die ich im Laden bekommen hatte, nicht vergessen und seit jenem Tag immer auf diesen Moment gewartet. Nun umarmte ich ihn fest. Ich bemerkte, daß es ihm sehr schwer fiel, seine Tränen zurückzuhalten. Wer weiß, woran er dachte. Er dehnte den Augenblick jedoch nicht zu lange aus, um womöglich nicht allzusehr von den Gefühlen überwältigt zu werden. Er nahm die Uhr aus ihrer Schachtel und befestigte sie an meinem Arm. Dann sagte er, ich solle den Arm schlenkern und dann die Uhr an mein Ohr halten. Es lag immer noch kindliche Aufregung in seinem Gesicht. Ich konnte nicht ahnen, was er mir zeigen wollte, doch ich widersprach nicht, zumal seine Aufregung auf mich übergesprungen war. Ein angenehmer Ton drang in mein Ohr. Ein Geräusch wie beim Aufziehen einer Uhr ... Das Spiel gefiel mir. Als ich ihn lächelnd, aber zugleich auf eine Erklärung wartend ansah, sagte er leise, als verrate er ein Geheimnis: »Die ist automatisch, automatisch! Die brauchst du nicht mehr aufzuziehen. Es reicht, wenn du den Arm so schwenkst. Das ist alles!«

Ich konnte sehen, wie sich die Technik entwickelt hatte. Er sagte nicht, daß sein Geschenk Schweizer Ware sei. Er sagte auch nicht, daß sie wasserfest sei. Beides stand sowieso hinten drauf. Ich trug die Uhr jahrelang am Arm, setzte sie jedoch niemals der Gefahr eines Tests aus, entweder weil mir jene Augenblicke für mein Leben sehr kostbar schienen oder weil ich ihn nicht traurig machen wollte. Einige Zeit nach

Cousin Mordos Tod begrub ich die Uhr in meiner eigenen Geschichte. Als mein Vater an jenem Abend die Uhr an meinem Arm sah, wandte er sich an seinen Cousin, und vor meinem Großvater, der gekommen war, um zu sehen, ob ich die Gebete richtig gelernt hatte, die ich am nächsten Tag während der Feier in der *havra* rezitieren sollte, und meiner Großmutter mütterlicherseits, die ihn begleitete, um die Kleidung, die ihre Tochter anziehen wollte, bis ins Detail zu inspizieren und nicht den kleinsten Fehler hinzunehmen, sagte er: »War es denn nötig, soviel Geld auszugeben, du Stenz!«, womit er die Sache spaßig, mit gespieltem Ernst beenden wollte, was mich hingegen wiederum ärgerte. Er versuchte Überlegenheit zu markieren. Sein Cousin hatte ja nach seinem Zusammenbruch bei ihm Zuflucht gesucht ... Doch der Kern der Sache zeigte sich gerade hier, und vielleicht spürte er das selber. An jenem Abend wankte in Wirklichkeit seine Autorität. Damals konnte ich diese Tatsache natürlich nicht wirklich erkennen. Doch ich sagte, zum einen durch das Selbstvertrauen gestärkt, das mir die Uhr an meinem Arm verlieh, zum anderen, um diesem Mann mit seiner zarten Dichterseele beizuspringen, der, unverdient beschämt durch die an ihn gerichteten Worte, keine Antwort fand: »Cousin Mordo hat ein reiches Herz«, und alle lachten. Sogar mein Vater konnte sich ein Lächeln nicht verkneifen. Jener Abend war sowieso einer von unseren glücklichen Abenden. Am folgenden Tag würde ich nicht nur für religionsmündig erklärt werden und in der Gemeinde meinen Platz als vertretungsberechtigter Mann einnehmen, ich würde auch meinen Eltern, indem ich ihnen in meiner Ansprache in der *havra* danken würde, zum erstenmal Anlaß zur Freude geben und sie vor Beglückung weinen lassen. Zugleich würden diese Feier und das darauf folgende pompöse Festmahl Gelegenheit bieten, den Reichtum der Familie, ihre Stärke, zur Schau zu stellen. Wie bei anderen Familien auch, die in anderen Feiern in anderen Traditionen und Glaubensüberzeugungen diese Art von Selbstdarstellung nötig haben ... Meiner Mutter konnte ich den Stolz vom Gesicht ablesen. Wir waren inzwischen zu Wohlstand gelangt. Meine Mutter konnte ihre Kleider bei dem Modemacher Yıldırım Mayruk schneidern lassen, eines für die Feier in der *havra*, ein anderes für das Festmahl, zu dem wir am Abend einladen würden ... Wir würden am Abend im Club *Rouge et Noir* feiern, der in jener steilen Gasse lag, die damals Emlak-Straße hieß und die später, nach einem der bittersten und dunkelsten Morde in der Geschichte der Republik, den Namen Abdi-Ipekçi-Straße bekam. Der Club bestand viele Jahre hindurch und hat sich ins Gedächtnis vieler Menschen mit vielen Erinnerungen und Gesängen eingeprägt ... Jene Uhr brachte mir diese Erinnerungen und Bilder zurück ...

Ohne es zu wollen, war ich lange in die Vergangenheit eingetaucht ... In der Schublade versteckten sich noch andere Objekte, die mich in verschiedene Tiefen hinabzogen, jedes einzelne an eine andere Zeit und Einzelheit erinnernd ... Halbvolle Tagebücher aus verschiedenen Epochen, denen irgendwann der Atem ausgegangen war ... Ich ließ sie liegen. Ich kannte den Inhalt mehr oder weniger und wollte sie nicht aufs neue lesen. Ein alter, runder Schreibmaschinenradiergummi ... Dieser Radiergummi erinnerte mich an die Zeit, als ich noch als Schüler in den Laden kam, beziehungsweise mich mein Vater herbrachte, damit ich ›mich daran gewöhnte‹. Bei diesen Besuchen tippte ich am liebsten auf einer alten Schreibmaschine der Marke Remington Witze und ging gerne mit dem Vater zum Mittagessen zum *Rumeli Köftecisi* in Sirkeci. Die Schreibmaschine gab es nicht mehr. Ich weiß nicht, wo sie hingekommen, wie sie verlorengegangen ist, aber sie ist verschwunden. Der *Rumeli Köftecisi* existiert noch am selben Platz. Zumindest der eine oder andere Geschmack hat sich in dieser Stadt trotz aller brutalen Veränderungen erhalten.

So hätte mich jedes Ding in der Schublade irgendwohin oder von einem zum anderen Ort bringen können. Diese Gegenstände aus meinem Leben zu entfernen, hatte ich nicht übers Herz gebracht, nicht den Mut gehabt. Ich hätte meine Reise in die Vergangenheit fortsetzen können. Doch plötzlich fiel mir der Ohrring in die Hände. Die Suche war zu Ende. Es war sowieso verwunderlich genug, wie ich so lange ausgehalten hatte und auf dem Weg in meine Vergangenheit an anderen Stellen hängengeblieben war. Vielleicht hatte ich die Begegnung ganz bewußt hinausgezögert. Um mich vorzubereiten auf das, woran mich der Anblick erinnern würde ... Ein anderer Mensch hätte womöglich keins der Erinnerungsstücke in der Schublade für wichtig genommen und wäre sofort auf das Ziel losgesteuert. Ich hatte nun mal diesen bedächtigen Wesenszug, den viele Menschen nur schwer verstanden. Doch wie, bis wann konnte ich in diesem Moment ruhig bleiben? ... Vor mir lag der kleine, mit seinem roten Stein ein wenig kindlich anmutende Ohrring, der mich in eine ganz andere und vor allem viel dunklere Tiefe rief. Ich nahm ihn vorsichtig in die Hand und umfaßte, drückte ihn. Für Şebnem ... Um mich noch einmal an Şebnem binden zu können ... Ich versuchte zu lächeln. Es war, als ginge ein Tod durch mich hindurch. Fast hätte ich geweint. Andererseits durfte ich nicht vergessen, daß ich mit der Kraft dieses kleinen Ohrrings auf eine Hoffnung zugehen konnte. Es war keineswegs sinnvoll, mich nur auf das Leid, ausschließlich auf das Leid zu fixieren ...

Ich bat Fehmi, mir meinen Kaffee zu bringen. Er war ein künstlerisch veranlagter, junger Mann, zart besaitet, zuverlässig. Er trug die Last des Ladens still und bemühte sich um Distanz zu seiner Umwelt. Eigentlich war er nicht besonders geschickt. Man konnte ihn sogar ein wenig unbeholfen nennen. Doch am Morgen öffnete er den Laden, bereitete ihn für einen neuen Tag vor, und in den folgenden Stunden rannte er unermüdlich hierhin und dorthin und tat, was man von ihm verlangte. Am Abend jedoch spielte er *kanun*, die Zimbel, in Nachtlokalen und Clubs, deren Namen er auf keinen Fall verraten wollte, um ein bißchen Geld dazuzuverdienen und für seine ältere Schwester, die nach seinen eigenen Worten ›für verrückt erklärt‹ worden war und die ihm seine Mutter auf dem Sterbebett anvertraut hatte, Medikamente zu kaufen ... Zumindest war dies die Version seiner nächtlichen Arbeit, die er mir jahrelang darbot. Wann und wie lange er schlief, war mir unklar. Ich fragte auch nicht nach ... Ich erlaubte ihm nur, etwas früher mit der Arbeit aufzuhören. In der Absicht, ihm eine kleine Ruhepause zu gewähren ... So verstanden wir uns. Wir schlossen den Laden sowieso nicht sehr spät. Am Nachmittag bereiteten wir uns manchmal um fünf, allerspätestens um sechs auf den Feierabend vor. Ich tat mein möglichstes, damit er die Arbeit durch solch einen Verlauf ertragen konnte, und um mich selbst nicht gänzlich der Arbeit, die ich nie richtig geliebt hatte, zu verschreiben ... Ich mochte an ihm auch seine künstlerische Ader, über die er nicht viel redete. Und ich bemühte mich, ihn meine Zuneigung spüren zu lassen. Das war wahrscheinlich der Grund, weshalb er viel länger als erwartet bei mir geblieben war. Mir war auch bewußt, daß er sein nächtliches Leben mehr liebte, obwohl es ihm Schmerz bereitete. Deswegen war ich überzeugt, er würde eines Tages dem Nachtleben den Vorzug geben.

Mein Kaffee kam nach kurzer Zeit. Ich zündete mir eine Zigarette an. Den Ohrring legte ich vor mir auf den Tisch. Ich versuchte, mir jene Nacht in Tarabya noch einmal in Erinnerung zu rufen. Und den Moment, als sie mir den Ohrring in die Hand gab ... In der Hoffnung, eine andere Einzelheit zu erkennen ... Ich konnte wieder einmal aus Herzensgrund an das Walten des Schicksals glauben. Hatte Şebnem mir dieses Schmuckstück ›anvertraut‹, weil sie tatsächlich Jahre im voraus gespürt hatte, daß eine Katastrophe über sie kommen würde?... Allein der Gedanke an diese Möglichkeit genügte, mich zu peinigen...

Ich versuchte, ein wenig Abstand zu gewinnen von dem Punkt, an den ich gelangt war. Schnellstens erledigte ich die an diesem Tag notwendigen Arbeiten. Die Angelegenheiten des Ladens interessierten mich nicht mehr besonders. Ich mußte mich auch nicht viel darum kümmern, wenn keine außergewöhnlichen Probleme auftraten. Das Ganze lief längst von selbst. Jeder wußte, was zu tun war. Deswegen machte ich mir keine Sorgen, wenn ich eine Weile die Zügel schleifen ließ. Meine wichtigste Sorge war jetzt, bis wohin dieses Abenteuer führen würde. Ich zweifelte nicht, daß ich Niso mit Hilfe von Çela aufspüren konnte. Sie hatte einen großen Bekanntenkreis... Freilich wußte ich nicht, in welcher Lage, in welchen Lebensumständen ich ihn finden würde. Mir blieb nichts übrig, als an den alten Niso zu glauben, den Niso in meiner Erinnerung. Vielleicht konnte Çela auch helfen, Şeli zu erreichen. Und ich war mir sicher, daß Necmi auch die Spur von Yorgos aufnehmen würde, wenn der in Athen oder irgendwo in Griechenland war. Ihm würde er nicht entkommen. Was immer Yorgos auch erlebt haben mochte, seine Beziehungen hatte er wahrscheinlich nicht gänzlich gekappt. Ich fragte mich in diesem Moment noch einmal, warum es mir wahrscheinlich erschien. Ich erinnerte mich, daß er davon gesprochen hatte, nach der Schule nach Paris zu gehen. Dort hatte er vielleicht ein ganz anderes Leben angefangen. Vielleicht war er auch in Istanbul. Wir hatten jedoch keine andere Wahl, als auf unser Gefühl zu vertrauen und uns blindlings den Weg entlangzutasten. Wieweit würde es mir auf meiner Reise zu Şebnem helfen, an dieser Maxime festzuhalten? Ich hatte sie ja erreicht. Doch was war das für ein Erreichen, wie weit ging es?... Zu anderer Zeit hätte das, was ich gesehen hatte, mehr als ausgereicht, mir den Mut zu nehmen. Doch die Zeiten hatten sich inzwischen völlig verändert. Zudem hatte auch ich mich so sehr verändert, daß ich mich über mich selbst wunderte. Ja, ich würde so weit gehen, wie ich konnte. Als wäre ich nie so entschlossen, und vor allem so bedenkenlos gewesen. In der Geschichte, die mich zu dem ›Spiel‹ hinführte, hatte jener Todesanhauch, von dem ich niemandem erzählen konnte, den ich schweigend zu erleben mir das Wort gegeben hatte, mir diese Seite meines Selbst gezeigt. Ich mußte aus diesem beschädigten Glück herausholen, was herauszuholen war. Ich hatte mich auf unerwartete Weise auf den Weg gemacht und würde ihn fortsetzen, mutig gegenüber allen überraschenden Hindernissen. Ich sagte mir, ich müsse voranschreiten trotz aller Mauern, die womöglich von anderen aufgerichtet würden. Vielleicht konnte ich so die Mauern überwinden, die ich gegen mich selbst errichtet hatte ...

Aus der Kraft, die mir diese Zuversicht verlieh und weil ich wußte, daß ich nun keinerlei Aufschub mehr ertragen könnte, rief ich sofort Zafer Bey an. Ich versuchte, meine Stimme kämpferisch entschlossen klingen zu lassen. Ich sagte, ich wolle Şebnem wiedersehen. Er sagte, ich könne jederzeit kommen, mein Interesse mache ihn glücklich. Ich wollte am nächsten Morgen hinfahren. Dieses Mal, bei dieser neuen Reise zu Şebnem, mußte ich ein bißchen besser ›ausgerüstet‹ sein. Ich ging los, um in der Nachbarschaft einen kleinen, tragbaren CD-Player zu kaufen. Als ich abends nach Hause kam, wählte ich aus meiner Sammlung einige CDs von Georges Moustaki und ein paar von Charles Aznavour aus. Es hatte eine große Bedeutung für mich, mit diesen Chansons anzufangen. Und wie war es für sie? ... Würde ich sie mit diesen Liedern berühren, sie meine Stimme hören lassen? ... Das konnte ich freilich nicht wissen, ehe der Schritt nicht getan war. Am nächsten Morgen dachte ich darüber nach, ob ich den mir ›anvertrauten‹ kleinen Ohrring, der sich jetzt in meiner Jackentasche befand, der Eigentümerin zeigen sollte. Der

Gang der Ereignisse würde von selbst die Antwort bringen. Ich hatte mich nun einmal dazu entschlossen, mich dem Fluß meiner Gefühle zu überlassen ...

Als ich im Krankenhaus ankam, war ich angespannt, weil ich dieses Mal wußte, was ich erleben würde. Die Oberschwester begrüßte mich herzlich. Zafer Bey war nicht da, aber offenbar hatte er entsprechende Anweisungen gegeben. Wir redeten ein wenig zwischen Tür und Angel. Da ich Şebnem möglichst sofort sehen wollte und deswegen ungeduldig war, mußte ich meine ganze Kunst aufbieten, nicht unhöflich zu erscheinen, deshalb erklärte ich der Schwester, ich wolle sie nicht länger aufhalten. Darauf meinte diese, sie werde mich bis zur Werkstatt begleiten, wobei sie bedeutsam lächelte. Ich würde die Gesuchte dort finden. Sie habe angefangen, ein neues Bild zu malen. Wir betraten ein großes Zimmer. Sie saß still vor einer noch ziemlich leeren Leinwand, wieder in ihre Finsternis zurückgezogen, abgeschottet gegen die Außenwelt. Plötzlich war mir, als suche sie jemanden in der tiefen Weiße der Leinwand. Auch andere Kranke waren in dem Raum. Doch keiner schien auf die anderen zu achten. Als wäre ich in einen Raum eingetreten, in dem jeder in seinem eigenen Zimmer hauste. Ich zeigte der Oberschwester den CD-Player in der mitgebrachten Plastiktüte und fragte, ob ich Musik spielen dürfe. Sie bejahte leicht unwillig, aber es dürfe nicht zu laut sein. Dann entfernte sie sich. Nun mußte ich allein fertig werden. Ich tat ein paar Schritte. Es schien, als habe Şebnem mein Kommen nicht bemerkt. Ich schaute auf das Bild, das sie malen wollte. Ich konnte nur ein paar farbige Pinselstriche sehen, die ich nicht zu deuten wußte. Sie hatte sich wohl auf einen neuen Weg gemacht. Ihre Bewegungen waren sehr langsam. Dieses Mal trug sie keinen Hut. Ihre langen, zu einem Knoten aufgesteckten Haare waren fast ganz weiß. Von dem Mädchen mit den kurzen, tiefschwarzen Haaren war sie jetzt weit entfernt und in eine ganz andere Zeit hinübergegangen. Sie sah viel älter aus als bei unserer ersten Begegnung. Doch ihr Gesicht war genauso erstarrt. Als wollte ich das Gefühl während unserer ersten Begegnung noch einmal erleben, versuchte ich zu sagen, was ich zu sagen hatte, wobei ich nicht wußte, wie meine Stimme klingen würde. Vor Aufregung fand ich keine anderen Worte. Zudem war ich mit einem anderen Anblick als dem erwarteten konfrontiert.

»Schau, ich bin wieder da...«

Ich konnte das Zittern in meiner Stimme nicht unterdrücken. Sie drehte sich langsam um und schaute. Als wäre ich ein Fremder, als sähe sie mich zum ersten Mal... Wer weiß, vielleicht war ich das für sie in dem Moment... Dann hatte ich den Eindruck, als lächle sie leicht. Es kann sein, daß ich dieses Lächeln sah, weil ich mir selbst etwas Mut machen wollte. Auch ich lächelte. In der Hoffnung, ich könnte sie meine Stimme und Existenz irgendwo hören lassen, auch wenn es für sie lange zurücklag... Doch unser Blickwechsel dauerte nicht lange. Nach einigen Sekunden kehrte sie ohne irgendeine Reaktion zu ihrem Bild zurück und malte weiter. Mir blieb deshalb nichts übrig, als weiterzusprechen. Dieses Mal versuchte ich eine Tür zu öffnen, indem ich auf das Bild blickte.

»Ich bemühe mich, das Brausen der Wellen zu hören.«

Warum hatte ich das gesagt?... War es, weil ich fühlte, sie würde sich auf diesem Bild wieder den Wellen überlassen, oder weil ich einen Weg zu ihr finden wollte?... Sie antwortete nicht. Aber es schien, als würden die Pinselstriche ein wenig schneller. Es wirkte, als sei sie ein wenig nervös. Hatte ich wohl einen ersten Kontakt aufgenommen?... Es war genau der richtige Zeitpunkt, einen weiteren Schritt zu tun.

»Auch ich mag die hohen Wellen. Doch ich finde sie zugleich sehr beängstigend. Ich stelle mir manchmal vor, an einem ganz verlassenen Ort mit Blick auf solche Wellen zu sein. Was würde ich da wohl tun?...«

Sie antwortete wieder nicht. Ich rechnete sowieso nicht damit, daß sie so schnell antworten würde. Noch einmal sagte ich mir, daß ich geduldig sein müsse. Und daß wir in sehr verschiedenen Zeiten waren ... Und daß wir uns für eine Zeit, in der wir uns aufs neue würden berühren können, auseinandersetzen müßten mit den Zeiten, die wir an unterschiedlichen Orten verloren hatten ... Und daß wir keine Wahl hatten, als unsere Zeiten mit uns zu versöhnen ... Trotz unserer Getrenntheit. Wieder konnte ich nur versuchen zu reden, ohne zu wissen, wohin ich ging, wohin mich meine innere Stimme führen würde. Ich wollte auch glauben, daß wir auf diesem Weg miteinander sprechen würden, irgendwie miteinander sprechen, daß ich sie würde berühren können. Deswegen erzählte ich, ich erzählte, soweit ich es vermochte. Ohne daran zu denken, wo mich jene innere Stimme anhalten würde ...

»Deswegen habe ich irgendwie nie gewagt, mir ein Boot zu kaufen. Erinnerst du dich an die Nacht, in der wir in Tarabya umschlungen auf der Bank saßen? ... Ich habe es nicht vergessen. Wir haben lange auf die Boote in der Bucht geschaut. Ich habe es dir nicht gesagt, doch ich habe daran gedacht, eines Tages ein kleines Boot zu kaufen. Mit meinem eigenen Geld ... Jetzt habe ich Geld, doch diesen Traum schiebe ich immer noch auf, wer weiß aus welchen Ängsten heraus. Ich habe sowieso viele meiner Träume nicht verwirklicht, weil ich nicht mutig genug war. Weißt du, was ich mich manchmal frage? ... War das etwa das Schicksal unserer Generation? ... Haben wir uns zwischen alle Stühle gesetzt, haben uns irgendwo verirrt, trotz all unserer Erwartungen? ... Warum haben wir nicht bemerkt, daß wir, die wir die Welt verändern wollten, uns selbst nicht verändert haben? ... Schau, wohin ich geraten bin ... Was er auch tun, wohin er auch fliehen mag, der Mensch kann dieses Spiel von versuchtem Selbstbetrug und Betrogenwerden nur bis zu einem gewissen Punkt weiterführen. Bis zu dem Moment, wenn er fühlt, daß sein eigenes Haus brennt und ihm alles wieder zu Bewußtsein bringt ... Das Feuer brennt ja immer da am heißesten, wo es einen selbst trifft ...«

Ich hätte weitermachen, fortfahren können, wer weiß, woran ich mich noch alles erinnert hätte. Wenn ich weitergeredet hätte, wer weiß, worauf ich gekommen wäre. Doch plötzlich hielt ich inne ... Ich hatte eine Redewendung verwendet, die ich nicht hätte gebrauchen sollen, ohne an die möglichen Auswirkungen zu denken. Es stimmte, das Feuer brannte am heißesten, wo es einen selbst traf. Das waren in dem Moment die passendsten Worte für meine Gefühle gewesen. Doch wenn ich bedachte, was sie erlebt hatte – wie konnte ich diesen Ausspruch so leichthin verwenden, ihn geradezu banalisieren? ... Und wenn sie mich hörte? ... Eine Weile wußte ich nicht, wie ich mit meiner Befürchtung fertig werden sollte. In Wirklichkeit schwieg ich nur wenige Augenblicke. Der Zeitraum war nur kurz, doch angefüllt mit einer ganzen Geschichte, voll von Assoziationen und Abgründen, die sich aus diesen Assoziationen ergaben ... Eigentlich war aber die Frage, die mich beunruhigte, auch Anlaß für eine Hoffnung. Hörte sie mich wirklich? ... Ich konnte das kaum feststellen. Sie malte weiter an ihrem Bild. Die steilen Felsen nahmen langsam Form an. Sie war immer noch weit in der Ferne, oder vielleicht wollte sie in weiter Ferne bleiben. Vielleicht hatte ich mich umsonst aufgeregt. Vielleicht hatten wir beide nur Selbstgespräche geführt ... Wer weiß? ... Ich fühlte, ich würde auf vielen Wegen vielen Antworten begegnen ... Ganz plötzlich bog ich in einen von diesen Wegen ein. Ich erinnerte mich an einen der wichtigsten Momente unseres Gesprächs vor vielen Jahren.

»Du hast mir ja in jener Nacht gesagt, ich solle ich selbst sein, nur ich selbst, und ich weiß nicht, ob mir das in den vergangenen Jahren wirklich gelungen ist. Offen gesagt wußte ich auch nicht, was ich, um ich selbst zu sein, machen konnte, was ich machen mußte. Ich habe einfach erlebt, was mir möglich war. Vielleicht war ich auch ich in dem, was ich nicht wußte. Vielleicht mußte ich auch gar nicht weitersuchen. Ich habe geheiratet, ich habe mich an ein Leben festzuklammern versucht, auf dessen Zuverlässigkeit ich mich verlassen wollte. Ich habe eine verständnisvolle Frau, die aus der Kraft ihrer Werte alles tut, um sich selbst und ihrer Familie keine großen Probleme zu bereiten. Eine Frau, die mit kleinen Leidenschaften und kleinen Kalkulationen lebt und so ihr Leben abwechslungsreich zu gestalten meint ... Ich habe einen Sohn und eine Tochter. Damit meine Familie eine richtige Familie ist. Sie wachsen auf ihre Weise auf. Vielmehr glauben sie, erwachsen zu sein. Sicher werden sie auch ihren Weg machen. Wer weiß, was sie noch alles erleben werden ...«

Ich hielt wieder inne, als ich die Sache mit den Kindern in dieser Weise erwähnte. Es kam mir so vor, als würde ich sie mit allem, was ich sagte, verletzen. Ich konnte mich dieser Furcht nicht entziehen. Ich schwieg noch ein wenig. Wiederum nach einer kurzen Weile versuchte ich ihr eine andere Seite von mir zu zeigen.

»Inzwischen habe ich meine Fotografie, über die ihr euch damals lustig gemacht habt, ziemlich ausgebaut. Ich mache inzwischen sehr gute Bilder. Manchmal denke ich sogar daran, eine Ausstellung zu eröffnen. Vielleicht zeige ich dir einige Fotos bei einem meiner nächsten Besuche. Wenn du wüßtest, mit welchen Bildern ich von meinen Auslandsreisen zurückgekehrt bin ... Ich bin viel gereist, habe viele Städte und Menschen gesehen. Diese Fotos muß ich dir zeigen, unbedingt ...«

Sie reagierte nicht und malte weiter, als wäre ich gar nicht da. Ich sah jetzt nicht nur Felsen, sondern auch einen orangefarbenen Himmel. Hatten wir Sonnenaufgang oder Sonnenuntergang, die Zeit, wo sich eine neue Nacht, die Finsternis, nahte? ... Von meinem Blickwinkel aus konnte ich das nicht erkennen. Doch darauf kam es nicht an. Wichtig war nur, daß sie in ihrer Welt von einer neuen Begeisterung ergriffen war. Ich konnte diese Begeisterung trotz der Mauer sehen, die sie um sich gezogen hatte, trotz ihrer Zurückgezogenheit. Sie hatte sich offensichtlich mit ihren Bildern eine ganz andere Welt erbaut. Vielleicht war diese Welt ihr Zufluchtsort. Ihr Zufluchtsort ... Trotz aller Stürme, die sie malte ... In dem Moment war ich ebenfalls aufgeregt. Doch meine Begeisterung war viel naiver. Ich lächelte. In meinem Lächeln spürte zumindest ich heimlich ein wenig Verschmitztheit ... Ich nahm den CD-Player aus meiner Tüte. Eine Steckdose befand sich in der Nähe. Ich schaute sie an. Sie hatte zu malen aufgehört. Es war, als bliebe ihr Blick am Bild hängen. Ich wollte allzu gerne glauben, sie täte das, um mich nicht anzusehen ... Ich berührte sie leicht an der Schulter. Sie drehte sich um. Dieses Mal schien sie an mir haftenzubleiben. Ihre Blicke wirkten wieder entfernt, sehr weit entfernt. Weit weg und indifferent ... So leblos, daß es einen erschrecken konnte ... In dieser Situation fühlte ich mich unbehaglich. Doch davon mußte ich mich schnell befreien. Meine kindliche Begeisterung kam mir wieder einmal zu Hilfe. Ich zeigte ihr die CD, die ich in der Hand hielt. Es war eine CD von Georges Moustaki. Darauf war ein Foto des Musikers, das sehr gut zum Geschmack der damaligen Zeit paßte. Ich fühlte mich zu einer Erläuterung gedrängt. Ich wollte uns beide auf das kleine Konzert vorbereiten.

»Du hast gedacht, ich wäre mit leeren Händen gekommen, nicht wahr? Nun schau mal her. Ich weiß nicht, ob du dich noch erinnerst. Diese Lieder hast du mich lieben gelehrt. Während ich sie gehört habe, habe ich häufig an dich gedacht, dich mir in Erinnerung gerufen, wie ich dich zuletzt gesehen hatte. Ich habe nicht gewußt, wie es dir ergangen ist, doch ich habe mir immer Sorgen um dich gemacht und mich gefragt, wie es dir ergangen sein mag. Wie sehr habe ich mich in manchen Nächten nach dir gesehnt ...«

Nach diesen Worten ließ ich die CD laufen. Das erste Lied war eins der heißesten: ›Le Métèque‹ (›Ich bin ein Fremder‹). Dieses Chanson kannten auch diejenigen, die keine Fans von Moustaki waren. Beim ersten Anhören hatte ich nicht alle Worte verstanden, doch schon das, was ich verstanden hatte, hatte mir ausgereicht. Ich erinnere mich, daß ich sehr gerührt, daß mir zum Weinen zumute gewesen war. Hatte mich die Hoffnung fasziniert, die durch die Melancholie noch tiefer, noch bedeutsamer wurde? War es der weise Blick auf die Trennung? ... Die Trennung als solche? ... Als ich das Stück nun hörte, war ich wieder ergriffen. Doch diese Ergriffenheit war eine andere, sie erweckte Bilder, die in der Tiefe lagen. Ich schaute Şebnem an und suchte in ihrem Gesicht nach den Spuren dieser Vergangenheit. Sie hatte ihre Blicke noch immer nicht von dem Bild vor sich abgewandt. Da schaute ich mich ein wenig verschämt um. Ich wollte niemanden belästigen. Eine Frau rief ihren Nachbarinnen zu: »Er hat einen Sänger mitgebracht!« Eine näherte sich mir und schaute mich mit verwunderten Augen an, um zu verstehen, was ich machte. Sie war einfältig, unschuldig. Ich strich ihr über den Rücken, lächelnd, um sie spüren zu lassen, daß ich ihre Unschuld sehr mochte ... Sie reagierte nicht und entfernte sich von mir. Die Musik spielte weiter. Ich schaute noch einmal zu Şebnem hin. Sie schien immer noch in weiter Ferne und unerreichbar. Ich schwieg. Die Chansons sprachen sowieso. Ich stand von dem Hocker auf, den ich neben sie gerückt hatte, und schaute aus dem Fenster. Ich dachte nach über mich, über uns, unser Leben und unsere Versäumnisse. Wie hoch der Preis war für manche Verbannungen ... Wie manche Menschen manche Einsamkeiten erlebten ... Jetzt lief das Chanson ›Ma Solitude‹. Moustaki sang: »In meiner Einsamkeit bin ich nicht allein.« Ich schaute weiterhin hinaus. Plötzlich hatte ich das Gefühl, ich müsse mich zu ihr umdrehen. Und als ich mich umdrehte, sah ich in ihrem Gesicht eine kleine, unbestimmte Veränderung. Ihre Augen waren ein wenig feucht, und sie schien schwerer zu atmen. War das wirklich so? ... Oder bildete ich mir das ein? ... Ich wollte doch so unbedingt eine Reaktion hervorrufen ... Vielleicht hatte ich mich inzwischen meiner Umgebung angepaßt und begann zu halluzinieren. Ähnlich wie bei unserer ersten Begegnung schauderte mich jetzt innerlich ... In der Hoffnung, sie würde deutlicher reagieren, fuhr ich langsam die Lautstärke herunter, dann hielt ich die Musik an. Vielleicht wollte sie, daß ich weitermachte. Doch sie wollte nichts. Sie fuhr nur fort, reglos ihr Gemälde anzustarren. Da kam ich ihr ganz nahe. Ich flüsterte ihr ins Ohr, was ich in dem Moment fühlte. Es war die letzte Gelegenheit, mich ihr bemerkbar zu machen:

»Die Vorstellung ist beendet. Aber nur für heute. Nur für heute ... Ganz bald komme ich wieder.«

Ich mußte keine weiteren Lieder abspielen. Und nichts weiter sagen ... Ich packte langsam zusammen. Ohne ein einziges Wort ... Sie schaute nicht von ihrem Bild auf. Ich näherte mich ihr leise von hinten und küßte ihre Haare. Ein Geruch von Seife stieg mir in die Nase. Wie schön war an ihr dieser Geruch, den ich in einer ungeliebten Kindheit gelassen hatte, an den ich mich deswegen nicht hatte erinnern wollen ... Meine Lippen berührten nach Jahren wieder ihre Haut ... Sie neigte ihren Kopf ein wenig. War das eine Reaktion, die man wichtig nehmen sollte? Vielleicht. Doch hier mußte ich innehalten. Wenn nicht ihretwegen, dann meinetwegen. Ich überzeugte mich davon, daß ich so weit gegangen war, wie ich gehen konnte. Ich schaute auf die Uhr. Es war nicht allzuviel Zeit verstrichen. Doch in diese kurze Zeit hatte eine andere Zeit hineingepaßt ...

Ich verließ die Werkstatt, ging ins Stationszimmer und bedankte mich bei der Oberschwester. Auch sie bedankte sich. Sie bot mir einen Tee an. Ich sagte, ich könne dieses verführerische Angebot nicht annehmen, und schob meine Arbeit ›draußen‹ vor. Doch bei meinem nächsten Besuch würde ich der Einladung sicher gerne Folge leisten. Wir lächelten uns leicht an. Wir beide lächelten aus Höflichkeit und ein wenig gezwungen. Schließlich waren wir uns beide der höflichen Verstellung völlig bewußt. Sie fragte nicht, was wir in der Werkstatt gemacht hatten. Ich wollte es sowieso nicht erzählen. Ich konnte nur meine Entschlossenheit in diesem Kampf ausdrücken, indem ich erklärte, ich würde wiederkommen. Ich hatte getan, was nötig war, und entfernte mich. Ich konnte es nun nicht länger ertragen, dort zu bleiben ...

Die Eindrücke wirken in uns nach

Mehr als der halbe Tag war vorbei. Ich entschloß mich, trotzdem in den Laden zu gehen. Ich hatte nicht alle unsere Lieder gespielt, sondern eingesehen, daß ich irgendwo innehalten mußte. Der Ohrring war noch in meiner Jackentasche, dort, wo er sich verstecken, warten mußte. Auch seine Zeit würde kommen. Als ich auf der Rückfahrt das Geschehene noch einmal Revue passieren ließ, ertappte ich mich plötzlich dabei, wie ich schmerzlich lächelte. Mit dem Gefühl, in einer anderen Welt gewesen zu sein, mit einer anderen Frau tagsüber ein anderes Zusammensein erlebt zu haben, kehrte ich an meinen Arbeitsplatz, in mein gewohntes Leben zurück. War das eine Art Seitensprung gewesen, um es einmal sehr banal auszudrücken? ... Vielleicht übertrieb ich ja, vielleicht tat ich mir selbst unrecht. Hatte ich plötzlich ein schlechtes Gewissen? ... Es war seltsam, daß ich dieses Gefühl hatte. Denn ich wollte ja die Reinheit hier bis ins letzte wahren. Auch wenn ich nicht wußte, was mich erwartete ... Aus diesem Grund entschied ich mich, Çela von Şebnem zu erzählen. Mein Leben hatte unerwartet Farbe bekommen, und die Begeisterung darüber wollte ich möglichst auskosten. Ich wollte auch wagen, meine Erlebnisse bis zum Ende zu erleben, mich gleichzeitig aber immer an die Tatsache erinnern, daß ich im Wettlauf mit der Zeit war ... Es war nicht leicht gewesen, diese Einstellung zu erreichen, schließlich hatte ich viele Verluste erleiden müssen, um den Weg nun mit diesem Gefühl gehen zu können. Etwas Böses hatte dazu geführt, daß sich in der Finsternis eine Tür geöffnet hatte. Ich mußte erkennen, was dies wert war, mußte den Wert eines jeden Schrittes erkennen, den ich tat...

Da merkte ich, daß ich hungrig war. Nachdem ich mein Auto auf den Parkplatz gefahren hatte, führten mich meine Füße unter dem Eindruck meiner Erinnerungen von selbst zum *Rumeli Köftecisi*. Der Kellner wußte, was ich essen wollte: Bohnensalat nur aus Bohnen und Zwiebeln, viel Öl und Essig, dazu schwach gebratene *köfte*. Zuerst eine Portion und dann noch mal ein Nachschlag... Nach diesem kleinen Festmahl ging ich in den Laden. Es gab ein paar Dinge zu erledigen. Wir hatten eine neue Warenlieferung bekommen. Ich ging wegen der Rechnungen auf die Bank.

Als ich aus der Bank kam, trank ich auf dem Weg bei *Hacıbekir* eine Limonade aus indischen Datteln, Tamarinden. Meine Reise in die Vergangenheit hatte viele Einzelheiten und Erlebnisse zurückgebracht, die in der Dunkelheit der Zeit verloren gewesen schienen. Unbewußt hatte ich die Assoziationen, die der Geschmack dieses Getränks in mir erweckte, irgendwo bewahrt. Seltsam... Der Tag, an dem mich mein Vater zum ersten Mal mit diesem alten Geschmack bekannt gemacht hatte, kam mir wie gestern vor. Dabei waren inzwischen nahezu fünfzig Jahre vergangen. Das Erleben von Augenblicken, in denen sich ein gewisser Geschmack mit Stimmen und Gerüchen vermischt, versetzt den Menschen urplötzlich in eine ganz andere Zeit. Zudem widerstand dieser Teil von Istanbul, den ich seit vielen Jahren fast täglich sah, mit manchen Läden, kleinen Lokalen und den altersschwachen Geschäftshäusern auf seine eigene Weise dem Wandel. Zwar waren die achtsitzigen *dolmuş* vom 56er-Modell Chevrolet, die nach Nişantaşı und Şişli gefahren und in Stoßzeiten wie vom Erdboden verschluckt gewesen waren, schon Geschichte, doch jene Gassen waren immer noch schmutzig und düster. Zwar herrschten an vielen Stellen Häßlichkeit, Gewöhnlichkeit und Geschmacklosigkeit. Doch nahm ich diese

Dinge nicht mehr so wichtig wie früher. Denn ich sah, wie sich die Geschmacklosigkeit auch auf andere Viertel der Stadt ausbreitete. Es war das beste, manche Ecken, die ich liebte, zu genießen, ihren Wert zu schätzen. Schließlich tat ich, was ich konnte. Sonst hätte ich diese Stadt nicht weiterlieben können trotz all ihrer Einbußen und ihrer mich befremdenden Farben ... Ich war wieder einmal in Gedanken versunken. Doch ich wollte nicht länger dortbleiben. Ich fühlte das Bedürfnis, nach Hause zu gehen und mich in eine stille Ecke zurückzuziehen. Auch unter dem Einfluß dessen, was ich seit dem Morgen erlebt und gefühlt hatte, war ich an einen Punkt gelangt, an dem ich mir im Gewühl der Stadt ziemlich fern, fremd und verloren vorkam. Ich rief von meinem Handy aus im Laden an und sagte Fehmi, daß ich nicht mehr zurückkäme. Ich hatte getan, was für jenen Tag zu tun gewesen war. Alles andere würde ich am nächsten Tag erledigen.

Ich ging zum Parkplatz. Gerade wollte ich ins Auto steigen, als mein Handy klingelte. Auf dem Display sah ich Necmis Namen. Seit fast zwei Tagen hatte er nichts mehr von sich hören lassen. Ehrlich gesagt hatte auch ich nicht daran gedacht, ihn anzurufen. So sehr hatte ich mich vom Lauf der Geschichte mitreißen lassen ... Gespannt nahm ich das Gespräch an. Auch in seiner Stimme schien ein wenig Aufregung mitzuschwingen. Das konnte man seinen Worten entnehmen, mit denen er ohne die übliche förmliche Erkundigung nach dem Ergehen sofort herausplatzte. Zu seiner unvermittelten Frage paßte außerdem dieser ironische Tonfall, den ich manchmal liebte und der mir manchmal auf die Nerven ging.

»Wo steckst du, Alter, bist du gestorben? ...«

Ob ich gestorben war? ... ›Noch nicht, Hundsfott, was bist du nur so ungeduldig!‹ lag mir auf der Zunge. Der Zeitpunkt war wirklich ausgezeichnet gewählt! ... Doch am besten bewahrte ich die Ruhe. Zumindest in diesem Augenblick... Ihm eine Antwort zu geben, die zu seinem Ton paßte, fiel mir nicht schwer.

»Nö, ich fühle mich zum Glück sauwohl!«

In seiner Stimme schien die Spöttelei noch deutlicher.

»Rate mal, wo ich bin!...«

Ich hätte es nicht ausgehalten, wenn ich es ihm nicht in gleicher Münze heimgezahlt hätte. Ich ging auf seine Laune ein.

»In Athen... Du trinkst mit Yorgos zusammen Uzo, ihr eßt gebratenen Tintenfisch, gefüllte Zucchiniblüten und Rogensalat!«

Er lachte leise auf.

»Das wäre möglich... Keine schlechte Idee, wirklich!... Aber ich bin viel näher. Mann, schau doch mal ein bißchen weiter!«

Jeder, der mich kannte, wußte, ich war zerstreut. Das wußte er natürlich auch, er konnte es nicht vergessen haben. Ich hatte diese Eigenart in all den Jahren nicht ablegen können. Wenn ich in solch tiefen Gedanken versank, nahm ich meine Umgebung kaum wahr. Wo war ›weiter‹?... Ich schaute aufs Geratewohl. Nach kurzer Zeit sah ich ihn auf der anderen Straßenseite. Er hatte das Handy am Ohr und blickte grinsend zu mir herüber. Ich sagte schnell, was mir gerade einfiel.

»Gott segne deinen Humor, Mensch!... Komm her!...«

Wir machten unsere Handys aus. Er kam zu mir, weiterhin grinsend. Wir umarmten einander. Mit fast kindlicher Aufregung versuchte er mir zu erklären, wie er mich gefunden hatte, als fühlte er sich zu einer Erklärung verpflichtet.

»Ich wollte dich überraschen. Ich habe versucht herauszufinden, wo der Laden liegt. Es sind ja inzwischen Jahre vergangen, vieles hat sich verändert, und gerade als ich dachte, das wird wohl schwierig werden, da sehe ich dich völlig in Gedanken versunken laufen... Was für ein Zufall aber auch!...

Ich sagte mir, dem Burschen folge ich mal, ohne daß er es schnallt, mal schauen, wohin er geht. Als das klar war, habe ich dich halt angerufen...«

In dem Augenblick dachte ich wieder an die Zeit, als er ein paarmal in den Laden gekommen war. Abermals fühlte ich den Abstand. Er hatte davon gesprochen, wie sehr sich der Ort, wo ich einen wichtigen Teil meines Lebens verbrachte, verändert hatte. Das bedeutete, mir, der ich mich seit so vielen Jahren dort aufhalte, war nicht aufgefallen, was sich wie sehr verändert hatte... Dabei bemerkte ich unweigerlich die Arglosigkeit, mit der er sich in dieses kleine Abenteuer gestürzt hatte, um mich zu finden. Wir hatten uns verändert. Doch unsere Erlebnisse hatten uns nicht unsere gewisse Arglosigkeit genommen. Wir konnten diese Tatsache nicht hoch genug schätzen. In dieser Lage war es unvermeidlich, daß die Liebe, die Vertrautheit, in seiner Erklärung auf mich übersprang. Dieses Gefühl hatte zur Folge, daß jener Abend für mich einen ganz anderen Verlauf nahm. Ich konnte schon nicht mehr anders, als ihn diesen Abend zu mir einzuladen.

»Gut gemacht... Ich wollte gerade nach Hause fahren. Los, steig ein und komm mit. Du wirst Çela kennenlernen. Vielleicht ist auch meine Tochter zu Hause. Wir essen und trinken, was da ist.«

Er schien sich etwas zu zieren.

»Ach nein, egal... Ich wollte gerade vorschlagen, daß wir uns beide irgendwo hinsetzen. Ich will eure häusliche Ordnung nicht stören. Ich komme ein andermal.«

Ich blieb stur. Çela war eine Frau, die sich bei solchen plötzlichen Besuchen sehr gelassen verhielt. Ich wollte, daß er das sah und wußte.

»Also komm halt, wenn ich es sage... Wenn es zu Hause nichts zu essen gibt, dann bestellen wir uns was.«

Die Antwort darauf gab er wieder mit diesem ironischen Grinsen, das ich so liebte.

»Was bestellen wir uns denn?«

Da gab es eine große Auswahl. Ich konnte zeigen, daß wir für diesen Fall ebenfalls gerüstet waren.

»Was du willst ... Hamburger, chinesisches Essen ...«

Er grinste in derselben Weise.

»Also nee, entschuldige mal ... Beide kommen ja vom Feind! ... Vor allem chinesisch esse ich nie! ...«

Ich hatte verstanden. Es war ein Teil des Spiels, in dem wir mit unseren Erlebnissen spielten, nicht anders konnten, als sie spielerisch zu behandeln.

»Schau an! ... Chinesisch ißt er nicht! ... Was kann man von einem Sozialfaschisten wie dir auch anderes erwarten! ...«

Er griff das Motiv auf. Wir hatten eine weitere Brücke zu einem Ort gebaut, wo wir nicht neutral bleiben konnten.

»Das gefällt dir wohl nicht, oder? ... Aber Sozialchauvinisten, die so wie du reden, sind später alle kapitalistische Arbeitgeber geworden, oder nicht? ...«

Darauf wollte ich dieses Mal gerade eine geharnischte Antwort geben. Er merkte es und stoppte mich. So wie er mich am Abend unseres Wiedersehens beim Einsteigen in mein Auto bei meiner Erwiderung auf seine Worte gestoppt hatte ... Zum Zeichen der Kapitulation hob er die Hände. Diese Kapitulation zeigte er jetzt außerdem auch mit Worten.

»Gut, gut, ich komme mit! ... Doch du bist dir sicher, ja? ... Nämlich so unangemeldet ...«

Es war klar, was er sagen wollte. Ich mußte ihn also noch ein bißchen mehr über Çela informieren.

»Mach dir keine Sorgen ... Außerdem kennt dich Çela schon gut. Sie weiß, wie sehr ich dich schätze. Ich habe ihr erzählt, daß wir uns wiederbegegnet sind, ich habe ihr ausführlich von dir erzählt. Sie weiß auch über das Theaterstück Bescheid. Sie ist ebenfalls begeistert und will uns helfen. Schau, ich rufe sie jetzt hier vor dir an, komm, sieh selbst ...«

Meine Herzlichkeit rührte ihn. Das konnte ich leicht sehen. Sogar hinter seiner Brille, die er wieder nicht abnahm. Wir stiegen ins Auto, und ich machte sofort, was ich gesagt hatte. Die Stimme am anderen Ende des Telefons ließ wie immer ihren dominanten Wesenszug unauffällig spüren, doch nur diejenigen, die sie gut kannten, konnten das wirklich heraushören.

»Was gibt's, mein Lieber?«

Ich antwortete langsam und deutlich sprechend, als wollte ich eine wichtige Botschaft überbringen:

»Heute abend haben wir einen sehr wichtigen Gast. Er sitzt gerade neben mir. Wir kommen im Auto. Rate mal, wer es ist...«

Es fiel ihr nicht schwer, in solchen Situationen ihre Befähigung zum Humor unter Beweis zu stellen. Sie zögerte nicht und schoß sofort mit der Antwort heraus.

»Süleyman Demirel!«

Ich lachte, wollte aber das Thema nicht weiter ausspinnen.

»Nein, nein, der hier ist nicht so prominent!... Necmi, es ist Necmi... Der Esel hat mich in ganz Eminönü gesucht!... Ich fange ihn ein und bringe ihn mit... Sonst fangen ihn andere ein und bringen ihn weg...«

Dieses Mal war er an der Reihe mit Lachen. Ich konnte dem Ton entnehmen, daß er sich freute. Um meine Entscheidung in bezug auf das Essen zu erleichtern, gab sie in einer gleichsam verschlüsselten Botschaft auf Anhieb das Menü durch.

»Ich habe gefüllte Zucchini und *kaşkarikas* fertig. Das mag er wahrscheinlich.«

Die Botschaft war angekommen. Zudem war das Menü aus meiner Sicht sehr gut. Weil Necmi meinen Geschmack wahrscheinlich teilen würde, antwortete ich freudig:

»Er mag das... Mach dir keine Sorgen...«

Ich war mir sicher, sie war erstaunt, daß ich derart selbstbewußt war. Anders konnte ich ihr kurzes Verstummen nicht interpretieren. Doch war es noch schöner, nichts zu erklären. Für diesen Augenblick reichte es, Außenstehenden ein beneidenswertes Bild einer glücklichen Familie zu zeigen. Sah sie ebenfalls, was ich sah, fühlte sie, was ich fühlte? ... Wer weiß. Vielleicht war die Wahrheit nur meine Wahrheit und die Einsamkeit allein meine Einsamkeit. Was ich in dem Moment nur sehen konnte, war, daß sie das Spiel reibungslos fortsetzen konnte.

»Gut, dann kommt jetzt also. Ich mache gleich einen Salat, einverstanden? Und um den Wein kümmerst du dich.«

Ich vermittelte ihr, daß ich das Nötige schon tun würde, und beendete das Gespräch. Ich schaute Necmi an. Er betrachtete die Außenwelt. War er wieder in einem Gedanken versunken? ... Das wußte ich nicht. Doch hatte ich keinen Zweifel, daß er meine Worte gehört hatte. Als Vorbereitung war es am besten, ihm eine Zusammenfassung des Gesprächs zu geben. Eigentlich wollte ich ihn auf die Probe stellen.

»Du hast Glück ... Heute abend gibt es ein wunderbares Essen. Mit Hackfleisch gefüllte Zucchini. Aber nach unserer Art, nämlich leicht gesüßt. Hoffentlich magst du das ...«

Er guckte. Sein Gesicht drückte Freude aus. Die Freude erschien mir in dem Augenblick etwas schwermütig ...

»Das kenne ich doch, Menschenskind! ... Und ich bin begeistert davon. Tante Mati hat es ja immer gemacht! ... Gibt es dazu auch *kaşkarikos*? ... Mann, Isi, wie kannst du das vergessen haben? ... Ist dein Hirn schon so verkalkt! ...«

Mein Test war erfolgreich. Ich grinste. Es war unwichtig, daß er dachte, ich hätte es vergessen. In diesem Moment erinnerte ich mich an noch ein paar Szenen, die wir weit zurückgelassen hatten. Er erinnerte sich sogar an das Gericht namens *kaşkarikas*, das meine Mutter aus den Schalen der Zucchini gemacht hatte. Damals hatten wir es ihm mehrmals zu kosten gegeben, und jedesmal schmeckte es ihm besser, doch wir hatten ihm irgendwie nicht beibringen können, den Namen richtig auszusprechen. Obwohl ich es ihm ausreichend erklärt hatte. ›*Kaşkarikas*‹ bedeutete soviel wie ›dünne Schalen‹. Man aß es lauwarm wie Gemüse in Olivenöl ... Doch er – vielleicht weil er den Laut nicht richtig kapierte, oder weil er ihn nicht artikulieren konnte, oder aus Spaß, oder weil er mich necken wollte – bestand auf dem ›o‹ anstelle des letzten ›a‹, wodurch das Essen eine ganz andere Bedeutung bekam. Auch wenn ich den Fehler jedesmal verbesserte, das nutzte nicht die Bohne. Jetzt spielte sich dieselbe Szene nach Jahren wieder ab. Doch wie anders waren die Gefühle, die dabei anklangen ... Necmi war bei jedem Besuch bei uns vom Essen begeistert gewesen. Einmal hatte er sogar um das Rezept gebeten, aber meine Mutter hatte ihn liebevoll kritisiert und gesagt: »Was für ein Rezept, Bengel! Männer machen kein Essen! Werd mal erwachsen und heirate, dann bringe ich es deiner Frau bei!«

Erwachsen werden, heiraten ... Was hatte sie von uns erwartet, was hatten wir erlebt ... Ich dachte an das, was wir hinter uns gelassen hatten, oder an das, was wir nicht hatten hinter uns lassen können. Ein erneuter Schmerz durchzuckte mich. Doch ich wollte nicht sehr viel weiter gehen. Ich zog es vor, meine Erinnerungen und die damit verbundenen Gefühle zu verbergen und ihm lächelnd zu sagen, er habe recht, wobei ich wieder den Fehler verbesserte, den er bei dem Namen des Essens gemacht hatte. Er grinste. Vielleicht war das wirklich genug. Außerdem wollte ich ihm von Şebnem erzählen. Wie ich zum Krankenhaus gefahren war, ihr jene Chansons vorgespielt hatte, was ich gesagt und was ich gefühlt hatte und sie hatte fühlen lassen wollen ... Er hörte zu, indem er, von mir abgewandt, auf die Straße schaute und mich nicht unterbrach. Still oder erneut in seine innere Stimme vergraben. Als er merkte, daß ich zum Ende gekommen war, kehrte er zurück und legte mir die Hand auf die Schulter. Seine Stimme war wieder sehr freundschaftlich, sehr warm und ermutigend.

»Alle Achtung! ... Dir ist etwas eingefallen, was mir die ganze Zeit nicht eingefallen ist. Musik... Freilich, Musik!...«

Wir schwiegen. Dann sprach er nachdenklich weiter, wobei er auf die Straße blickte. Es war, als versuchte er zu verstehen und zu sehen.

»Ich hoffe, das hilft ... Hoffentlich ... Was hat sie wohl gefühlt? ...«

Daraufhin erzählte ich ihm auch von dem Moment, als ihre Augen feucht geworden waren. Ja, vielleicht war es mir auch nur so vorgekommen. Doch ich wollte mich an diesem kleinen Zittern festhalten. Als er das hörte, legte er mir wieder die Hand auf die Schulter und sagte, daß ich die Sache nicht aufgeben solle. Auch er war bewegt. Wir schwiegen ein Weilchen. Ich wollte mit ihm noch über ein weiteres Gefühl sprechen, es mit ihm teilen. Ich mußte ihn zum Teilhaber meines Gefühls machen, jetzt, am Beginn des gemeinsamen Abends.

»Ich möchte das, was ich erlebt habe, auch Çela erzählen.«

Er antwortete nicht sogleich. Es war, als herrschte zwischen uns eine dieser kurzen, tiefen Sprachlosigkeiten. Seine Reaktion war scheinbar knapp und einfach, doch wenn man genau hinschaute, gut hinhörte, stellte er daraufhin eine Frage, die eine lange Erklärung verlangte und viele andere Fragen enthielt. Seine Stimme – so fühlte und erinnerte ich mich mit jedem Moment mehr – war die eines Menschen, der mich wie ein älterer Bruder dazu veranlaßte, mehr nachzudenken, tiefer einzudringen und nachzuforschen. Diese Stimme kannte ich nur allzugut ...

»Was hast du eigentlich für ein Problem?«

Unschwer konnte ich aus seiner Frage und der Art und Weise, wie er sie stellte, den Schluß ziehen, daß er das ›Geständnis‹ etwas heikel fand. Irgendwie fühlte ich mich gedrängt, eine Erklärung abzugeben, mich zu verteidigen.

»Ich möchte nicht lügen. Diese Geschichte ist die Geschichte von uns allen.«

Er setzte sein Verhör fort.

»Wieso? Fang bloß nicht an, dich hinter der Maske der Aufrichtigkeit zu verstecken. Das ist keine Aufrichtigkeit. Du versuchst, gegenüber deiner Frau Macht zu gewinnen, sowohl durch das, was du getan hast, als auch durch deine sogenannte Ehrlichkeit. Wie wird dein Vorgehen aber wohl aufgefaßt werden? ... Deine sogenannte Ehrlichkeit wird bestraft werden. Denn Junge, es geht um eine andere Frau, in was für einem Zustand auch immer ... Du fährst ins Krankenhaus, ihr hört zusammen Lieder von früher, ihr werdet gerührt ... Nee also! ... Wenn du willst, bring Blumen hin und erzähl das auch noch zu Hause! ... Sei mal du zuerst ehrlich gegenüber dir selbst! ... Warum gehst du dorthin? ... Warum gehst du wirklich dorthin? ... Um einer alten Freundin zu helfen? ... Oder wegen dieses Spiels? ... Frag dich mal selbst ...«

Hatte er recht? ... Ging ich nicht auch dorthin, um jene Şebnem wiederzufinden, die ich verloren hatte? ... Steckte nicht eine unbestimmte Liebe dahinter, von der ich vielleicht nur das Gefühl, die Hoffnung erleben wollte. Wenn es so war, wie wollte ich meiner Frau gegenübertreten, mit der ich so viele Jahre ein ruhiges Leben geteilt hatte, zweifellos auch, weil wir vermieden hatten, in manche Tiefen hinabzusteigen, weil es uns gelungen war, mancher Konfrontation auszuweichen. Würde eine Erschütterung nun eine Reihe anderer nach sich ziehen? Konnte man mein Bestreben wirklich mit dem Streben nach Macht, nach Überlegenheit erklären? ... Der Punkt, auf den Necmi mich gebracht hatte, war sowohl warnend als auch unangenehm. Was sollte ich nun tun? ... Ich konnte nicht vermeiden, von Şebnem zu sprechen. Die Rede war von einer Frau, von der wir hofften, sie werde in dem ›Spiel‹ aufs neue die Hauptrolle übernehmen. Diese Frau lebte, und sie war ›dort‹. Die Wahrheit mußte irgendwie ans Licht. Dabei mußte ich zugeben, daß die Wahrheit gegenwärtig ziemlich chaotisch war. Es tauchten jetzt am laufenden Band neue Fragen auf. Beispielsweise fragte ich mich inzwischen, ob sich in dem Wunsch von Necmi, mich auf einen solchen Punkt hinzuweisen, außer seiner unbezweifelten Freundschaft noch ein anderer, unausgesprochener Grund versteckte. Konnte es sein, daß er sich an meinem Interesse für Şebnem störte? Vielleicht tat ich ihm unrecht, wenn ich so dachte. Was auch immer der Mensch über einen anderen denkt, das denkt er ein wenig auch von sich selbst. Hätte ich in dieser Situation so gefühlt und ähnlich reagiert, wenn ich an seiner Stelle gewesen wäre? ... Ich wollte das nicht weiterverfolgen. Von diesem Zweifel konnte ich mich nur befreien, indem ich sein Verhältnis zu Frauen verknüpfte mit der nie verheilten Wunde, die Fatoş Abla ihm geschlagen hatte. Insofern konnte ich nicht umhin, zu denken, daß er Çela unrecht tat. Die Frau, mit der ich so viele gemeinsame Jahre verbracht hatte, paßte nicht in die von ihm gezogenen engen Grenzen, sie würde mich allenfalls in meinem Kampf freundschaftlich unterstützen. Meine Antwort brachte diese Überzeugung zum Ausdruck.

»Du denkst ganz falsch. Çela ist keine solche Frau. Sie wird es verstehen. Vor ihr kann ich nicht verheimlichen, was ich erlebt habe. Ich kann es einfach nicht verheimlichen, verstehst du? ... Wenn ich es verheimliche, habe ich Gewissensbisse.«

Ich wendete für einen Moment meinen Blick von der Straße ab und schaute ihn an. Auch er schaute mich an. In seinen Blicken sah ich wieder seine mir wohlbekannte Liebe. Zugleich aber sah ich auch, daß er meinen Worten keinen Glauben schenkte.

»Du mußt selbst wissen, was du tust. Ich mische mich nicht ein.«

Damit war die Sache erledigt. Ich entschied mich auch, nicht weiter auf seine Wunde einzugehen. Es blieb sowieso nicht mehr genug Zeit. In dem Augenblick machte er mir eine wichtige Mitteilung, die meinen Traum vom ›Spiel‹ bestärkte.

»Eigentlich gab es einen Grund, weshalb ich dich treffen wollte. Ich habe die Spur von Yorgos gefunden. Die Genossen dort haben nicht gezögert, die nötigen Erkundigungen einzuziehen. Du solltest mich fürchten, mein Junge! Was wir nicht alles für Verbindungen haben! Aber ich muß zugeben, wir hatten auch Glück, mein Gott! Glaub mir, ich hätte nicht gedacht, daß dies so leicht wäre. Ich habe die Telefonnummer und Adresse von dem Kerl. Es schaut so aus, als hätte er sich ein gutes Leben eingerichtet. Wenn du willst, kannst du ihn anrufen. Ich kann aber auch anrufen, mal sehen.«

Gleich beim ersten Mal, als er gesagt hatte, er könne Yorgos in Athen finden, muß ich sehr verwundert dreingeschaut haben. Diese Verwunderung erwartete jetzt eine Erklärung. Er spürte meine stumme Frage. Es war Zeit, sich einer bisher im dunkeln gebliebenen anderen Seite der Geschichte zuzuwenden ... Er schaute wieder in die Ferne. Die Begegnung, die nun zu unseren Erlebnissen hinzukam, sollte mich erneut aufwühlen.

»Ich habe ihn einmal gesehen, als ich in Athen war. Er hat mich jedoch nicht gesehen. Wir sind mit unseren Leuten zur Probe eines Stücks gegangen, das eine Gewerkschaft vorbereitet hatte. Auf der Bühne gab er den Spielern im Ton eines Regisseurs Anweisungen. Ich saß im dunklen Zuschauerraum. Zwischen einigen anderen Zuschauern. Ich verstand nicht, wie mir geschah, mir stockte der Atem. Es kam mir vor wie ein Traum. Als kennte ich ihn nicht, fragte ich die Umsitzenden, wer er sei. ›Ein bedeutender Regisseur, der so denkt wie wir. Wir haben ihn um Beratung gebeten, und er ist gekommen‹, sagten sie. Du kannst dir selbst denken, was ich gefühlt habe. Sollte ich lachen oder weinen vor Freude? ... Doch was habe ich getan? ... Gar nichts. Hast du gehört, gar nichts ... Ich blieb wie versteinert sitzen. Du wirst sagen, in so einer Lage springt der Mensch doch gleich auf und läuft zu dem Kerl hin, nicht wahr? ... Doch ich konnte nicht. Ich war in einem schlimmen Zustand. Ich versuchte noch immer, mich zu bekrabbeln. Ich wollte nicht, daß er mich in diesem Zustand sah ... So war das also ...«

Was sollte ich sagen? ... Ich begnügte mich mit Schweigen. Nur mit Schweigen. In dem Glauben, daß er das verstehen würde. In dem Augenblick blieb mir nur, mich zu freuen, daß wir einer Spur folgten. Es schien ja, als kämen wir einen Schritt voran. Indem ich seine Schulter drückte, versuchte ich diese Freude auszudrücken und die Unterstützung, die ich ihm geben wollte. Ich sagte, er solle den kleinen Zettel mit der Telefonnummer ins Handschuhfach tun. Ich würde so schnell wie möglich anrufen. Diese Spur führte mich zu der unvermeidlichen Frage, was denn mit Şeli wäre? ... Wo war sie, mit wem, in was für einem Leben? ... Ihre Liebe zu Yorgos war doch herzergreifend gewesen ... Auch Yorgos' Leidenschaft lag tief in meinem Gedächtnis eingegraben. Es schien, als wäre es in dem, was er erlebt hatte, auch um einen Überlebenskampf gegangen, der diese Liebe überstieg ... Wie hätte ich jene Tage vergessen können. Es war jetzt unvermeidlich, meine Erinnerungen mit Necmi zu teilen, wobei er auch meine Besorgnis spüren sollte.

»Çela sagt, sie könne auch Şeli finden ... Ich hoffe, wir tun das Richtige.«

Er verstand. Zudem zeigte seine Antwort, daß er genauso besorgt war wie ich.

»Hoffentlich! ... Mensch, plötzlich mischen wir das Leben der ganzen Leute auf! ...«

Wagten wir uns tatsächlich weit vor? ... Wir wußten ja nicht einmal, wie jene Menschen, jene unvergeßlichen Schauspieler in unserer Geschichte, mit denen wir aufs neue zusammenkommen wollten, mit den Ereignissen der Vergangenheit zurechtkamen. Folglich? Vielleicht machten wir uns aber zu viele Sorgen. Ich konnte mir denken, daß diejenigen, auf die unsere Sorge zutraf, die sich abgeschottet hatten, sowieso nicht kommen und es ablehnen würden, das ›Spiel‹ noch einmal zu spielen, wohingegen diejenigen, die der Einladung folgten, sich gerne auf das Geschehen einlassen würden, und manche würden vermutlich kommen, ohne über all dies nachzudenken. Doch diese Wahrheit, die mir meine Logik aufzeigte, der ich zeitweise sehr vertraut hatte und zu der ich viele Male Zuflucht genommen hatte, um gewisse Ängste leichter zu ertragen, vermochte nicht, mich aus dem Gefühl zu reißen, das mich erfaßt hatte. Ich wollte noch einmal Necmis Mitempfinden spüren.

»Das Spiel wird uns nicht nur zusammenbringen, sondern uns auch mit uns selbst konfrontieren ...«

Er wurde melancholisch. Sein Tonfall schien diese Melancholie ebenso wie die Spuren, die seine Geschichte in ihm hinterlassen hatte, auszudrücken.

»Nur zu, nur zu ... Das macht mir nichts aus ...«

Auch das war richtig. Es machte ihm wahrscheinlich nichts aus, nach allem, was er erlebt hatte ...

So gelangten wir also mit unseren Worten, Sorgen, Hoffnungen und unserem Schweigen zu meinem Haus in Ulus. Ich freute mich und war ein wenig aufgeregt, Necmi eine der wichtigsten Türen in meinem Leben zu öffnen. Sein Gesichtsausdruck verriet, daß diese Aufregung auch ihn erfaßt hatte. Es war, als träten wir beide unterschiedliche Prüfungen an. Indem wir einander wieder neckten, versuchten wir unsere Aufregung und Unsicherheit zu überspielen.

Wir klingelten, und binnen kurzem wurde die Tür geöffnet. Çela hatte ihre Haare zusammengebunden, sich geschminkt und sich in aller Schlichtheit sorgfältig und für diesen Abend sehr passend angezogen, mit einem Anspruch, der nicht gleich hervorstach, den ich aber sehr wohl sehen konnte. Ich war von dem Anblick beeindruckt. Dieses Verhalten betonte die Wichtigkeit, die sie meinem Gast zumaß. Wir umarmten einander leicht. Beide bemühten wir uns, diese Szene nicht zu übertrieben zu spielen.

Necmi hielt es für nötig, sich für sein plötzliches Erscheinen zu entschuldigen. Bei seiner Entschuldigung wirkte er sehr aufrichtig. Çela hingegen beeilte sich, sowohl mich als auch ihn zu entkrampfen. Sie habe keine großen Vorbereitungen gemacht, eigentlich gar keine. Überdies würden wir uns ja zusammensetzen und schön miteinander plaudern. War die Absicht nicht sowieso eine gemütliche Plauderei? ... Was wollten wir mehr. Auch sie wirkte in ihren Worten aufrichtig. Auf diese Weise hatten wir den Abend gut begonnen.

Aus der Küche kamen leckere Gerüche, andere, als ich erwartet hatte. Das heißt, sie hatte sich nicht begnügt mit dem, was sie am Telefon gesagt hatte. Wir gingen in den Salon. Sie hatte den Tisch mit Sorgfalt gedeckt. Ein weißes Tischtuch, unser Besuchsgeschirr, Weingläser, Servietten. Auf den Beistelltisch hatte sie sogar ein paar kleine Pizzen und Salzgebäck aus der Konditorei gestellt. Alle Details schienen darauf hinzuweisen, daß es berechtigt war, an die Ehe zu glauben. Angesichts all dessen fühlte ich wieder einmal die Wärme dieser Zuflucht. Wir setzten uns. Necmi schaute lächelnd herum. Ich versuchte zu verstehen, zu fühlen, was er sah und welche Gefühle dabei aufkamen. Auch Çela ihrerseits war aufgeregt, Necmi zu zeigen, welch große Bedeutung diese Begegnung für sie hatte.

»Es ist wunderbar, daß ihr ganz spontan gekommen seid ... Wenn ihr nämlich mit Ankündigung gekommen wärt, hätte ich wahrscheinlich einen Tag vorher mit den Vorbereitungen begonnen.«

Ein Mensch, der dermaßen liebenswürdig behandelt wurde, mußte sich revanchieren. Die passende Antwort kam sofort.

»Beim nächsten Mal sage ich auf jeden Fall vorher Bescheid...«

Wir lächelten uns zu. Nun mußte die Gastgeberin zeigen, wie gut sie es verstand, nicht nur einen Gast zu bewirten, sondern auch die Menschen sich wohl fühlen zu lassen.

»Das heißt, ich bin reingefallen!... Na gut, was soll man machen!... Für jetzt habt Nachsicht mit meinen Fehlern und Mängeln!... Herzlich willkommen, ihr habt Freude in unser Heim gebracht!... Übrigens ist das Essen fertig, meine Herren. Wenn ihr hungrig seid, setzen wir uns sofort hin. Aber vielleicht möchtet ihr vorher etwas trinken.«

Es war an der Zeit, daß sie ihre Überlegenheit irgendwie zeigte. Die Gelegenheit ließ sie sich nicht entgehen.

»Das überlasse ich Isi. Du weißt ja, was dein Amt ist, Bruder!...«

Wir antworteten mit einem gezwungenen Lächeln. Anders hätten wir die Spannung dieses neuen Miteinander-warm-Werdens nicht überspielen können. Selbst wenn jeder in solchen Momenten bei solchen Begegnungen seine wirklichen Ansichten für sich behielt... In dem Augenblick hinderte sie nichts in ihrem Bestreben, ihre Überlegenheit weiter auszubauen. Sie schaute mich an. In ihren Blicken lag eine Weiblichkeit, die sie, wann immer sie wollte, sehr wohl herauskehrte.

»Magst du nicht den Wein aussuchen, Schatz... Freilich, wenn ihr etwas anderes trinken wollt...«

Necmi mischte sich ein in dem Maß und der Form, wie es die Unterhaltung erlaubte.

»Nein, nein... Wein ist recht. Außerdem werden wir jetzt mal sehen, ob Isi so gut ist, wie Sie sagen!...«

Dieses Mal war das gemeinsame Lachen weniger gezwungen. Es schien, als entkrampften wir uns langsam und würfen die Spannung ab, die auf uns lag. Darum mußte auch ich mich bemühen.

»Ich werde euch zuerst einen Martini machen... Unsere Gläser sind aber nicht eiskalt...«

Wir kamen in Stimmung. Auch Necmi leistete seinen Beitrag.

»Ich fange an, mich wie in einem Fünfsternehotel zu fühlen, bei Gott!...«

Jetzt war Çela an der Reihe.

»Unser Essen ist natürlich keine ›feine Küche‹ ... Vielmehr die bekannte, normale Hausmannskost...«

In dem Moment dachte ich erneut, daß sich in solcher Bescheidenheit ein geheimer Stolz verbarg und daß ein Kompliment erwartet wurde, ja der Gesprächspartner direkt zu einem Kompliment gezwungen wurde. Sah auch Necmi diese kleine List oder, aus anderer Sicht betrachtet, die darin liegende Kindlichkeit? ... Meiner Ansicht nach ja, unbedingt. Dennoch entschied er sich, uns in seiner Antwort auf eine andere Wirklichkeit, einen Schmerz seines Lebens, hinzuweisen. Er tat das auf indirektem Weg.

»Aber bitte sehr... Es geht nichts über Hausmannskost... Manchmal zieht man sogar eine einfache warme Suppe einer Ente in Orange vor...«

Während dieses Gesprächs hatte niemand seine Getränkewünsche kundgetan, und ich spürte, daß ich mich an so einem Abend nicht auf Details in bezug auf alkoholische Getränke zurückziehen konnte; darum tat ich so, als wäre mein Vorschlag für einen Martini nicht gehört worden oder unbeachtet geblieben, öffnete eine Flasche Rotwein und füllte die Gläser. Binnen kurzem sah ich, daß wir langsam anfingen, vertraut miteinander umzugehen. Die Antwort von Çela auf Necmis Worte war ziemlich abgegriffen. Fühlte sie eine kleine Verunsicherung, weil sie sich so rasch dieser Grenze zur Vertrautheit genähert hatte?...

»Ich denke ebenso. Wenn ich länger auf Reisen bin, sehne ich mich am meisten nach diesem einfachen Essen. Natürlich hat alles seinen Platz ...«

Necmi hatte nicht die Absicht, Distanz zu bewahren. Die leichte Melancholie in seiner Stimme zeigte, zumindest mir, seine Entschlossenheit.

»Ja, alles hat seinen Platz ...«

Vielleicht ergaben diese Worte isoliert genommen keinen Sinn. Doch ich hörte nun mal in ihrem Ton die Stimme des mir bekannten inneren Kampfes. In dem Moment wollte auch ich gehört werden. Ich hob mein Glas. Ich wollte es noch einmal aussprechen:

»Es genügt, wenn wir an diesem Platz uns selbst finden und leben können, wie es uns gefällt ... Ein Hoch auf das Leben, Freunde! ...«

Necmi nickte lächelnd, um zu zeigen, daß er meinen Trinkspruch verstanden hatte. Ja, wir tranken auf das ›Leben‹. Diesen Toast hatte ich immer geliebt. Immer ... Um jener unerschöpflichen Poesie willen. Nicht nur, weil er aus einem weit zurückliegenden, bitteren Erbe stammte, sondern weil ich glaubte, er paßte gut zum Gefühl des Alkohols; weil er mich daran erinnerte, daß ich das, was im Licht der Traditionen gelehrt, überliefert wurde, die Freude in der Trauer, bewußt in mir entdeckt hatte, sowohl den Protest als auch die Gleichgültigkeit gegenüber dem Verlorenen, und weil in ihm vom Aufschrei bis zum tiefen Schweigen alles enthalten war ... In dem Augenblick tranken wir drei ›aufs Leben‹. Auf unsere Leben ... Noch einmal bis an die Grenzen gehen ... Wo waren wir? ... Bis wohin waren wir gekommen? ... Bis wohin würden wir gehen können? ... Die vor uns liegenden Tage würden zweifellos auch die Antworten auf diese Fragen bringen ... Wir schweigen ... Wenn sie mich gelassen hätten, wäre ich selbst in diesem Moment in der Bewegung dieses Gefühls in Gedanken irgendwohin abgedriftet. Als wollte Çela die

Stimmung zerstreuen, in die uns das plötzlich aufgekommene kurze, aber tiefe Schweigen versetzt hatte, spielte sie wieder ihre Überlegenheit aus.

»Ich schaue mal nach dem Essen... Ihr könnt ein wenig unter vier Augen reden, Jungs. Wir haben genügend Zeit. Die Nacht gehört uns.«

Sie lächelte uns beiden zu, als wollte sie die Rolle auskosten, die sie sich selbst zugeteilt hatte. Sie scheute nicht mal vor dieser liebenswürdigen Strenge zurück...

»Ich bringe euch ein wenig Käse. Aber trinkt nicht gleich soviel. Ich will keine betrunkenen Männer im Haus haben...«

Natürlich lachten wir wieder ein bißchen. Ich durfte nicht ungerecht sein. Sie tat alles, um uns beiden und sich selbst die besten Bedingungen zu schaffen... Dann verließ sie den Salon. Ich schaute Necmi an. Wieder lächelte er liebevoll. Er sagte, was man üblicherweise sagte:

»Eine gute Frau ... Hoffentlich weißt du, was du an ihr hast.«

Daraufhin sagte ich das, was ich daraufhin sagen mußte.

»Wirklich eine gute Frau. Sie schätzt dich sehr. Denn sie merkt, wieviel du mir wert bist.«

Er entschied sich, dem schweigend zuzustimmen. Indem er leicht nickte ... Dann fragte er, ob ich nun erzählen wolle oder nicht. Ich mußte mich nicht allzusehr anstrengen, um zu verstehen, daß er herauszubekommen versuchte, von wem, wie und wieviel ich erzählen wollte. Ich sagte, ich wolle erzählen. Er sagte nichts. Ich war nach wie vor überzeugt davon, daß der Grund für seine nochmalige Frage, ob ich nun von Şebnem erzählen wolle, nicht allein der war, mich zu warnen und zurückzuhalten. Doch ich wußte nicht, wie ich das in Worte fassen sollte, was ich fühlte. Ich wußte lediglich und konnte mir sagen, er würde mich an diesem Abend auf dem Weg zu meinem ›Geständnis‹ trotz aller Zweifel nicht allein lassen. Genau in diesem Moment betrat Çela mit dem Käseteller in der Hand den Salon. Wir unterbrachen sofort das Gespräch. Als hätte sie uns auf frischer Tat ertappt. Ich versuchte mit einem kleinen Scherz die Peinlichkeit zu überbrücken.

»Wir haben über dich hergezogen.«

Auf so eine Neckerei mußte meine Frau natürlich reagieren. Während sie den Teller auf den kleinen Beistelltisch zwischen uns stellte, gab sie ihre Antwort, wobei sie Necmi mit leicht verführerischem Ausdruck anschaute.

»Das macht er immer. Das ist bei uns so üblich...«

Zufrieden mit ihren Worten, ging sie schnell wieder hinaus, als wollte sie ausdrücken, daß sie möglichst nicht länger bei uns bleiben wollte. Wir waren wieder allein. Ich wollte noch einmal auf das ›Spiel‹ zu sprechen kommen. Ich konnte mich nicht erinnern, wo ich den Text verwahrt hatte. Doch ich würde ihn ganz bestimmt finden. Er war sicher irgendwo im Haus. Vielleicht mußte man ein paar Veränderungen vornehmen. Wir konnten jene Tage wiederaufleben lassen. Trotz des großen Zeitabstands... Wir versenkten uns ins Gespräch, indem wir manche Szenen des Stücks, an die wir uns erinnern konnten, diskutierten und das, woran diese Szenen uns erinnerten. Als Çela uns im Tonfall einer Mutter zum Essen rief, war fast eine Stunde vergangen. Die reale Zeit reichte wieder einmal nicht für die Zeit, die wir für unsere Reise in die Vergangenheit brauchten. Die Worte, mit denen sie uns rief, brachten auch diese Tatsache zum Ausdruck.

»Bitte zu Tisch, die Herren!... Ihr könnt beim Essen weiterreden...«

Als wir uns an den Tisch setzten, wußte ich, ich würde unser unterbrochenes Gespräch in einem anderen Ton fortsetzen. Manche Dinge würden vertieft werden, ganz sicher. Außer den gefüllten Zucchini mit *kaşkarikas* stand eine große Salatschüssel auf dem Tisch, ein frisch gebackenes *börek*, das

Amulettbörek hieß, und Jasminpilav, der herrlich nach frischer Butter duftete. Ein wunderbarer Anblick bot sich uns. Wir genierten uns nicht, unsere Freude wie Kinder zu zeigen. Der Geschmack der Speisen steigerte diese Freude noch. Natürlich machte unsere Freude auch Çela glücklich. Das war ein erwarteter Triumph. Es gab keinen Grund, ihr diesen zu verweigern. Den ersten Schritt tat Necmi.

»Diese Zucchini sind überwältigend. Seit Jahren habe ich keine mehr gegessen. Und wie sehr habe ich mich danach gesehnt. Die Süße ist auch gerade im richtigen Maß vorhanden, deine Hände seien gesegnet...«*

An seinen Worten merkte man natürlich, daß er dieses Gericht sehr gut kannte. Ich verstand, daß dies zweifellos seine Absicht war. Die Verblüffung in Çelas Gesicht war sehenswert. Ich mußte eine Erklärung geben.

»Necmi ist oft zu uns nach Hause gekommen. Er kennt das Gericht von meiner Mutter. Er kennt auch ihre Lauchköfte, die weißen Bohnen mit Spinat, auch das Rosenbörek mit Aubergine und weiß sogar, daß wir es *bulemika* nennen...«

Die Verblüffung von Çela wurde noch etwas größer. Ich konnte sehen, daß auch Freude und ein wenig Aufregung dabei waren. In diesem unerwarteten Gefühlsgemisch ging es vielleicht darum, daß sie sich selbst nicht fremd fühlte, beziehungsweise befreit war von der Last, einem Menschen, der sich in dieser Umgebung fremd fühlen konnte, einige fremde Geschmacksrichtungen zu erklären; außerdem sah sie die nur auf einem Irrtum basierende Fremdheit durch eine solche Gemeinsamkeit plötzlich zusammenbrechen ... Es schien, als sähe auch Necmi, was sie fühlte. Ich hätte mir ansonsten nicht erklären können, warum er das Spiel fortsetzte, indem er verschmitzt einen Löffel voll *kaşkarikas* auf seinen Teller nahm.

»Nun wollen wir doch mal sehen, wie Knoblauch, Zucker und Zitrone in diesem *kaşkarikos* gemischt sind.«

Çela mußte lachen. In dieses Lachen stimmten wir mit ein. Es war das erste echte und ehrliche Gelächter an diesem Abend. Çela geriet langsam in Stimmung. Sie schaute Necmi sehr kameradschaftlich an.

»Du kannst wohl auch kochen.«

Diese Frage lud Necmi ein, sein scherzhaftes Spiel fortzusetzen.

»Das können wir, Gott sei Dank!... Doch Tante Mati war da nicht sehr hilfreich...«

Dieses Mal brach ich in Gelächter aus. Çela schaute mich lächelnd an, als brauchte sie eine Erklärung, um besser zu verstehen. Daraufhin erzählte ich, wie meine Mutter Necmi, als er das Rezept dieser Gerichte hatte haben wollen, in ihrer liebenswürdig strengen Art getadelt hatte. Bei der Wiedergabe übertrieb ich ihre jüdische Aussprache gehörig. Wir lachten wieder. Çela lachte weniger, sie schaute mich sogar etwas befremdet an, weil ich mich derart über meine Mutter lustig machte. Ihre Vorhaltung machte mir eine Tatsache klar, die ich bisher unbeachtet gelassen hatte.

»Das gehört sich nicht, du kannst dich doch nicht derartig über eine Verstorbene lustig machen!...«

Offenkundige Tatsache war, daß sowohl meine Mutter als auch mein Vater inzwischen gestorben waren. Doch ich hatte nicht daran gedacht, daß Necmi das gar nicht wußte. Wieso hatten wir nicht darüber gesprochen?... In jenem Augenblick konnte ich darauf keine Antwort geben. Dabei hatte es eine Gelegenheit gegeben. Er hatte ja auf der Herfahrt im Auto meine Mutter erwähnt... Warum hatte ich es dann nicht gesagt?... Weil ich nicht daran gedacht hatte, daß er es nicht wußte, oder weil ich es nicht sagen konnte?... Warum hatte er nicht gefragt?... Das war seltsam, wirklich sehr seltsam. Vielleicht hatten wir auch angefangen, Tode im Leben als sehr wahrscheinlich anzusehen... Sehr wahrscheinlich und alltäglich... So sehr, daß man nicht das Bedürfnis verspürte, lange darüber zu sprechen. Doch jetzt war der Zeitpunkt gekommen, es zu sagen. In dieser Situation waren direkte Worte am geeignetsten. Da brauchte es keine Fragen, keine detaillierten Erläuterungen.

»Wir haben sie schon lange begraben ... Sie wird bestimmt auch im Jenseits meinen Vater nicht in Frieden lassen! ...«

Necmi nickte lächelnd ... Das genügte. Ein Satz umfaßte alles, was ich sagen mußte. Ich wurde ein wenig traurig. Doch ich mußte ihm auch zeigen, daß ich mich über die Todesfälle nicht dermaßen grämte. Und insbesondere mir selbst ... Um mich in den mir verbleibenden Lebenstagen mit dem Kampf, von dem ich nicht wußte, wie und wie weit ich ihn führen würde, besser aussöhnen zu können ... Auch diese unerwartete Erschütterung dauerte nur ein paar Augenblicke. Es war möglich, sich mit einem Scherz wieder von der Erschütterung zu befreien. Ich mußte mich auch nicht sehr anstrengen, für diesen Scherz eine Zielscheibe zu finden. Ich spielte Necmi, der gerade wie ich ein wenig traurig war, aber lächelnd seine Gabel balancierte, den Ball zu, selbst wenn ich seine Reaktion im voraus kannte.

»Deine Mutter ist aber kerngesund, toi toi toi! ...«

Er lächelte. In seinem Ton lag wieder Neckerei.

»Die stirbt nicht! ... Ehe wir nicht tot sind, stirbt sie nicht! ...«

In dieser Neckerei lag kein Zorn. Nur Spaß. Ein Hauch von Schabernack. Und sogar Liebe. Eine Liebe, die wir noch einmal teilen konnten, und die Verbundenheit mit einem Leben, mit unserer Vergangenheit, unseren Erinnerungen und unserer gesamten Gemeinsamkeit. Ermutigt durch diese Verbundenheit, wiederholte ich seine Worte.

»Fatoş Abla stirbt nicht! ... Fatoş Abla stirbt nicht! ...«

Auch er wiederholte dieselben Worte. Wir lachten wie zwei unartige Kinder. Als wollten wir unsere kindische Seite nicht auch noch verlieren, nach allem, was wir verloren hatten ...

Çela war von dieser Szene einerseits verblüfft, andererseits zum Lachen gebracht, und anscheinend war sie auch etwas verärgert. Sie schaute mich vorwurfsvoll an und maßregelte uns beide mit liebevoll strengen Worten:

»Wie redet ihr denn!... Was wollt ihr denn von der Frau!«

Unter dem Eindruck dieses Tadels grinsten Necmi und ich uns an. Dann hielten wir es nicht länger aus und begannen wieder zu lachen, wobei wir im gleichen Takt die Worte ›Fatoş Abla stirbt nicht!... Fatoş Abla stirbt nicht!...‹ wiederholten. Dieses Mal fing auch Çela zu lachen an. Die Mauer der Fremdheit war nun schon ziemlich brüchig. Noch einmal erhoben wir unsere Gläser ›auf das Leben‹. Wir versuchten ernst zu sein, doch es gelang uns irgendwie nicht. Nach all der Spannung war das normal. Schweigend aßen wir, alle drei in Gedanken versunken. Natürlich konnte ich nicht wissen, was die andern dachten. Ich dachte an jenen Kampf, den ich so gut wie möglich für mich behalten und in mir lebendig erhalten wollte. Das wußte ich, ich konnte es mir wenigstens selbst sagen. Çela brach das Schweigen, als sie den Kelch auf Necmi erhob. Sie war bewegt. Selbst wenn sie nichts gesagt hätte, hätte ich ihr ihre Bewegtheit angesehen. Ihre Worte zeigten, daß ich mich nicht geirrt hatte.

»Willkommen, Necmi! Wie gut, daß du gekommen bist. Dieses Haus war schon lange nicht mehr so fröhlich. Du hast eine Farbe in unser Leben gebracht...«

Lag in diesen Worten ein Vorwurf oder Liebe, Herzlichkeit, ich fand es nicht heraus. Augenscheinlich malte sie damit das Bild unserer Ehe, stellte es offen aus. Zuerst war es mir unangenehm. War es mir unangenehm, daß sie laut über unser jahrelanges Miteinander nachdachte?... In dem Moment, als ich mir diese Frage stellte, wurde mir klar, daß ich unrecht tat. Was wollte ich denn vor wem verbergen?... War meine Absicht denn nicht, daß auch die Frau, mit der ich all die Jahre mein Leben geteilt hatte, über diese Brücke der Aufrichtigkeit ging? ... Diesen Schritt hatte sie getan, was wollte ich mehr? ... So konnte ich mein Unbehagen leicht abstreifen und diesen Schritt als eine Möglichkeit oder zumindest eine Chance für eine Dreierfreundschaft betrachten. Ich hatte keinen Zweifel, daß Necmi auch so fühlte. Zudem bedeutete seine Antwort, daß er ebenfalls einen Schritt tat. Er nahm seinerseits einen Pinsel in die Hand in Beziehung auf das Bild seines eigenen Lebens.

»Ach wenn doch auch ich die in mir versteckte Farbe wiederfinden könnte ...«

Daraufhin wurden wir unwillkürlich ernst. Die Wirkung dieser Worte spiegelte sich am Tisch in einem kurzen Schweigen. Diese Stimmung wurde von Çela aufgelockert. Ihr Appell sollte uns für ein Weilchen von der schwermütigen Tiefe weg und wieder zur Lebendigkeit des Anfangs hinführen.

»Ich habe eine Neuigkeit für euch, ihr Herren! ... Ich will es schon die ganze Zeit über sagen. Jetzt halte ich es nicht länger aus. Wahrscheinlich ist der richtige Zeitpunkt da. Haltet euch fest. Wir werden in Kürze Şeli finden! ... Ich habe erste Informationen bekommen. Sie wohnt jetzt in Izmir. Ihr Leben war ziemlich bewegt. Doch jetzt geht es ihr gut. Ihr werdet sehen, sie wird uns auch zu Niso führen. Ich habe keine schlechte Arbeit geleistet, oder?«

Necmi war begeistert. Er schien nicht mehr der traurige Mann von eben zu sein. Sicher hatte ihn das Leben unter anderem durch die Szenen, in denen er sowohl Schauspieler als auch Zuschauer gewesen war, gelehrt, leicht von einem Gefühl zum anderen zu wechseln.

»Also toll! ... Das nenne ich Kooperation! ...«

Er drehte sich um und schaute mich an. Offensichtlich war ihm daran gelegen, auch mich in Aktivität zu versetzen.

»Was meinst du, sieht doch so aus, als würden unsere Leute zusammenkommen, oder? ...«

Es war nicht schwer zu verstehen, was er mit seiner Frage

beabsichtigte. Die Zeit zum ›Geständnis‹ war da. Wenn ich jetzt nichts sagte, würde es immer schwerer werden. Ich spürte, wie sich mein Gesicht veränderte. Zweifellos sah auch die Frau, mit der ich einen großen Teil meines Lebens geteilt hatte, dieses Gesicht, das ich in meinem inneren Spiegel erblickte. Ich wußte, ihr konnte es nicht entgehen, nicht nach so vielen Jahren der Gemeinsamkeit. Deswegen versuchte ich, ihr in die Augen blickend, die Wahrheit irgendwo zu fassen, wobei ich deutlich den Druck spürte, beobachtet zu werden.

»Ich habe Şebnem gefunden... Durch Necmi... Er hat sie gefunden. Wir haben sie zusammen besucht. Danach bin ich heute alleine hingegangen, sie zu besuchen. Ich bin lange bei ihr geblieben. Ich werde wieder hingehen, solange ich kann... Ich habe es dir irgendwie nicht sagen können. Aber jetzt sage ich es halt...«

Ich zweifelte nicht, daß aus meinen Worten klargeworden war, daß ich nicht von einem gewöhnlichen Besuch gesprochen hatte. Auf dem Gesicht meiner Frau, die mich zu verstehen versuchte, lag ein Ausdruck, als erwarte sie, das bei diesem Besuch Gefühlte ausführlicher erklärt zu bekommen. Nun mußte die ganze Geschichte erzählt werden. Doch ich wußte nicht, wie ich anfangen sollte. In dem Moment ergriff Necmi das Wort und erzählte, was Şebnem passiert war und wo und wie sie nun lebte, soweit man in so einer Unterhaltung davon erzählen konnte. Çela war von dem Gehörten betroffen. Jene Wärme breitete sich zunehmend auf uns drei aus. Davon ermutigt, versuchte ich, zur Sprache zu bringen, wie dies alles auf mich wirkte. Necmi hatte gerade erzählt, wie er von jener alten Tante zu Şebnem ins Krankenhaus geschickt worden war. Die Zeit war gekommen, meiner Frau die für mich erschütterndste Seite der Geschichte zu erzählen.

»Eigentlich ist es nicht ganz so. Necmi hat mir auf der Fahrt hierher geraten, dir lieber nicht zu sagen, was ich dir jetzt sagen will, doch ich tue es trotzdem. Seiner Ansicht nach habe ich noch andere Gefühle, wenn ich dort hingehe ...«

Sie hörte aufmerksam zu. Ich erzählte von der Nacht in Tarabya, einiges – den Ohrring und andere Details – behielt ich für mich ... Sie war bewegt und hatte feuchte Augen. Diese Bewegtheit konnte verschiedenes bedeuten. Doch wie immer man es betrachtete, was sie fühlte, war menschlich und sehr echt, wie ich sehen konnte. Necmi schaute sie an und setzte die Erzählung in einer für ihn typischen Weise fort. So als wollte er das Feuer anheizen, das Spiel noch offener spielen, doch gleichzeitig auch ein wenig Spaß machen, um die ziemlich verdüsterte Stimmung, die durch die Trauer und vielleicht Verunsicherung über das Vorgefallene aufgekommen war, zu zerstreuen, wobei er Kraft schöpfte aus seinem Humor, der zur rechten Zeit stets seine Wirkung zeigte ...

»Dieser Hund hat sich in das Mädchen verliebt. Aber mir hat er es verheimlicht, der Esel! ... Seinem besten Freund hat er es verheimlicht! ...«

Ich verstand, worauf er hinauswollte. Dieses Mal hatte ich einen anderen Zuschauer vor mir. Es fiel mir nicht schwer, meine Rolle zu spielen.

»Du warst doch genauso verliebt ... Was waren denn das für Treffen von euch beiden? ... Weshalb habe ich davon nichts gewußt, Blödmann! ...«

Necmi setzte darauf erneut zur Antwort an. Als wollten wir richtig aufeinander losgehen. Wir ließen uns hinreißen und spielten das, was vor Jahren gewesen war. Durch die abermals leicht tadelnde Stimme von Çela wurden wir aus dem Spiel gerissen. In ihrem Gesicht waren Spuren der Trauer zu sehen, die das Gehörte in ihr geweckt hatte. Doch zugleich lächelte sie. Und sie lächelte so, als wollte sie uns in die Realität zurückrufen:

»Also, wann wollt ihr denn eigentlich erwachsen werden? ...

Ich habe nur meinen Ehemann für ein Kind gehalten. Doch ihr beiden habt euch wirklich gefunden!...«

Wir schauten verdutzt die Frau an, die uns tadelte. Wir fühlten uns getadelt, doch wirklich unangenehm war uns diese Situation nicht. Daß ich dies in bezug auf uns beide sagen konnte, kam zweifellos daher, daß ich mich in den Mann, mit dem ich kurz vorher fast gestritten hätte, trotz der langen Zwischenzeit noch immer sehr gut glaubte einfühlen zu können. In seinem Blick auf Çela wollte ich Zuneigung erkennen. Auch Çela schaute uns liebevoll an. Dieser Blick ließ mich die Frage stellen, die ich an dem Punkt stellen mußte, den wir erreicht hatten. Ich hatte das Gefühl, als könnte sie in völlig unerwarteter Weise den von mir eingeschlagenen Weg ›billigen‹. Wahrscheinlich war es mir angenehm, auf diesem Weg das Kind zu sein.

»Du bist also nicht böse?...«

Wie es schien, gefiel ihr ihre Rolle ebenfalls. Es war deutlich zu merken, daß sie mit ihrer folgenden Frage weiter den Spaß am Spiel auskosten wollte...

»Worüber sollte ich denn böse sein?...«

Ich sah ein, daß ich mich nicht vor einer größeren Offenheit drücken konnte.

»Na ja, daß ich so heimlich zu Şebnem gehe...«

Sie stützte ihre Arme auf den Tisch. In der Liebe in ihren Blicken, in ihrem Lächeln waren eine andere Wärme und Entschlossenheit. Freundschaft, Fraulichkeit, vielleicht Schwesterlichkeit...

»Kinder, seid ihr denn verrückt?... Warum sollte ich denn böse sein?... Wer weiß, was das arme Mädchen dort erlebt. Ihr tut wirklich etwas Gutes. Nur zu, macht weiter!... Wenn ich doch auch etwas tun könnte! Aber ich will mich nicht einmischen. Ihr habt euch nun mal auf die Sache eingelassen, wie soll ich sagen...«

In dem Moment wendete sie sich an mich. In ihre Blicke

und ihre Stimme sowie ihre Worte trat außer dieser Freundlichkeit auch ein leicht vorwurfsvoller Ausdruck.

»Ich bin bloß ein bißchen gekränkt, daß du gedacht hast, ich könnte deswegen böse sein. Daß du mich für so eine hältst...«

Ich konnte nichts entgegnen. Ich empfand Freude und Verlegenheit gleichermaßen, doch ich fand keine Worte, um dieses Gefühl auszudrücken. Einerseits fühlte ich mich erleichtert, daß diese Last von meinen Schultern genommen war, andererseits bedauerte ich, was sie mir vorwarf. Aber leider kamen mir nicht die passenden Worte über die Lippen. Ich begnügte mich wieder damit zu lächeln. Ohne zu wissen, inwieweit dieses Lächeln meine Gefühle wiedergab... Ich sah nur die Liebe, die in dem Vorwurf lag. Die Frage, die sie angesichts meiner Stummheit stellte, bestätigte diese Liebe.

»Du hast also geglaubt, mich zu betrügen, wenn du still und heimlich zu Şebnem gehst, ja?«

Sie faßte meine Hand. Dann stand sie auf, setzte sich auf meinen Schoß, umschlang mich und küßte mich auf die Lippen.

War es möglich, daß sich Necmi angesichts dieser Szene unbehaglich fühlte?... Das konnte ich nicht wissen... Doch schien mir die Frage zumindest berechtigt, da er offenbar das Bedürfnis hatte, seine Anwesenheit bemerkbar zu machen

»Ich gehe jetzt mal. Ich will euch nicht länger zur Last fallen...«

Çela, die ihren Arm um meine Schulter geschlungen hatte und ihren Körper ziemlich eng an meine Brust drückte, antwortete sofort, wobei sie aus ihrer Weiblichkeit, die sie zeitweise sehr geschickt einsetzte, Kraft schöpfte.

»Nein, Himmel noch mal, was redest du da für Blödsinn!... Wir sitzen hier wie Bruder und Schwester!... Immerhin sind wir vierundzwanzig Jahre verheiratet, Junge!«

In dem Augenblick spürte ich, wie sich ihre Fingernägel leicht in meine Schulter gruben. Ich antwortete darauf, indem ich ihr leicht in die Hüfte kniff. Ich hätte am liebsten gesagt: ›Gestern nacht waren wir aber so richtig Geschwister!‹ Ich war mir sicher, sie dachte das gleiche. Anders konnte ich mir diesen kleinen Nachrichtenaustausch nicht erklären, den wir Necmi nicht merken ließen... Doch tatsächlich war mir unsere heimliche Unterhaltung nicht unangenehm. Hätte ich gewollt, dann hätte ich das Erlebte auch anders deuten können, doch ich ließ es sein, denn ich wollte mich nicht länger mit dieser Situation befassen. Çela, die in dem Moment aufstand, lenkte meine Aufmerksamkeit sowieso in eine andere Richtung. Sie sagte, ein Mokka täte nach so einem Essen gut, aber vorher müßten wir als mündige, linke, aufgeklärte und für Gleichberechtigung eintretende Männer gemeinsam den Tisch abräumen. Es war der richtige Moment. Diese Provokation konnten wir nicht auf uns sitzen lassen und taten, was sie gesagt hatte. In der Küche meinte sie, wir sollten alles, was wir herausgetragen hatten, so stehenlassen. Wieder befolgten wir widerspruchslos ihre Anweisung. Anscheinend akzeptierte auch Necmi sie in ihrer Rolle als Hausherrin. Während der Mokka gekocht wurde, blieben wir in der Küche. Da sagte Çela, die Küche sei einer der wertvollsten Teile eines Hauses. Die Worte enthielten eine Botschaft. Eine Botschaft, die ich sehr wohl erkennen konnte... Denn ich wußte, Çela ließ nur ihr Nahestehende in ihre Küche. Wir hatten einen weiteren Schritt aufeinander zu getan... Danach gingen wir mit unseren Mokkatassen in den Salon und besprachen, was wir für Şebnem tun konnten. Musik war eine gute Idee. Doch wir mußten auch andere Mittel suchen. Da platzte Çela heraus, begeistert von ihrem Einfall:

»Lest ihr Teile aus dem Stück vor, lest ihre Rolle, erinnert sie an Szenen, wenn nötig, spielt ihr einzelne Szenen vor, was weiß ich, macht irgendwas... Erzählt ihr, daß ihr das Stück wiederaufführen wollt. Daß ihr auf sie wartet, daß das Spiel ohne sie nicht stattfinden kann ...«

Çela beteiligte sich nun ebenfalls an dem Bemühen, Şebnem ins Leben, in unser Leben zurückzubringen. Wir würden diese Begeisterung teilen. Wie war die Nacht doch bunt geworden! Und was für einen Tag hatte ich erlebt! ... Ich hätte mir an dem Tag, als ich erstmals daran dachte, das Stück wieder zur Aufführung zu bringen, nicht mal träumen lassen, welches Auf und Ab ich durchmachen würde. Was ich sah, ließ mich daran denken, was und wer mir noch begegnen würde. Es war, als befände ich mich jetzt auf einem Weg ohne Rückkehr. Auf einem Weg ohne Rückkehr, der mein Leben zu unerwarteten Möglichkeiten lenken konnte, zusammen mit den zwei Menschen, die mir ohne Zweifel Kraft geben würden ...

In den verbleibenden Stunden der Nacht wendeten wir uns anderen Zeiten zu. Necmi erzählte von seinen Abenteuern als Fremdenführer. Wie er manchmal Märchen und Sagen erfand, um die Orte, an die er die Leute führte, interessanter zu machen, was er aus den Läden der Andenkenhändler, die es als Kunst ansahen, die Touristen zu betrügen, im Handumdrehen gestohlen hatte und natürlich Geschichten über seine Techtelmechtel ... Wir lachten viel. Doch seine Erzählungen waren zugleich sehr traurig für mich. Das hing nicht mit seinem ausgeübten Beruf zusammen, auch nicht damit, daß ich einst geglaubt hatte, er würde einmal ein hohes Staatsamt bekleiden. Was mich eigentlich traurig machte, war nicht so sehr die erneute Erinnerung daran, daß Necmi jenen Weg wegen der Vorkommnisse der Vergangenheit hatte abbrechen müssen, sondern daß er anscheinend keinerlei Werte mehr ernst nahm. Vielleicht war dem nicht so. Doch er tat wirklich alles, um diesen Eindruck zu erwecken. Protestierte er auf diese Weise gegen Dinge, mit denen er sich nicht auseinandersetzen wollte oder die er nicht benennen wollte? ... Vielleicht konnte er das Leben auch nicht mehr so ernst nehmen nach dem, was er erlebt hatte, nach all den Toden und Morden, die er wie eine Last mit sich herumschleppen mußte. Vielleicht war das Nichternstnehmen ja das eigentliche Ernstnehmen... Dieses Gespräch dauerte bis in die späte Nacht. Er wollte erzählen, erzählen, erzählen und wollte, daß man ihm zuhörte. Dann stand er plötzlich auf, mit einer Unruhe, die uns beide erstaunte, und sagte, es sei jetzt Zeit für ihn zu gehen. Ohne ersichtlichen Grund war er ganz plötzlich melancholisch, richtig deprimiert geworden. Er war wieder einmal auf eine andere Seite hinübergewechselt. Ich versuchte, diesen Wechsel zu verstehen, der mich erschütterte, ja sogar ein wenig befremdete, und sagte, ich könne ihn nach Hause fahren. Ich machte mir gewissermaßen Sorgen wie ein älterer Bruder. Als wäre er nicht einer, dem es gelungen war, sich trotz aller Verluste nicht unterkriegen zu lassen, viele Kämpfe zu überstehen... Er nahm mein Angebot nicht an. Er könne schon für sich selbst sorgen, sagte er, indem er uns ein wenig neckte. Zudem wolle er an die frische Luft und laufen. So wie ich ihn in unserer ersten Nacht in Ortaköy hätte gehen lassen. Er brauchte offensichtlich diese langen Spaziergänge durch die Nacht. Wir umarmten einander. Es waren wieder keine Worte mehr nötig. Oder unsere Blicke, unsere Gesten waren unsere Worte und sagten, was es zu sagen gab. Er umarmte auch Çela herzlich, freundschaftlich. Dieser Mensch war vielleicht im Grunde ganz einsam, durch eine innere, verborgene Wunde sehr verletzt, doch er wollte immer noch nicht sein Lächeln aufgeben und den Willen, andere zum Lächeln zu bringen; er war noch einmal der Mensch, der sich sozusagen unter dieser Devise am Leben hielt. Seine an Çela gerichteten Worte brachten diese Devise deutlich zum Ausdruck.

»Bei meinem nächsten Kommen vergesse ich den Blumenstrauß nicht.«

Sie war nicht die Frau, die auf so eine Neckerei nicht reagiert hätte. Die Antwort kam entsprechend.
»Aber einen großen!... Ich habe einen teuren Geschmack, vergiß das nicht!...«
Sie miteinander so befreundet zu sehen, reichte mir als erneute Hoffnung für die Erzählung. Mehr konnte ich von dieser Nacht nicht verlangen. Dann blieben Çela und ich allein. Wir waren müde und gingen sofort zu Bett. Im Bett umarmten wir einander. Wir sprachen nicht viel. Ich war beruhigt, daß ich ihr von Şebnem erzählt hatte. Natürlich hatte ich nur das erzählt, was ich erzählen konnte. Das übrige war mein Geheimnis. Ein Geheimnis zwischen Şebnem und mir, das ich bewahren wollte... Die Geschichte hatte so begonnen, und sie würde sich so in mir fortsetzen. Das konnte ich nach so vielen Jahren nun besser verstehen. Ich würde das Geheimnis soweit wie möglich bewahren.

War die Stimme von Yorgos sehr weit entfernt?

Jeder Tag schien nun eine neue Begegnung zu bringen. Die schnell wechselnden Szenen, die viele Geschichten enthielten, bekamen immer mehr die Bedeutung eines schwieriger werdenden Überlebenskampfes und gingen weit hinaus über meine Absicht, das alte ›Spiel‹ erneut in mein Leben hineinzutragen. Dennoch beklagte ich mich nicht. Ich hatte mir gewünscht, die restliche Zeit meines Lebens so zu leben, und würde es tun. Die Begeisterung für den eingeschlagenen Weg, sogar die Unruhe, ja die Trauer, die aus manchen Verlusten, Fehlleistungen der Vergangenheit erwuchsen, waren unausbleiblich.

Meine ersten Schritte hatten mich mit unerwarteten Lebensgeschichten konfrontiert. Ich hatte Necmi und Şebnem an anderen Orten finden wollen. Doch ich konnte die Wirklichkeit nicht ändern. Ich mußte mich mit dem auseinandersetzen, was ich zu sehen bekam. Mich auseinandersetzen und lernen, mit meiner neuen Last zu gehen ... Um den Ort, an dem ich nach meinem jahrelangen Weg angekommen war, besser sehen und verstehen zu können ... Ich sah mich eher als einen Menschen, der in dem stillen Zimmer, in dem er sich befand und zu bleiben vorzog, Zuflucht zum Frieden genommen hatte, dem Traum vom Frieden mit sich selbst. Wie sehr hatte ich daran geglaubt, daß dieser Raum ein Zufluchtsort sei ... Dabei hatten die Stürme angedauert. Die im Laufe der Zeit mitgeschleppten Fragen und Antworten dauerten ebenfalls an. Um Antworten zu geben, mußte man aber den Mut haben, Fragen zu stellen. Sah beispielsweise Necmi den letzten Raum, den er sich zum Leben ausgesucht hatte, als einen sicheren Hafen an nach jenen Stürmen, denen er mehr als ich ausgesetzt gewesen war?... Oder Şebnem?... Wußten wir, wo in ihrem Raum, in den sie, wie es aussah, niemanden hineinließ, sie die Stürme verbarg, oder ob sie sie spürte?... Vielleicht war dieser Raum für sie der Ort, an dem sie bis zum letzten Atemzug bleiben wollte. Das war ihr Leben. Vielleicht hatten wir kein Recht, uns einzumischen, diese Festung einzureißen und für uns zu erobern. Wenn dem so war... Wenn dem so war, wie konnte und sollte ich mir all das erklären, was ich getan hatte?...

Ich stellte mir alle diese Fragen an dem Morgen nach der langen Nacht, die ich mit Necmi verbracht hatte. Ich fühlte mich unwohl. Waren die Schritte, die ich unternommen hatte, egoistisch?... Erlebte ich vielleicht eine leise Freude beim Zuschauen?... Gaben mir insgeheim die Zusammenbrüche anderer Kraft?... Es fiel mir schwer, das von mir zu glauben. Mit so einem Menschen zu leben und die Erzählung fortzusetzen, würde mich Höllenqual erleiden lassen. Dieses Böse konnte ich nicht ertragen. Dieses Mal nicht. Ich mußte mich vom Rand des Abgrunds entfernen. Ich durfte das Zutrauen zu meinem Leben und zu dem ›Spiel‹ nicht verlieren. Indem ich mich noch einmal davon überzeugte, daß das, was wir erlebten und fühlten, uns nicht richtete, sondern zu uns selbst machte... Erbauten wir unsere Leben nicht sowieso mitsamt unseren Fehlern?... Außerdem mußten wir keinesfalls Fehlerlosigkeit anstreben. Vielmehr war es gut, daß wir Fehler hatten. Gut, daß wir Nöte und Schwächen hatten. Wie hätten wir sonst an unsere Unterschiedlichkeit glauben können?... So lernten wir eben, was wir zu lernen hatten. Indem wir von Tag zu Tag schmerzlich einsahen, daß unsere für andere Augen manchmal unerträglich scheinenden Fehler in Wirklichkeit unsere Unverwechselbarkeit ausmachten... Mit all unseren Verlusten, unserem Bedauern darüber, daß wir uns vor unseren Beziehungen gedrückt, sie nur äußerlich tangiert hatten, was uns nun aber lebendiger machte, näher am Leben hielt und kreativer machte ...

Am Morgen nach jener Nacht versuchte ich mich von dieser Warte aus zu sehen. Ich war in meinem Geschäft. Was ich suchte, aufs neue zu finden versuchte, zeigte mir nicht nur meine Freunde, die ich einst irgendwo verlassen hatte, sondern auch einige Bilder meiner Geschichte und Vergangenheit. Was ich sehen würde, konnte mich noch mehr verletzen. Doch ich würde weitermachen, ich würde so weit gehen, wie es meine Kraft, meine Grenzen, meine Zeit erlaubten. Zudem konnte ich sagen, daß, wenn ich unter einem anderen Gesichtspunkt auf den Verlauf der Ereignisse blickte, meine Chancen günstig waren. Ich war am Morgen früh aufgestanden und, um den Text des ›Spiels‹ zu suchen, in den Raum gegangen, in den wir alle möglichen Dinge abgelegt, vielmehr hineingestopft hatten. Ein Handgriff führte mich zu jenen ›verbotenen‹ Zeitschriften, die ich einst mit großer Erregung gekauft, mit großer Angst versteckt und dann, weil sie im Laufe der Zeit ihre ›Gefährlichkeit‹, ihre Attraktion, ihren Anreiz verloren hatten, in eine Ecke geworfen hatte, wobei ich es irgendwie nicht über mich gebracht hatte, sie wegzuwerfen. Jedesmal, wenn in den letzten Jahren mein Blick jene Zeitschriften gestreift hatte, war ich melancholisch geworden. Sie waren inzwischen in einem Zustand, in dem sie nur sehr wenige Menschen interessierten. Dabei war ihre Existenz, ihr Vorhandensein, einst der Grund für große Leiden gewesen ... Doch es war keine Zeit, sich diesem Gefühl zu überlassen. Der gesuchte Text befand sich in dem staubigen Regal zwischen jenen Zeitschriften. Daß ich ihn dorthin getan hatte, war natürlich sehr bedeutungsvoll. Aber bedeutungsvoller war, daß ich ihn fand. Ich freute mich sozusagen an der Eigenart dieser Erzählung, die mich viele Punkte leicht erreichen ließ. Ich hielt noch ein paar Seiten meiner Geschichte mehr in der Hand. Ich nahm das Heft mit all dem Staub, der sich darauf angesammelt hatte, mit zu meinem Arbeitsplatz. Nachdem ich mir jene Fragen gestellt und kurz die Schlagzeilen der Zeitung überflogen hatte, auf die ich einst nicht nur wegen ihrer politischen Haltung, sondern auch weil sie in mein Elternhaus kam, wütend gewesen war, von der ich hatte Abstand halten wollen, an die ich mich aber inzwischen gewöhnt hatte, las ich beim Kaffee das Heft von vorn bis hinten durch. Ich folgte der Spur einer alten Begeisterung... Einerseits lachend, andererseits ab und zu aufgeregt... So war das ›Spiel‹ nämlich. Man würde einige Veränderungen vornehmen müssen, wie ich schon zu Necmi gesagt hatte. Jahre waren vergangen, die Bedingungen hatten sich verändert, wir hatten uns verändert. Einige von uns sogar sehr, so sehr, wie wir es gar nicht gewollt hatten... Stellenweise machte ich Randbemerkungen, strich einzelne Partien an, die wir ändern sollten. Mehr konnte ich nicht tun. Zuerst mußte die ›Truppe‹ zusammenkommen. Wir hatten den Text gemeinsam geschrieben. Wir würden auch die Änderungen mit den Spuren unserer Veränderungen gemeinsam erarbeiten...

Ich würde wieder zu Şebnem gehen, nachdem ich ein paar Tage Abstand gelassen hatte... Es mußten auch andere Schritte unternommen werden. Ich nahm die Telefonnummer von Yorgos aus meinem Portemonnaie und legte sie auf den Tisch. Es war an der Zeit, ihn anzurufen. Ich war wieder aufgeregt. Was würde ich sagen, wenn er gleich am Apparat war?... Ich nahm meinen Mut zusammen, wählte und wartete. Jeder Klingelton bedeutete ein Anklopfen an der Tür einer Zeit, die neu erbaut werden mußte. Binnen kurzem wurde das Telefon mit einer griechischen Grußformel abgenommen. Eine Frau war am Apparat. Ich fragte, ob Yorgos zu Hause sei, und zwar in Englisch, um eine Brücke zu bauen. Indem ich mich unwillkürlich daran erinnerte, daß diese Sprache fast überall auf der Welt auch mit wenigen Worten manche Brücken zu bauen half... Wie erwartet kam die Antwort spontan in den Worten dieser einfachen Brücke. Er sei nicht zu Hause, sei zur Arbeit gegangen, würde am Abend zurückkehren. Ich glaubte eine Erklärung abgeben zu müssen. Ich sagte meinen Namen, daß ich aus Istanbul anrufe und ein Klassenkamerad von Yorgos aus dem Gymnasium sei, und fragte, wann ich wieder anrufen könne, um ihn persönlich zu sprechen. Die Stimme der Frau klang ein wenig distanziert. Ich könne abends nach neun anrufen, Yorgos ginge nicht früh schlafen, ich könne auch spät telefonieren. Die Informationen waren ziemlich förmlich und erklärend. Ich sagte im gleichen Stil, daß ich das tun würde, und beendete das Gespräch. Ich schaute auf die Uhr. Es war fast Mittag. Wir lebten zumindest in derselben Zeitzone. Auch wenn wir uns nun ein anderes Leben und Gefühlsklima in verschiedenen Ländern aufgebaut hatten... Ich versuchte mir Yorgos nach diesem Telefongespräch besser vorzustellen. Auch wenn unsere gemeinsame Zeit noch so lange zurücklag...

Ich erinnerte mich nach all den Jahren an einen schweigsamen Jungen, der wenig lachte und völlig unerwartet aufbrausen, aggressiv werden konnte. Es schien, als wollte er sich mehr durch das, was er tat, ausdrücken. Indem er Gedichte schrieb, gut Fußball und Billard spielte... Mehr konnten wir von ihm nicht erwarten. Denn er hatte eine ganz andere Kindheit als wir erlebt, gezwungenermaßen. Das Leben konnte manch einen Menschen sehr früh durch sehr brutale Erfahrungen prüfen. Es war unvermeidlich, daß er aus diesen Prüfungen als verletzter, beschädigter Mensch hervorging. Mit der Zeit akzeptierten wir alle diese Wahrheit. Zweifellos machten uns schwierige Prüfungen stärker und bereiter gegenüber dem Leben. Aber wenn der zu zahlende Preis hoch, sogar sehr hoch ist und sich auf eine Ungerechtigkeit gründet... Noch im Kindesalter hatte er seine Eltern verloren. Er wohnte im Waisenhaus des La Paix-Krankenhauses. Bis wir ihn kennenlernten, war uns dieses Krankenhaus als ›Irrenhaus‹ bekannt gewesen. Weil er das wußte, machte er sich manchmal über sich, uns und sein Schicksal lustig, indem er sagte: »Ich wohne ja im Irrenhaus, deswegen seht euch vor...« Das war freilich eine andere Art, sein Leben zu ertragen. Erst mit der Zeit gewöhnten wir uns auch an diese Tatsache. Es blieb uns nichts anderes übrig ... Dort war eben sein Zuhause. Zweifellos hätte er seinen Platz unter uns nicht einnehmen können, wenn er nicht dort gewohnt hätte. Sein Französisch war besser als das der meisten von uns. Mit der Zeit sollten wir auch dafür den Grund erfahren. Daß er in La Paix wohnte, war nicht der einzige Grund. Andererseits waren aber seine übrigen Leistungen nicht besonders gut. Er machte den Eindruck, als nähme er die Schule nicht allzu ernst. Doch im Literaturunterricht war er sehr erfolgreich, so als hüllte er sich in eine ganz andere Atmosphäre ein. An seinem Erfolg hatte Eşref Bey sicherlich großen Anteil. Auch er war von dem stillen, manchmal äußerst aggressiven, dickköpfigen Jungen, der mit den disziplinarischen Regeln des Gymnasiums nahe Bekanntschaft machte, beeindruckt. Denn er schrieb sehr gute Gedichte. Ihre Beziehung glich wie die zu Necmi weniger einer Lehrer-Schüler-Beziehung, sondern der eines Vaters zu seinem Sohn. Doch auch diese Beziehung konnte nicht verhindern, daß er eines Tages im Disziplinarausschuß landete. Eşref Bey begnügte sich bei diesem Vorfall nicht wie sonst mit einem einfachen Tadel. Der Grund war jedoch einerseits lachhaft, andererseits, wenn man genau hinsah, sehr bitter. Wir lasen von Necip Fazıl Kısakürek *Kaldırımlar* (Die Bürgersteige). Durch einen unerwarteten Ausbruch zog Yorgos die Aufmerksamkeit aller auf sich, als er mit reichlich lauter Stimme ehrlich aufgebracht sagte: »Warum lassen Sie uns diesen Faschisten lesen?« In der Klasse erhob sich Gemurmel. Zaghaft, überrascht, wie bei der Ankündigung einer Gefahr. Eşref Bey wußte zuerst nicht, was er sagen sollte, und lächelte leicht, dann aber herrschte er ihn ärgerlich an: »Wer bist du denn, Mensch! Lern erst mal, dann rede!...« Necmi, der sich in solchen Situationen nicht anders als einmischen konnte, unterstützte Yorgos, indem er ebenfalls laut sagte: »Wir wollen hier keine Faschisten haben!« Eşref Bey war ganz verdattert. Wir spürten, daß er sich vage das Lachen verbiß, doch sein Zorn behielt die Oberhand. Und zwar so sehr, daß er die beiden in den Disziplinarausschuß verwies... Das hätten wir tatsächlich nicht erwartet. Der Aufstand kam von seinen zwei liebsten Schülern. Wahrscheinlich hatten sie darauf vertraut und deswegen Mut bewiesen. Anfangs interpretierte ich sein Verhalten als Angst vor der Erschütterung seiner Autorität. Doch mit der Zeit, viele Jahre später, glaubte ich an eine andere Deutungsmöglichkeit. Vielleicht wollte er die beiden auch auf die Wirklichkeit des Lebens, des Landes vorbereiten. Um ihnen irgendwie zu zeigen, was für Probleme sie sich zu gegebener Zeit mit solchen Auftritten einhandeln konnten... Wenn er gewußt hätte, was Necmi später passierte. Er wollte ihnen wohl sicher auch zeigen, daß Lernen als Voraussetzung für Kritik notwendig war. Das war Eşref Bey. Eşref Bey, den wir erst wirklich wertschätzen sollten, als wir älter waren... Im Disziplinarausschuß aber gab es keine schwere Strafe. Sie kamen mit einem Verweis für jeden davon. Schließlich waren sie erfahren und wußten genau, wie sie sich dort benehmen mußten...

Die Haltung von Yorgos hatte uns alle beeindruckt. Wir hatten ihn gern, wir liebten ihn, weil es uns gelang, ihn so anzunehmen, wie er war. Wir verehrten ihn sogar. In unseren Augen war er ein Mensch, auf dessen Wort man hörte, wie ein älterer Bruder. Diese Konstellation hatte sich von selbst ergeben. Aus diesem Grund wurde er auch Kapitän der Schulfußballmannschaft. Diese Mannschaft war einer von den Orten, wo unsere Freundschaft eine andere Dimension bekam.

Ich weiß nicht, wie logisch, glaubhaft das jemandem erscheinen mag, doch dort lernten wir, einander nicht zu belügen. Eines Tages, besser eines Abends, erwuchs aus dem Geist dieser Mannschaft sein Wunsch, uns eine bisher unbekannte Seite von sich zu zeigen, von seiner Kindheit und dem zu erzählen, was er dort verloren, begraben hatte. Hätten wir jenen Abend nicht erlebt, nicht von Yorgos' Kindheit erfahren, dann hätten wir ihn nicht richtig verstehen können. Und ich hätte mich an jenem Morgen nicht mit diesen Gefühlen an ihn erinnert.

Am Abend nach unserem Sieg über die allgemein gefürchtete Mannschaft des Italienischen Gymnasiums gingen wir unter dem Vorwand, den Sieg zu feiern, in Kurtuluş in die Kneipe Despina. Dieses Mal waren die Mädchen nicht dabei. Der Vorschlag kam von Yorgos. Ein ›wichtiges Thema‹ sollte besprochen werden. Wir konnten vermuten, worum es ging. Die Gymnasialzeit neigte sich dem Ende zu, und die ›Schauspieltruppe‹ wurde seit einiger Zeit durch eine Liebesgeschichte erschüttert, die sich nicht länger verheimlichen ließ. Doch als das Gespräch begann, merkten wir, wie sehr wir uns geirrt hatten. An jenem Abend sollte seine Kindheitsgeschichte drankommen, die einen schmerzlichen Eindruck bei uns hinterließ. Yorgos ließ uns in aller Ausführlichkeit an seiner Geschichte teilhaben, und zwar zum ersten und letzten Mal. Wir hörten gespannt und aufmerksam zu. So daß wir später von ihm nicht mehr verlangten, erwarteten ... Manche Momente und Schmerzen kann man nur ein einziges Mal miteinander teilen. Darin bestand die Magie. Deshalb würde man das Gesagte nie vergessen. Yorgos legte an diesem Abend zum ersten und letzten Mal seine tiefe Schweigsamkeit ab, seine Reizbarkeit und Härte. Ja, zum ersten und letzten Mal. So wie wir in den Tiefen jenes Abends den Wert dieser Tatsachen erkannten, so bewahrten wir sie als Geheimnis. Es war wie ein Schwur, an dem festzuhalten wir aus ganzem Herzen bereit waren, selbst wenn er nicht wörtlich ausgesprochen wurde. Ein Schwur, der dazu führte, daß wir noch enger verflochten, aneinander gebunden waren ... An diesen Schwur glaubte ich auch, als ich ihn nach all den Jahren an jenem Morgen zu erreichen versuchte. Um dessentwillen, was wir erlebt hatten und erleben würden, trotz allem, was wir erlebt hatten.

Um auf die Erzählung zu kommen, zu deren Zeugen wir gemacht wurden, vielmehr die zu hören und im eigentlichen Sinn zu fühlen wir aufgerufen waren ... Der tiefe Bruch in seiner Kindheit und vielleicht seines gesamten Lebens erfolgte, als der Erlaß von 1964 bekanntgegeben wurde. Yorgos war damals in den Personalausweis seiner Mutter eingetragen, die griechischstämmig war. Der Grund dafür war, daß sein aus Makedonien stammender Vater ›heimatlos‹ war oder deutlicher gesagt ›staatenlos‹. Jahrelang hatten sie in Istanbul so gelebt. Hier herrscht ein wenig Unklarheit, aber aus dem, was erzählt wurde und was er uns mitteilte, konnte man nur diesen Schluß ziehen. Sein Vater hatte im Zweiten Weltkrieg bei den Partisanen gegen die Deutschen gekämpft, doch als später die Kommunisten die Macht ergriffen, hatte er sich, obwohl selbst Kommunist, aus persönlichen Gründen, die er nie erklärte und die wir deshalb auch nicht erfuhren, mit der Regierung überworfen. Er hatte unter Lebensgefahr sein Land verlassen müssen, war nach Griechenland gegangen, hatte dort mit den Kommunisten und an der Seite von Yorgos' Mutter, einer Frau von ebenfalls kämpferischem Geist, am Bürgerkrieg teilgenommen, und sie hatten geheiratet. Nach der Niederlage mußten sie auch von dort fliehen und begaben sich schließlich in der Hoffnung auf ein neues Leben nach Istanbul. Die Verwandten der Mutter nahmen sie eine Weile bei sich auf. Sein Vater hatte eine Berufsausbildung. Er war ein guter Automechaniker. Binnen kurzem hatten sie sich in dem neuen Leben zurechtgefunden. Er eröffnete eine Autowerkstatt, lernte langsam Türkisch und gewann sowohl Kunden als auch einen kleinen Freundeskreis. Die ersten Jahre von Yorgos' Kindheit vergingen in diesem Umfeld, wobei er einerseits in der griechischen Schule die ›vorgeschriebene‹ Ausbildung erhielt, andererseits von seiner Mutter Französisch lernte und die Bruchstücke dieser Geschichten erfuhr. Manchmal besuchte er auch seinen Vater in der Werkstatt. Er mußte sich auf eine andere Seite des Lebens vorbereiten... Keiner wußte ja, was die Zeit bringen würde...

Der Erlaß, der viele echte Istanbuler mit nichttürkischen Wurzeln plötzlich zu Fremden machte, sollte auch sie betreffen. Sie mußten ihre Wohnung und ihr gesamtes Leben in dieser Stadt aufgeben. So begann ihr abenteuerlicher Weg. Seine Eltern wollten nicht nach Athen gehen, also zurückkehren. Sie wußten, was sie dort erwartete. Auch wußten sie, was sie von dem Land, das sie hatten verlassen müssen, nicht erwarten konnten... Es waren Tage des Verstecks und der Flucht. Noch einmal Tage des Verstecks und der Flucht... Sein Vater hatte einen Bekannten, einen guten Freund, der ebenfalls von ›jenseits des Wassers‹ stammte und Polizeikommissar war. Mit seiner Hilfe nahmen sie ihre tragbare Habe und versteckten sich in einem Dorf bei Bursa. Das ging für eine Weile gut. Doch es waren in jeder Hinsicht unsichere Zeiten. Deswegen konnten sie nur ein paar Monate in jenem Dorf bleiben. Auf eine Warnung des Kommissars flohen sie plötzlich wieder woandershin. Dies wiederholte sich mehrfach mit anderen Bildern, doch mit derselben Angst und Flucht. Es war sehr schwer, durchzuhalten, zu überleben. Yorgos' Mutter war die erste, die das Elend der Flucht nicht mehr ertrug.

»Man sagt ja, jemand sei vor Kummer gestorben, und genau so erging es meiner Mutter, sie starb vor lauter Kummer...«, sagte Yorgos, als er diesen Teil der Geschichte erzählte. Es war an einem Morgen im Juni... Die Frau sagte auf dem Sterbebett zu ihrem kleinen Sohn, der schon im Kindesalter mit so einer langandauernden Finsternis zurechtkommen mußte: »Verzeih uns, daß wir dir das angetan haben.« Aber wer waren eigentlich diejenigen, die dem Kind ›das‹ angetan hatten? ... Warum war der Preis für das ›Fremdsein‹ in manchen Ländern zu manchen Zeiten derart hoch? ... Der kleine Yorgos konnte diese Fragen freilich weder sich selbst noch jemand anderem stellen. Er lebte auf einem Boden, wo sich die ›Fremden‹ solche Fragen vielleicht nie würden offen stellen können ... Genauso wie es jenseits jener Grenze war ... Der Landstrich war ein unglücklicher Landstrich, die Zeit eine unglückliche Zeit, und alle diese Vorfälle zeigten wieder einmal die Künstlichkeit und Sinnlosigkeit dieser von irgendwem gezogenen Grenzen. Das eigentliche Unglück wurde durch die Grenzen verursacht. Den Preis dafür bezahlten jedoch die Menschen ... Aber seine drängendste Frage in jenen Tagen war wohl, wie er ohne Mutter leben sollte. Diese junge Frau, die es gewagt hatte, sich vielen Kämpfen zu stellen, hatte das Exil nicht ertragen. Die Entwicklung war unaufhaltsam. Aus diesem tiefen Schlaf gab es kein Erwachen. Auf dem Totenbett schärfte sie ihm ein, er solle unbedingt studieren und nicht aufgeben, bis zuletzt kämpfen. Er nickte, auch wenn er nicht wirklich verstand, was sie meinte. Anfangs konnte er nicht mal weinen. Er wußte ja noch nicht, was der Tod bedeutete. Nun war er mit seinem Vater allein. Noch war nicht klar, wohin und wie sie gehen sollten. Ihr Geld ging langsam zu Ende. Einige Monate lebten sie noch weiter in Verstecken. Dann sagte sein Vater eines Morgens, er werde ihn nach Istanbul bringen. So könnten sie nicht weiterleben. Yorgos mußte irgendwie wieder zur Schule gehen. Also besuchten sie ein letztes Mal die Stelle, wo sie die Mutter still begraben hatten. Es war ein leeres, ziemlich breites Feld. Die Erde verlangte keine Erlaubnis, keinen Ausweis. Die Erde, die echte Erde, hatte eine Sprache, doch jene Grenzen hatten keine. Die stille Zeremonie paßte zur Heldin eines solchen Kampfes ... Sie würden sie dort zurücklassen und womöglich niemals wiederfinden. Zum ersten Mal erlebte Yorgos den Abschied, den wirklichen Abschied.

In Istanbul hatten sie keine großen Probleme. Ihn erwarteten die dunklen, kalten Schlafsaalkorridore, wo die elternlosen Kinder wohnten und einen Überlebenskampf anderer Art führten. Das Krankenhaus La Paix beherbergte in einigen Zimmern diese Kinder. Er verstand. Es war Zeit, sich auch von seinem Vater zu trennen. »Vater hatte auf dem Weg davon gesprochen, an was für einem Ort ich bleiben würde. Er wußte, wir waren nicht an einen besonders tollen Ort gelangt. Doch wir hatten keine andere Wahl mehr. Zumindest würde ich von dort nicht mehr fliehen müssen. Ich hatte ihn schon lange nicht mehr so glücklich gesehen ...«, sagte Yorgos in dem Augenblick, als er sich an die Abschiedsszene erinnerte. Seine Augen waren feucht geworden, und es schien, als sei er weit fort ... Wir schwiegen. Wir wagten nicht, die Erzählung mit unseren Worten zu zerstören. Er aber fuhr fort nach einem Schweigen, das uns damals sehr lang vorkam.

»Wir saßen im Garten des Krankenhauses. An jenem Tag ... Ich wußte so gut, daß ich ihn an jenem Tag zum letzten Mal sah ... Eine innere Stimme sagte mir, er wird gehen und nicht zurückkehren, du wirst allein bleiben, du wirst ganz allein erwachsen werden. Ich habe mich nicht geirrt. Er ist gegangen und nie wiedergekommen. Vielleicht hat er Selbstmord begangen. Dieses Leben war sehr schwer zu ertragen. Vielleicht hat er sich auch entschlossen, seine restliche Lebenszeit in einem anderen, weit entfernten Land zu verbringen. Doch er wollte nicht riskieren, mich in ein neues Abenteuer mitzuschleppen. In späteren Jahren habe ich viel an diese Möglichkeit gedacht. Ich wußte, daß ich ihn nie wiedersehen würde. Doch in schweren Augenblicken wollte ich trotzdem glauben, daß er lebte. Manchmal wurde ich wütend und verfluchte ihn, daß er mich verlassen hatte. Ich sagte mir, wenn ich ihn je wiedersähe, würde ich ihm als erstes mit der Faust mitten ins Gesicht hauen. Manchmal war ich traurig, sehr traurig. Sowohl über ihn als auch über mich... Weil wir dies alles erlebt hatten...«

Er unterbrach wieder kurz. Wir warteten. Schweigend... Nur schweigend konnten wir uns ein wenig in das Gesagte einfühlen. Auf unserem Tisch hatten wir Raki, Käse, Honigmelonen, panierte Leber, Auberginensalat, gefüllte Miesmuscheln und *paçanga börek* stehen. Das Gedächtnis der Stadt mit seinen unterschiedlichen Geschichten vereinte uns wieder an einem Tisch. Sein weiteres Leben verlor sich in den Echos und Nächten jenes Waisenhauses, das er als sein Heim kannte, wobei wir fühlten, daß er davon nicht viel erzählen wollte. Sein Weg hatte ihn von jener uns unbekannten Dunkelheit irgendwie in unsere Schule geführt. Er hatte die Lükke, die durch sein Zuspätkommen und die Brüche seiner Biographie entstanden waren, gefüllt, so gut er konnte. In diesen seinen Lebensumständen lag begründet, daß er zwei Jahre älter war als wir und daß er manchmal sehr jähzornig, hart sein konnte...

Nach dem Telefongespräch an jenem Morgen, das ich geführt hatte, um die Spur von Yorgos in Athen zu verfolgen, lief diese Erzählung wie ein Film vor meinen Augen ab, wie es so schön heißt. Ja, meine Erinnerungen glichen einem Film. Insbesondere wenn ich daran dachte, was er mit uns zusammen erlebt hatte... Wir konnten freilich nicht wissen, ob seine Erzählungen die reine Wirklichkeit wiedergaben oder ob er etwas dazuerfunden hatte, wieweit das Gesagte richtig oder falsch war oder das Ergebnis der poetischen Seite des Erzählers, ob er Dinge weggelassen und in den Tiefen der Zeit begraben hatte, an die er sich nicht hatte erinnern wollen. Wir brauchten nicht danach zu fragen... Die Erzählung war seine Erzählung. Mit dem, was er gesagt hatte und nicht hatte sagen können... Mit ihren Lügen, Träumen und Fakten ... Unsere Wahrheit war an jenem Abend seine Wahrheit, was wir sahen, war so, wie er sich an diese vergangenen Ereignisse erinnern und darüber erzählen wollte, das Erleben und Erlebenlassen ging so in unsere Geschichte ein, würde sich so eingraben ...

An jenem Abend erfuhren wir noch eine andere Tatsache, deren Richtigkeit wir nicht bezweifeln, der wir darüber hinaus nicht ausweichen konnten. Auch diese Erzählung war für uns schicksalhaft. Etwas später sollten wir Zeugen werden von Ereignissen, die wir bewältigen mußten. Durch ein verspätetes Geständnis kam die Angelegenheit zur Sprache. Die erdbebenartigen Erschütterungen, die die ›Schauspieltruppe‹ dadurch erlebte, waren erneut für uns alle eine Prüfung. Yorgos sagte, er habe sich in Şeli verliebt. Diese Liebe würde erwidert. Ihre Beziehung sei etwas Ernstes. Um uns seine Gefühle mitzuteilen, habe er uns ›unter Männern‹ zusammengerufen. Wir sollten das jetzt wissen. Er würde sie heiraten. Sie würden nach Frankreich gehen und dort ein neues Leben anfangen ... Er war aufgeregt, mehr als aufgeregt, als er von diesem Traum von einem neuen Leben sprach. Womöglich war er wieder einer Verwirrung ins Netz gegangen und erwartete von uns Unterstützung, vielleicht sogar Bestätigung. Ich schaute Niso an. Er schaute mich ebenfalls an. Durch Blicke teilten wir einander mit, daß diese unmögliche Liebe dem Tod geweiht war. Wir kannten uns sehr gut aus. Mit diesem Wissen waren wir groß geworden, dadurch hatten wir gelernt, wer wir waren. Wir wußten nur zu gut, welche Gefühle welche Mauern nicht überwinden konnten, wer wo und wie ausgebremst wurde ... Wir wußten, die Realität war mit aller Strenge in unserem Bewußtsein, in den Worten, die wir nicht immer ausformulieren konnten, und sogar in unserem Schweigen. Wo also war in dieser Realität der Weg, den Yorgos gehen wollte im Namen der Reinheit einer solchen Liebe, mit der er die Hand jenes Mädchens halten wollte? ... Ich hatte nicht den Mut, diese Frage zu beantworten. Also hatte der Poet in ihm trotz der Härten, die er hatte erleben und ertragen müssen, noch nicht aufgegeben, Träume zu spinnen. Vielleicht war ja der Abenteuergeist seiner Eltern auf ihn übergegangen. Oder... Oder er wollte glauben, nur durch einen solchen Traum die Härte erweichen zu können. Er sprach davon, eine Familie zu gründen, eine unzerstörbare Familie. In gewisser Weise konnten wir in dieser Erwartung die Tiefe sehen. Darin lag nichts Erstaunliches, nicht Unerwartetes. Zeigte ihm aber das Verführerische, das Trügerische, ja die Täuschung seiner Erwartung nicht ausreichend, daß diese Familie eigentlich in weiter Ferne lag?... Was aber erwartete Şeli von dieser Beziehung?... Was sagte sie zu Yorgos, und was konnte sie ihm nicht sagen? Wenn für sie diese Liebe ebenfalls ein Protest war wie jede echte Leidenschaft, wenn sie auch Todesgefahr bedeutete, wie glaubhaft war dann der Protest?... Die Antworten würden wieder im Laufe der Zeit kommen. Mit der Zeit... Indem man lebte und nicht leben konnte... Doch an jenem Abend an jenem Tisch gab es nur die Liebe. Eine Liebe, die uns dazu brachte, mit der Hoffnung, Begeisterung jener Tage aufs Leben zu blicken, wenn auch unter dem Eindruck unserer Mängel und Erwartungen... Eine Liebe, die wir, weil wir sie selbst noch nicht gefunden hatten, mit einer nicht einmal vor uns selbst eingestandenen Eifersucht in unser Leben einbauten. Yorgos las uns die Gedichte vor, die er für Şeli geschrieben hatte. Sie waren traurig, aber auch voller Hoffnung... Nachdem wir diese Gedichte gehört hatten, hatte ich kein Verlangen mehr danach, die Tatsachen tiefer zu hinterfragen. Denn die eigentliche Realität lag in jenen Gedichten verborgen... In jenen Versen atmete die Realität, die wir nicht erlebt hatten, vor der wir uns fürchteten, von deren Anziehungskraft wir jedoch voller Erschütterung fasziniert waren...

An jenem Morgen, an dem ich mir lange Zeit ließ, um in die

Vergangenheit zu tauchen, sah ich auch andere Szenen unserer Geschichte aufs neue. Die Szenen erinnerten daran, was danach passiert war. Wieder einmal endete eine Liebe in Träumen, vielmehr zerbrach sie. Wobei sie natürlich unvergeßliche Ruinen hinterließ ... Während die Sache immer ausweigloser wurde, tat ich zusammen mit Niso das mir Mögliche. Als die Beziehung nach einer Weile bekannt wurde, kam von der Familie des Mädchens die erwartete Reaktion. Ein Grieche, noch dazu aus einer unbekannten Mischpoke, ein Grieche ohne Gut und Geld ... Auch nur an so eine Möglichkeit zu denken bedeutete gegen den Strom zu schwimmen ... Wir mußten aber auch Şelis Bemühungen würdigen. Denn sie widersetzte sich, zumindest am Anfang, mit aller Kraft und kämpfte um ihre Liebe, wobei sie sogar auf sich nahm, verletzt zu werden und zu verletzen ... Das sei ihr Leben. Sie würde heiraten, weggehen und nur zurückkehren, wenn ihre Entscheidung akzeptiert würde ... Ich sprach lange mit ihr über diese Trennung und die Gefühle, die damit verbunden waren. Das waren Dreiergespräche, an denen auch Niso teilnahm.

Man mußte sich nicht sehr anstrengen, sich vorzustellen, was sie ertragen mußte. Wir liebten Yorgos sehr. Besonders nach dem, was er uns erzählt hatte, hatten wir ihn noch viel lieber. Wir wollten beide unterstützen. Was gab es in der Welt von jungen Menschen dieses Alters Heiligeres als die Liebe? Doch leider wußten wir auch, daß wir trotz aller Bemühungen diese Liebe nicht so beschützen konnten, wie es nötig gewesen wäre. Die Zeit zeigte uns, daß wir uns nicht geirrt hatten. Der Vater von Şeli ging in diesem Kampf so weit zu sagen: »Entweder er oder wir!« Das war seine äußerste Grenzlinie. Es gab kein Zugeständnis. Es gab kein weiteres Bemühen um Verständnis. Das Wörtchen ›wir‹ hingegen hatte verschiedene Bedeutungen. Jeder konnte daraus seine Schlüsse ziehen, je nachdem, von welcher Warte aus er persönlich und entsprechend seinen Befürchtungen das Leben betrachtete.

Şeli hing sehr an ihrer Familie. Sie war dickköpfig, aufmüpfig, aber auch außerordentlich sensibel. Insofern konnte man sich leicht vorstellen, unter welchen Druck sie geriet. Und als sie eine solche Entscheidung fällen mußte, bemerkte sie bald, daß sie gewisse aus weit entfernten Zeiten überlieferte Werte nicht außer acht lassen konnte. In dieser Krise war sie ohnmächtig, wehrlos und ausgeliefert... Der Sturm richtete den erwarteten Schaden an. Doch jeder versuchte das, was innerlich zerbrochen war, zu reparieren, so gut es ging, und daran zu glauben, er habe eine Lösung gefunden. Wenn es dafür überhaupt eine Lösung gab... Sie beschlossen, eine lange Zeit getrennt zu bleiben. Sie würden sich selbst noch besser kennenlernen und vielleicht eines Tages wiederfinden, aus dem Wissen heraus, die beste Beziehung ihres Lebens zu leben... Das war fast, wie ein bißchen Asche über die Glut zu streuen. Asche streuen... Um jenes Verzehrende nicht zu sehen und zu spüren... Wobei sie wußten, daß die Asche von den Bränden übriggeblieben war... Wobei sie vielleicht immer fürchteten, die Hitze der Glut zu erleben... Schließlich war da etwas Unabgeschlossenes geblieben...

Nach einer Weile entschied sich Şeli, unter dem Vorwand eines Universitätsstudiums nach Israel zu gehen, wobei sie ein Stipendium nutzte. In jenen Tagen gab es noch einmal eine Auswanderungswelle. So fiel es ihr nicht schwer, ihre Familie zu überzeugen. Auch dieses Mal hatte sie die Hoffnung, dort ihr Leben zu überprüfen und sich selbst zu befreien. Zumindest war es das, was sie uns sagte. Natürlich konnten wir nicht wissen, was sie zu Yorgos sagte. Was wir wußten und sehen konnten, war, daß Yorgos nach ihrer Abreise noch in sich gekehrter war. Wir sahen keine Lösung. Wir hatten unser möglichstes getan, um sie vom Weggehen abzuhalten, doch es war uns nicht gelungen...

Ihre Eltern hatten sie eigentlich unfreiwillig bei dieser Entscheidung unterstützt. Sicherlich hätten sie sich gewünscht, daß ihre Tochter bei ihnen geblieben wäre und wie erwartet eine Familie gegründet hätte. Şeli war ihre einzige Tochter, hatte eine gute Ausbildung genossen und war auf eine gute Zukunft vorbereitet worden. Noch entscheidender war, für eine solche Zukunft lag sogar schon ihre *drahoma*, ihre Aussteuer, bereit. Der Schwiegersohn, der in diese Familie eintrat, sollte sich glücklich schätzen können. Diese Zusicherung garantierte ihnen die stärkste Macht. Şeli sah das. Ihr einziger Protest war wohl in jenen Tagen, ihnen diese Macht aus den Händen zu nehmen, indem sie ihre Zusicherungen geringschätzte, geringzuschätzen schien. Aber es ging um mehr. Wenn die Traditionen und die Geschichte so wichtig waren, wenn das ›wir‹ für sie ein so unerschütterlicher Wert war, dem man nicht den Rücken kehren durfte, so mußten sie es widerwillig akzeptieren, wenn sie in ein Land ging, das in der Begeisterung für so ein ›wir‹ gegründet worden war, doch gleichzeitig würden sie eine Wunde empfangen, die so leicht nicht zu verbinden war. Hier spielte Şeli ihre Bosheit sehr gut aus. Ihre Eltern konnten nicht sagen, daß das Land, in das sie ging, für sie eigentlich ein ›anderes‹ Land, eine andere Kultur war. Dabei basierte die Vorstellung von der friedlichen Fortsetzung der Tradition auf dem gegenwärtigen Zusammenleben mit ihresgleichen in diesem Land. Ihre Eltern setzten sich mit dieser Tatsache ebenfalls nicht auseinander...

Yorgos kam nicht zu dem Abschiedsessen, das wir organisiert hatten, um sie zu geleiten. Wir hatten sowieso nicht erwartet, daß er teilnehmen würde. Sie würden mit ihren inneren Wunden an unterschiedliche Orte gehen. Das Essen war deshalb ein wenig traurig. Doch was Şeli gegen Ende des Abends sagte, war unvergeßlich: »Ich weiß nicht, mit wem ich was erleben werde, dort, wo ich hingehe. Doch ich werde so leben, daß es diejenigen, die mich hier gehindert haben, meine Wünsche umzusetzen, eines Tages sehr bereuen werden...«

Diese Worte erschreckten mich sehr, sie machten mich traurig und gleichzeitig, warum soll ich es verbergen, ein wenig eifersüchtig. Es schien, als ob Şeli, während sie sich an den zu Feinden gewordenen Menschen rächen wollte, die ihr gegenüber jene Mauer erbaut hatten, die sie nicht einreißen konnte, gleichzeitig sich auch an sich selbst rächte. Höchstwahrscheinlich würde sie sich am Feuer der Rache verbrennen, das sie entzündet hatte, um sich nicht unterkriegen zu lassen. Sie wurde ja immer schon leicht wütend, lebte ihre Empörungen. Ihre Empörungen und Gefühle ... So habe ich sie während der Zeit unserer Freundschaft kennengelernt. Ihr Entschluß ebenso wie die Art der Durchführung bestätigten nochmals ihren Blick aufs Leben, ihre Einstellung. Das war es, was mich beunruhigte. Die Eifersucht jedoch, die ich wegen ihres Weggangs verspürte, bezog sich darauf, daß sie den Mut hatte, ganz allein in einem anderen Land ihr Leben aufzubauen. Zwischendurch versuchte ich, sie von ihrem Entschluß abzubringen. Indem ich sagte, sie könne dort nicht glücklich werden ... Es sei nicht so leicht, in einer anderen Sprachwelt mit Menschen, die aus anderen Kulturen kommen, ein neues, ein gefühlsverbundenes Leben zu begründen, es sei für den Menschen nicht so leicht, sein Land und seine Gewohnheiten aufzugeben. Außerdem würde sie unter Menschen geraten, die leider im Krieg um ihr Überleben kämpfen mußten und die deswegen hart geworden, hart zu werden gezwungen waren ... Kurzum, ich sagte alles, was ich zu sagen hatte. Damals machte ich mir natürlich nicht klar, daß der Grund, weshalb ich versuchte, an ihren gesunden Menschenverstand zu appellieren, Neid war und die Angst zurückzubleiben. Die Dinge fingen an, sich arg zu verwirren. Und unsere Gefühle waren äußerst durcheinander. Zudem brachte Şeli durch ihre Abreise jeden auf andere Weise in Bewegung. Im Grunde kehrten wir alle unser Inneres irgendwie nach außen. Die Schritte, die getan wurden, waren das Ende einer langen Vorbereitung, eines Wartens. Was wir fühlten, was wir erzählten und nicht erzählten, versteckte sich in den Ziegelsteinen einer Geschichte, die wir langsam zusammen aufgebaut hatten.

Yorgos hatte beschlossen, sich in Frankreich niederzulassen. Auch er würde in ein anderes Land, in ein anderes Leben gehen. Es war leicht zu verstehen, warum er diesen Entschluß gefaßt hatte. Wie kann jemand nach einer solchen Trennung das Gefühl des Zurückbleibens ertragen? ... Zumal wenn es keine zwingenden Gründe gibt, in der Stadt, in der man lebt, Wurzeln zu schlagen ... Wenn das Leben einen mit aller Härte gelehrt hat, zu gehen, alles zu verlassen, mit dem Leben zu spielen ... Der Weggang von Yorgos rief in uns nicht nur Trauer über die Trennung hervor, sondern auch Hoffnung in Hinblick auf den Kampf. Eine Hoffnung, die uns trotz aller Zweifel suggerierte, noch mehr an unsere Zukunft zu glauben, uns zu binden ... Zumindest wollte ich das Erlebte so sehen ...

Es gab noch jemanden unter uns, der mit jedem Tag mehr an dieses Fortgehen und die Tür, die sich dadurch auftat, glaubte. Auch er bereitete sich zweifellos langsam innerlich darauf vor. Ungefähr zwei Jahre nach Şelis Fortgang entschloß sich auch Niso, für immer nach Israel zu gehen. Damals hatte er an der Technischen Universität die Ausbildung zum Elektroingenieur beendet, und die neue Arbeit, die er fand, bereitete ihm nichts als Enttäuschung. Sein Entschluß war im Vergleich zu Şelis wesentlich realistischer begründet, jedenfalls in meinen Augen. Er stammte aus einer Familie mit sehr begrenzten Möglichkeiten. Während unserer gesamten Schulzeit hatte er nur unter tausend Schwierigkeiten und immer verspätet das monatliche Schulgeld zahlen können. Sein Vater war Rabbiner an einer *havra*, wo ihn die Gemeinde angestellt hatte, und er arbeitete zu einer offensichtlich wenig glanzvollen Bezahlung.

»Ich habe hier keine Zukunft...«, sagte Niso einmal, als sein Entschluß sich langsam formte. Ich verstand. Er wollte sagen, daß für ihn nicht wie für mich ein Laden bereitstand. Er hatte keinerlei Kapital für ein eigenes Geschäft. Es gab auch kaum Arbeitsmöglichkeiten für Elektroingenieure. Außerdem war er an der Universität in einige politische Aktivitäten verwickelt gewesen und nach einem Demonstrationszug eines Nachts in einer einsamen Straße von einer Gruppe Faschisten verfolgt, schlimm verprügelt und mit dem Tode bedroht worden. Was konnte ich zu alldem sagen... Nun würde also auch noch der letzte Schauspieler der ›Truppe‹ weggehen. Ich verlor einen weiteren Freund. Leider blieb mir nichts übrig, als ihn zu unterstützen. Trotz meiner Trauer und meiner Verluste... Meine Trauer rührte nicht bloß daher, daß ich einen weiteren Freund verlor. Ich war über seinen Weggang auch traurig, weil ich wußte, wie sehr er Istanbul liebte. So wie er die Entzückungen, Vorlieben, die Art, das Leben zu spüren und zu interpretieren, wahrnahm, war er sehr einheimisch, mehr als wir anderen alle, denn er gehörte zu dem Gefühl, der Geschichte der Stadt. Deshalb hatte ich Sorge, er würde den Weggang nur schwer verkraften. Auch er war sich bewußt, wie schwer dieser Schritt für ihn würde. Wie hätte ich mir sonst erklären können, daß er sich im voraus einen Plan machte?... Ja, er versuchte, den Spuren eines Plans für die Reise zu folgen. Das konnte ich sehen. Ein Reiseplan... Um mehr an das neue, mögliche Leben zu glauben... Dort würde er die Sprache lernen, dann würde er sicher irgendwo Arbeit finden. Außerdem verfolgte er noch eine andere Hoffnung. Sein Weg wurde irgendwie durch das Licht seines Musikantentums erhellt. Ja, er war auch Musikant. Er spielte sehr gut Gitarre. Sein Ausspruch: »Vielleicht bleibe ich dort irgendwo hängen...« hatte damit zu tun. Welche Bedeutung für ihn das ›Hängenbleiben‹ inzwischen auch immer haben mochte...

Ich blieb allein zurück in meiner Stadt und träumte davon, eines Tages ebenfalls wegzugehen. Es waren meine letzten Tage an der Istanbul-Universität in der Wirtschaftswissenschaftlichen Fakultät. Ich mußte nur noch ein paar Prüfungen machen. Was würde ich mit meinem Studium anfangen können? ... Auch ich würde meinen Weg machen im Rahmen meiner Möglichkeiten ... Şeli und Niso waren für ein anderes Leben mit unterschiedlichen Sehnsüchten und Erwartungen nach Israel gegangen. Ob Necmi sein Studium der Politikwissenschaft abgeschlossen hatte, wußte ich nicht. Wir hatten einander aus den Augen verloren ... Vielleicht würden wir eines Tages alle endgültig an verschiedenen Orten bleiben ... Şebnem und Yorgos würden ebenfalls in anderen Städten und bei anderen Menschen bleiben. Konnten andere Länder uns wirklich ein besseres Leben geben als dieses Land, das uns zu uns selbst gemacht hatte? Warum hatten einige von uns nicht an dieses Land geglaubt, nicht glauben können? ... Ein jeder mochte darauf seine eigene berechtigte Antwort haben. Ich löste dieses Problem irgendwie in England, wo ich es nach meinem Studium allerdings nur kurze Zeit aushielt. Nicht einmal die negativen Seiten einer Stadt können einen Menschen vertreiben, der dort geboren wurde, aufgewachsen ist und erzogen wurde. Vielmehr definiert er sich vor allem durch seine Sprache. Istanbul war mein Schicksal, und dieses Schicksal würde ich bis zum Ende tragen ... Doch ich wußte, meine Bedingungen waren ganz andere als die der anderen Weggefährten der ›Truppe‹. Und unbeabsichtigt waren diese Bedingungen für die Entscheidungen ausschlaggebend ... Selbst wenn diese Entscheidungen nicht gewährleisteten, immer so zu leben und frei zu sein, wie man wollte ...

An dem Morgen, als ich versuchte, Yorgos nach all den Jahren aufs neue zu erreichen, mußte ich auch diese Erinnerungen und Gefühle hinterfragen ... Er hatte sich also in Frankreich nicht eingewöhnen können ... Auch Şebnem hatte sich dort nicht eingewöhnen können ... Şeli dagegen setzte ihr Leben in Izmir fort. Was hatte sie zurückgerufen? ... Die Antwort auf meine Frage konnte ich nur erhalten, wenn es mir gelang, sie selbst zu treffen. Auch die Erzählung, warum Niso dort lebte, wo er war, war von einer Begegnung abhängig. Ich würde also sehen, was es für mich zu sehen gab. Ich war auf dem Weg und wußte, ich würde nicht mehr umkehren, trotz meiner Befürchtungen, die durch meine Fragen und die Bilder in der Tiefe meines Gedächtnisses erneut aufgekommen waren ...

Jener Tag verging, abgesehen von meiner kleinen Zeitreise, wie gewohnt, wie ich seit Jahren gelebt hatte. Beim Abendessen sprach ich mit Çela ein wenig über das ›Spiel‹ und woran ich mich am Tag erinnert hatte. Das Erlebte und das Spiel vermischten sich wieder einmal ... Dann, gegen zehn Uhr, rief ich erneut Yorgos an. Dieses Mal antwortete am Telefon eine Männerstimme auf griechisch. Ich ahnte natürlich, wessen Stimme das war. Ich selbst meldete mich auf türkisch. Und sofort bekam ich seine Entgegnung.

»Grüß dich, Isi, ich habe deinen Anruf erwartet, Seta hat mir gesagt, daß du angerufen hast.«

Seine Stimme war so warm und nahe, daß ich sofort das Bedürfnis spürte, mir zu sagen, ganz gleich, was mit uns noch passieren würde, ich hätte mich um unserer Leben willen auf einen sehr bedeutsamen Weg gemacht. Mir war, als hörte sich seine Stimme reifer und weicher an. Eine Stimme, die auf einen weniger zornigen, mehr mit sich im Frieden lebenden Menschen hindeutete. Während ich mit ihm sprach, stellte ich mir sein Gesicht vor, so wie ich es in Erinnerung hatte, und ich versuchte mir auszumalen, wie es sich verändert haben mochte. Deswegen mußte ich mich anstrengen, die ersten Worte zu finden. Was mir lediglich einfiel, war, ihn zu fragen, ob er erstaunt sei, daß ich ihn angerufen habe. Vielleicht war das eine sinnlose Frage, sinnlos in verschiedener Hinsicht. Was sollte ich machen?... Jene Unsicherheit gab mir nur diese Worte ein. Er antwortete mit derselben herzlichen, warmen Stimme.

»Freilich bin ich erstaunt... Aber ich freue mich sehr.«

Ich sagte, ich freue mich ebenfalls, seine Stimme zu hören. Ich war immer noch befangen. Wir schwiegen ein, zwei Sekunden. Wahrscheinlich versuchten wir beide, einzelne Bilder in unserem Geist, unserem Gedächtnis aufzurufen. Dann stellte auch er eine Frage. Diese Frage wurde in vergleichbaren Situationen meistens gestellt, sie war sogar eine der unausweichlichen Fragen.

»Wie hast du mich gefunden?...«

Ich begnügte mich damit zu sagen, daß Necmi mir geholfen habe. Von der Begegnung mit Necmi und was er erlebt hatte, konnte ich natürlich unmöglich am Telefon erzählen. Dafür war die Erzählung viel zu lang... Doch er konnte auf diese meine Antwort hin, trotz der Entfernung, die zwischen uns entstanden war, nicht umhin zu fragen:

»Also Necmi... Was macht der denn?...«

In seiner Stimme klang der Schmerz über die Entfernung an. Dennoch war es schwer, sogar sehr schwer, das Notwendige zu erzählen. Wo sollte ich anfangen, wo einhalten?... Natürlich sagte ich, was in diesen Augenblicken zu sagen möglich war.

»Es geht ihm ganz gut. Wir haben jahrelang keinen Kontakt gehabt. Doch jetzt sind wir fast jeden Tag zusammen. Er hat schlimme Zeiten hinter sich. Er arbeitet als Fremdenführer für Touristen. Er ist dick geworden, ein Mann mit Bauch und Glatze...«

Yorgos lachte ein bißchen, dann schwieg er kurz. Schließlich sagte er:

»Ah, Necmi, du bist mir einer... Also ihr trefft euch, was?... Gut, gut... Und was machst du so?...«

Trotz der Wärme, Weichheit in seiner Stimme entging mir der Abstand nicht, den die Zeit und unsere Lebensgeschichten geschaffen hatten. Vielleicht hatte er sich tatsächlich sehr weit von dem entfernt, was er hier zurückgelassen hatte. Der Grund dafür, daß er so nachdenklich, mit kurzen Unterbrechungen sprach, konnte entweder an diesem Umstand liegen oder daran, daß sich seine Überraschung immer noch nicht gelegt hatte ... Deshalb faßte ich mich auch diesmal kurz.

»Na, was schon? ... Eigentlich nichts Besonderes. Ich habe das Geschäft von meinem Vater übernommen, habe geheiratet und habe zwei Kinder. Der Junge ist auf der Universität, das Mädchen macht gerade auf dem Gymnasium den Abschluß. Ich fotografiere viel. Mein Archiv ist ziemlich gut. Ich schlendere umher, gehe auf Reisen ... Man lebt halt so ...«

Was war das doch für eine Zusammenfassung, die ich da gab! Freilich war bedeutsam, daß mir in diesem Augenblick diese Seiten meines Lebens einfielen. Vielleicht waren das die Elemente, die für mich am wichtigsten waren, an die ich mich am meisten klammerte, die ich als mir zugehörig empfand ... Vielleicht streifte ich aber nur die ungefährlichsten, am leichtesten zu erzählenden Punkte. Wobei ich mich bemühte, in jenem Augenblick, ohne mir dessen bewußt zu sein, die Wärme und den Schutz meiner Zelle in jenem Gefängnis noch einmal zu spüren ... Wir lebten halt so, indem wir uns irgendwo an unserem Erleben und unseren Gefühlen festhielten ...

Doch plötzlich brachte er durch das, was er erzählte, diesen Ablauf um einen Schritt weiter. Ich hörte jetzt die Stimme eines alten Freundes, der sich nicht so sehr beklagte als vielmehr versuchte, den inneren Frieden zu genießen. Seine Stimme schien noch weicher zu sein.

»Wie wir alle, lieber Isi, wie wir alle ... Auch ich bin verheiratet. Nach sechs Jahren in Frankreich bin ich hierhergekommen. Ich habe eine griechische Ehefrau. Sie ist eine sehr gute Frau. Auch ich habe zwei Kinder, doch die sind jünger als deine. Ich habe spät geheiratet und spät Kinder gezeugt. So hat es sein sollen, was kann man machen ... Manchmal erzähle ich ihnen von Istanbul. Von Feriköy, von Kurtuluş, von den Ständen der Fischer, von den Thunfischkonservierern, von unserer Schule, von La Paix ... Sie hören zu, als erzählte ich ihnen Märchen. Sie können nicht Türkisch. Zu Hause sprechen wir mit ihnen Griechisch und Französisch. Meine Frau kann sehr gut Französisch. Ich habe sie in Marseille kennengelernt, und wir sind zusammen hierhergezogen. So ist das ...«

Wollte er wohl durch seine Worte zum Ausdruck bringen, wie er seinen damaligen Schmerz überwunden, in der Ferne gelassen hatte? ... Hatte er vielleicht zwischen seinen Worten Gefühle versteckt, die darauf warteten, daß ich sie verstand, bemerkte? ... Von dieser Möglichkeit war ich in dem Augenblick sehr überzeugt ... Von ganzem Herzen überzeugt ... Um der Liebe willen, die uns noch immer verband, trotz der verschiedenen Lebenswege und Verbannungen, die uns voneinander getrennt hatten ... Ein solches Bedürfnis konnte umgekehrt auch bedeuten, daß jener Schmerz im Inneren noch nicht erstorben war, doch, ungelogen, in jenem Augenblick kam mir überhaupt nicht in den Sinn, weiter auf diesen Aspekt der Wahrheit einzugehen. Seine Worte konnten bloß nicht unbeantwortet bleiben. So tat ich, was ich konnte.

»So ist unser Leben halt verlaufen, Yorgos ...«

Erschienen ihm meine Worte vielsagend genug? ... Hatte ich durch meine Stimme meine Gefühle hinreichend ausdrücken können? ... Das konnte ich nicht wissen. Daß er weitererzählte, daß er zumindest den Drang danach verspürte, konnte verschiedene Gründe haben. Ich hatte jedoch keinerlei Zweifel, daß ich mit ihm, so wie mit Necmi, selbst nach so vielen Jahren leicht eine Verbindung herstellen konnte.

»So ist es, lieber Isi, genau so ... Ich betreibe hier einen

Teppichhandel. Meine Ware beziehe ich aus der Türkei. Außerdem mache ich Theater, ich schreibe Stücke, führe Regie ...«

Diese Worte hätten der Beginn eines ganz langen Gesprächs werden können ... Ich wollte ihm in diesem Moment sagen, wie ihn Necmi damals gesehen hatte, und daß wir jener Begegnung, die in gleicher Weise nur in unglaubwürdigen Romanen und Filmen vorkam, verdankten, seine Spur gefunden zu haben. Doch ich verzichtete darauf. Eines Tages würde ich es ihm erzählen. Die Erzählung war bei mir besser aufgehoben. Nun hatte ich den Mut, einen weiteren Schritt zu tun.

»Führt dich dein Weg nicht manchmal nach Istanbul? ...«

Er antwortete nicht gleich. Aus diesem Schweigen konnte ich vieles herauslesen. Was ich nach diesen Momenten des Schweigens, die mir sehr lang erschienen, zu hören bekam, ließ nicht viel Raum für Ungewißheit. Ich war nicht länger auf meine eigenen Deutungen angewiesen.

»Das kommt eigentlich nicht vor ... Seit Jahren bin ich nicht hingefahren. Eigentlich seit meinem Weggang nicht ... Manchmal denke ich, ich würde es nicht ertragen ... Doch ich habe große Sehnsucht ... Nach Izmir bin ich ein-, zweimal gefahren. Geschäftlich war ich einmal in Kütahya, und einmal in den Ferien in Antalya. Doch Istanbul ... Istanbul ist etwas anderes, wie soll ich sagen ...«

Ich hatte nicht erwartet, daß wir an so einen Punkt gelangen würden. Diese Worte konnten sich auf verschiedene Gesichtspunkte beziehen, in verschiedenen Erzählungen auf verschiedene Gefühle hinauslaufen. Fragen dazu mußte man in anderen Augenblicken stellen. Mit all ihrer Anziehungskraft ... Mit all ihrer Befangenheit, ihren Zweifeln, ihrer Melancholie und ihren Widersprüchen ... Wie sah er Istanbul inzwischen? Warum erzählte er seinen Kindern davon? ... Darauf konnte es viele Antworten geben. Doch mir ging es in dem Moment darum, mir für meine Erzählung noch ein wenig mehr Mut zu holen. Ich versuchte die Tür zu öffnen, voll Unsicherheit ob der zu erwartenden Antwort.

»Vielleicht kommst du jetzt doch mal. Deswegen rufe ich dich nämlich an.«

Nach einem weiteren, kurzen Schweigen gab er seine Antwort in freundschaftlichem, vertrauenerweckendem Ton.

»Schieß los, Isi. Ich höre.«

Konnte diese Stimme auch die eines Menschen sein, der sich verschanzte? ... Doch es nützte uns nichts, länger über diese Vermutung zu spekulieren. Ich versuchte von meinem Traum zu erzählen, der mich zu ihm geführt hatte.

»Halt dich fest! ... Erinnerst du dich an *Istanbul ist mein Leben*?«

Er reagierte nicht gleich. Das hatte ich auch nicht erwartet. Ich sprach weiter.

»Du mußt herkommen, Yorgos ... Ich versuche, die ›Truppe‹ zusammenzubringen. Wir wollen das Stück noch einmal spielen. So wie früher, alle gemeinsam ... Ich weiß nicht, ob alle kommen, aber ich tue, was ich kann. Als ich hörte, daß du ein solcher Theaterprofi geworden bist, war ich plötzlich noch begeisterter.«

Ich hielt inne. Dieses Mal mußte ich eine Antwort kriegen. Er ließ mich nicht lange warten. Seine Stimme war wieder warm, doch sie klang nachdenklich.

»Das ist sehr gut gedacht von dir. Das alte Team, ja? ...«

Wieder herrschte Stille. Mit welchen Stimmen und Bildern erinnerte er sich nun wohl an das Spiel? ... Oder wieweit erinnerte er sich, wollte er sich erinnern? ... Ich hatte bis zu diesem Moment den Eindruck gehabt, er habe während unseres Gesprächs aus irgendeinem Grund ständig gelächelt. Wenn das stimmte, lächelte er nun immer noch? ... Und wenn er lächelte, über wen oder was lächelte er? ... Ich bekam auf diese Frage nicht wirklich eine Antwort, als er das Gespräch fortsetzte. Seine Stimme war nun die eines

Menschen, der vieles durchgemacht hatte. Die Stimme eines Menschen, der viel durchgemacht hatte ... Warum verbohrte ich mich so sehr in die Interpretation dieser Stimme? ... Vielleicht wollte ich hören, was ich zu hören wünschte, wer weiß ...

»Na ja ... Im Augenblick bin ich ein bißchen ratlos ... Istanbul, das alte Team ... Aufregend ist das schon ...«

Ich konnte den Punkt sehen, auf den das Gespräch zusteuern sollte, oder zumindest wollte ich glauben, daß ich ihn sah. Oder sah ich wieder das, was ich sehen wollte? ... Oder ... Oder meldete sich wieder eine Wunde, obwohl sie mit den Gefühlen vieler unterschiedlicher Zeiten verbunden worden war? ... Die Zeit würde zweifellos wieder einmal die glaubhafteste Antwort bringen oder die, die am glaubhaftesten aussah. Doch diese Aussicht gefiel mir nicht. Es schien so, als wäre ich plötzlich rücksichtslos auch in sein Leben eingedrungen. In dem Moment fühlte ich Unsicherheit und sogar eine leichte Reue. Doch ich mußte mich von diesem Gefühl befreien, unbedingt. Sonst konnte ich jenen Weg nicht zurücklegen. Ich versuchte, sowohl ihn als auch mich in die Stimmung des Spiels zu versetzen.

»Laß dir mit der Antwort Zeit, ja ... Necmi ist bereit. Und sehr aufgeregt. Er findet, daß Schwung in unser Leben kommt. Meine innere Stimme sagt mir, daß wir auch Niso finden werden. Der ist nach Israel übergesiedelt. Ich habe ihn noch nicht gefunden, doch ich werde ihn finden, ganz sicher, das weiß ich ...«

Er hörte weiter zu, ohne etwas zu erwidern. Höchstwahrscheinlich war es ihm nicht so wichtig, wohin Niso warum gegangen war und ob er kommen würde. Vielleicht wäre es ihm später wichtig; wenn er jene Schritte tun konnte, wäre es ihm sicher wichtig. Doch dieser Augenblick erforderte etwas anderes. Es war klar, wohin das Gespräch jetzt steuerte. Die Frage, die nach seinem Schweigen und seinem geduldigen Zuhören kam, lief für uns beide unausweichlich auf diesen Punkt hinaus.

»Und die Mädchen?... Was hast du von denen gehört?...«

Ich wollte zuerst über Şebnem sprechen. In Kürze sagte ich, was ich wußte. Er war sehr betroffen. Ich konnte seine Betroffenheit unmöglich überhören, als er sein Gefühl in Worte faßte.

»Ah, meine kleine Şebnem... Und dabei war sie doch der tragende Stützpfeiler unseres Spiels...«

Genau so war es. Sie war unsere Hauptdarstellerin. In jeder Hinsicht unsere Hauptheldin... Ich sagte, was mir aus der Seele kam, woran ich zutiefst glaubte, glauben wollte.

»Wir dürfen die Hoffnung nicht verlieren... Haben wir nicht auf diese Weise durchgehalten, Yorgos?... Vielleicht kannst du ihr ja auch behilflich sein, was meinst du?...«

Ich schwieg... Wir schwiegen beide. Ich konnte diese Erzählung nicht mehr weiterführen, jedenfalls wegen des Augenblicks, der nun kommen mußte, um des Zaubers jenes Augenblicks willen. Ich hatte ihn nur bis jetzt warten lassen können.

»Auch Şeli soll in Izmir sein. Das habe ich von Çela erfahren. Von meiner Frau...«

Wieder schwieg er eine Weile. Er stellte keine Frage. Er hatte wohl nicht den Mut dazu oder fand es unnötig. Doch er drückte sein Gefühl zu dem von mir geschilderten Bild aus. Konnte man wohl in diesem Gefühl die Spuren eines Ausweichens suchen?... Wahrscheinlich. Ich wußte, was er fühlte und mir mitzuteilen versuchte, war echt, und zwar sehr echt, in aller Schlichtheit und Reinheit.

»Wir sind in alle Winde zerstreut... Schau mal einer an...«

Ich zweifelte nicht, daß wir denselben Kummer teilten. Dadurch konnte ich womöglich die Unsicherheit aufheben, die durch mein erneutes Fragen entstand.

»So ist es... Was sagst du nun?...«

Ich hörte aus seiner Stimme wieder Ratlosigkeit. Jene Bilder zogen auch vor meinen Augen vorüber.

»Ich weiß nicht ... Ich bin verwirrt ... Ich muß ein bißchen nachdenken ...«

Auf diese Worte hin konnte ich nur eins sagen. Nur eins ... Um sowohl ihn als auch mich noch einmal von der Richtigkeit dessen, was wir erleben würden zu überzeugen ...

»Freilich, denk nur nach ... Doch du mußt bei diesem Spiel dabeisein, Yorgos, du mußt bei dem Spiel dabeisein, hörst du? ... Wenn du willst, ›mailen‹ wir uns, wir schreiben einander und diskutieren die Lage noch genauer.«

Dieses Mal spürte ich sein Lächeln sehr deutlich. In seiner Stimme lag auch eine kindliche Verlegenheit, die seinem Lächeln eine besondere Färbung gab.

»Ich schreibe selten Mails. Ich mag das nicht, hab mich nicht daran gewöhnen können.«

In diesem Moment hatte ich ihn plötzlich noch viel lieber. Doch ich war von einem schriftlichen Gedankenaustausch derart besessen, daß mir leicht eine andere Lösung einfiel.

»Gut ... Dann können wir auch auf die herkömmliche Weise Briefe wechseln. Das paßt tatsächlich besser zu uns ... Wir haben ja auch keine Eile ...«

Hatten wir wirklich keine Eile? ... Darüber wollte ich in dem Moment nicht weiter nachdenken. Es war mir aber nun mal so rausgerutscht. Warum, das war nicht wichtig. Es war mir rausgerutscht, und nun gab es kein Zurück. Zudem reichte seine Antwort, mir Hoffnung zu machen.

»Siehst du, das geht ... Ich werde dir einen Brief schreiben. Ich werde dir erzählen, was ich erlebt habe. Inzwischen denke ich auch nach.«

Ich sagte, ich würde seinen Brief ungeduldig erwarten und gab ihm meine Adresse. Auch ich konnte ihm schreiben. Zumindest hatten wir uns in einem wichtigen Punkt verständigt. Ich spürte, die Tür hatte sich nicht geschlossen. Vielleicht konnte ich mich durch den offengelassenen Spalt zwängen. Ich mußte auf jener Schwelle bleiben. Für mich war heute abend die Grenze des Gesprächs erreicht. Diese Grenze mußte ich ihm zu verstehen geben.

»Wenn das so ist, dann legen wir jetzt auf. Ich werde dich wieder anrufen. Ruf du auch an ...«

Er sagte, er würde jederzeit gerne anrufen. Insofern war ich geneigt zu glauben, daß auch er spürte, daß die Brücke erneut gebaut worden war. Er schrieb sich meine Telefonnummern auf. Ehe er auflegte, stellte er eine Frage, die für ihn vielleicht zu den dringlichsten gehörte. Dieselbe Frage hatte auch Necmi gestellt. Ich konnte nicht entscheiden, ob die Frage aus unseren Ängsten kam oder aus der Wärme unserer Freundschaft.

»Isi, warum tust du das? ...«

Ich wußte die Antwort. Nur konnte ich sie nicht in einem Telefongespräch geben. Ich konnte sie in keinem Telefongespräch geben. Doch verlangte die Bindung zwischen uns, daß ich mich irgendwie äußerte. Am besten sagte ich, daß etwas mich abhielt, das ich nicht zu bezeichnen wagte. Ich mußte mich darauf verlassen, was gewisse Worte sagten.

»Darüber reden wir, wenn wir uns persönlich begegnen, Yorgos ... Vielleicht fliege ich noch vor dir nach Athen. Wir setzen uns zusammen, reden lange miteinander, schütten uns gegenseitig das Herz aus. Aber wir beide ganz allein, ja? ... Nur sollst du wissen, ich habe einen sehr wichtigen Grund ... Jetzt ...«

Er insistierte nicht. Ich war mir sicher, er verstand, daß er warten mußte. Er hatte ja gelernt, geduldig die Hoffnung zu nähren ... Seine Antwort zeigte nicht nur diese Weisheit, sondern auch, daß er nicht umsonst älter geworden war. Er war nun schon weiter, als daß er nur zu schweigen verstand.

»Gut, so sei es, wir werden reden ... Wir sind ja noch nicht tot ...«

Wir sind noch nicht tot ... Wie bedeutsam war es doch, diese Worte zu hören. Zu hören und gehört zu werden, damit das Gesagte ganz und gar verstanden wurde ... Ich schluckte. In Wirklichkeit schluckte ich schwer. Ich war gezwungen, mit meinen Gefühlen zurechtzukommen. Das hatte ich von allem Anfang an getan.

»Danke ... Es war schön, wieder mal mit dir zu sprechen. Danach hatte ich mich richtig gesehnt ...«

Mir war bewußt, das waren sehr banale Worte, an die wir uns klammerten, wenn wir sehr in Bedrängnis waren, die wir irgendwo in Reserve hatten. Doch mein Gefühl war ganz aufrichtig. Ich hatte mich wirklich nach ihm gesehnt. Denn auch er war in meinem ›Spiel‹, in meinem langen ›Spiel‹, einer der unverzichtbaren Mitspieler. Ja, wir lebten, wir waren noch nicht tot. Als ich den Hörer auflegte, spürte ich die Wärme dieses Gefühls derartig stark in mir ... Darum wußte ich, er würde mir in Kürze einen langen Brief schreiben. Diesen Glauben gab mir unsere Geschichte, die Spuren unserer Geschichte, die von niemand ausgelöscht werden konnten. Von niemandem ... Solange wir am Leben waren ... Der Glaube war ein Teil des Lebens, des wirklichen Lebens. Auf die Gefühle zu vertrauen war ein Teil des Lebens. Das Leben hatte uns auch gelehrt, mit diesem Vertrauen zu leben ...

Manche Briefe waren ein altes Bedauern

Konnten Menschen, die ihren Gefühlen vertrauten, die Dinge richtiger sehen als diejenigen, die an die Kraft ihres Verstandes glaubten? ... Diese Frage habe ich nie befriedigend beantworten können. Ich wußte nur, mir war das Leben mit Gefühlen immer sinnvoller und näher erschienen, trotz allem, was mein Verstand mich zu tun und nicht zu tun veranlaßt hatte. Damals, als ich meine Erzählung vorwärtszubringen versuchte, half es mir, diese Seite meines Wesens zu betonen. Ich glaubte noch immer an die Möglichkeiten und die Hoffnungen, die sich hieraus ergaben ... Nach einer Woche sollte ich sehen, daß ich nicht umsonst gehofft hatte. Als ich einen dicken Briefumschlag in meinem Briefkasten fand ... Der Umschlag war in Athen abgestempelt. Ein langer Brief in ordentlicher, gut lesbarer Handschrift befand sich darin. Ein Brief, der mich zu einer anderen Lebensgeschichte hinrief, die weit entfernt gelebt worden war ... Es war Abend. Ich war zu Hause. Jede Zeile brachte mich jenem Leben näher.

Lieber Isi,
    unser Gespräch hat mich in alte Zeiten versetzt. Ich habe mich hingesetzt und lange nachgedacht. Ich habe meine Bindungen an Istanbul zerrissen. Das habe ich bewußt und willentlich getan aus Gründen, die Du einsehen wirst. Sonst hätte ich mir kein anderes Leben an einem anderen Ort aufbauen können. Verstehst Du, was ich meine? ... Ich glaubte, es sei mir gelungen. Doch nach dem Gespräch mit Dir ist mir klargeworden, wie sehr ich mich geirrt hatte. Also habe ich mich

jahrelang mit einer Lüge begnügt. Ich habe ständig mit einem Traumbild von Istanbul gelebt. Wer weiß, wie sich das Istanbul, das ich zurückgelassen habe, inzwischen verändert hat ... Ob ich mich, wenn ich wieder dorthin käme, wohl als völlig Fremder fühlen würde? ... Als völlig Fremder, na, was sagst Du dazu? ... Eigentlich kann ich wohl kaum eine Entscheidung treffen. Das heißt in bezug darauf, was ich dann fühlen werde ... Wenn ich komme, dann mit einem griechischen Paß. Der Beamte am Zoll wird mich deswegen wie einen Fremden behandeln. Er wird seinen Stempel hineindrücken, ohne zu wissen, wer ich eigentlich bin, und vielleicht ohne mir ins Gesicht zu schauen. Doch ich werde ihm ins Gesicht schauen. Und ich werde für mich sagen: ›Sei gegrüßt, Landsmann, schau her, ich bin wieder hier.‹ Denn ich habe, wie soll ich sagen, einen Teil von mir dort gelassen, wohl für immer dort gelassen. Wie viele unserer hier lebenden Mitbürger ... Weißt Du, daß auch Athen diese Seite hat? ... Weil sie Griechen waren, wurden sie von ihrem eigenen Boden vertrieben, und in dieser Stadt begegnet man ihnen als Türken, und so leben sie weiter ... Man hat hier einen Film gedreht. Ich wünschte, Du könntest ihn sehen. Beim Zuschauen hat es mir in der Seele weh getan. Besonders eine Szene gab es, die kann ich nicht vergessen. Ich habe geweint, sehr geweint. Ein Polizist kommt zu einer Familie ins Haus und teilt denen offiziell mit, daß sie gehen müßten. Genauso wie wir es erlebt haben ... Also war mir diese Szene gar nicht fremd. Dann flüstert der Polizist dem Vater etwas ins Ohr. Man vermutet, daß der Polizist ein Bekannter des Mannes ist. Man hört aber nicht, was er sagt. Man meint, vielleicht möchte er ein Bestechungsgeld haben. Der Mann überlegt einige Sekunden lang. Dann sagt er traurig, daß er das Angebot nicht annehmen könne. Sie müssen fortgehen. Die Tragödie hat noch eine weitere Dimension. Der Mann ist ein Grieche aus Griechenland, die Frau gehört zu den ›Rum‹, den in der Türkei alteingesessenen Griechen. Es heißt, die Frau könne bleiben, sie müsse nicht fort. Aber soll sich die Familie vielleicht zerreißen? ... Es bleibt ihr nichts übrig, als ebenfalls ihren Kram zu packen, und so wird sie eine von unseren Türkinnen hier.

Was der Polizist dem Mann ins Ohr geflüstert hat, erfährt man in späteren Szenen. Jahre sind vergangen, alle sind älter geworden, der Held, der in den Jahren der Umsiedlung ein Kind war, ist ein erwachsener, reifer Mann, ein berühmter Astrophysiker, aber zugleich ein fähiger Koch. Er bereitet sich auf eine Reise nach Istanbul vor. Zum einen möchte er seinen Großvater auf dem Totenbett ein letztes Mal sehen, zum anderen will er seine verlorene, unvergessene Jugendliebe wiederfinden... Während der Reisevorbereitungen erinnert der Vater sich an das Geschehen vor vielen Jahren und sagt: ›Istanbul ist die schönste Stadt der Welt ... An jenem Abend hat mir der Polizist zugeflüstert, ich bräuchte nicht zu gehen, wenn ich Muslim würde. Ich habe ein paar Sekunden lang überlegt. Jetzt bereue ich die paar Sekunden ...‹ Bei dieser Szene mußte ich weinen, ich habe mich richtig ausgeheult. Wer weiß, weswegen ich geweint habe. Es berührte mich so sehr. Ich fragte mich, warum wir das alles eigentlich erlebt haben. Die Geschichte fließt dahin, sie dauert lange, ist manchmal grausam. Doch die Leben sind kurz, und zwar sehr kurz. Manche Leben werden verschwendet. Vor den Augen der anderen ... Zumal unsere Leute, eure Leute mit der Zeit vergessen werden. Wie weit sind wir gekommen, indem wir unsere Leute, eure Leute gesagt haben? Diese Tode können überall und jederzeit passieren, solange unsichere Menschen, die ihre Existenz auf ein paar Schwächen gründen, manche Morde erklärbar machen, sie sogar als legal ansehen. Sieh dir nur in der heutigen Zeit das Blindwerden gegenüber der Geschichte an, dann verstehst du es, sage ich mir manchmal. Aber letztlich fühlt der Mensch sein eigenes Leben intensiver und hält es für noch wichtiger. Das Leid wird im eigenen Leben als eine noch bitterere Tatsache erlebt...

Nun gut... Ich habe mich nicht zurückhalten können, habe den Stift in die Hand genommen und mir gesagt, ich will die Geschichte auch mal so kommentieren wie die wichtigen Leute im Fernsehen und in der Zeitung, denen man zuhört, wenn sie ihr vorschnelles Urteil abgeben. Zumindest ist meine Geschichte eine selbsterlebte, der Preis dafür ist bezahlt worden. Wahrscheinlich sage ich deswegen, wenn das Thema angeschnitten wird, dies und jenes, was mir gerade einfällt. Obwohl ich weiß, daß man von unseren Erlebnissen nicht spricht, daß man sich inzwischen nicht mal erinnert, daß sie absichtlich vergessen und begraben werden... Du hast mich angerufen und aufgeweckt. Schauen wir mal, woran wir uns noch alles erinnern werden.

Doch ich möchte Dir auch sagen, ich bin nicht mehr so zornig wie früher. Im Gegenteil, wenn ich nachdenke, wird es mir immer klarer, wie sehr ich mich nach dort sehne. Und je mehr ich mich sehne, merke ich, wie sehr ich Istanbul liebe... Das ist seltsam. Vielleicht sehne ich mich in Wirklichkeit nach meiner Jugend, meiner Kindheit. Auch das ist ganz natürlich. Jeder denkende Mensch kann das sagen, was ich gesagt habe. Wenn es dem Menschen gelingt, sich von einem Ort zu entfernen, kann er die negative Seite dessen, was er erlebt hat, leichter vergessen oder zumindest ertragen. Und wir werden auch älter, ob wir das nun zugeben oder nicht. Ich erinnere mich wie gestern an Zeiten, wo mir die Vierziger weit entfernt erschienen. Doch schau an, wir sind sogar schon in den Fünfzigern... Macht nichts, egal, wir haben trotzdem ganz gut gelebt, kann man sagen... Wer weiß, was wir noch alles sehen, erleben werden. Schau, woher hätte ich zum Beispiel ahnen sollen, daß Du mich anrufen und meine Erinnerungen wieder derartig aufwühlen würdest?... Denn wenn ich mich auch manchmal an dort erinnere und meinen Kindern davon zu erzählen versuche, schien es mir doch, als hätte ich alles in weiter Ferne gelassen. Mein Versuch, davon zu erzählen, ist freilich eine ganz andere Sache. Doch jetzt ist es richtiger, dieses Thema nicht allzusehr aufzurühren. Ich glaube sowieso, Du verstehst, was Du verstehen sollst. Da denke ich, wie unsinnig es doch eigentlich ist, daß ich immer ›dort‹ sage. Wer mich hört, der glaubt, ich rede von einer Entfernung zwischen Kontinenten, einem Abstand von Tausenden von Kilometern. Dabei ist es mit dem Flugzeug nur eine gute Stunde ... Doch der eigentliche Schmerz liegt vielleicht sogar hierin. Wenn diese Zerstückelung und Entfernung in einer solch kleinen Weltgegend erlebt wird ... Daß Menschen auf einem so kleinen Stück Land so übereinander herfallen. Vielleicht fallen wir dermaßen übereinander her, weil wir einander so nahe sind, was sagst Du dazu?

Gut, ich habe gesagt, was ich zu sagen hatte, jetzt bin ich ein wenig erleichtert. Wenn Dich meine Geschwätzigkeit nicht langweilt und Du weiterhin darauf bestehst, diesen Brief zu lesen, wirst Du erfahren, was in den Jahren passiert ist, die wir getrennt verbracht haben. Denn ich fühle mich endlich zum Erzählen bereit. Ich weiß noch nicht, bis wohin ich kommen werde, doch ich werde erzählen, soweit ich kann. In solchen Situationen wird der Mensch unwillkürlich trübsinnig, weil er in die Vergangenheit gereist ist. Doch wir haben nun einmal begonnen. Ich werde nicht davon ablassen.

Du erinnerst Dich daran, was ich gefühlt habe, als ich Istanbul verließ? Ich hätte nicht länger dortbleiben können. Ich mußte die Verbindung zerreißen und gehen. Ich hatte einen Studienplatz in Grenoble, aber ich sagte mir trotzdem, ich würde gehen, wohin der Wind mich triebe. Ich weiß nicht, ob Du Dich erinnerst, daß ich die Absicht gehabt hatte, in Grenoble Wirtschaft zu studieren ... Dort hielt ich es nur ein Jahr aus. Wirtschaft gefiel mir nicht. Auch mußte ich während des Studiums arbeiten und Geld verdienen. Ich wollte nicht nach Paris. Das Gedränge, die vielen Menschen dort bedrückten mich furchtbar. Auf den Rat einiger Freunde hin ging ich nach Marseille und schrieb mich für Kunstgeschichte ein, weil ich dachte, dies sei besser mit meiner Arbeitszeit zu vereinbaren. Ich hatte Glück. Ich fand Arbeit bei einem alten Teppichhändler aus Tunesien. Monsieur Tahar war Sufi, eine richtige Seele von Mann, der uns ein bißchen ähnlich war, wenn Du verstehst. In jungen Jahren hatte er seine Frau verloren und nicht wieder geheiratet. Er hatte beschlossen, sein Leben alleine zu verbringen. Von ihm habe ich sehr viel gelernt, sowohl den Beruf als auch das Leben betreffend... Auch einen anderen Blick aufs Leben... Es stimmt, wenn ich sage, ihm verdanke ich ebenfalls ein bißchen, daß ich mit der Zeit weicher geworden bin. So vergingen jene Jahre... Eines Tages hatte ich das Studium beendet. Wenn auch etwas spät. Damals war ich schon mit meiner jetzigen Frau verheiratet. Auch sie war eine Griechin, die dort zum Studium hingekommen war. Natürliche Anziehungskraft, Du weißt!... Damals sah ich zum ersten Mal im Leben den Vorteil meiner Einsamkeit. Ich hatte niemanden, dem ich Nachricht von meiner Verheiratung geben mußte, ich mußte niemanden um Zustimmung bitten. Ich war halt ganz allein. Monsieur Tahar, in dem ich im Laufe der Zeit einen Vater zu sehen begonnen hatte, war sowieso bereit, die Liebe in jeder Weise zu unterstützen. Ich liebte meine Frau und hatte, wie gesagt, recht und schlecht Arbeit. Doch eines Tages fing meine Frau an, davon zu reden, daß sie nicht länger in Frankreich leben wollte. Ihre Familie, ihr Heimatland riefen sie. Offen gesagt hatte auch ich mich in Frankreich nicht eingelebt, obwohl ich schon so viele Jahre dort war... Das Leben war nicht so, wie man es uns auf dem Gymnasium erzählt hatte, selbst die Sprache war nicht so, wie man sie uns gelehrt hatte. Ich setzte mich hin, um nachzudenken, und fand langsam den Gedanken verlockend, nach Athen zu gehen. Ich würde keine großen Sprachschwierigkeiten haben, würde mich in kurzer Zeit eingewöhnen. Nun, einen Beruf hatte ich ja auch ... Und meine Frau sagte, wir könnten mit Hilfe ihres Vaters an einer guten Stelle einen kleinen Teppichladen aufmachen. Ich erklärte Monsieur Tahar meine Situation. Ich hatte gewußt, er würde traurig sein, doch ich konnte wirklich nicht ahnen, daß dies sein Leben verändern würde. Eines Morgens sagte er, er glaube, ich habe für meine Zukunft die richtige Entscheidung getroffen, doch er könne nun nicht wieder allein leben. Nach Tagen des Nachdenkens war auch er zu einem Entschluß gelangt. Er würde seinen Laden schließen, sein Haus verkaufen und mit seinem bißchen Geld zurück nach Tunesien gehen. Es war Zeit, mit seinen alten Freunden, die er jahrelang nicht gesehen hatte, mit denen, die noch am Leben waren, über die Vergangenheit und über das Leben zu plaudern ... Ich sollte die Teppiche aus dem Laden nach Griechenland mitnehmen. Das sollte mein Startkapital sein. Das war es, was er geben konnte, nur das. Was konnte ich sagen? ... In Wirklichkeit schenkte er mir sehr viel, mehr als diese Teppiche, er tat, was ein Vater, ein richtiger Vater, tun würde. Schon längst hatte er mich ja gelehrt, das Leben mit anderen Augen anzusehen, gelehrt, daß die Gier den Menschen zerstört, mich mit Liebe zu leben gelehrt. Als ich seine Worte hörte, umarmte ich ihn innig. Vielleicht war es mir ja gelungen, ihm den erwünschten Sohn zu schenken. Die Beziehung zwischen uns war eine derartige Beziehung. Natürlich half ich ihm beim Verkauf des Hauses und beim Packen. Ich hätte ihn auch nach Tunesien gebracht, wenn er gewollt hätte. Doch er wollte lieber alleine zurückkehren auf dem Weg, den er gekommen war. Wie Du Dir vorstellen kannst, war der Abschied nicht leicht. Er wußte, er würde nicht mehr lange leben. Dennoch war er glücklich. Er sagte, er werde nun mit seiner Frau wieder vereint sein, nach der er sich so sehne. Sein einziges Problem sah er darin, daß er so alt war. Seine Frau sei ja jung und schön geblieben. Würde sie ihn in diesem Zustand mögen, akzeptieren? ... Er hatte da seine Bedenken. Selbst in so einer Lage hörte er nicht auf, sein Leben wie eine Erzählung zu betrachten, voll Humor und Poesie. Vielleicht ließ ihn diese Eigenschaft noch etwa zwei weitere Jahre an dem Ort leben, wohin er gegangen war. Nachdem ich nach Athen übersiedelt war, besuchte ich ihn noch zweimal. Als ich das letzte Mal hinkam, hatte er ein dickes Gedichtbuch in der Hand, das er, wie er sagte, von einem Freund übernommen hatte. Die Schriftzeichen waren arabisch. Ich fragte, von wem das Buch sei. Er lächelte und sagte: »Das ist das erhabene *Mesnevi* von Mevlana. Dies ist das letzte Buch, das ich lese ...« Ich war sehr beeindruckt und ein wenig auch beschämt. Ich spielte mich als Dichter auf und hatte doch das *Mesnevi* noch nicht gelesen. Das war sein Vermächtnis für mich. Wir sahen uns nicht wieder. Einige Monate später erreichte uns die Nachricht von seinem Tod. Er hatte noch einige wenige Freunde gehabt. Also hatte er sie ausreichend informiert, wer diese Nachricht unbedingt bekommen sollte. Ich fuhr hin und erwies ihm die letzte Ehre. Bei der Bestattung waren nur ein paar Seelenverwandte dabei, so wie ich. Als wir ihn in die Erde senkten, war ich überzeugt, ihn an einen sehr schönen Ort geleitet zu haben ... Siehst Du, da hat sich wieder mal meine dichterische Ader durchgesetzt! ... Entschuldige, daß ich so ausführlich geworden bin. Doch ich mußte Dir von ihm erzählen. Sonst wäre es mir vorgekommen, als hätte ich meine Geschichte nicht vollständig erzählt ...

Nun laß uns wieder zurückkehren zu dem Leben, das ich hier führe. Frankreich hatten wir hinter uns gelassen und in Griechenland neu angefangen. Ich schlug im Buch des Lebens noch einmal eine neue Seite auf, nachdem ich eine alte abgeschlossen hatte. Die Geschäfte liefen nicht schlecht. Ich war überzeugt, daß sie nicht schlechtgehen durften. Außerdem hatte das Leben mich gelehrt, mich nicht an einen Ort zu klammern. Wenn es hier nicht klappte, gab es einen anderen Ort, sagte ich mir, um mir Mut zu machen. Doch es gelang mir, schließlich ist es mir gelungen, hierbleiben zu können. Zuerst machte ich einen kleinen Laden auf, dann einen großen. Mein Schwiegervater hat uns dankenswerterweise geholfen. Er hat hier eine Menge Möglichkeiten, Beziehungen, geschäftliche Verbindungen. Außerdem ist er bei der PASOK eine der ersten, einflußreichsten Persönlichkeiten. Es heißt, er könne sogar Abgeordneter werden, doch er will nicht so recht. Warten wir mal ab. Du wirst sagen, wir hätten unseren Wanderstock an einem sicheren Platz abgestellt. Eigentlich stimmt das irgendwie. Doch Du weißt, ich habe viele Gründe, mich auf Orte nicht völlig zu verlassen. Es reicht, wenn der Stock stabil ist. Alles andere ist mir egal...

Die Dinge liefen gut. Doch lange konnten wir keine Kinder bekommen. Ich meinerseits wollte immer eine Familie haben. Eine Familie, die ich unter keinen Umständen verlassen würde... Schließlich schenkte uns das Leben auch diese Freude. Zuerst wurde Maria geboren. Das ist der Name meiner Mutter, ich weiß nicht, ob ich es Dir gesagt habe... Dann kam Nikos. Jetzt werden sie langsam groß.

Das Leben nahm weiter seinen Lauf, und ich begab mich auf eine neue Suche. Ich begann, wieder Gedichte zu schreiben. Mal auf griechisch, mal auf französisch, mal auch auf türkisch... Wie es gerade paßte. Ich habe einen Kreis von Künstlern um mich geschart. Ich habe Stücke geschrieben. Zwei meiner Stücke kamen in Athen auf die Bühne, eins in Saloniki. Bei den Inszenierungen in Athen habe ich selbst Regie geführt. Gerade arbeite ich wieder an einem Stück. Wenn ich Glück habe, kann ich wieder Regie führen. In einigen Jahren möchte ich mich ganz dieser Arbeit widmen. Ich weiß nicht, wie es den anderen geht, doch wie Du siehst, habe ich mich nicht vom Theater getrennt. Und das ist gut so. Das wäre mir wahrscheinlich in Istanbul nicht gelungen. Wir sind vertrieben worden und gegangen, doch nun haben wir trotzdem etwas erreicht.

Ich wünschte sehr, meine Stücke könnten auch dort aufgeführt werden. Doch sie beinhalten teilweise Politisches, das sich auf unsere Erlebnisse bezieht. Ich glaube, dafür ist die Türkei nicht bereit, sie hat sich mit der Geschichte bisher nicht auseinandergesetzt. Irre ich mich? ... Vielleicht eines Tages, aber wahrscheinlich jetzt noch nicht. Es macht mich traurig, daß ich so denke. Glaub mir, es macht mich traurig. Denn ich habe trotz allem einen Teil von mir dort gelassen, wie ich bei jeder Gelegenheit den Leuten hier sage und wie ich Dir auch gesagt habe. Einen für mich wertvollen Teil, von dem ich weiß, Du kennst ihn sehr gut ...

Ich habe nicht gewußt, daß Şeli in Izmir lebt. Da hätte ich ihr also bei meinen Reisen dorthin zufällig auf der Straße begegnen können. Genau wie in Filmen, Romanen ... Leider verläuft das Leben ganz anders als in Filmen und Romanen. Unsere Wirklichkeit ist viel banaler. Aber unsere Liebe war eine echte Liebe, nicht wahr? ... Eine Liebe, wie sie sein soll ... Hätte Şeli nicht kapituliert, hätte ich wahrscheinlich ein ganz anderes Leben gehabt. Schau mal einer an ... Wie sind wir hierhergeraten. Manchmal kann ich nicht entscheiden, ob ich ihr danken soll oder böse sein. So ist das Leben nun mal. Was es gibt, das nimmt man.

Ich habe mich immer noch nicht entscheiden können, ob ich nach Istanbul kommen soll oder nicht. Ich brauche noch etwas Zeit. Aber ich möchte wahrscheinlich trotz allem endlich kommen und die Mauer in meinem Inneren einreißen. Ist es wohl Zeit, sag? ... In der Hoffnung, Dir wieder zu begegnen

Yorgos

Dieser Brief von Yorgos führte mich in weite Fernen. Viele alte Bilder von Yorgos' Abschied lebten in meinem Geist wieder auf ... Ich schaute aufs neue in die Vergangenheit, auf das, was ich irgendwo gelassen hatte. Jene Liebe war bestimmt eine echte gewesen. Das hätte ich sagen können, ohne zu lesen, was Yorgos geschrieben hatte. In dem Moment mochte ich gerne glauben, daß auch Şeli sich ab und zu an ihre Erlebnisse in jenen Tagen erinnerte und sie an einem ganz besonderen Platz aufbewahrte. Wie oft in seinem Leben kann sich der Mensch so verlieben, kann er um der Liebe willen solche Schmerzen ertragen? ... Einmal? Zweimal? ... Was ich erlebt hatte, was das Leben mich gelehrt hatte, erschwerte es mir, diese Zahl zu erhöhen. Vielleicht hatte ich nur soviel erleben, erfahren können. Eine solche Bedeutung hatte die Liebe für mich, einen solchen Wert maß ich ihr bei ...

Wenn das so war, warum gingen dann Beziehungen meistens schief? ... Ich verstehe jetzt noch besser, warum ich an dem Abend, als ich jenen Brief las, mich in solche ›tiefen philosophischen Gedanken‹ versenkte. Meine Absicht war nicht, philosophisch zu ›faseln‹. Das Erzählte erweckte etwas in mir. Vielleicht blieben wir alle eines Tages, ohne es zu wollen, allein mit den Niederlagen, die uns zu uns selbst gemacht hatten, trotz unserer kleinen Erfolge oder dem, was wir für Erfolge hielten. Allein und damit konfrontiert ... Um noch besser zu sehen und zu verstehen ... Freilich war vor allem wichtig, wie diese Niederlagen uns zu uns geführt hatten. Und nicht nur zu uns, sondern auch zu anderen, und was wir ausgewählt hatten, um diese Niederlagen zu tragen und uns tragen zu lassen. Denn wir gingen weiter, wir gingen trotz allem weiter. Wobei wir überzeugt waren, jeden Tag ein wenig reifer zu werden ...

Hatte sich auch Şeli diese Fragen gestellt, hatte sie auf ihrem langen Weg solche Begegnungen erlebt? ... Waren ihr ihre Menschen, ihre Partnerschaften, ihre inneren Reisen zum Anlaß geworden, das Leben mit anderen Augen zu betrachten? Vielleicht hatte sie mit der Vergangenheit völlig abgeschlossen. Völlig ... In der Hoffnung auf ein anderes Leben und eine andere Freiheit ... Vielleicht erwartete ich von ihr, was ich zu sehen wünschte. Was ich zu sehen wünschte ... Dabei wußte ich, das Leben war nicht so freigebig, Leben wurden aufgebaut auf unterschiedlichen Wahrheiten oder was man dafür hielt. Um den Kern der Sache zu erkennen, mußte ich sie wirklich sehen, in jeder Hinsicht sehen. Zu diesem Schritt fehlte mir nicht viel. Çela hatte ihre Spur, ihre Telefonnummer gefunden. Ich fragte nicht, wie. Es war nicht sinnvoll, in dieser Angelegenheit allzusehr zu bohren. Das Ergebnis war wichtig, die Möglichkeit, daß sich die Erzählung weiterentwickelte. Mit anderen Worten: Die Erzählung wollte von mir, daß ich diese Spur hatte. Nicht umsonst glaubt der Mensch in großer Not an die Kraft von Zufällen, ja des Schicksals, damit er sich an die verwirrenden, unbegreiflichen Umstände und Entwicklungen des Lebens gewöhnen kann ... Zufälle und das Schicksal hatten also ein weiteres Problem gelöst. Was konnte ich mehr von wem auch immer verlangen? ...

Noch einmal reden können, und zwar richtig

An jenem Abend ging ich noch einmal in meiner inneren Welt spazieren. Am darauffolgenden Morgen antwortete ich Yorgos. Auch ich erzählte von mir und meinen Erlebnissen. Die Erzählung meiner Erfolge oder Mißerfolge im Leben schrieb sich, ob ich nun wollte oder nicht, langsam wie von selbst. Womöglich hatte ich in Wirklichkeit gar kein so erfolgreiches Leben. Die Bilder, die mich an das Gefühl des Zweifels erinnerten, sprachen aus den Zeilen, in denen ich zu erzählen versuchte, was ich hinter mir gelassen hatte und was nicht. Ich konnte versuchen, meine Erlebnisse besser zu verstehen. Besser, tiefer, mit anderen Augen ... Nachdem ich gesehen hatte, was Necmi und Şebnem erlebt hatten, was sie hatten erleben müssen ...

Ich versuchte, Yorgos in meinem Brief auch zu erzählen, was ich über sie erfahren hatte. Ich war überzeugt, es würde seine Rückkehr nach Istanbul beschleunigen, wenn er das läse. Der Yorgos, den ich kannte, konnte von diesen Erzählungen nicht unberührt bleiben ... Wenig später antwortete er mir, indem er ausführlich und offen seine Sehnsucht zur Sprache brachte. Ja, er sehnte sich nach der Stadt, der ›Truppe‹, unserem Zusammensein, dem ›Spiel‹, der Schule, seinen Tagen im La Paix, sogar nach den Nächten. Ich konnte diese Sehnsucht verstehen. Auch ich scheute mich nicht, in meinen Briefen zu erzählen, wonach und wie ich mich sehnte. Als ob ich heimlich die Schwermut genösse, die beim Erinnern entstand. Unser Briefwechsel dauerte in dieser Weise etwa zwei Monate. Bei jedem Austausch kamen wir einander näher, beziehungsweise wir begriffen besser, wie nahe wir uns eigentlich standen. Wir kehrten nach außen, was wir irgendwo versteckt gehalten hatten. Mochten auch unsere Jahre verronnen sein, so war uns doch die Unschuld, die Schutzlosigkeit, geblieben, die versuchte, gegen die mit jedem Tag mehr an Ansehen gewinnende Durchtriebenheit zu überleben, war uns die Begeisterung von Kindern geblieben, die mehr auf ihre Träume vertrauten. Das war für Leute in unserem Alter eine unerläßliche Existenzfrage. Eine Existenzfrage, die darauf hinauslief, einerseits die Enttäuschung und andererseits die Hoffnung unberührt zu erhalten, und trotz allem lächeln zu können ... Es gab so vieles, was die ›Verteidigungslinie‹ gelehrt hatte ...

Davon abgesehen fühlte ich mich bereit, an der Stelle, die ich nach Jahren erreicht, an der ich mich zu finden versucht hatte, auf andere Geschichten zuzugehen. Mir war, als gäbe mir die Telefonnummer von Şeli einen Hinweis auf eine neue Reise. Voller Unsicherheit machte mich auf, indem ich viele Eventualitäten in Kauf nahm. So wie ich meine Erlebnisse mit Necmi und Şebnem zu teilen versucht hatte, so nun mit Yorgos. Schließlich war er, wo immer er sich aufhielt, ebenfalls einer der Helden des ›Spiels‹ und marschierte mit seinen eigenen Schritten mit uns gemeinsam ...

Ich rief zuerst bei Şeli zu Hause an. Ich war im Laden. Es begann wieder ein Tag. Ein neuer Tag, von dem ich nicht wußte, wie er sich entwickeln würde ... Das Telefon wurde nicht abgenommen. Ich hatte noch eine andere Nummer. Sie war mir als ihre geschäftliche Nummer mitgeteilt worden und gab mir auf diese Weise einen weiteren Anhaltspunkt in bezug auf ihr Leben. Dieses Mal antwortete eine junge Frau. Genauer gesagt machte die Stimme mir diesen Eindruck. Ich sagte, wen ich sprechen wollte, und wurde gefragt, wer ich sei. Deswegen vermutete ich, ihre Arbeit war etwas Bedeutendes. Sie war inzwischen womöglich eine wichtige Person ... Wo hatte ich angerufen? ... Natürlich sollte ich auch die Antwort auf diese Frage in gebührender Weise bekommen. Ich mußte kurz warten. Dann hörte ich sie persönlich mit unerwartet vertraulichem Tonfall.

»Ja wo steckst du denn?«

Ehrlich gesagt befremdeten mich diese Frage und das Verhalten etwas. Spielte wohl diese Frau, deren Stimme ich hörte, nicht nur Vertraulichkeit, sondern auch eine sehr selbstbewußte Frau? ... Ich weiß nicht, wie ich darauf kam, daß sie spielte. Das junge Mädchen aus meiner weit entfernten Vergangenheit veranlaßte mich plötzlich, diese Frage zu stellen. Unwillkürlich hatte ich ein ähnliches Gefühl wie bei dem Telefongespräch mit Yorgos. Das Bild und die Stimme kamen von jeweils anderen Orten. Der Unterschied resultierte aus einer seltsamen Ferne, Fremdheit, die ich ganz plötzlich als unangenehm empfand. Zweifellos konnte aber die Selbstsicherheit echt sein. Woher sollte ich wissen, wie das Leben sie verändert hatte? ... Das Problem konnte auch daher rühren, daß ich diese Art von allzu herzlichen und vertraulichen Gesprächen nicht leiden konnte. Oder weil sie nicht übermäßig erstaunt über meinen Anruf gewesen war und ich deshalb das Gefühl hatte, nicht ernst genommen zu werden. Als wären nicht Jahrzehnte vergangen, sondern nur ein paar Tage, und sie beklagte sich, daß ich trotz meines Versprechens nicht angerufen hätte. Ich bemühte mich trotzdem, mein Gefühl nicht deutlich werden zu lassen. Ich versuchte, mein Unbehagen zu übertönen, indem ich auf das Spiel einging.

»Ich bin in Istanbul ... Ich wollte mal eben fragen, wie es dir geht. Ich hatte nichts Besseres zu tun, und so wollte ich mal in den alten Tagebüchern blättern ...«

Sie lachte und gab mit der gleichen ›Vertraulichkeit‹ Antwort.

»Gut gemacht ... Na, was treibst du denn so? ...«

Was ich so trieb? ... Ich hätte wieder eine kurze Zusammenfassung meines Lebens geben können. Doch der Ton des Gesprächs zog mich woandershin. Wir hatten damit begonnen und würden bis zu dem Punkt gehen, wohin dieser Ton uns führte.

»Laß mich mal so anfangen ... Ich habe mich zu einem Menschen entwickelt, der sein verdientes Geld weniger ins Geschäft als in seine Hobbys investiert. Fotografieren reichte mir nicht, eine gute Musiksammlung reichte mir nicht, in letzter Zeit habe ich mich auch noch dafür begeistert, ein gutes Filmarchiv anzulegen. Ich wollte Gitarre spielen, aber das ist mir nicht gelungen. Jetzt verwenden wir diese Gitarre als Dekoration. Wenn du willst, erkläre ich dir auch, warum ich ›wir‹ gesagt habe. Ich habe inzwischen geheiratet und mir zwei Kinder zugelegt. Noch habe ich mich nicht entscheiden können, ob ich ein guter Vater bin. Aber ich habe eine schöne Wohnung, ein schönes Auto. Wenn du ungebunden bist, kann ich mich von meiner Frau scheiden lassen und dich heiraten ... Können wir uns sehen? ...«

Sie lachte wieder ... Die Stimme war dieselbe. Allzu vertraulich, allzu fröhlich, allzu selbstbewußt ...

»Gut, gut ... Du hast wirklich viel erreicht ...«

Das klang ein wenig abschätzig. War das wirklich so? ... Oder? ... Oder hatten mich meine eigenen Worte wieder in eine Befürchtung hineingezogen? ... Dieses Mal genierte ich mich ein wenig, mein Gefühl in Worte zu fassen.

»Na toll! ... Aber warum weiß ich dann nichts davon? ...«

Meine Worte verfehlten nicht ihre Wirkung. Ich hörte jetzt eine Frauenstimme, die besorgt war, falsch verstanden worden zu sein.

»Nee, ich meine es ganz ernst ... Es gibt viele Menschen in diesem Land, die tun wollten, was du getan hast, und denen es nicht gelungen ist ...«

Ihre Worte waren zweifellos teilweise berechtigt. Unser Blick aufs Leben mochte unterschiedlich sein, entsprechend dem Punkt, an dem wir uns gerade befanden oder zu sein entschieden hatten. Doch eigentlich wichtig war, ob das, was wir getan hatten, das war, was wir hatten tun wollen... Ich kannte die Frage. Auch war mir das Problem nicht fremd. Doch in diesen Momenten konnte ich nicht tiefer darauf eingehen. Ich konnte den Abstand dazwischen nicht so leicht überwinden. Ich konnte die Frage nur in anderer Form stellen. Durch meine Betonung... Vielleicht auch so, als wünschte, erwartete ich heimlich eine Bestätigung...

»Wirklich?...«

Hörte sie meine Stimme?... Sie hörte sie wohl. Das konnte ich aus der Spontaneität in ihrer Stimme schließen, aus ihrer mir nun aufrichtiger erscheinenden Wärme.

»Ganz sicher... Glaub mir, so ist es... Was die Leute alles erleben...«

Sie hielt ein wenig inne. Ich schwieg, weil ich fühlte, daß noch etwas kommen sollte. Sie fuhr fort.

»Oder nicht erleben können...«

Ich war beeindruckt von dem Gehörten. Ich war betroffen. In dem Moment dachte ich, ich hätte ihr vielleicht unrecht getan. Das Leben hatte sie vielleicht wirklich zu einem Menschen gemacht, der Förmlichkeiten, gewöhnliche, alltägliche Gespräche für unnötig hielt und es vorzog, ganz spontan zu leben. Ich versuchte, der Spur des Gefühls zu folgen, das durch die Grenze, an die ich gestoßen war, in mir erwacht war.

»Vielleicht... Was weiß ich?... Was machst du denn?...«

Bei der Antwort auf meine Frage bekam ihre fröhliche, warme Stimme einen unbestimmt verführerischen Beiklang. Ich liebte diesen Ton. So langsam konnte ich in ihr Leben eintreten.

»Auch ich bin verheiratet... Das ist schon meine zweite Ehe... Ich habe lange in Tel Aviv gelebt. Jetzt bin ich hier. Ich habe dort einen Sohn aus meiner ersten Ehe... Er lebt schon allein. Manchmal besucht er mich hier als Tourist. Er ist dort geboren und aufgewachsen...«

Auch ihre Geschichte weitete sich auf andere Bereiche aus. Sie erzählte davon, wie auch Şeli die Jahre, in denen wir getrennt waren, mit anderen Gefühlen, Opfern und Menschen verbracht hatte. Mir war bewußt, die Geschichte war ebenfalls lang und enthielt einen Kampf mit seinen Siegen und Niederlagen. Mir war bewußt, daß es bei Telefongesprächen zwangsläufig Abstände, Mauern gab, doch da wir nun mal an eine solche Grenze gestoßen waren, wollte ich nicht umkehren. Ich traute mich, einen weiteren Schritt zu tun, und hoffte, mehr zu hören.

»Hast du Sehnsucht nach ihm?...«

Diese Frage brachte auch eine geheime, tiefe Besorgnis zum Ausdruck. Ich konnte natürlich nicht wissen, was sie fühlte. Doch ihre Stimme schien mir mit einemmal von einer Tiefe zu erzählen...

»Und wie!... Ich kann gar nicht sagen, wie sehr!...«

Sie hielt wieder inne, schwieg. Nach einer kurzen Unterbrechung fuhr sie fort:

»Aber davon möchte ich am Telefon nicht sprechen.«

Ich verstand, zumindest spürte ich, was sie meinte. Als verbärge sich, atmete dort wirklich ganz tief innen etwas nicht leicht zu Bestimmendes, das ich nicht benennen konnte. Dieses Mal konnte ich nicht weiter darauf eingehen. Ich bemühte mich nur, möglichst ungezwungen das Thema zu wechseln, ohne mich von unserer neu erreichten Vertrautheit zu entfernen. Indem ich ihr Interesse auf mich zu lenken versuchte...

»Eigentlich habe ich mich auch sehr danach gesehnt, mit dir dazusitzen und ganz lange zu reden...«

Meine Worte machten wirklich Eindruck. Aus ihrer Stimme entnahm ich Interesse und Besorgnis. Die Betonung und die Kürze ihrer Frage waren für mich ziemlich aussagekräftig.

»Was ist denn passiert?«

War das die Frage einer befreundeten Frau oder einer, die sich plötzlich glaubte verteidigen zu müssen? ... Die Frage war sinnvoll, aber sicherlich war auch der Zweifel berechtigt. Denn meine Antwort konnte mir einen weiteren Hinweis darauf geben, wo sie im Leben stand. Ich mußte allerdings zugeben, ohne sie zu sehen, konnte ich diese Frage nicht beantworten. Ich konnte dieser Frau, die ich einstmals mit großer Offenheit und Schutzlosigkeit erlebt hatte, leicht Nähe und Freundschaft zutrauen. Jahre waren vergangen, doch diese Jahre waren nicht nur lang, sondern gleichzeitig sehr schmerzlich gewesen ... Diese Jahre bedeuteten auch andere Menschen, Brüche, Präferenzen. Dadurch wurden Menschen, die wir liebten, womöglich bis zur Unkenntlichkeit verändert. Vor allem wenn man sich daran erinnerte, welche Bedingungen das Leben, unser Leben, derart vertieft hatten ... Menschen konnten sich ändern, Haltungen gegenüber dem Leben konnten sich ändern und sogar der Blick auf die uns am nächsten Stehenden. Diese Möglichkeit weckte in mir einen neuen Zweifel. Deswegen drückte sich in meiner Stimme eine tiefe Unsicherheit aus.

»Ich habe ein Projekt ... Es hat mit uns zu tun ... Also, mit unserer Schauspieltruppe.«

Ich wartete kurz auf eine Reaktion in der Art wie: ›Nun spann einen doch nicht so auf die Folter, red nicht drum rum, spuck's aus!‹ ... Irgendwie fand ich diese Worte für sie passend. Doch sie antwortete nicht. Am anderen Ende des Telefons war nur Schweigen. Tiefes Schweigen ... Ein Schweigen, das vielleicht aus Besorgnis kam ... Ich versuchte mir vorzustellen, was meine Worte in dem Moment in ihr auslösten. Wir blieben noch eine kleine Weile stumm. Ich mußte weiterreden, etwas erklären. Soweit ich das konnte.

»Ich habe mich entschlossen, die ›Truppe‹ neu zu gründen, uns alle zusammenzubringen. Ich möchte, daß wir das ›Spiel‹ wieder auf die Bühne bringen.«

Dieses Mal ließ sie mich nicht warten. Ihre Stimme zitterte leicht, und sicher konnte dieses Zittern vielerlei bedeuten, doch fiel es mir ehrlich gesagt nicht schwer, aus ihrer Antwort zu entnehmen, daß sie sich freute.

»Wunderbar!... Das paßt mir, toll!...«

Auch ich freute mich, daß sie so schnell zugestimmt hatte. Als hätten die Jahre sie unkomplizierter gemacht. Doch ich wollte sichergehen.

»Also du sagst, ich bin bereit, mein Leben hindert mich nicht...«

Die selbstsichere Frau kehrte zurück.

»Warum sollte es mich hindern?... Mir gefällt die Sache!...«

Da hielt ich inne. Ich fand keine Antwort. Sie ging über mein Schweigen hinweg. Das bedeutete, sie hatte nicht die Absicht, sich mit dem Gesagten und der Stelle, an der ich aufgehört hatte, zu begnügen.

»Dann komm doch einfach her!... Wir setzen uns zusammen und reden... Du bleibst ein paar Tage bei uns. Selim ist ein sehr guter Mensch. Er kennt dich. Er kennt euch alle... Ich habe ihm viel von euch erzählt.«

Bis zu welchem Punkt, wie hatte sie erzählt?... Das, was passiert war, was wirklich passiert war, oder das, was man erzählen konnte oder erzählen mußte?... Hatte sie einen verständnisvollen Mann geheiratet, der sie wirklich liebte, oder wollte sie nur zeigen, daß sie mit solch einem Mann verheiratet war?... Diese Fragen mußte man so stehenlassen und konnte nur hoffen, sie würden sich mit der Zeit beantworten lassen. Der Gedanke, nach Izmir zu fahren und sie in ihrem Lebensumfeld zu sehen, erschien mir sehr verlockend. Zwar war es mir ein wenig unangenehm, daß sie wieder in die Rolle der selbstbewußten Frau geschlüpft war und mich zu sich einlud, statt vorzuschlagen, nach Istanbul zu kommen, doch wenn ich ehrlich sein sollte, überwog die Begeisterung, einen Vorwand zu haben, nach langer Zeit die Stadt wiederzusehen, die mich tief beeindruckt hatte. Und zugleich war ich begeistert, mit der Erzählung wesentlich voranzukommen. Doch abgesehen davon konnte ich mich ein weiteres Mal irren. Um mein Unbehagen zu kaschieren, brauchte ich einen kleinen Abstand. Es war fast eine Art Selbstverteidigung.

»Einverstanden ... Bloß, zu dir kann ich nicht kommen. Ich werde in einem Hotel wohnen, ich ruf dich an, wir sehen uns dann ...«

Sie drängte nicht lange. Die Jahre hatten sie natürlich zu einem weniger unnachgiebigen Menschen gemacht. Was Verluste Menschen nicht alles gewinnen ließen ...

»Tu, was du willst ... Aber komm ...«

Ich konnte die Herzlichkeit in ihrer Stimme spüren. Diese Einladung war noch glaubhafter. Es war für mich überhaupt nicht schwer, mich in ein Flugzeug zu setzen und loszufliegen. Ich versuchte mein Gefühl auszudrücken, ohne daß die plötzlich entstandene Natürlichkeit verlorenging.

»Vielleicht komme ich schon in ein paar Tagen. Wart's ab ...«

Mir war, als sähe ich sie lächeln. Die Form, wie sie ihre Freude ausdrückte, ließ ein Bild vor meinen Augen entstehen.

»Wunderbar! ... Sag mir nur deine Ankunftszeit, dann holen wir dich vom Flughafen ab! ...«

Sie sprach wahrscheinlich davon, daß sie mit ihrem Mann kommen würde. Offen gesagt, gefiel mir die Aussicht, sie bei unserer ersten Begegnung nach all den Jahren in dieser Begleitung zu treffen, nicht besonders. Doch es war weder notwendig noch sinnvoll, ihr meine Gefühle mitzuteilen. Ich zog es vor, dem Geschehen seinen eigenen Lauf zu lassen.

»Gut, ich sage Bescheid ... Schau an, das ist schön. Ich habe mich sehr nach Izmir gesehnt. Seit Jahren war ich nicht mehr da ...«

Natürlich folgte darauf sofort eine Antwort. Es war eine Antwort, die es leichtmachte, die Stimmung des Gesprächs, das Spielerische, fortzusetzen.

»Nun hast du dich aber danebenbenommen!... Izmir darf nicht so lange vernachlässigt werden...«

Es gab so viele Orte, Menschen und Werte, die zu vernachlässigen wir nicht vermeiden konnten ... Um bestimmter Erwartungen willen hatten wir, meistens ohne es zu merken, Zwänge geschaffen, die uns von so vielen wahren Augenblicken, Berührungen und vom Zusammensein hatten fernhalten, mehr noch, trennen können ... Wie konnte unser ›Jetzt‹ uns doch so fremd bleiben in Zeiten, in denen wir uns von den Fernen verführen ließen ... Lag auch Izmir irgendwo auf diesem Weg?... Meine Erinnerungen in diesem Moment ließen mich diese Frage stellen. Schließlich hatte diese Hafenstadt immer einen ganz besonderen Platz in meinem Leben gehabt. Auch wenn das vor Jahren gewesen war... Das war auch verständlich. Mein erster Ausflug von Istanbul fort hatte mich dorthin geführt. Wahrscheinlich habe ich jene Reise deshalb nie vergessen. Manche Bilder lagen tief unten in meinem Gedächtnis, doch sie waren immer zu spüren. Ich wußte, ich konnte Şeli durch meine Worte nicht vermitteln, was ich fühlte. Doch ich sagte sie trotzdem. Ein wenig sagte ich sie auch für mich selbst. Wie wir es in vielen Gesprächen getan hatten...

»Du hast recht... Izmir ist eine ganz besondere Stadt, eine ganz, ganz besondere Stadt... Wo wohnst du denn?...«

»Natürlich in Alsancak!...«

Alsancak ist für mich die schönste Wohngegend in Izmir, ja, Izmir bedeutet für mich vor allem Alsancak. Doch ich wußte, für Juden hatten dieser Satz und das ›natürlich‹ in dem Satz ebenfalls eine Bedeutung. Ich konnte nicht anders, als zu frotzeln:

»Also im Getto...«

Sie lachte leicht. Die Worte waren angekommen. Natürlich gab es darauf eine Entgegnung.

»Selim ist von unserem Essen begeistert... Und ich schwör dir, er kennt die Feiertage sogar besser als ich, wann sie sind und was man an welchem Feiertag tut...«

Auch ich lachte etwas. Vielmehr ich versuchte zu lachen. Immerhin war jetzt ich an der Reihe, ihre Bemerkung nicht unkommentiert zu lassen... Bis zu diesem Telefongespräch hatte ich über sie nur erfahren können, daß sie in Tel Aviv mit einem Juden aus Izmir eine sehr schlimme Ehe geführt hatte, und daß sie dann mit dem besten Freund ihres Mannes, der viele Male nach Israel zu Besuch gekommen war, nach Izmir geflohen war und ihn geheiratet hatte. Çela hatte diese Geschichte so erzählt, als sei sie darüber ein wenig befremdet. Das Befremden beruhte zweifellos darauf, daß einerseits der Entschluß, die Ehe durch die Flucht mit einem engen Freund zu beenden, ethisch fragwürdig war, und andererseits der Erwählte noch dazu kein Jude war, auch wenn sie das nicht sagte. Für mich hingegen hatten diese Details keinerlei Bedeutung. Ich liebte diesen Mut und hatte große Hochachtung vor diesem Schritt, weil ich sah, wie schwierig dieser Kampf gewesen sein mußte. Darüber konnte ich mich nicht austauschen mit meiner Frau, die allein glücklich war in der Bindung an gewisse Werte. Davon sagte ich aber nichts. Wieder einmal verbarg ich meine Gefühle. Ich hatte ja gelernt zu schweigen, wenn es sein mußte... Doch ich hatte einen Entschluß gefaßt. Ich würde meine Gefühle zu gegebener Zeit der Heldin dieser Geschichte mitteilen. Um ihr, selbst wenn es auch erst nach Jahren sein sollte, zu zeigen, wie bedeutsam ich ihren Kampf um Individualität fand... Sicher waren ihr aber schon früher Menschen begegnet, die wie Çela dachten. Vielleicht hatten gewisse Urteile ihr Leben tief beeinflußt... Wenn sie an dieser Stelle des Gesprächs ihren Ehemann noch einmal liebend und lobend erwähnte, ging es dann nicht auch darum, daß sie eine Bestätigung brauchte, was für eine sehr gute Ehe sie führte, daß sie um die ›Anerkennung‹ dieser Ehe besorgt war? ... Vielleicht. Doch in diesen Augenblicken war es nicht richtig, dieses delikate Thema mit hergebrachten Redensarten anzuschneiden. Es gab Worte, Gefühle, die ließen sich nicht in kurze Zwischenräume zwängen... Wir würden uns hinsetzen und reden, dann würde ich das, was ich zu sagen hatte, richtig vorbringen. Die einzige Bestätigung, die ich ihr momentan geben konnte, konnte sich nur auf ihren Wohnbezirk beziehen.

»Du wohnst im schönsten Teil von Izmir.«

Das mochte für uns beide reichen. Ihre Reaktion zeigte zudem auf die feine Art, daß ich den Punkt gefunden hatte, wo ich sie leicht necken konnte.

»Ja... Und in Çeşme haben wir ein Sommerhaus!...«

Diese Worte waren für den, der Izmir kannte, bedeutungsvoll genug. Nun war es nicht mehr schwer, auf dem angefangenen Weg weiterzugehen, indem man den gleichen spöttelnden Ton benutzte.

»Alles ist also in rechter Ordnung... Wie es sein soll...«

Daß sie die Neckerei in meinen Worten bemerkte und darauf einging, hörte man an ihrem Ton.

»Ja, mein Lieber... Alles ist in Ordnung... Mach dir keine Sorgen...«

War wirklich ›alles‹ in Ordnung, wie es in diesem kleinen Schlagabtausch aussah und sie es darstellen wollte? ... Das würde ich erst nach einem langen Gespräch von Angesicht zu Angesicht mit ihr beantworten können. Ich mußte allerdings noch ein paar mutigere Schritte tun, damit ich noch besser verstand. Dank dieser Schritte konnte ich das notwendige Umfeld vorbereiten, um besser zu verstehen. Plötzlich breitete sich diese Hoffnung in mir aus. Es hätte für mich keinen Sinn gehabt, dorthin zu reisen, wenn ich dem Nachhall unseres Gesprächs in mir nicht diese Bedeutung gegeben hätte. Deshalb wollte ich unser Telefongespräch nicht länger ausdehnen. Obwohl ich merkte, daß sie auf ihre letzten Worte eine weitere Entgegnung von mir erwartete ... Ich mußte sie mein Gefühl ebenfalls spüren lassen.

»Gut ... Dann machen wir hier Schluß. Wenn ich komme, werden wir mal sehen, was du getan hast, wie du gelebt hast und ob wirklich alles in Ordnung ist, wie du sagst, oder nicht ...«

Sie mochte denken, daß ich ein wenig zu weit gegangen war. Doch ich wollte ihr mit dieser kleinen Spitze sagen, daß unsere Freundschaft noch nicht aufgebraucht war und so leicht auch nicht aufzubrauchen sein würde. Indem ich zu sagen versuchte, daß zwischen uns auf keinen Fall eine Mauer errichtet werden würde ... Die Antwort klang vielversprechend. Die Stimme war die einer Frau, die solche freundschaftlichen Herausforderungen gewohnt war und die sich keinesfalls unterkriegen ließ.

»Also dann mal los ... Du wirst schon sehen, was dich erwartet!«

Das Gespräch mußte hier enden. Wir legten auf, nachdem wir einander alles Gute gewünscht hatten, wobei wir unseren spöttischen Ton beibehielten, der dieses Gespräch gekennzeichnet hatte. Ich würde mit der Erzählung fortfahren ...

Meine Bilder von Izmir

Am Abend kehrte ich unter dem Eindruck dieses Gesprächs nach Hause zurück. Şeli schien mit ihrem Leben zufrieden. War sie das wirklich? ... Natürlich hatte sie ein Recht dazu, nach allem, was sie erlebt hatte, zumindest wenn ich bedachte, was ich wußte und gehört hatte. Von ganzem Herzen hoffte ich, eine solche Frau vorzufinden, wenn ich ihr begegnete. Eine Frau, die in Frieden war mit dem Leben und dem Ort, an den sie gelangt war ... Ich wußte, wir würden auch über Yorgos und die alten Zeiten reden. Wir würden selbstverständlich der Vergangenheit und dem, was davon übrig war, wiederbegegnen, ganz sicher ... Ich würde sehen und erkennen. Zu diesem Weg war ich nun aufgebrochen. Dieser Weg lag vor mir mit seinen Fragen, Träumen und unausweichlichen Antworten.

Der Gedanke, ein paar Tage in Izmir zu bleiben, erschien mir gar nicht so schlecht. Es war ein Donnerstag im April ... In dieser Jahreszeit war es dort sehr schön. Die Atmosphäre der Stadt würde meiner Erzählung neuen Schwung geben, das fühlte ich. Plötzlich entschloß ich mich, das Wochenende mit ihr und dem, was sie mir geben konnte, zu verbringen. Was es zu erleben gab, sollte man sofort erleben.

Beim Abendessen erzählte ich Çela, was jener Tag mich hatte fühlen und erinnern lassen. So wie ich auch früher, zu anderen Zeiten der Erzählung, meine anderen Erlebnisse erzählt hatte ... Wir waren allein. Wieder versuchten wir in der Küche unser Heim und unser Zusammensein zu teilen. Ich sagte auch, daß ich nach Izmir fahren wolle. Sie gab keinen Kommentar ab, nur daß sie es richtiger fände, wenn ich diese Reise allein machte. Aus dieser Haltung konnte ich mehrere Schlüsse ziehen. Doch mir erschien es in dem Moment besser, keine Bemerkung zu machen, sondern zu schweigen. Was es zu besprechen gab, würde sowieso wohl oder übel zur rechten Zeit besprochen werden.

Ich sagte aber Şeli nicht, daß ich sie besuchen würde. Es erschien mir reizvoller, sie zu überraschen. Zudem wollte ich ihr nicht auf dem Flughafen begegnen. Ich ließ mir im Efes-Hotel ein Zimmer reservieren. Dieses Hotel hatte in meinem Leben einen wichtigen und bedeutsamen Platz. Zum ersten Mal war ich mit meinen Eltern in Izmir gewesen. Damals war ich zwölf oder dreizehn Jahre alt, ein introvertierter, äußerst stiller, schüchterner Junge, der viele Gefühle, Schmerzen, Enthusiasmus, Freude, Befürchtungen in sich verschloß. An die hinter mir liegende Kindheit wollte ich mich niemals erinnern, weil ich keine Kindheit gehabt hatte, nach der man sich sehnen konnte. Vielmehr wollte ich vor jenem Kind immer fliehen. So weit ich konnte ... Wobei ich wußte, daß dies nicht gänzlich möglich war ... In späteren Jahren tat mir jenes Kind leid. Denn das Kind hatte nie die Gelegenheit gehabt, auf sich stolz zu sein ... Was ich fühlte, war verletzend, und zwar sehr ... Und es war noch verletzender, daß mich meine Eltern dieses Gefühl in aller Härte hatten spüren lassen. Sie erwarteten von mir, was immer das jetzt bedeuten mag, die Werte und Eigenschaften eines Mannes, der sich dem Leben gegenüber durchsetzte. Mehr konnte man nicht erwarten von Menschen, die es als Vorzug ansahen, nicht über ihre Grenzen hinauszugehen. Widerspruch wurde in Familien wie meiner nicht leicht akzeptiert. Solche Familien gründeten ihre Existenz nämlich nicht auf einer Suche, sondern auf Fortdauer. Ohne sich auch nur klarzumachen, zu welchen stillen Morden diese Erwartungen führten, führen können. Als ich mich erneut an manche verborgenen Tode erinnerte, die im dunkeln geblieben waren, und an diesen von anderen hartnäckig geleugneten Aspekt, erfüllte mich eine bittere Freude ... Ich hatte sehr schwere Tage irgendwo hinter mir gelassen. Diese Überzeugung verlieh mir ein kleines, trauriges Siegesgefühl. Die Bilder jener alten Reise waren trotzdem eine Erinnerung wert, trotz allem, was sie wachriefen ...

Wir hatten in einem Hotel am Kordon gewohnt. Es war mir als ein sehr schickes und pompöses Hotel erschienen, entweder weil ich zum ersten Mal in einem größeren Hotel wohnte oder weil es damals wirklich so war. Als ich viele Jahre später wieder dorthin kam, erlebte ich eine Riesenenttäuschung. Es war nichts mehr übrig von diesem Pomp, diesem Schick. Ich bereute, noch einmal hergekommen zu sein. Doch dafür war es zu spät. Ich hatte gesehen, was ich sehen mußte ... Das ist das Schicksal vieler Orte, die wir in unserer Phantasie mit den Eindrücken der Vergangenheit bewahren. Wer es erlebt hat, weiß das. Städte, Wohnbezirke, Straßen, die man jahrelang nicht gesehen hat, die einen aber irgendwie beeindruckt haben, können einem jederzeit dieses böse Spiel spielen ...

Von den Bildern dieser ersten Reise sind mir noch die schmale, mit gemusterten Steinen geschmückte Uferpromenade des Kordon im Gedächtnis geblieben, im Messepark der kleine Teich vor dem Restaurant, die Schwäne auf dem Teich und die Fische, die sich um die Brotbrocken versammelten, ein Teegarten, der wohl in Alsancak lag, und der Verkäufer von ›Fischeiern‹, der zu uns kam ... Die Rogenstücke waren klein. Mein Vater ließ die Gelegenheit nicht aus, seinen Kommentar dazu abzugeben. Der Verkäufer aber, der enttäuscht war, weil seine Ware nicht gefiel, spielte sich ebenfalls auf und schnitt mit dem Taschenmesser eins der Stücke in der Mitte durch, um es zu zeigen. Vielleicht waren die Stücke klein, aber die sie umhüllende Bienenwachsschicht war sehr dünn. Diese Demonstration reichte aus, meinen Vater zu beeindrucken und zu überzeugen. Ich vermute, der Händler erkannte, daß wir Juden waren. Es war ein älterer Mann. Die Jahre hatten ihn gelehrt, wo, wem und wie er seine Ware verkaufen mußte. An jenem Tag waren alle mit den getätigten Einkäufen sehr zufrieden.

Um nun zum Aussehen des Efes-Hotels in jenen Tagen und zu der unauslöschlichen Erinnerung in meiner Geschichte zu kommen ... Ein Geschäftsfreund meines Vaters wohnte dort, und wir waren hingegangen, um einen Abendtee zu trinken. Der Prunk unseres Hotels verblaßte gegenüber dieser Pracht. Als hätte jedes Detail noch einen anderen Schick, einen anderen Glanz. Wie denn auch nicht ... In diesem Hotel wohnten ja auch die Sänger, die im Messepark auftraten. Gäste wie die Sängerin Gönül Yazar waren beinahe legendär. Viele beklagten sich über ihre Launen, ihre Trunkenheit, ihr loses Mundwerk, doch jeder gab zu, daß sie eine wunderschöne Frau war, die jeden Mann um den Schlaf bringen konnte. Die andere Legende war Zeki Müren. Zeki Müren, dessen Fans sich genierten, sosehr sie ihn auch verehrten ... Zeki Müren, der alle dazu brachte, ihn samt seinen Schrägheiten zu akzeptieren ... Daß all diese Berühmtheiten in dem Hotel wohnten, bedeutete für die anderen Gäste eine Ehre. Es gab sowieso kein schikkeres Hotel, in dem sie hätten absteigen können. Das Efes-Hotel wahrte viele Jahre lang diese Vorrangstellung. So daß es fast zu einem der Symbole der Stadt wurde ...

Nachdem ich an jenem Abend dieses schicke Hotel gesehen hatte, war ich sehr traurig, daß wir nicht dort wohnten. Ich wollte auch dort sein. Aber mein Vater war niemand, der in so einem teuren Hotel abstieg. Ich wußte, er hatte Geld. Das war nicht das Problem. Wenn er gewollt hätte, so hätte er dort leicht ein Zimmer für uns mieten können. Doch er war ein alter Kaufmann und ein guter Jude, der den Wert des Geldes sehr wohl kannte. Schließlich schlief man in jedem Zimmer auf die gleiche Weise. Zudem schaute das Zimmer, in dem wir wohnten, auf den Kordon hinaus, ja, sogar aufs Meer. Das Leben hatte ihn dazu erzogen, triftige Gründe zu finden, um sich selbst und seine Umgebung zu überzeugen. Doch ich will ihm nicht unrecht tun, er hatte trotz seiner Einstellung gleichzeitig so viel Lebensart, nicht in einem Hotel im Stadtteil Basmane zu wohnen. Eines Abends fuhren wir, natürlich mit dem Bus, durch diese Gegend und sahen ein Hotel ›Kabadayı‹, was soviel wie Kraftmeier, Draufgänger, Großmaul bedeutet – und mußten sehr lachen. Vor Lachen hätte ich mir fast in die Hose gemacht. Da Vater wohl meine Unzufriedenheit bemerkt hatte, daß wir nicht im Efes-Hotel wohnten, sagte er wie nebenbei, indem er auf jenes Hotel zeigte, wir müßten für unsere Lage dankbar sein und den Wert dessen, was wir hatten, zu schätzen wissen, und nutzte somit die Chance des heiteren Augenblicks. Die Geschichte hatte ihn auch in dieser Hinsicht genügend abgebrüht, um es mal mit dieser wohlbekannten Wendung auszudrücken. Das Wissen, das er mir weiterzugeben versuchte, kam in einer seit vielen Jahren gefilterten Form. Ich erhielt eine neue Lektion über das Leben. Ich gab keine Antwort. An den Tatsachen hätte sich sowieso nichts geändert. Er war ja überzeugt von der Richtigkeit seiner Ansichten und davon, daß er das Leben genügend durchschaut hatte ... Interessant war, daß er immer indirekt, andeutungsweise ermahnte. Das war einer der Grundsätze meiner Erziehung ...

An jenem Abend wünschte ich mir im Hotel für die Zukunft zwei Dinge und gab mir zwei Versprechen. Das erste war, ich würde eines Tages im Efes-Hotel absteigen. Vielleicht mußte ich ein wenig Geduld haben, doch diesen Wunsch würde ich ganz sicher verwirklichen. Das zweite war, daß ich in dieser Stadt eine Liebe erleben wollte, wenn auch ein solcher Traum in meinem damaligen Alter ein wenig seltsam erscheinen mag. Heutzutage kann ich diese Träume besser verstehen und eingestehen. Ich sehnte mich nach Wärme und Liebe ...

Ich wußte nicht, daß ich mich weniger nach Liebe als nach Zärtlichkeit sehnte ... Vielleicht war ich hinter etwas Unmöglichem her oder jagte etwas Falschem nach. Doch dieses in sich Falsche würde trotz aller zu erwartenden Enttäuschungen erlebenswert sein. Man band sich ja auch durch die Irrtümer, die aus Illusionen entstehen, enger ans Leben ... Mein Wunsch wurde nicht erfüllt. Ich habe an jener Meeresküste jene Liebe nicht erleben können. Eigentlich habe ich nirgends und nie eine solche Liebe erlebt. Vielleicht gab es eine solche Liebe gar nicht, würde es nie geben. So eine Liebe ... Als könnte man so eine Liebe nur in Romanen erleben ... Immerhin aber war es möglich, daß auch Erzählungen sich begegneten, so wie Ströme zusammenflossen, die an verschiedenen Orten entstanden, verschiedenen Quellen entsprangen. Hatte jemand eine Reise erlebt so wie ich, hatte jemand eine solche Liebe erlebt, wie ich sie erträumte, und hinterher das Bedürfnis empfunden, davon zu erzählen, zu schreiben? ... Ich weiß es nicht. Doch eine Stimme, woher immer, redet mir nachdrücklich zu, ich solle an diese Möglichkeit glauben. Eine Stimme sagt mir, so eine Erzählung wurde erlebt und aufgeschrieben oder würde aufgeschrieben werden. Warum denke ich das? ... Wer weiß ... Vielleicht weil ich überzeugt bin, daß das Leben auch mit den Wahrheiten der Romane schöner werden kann ... Sonst hätte ich wohl nicht weiterhin geglaubt, daß die von mir erträumte Liebe nur zu einem Roman gehören konnte ...

Diese Bilder ließ ich in Izmir auf der Fahrt vom Flughafen ins Hotel noch einmal in meinem Geist vorüberziehen. Ich war in dem Hotel kein Fremder mehr. Wenigstens diesen Wunsch hatte ich verwirklicht. Nach jener ersten Reise hatte ich jahrelang keine Gelegenheit gefunden, diese Küste zu besuchen, die zu den schönsten des Landes gehört. Im Verlauf des Lebens, als ich erwachsen war, wenn man so sagen kann, übernachtete ich dann auf meinen kurzen Geschäftsreisen immer in diesem Hotel. Um mit jedem Mal den Schmerz des Mangels aus der Vergangenheit ein wenig mehr aufzulösen ... Der Schick blieb in meinen Augen immer gleich. So sehr, daß mir die Verlockung der in späteren Jahren eröffneten anderen, viel schickeren Hotels nichts bedeutete. Ich war letztlich wie viele andere Menschen einer, der irgendwo an der Vergangenheit hängt. Es gab inzwischen weder Gönül Yazar noch Zeki Müren ... Doch es gab die Spuren der Geschichte, das Gefühl ... Dort waren die Träume meiner Kindheit ...

Dieses Mal war mein Besuch ganz anders als sonst. Erstens war ich nicht auf Geschäftsreise. Zweitens bemühte ich mich und sorgte mich, eine Erzählung aufzubauen, die mich mit jedem Tag mehr beschäftigte. Und drittens sollte das Hotel, das nicht nur bei mir, sondern bei vielen Menschen tiefe Eindrücke hinterlassen hatte, bald nicht mehr existieren. Vielleicht würde an seiner Stelle ein Hotel errichtet werden, das noch schicker, noch komfortabler, noch zeitgemäßer, noch strahlender war, doch es war nicht dieses Hotel, konnte es nicht sein ... Außerdem hatte ich mir, so wie ich zu Şeli gesagt hatte, ziemlich viel Zeit gelassen, wieder in diese Stadt zu kommen. Diese Gründe reichten aus, mich gespannt zu machen. Wieder hatte ich den Anblick vor Augen, den es nur hier gab. Direkt gegenüber der Rezeption stand die Statue der Muttergöttin, dann gab es das Schwimmbecken, dessen unterer Teil aus Glas war, so daß man, wenn man wollte, hineinschauen konnte, und davor das Restaurant. Und über jene Treppe hinauf, deren jede Stufe viele Erinnerungen und Namen trug, erreichte man die ›Lobbybar‹.

Ich ging aufs Zimmer. Da ich nur übers Wochenende bleiben wollte, war ich mit einer kleinen Tasche angereist. Ehe ich meine Sachen auspackte, ging ich wie jedesmal erst durchs Zimmer und versuchte zu fühlen. Dann streckte ich mich auf dem Bett aus. Es war fast Mittag. Ich mußte nicht länger warten, um mich bei Şeli zu melden. Ich wählte, und dieses Mal traf ich sie zu Hause an. Ich eröffnete das Gespräch mit der unvermeidlichen Selbstsicherheit, die das Überraschungsmoment mir verlieh.

»Guten Tag, wie geht es dir? ...«

Ich spürte, sie war eine kurze Weile verblüfft. Doch es dauerte nicht lange, bis sie sich faßte. Sie antwortete wieder in dem selbstbewußten Ton, der mich, vielleicht weil ich darauf vorbereitet war, nun etwas weniger befremdete.

»Grüß dich ... Wann kommst du? ...«

Nichts hinderte mich, im selben Ton wie anfangs weiterzusprechen.

»Ich bin in Izmir. Ich bin schon ganz nahe bei dir! ...«

Ich merkte, sie war ein weiteres Mal verblüfft. Doch in ihrer Stimme lag aufrichtige Freude.

»Um Himmels willen! ... Aber du wolltest doch Bescheid geben? ... Na gut, wo bist du denn, sag! ...«

»Im Efes-Hotel ... Ich erwarte dich, meine Liebe! ...«

Eine aufgeregte Frauenstimme antwortete, die den Eindruck machte, als habe sie rasch einen Entschluß gefaßt.

»Ja, da bist du wirklich ganz in der Nähe! ... Gut, ich komme! ...«

Ich sagte, ich erwarte sie in der Lobby. Sie sagte, sie würde spätestens in einer Stunde bei mir sein ... Sicherlich brauchte sie noch Zeit, um sich zurechtzumachen. Das Leben hatte mich gelehrt, diese Möglichkeit zu bedenken. Ich war voller Freude und Aufregung. Wie sollte ich nicht aufgeregt sein, wenn ich in spätestens einer Stunde einem Menschen wiederbegegnen würde, der in meinem Leben tiefe Eindrücke hinterlassen hatte ... Ich versuchte Ruhe zu bewahren. Ich schaute in den Spiegel. Ich konnte nicht sagen, wie sehr ich mich verändert hatte. Sollte ich ihr gegenübertreten mit der Besonnenheit, die mein Alter verlangte? ... Ich lächelte. Ich sagte mir, es sei das wichtigste, meine Spontaneität nicht zu verlieren und die Sache auf mich zukommen zu lassen. Es paßte nicht zu dieser Erzählung, zum Geist, zur Einfachheit dieses Wiedersehens, wenn ich mich zwang, ein anderer zu sein. Wir waren halt die, die wir geworden waren. Um die Wartezeit leichter zu überstehen, versuchte ich, mich mit allerlei Dingen zu beschäftigen. Ich nahm meine Hose, mein Hemd, meine Unterwäsche, meine Socken aus der Tasche und verstaute alles im Schrank; ich holte die Zahnpasta, die Zahnbürste, den Rasierapparat und mein Parfum heraus und legte alles auf die Ablage im Bad. In dem Moment dachte ich daran, bei der Abreise die kleinen Plastiktuben mit dem Shampoo und der Flüssigseife des Hotels mitzunehmen. Eigentlich beging ich diesen kleinen Diebstahl immer. Das war vielleicht kein Diebstahl, nicht mal ein kleiner, aber es machte mir immer Spaß, dies so zu empfinden. Unser Bad zu Hause war voll mit solchen unbenutzten Fläschchen voll Shampoo, Duschgel, Flüssigseife aus verschiedenen Hotels. Doch dieser Anlaß war anders, und er würde seine Andersartigkeit immer behalten, das wußte ich. Dieses Mal ging es darum, ein Andenken zu gewinnen, um ein Hotel, das nur in der Erinnerung von einigen Menschen weiterleben würde, mit einem sehr zarten Detail, das nur mit der Zeit seinen Wert gewinnen würde, an einen anderen Ort, womöglich auch in eine andere Zeit zu tragen ...

Ich schaltete den Fernseher an und zappte durch die Kanäle. Es gab kein einziges sehenswertes Programm, nicht einmal ein einzelnes Bild. Ich resignierte. Die Schwärze und das Schweigen des Bildschirms waren interessanter. Ich legte mich wieder aufs Bett und schaute auf die Uhr. Genügend Zeit, mich ein wenig auszuruhen und zu träumen. Ich schloß die Augen und versuchte, mir vorzustellen, wie und wie sehr Şeli sich verändert haben mochte. Müde von der Reise, duselte ich ein. Unter das, was ich sah, mischten sich jetzt unbestimmte, abgerissene Bilder einer fernen Vergangenheit, die sich vermengten und deren Stimmen in einem Nebel zu hören waren. Ich befand mich zwischen Wachen und Schlaf. Plötzlich hatte ich Sorge, mich sehr weit von der Gegenwart entfernt zu haben, und öffnete die Augen. Mein Herzschlag beschleunigte sich. Ich schaute auf die Uhr. Es waren nur zwanzig Minuten vergangen. Ich kam von einem Ort, den ich vergessen geglaubt hatte. Elmadağ, Harbiye, Osmanbey, Şişli*... Alle diese Orte hatten sich vermischt... Wie konnten so viele Orte in eine so kurze Zeitspanne hineinpassen?... Ich stand auf, ging ins Bad, wusch mir das Gesicht und trocknete es mit dem weichen Handtuch ab. Wieder lächelte ich den Mann im Spiegel an... Um mir Mut zu machen... Ich sprühte ein wenig Parfum auf Hals und Wangen. In der Hoffnung, etwas mehr Selbstvertrauen zu gewinnen... Dann verließ ich das Zimmer und fuhr hinunter. In der Lobby setzte ich mich so hin, daß ich den Eingang gut im Blick hatte. Noch einmal fragte ich mich, wie sie sich wohl verändert haben mochte. Vielleicht würde ich sie nicht mal gleich erkennen. Jeden Augenblick konnte sie eine von den Frauen sein, die durch die Drehtür hereinkamen. Ich schaute wieder auf die Uhr. Der Zeitpunkt war gekommen. Ich versuchte, mich abzulenken, beziehungsweise meine wachsende Anspannung zu verringern, indem ich in der Zeitung las, die auf dem Tischchen vor mir lag. In solch einem Zustand konnte ich unmöglich verstehen, was ich las. Ich betrachtete nur die Bilder und das Geschriebene. Nach kurzer Zeit war mir, als riefe mich eine Stimme, und ich hob die Augen von den Seiten, die mir immer unverständlicher wurden. In der Mitte der Lobby stand eine Frau, die offensichtlich ein wenig ratlos um sich blickte, in der einen Hand eine Tasche, die wie ein Koffer der Marke Louis Vuitton aussah, in der anderen Hand das aus unser aller Leben nicht mehr wegzudenkende Handy. Eigentlich konnte ich nicht wirklich feststellen, wie ratlos sie war. Denn ihre Augen waren von einer riesigen Sonnenbrille verdeckt, die an

Autoscheinwerfer erinnerte. Ob sie das wohl war?... In dem Moment setzte sie die Sonnenbrille ab, als wollte sie meine Frage beantworten. Als ich ihre Augen sah, hatte ich keinen Zweifel mehr. Ihre einst hellbraunen, ins Rötliche spielenden Haare, die sie als junges Mädchen möglichst lang hatte wachsen lassen, waren kinnlang und in einem Farbton gefärbt, der an Zwiebelschalen erinnerte. Als sie ihre Sonnenbrille wie ein Diadem in die für mich neuen Haare steckte, trafen sich unsere Blicke. Ich erhob mich langsam aus dem Sessel und ging auf sie zu. Auch sie näherte sich mit leichtem Lächeln.... Ich sah ihre bernsteinfarbenen Augen nun noch besser. In dem Augenblick wollte ich nur zu gerne glauben, daß ihr Licht noch immer das alte war. Was ich sehen konnte: Sie war im Vergleich zu früher viel schöner geworden. Sie hatte die Fünfzig überschritten, doch wenn ich sie nicht gekannt hätte, hätte ich geglaubt, sie sei Anfang Vierzig. Wir umarmten einander fest. Eine Weile blieben wir so, ohne zu sprechen. Wir streichelten uns gegenseitig den Rücken. Um einander in dem Moment fühlen zu lassen, was wir fühlen lassen konnten... Ich merkte, daß wir innerlich zitterten. Ein Zittern, das wir nicht verbergen wollten... Was sollten wir auch warum verbergen wollen?... War nicht jedes Zittern ein Sehen und Sich-Zeigen in anderer Form?... Dann küßte ich sie auf die Wangen nahe am Mund. Sie erwiderte den Kuß. Fast hätten sich unsere Lippen berührt. In dieser Vereinigung konnte ich vielleicht den Kuß eines Mannes und einer Frau sehen, die sich inzwischen sehr gut hinzugeben wußte, ohne ein schlechtes Gewissen zu haben, doch viel mehr noch war es Freundschaft, unzerstörte Liebe und die Sehnsucht vieler Jahre. Meine Hand lag auf ihrer Schulter. Ich lächelte. Sie lächelte. Ich tat den ersten Schritt. Schließlich mußte einer von uns beiden anfangen. Ich wußte, daß unsere gemeinsame Aufregung sich in meiner Stimme niederschlug. Das war egal. Dieses Zittern war echt und war in jenen Augenblicken voller Bedeutung...

»Komm, setzen wir uns ... Bei deinem Charme versagen mir die Füße ...«

Sie kniff ein wenig die Augen zusammen und lächelte leicht verführerisch ... Wir setzten uns. Sie schlug die Beine übereinander. Sie trug einen glatten, kaffeebraunen Rock, der vorne geschlitzt war. Ich konnte die Blicke nicht von ihren Beinen abwenden. Sie sagte, daß sie vom Gedränge in der Stadt Kopfschmerzen habe. Ich fragte sie, ob sie einen Kaffee trinken wolle. Sie sagte, leicht gesüßter türkischer Mokka würde ihr jetzt sehr gut tun. Ich rief den Kellner und bestellte uns beiden einen Mokka. Während sie lebhaft redete, als wären inzwischen nicht so viele Jahre vergangen, fuhr ich still und leicht lächelnd fort, sie zu mustern. Um die Augen hatte sie zarte Krähenfüßchen. Ihre kindlichen Sommersprossen ließen sie sehr jung erscheinen. Damals hatte sie sich über ihre Sommersprossen beklagt. Erschien ihr dieses Merkmal vielleicht inzwischen als ein kleines Elixier des Glücks? ... In dem Moment bückte sie sich und nahm ihre Tasche, die auf dem Boden stand, auf den Schoß. Obwohl die Knöpfe ihrer weißen Bluse so weit zugeknöpft waren, daß man ihre Brüste nicht sah, erblickte ich, als sie sich vorbeugte, von der Seite die Spitzen ihrer Unterwäsche. Auch damals schon als junges Mädchen waren ihre Brüste nicht schlecht gewesen. Doch soweit ich sehen konnte, waren sie inzwischen ziemlich gewachsen ... Merkte sie wohl, wohin ich schaute? ... Ich hatte mir oft klargemacht, daß Frauen in solchen Situationen jede Einzelheit bemerken, auch wenn sie dies nicht erkennen lassen. Doch sie schaute gerade so angespannt aus, daß ihr dieses Detail entgehen mochte. Sie nahm ihre Zigaretten aus der Tasche, dann nach einer etwas nervösen Suche auch ihr Feuerzeug ... Aha, noch eine Veränderung, sagte ich mir. Früher hatte sie nicht geraucht, sondern vielmehr uns wegen unseres Rauchens ab und zu eindringlich ermahnt ... Sowieso wirkte die Zigarette in ihrer Hand eher wie ein Accessoire. Was für

einen Genuß konnte dem Menschen schon eine dünne Zigarette mit einem Feldblumenmuster an den Enden bereiten...
Ich tat einen weiteren Schritt.

»Was für eine tolle Frau du doch geworden bist...«

Mein Vorpreschen zeigte leichte Wirkung. Ihr Lächeln auf meine Worte hin war ein wenig wärmer und weiblicher. Doch in ihrem Gesicht schien auch eine Reinheit zu liegen. Eine Reinheit, die ich sah, weil ich sie sehen wollte, die ich spürte, weil ich unbedingt daran glauben wollte, daß sie nicht verschwunden war... Letztlich reichte das, was ich sah aus, um mich mehr zu erregen. Ich mochte diese Erregung, darum sah ich keinen Anlaß, sie zu verstecken. War auch sie innerlich erregt? Es schien, als sagten ihre Blicke, ihr Atmen, ihr Lächeln, daß sie diese von mir erwartete Aufregung spürte und ganz spontan auch mich merken lassen wollte, ohne sie zu verstecken. Ich fuhr am selben Punkt fort, in der Hoffnung, die Türen zu noch anderen Räumen zu öffnen.

»Es sieht so aus, als seien die Jahre für dich gut verlaufen.«

In dem Moment nahm ich in ihrem Gesicht auch eine kleine Traurigkeit wahr. Ihre Worte klangen jetzt wie die einer Frau, die gelernt hatte, über ihre Schmerzen zu lächeln, einer müden Frau, die das hinter den Worten Verborgene zu verstehen versuchte, die in sich die Spuren eines schweren Kampfes trug.

»Wirklich?... Dann ist es ja gut...«

Es war nicht möglich, den Vorwurf in ihrer Stimme zu überhören. Doch dieser Vorwurf bezog sich nicht auf mich oder meine Worte, sondern sozusagen auf das Leben und das, was sie erlebt hatte. Was ich über sie in bezug auf die Jahre, die wir getrennt waren, gehört hatte, führte mich zu dieser Vermutung. Gab es noch Weiteres, Tieferes?... Sicherlich gab es das... Vielleicht würden wir im Laufe der kommenden Stunden unserer Begegnung gemeinsam in diese Tiefe hinabsteigen... In jenen Augenblicken brauchte ich diese

Überzeugung. Doch war es richtiger, diese Möglichkeit noch eine Weile aufzuschieben? Man mußte sich nach dem richten, was sich für den Ablauf einer Neubegegnung gehörte. Ich schüttelte lächelnd den Kopf, so als wäre ich entschlossen, auf dem ersten Eindruck zu beharren, den ich von ihr gewonnen hatte. Ich machte mir auch Sorgen, ob sich in meinen Augen ausdrückte, daß ich etwas über ihr Schicksal wußte. Ich konnte aber natürlich nicht wissen, inwieweit mir dieses Gefühl anzumerken war. Ja, wir würden reden, auf jeden Fall reden. Hektik war unnötig. Doch sie wirkte irgendwie hektisch. Wie unter einer Spannung, die sie nicht kaschieren, verstecken konnte ... Es war sicherlich zu erwarten und nicht verwunderlich, daß sie von der Begegnung und den Gefühlen, die diese auslöste, beeinflußt war. Vielleicht nahm sie auch Medikamente. Als ich über diese Möglichkeit nachdachte, fiel mir auch auf, daß sie lange Schweigephasen, Zwischenräume im Gespräch nicht ertrug. Dazu paßte mein Eindruck, daß sie zwanghaft sprach, um das Gespräch anzuheizen.

»Auch du siehst nicht schlecht aus. Du hast zugenommen, deine Haare sind ergraut, aber du siehst gut aus. Du bist ja ein richtig gutaussehender Mann geworden...«

Ihre Worte gefielen mir natürlich. Wie viele Menschen hatte ich die Schwäche, daß ich mich gerne loben ließ. Ich versuchte das Lob zu genießen. Indem ich nicht versäumte, durch meine Blicke zu zeigen, daß ich mir gewisser Tatsachen bewußt war...

»Wir haben den Tag gut begonnen ... Jahrelang habe ich darauf gewartet, daß du mir dies sagst!...«

Sie lachte. Ihr Lachen war wirklich attraktiv. Hatte sie dieses Lachen wohl viele Male vor dem Spiegel geübt? Ich fand keine Gelegenheit, noch andere Fragen zu stellen und weiterzugehen. Sie drückte ihre Zigarette mit einer leicht nervösen Bewegung im Aschenbecher aus und verkündete wieder mit jener selbstbewußten Stimme und Haltung, mit der sie anscheinend immer bekam, was sie sich in dem Kopf setzte, sie habe längst ein Programm für uns beide gemacht.

»Komm, ich führe dich zum Essen aus. Hier bist du mein Gast. Dann gehen wir in den Laden.«

Hier gab es eine kleine Information über ihr Leben, sagte ich zu mir. Genau die rechte Zeit, eine Erklärung zu erwarten. Dafür reichte ein Wort.

»Laden? ...«

In ihren Blicken bemerkte ich Stolz auf ihre Arbeit. Die Art, wie sie ihre Worte vorbrachte, unterstrich ausreichend, daß mein Gespür richtig war.

»Ein Laden für Damenunterwäsche ... Im Sommer nehmen wir auch Badeanzüge dazu. Wahrscheinlich hast du von der Marke Gottex* gehört! ...«

Wenn ich daran dachte, wo sie die Jahre davor verbracht hatte, dazu ihre Erfahrung, dann fiel es mir nicht schwer, eine Verbindung zu Gottex herzustellen. Doch es war auch nicht allzu schwer, ihrem kleinen Stolz deswegen zu schmeicheln.

»Oho, alle Achtung! ... Das bedeutet, unsereins sitzt einer erfolgreichen Geschäftsfrau gegenüber ...«

Nichts hinderte an der Fortsetzung des Spiels.

»Nun übertreiben wir das aber nicht dermaßen, mein Lieber ... Immerhin wirst du es gleich sehen. Und es gibt noch viel mehr für dich zu sehen! ...«

Ich antwortete nicht. Genauer gesagt versuchte ich meine Bereitschaft, zu sehen, was es zu sehen gab, allein durch meine Miene mitzuteilen. Dann schlug ich mir mit den Händen auf die Knie, weil ich meine Bereitschaft zum sofortigen Aufbruch signalisieren wollte. Sie war mit übereinandergeschlagenen Beinen sitzen geblieben. Auf meine Bewegung hin setzte sie sich auf, und ihre Beine öffneten sich etwas mehr. Auch diese Stellung war sehr aufreizend. Versteckte sich hinter ihrer Unbefangenheit ein anderes Spiel um Anerkennung, die sie bewußt oder unbewußt erleben wollte? Das Leben hatte mich gelehrt, daß die Frauen für ihr Selbstbewußtsein solche Spiele manchmal brauchten, um ihre Macht zu erleben und spüren zu lassen. Irrte ich mich? ... Wer weiß ... Doch ich war mir sicher, was die Schönheit, ja das Aufreizende ihrer Beine betraf. Ja, es zeigte sich, was man sehen sollte ... Und es gab wohl keinen Hinderungsgrund, das Sehenswerte in dieser Weise zu sehen ... Diese Seite ihres Charakters hatte ich in den Jahren unserer Freundschaft vor vielen Jahren nicht bemerkt, nicht gesehen, ja, mir nicht einmal vorstellen können ... Der Geist, das Gefühl jener Tage waren anders ... Was war dann das Gefühl der Gegenwart? ... Hatten wir uns verändert, oder hatte sie sich im Laufe der Jahre zu einer höchst attraktiven Frau entwickelt? ... Es war nicht wichtig, darauf die richtige Antwort zu finden. Eine innere Stimme sagte mir, ich müsse mich zusammenreißen, und diese Ermahnung war schließlich für diesen Moment gewichtig genug. Wir standen auf. In ihrer Stimme und ihrem Benehmen lagen Entschlossenheit und eine, wie soll ich sagen, befehlsgewohnte Art. Oder war auch dies der Ausdruck einer weiteren, versteckten, verdrängten Schwäche? ...

»Du weißt wahrscheinlich, wo in Izmir man gut Fisch essen kann ...«

Ich mußte auf diese Worte mit einer kleinen Neckerei reagieren ... Ich hatte wieder Gelegenheit, mich ein bißchen zu produzieren. Ich mußte zeigen, daß ich die Stadt kannte.

»Fisch ißt man im Deniz-Restaurant.«

Statt des erwarteten Lobes erntete ich ihre leicht abschätzigen Blicke. Wieder betrat die Frau, die es besser wußte, die Bühne.

»Richtig, dort ist es ebenfalls sehr schön. Doch dorthin gehen eher die Feinschmecker aus Istanbul ...«

Ich wußte nicht, wie wahr oder falsch das war, was sie sagte. Doch es gab keinen Zweifel, daß ich für ein Mittelding zwischen Beleidigung und indirektem Kompliment für würdig befunden wurde. Ich setzte das Spiel natürlich fort.

»Es hätte mich gewundert, wenn du dich anders geäußert hättest... Wo gehen wir hin?...«

Nun konnte auch sie das Spiel fortsetzen.

»Das wirst du sehen... Wir gehen ein wenig weiter. Das Wetter ist schön. Wir laufen ein bißchen. Du gehst mit mir in Izmir spazieren, nicht schlecht, was?... Schau, deinetwegen habe ich meine bequemsten Schuhe angezogen, ungelogen.«

Auf diese Worte hin mußte ich natürlich auf ihre Schuhe gucken. Sie hatten die gleiche Farbe wie ihr Gürtel, der bei unserer Umarmung meinen Bauch berührt hatte. Die Schuhe ließen alle Zehen frei, hatten vorne ein weißes Band, hohe hölzerne Absätze und wurden an den Fesseln gebunden. Wenn das ihre bequemsten Schuhe waren... Wie konnte sie sich auf diesen Holzdingern wohl leicht aufrecht halten?... Ich konnte diese Frage nicht beantworten. Doch ich unterließ es natürlich nicht, ihre Füße zu begutachten, die zu bemerken mir in unseren alten Tagen nicht einmal in den Sinn gekommen war. Es waren nicht die schönsten Füße, die ich in meinem Leben gesehen hatte, und doch hatten sie ihren Reiz. Sie waren leicht mollig, die Fußnägel waren ein wenig eingewachsen, aber gepflegt. Und natürlich gab es Nagellack... In derselben Farbe wie die nicht allzu langen Fingernägel, in einem Rotton, der mir ein wenig zu gewagt erschien... Wieder versuchte ich mit Gesten und Blicken auszudrücken, ich sei bereit für alles, was auf mich zukäme. Wir verließen die Hotellobby und fingen an zu laufen. Sie hängte sich bei mir ein. Diese Ungezwungenheit gefiel mir und auch die Wärme ihres Körpers, der meinen Körper berührte... Ich roch jetzt stärker ihr Parfum, das mir schon bei unserer ersten Umarmung in die Nase gestiegen war. Wurde ich an einen unerwarteten Ort gezogen?... Das konnte ich nicht wissen. Doch daß ich Anlaß zu dieser Frage verspürte, war schon bedeutsam genug. Mein Herzschlag beschleunigte sich, meine Aufregung spiegelte sich, mehr als mir lieb war, in meiner Stimme wider. Ich versuchte meine Gefühle zu verbergen. Mir stand der Vorwurf der Sünde wieder einmal auf die Stirn geschrieben. Dieses Schuldgefühl hatte die meisten von uns jahrelang gepackt und irgendwohin geschleppt oder im Gegenteil irgendwo gehemmt. Dabei liebte ich das Unschuldige an dieser Erregung. Auch ihre Stimme zitterte leicht. Dieses Zittern verstärkte noch mein innerliches Zittern. Woher kam dieses Zittern, welches Gefühl erweckte es eigentlich?... Ich flüchtete mich wieder einmal in den Gedanken, daß die Ereignisse die Antwort schon bringen würden. Dabei erwartete meine Geschichte, unsere Geschichte, von mir eine andere Antwort... Ich zog es vor, von einem sicheren Ort aus anzufangen und langsam meinen Weg zu machen. Nach meiner Schätzung lag unser Ziel in einer Entfernung von zwanzig bis fünfundzwanzig Minuten Fußweg. Das war genügend Zeit, um die Tür zu dem von mir gesuchten Gespräch zu öffnen. Eine ausreichende Zeitspanne, um auf dem Weg, den wir gingen, einander unsere inneren Wege zumindest fühlen zu lassen...

»Ich habe mich sehr gefreut, daß du sofort akzeptiert hast, bei dem Spiel mitzumachen. Danke... Wenn ich daran denke, bin ich ganz begeistert.«

Es war nicht sehr schwer, sie für das Thema zu gewinnen. Vielleicht hatte sie so einen Einstieg auch erwartet.

»Eigentlich muß ich dir danken... Wenn du nicht daran gedacht hättest, wären wir vielleicht nie wieder zusammengekommen...«

Sie hatte recht. Wir alle hatten uns längst in unseren eigenen Ländern hinter unsere Grenzen zurückgezogen. Wir hatten auch geglaubt, wir könnten ohne einander unsere Leben fortsetzen. Doch hatte ich es wirklich richtig gemacht?...

Die Frage tauchte erneut vor mir auf. Es gab so viele Möglichkeiten, die sich auf das bezogen, was ich erleben konnte... Ich versuchte dieses Mal meine Gefühle so gut wie möglich auszudrücken. Diese Offenheit war nicht unangenehm.

»Vielleicht... Ganz sicher wollte ich für mein Leben eine neue Farbe finden. Doch ich weiß nicht, was uns diese Farbe bringt...«

Sie hängte sich noch enger bei mir ein. Ich war mir sicher, sie verstand, was ich sagen wollte, wohin diese Worte führen konnten, beziehungsweise in welche Richtung sie eigentlich zielten. Sie ließ mich nicht ohne Antwort. Doch sie schien unsere Erlebnisse lieber etwas aus der Ferne zu betrachten, tatsächlich ließ sie mich mit meinen Sorgen nicht allein, sondern teilte sie.

»Wir alle brauchen diese Farbe. Sag, was du willst... Was du auch tust, das Leben wird nach einer Weile immer monotoner... Die Ehe, die Arbeit, die gesellschaftlichen Veranstaltungen... Der Mensch sucht nach neuen Aufregungen. Dann... Dann denkst du daran, daß deine Zeit begrenzt ist, ich weiß nicht...«

Diese Worte konnte ich deuten, wie ich wollte. Einerseits waren es banale Sätze, geeignet, um Pausen auszufüllen, anders gesehen versuchten sie gewisse gefangengehaltene Gefühle, vielleicht auch heimliche Erwartungen auszudrücken, ja, sie konnten einem sogar sehr aufreizend vorkommen... Um das herauszufinden, hätte ich mich ein wenig weiter vorwagen müssen. Doch ich beschloß, meine möglichen Deutungen wieder im Schweigen zu vergraben. Wollte ich in einem Traum weiterlaufen?... Vielleicht. Ich fragte nicht weiter nach. Zudem zog in diesem Moment ein anderes Detail, dem gegenüber ich nicht gleichgültig bleiben konnte, meine Aufmerksamkeit auf sich. Wir gingen am Kordon, an der Uferstraße, entlang. Jenes ferne Bild, das trotzdem in meinem Gedächtnis nicht gelöscht war, zog noch einmal durch meinen Geist. Meine Erinnerungen zeigten mir aufs neue Spuren einer Geschichte ...

»Hier war es einmal sehr schön ... An der Küste erstreckte sich einmal ein schmaler Fahrstreifen ... Das Muster der Steine sehe ich noch vor mir ...«

Hatte sie diese Eindrücke ebenfalls bewahrt? ... Ich konnte natürlich nicht wissen, an was oder wen sie in dem Moment dachte. Ich sah, wie sie meine Worte mit Kopfnicken bestätigte. Dann schaute sie sich um. Als wollte sie dieselben Orte sehen wie ich. Auch sie hatte etwas zu erzählen.

»Zwischendurch war es sehr schlimm. Jetzt ist es wieder gut. Die alte Atmosphäre ist zwar dahin, doch ...«

Städte veränderten sich wie wir auch ... Dieses Gefühl kannte ich, und zwar sehr gut. Doch ich wollte lieber schweigen. Langsam fingen mich solche Gespräche zu langweilen an ... So gingen wir weiter, mal still, mal ein paar Worte wechselnd. Dann kamen wir zu dem Restaurant. Nun war es auch an der Zeit, von dem zu sprechen, was wir essen wollten. Das entnahm ich ihren Worten, als wir uns an unseren Tisch setzten.

»Hier kann man gut Dorade essen. Echte Meerdoraden ... Die kann ich empfehlen. Wenn du willst, können wir uns auch die Vorspeisen anschauen.«

Ich nickte. Wieder versuchte ich mit Gesten auszudrücken, daß ich gegen ihre Vorschläge keinen Einspruch erhob. Auch ich mochte gerne gegrillte Dorade. Sie zu entgräten verlangte ein wenig Geschicklichkeit, doch ich wußte, so etwas fiel mir nicht schwer. Wenn man ein wenig Zitrone drüberträufelte und vor allem wenn Zwiebeln dabei waren, konnte man vom Geschmack dieses Fisches wie von allen guten Grillfischen nicht genug bekommen ... Wir setzten uns an einen der Tische am Fenster. Es ging auf zwei Uhr zu. Plötzlich glaubte ich, es wäre eine gute Gelegenheit, mich ein wenig zu produzieren.

»Eigentlich sind wir zur falschen Zeit hergekommen. Hierher könnte man auch bei Sonnenuntergang kommen. An einem Sommerabend ... Vielleicht wenn sich der *imbat*, der Sommer-Monsun, gerade legt ...«

Sie lächelte ... Auf meine kleine Selbstdarstellung antwortete sie wieder mit den Blicken einer selbstbewußten Frau. Indem sie mir schweigend zu verstehen gab, sie sei mit mir einer Meinung ... Ich hatte immer gerne eine Verbindung zwischen dem *imbat* und der Zeit des Sonnenuntergangs hergestellt. Obwohl ich mich irren konnte ... Es war eine meiner selbstgeschriebenen Legenden meines Gefühls von Izmir ...

Unsere Vorspeisen kamen. Wir begannen, unseren Raki in kleinen Schlückchen zu trinken. Ich wußte nun, daß wir uns auf den Weg in unsere Tiefen machen konnten, daß wir endlich anfangen konnten, uns auf den Weg zu machen. Und ich wußte auch, daß dieses Mahl zu den unvergeßlichsten meines Lebens gehören würde ... Erwuchsen wirkliche Mähler nicht aus wirklichen Begegnungen und bekamen Bedeutung durch die Menschen? ... Erbauten nicht Freundschaften, Schritte, die andere Farben ins Leben brachten, Berührungen die Geschichte jener Mähler? ... Wir verharrten ein wenig schweigsam. Ich erinnere mich nicht, wie lange diese Stille dauerte. Wahrscheinlich nicht länger als ein, zwei Minuten. Im Vergleich zu manchen Zeiten war das zweifellos eine ganz kurze Zeitspanne. Doch wenn in solch eine kurze Zeitspanne solch tiefe Gefühle, die Überreste einer solchen Geschichte hineinpaßten, sich hineinpressen ließen ... Ja, ich konnte spüren, wohin wir gehen würden. Auch woher wir kamen ... Und sie? ... Woran, an welchen Ort erinnerte sie sich in dieser Stille? ... Wen fühlte sie, wie? ... Ihre Worte, die die Stille beendeten, brachten in gewisser Weise die Antwort auf diese Fragen, sie gaben mehr oder weniger einen Hinweis darauf, wohin sie innerhalb weniger Augenblicke gegangen war.

»Es war nicht so leicht für mich, dahin zu kommen, wo ich heute bin ...«

In dem Moment sah ich in ihrem Gesicht den Stolz, die Enttäuschung und den Zorn einer Frau, die den Kampf gewonnen, doch dabei tiefe Wunden empfangen hatte. Sie lächelte wieder, doch ihre Augen wurden feucht. Dieses Heute, von dem sie sprach, was war das für ein Heute? ... Hatte der Fluß wirklich sein Bett gefunden? ... Ließen ihre Ehe, ihre Arbeit, die Ordnung ihres Lebens, das Umfeld, das sie sich geschaffen hatte, sie nicht mehr nach dem verlangen, was sie irgendwo zurückgelassen hatte? ... Als wir das Restaurant betraten, hatte ich gesehen, daß nicht nur die Kellner sie kannten, sondern auch Gäste, die an einem Tisch saßen. Offenbar hatte sie sich in ihrer Stadt ein Leben mit einem großen Bekanntenkreis geschaffen. Wie echt waren diese Beziehungen, wie lebendig waren sie? ... Oder bestand ihr Leben aus einer langen, endlosen Abfolge von Fehlern, Irrtümern? ... Das einzige, was ich tun konnte, um eine Antwort auf meine Frage zu bekommen, war, ebenfalls einen Schritt zu tun hin zu dem Punkt, auf den hin sie einen Schritt getan hatte, oder besser, wo ich spürte, daß sie angekommen war.

»Ich weiß ein paar Dinge ...«

Ich lächelte ebenfalls und hoffte, ihr mit meinem Lächeln unsere alte Freundschaft, von der ich glauben wollte, daß sie nicht zu Ende war, aufs neue zu schenken, spürbar zu machen ... Sie schaute mich an. Sie wollte verstehen, was und wieviel ich wohl wußte. Ich redete nicht lange herum. Es war nicht die richtige Zeit dafür. Ich erzählte ihr, was ich wußte, was ich erfahren hatte. Daß sie lange in Israel gewesen sei, daß sie eine schlimme Ehe hinter sich habe, daß sie dann eine Beziehung mit dem besten Freund ihres Mannes angefangen habe, nach Izmir gekommen sei und geheiratet habe ...

Sie hörte meinen Worten mit immer größerer Verblüffung zu. Sie wirkte, als schämte sie sich ihrer Nacktheit. Ihre Verlegenheit rührte mich... Drum konnte ich unmöglich an der Reinheit, der Unschuld ihrer nächsten Frage zweifeln.

»Ist das sehr schlimm?... Hast du mich verurteilt, als du das gehört hast?...«

Brachte sie eines von ihren ungelösten Problemen, eine Zwangsvorstellung, die sie nicht hatte überwinden können, zur Sprache? War es ihr vielleicht nicht gelungen, sich mit dieser Seite ihres Lebens ausreichend auseinanderzusetzen?... Wenn sie diese Frage in dieser Weise stellen mußte... Vielleicht hatte sie aber auch gefragt, um mich besser zu verstehen, also mich auf die Probe zu stellen. Ich weiß nicht, warum mir diese Möglichkeit plötzlich einfiel, doch sie fiel mir halt ein... Daraufhin versuchte ich, meine Gefühle so auszudrücken, wie sie mir aus der Seele kamen. Ich hatte das Bedürfnis, meine Lebenseinstellung zu zeigen.

»Jeder hat das Recht, so zu leben, wie er will. Mein Leben hat mich gelehrt, andere nicht zu verurteilen. Sowohl, daß es andere Werte gibt, als auch, daß diese für andere richtig sein können... Selbstverständlich habe ich dich nicht verurteilt. Ich war nur traurig, weil ich dachte, daß du leiden mußtest... Ich war nur traurig...«

Sie ergriff liebevoll meine Hand und drückte sie. Vielleicht weil sie mir nur auf diese Weise danken konnte. Hier hätten wir innehalten können. Doch sie fühlte sich gedrängt, noch eine Erklärung abzugeben.

»Damals war mein Leben sehr durcheinander. Ich hätte nicht in Istanbul bleiben können. Ich wollte mir in einer anderen Stadt ein ganz neues Leben aufbauen und alles hinter mir lassen, was ich erlebt hatte... Das habe ich mir so gedacht...«

Das habe ich mir so gedacht... Dieser kleine Ausspruch drückte ja so viele Gefühle aus... Er ließ soviel Bereuen, Kritik, Selbstkritik, Auswegslosigkeit, Hilflosigkeit, Niederlage anklingen... Doch auch einen Sieg. Offenbar klang ein Sieg an, der heimlich genossen werden wollte. Ein Sieg, für den der Preis bezahlt worden war... Ein Sieg, der von der berechtigten Freude sprach, trotz aller Zusammenbrüche aufrecht aus dem Kampf zurückgekehrt zu sein ... Ja, den Ausdruck konnte man nur verwenden, wenn man noch aufrecht stand... Doch wo war die Siegesfahne aufgerichtet worden? ... Für wen war diese Siegesfahne nach all den Opfern von Bedeutung? ... So weit konnte ich mich nicht vorwagen. Ich sagte nur, um sie mit ihrer Aussage nicht allein zu lassen, was viele Menschen sagen konnten ... Das war am einfachsten ...

»Du hast das erleben müssen ... Du mußtest gehen. Du erinnerst dich vielleicht, daß ich damals zu denen gehörte, die dich am meisten unterstützt haben ... Das tut mir nicht leid ...«

Sie nahm noch einen Schluck Raki. Und ein paar Bissen von ihrem Essen ... Ich tat das gleiche. Wir schwiegen ... Ich wollte nicht sagen, was ich fühlte, denn ich wollte das Thema nicht wechseln. Sie sollte erzählen. Und ich wollte zuhören. Diese Szene des Stücks mußte in dieser Weise gespielt werden. Sie tat bald, was von ihr erwartet wurde.

»Meine erste Hürde war damals die Sprache ... Plötzlich wurde ich in meinem Alter zur Analphabetin. Etwa ein Jahr lang besuchte ich einen Sprachkurs. Ich strengte mich an. Ich hatte dort auch Verwandte. Vettern, Cousinen, ihre Ehepartner und Familien, die ich im Leben nie gesehen hätte, wäre ich nicht dorthin gegangen. Ich hätte es auch nicht für nötig gehalten, sie zu sehen ... Freilich hatten auch sie ihre eigenen Leben. Doch trotz aller eigenen Schwierigkeiten haben sie sich ziemlich um mich gekümmert, das will ich ihnen jetzt nicht absprechen. Sie haben getan, was sie konnten ... Vielleicht waren sie vorgewarnt. Sicherlich haben sie zueinander gesagt, das Mädchen macht hier nur eine weitere Dummheit. Was für eine Dummheit sollte ich noch machen? ... Ich hatte schon eine gemacht, hatte es schon gründlich versaut...

Indem ich nicht nur meine eigenen Träume, sondern auch die eines anderen Menschen zerstört hatte ... Nun ja ... Hätte ich gewußt, was mich erwartete, hätte ich vielleicht das, was ich damals eine Dummheit nannte, anders bezeichnet. Doch damals dachte ich so, und weil ich so dachte, spürte ich, daß die anderen ebenso von mir dachten ...«

In dem Moment hatte ich das Bedürfnis, sie zu unterbrechen. Um ihr sowohl die Gelegenheit zu einem kleinen Atemholen zu geben als auch in der Hoffnung, das Thema noch etwas zu erweitern ...

»Ist das nicht die beste Seite unseres Lebens, daß wir unseren Weg gehen, ohne zu wissen, was kommt ...«

Warum spielte ich die Rolle des ›Weisen‹? ... Fürchtete ich mich vor dem, was ich hören würde, oder wollte ich mich selbst schützen? ... Doch wovor fürchtete ich mich, womit wollte ich nicht konfrontiert werden? ... Was ließ mich diese Worte, die ich von jemand anderem übernommen haben mußte, wie meine eigenen aussprechen? War es, daß eine weitere Lebensgeschichte mich an eine andere Zielverfehlung erinnerte, um mir dabei womöglich meine eigene Feigheit zu zeigen ... Warum tat ich mir das also an? ... Noch dazu in solch einer Zeit. In einer Phase, in der ich versuchte, eine schwierige Kurve zu nehmen ... Ich mußte einhalten, ohne weiter in die Tiefe zu gehen, in die mich diese Fragen zogen. Ich sah sie wieder lächeln. Ich konnte mich in die Freundschaft flüchten, die in diesem Lächeln lag. Ich konnte schweigen und versuchen, mich ein wenig von den Stimmen in meinem Inneren zu entfernen. Ich spürte, daß sie etwas erzählen wollte. Sie wollte ihre Geschichte fortsetzen. Es schien, als würde es dieses Mal länger dauern. Dieses Mal mußte ich wirklich schweigen. Ich hatte keine Wahl, als zuzuhören und zu verstehen zu versuchen. Ich war ihretwegen hier. Das, was ich hören würde, würde mich mit einer anderen Seite von mir konfrontieren.

»Jene Familienbande fielen mir nach einer Weile ziemlich auf die Nerven. Sie waren zwar ruhige Menschen, die sich nicht allzusehr bemühten, mein Leben zu lenken. Doch, wie ich schon sagte, ich konnte mich irgendwie nicht von der Verpflichtung lösen, mich von irgendwem kontrollieren zu lassen. Du kannst verstehen, was für eine böse Lebenserfahrung ich gemacht und in welche Lage mich diese Erfahrung gebracht hatte. Ich konnte diese Beziehungen, die mich allzusehr belasteten, in meinem neuen Leben nicht mehr ertragen. Langsam setzte ich mich von ihnen ab. Sie verstanden mich und bedrängten mich nicht. Es war dort leichter, solche Entscheidungen zu treffen. Außerdem hatten auch sie nach all den vielen Jahren den Geist des Landes übernommen. Ihre Kinder wuchsen in einer Umgebung auf, in der sie viel unabhängiger sein würden. Diese Unabhängigkeit war sogar ein Bestandteil der Erziehung. Nachdem ich Hebräisch gelernt hatte, beschloß ich, Modedesign zu studieren. Wenn du dich erinnerst, war ich nicht schlecht im Zeichnen. Auch hatten andersartige Kleidungsstücke immer mein Interesse erweckt... Ich fand unterdessen auch Arbeit als Kellnerin. Das heißt, ich fing an, ein bißchen Geld zu verdienen. Mit zwei anderen Studentinnen zusammen nahm ich eine kleine Wohnung. So vergingen drei Jahre. In dieser Zeit bin ich nicht nach Istanbul geflogen, obwohl ich es gern gewollt hätte. Doch meine Familie kam mich besuchen. Und zwar viele Male. Sie gaben die Hoffnung nicht auf, daß ich zurückkehren würde. Ich meinerseits versuchte, ihnen immer zu zeigen, wie glücklich ich doch war. Eigentlich kämpfte ich mit vielen Problemen. Ich fühlte mich manchmal sehr allein, ich sehnte mich danach, daß mir jemand Frühstück machte, ich sehnte mich, auf der Straße ein Sandwich mit Muscheln zu essen und mit jedem Türkisch sprechen zu können, doch ich war nun einmal trotzig. Ich mußte durchhalten. Ich war noch immer wütend auf sie, insbesondere auf meinen Vater, der mich daran gehindert hatte, den Mann zu heiraten, den ich liebte. Irgendwie konnte ich diesen Zorn nicht ablegen, verstehst du? ... Ein-, zweimal versuchten sie herauszufinden, ob ich eine ernsthafte Beziehung hatte. Es gab keine. Da und dort blieb ich halt mal hängen. Sie konnten das Thema aber nicht vertiefen. Ich hatte ihnen gegenüber eine Barriere aufgebaut, die sie akzeptieren mußten, auch wenn es ihnen nicht gefiel ... Sie mußten einsehen, daß sie unter den neuen Bedingungen mit ihrer dickköpfigen, unbesonnenen Tochter nicht fertig wurden. Nur einmal äußerten sie, es würde sie sehr glücklich machen, wenn ich jemanden heiraten würde, der zu ›uns‹ paßte. Ich antwortete scharf und sagte, sie brauchten sich keine Sorgen zu machen, ich sei ja nun von Juden umgeben. Darauf fanden sie keinen Einwand. Dabei wußte ich natürlich genau, was sie meinten. Ihr Traum war, ich sollte einen türkischen Juden heiraten ... Für sie war dies das rechte Leben. Eigentlich muß ich dir das nicht sagen, du weißt ja, wie das ist. Für mich aber würde das Leben so weitergehen ... Anders hätte ich kein Selbstvertrauen gewinnen können. Ich war derart erschüttert ... Das heißt, ich ließ mich absichtlich treiben ...

Doch eines Morgens bekam ich aus Istanbul eine Nachricht. Mein Vater war sehr krank. Es war Bauchspeicheldrüsenkrebs diagnostiziert worden. Man hatte ihn operiert, aber die Ärzte hatten ihn sofort wieder zugemacht. Die Krankheit schritt unheimlich rasch fort. Er war sehr schwach geworden. Seine Tage waren gezählt. Er wollte mich ein letztes Mal sehen. Ich konnte nicht viel sprechen und legte den Hörer auf. Es war ein Samstag, das vergesse ich nie. Der Sommer ging zu Ende. Ich hatte mich gerade von meinem französischen Geliebten getrennt, mit dem ich ungefähr anderthalb Jahre zusammengewesen war. Ich litt sehr. Ich war in Trauer. Als ob das nicht schon reichte, erwartete mich ein neuer Trauerfall. Es war mein letztes Jahr an der Universität. Die Vorlesungen sollten beginnen, aber vorher waren noch Feiertage. An jenem Tag spazierte ich ein paar Stunden am Strand entlang. Ich erinnerte mich an das, was ich erlebt hatte, wog es ab, dachte nach. Ich legte mir noch einmal Rechenschaft ab, kämpfte mit mir. Ich schwankte, ob ich nach Istanbul zurückkehren sollte oder nicht. Dann entschloß ich mich zu fahren. Ja, ich würde meinen Vater ein letztes Mal sehen. Ich war nicht allzu traurig, daß er starb, aber ich wollte ihn sehen. Es würde mir sonst später sehr schwer fallen, mit diesen Gewissensbissen zu leben. Du kannst das interpretieren, wie du willst. Ich wollte es nicht interpretieren. Ich will es immer noch nicht interpretieren. Ich fühlte so und hörte auf die Stimme meiner Gefühle, das ist einfach alles ... Ich würde fahren, so lange bleiben, wie es ging, und dann wieder zu meinem selbstgewählten Leben zurückkehren. Auch in jenem Leben gab es nun eine Liebeswunde, aber dieses Mal wollte ich nicht mehr fliehen ...

An jenem Abend telefonierte ich mit meiner Mutter und sagte, ich werde in ein paar Tagen kommen. Sie freute sich sehr. Tatsächlich hatte ich innerhalb von zwei Tagen die Koffer gepackt und machte mich mit dem Flugzeug auf den Weg, sozusagen in meine Heimat. Mittlerweile waren mit dem Sprachkurs, mit ein bißchen Bummeln und dem Studium fast fünf Jahre vergangen. Fünf lange Jahre fern von Istanbul ... Ich hatte den Tag und den Zeitpunkt meiner Ankunft mitgeteilt. Am Flughafen erwarteten mich nur meine Mutter und mein Onkel, der Bruder meiner Mutter. Nachdem sie im Auto ein wenig herumgeredet hatten, sagten sie, mein Vater sei zu schwach, um aufzustehen. Die Ärzte hätten ihm erlaubt, sich zu Hause auszuruhen. Ich wußte, was diese Erlaubnis bedeutete. Ich sagte nichts mehr und nickte nur mit dem Kopf, um anzudeuten, daß ich die Situation erfaßt hatte. Ich schaute lange aus dem Fenster ... Während der Fahrt bemerkte ich, wie ich mich in jeder Hinsicht von Istanbul entfernt hatte. Die Straßen kamen mir eng und dunkel vor. Es war, als wollten die Häuser über mir zusammenfallen. Hätte mir in meiner Kindheit oder Jugend jemand gesagt, daß mir Şişli eines Tages fremd vorkäme, hätte ich es nicht geglaubt und ihn ausgelacht. Doch es war so. Ich betrachtete meinen Wohnbezirk nun mit anderen Augen. Daraus kann man ersehen, wie sehr ich das Leben ablehnte, das ich zurückgelassen hatte, wie sehr ich mich davon distanzierte ... Je mehr wir uns dem Haus näherten, um so mehr entfernte ich mich. Endlich waren wir da. Als ich eintrat, hatte ich das Gefühl, daß es überall nach Tod roch. Das kam vielleicht vom Geruch der Medikamente, ich weiß nicht. Meine Mutter und mein Onkel wollten, daß ich in den Salon ging. Ich schaute mich um. Es schien alles so zu sein, wie ich es verlassen hatte. Wir setzten uns hin und tranken einen Mokka. Wir redeten dies und das. Ich mochte eigentlich meinen Onkel gern. Er war ein zarter Mensch. Vielleicht hatte er aus diesem Grund nie geheiratet, er führte das Leben eines ewigen Junggesellen. Er tat aber alles, damit ich mich wohl fühlte. Deshalb wollte ich ihn nicht kränken und versuchte, seine Liebe zu erwidern. Irgendwie konnte ich nicht nach meinem Vater fragen. Plötzlich stand meine Mutter auf und sagte, sie wolle ins Schlafzimmer gehen. Als ich mit meinem Onkel allein war, bedankte dieser sich für mein Kommen. Ich schwieg und versuchte zu lächeln. Ich konnte nicht sagen, daß ich meinetwegen, allein meinetwegen, gekommen war. Dann schwiegen wir. Nach ein paar Minuten kehrte meine Mutter zurück und gab mit leicht weinerlicher Stimme bekannt, ich könne meinen Vater nun sehen, wenn ich wolle. Mir schien, sie wollte mir Schuldgefühle machen. Weil ich jenes Haus verlassen hatte ... Weil ich ja ihre einzige Tochter war und ich ihnen nicht das Leben geschenkt hatte, das sie von mir erwartet hatten ... Ich versuchte, nicht darauf einzugehen. Ich war sowieso aufgewühlt ... Meine Spannung steigerte sich, als meine Mutter, ehe wir ins Zimmer traten, sagte, mein Vater habe sich sehr verändert und auf zweiundvierzig Kilo abgenommen. Daraufhin sagte ich, ich wolle allein hineingehen. Sie blickte mich wieder mit weinerlichem Gesicht an. Ich wurde natürlich wütend. Doch in diesem Moment nutzte mir das nicht viel. Ich trat ein und schloß langsam die Tür, wobei ich mich bemühte, nicht zuviel Krach zu machen. Ich schaute mich um. Er sah tatsächlich sehr erschöpft aus. Es war nicht klar, ob er schlief oder wach war. Der Anblick war erschreckend. Der Mann, der einst gemeint hatte, das Leben in der Hand zu halten, lag nun schutzlos vor mir wie ein krankes Kind. Plötzlich öffnete er seine Augen einen Spalt weit. Er versuchte zu lächeln. Mit der Hand machte er ein Zeichen, daß ich mich neben ihn setzen sollte. Er wirkte sehr hilflos. Ich hatte geglaubt, er würde mir nicht leid tun, aber in dem Augenblick tat er mir doch leid. Ich ergriff seine Hand. Auch er faßte meine Hand und versuchte, sie zu drücken. Er sagte: ›Ich habe nur noch wenig Zeit. Das war's dann halt.‹ Seine Stimme kam fast wie ein Flüstern. Ich sagte zu ihm, ich könne ihn nach Israel bringen, wenn er wollte, dort gäbe es sehr gute Ärzte. Er lächelte bitter, als wollte er sagen, dazu sei es jetzt zu spät ... Er fragte mich, ob es mir gutginge. Ging es mir gut? ... Ich merkte, daß sich seine Frage nicht nur auf den gegenwärtigen Augenblick bezog, sondern auf mein ganzes Leben. Wie konnte ich einen derartig komplexen Gefühlszustand wie meinen mit ›gut‹ bezeichnen? ... Ich hatte mich von meinem Geliebten getrennt, mein Vater starb, ich war gezwungen gewesen, unter völlig widrigen Umständen in die Stadt zurückzukehren, in die ich nie hatte zurückkehren wollen, und in der Stadt, wo ich leben wollte, hatte ich mir das gewünschte Leben immer noch nicht geschaffen. Dennoch gab es zu diesem Zeitpunkt für mich nur eine einzige Antwort, die viele Bedeutungen haben konnte ... Mit ruhiger Stimme sagte ich, es gehe mir gut, sehr gut ... Mir war die Heuchelei meiner Antwort bewußt. Doch wir hatten weder Zeit noch Kraft, einen neuerlichen Streit anzufangen. Er sagte, er freue sich sehr. Ich fragte, ob das stimme. Ich war mir sicher, daß er verstand. Ich kannte ihn. Er hatte nicht studiert, war aber sehr intelligent. Außerdem hatte er einen Lehrer gehabt, der so mitleidlos wie wertvoll gewesen war, das Leben. Er nickte leicht mit dem Kopf und schloß die Augen. Er sagte nicht ein Wort. Vielleicht wollte er zustimmen, vielleicht wollte er keine verletzende Antwort geben. Wir schwiegen ein wenig. Dann sagte er, er sei müde. Ich hielt immer noch seine Hand. Eigentlich hatte ich sie nicht losgelassen, seit ich mich neben ihn gesetzt hatte. Ich sagte, er solle ein wenig ausruhen, auch könne ich ihm, wenn er es wollte, zu essen geben. Seine Augen füllten sich. Ich wußte sehr wohl, für wen ich auch das tat...

So vergingen ein paar Tage. Wir beide taten, was wir konnten, den Abschied nicht zu schmerzlich werden zu lassen. Ich flößte ihm sogar Hühnersuppe mit Fadennudeln ein. Etwa eine Woche nach meiner Ankunft sagte meine Mutter eines Abends: ›Er verlangt nach dir.‹ Ich setzte mich wieder neben ihn aufs Bett und nahm seine Hand. Er sagte, es sei nun Zeit für ihn zu gehen und ich solle ihm verzeihen. Ich hielt seine Hand fest und küßte sie. Daraufhin sagte er, er habe Gott gebeten, mir meinen Weg zu ebnen. Dann sagte er: ›Ich will nun allein bleiben.‹ Ich verstand. Er wollte nicht in meiner Gegenwart sterben. Ich stand auf und ging still hinaus. Meine Mutter war im Salon. Ich machte mit den Händen ein Zeichen, das besagte ›Es ist vorbei.‹ Auch dieses ›Es ist vorbei‹ war vieldeutig. Sein Leben war vorbei, Istanbul war vorbei, mein Groll war vorbei... Such dir eine Deutung aus, die dir gefällt. Sie ging ins Schlafzimmer. Ich hörte sie weinen. Ich hingegen weinte nicht. Vielleicht würde ich eines Tages weinen, doch in dem Augenblick wollte ich das nicht. Ich war erleichtert, und dieses Gefühl reichte mir mehr als genug.

Für meine Mutter war es nicht leicht. Der Mann, mit dem sie all die Jahre verbracht hatte, war nun nicht mehr neben ihr. Sie war dermaßen davon überzeugt, daß sie eine gute Ehe geführt hatte ... Die Frauen jener Generation konnten sowieso nicht anders denken ... Sie haben in dieser Weise gelebt. So zu leben war ihr Schicksal. Es gab keinen Einspruch, keine Widerworte. Heiraten, sich mit Kindern und Enkeln befassen und, koste es, was es wolle, dieses Leben fortsetzen ... Ob aus Hochachtung vor dem anderen, weil man ihn wertschätzte, oder weil man vor dem Leben Angst hatte, das weiß ich nicht. In unserer Generation sind die Dinge wohl so langsam zerbrochen. Heute werden Leute, die an einer schlechten Ehe festhalten, getadelt. Das ist natürlich viel gesünder. Wenn der Mensch sich nach einem anderen Leben sehnt, muß er meiner Ansicht nach diesem Leben hinterherlaufen, unbedingt ... Nun gut, dieses Thema soll uns jetzt egal sein. Wenn wir uns darein vertiefen, kommen wir so leicht nicht wieder davon los.

An jenem Tag mußte es jemanden geben, der stärker war als alle anderen und die anfallenden Arbeiten koordinierte. Ich hielt mich für die geeignetste Person. Die Beerdigungsvorbereitungen, das Essen zu Hause, das Herrichten der geeigneten Umgebung für die Beileidsbesuche ... Ich übernahm das alles. Nach ein paar Tagen sagte ich zu meiner Mutter, es sei Zeit für mich zurückzufahren, ›nachdem ich meine letzte Pflicht erfüllt habe‹. Nach Ablauf der sieben Tage für meinen Vater würde ich fliegen. Wieder einmal ... Ich wußte sehr gut, woher ich kam, dieses Mal fiel es mir viel leichter, doch ich wußte noch nicht, in welches Leben ich flog in dem Land, das ich schon gut zu kennen glaubte ... Sie erhob keinen Einwand. Ich bemühte mich in jenen Tagen sehr, nicht mit ihr zu diskutieren, mich nicht mit ihr auseinanderzusetzen. Wir hatten nichts mehr zu besprechen. Wir hatten sowieso nie viel miteinander geredet. Was sagst du dazu? ... War dies nicht das Schicksal unserer Generation? ... Nämlich darunter zu leiden, nicht miteinander reden zu können ... Das ist immer eines von unseren Themen gewesen, erinnerst du dich? ... Sie verstand wahrscheinlich. Sie bedrängte mich nicht. Zumindest war sie beruhigt, daß ich meine ›Kindespflicht‹ erfüllt hatte. Ich hingegen war sehr beruhigt zu sehen, daß mein Vater ihr die Wohnung und auf der Bank eine schöne Geldsumme hinterlassen hatte. Ich sagte, ich wolle meinen Anteil an der Erbschaft nicht haben. Sah sie wohl meinen Protest darin? ... Ich bin mir nicht sicher. Doch ich sah ihn sehr wohl, ich hatte ja auch diese Möglichkeit gefunden ... An ihre Einsamkeit würde sie sich auf ihre Weise gewöhnen. So wie das Leben sie das gelehrt hatte ... Wie du dir denken kannst, war unser Abschied nicht allzu schwer.

Im Flugzeug auf dem Rückflug fühlte ich mich von Istanbul noch stärker getrennt. Danach vertiefte ich mich eine Zeitlang in mein Studium. Ich konnte mich nicht entscheiden, was genau ich tun sollte. Jedenfalls wollte ich die Ausbildung abschließen. Damals lernte ich David kennen ... Auf der Geburtstagsparty eines Freundes aus Istanbul, den ich in Israel kennengelernt hatte ... Es war purer Zufall ... Es war genauso eine Situation wie in manchen Filmen, wo man sagt, das Schicksal hatte seine Netze ausgeworfen. Eigentlich hatte ich gar keine Lust, zur Party zu gehen, doch der Teufel ritt mich, und ich ging hin. Auf der Party waren noch andere Leute aus der Türkei. Wir wurden miteinander bekannt gemacht. Vielleicht hatte er das auch angezettelt, was weiß ich ... Mit Rakigläsern in den Händen ergab man sich ein bißchen der Türkeinostalgie. Wenn so viele Türken zusammenkamen ... Ich hatte eigentlich keine nostalgischen Gefühle hinsichtlich der Türkei, doch ich beteiligte mich. Dann blieben wir beide allein. Wir plauderten, das Thema vertiefte sich. Er war ein unterhaltsamer Mensch. Er kam aus Izmir, war Arzt und gerade dabei, seinen Facharzt für Innere Medizin abzuschließen. Wir tauschten Telefonnummern aus. Das war keine Überraschung, das machte man so ... Ein paar Tage später rief er auch schon an und lud mich ein, mit ihm ein Wochenende in Eilat zu verbringen. Derart viel hatte ich eigentlich nicht erwartet. Ich fand das übereilt und ärgerte mich über seine Kühnheit und sein allzu großes Selbstbewußtsein, aber ehrlich gesagt gefiel mir auch seine Courage. Du weißt, auch ich bin ein bißchen spinnert, unvorsichtig. Außerdem hatte ich wohl ein solches Abenteuer dringend nötig, und so sagte ich sofort zu. Wahrscheinlich war er sehr überrascht, daß ich seine Einladung so einfach annahm, dachte ich, als ich das Gespräch beendete. Ich täuschte mich nicht. Als wir im Urlaub waren, gab er es zu. Wir verbrachten ein wunderbares Wochenende. Ich sagte mir andauernd, daß ich dieses Mal meine Weiblichkeit wirklich erlebte. Ja, dieses Mal stimmte es wirklich. Ich war dort angekommen, wo ich bleiben wollte. Die Ereignisse entwickelten sich rasch. Zwei Monate später heirateten wir, ohne einem Menschen Bescheid zu geben. Als meine Mutter hörte, daß ich geheiratet hatte, war sie sehr getroffen. Wir hatten nicht mal eine Hochzeitsfeier gemacht, wie sie es erwartete. Doch später luden wir sie ein und gaben ihr zu Ehren für alle guten Bekannten ein Essen. Sie blieb eine Weile bei uns. Wir hatten nicht den Bräuchen gemäß geheiratet, wie sie es gewollt hätte, aber weil sie sah, daß ich letztendlich mein Leben mit einem Juden vereint hatte, war sie glücklich. Außerdem war mein Ehemann auch Türke ... Zwar aus Izmir, aber Türke. Was konnte sie mehr verlangen ... Damit tröstete sie sich dann auch.

Diese Ehe war für David die zweite. Er wich einem Gespräch über seine erste Ehe stets aus, doch aus dem, was er erzählte, entnahm ich, daß er eine schlimme Erfahrung gemacht haben mußte. Er war sehr verletzt, sehr mitgenommen, sehr wütend ... Ich fürchtete, dieser sein Zustand könne sich auf unsere Ehe auswirken. Ich mußte mich auch vor mir selber fürchten. Auch ich hatte meinen inneren Groll. Auch ich war zutiefst wütend aufs Leben, auf das, was ich erlebt hatte. Ehrlich gesagt wurde unsere Ehe auf der Grundlage von einigen Ängsten geschlossen. Diese Erkenntnis kam mir natürlich erst im Lauf der Jahre. Als ob das nicht gereicht hätte, wurde ich nach einer Weile mit einer noch schmerzlicheren Wahrheit konfrontiert ... In Wirklichkeit war David in einer ganz schlimmen Lage, er war richtiggehend psychisch krank. Du wirst nicht glauben, wie er sich veränderte. Und, du wirst es wieder nicht glauben, ich war inzwischen schwanger. Die Vernunft sagte mir, ich müsse das Kind in meinem Leib sofort abtreiben lassen. Ich war durch die Beziehung dermaßen verstört, die Ehe hatte mich dermaßen enttäuscht. Doch eine Stimme in mir, ich weiß nicht, woher sie kam, verhinderte die Abtreibung. So als wäre dies meine letzte Chance. Vorher hatte ich schon zwei Ausschabungen gehabt ... Na ja, das erfährst du auf diese Weise nun auch. Ich entschloß mich, das Kind auszutragen. Im schlimmsten Fall würde ich mich scheiden lassen und das Kind allein aufziehen. Ich würde so viel und so lange allein leben können, wie ich wollte. Außerdem hatte ich endlich keinen Druck mehr aus meiner Umgebung ... Du wirst mich nun fragen, was er als Psychopath so machte. Zum einen erwies er sich als krankhaft eifersüchtig. Er mischte sich ein, wenn ich Miniröcke und dekolletierte Kleidung trug. Ich dagegen zog mich wahnsinnig gerne so an. Wenn ich in einem Restaurant mit dem Kellner scherzte oder in einer Bar von unserem Tisch aus den Tanzenden zulachte, sagte er, ich sei eine Hure, kokett und sexbesessen. Mit der Zeit erfuhr ich, warum er so war, aber obwohl ich oft versuchte, mit ihm zu reden, obwohl ich mir viel Mühe gab, konnte ich ihn irgendwie nicht verändern. Er war von seiner ersten Frau, einer polnischstämmigen Jüdin, betrogen worden. Das konnte er nicht vergessen, er sah es sogar als sein Schicksal an ... Aber es gab noch etwas Schlimmeres, das er mir eines Nachts, als wir uns sehr nahe gekommen waren, in betrunkenem Zustand gestand. Vor vielen Jahren, noch in seiner Kindheit, hatte er seine Mutter mit dem Geschäftspartner des Vaters im Bett erwischt ... Als er eines Tages früher von der Schule heimgekommen war ... Er hatte es vergessen wollen, doch das schaffte er irgendwie nicht, und den Schmerz, der sich langsam in einen Albtraum verwandelte, verbannte er in sein Inneres ... Wie in einer Therapiestunde, nicht wahr? ... Es gibt so viele Beziehungen, die aus ähnlichen Gründen zerbrechen. Vielleicht war das, was er erlebte, auch zugleich ganz alltäglich. Man schleppt so viele Probleme, so viel Unbesprochenes mit sich rum ... Und auf mich war nun das Los gefallen ... In der Nacht, als er sein Geständnis ablegte, war er sehr betrunken. Er kehrte sowieso sehr oft betrunken heim. Ich hatte sogar Angst, er würde sich umbringen. Deswegen tat ich auch alles, um unsere Ehe zu retten. Ich versuchte sogar, ihm die Mutterliebe zu geben, die er nie erfahren hatte. Trotz unserer Streitigkeiten, seinem Geschrei, seinen Beleidigungen ... In solch einer Umgebung wuchs derweil Avi auf.

Es vergingen auf diese Weise fünf, sechs, sieben Jahre, ich erinnere mich nicht mehr. Mein Ehemann fing bei jeder Gelegenheit Streit an, ich hingegen beschwichtigte immer ... Jenes rebellische Mädchen war verschwunden, an seine Stelle war eine geduldig leidende, opferbereite Frau getreten. Ich ließ alles mit mir geschehen. Noch dazu ... Noch dazu, du wirst erstaunt sein, aber manchmal ... Manchmal wurde ich sogar geschlagen. Kannst du dir das vorstellen, Isi? ... Ich und geschlagen werden ... Ich hätte ihn am liebsten ebenfalls geschlagen, aber das konnte ich nicht. Er war sehr stark, mit dieser Kraft konnte ich es nicht aufnehmen. Einige Male erlitt ich schwere Gewalt. Warum hast du das alles ausgehalten, wirst du sagen ... Kennst du diese Seite der Beziehung zwischen Mann und Frau auch? ... Ich kann es jetzt eingestehen. Manchmal ... Manchmal ist es sehr aufreizend ... Wenn du siehst, daß der Mann deinem Dasein gegenüber nicht gleichgültig ist, daß du ihn so erschüttert hast, daß er dich schlagen will...Zu Anfang war das wirklich so. Doch dann begann ich, das sehr erniedrigend zu finden. Sehr erniedrigend... Denn...Denn es kam der Tag...Denn es kam der Tag, an dem er nicht mehr mit mir schlafen wollte...Da blieb dann nur noch Gewalt übrig...Nur noch Gewalt...Nur so konnte er sich beruhigen...Wir hatten also mit dem Sex in unserer Ehe abgeschlossen. Er...Er masturbierte manchmal im Bett...Kannst du dir das vorstellen?...Auch so etwas Banales, Ordinäres habe ich erlebt...Es fällt mir derart schwer, darüber zu sprechen...Doch du sollst es wissen, ich möchte, daß du auch dies aus meinem Leben weißt...Es war ekelhaft...Mehrmals habe ich ihn umbringen wollen. Glaub mir, ich habe mich schwer beherrscht...

Avi war nicht der einzige Zeuge der Gewaltszenen. Selim war Davids engster Freund aus Izmir. Er kam oft zu Besuch zu uns. Er war ein sehr guter Mensch. Ein richtiger Lebenskünstler. Weil er eine Reiseagentur hatte, brachte er oft Reisegruppen nach Israel. Er hatte eine Firma, und seine Geschäfte liefen gut. Wenn er kam, wohnte er manchmal bei uns. Ihm habe ich im Laufe der Zeit zunehmend mein Leid geklagt. Auch er tat alles, was er konnte, um unsere Ehe zu retten. Doch David war, wie gesagt, ein richtiger Psychopath, und es wurde immer schlimmer. Dann passierte eines Nachts etwas ganz Unglaubliches. David kam wieder sternhagelvoll nach Hause, und nachdem er uns beide beschimpft hatte, legte er sich zu Bett und schlief sofort ein. In jener Nacht redeten Selim und ich wieder lange. Auf einmal konnte ich mich nicht länger halten, ich legte den Kopf auf seine Schulter und fing bitterlich zu weinen an. Endlich konnte ich weinen. Kann ein Mensch sich freuen, weil er weinen kann?...Ich weiß nicht...Es schien mir aber, als beweinte ich in dem Augenblick viele Verluste meines Lebens. Um mich von allen zu befreien...Um mich endlich davon zu befreien...Das war so ein Gefühl ... Und er nahm mich in seine Arme ... Plötzlich erfüllte mich so eine warme Herzlichkeit. Ich wollte ihn ... Ich wollte ihn, hörst du? ... Ich spürte, daß auch er mich wollte. Ich gab nach, und wir liebten uns in dieser Nacht auf dem Sofa im Wohnzimmer wie die Wahnsinnigen. Wie wenn ein Bogen angespannt, angespannt und plötzlich losgelassen worden wäre. Mein Schluchzen verwandelte sich durch die Lust der inneren Entladung in Schreie. Erstmals erlebte ich das Lieben in dieser Weise. Kannst du dir das vorstellen? ... Mein Ehemann liegt im Nebenzimmer im Schlaf versunken, und ich vögele mit seinem besten Freund im Wohnzimmer ... Vielleicht war das die aufregendste Seite. Eine Weile wollte ich sogar, daß er uns so ertappen sollte ... Nun gut, wie hat Selim das tun können? ... Diese Frage stellte ich mir auch, als wir eng umschlungen am Boden lagen. Natürlich wollte ich keine Antwort darauf geben. Ich wußte inzwischen, daß in menschlichen Beziehungen jederzeit alles mögliche passieren konnte. Auch, daß wir einander in jeder Hinsicht sehr begehrten ... Von da an begann er, meinetwegen zu uns nach Hause zu kommen. So vergingen zwei Jahre. Unsere Beziehungen wurden zu einer seltsamen Dreierbeziehung. Während dieser Zeit schlief ich ein paarmal auch mit David. Natürlich konnte ich das Selim nicht sagen. In Beziehungen muß man manchmal lügen. Doch eines Tages zog er mich an sich und bat mich, ich solle meinen Mann verlassen, nach Izmir kommen und ihn heiraten. Ich mußte eine Wahl treffen. Es war eine schwere Entscheidung. In Wirklichkeit wollte ich mit ihm ein neues Leben anfangen. Um wenigstens das Gefühl des Neuanfangs zu erleben ... Ich wußte, es war es wert. Doch andererseits gab die Stimme meines Gewissens keine Ruhe. Meinetwegen würde der Mann, mit dem ich jahrelang mein Leben geteilt hatte, noch einmal den gleichen Albtraum erleben. Was für eine schwere Belastung war das doch. Natürlich verletzt man in solchen Situationen nicht nur seine Lieben ... Sondern auch sich selbst ... Man will sich nicht als so böse sehen und kennen. Diese Zweifel dauerten fast ein Jahr. Ich wollte Selim nicht verlieren; ich sagte mir, daß das Leben verstriche, es erregte mich, noch immer eine begehrenswerte Frau zu sein; ich redete mir ein, daß dieses Verlangen nicht jahrelang andauern würde; ich hatte Angst, neuerlich einen Preis dafür zu zahlen, um das Leben nicht noch einmal zu verfehlen, doch irgendwie konnte ich auch nicht davon ablassen, für jenen verwundeten Mann Mutter zu spielen ... Doch eines Abends, als er gerade nüchtern war, wagte ich es, ihm die Wahrheit zu eröffnen. Er unterbrach mich nicht und hörte mir mit gesenktem Kopf zu. Ich erzählte keine lange Geschichte, sondern faßte mich sehr kurz. Ich ließ ihn spüren, daß ich alles getan hatte, ihn nicht zu kränken, doch gleichzeitig wollte ich auch zeigen, wie entschlossen ich war zu gehen. Ich hatte sehr darum gekämpft, unsere Beziehung zu retten. Es war mir trotzdem nicht gelungen, es war uns nicht gelungen ... Als er merkte, daß ich fertig war, lachte er, er lachte ganz nervös, doch nicht erzürnt, es schien, als wäre er überhaupt nicht böse ... Er reagierte sogar sehr merkwürdig, indem er sagte, ich habe das Recht zu gehen. Ich wußte nicht, was ich sagen sollte. Eigentlich kränkte es mich, daß er sich nicht wehrte, nicht wütend wurde. Ich hatte mich auf einen Kampf eingestellt. Ich wollte nicht so leicht aus seinem Heft gelöscht werden, irgendwie. Aber weißt du, was der eigentliche Hammer war? ... Er sagte, er wisse Bescheid, er habe von meiner Beziehung zu Selim gewußt. Ich war perplex, wollte zu einer Erklärung ansetzen, aber er versuchte mir mit einer Geste zu signalisieren, daß dies nicht nötig sei. Ich erlebte ihn so zum ersten Mal ... Als wäre aus dem Mann, der mich jahrelang mit seinen Gewaltausbrüchen gequält hatte, plötzlich fast ein Heiliger geworden ... Spielte er vielleicht ein neues Spiel mit mir? ... Mir blieb nichts übrig, als dazu zu schweigen. Ich wußte, wenn ich jetzt weich würde, alles zurücknähme und verzichtete, könnte ich diesen Schritt, der mein Leben veränderte, nicht noch einmal tun. Deswegen sagte ich, ich würde sofort mit den Vorbereitungen beginnen. Die Scheidung würden wir über unsere Anwälte durchziehen lassen. Er sagte wieder in dieser Attitüde des Heiligen, er würde keinerlei Schwierigkeiten machen. Das eigentliche Problem lag woanders. Unser Sohn Avi wollte nicht mit mir kommen, er wollte lieber bei seinem Vater bleiben. Er war inzwischen ein Junge von elf Jahren ... Diesen Entschluß zu treffen war nicht leicht, überhaupt nicht ... Ich beschloß, ihn dort zu lassen. Indem ich versuchte, mich selbst davon zu überzeugen, daß ich ja oft kommen würde ... Was bin ich doch für eine Rabenmutter, nicht wahr? ... Nachdem du auch das erfahren hast, verachtest du mich vielleicht. Doch ich glaubte, es wäre vielleicht besser, wenn er dortbliebe, weil ich nicht wußte, was ich in Izmir erleben würde, nachdem ich solch einen weitreichenden Entschluß für mein Leben gefaßt hatte. Durch mein Kommen und Gehen konnte ich ihn womöglich sogar davon überzeugen, zu mir zu kommen. Zudem würde er mich besser verstehen, wenn er größer war und erkennen konnte, was seine Mutter um der Liebe willen ertragen hatte ... Dieses Mal hatte die Liebe gesiegt, Isi, endlich hatte sie gesiegt ... Was ich getan habe, mag dir schrecklich erscheinen. Doch ich bin überzeugt davon, daß dies die beste Entscheidung meines Lebens war ...

Danach bin ich wirklich sehr oft nach Israel gefahren. Ich tat mein möglichstes, um Avi zu beweisen, daß ich nicht nur seine Mutter war, die trotz allem an ihn dachte, ihn vermißte und liebte, sondern auch keine böse Frau. Für David hegte ich die gleichen Gefühle. Auch ihm half ich sehr, sich wieder zu berappeln. Wie absonderlich ist doch die mütterliche Sorge ... Er verwandelte sich erstaunlicherweise in einen friedlichen und harmonischen Menschen. Er trank viel weniger. Es ist schwer vorstellbar, doch so war es tatsächlich.

Ich habe für ihn sogar, halt dich fest, eine neue Frau gefunden. Sie fanden es nicht bedenklich, den Versuch zu wagen, und heirateten. Sie ist eine unbefangene Frau, Journalistin, hat schon vier Ehen hinter sich und fünf Kinder. In den folgenden Jahren sah ich, daß diese Ehe sehr gut lief und niemand unglücklich war. Ich habe halt alles getan, um mein Gewissen zu beruhigen. Manchmal ging es mir aber schon nahe, daß David in einer anderen Ehe gefunden hatte, was er suchte. Doch ich will mich nicht über meine Lage beschweren. Zwischen Avi und mir hat es im Laufe der Zeit einige Probleme gegeben. Ich habe diese Probleme als den Preis für meine Entscheidung anerkannt und sie zu lösen oder zu ertragen versucht. Letztlich ist jeder auf seine Weise erwachsen geworden, hat seinen Weg gefunden und gelernt, was er lernen konnte.

Jetzt scheint der Sturm sich gelegt zu haben ... Ich fliege jetzt sogar geschäftlich nach Israel ... Selim hat mich immer unterstützt. Die großen Leidenschaften haben wir weitgehend hinter uns gelassen. Trotzdem ist mein Leben nicht schlecht, ich bin zufrieden. Er mag dir ein bißchen besserwisserisch erscheinen, doch er ist ein guter Mensch. Er weiß zu leben und zu sprechen. Manchmal findet er zu den unerwartetsten Themen noch etwas zu sagen. Über das Arztsein, den Antiquitätenhandel, die Musik ... Manchmal regt der Mann einen auf. Wo und wie hat er das alles erfahren, das verstehe ich nicht. Aber der Schlingel ist sympathisch. Du wirst ihn ebenfalls mögen, kein Zweifel.

Wir haben kein Kind. Wir wollten es beide nicht. Manchmal kommt Avi her. Der sieht wirklich gut aus, der Lausbub, glaub mir. Er hat seinen Militärdienst schon geleistet, sogar in einer Spezialeinheit. Du kannst dir nicht vorstellen, was für eine Angst ich damals hatte. Jetzt fängt er an zu studieren. Er will Soziologie studieren. Gib nichts drauf, daß ich ›Spezialeinheit‹ sage, der Bengel ist inzwischen ein totaler Kriegsgegner. Er nimmt an Demonstrationsmärschen teil, hat Ämter in Organisationen übernommen, unterstützt Verweigerer aus Gewissensgründen ... Was mag er in den Gefechten, an denen er als Soldat teilnehmen mußte, nicht alles erlebt haben ... Hoffentlich bringt er sich nicht in Schwierigkeiten ... Doch das ist nun sein Leben. Was kann man machen ... Ich habe schon längst aufgehört, mich wie eine Mutter zu gebärden, die sein Leben dirigiert. Außerdem lebt er in einem Land, wo das nahezu unmöglich ist. Doch wenn die Umstände anders wären, hätte ich es auch nicht getan. Nach allem, was ich erlebt habe ... Nach dem, was man mit mir gemacht hat ... Wer weiß, was wir eines Tages noch tun werden. Das ist mein Leben, mein Lieber ... Und? ... Bist du beeindruckt? ...«

Ihre Augen waren feucht. Sie lächelte ... Sie sah nicht aus wie eine Frau, die unglücklich war und ihre Taten bereute, sondern wie eine, die gegen den Preis protestierte, den sie gezahlt hatte, hatte zahlen müssen, die tief in ihrem Innersten verletzt war, aber doch stolz, sich mit den Schmerzen ausgesöhnt zu haben, die ihr diese Opfer abverlangt hatten, und stolz, noch immer aufrecht zu stehen. Ich erkannte sie jetzt besser. Sie sah sehr schön aus. Ihr Gesicht war viel schöner, viel ausgeprägter als in ihrer Jungmädchenzeit ... Ich hatte ihrer Erzählung geduldig zugehört, nur manchmal mit Blicken reagiert und sehr kurze Anmerkungen gemacht.

Was ich mit ihr in Izmir teilte, beschränkte sich nicht auf die Grenzen dieser Erzählung. Sogar ihre an mich gerichtete Frage am Ende ihrer Erzählung zeigte, daß unser Gespräch an dieser Grenze nicht zu Ende war. Ich merkte, ich würde mich nicht aufs reine Zuhören zurückziehen können. Ich wurde aufgefordert, mich selbst einzubringen ... Zweifellos war ich beeindruckt. Es hatte keinen Sinn, mein Gefühl zu verleugnen. Ich spürte nämlich, daß ich dasselbe wollte wie sie. Ich zog an meiner Zigarre und bemühte mich, ohne Umschweife so freimütig und spontan zu reagieren, wie sie es offenbar von mir erwartete.

»Wahnsinn!... Das hätte ich nie erwartet... Himmel noch mal!... Was du alles mitgemacht hast... Aber soll ich dir mal was sagen?... Eigentlich würden viele Frauen so etwas gerne erleben... Das Leben, das zu einem erzählenswerten Leben wird, nicht schlecht, oder?... Laß mal, es ist gut, daß du das alles erlebt hast... Vor allem jetzt siehst du sehr gut aus. Sehr gut, glaub mir...«

Meine Worte bedeuteten eine Zustimmung zu ihrem Erleben. Das hatte ich jedenfalls gemeint, und sowohl ich als vermutlich auch sie hielten das für nötig. Zweifelte sie immer noch, ob sie das richtige Leben geführt hatte? Das konnte ich nicht wissen. Vielleicht war diese Frage wieder einmal meine Frage. Die Freude über meine Worte, die ich von ihrem Gesicht ablesen konnte, ließ mich nämlich auch diese Frage stellen. Wie hätte ich mir sonst ihren Drang erklären können, das Vergangene derart ausführlich zu erzählen?... Zudem sah ich in der Freude auch Trauer. Als sie antwortete, spiegelte ihre Stimme ihren Gesichtsausdruck und ihre Gefühle wider. In ihren Worten lag leichter Spott dem Leben und sich selbst gegenüber; das selbstherrliche Mädchen von einst hatte sie lange hinter sich gelassen.

»Vielen Dank... Was für ein Leben aber auch, nicht wahr?... Genau wie die Leute sagen: Wenn ich das alles aufschreiben würde, wäre es ein Roman...«

Ich schwieg. Ich wollte noch besser verstehen, was für ein Leben sie für sich als passend betrachtete. Was für ein Leben sie tatsächlich gewählt hatte und wie sie dieses Gewählte trug... Zwischen uns begann nicht nur aufs neue eine Freundschaft zu sprießen, die wir zweifellos mit anderen Gefühlen und einem anderen Reichtum erleben würden, ich machte außerdem einen weiteren Schritt im Spiel der Verliebten, das uns beiden insgeheim gefiel, wie ich spürte.

»Was tun wir jetzt? ... Wir haben unseren Fisch gegessen, unsere Gläser sind leer, wir haben geredet, sind uns wieder nähergekommen ... Vielleicht möchtest du zum Hotel zurück und mit mir im Zimmer ein wenig ausruhen ...«

Wie leicht konnten wir nach allem, was geschehen war, das Spiel dieser Gefühle spielen. Wie erleichtert konnte sich der Mensch nach all jenen Verlusten doch fühlen ... Diese Worte waren eine andere Form des Wunsches, sie möge mich an einen neuen Ort führen. Anders gesagt, ich war überzeugt, es wäre witzig, zu formulieren, was diese Verluste eingebracht hatten ... Meine Worte hatten genau diese erhoffte Wirkung. Ihre Entgegnung war eine Provokation, die sowohl zu unserer tiefverwurzelten Freundschaft paßte als auch zu ihrer Verführungskunst, die sie inzwischen sehr gut beherrschte und die meiner Ansicht nach sehr gut zu ihr paßte.

»Da hast du das Nachsehen! ... Ich bringe dich selbstverständlich in den Laden! ... Wir gehen zu Fuß und verdauen unser Essen ... Du kannst deinen Bauch ein wenig abschmelzen lassen. Soweit das überhaupt möglich ist! ...«

Ich hätte fast gesagt: »Und du deine Hüften! ...« Gleich bei unserem Wiedersehen hatte ich festgestellt, daß ihre Hüften merklich breiter geworden waren. Auf ihre Flachserei hin hätte ich bei dieser Gelegenheit sagen können, daß mir als Einheimischem ihr Anblick gefiele. Doch ehrlich gesagt wollte ich unser erotisches Spielchen nicht ausdehnen und erst recht nicht plump werden lassen. Ich hatte inzwischen gelernt, daß man manche Scherze lieber abbrach, ehe sie geschmacklos wurden ... Sie verlangte die Rechnung. Ich wollte bezahlen, sie ließ mich nicht. Wieder lachend gebot sie mir Einhalt, wie das zu jener selbstbewußten, sichtlich durchsetzungsfähigen, starken Frau paßte.

»Dein Geld ist hier ungültig, Junge! ... Du bist eingeladen! ...«

Ich lächelte ebenfalls und signalisierte mit den Händen, daß ich mich in meine Lage fügte. Womöglich wollte ich damit gewisse Unsicherheiten verschleiern, aber auch genießen, was ich erlebte, und vor allem deutlich machen, daß ich es tat... Kurz gesagt, es war mir recht so. Vor allem hatte ich keinen Einwand gegen das, was sie in dem Moment sagte. Offen gestanden paßte es mir sogar, mich nicht weiter zu wehren, weil ich vermutete, die Rechnung würde gesalzen sein. Außerdem hatte ich allmählich Spaß an ihren kleinen Machtdemonstrationen. Ich sah ihr Benehmen nun von einem anderen Standpunkt aus. Das einstmals rebellische Mädchen war zu einer Geschäftsfrau geworden, die mit ihren Freunden an schicken Orten angenehme Zeiten verbrachte. Ich konnte auch diese Frau gerne haben. Die Geschichte, die uns verband, hatte eine solche Tiefe, daß sie uns oft daran erinnerte, daß das Erlebte, Gesehene auch andere Aspekte haben konnte...

Sie beispielsweise dabei zu beobachten, wie sie, ganz Geschäftsfrau, diese Rechnung zahlte, war vor dem Hintergrund einer solchen Geschichte einerseits anrührend, andererseits auch ein bißchen komisch. Ich achtete möglichst auf die Details. Welche nötigen Angaben sie bezüglich der Kreditkarte, der Rechnung machte... Also ging die Rechnung auf Geschäftsspesen... Sobald sie die notwendigen Formalitäten beendet hatte, erhob sie sich, nahm ihre Tasche und sagte, sie werde mich kurz allein lassen. Es war nicht allzu schwer zu erraten, wohin sie ging. Nach einigen Minuten kehrte sie zurück und sagte, wir könnten aufbrechen. Ich hatte mich nicht in meiner Vermutung geirrt. Sie hatte auf der Toilette auch ihr Make-up erneuert. Ich wollte ihr zeigen, daß ich es bemerkt hatte.

»Diese Schönheit bringt mich heute noch um!...«

Sie hatte verstanden, was ich meinte, und schaute in dem Augenblick leicht verlegen drein. Diese Verlegenheit mochte ich sehr. Sie versuchte, ihre Verlegenheit mit verführerischen Blicken zu kaschieren. Ich konnte noch besser sehen, was für wen und wie gespielt wurde. Als sie vor dem Spiegel ihr Makeup erneuert hatte, was hatte sie da gedacht, an wen hatte sie gedacht? ... Ich gebot mir Einhalt. Manchmal ermüdete ich mich unnötig mit meinen eigenen Fragen. Es war mir klar, daß das Leben sie zu einer Frau gemacht hatte, die im Jetzt lebte, für die die Gegenwart wichtig war. Vielleicht hatte sie sich nur vorgestellt, was wir an jenem Tag machen wollten. Das würden wir ja sehen ...

Dann verließen wir das Restaurant. Wir gingen langsam wieder denselben Weg zurück. Dieses Mal hakte ich mich bei ihr ein. Eine Weile sprachen wir gar nichts. Wir gingen schweigend dahin. Ich konnte nicht wissen, was sie dachte, doch ich erinnerte mich plötzlich an Yorgos und an jene stürmischen Tage, die so weit hinter uns lagen. In der Erinnerung erschien mir dies nicht wie ein Teil unseres Lebens, sondern wie ein Film, den ich mir irgendwann angeschaut hatte ... Nach all dem, was ich gehört hatte, war diese Zeit noch weiter in die Ferne gerückt ... Manche Schmerzen wurden auf diese Weise überwunden. Andere Schmerzen unterdrückten für unerträglich gehaltene Schmerzen, entfernten sie gewissermaßen aus unserem Inneren, begruben sie irgendwo in unserem Leben. Denn jene Wunden konnten nur durch Schmerzen geheilt werden ... Nur durch Schmerzen ... Damit wir uns auf dem Weg unserer Geschichte nicht verirrten ... Damit wir den Wert der erlebten Augenblicke besser erkannten ... Sah auch sie den gleichen Film manchmal von so einem Punkt aus? ... In einem Traum, an einem einsamen Abend, wenn beim Anhören eines Chansons die Erinnerung plötzlich an ihre Tür klopfte? ... Manche Erinnerungen kehren nämlich zurück, ob man will oder nicht ... Die Erinnerungen kehren zurück ... Wo hatte ich diesen Satz zum ersten Mal gelesen oder gehört? ...

Sie schritt mit verschränkten Armen, den Blick gesenkt, langsam neben mir her ... Rein äußerlich hatte sie sich in einen sicheren Hafen zurückgezogen, nachdem sie viele Stürme überstanden und einige Schäden abbekommen hatte. Aber was war mit dem, was man nicht sah? ... Mit dem, was sie nicht zeigte, worüber sie nicht sprach, was sie nicht mitteilte? ... Im Lauf der Zeit fuhren wir vielleicht auf andere, gefährliche Wasser zu. Doch ich glaubte inzwischen, daß das, was wir durchgemacht hatten, uns auch dafür die Kraft geben würde ... Wir hatten noch viel zu besprechen, ein Wort gab sowieso das andere. Ich konnte ihr beispielsweise erst einmal die Geschichten unserer Freunde erzählen, die ich vor ihr gefunden hatte. Ich konnte von mir erzählen. Vielleicht würde ich ebenfalls nur das erzählen, was ich erzählen konnte. Ich war überzeugt, sie wartete darauf, diese Erzählungen zu hören, ich wollte es glauben. Der richtige Augenblick war gekommen. Sowohl um einen weiteren Schritt zu tun als auch um das Schweigen zu brechen ... Ich begann mit dem scheinbar Leichtesten.

»Ich habe auch Necmi gefunden ... Du glaubst nicht, was er mitgemacht hat ...«

Wir gingen durch eine baumbestandene Straße links vom Efes-Hotel. Sie merkte, wie ich traurig wurde. Sie strich mir über den Rücken und hakte sich wieder bei mir ein. Sie benahm sich wirklich wie eine gute Freundin. Sie gehörte zu denen, die am besten wußten, wieviel ich mit Necmi in jenen Tagen unserer Freundschaft, unserer Nähe geteilt hatte. Ab und zu hatten sie sich gestritten, über belanglose Themen diskutiert, sich alles mögliche an den Kopf geworfen, und doch hatte zwischen ihnen eine Liebe und Verbundenheit geherrscht, wie sie für die ›Schauspieltruppe‹ typisch war. Necmi war es auch, der sie davor bewahrt hatte, in der letzten Klasse noch wegen des Fachs Literatur sitzenzubleiben. Er hatte für sie die Halbjahresarbeit angefertigt und sich in der letzten Prüfung neben sie gesetzt, um sie abschreiben zu lassen. Obwohl ihm klar war, daß Eşref Bey das bemerkte ...

Diese Hilfe hatte sie von ihrem Geliebten nicht bekommen. Sie hatten ja eine leidenschaftliche Beziehung, und wie das bei jeder leidenschaftlichen Liebe so ist, hatten sie sich wieder einmal gestritten und sich in jenen Tagen zu trennen beschlossen. Auch wenn sie natürlich wieder zusammenfinden würden ... Was hätte sie wohl ohne Necmi getan, den sie oft Nervensäge und naseweiser Trottel nannte, wer weiß, was dann passiert wäre. ... Ich bin mir sicher, sie hatte das nicht vergessen. Zweifellos hatte sie weder jenen Tag vergessen noch andere Tage. Doch sie reagierte auf das Gesagte lediglich mit jener Freundschaftsgeste. Sie sagte kein einziges Wort. Wollte sie sich damit begnügen? ... Wollte sie ihre Bindungen an die Vergangenheit völlig abbrechen? ... Dabei hatte sie den Gedanken, das ›Spiel‹ erneut aufzuführen, doch begeistert aufgenommen. Ich war erstaunt und auch ein wenig enttäuscht. Dennoch vermied ich es, sofort zu reagieren. Es war besser zu warten, noch einmal zu warten. Ich wollte sie nicht verunsichern. Wir schwiegen und gingen. Dann gelangten wir zu einer schicken Konditorei. Ihre Blicke und Worte drückten Stolz aus, mich mit einem weiteren Ort in der Stadt bekannt zu machen.

»Von den Torten in dieser Konditorei kann man nie genug bekommen. Laß uns eine kleine Torte kaufen. Wir gehen in meinen Laden und essen sie dort. Magst du lieber Schokolade oder Obst?«

Einen Moment lang wußte ich nicht, was ich sagen sollte. Ich stand immer noch unter dem Eindruck, daß ich ihr Verhalten nicht zu deuten wußte. Ohne lange nachzudenken, sagte ich, was mir zuerst einfiel.

»Egal ... Schokolade ...«

Wir gingen hinein bis vor die Kuchenvitrine, besser gesagt, ich wurde hingeführt. Die Ausstattung, die Präsentation, die Torten, all das zeigte, daß wir in einer guten Konditorei waren. Ebenso war zu sehen, daß sie auch dort wohlbekannt war.

Die selbstbewußte, fröhliche, starke Frau war zurückgekehrt. Diese Frau war weit entfernt von der, die gelernt hatte, mit ihren Schwächen zu leben. Dabei war jene Frau noch vor einigen Minuten an meiner Seite gewesen. Jene Frau hatte mir eine Geschichte erzählt ... Sie war jedoch in der Rolle der lebensfrohen, durchsetzungsfähigen Frau sehr erfolgreich. Auch diese Frau stand ihr sehr gut. So sehr, daß man sich sogar fragen konnte, welche von beiden die echte war. Vielleicht beide, vielleicht keine oder eine andere, die ich nicht sah und die sie noch nicht gezeigt hatte. Ich beobachtete sie, wie sie mit den Verkäufern sprach, wie sie sich über die Torten informierte und zuletzt eine auswählte, und wie sie vor allem mich vorstellte als geschätzten Freund, wobei ich zu lächeln versuchte. Dabei hatte sie mir, anders als sie es nun darstellte, in ihrer Reaktion auf meine Bemerkung über Necmi das Gefühl vermittelt, mich nicht ernst zu nehmen. Wir gingen hinaus. Ich schwieg weiter. Ich mußte ihr meine Verdrossenheit ziemlich deutlich gezeigt haben, denn sie nahm meinen Arm und machte mit aufreizender, aber zugleich zärtlicher Stimme klar, daß sie sowohl ihren Standpunkt und zugleich mich sehr wohl sah und die Verbindungen herzustellen wußte.

»Bist du mir jetzt böse? ... Du bist doch ein rechter Kindskopf! Freilich bin ich gespannt auf das, was du erzählen wirst ... Laß uns erst mal in den Laden gehen ... Und vielleicht habe ich ja auch noch etwas anderes zu erzählen. Weißt du was? Der Abend gehört uns, die Nacht auch ... Und morgen ist auch noch ein Tag ... Um wieviel Uhr fliegst du?«

Es wurde mir langsam unbehaglich, wie sie so über mich bestimmte. Doch war ich etwas erleichtert, daß sie nicht gar so uninteressiert war gegenüber dem, was ich mitteilen wollte. Ich sagte, mein Flugzeug ginge am nächsten Abend um acht. Wir hatten wirklich Zeit, und die Tür hatten wir neu geöffnet. Zudem konnte der Istanbul betreffende Teil der Erzählung nun wohl auch ein bißchen warten. Ich fühlte in dem Moment, daß ich ihr eigentlich nur recht geben konnte. Obwohl ich noch nicht wußte, wie tief wir hinuntersteigen konnten ... Wir kamen nach ganz kurzer Zeit im Laden an und fanden bis dahin keine Gelegenheit, viel mehr zu reden.

Drinnen empfing uns ein nicht sehr großes, aber wohlproportioniertes, junges Mädchen mit gebräunter Haut und langen, schwarzen Haaren. Ihr Make-up war leicht übertrieben und ihr Rock äußerst kurz. Sie war quirlig. Ich wurde sofort vorgestellt, und zwar wieder als alter, sehr wertgeschätzter Freund ... Das junge Mädchen lächelte höchst liebenswürdig. Ihre Zähne waren ein wenig schief. Deswegen hätte sie trotz ihres schönen Gesichts zwar nicht für Zahnpastareklame getaugt, doch ihre Anziehungskraft ergab sich wohl auch aus dieser Unregelmäßigkeit. Vielleicht weil sie damit ganz selbstverständlich umging ... Vielmehr den Mut, ja sogar die Unbefangenheit hatte, ganz offen damit umzugehen ... Ich gab ihr die Hand. Sie gleichfalls, wobei sie kräftig drückte. Sie sah jung aus und hätte im Alter meiner Tochter sein können. Doch konnte ich nicht umhin, sie als Frau anzusehen. Ich hatte keinen Zweifel, daß sie bemerkt hatte, wie sie auf mich wirkte. Ich hatte sowieso nicht die Absicht, meine Gefühle zu verstecken. Wie seltsam war doch das, was uns widerfuhr. Noch eben war ich an einem ganz anderen Punkt gewesen und hatte etwas ganz anderes gefühlt. Wie konnte der Lauf des Lebens sich plötzlich derart verändern und den Menschen in völlig unerwartete Gefühle stürzen. Freilich konnte ich nicht erwarten, daß Şeli nicht bemerkt hatte, was ich fühlte. Sie reagierte sofort. Natürlich war ich das Ziel, der so wertgeschätzte alte Freund ...

»Na, nun aber mal langsam! ... Berfin ist verlobt. Sie heiratet in Kürze ...«

Sie hatte die Absicht, mich zu blamieren. Doch wenn es ein Spiel war, konnte ich das Spiel fortsetzen. Ich machte mich sowohl über mein Gefühl als auch über die beiden lustig. Das war der beste Weg, mich von der Peinlichkeit des Ertapptseins zu befreien.

»Sag bloß!... Das tut mir aber wirklich leid. Daß ich auch immer zu spät kommen muß...«

Ich hielt die Hand von Berfin, dem jungen Mädchen, dessen Namen ich eben erst erfahren hatte, weiter fest. Sie verstand, daß ich die Herzlichkeit und Selbstsicherheit in ihrem Lachen gebührend bemerkt hatte. Ich schaute sie aufgrund meines höheren Alters mit einem Überlegenheitsgefühl an, dessen Unumstößlichkeit durchaus fraglich war. Wie gefährdet der von mir gewählte Standpunkt war, zeigte mir auch ihre Antwort, die sie mit ihrem ganzen Charme gab, ohne ihre Augen von den meinen abzuwenden. Ihre Stimme gewann bei dieser Herausforderung unerwartet den Ton von Weichheit und Scherzhaftigkeit hinzu.

»Vielleicht kommen auch andere zu spät, woher wollen Sie das wissen?...«

Soviel hätte ich natürlich nicht erwartet. Ich lächelte weiter, doch mein Herzschlag beschleunigte sich ziemlich. Wieweit spiegelten sich meine Gefühle in meinem Gesicht?... Das wusste ich nicht. Deswegen entschloß ich mich, still zu sein und nur zu lächeln, leicht die Augenbrauen hochzuziehen und mich nicht weiter zu exponieren. Wer weiß, wohin sich das Gespräch entwickelt hätte, wenn Şeli nicht eingegriffen hätte. Ihre Hilfe kam gerade zur rechten Zeit.

»So sind die Mädchen aus Izmir, mein Junge!... Sie bringen einen Mann um den Verstand, du weißt nicht, wie dir geschieht. Los, liebe Berfin, laß diese erfahrenen Männer in Frieden und mach uns zwei Kaffee. Ich komme mit. Wir tun den Kuchen auf Teller. Damit unser Gast sieht, was für eine Konditorei *Reyhan* ist...«

Sie schaute uns beide lächelnd an, als wollte sie sagen, daß sie hier die Chefin sei. Auch Berfin lächelte, als sähe sie in Şeli eine große Schwester. Sie ging ganz nahe an mir vorbei, als sie sich entfernte. Ich roch ihren Duft. Es war ein sehr verführerischer Duft nach Gewürzen, der den Eindruck noch verstärkte, den sie auf mich gemacht hatte. Es schien, als wollte sie mich diesen Duft riechen lassen. Als sie in den hinteren Teil des Ladens, der vermutlich als kleine Küche genutzt wurde, verschwanden, flüsterte ich Şeli, die mich frivol anschaute, »Heiß, heiß!« ins Ohr, um ihr meine Gefühle für Berfin mitzuteilen.

Sie lachte und führte den Zeigefinger an die Lippen, als wollte sie andeuten, daß sie mit mir verbündet sei, ich mich jedoch zugleich nicht weiter vorwagen solle. Ich nickte lächelnd. Ich wollte ebenfalls zeigen, daß ich verstanden hatte, was sie meinte.

Ich blieb für eine kurze Weile alleine. Ich schaute mich um. Der Laden war sehr geschmackvoll wie von der Hand eines Innenarchitekten eingerichtet ... Dann kamen sie zurück. Teller, Tassen, Besteck, Papierservietten ... Jedes Detail zeugte von diesem feinen Geschmack. Ja, Şeli hatte sich ein gutes Leben geschaffen, alles dafür getan. Das Gebrachte wurde vorsichtig auf einem Beistelltisch angeordnet, auf dessen unterer Ablage Zeitschriften lagen, in denen es um Wäsche und Bademoden ging, soviel ich sah. Berfin nahm ihren Kuchenteller und ihre Tasse und ging an den Ladentisch etwas weiter vorne, wo sie ein paar Wäschestücke zusammenlegte, die sie sorgsam in die Regale einordnete. Es schien, als lächle sie leicht. Ich konnte meine Augen nicht von ihr wenden. Ich rettete mich, indem ich ein Stück von der Torte nahm. Einerseits um mich abzulenken und leichter ein neues Thema anschneiden zu können und andererseits um Şeli das Lob zu spenden, das sie zweifellos erwartete ... Wie sie gesagt hatte, war die Torte wirklich sehr lecker ... Diese einfachen Worte genügten, die Situation für mich etwas zu entspannen und es ihr zu ermöglichen, von den Konditoreien der Stadt zu sprechen ... In dieser Konditorei war auch der Blätterteig mit Erdbeeren gut. Für eine gute Sahnerolle hingegen mußte man in die schräg gegenüber gelegene Konditorei *Bonjour* gehen. Um Kaffee zu trinken, hätten wir hingegen zum Kordon gehen müssen. Ich hörte, was sie sagte, versuchte zuzuhören, und konnte doch nicht wirklich zuhören. Denn meine Blicke, sosehr ich das auch zu vermeiden suchte, glitten mit einem anderen Lächeln zu Berfins Lächeln hinüber. Wie reizvoll war es, wie sie die Wäsche zusammenlegte. Ich stellte mir ihre dunkle, weiche Haut in dieser Wäsche vor, wie hätte mir dieser Anblick nicht aufreizend vorkommen sollen? ... Der Laden war nicht sehr groß. Es war mir bewußt, daß sie alles hörte, was wir sprachen. Obwohl sie sich nicht um uns kümmerte, vielmehr so tat, als wäre sie gar nicht da ... Dieser Rückzug in sich selbst, ihr Unbeteiligtsein, war natürlich ebenfalls aufreizend. Plötzlich schien es mir, als täte sie das alles mit Absicht, wissend, welche Gefühle sie in mir erweckte. Ich kam mir plötzlich vor wie das Spielzeug eines kleinen Mädchens. Danach erzählte ich Şeli, da sie schon von Konditoreien sprach, wie ich ursprünglich das Tortenbacken ganz erstrebenswert gefunden hatte und später dann eine Zeitlang sogar ein Restaurant hatte aufmachen wollen und mit welchen Worten mir mein Vater diese Flausen ausgetrieben hatte. Wir lachten. Auf diese Weise hatte auch ich eine bildhafte Erzählung von mir zum besten geben können. Natürlich wollte ich auch, daß Berfin hörte, was ich erzählte. Ihr Lächeln war gleich geblieben, es hatte sich nicht verändert. Sie zeigte weiterhin, daß sie uns nicht lauschte und sich nicht dafür interessierte, was gesprochen wurde. Wieder einmal erlebte ich das Nichtbeachtetwerden, mit dem ich irgendwie nicht fertig wurde. Doch wir konnten uns nicht länger mit diesem oberflächlichen Gerede begnügen. Langsam mußten wir zu unserem eigentlichen Thema gelangen. Wieder war es Şeli, die das bemerkte. Sie sagte zu Berfin, sie könne nach Hause gehen, wenn sie mit der Arbeit fertig sei. Diese freute sich über den frühen Feierabend. Dieses Mal hatte sie, warum auch immer, das Gesagte gehört. Zudem hatte sie die gesamte Wäsche vom Ladentisch in die Regale eingeräumt und wie wir ihren Kuchen aufgegessen und den Kaffee ausgetrunken. Als sie sich über den Beistelltisch beugte, um das Geschirr abzuräumen, sah ich ziemlich deutlich ihren Brustansatz im offenen Ausschnitt ihres Hemdes. Sie trug einen schwarzen, spitzenbesetzten Büstenhalter. Wieder tat sie so, als bemerke sie mein Interesse an ihr nicht. Ich wußte, das war unmöglich. Ich war mir sicher, auch ihr gefiel dieses aufreizende Spiel. Wir führten das Gespräch nur mit Blicken und Gesten, mal verhalten, mal allzu mutwillig. Dann ging sie in die Küche. Sie blieb ein Weilchen dort. Wir sprachen jetzt auch über den Laden. Das Geschäft ging nicht schlecht, Şeli hatte sich einen Kreis von Stammkundinnen geschaffen ... Doch sie mußte immer eine große Auswahl haben, deshalb mußte sie ständig investieren ... Wir redeten ... Mit anderen Worten, wir bemühten uns redlich um ein möglichst unverfängliches Gespräch. Ich merkte, daß wir uns dessen beide bewußt waren. Wir warteten darauf, wirklich allein zu sein, um noch mehr das zu besprechen, was notwendig war, was wir von uns selbst und voneinander erwarteten. Teilweise war ich mit meinen Gedanken auch bei Berfin. In diesen Momenten konnte ich sowieso nicht viel mehr tun ... Wie hatte ich mich doch innerhalb kurzer Zeit in ihre Gefangenschaft begeben ... Dann kam sie zurück. Mit aufgefrischtem Makeup ... Sie kam herbei, drückte mir wieder in der gleichen Weise fest die Hand und versäumte nicht zu erklären, wie froh sie über unsere Bekanntschaft sei, wobei sie lächelte und ihre riesigen schwarzen Augen nicht von meinen löste. Ich stand auf, und dieses Mal drückte auch ich ihr kräftig die Hand. Ich konnte nicht mehr an mich halten. Ich küßte sie auf beide Wangen und sagte, auch ich freue mich über die Bekanntschaft. Sie lächelte etwas stärker und begnügte sich dieses Mal damit, etwas verlegen nur ihre Wangen hinzuhalten. Das war alles ... Ich hatte sowohl gesehen, was ich bekommen konnte, als auch verstanden, was sie geben konnte ... Ich begriff, sie hatte in jungen Jahren schon viele Spielchen gelernt, mit denen sie ihre Umgebung bezaubern konnte. Wahrscheinlich machte sie auch ihre Arbeit gut und war zuverlässig ... Wenn Şeli ihr einfach so den Laden überließ ... Der Parfumduft wirkte noch weiter auf mich ein. Sie sagte, sie erwarte mich jederzeit in Izmir, ich sagte, ich würde von nun an öfter kommen. Nach außen hin wurde Gastfreundschaft demonstriert. Vielleicht war das auch wirklich so. Doch ich war von jenem Spiel der Verführung hingerissen. Sie antwortete auf meine Worte wieder mit Lächeln und einem bedeutungsvollen Blickwechsel mit meiner Freundin, die sie, wie ich in dem Moment noch besser verstand, als ältere Schwester ansah, deren leicht spöttische, aber äußerst freundschaftliche Blicke ich ständig auf mir spürte, verabschiedete sich und verließ den Laden. Zurück blieb für wenige Momente nur ihr Duft ... Und auch ihr Bild, von dem ich nicht wußte, wohin es mich mit der Zeit führen oder wie es sich in mir weiterentwickeln würde ...

Ich war nun mit Şeli allein und wäre geplatzt, wenn ich über das Mädchen nicht ein, zwei Worte gesagt hätte. Es war unmöglich, zu verbergen, was ich gesehen und erkannt hatte.

»Sie hat eine wahnsinnige Anziehungskraft ... Wenn du mich fragst, das ist kein Mädchen, das heiraten will ... Sie ist so jung, so voller Leben ...«

Ich konnte nicht wissen, wie sehr meine Worte meine Gefühle offenbarten. Aber ich erwartete Unterstützung von ihr. Ihre Antwort jedoch verwirrte mich nicht bloß, sondern zog mich in eine völlig andere Lebensgeschichte hinein.

»Wenn ich dir sage, aus welchem Umkreis ihre Familie kommt, in welcher Umgebung sie lebt – das wirst du nicht glauben ... Hast du schon mal von den evakuierten Dörfern gehört?...«

Natürlich wußte ich davon. Das war ein anderer Schmerz unseres Landes, über den nicht viel gesprochen wurde. Ich nickte wortlos. Dieser Beginn allein reichte schon, mich äußerst gespannt zu machen. Ich schwieg. Was mich von dem Gesagten bisher schon stark beeindruckte, war, daß hier nicht nur die Geschichte eines mir bisher unbekannten jungen Mädchens, sondern auch ein anderes Gesicht einer mir vermeintlich sehr gut bekannten Frau erschien, das ich vielleicht nie gesehen hätte, wenn ich diese Geschichte nicht gehört hätte.

»Berfin ist mit ihrer Familie von solch einem Ort hierhergekommen ... Als sie zu mir kam, hatte sie gerade die Grundschule beendet. Was immer das für eine Grundschule gewesen war ... Sie war sehr dünn, sehr schmächtig, aber sie hatte strahlende, große Augen, Blicke genau so wie jetzt. Ihre Familie war sehr arm, aber sie sollte eine höhere Schule besuchen. Wie das Leben so spielt. Man nennt es Zufall, aber genau so war es ... Die Mutter von Berfin war die Cousine der Frau, die diesen Laden putzte. Ich habe sie kennengelernt, weil meine Putzfrau in einem Sommer für zwei Monate in die Heimat ihres Mannes fahren mußte. Sie empfahl ihre Cousine als Vertretung. Sie sei eine gute Frau, ich könne ihr vertrauen. Sie habe eine Zeitlang mit Mann und Kindern bei ihr gewohnt. Sie erzählte, was ihr passiert war und wie sie in ihrem neuen Leben in Armut zurechtzukommen versuchten ... Ich täte sogar ein gutes Werk. Ich stimmte zu. So habe ich auch dieses kleine Mädchen kennengelernt. Sie kam immer zusammen mit ihrer Mutter. Sie war so neugierig, stellte so kluge Fragen ... Innerhalb kurzer Zeit hatte ich sie liebgewonnen ... Ihr Türkisch war fehlerhaft. Ich kümmerte mich dann so gut wie möglich um sie und bezahlte auch das Schulgeld für sie. Sie schloß das Gymnasium mit Auszeichnung ab. Ich brachte ihr alles bei: Haltung, Manieren, höfliche

Konversation, stilvolle Kleidung ... Alles, was ich wußte ... Sie sog alle meine Worte auf. Unglaublich schnell und begierig ... Ihre Eltern haben sich sehr bemüht, aber nicht geschafft, hier Fuß zu fassen. Sie sind in ihre Heimat zurückgekehrt, nachdem sich die Lage dort beruhigt hatte. Doch Berfin konnte nicht mehr zurückkehren. Sie lebt jetzt bei ihrer Tante. Mit dem Geld, das sie hier verdient, trägt sie auch zum Haushaltseinkommen bei. Gut, schön, was? ... Doch wenn ich dir nur soviel erzählen könnte! Wenn doch die Erzählung so gut weiterginge! ... Der ältere Bruder des Mädchens ist ebenfalls nicht zurückgekehrt. Doch der hat sich als ein richtiger Strolch entpuppt. Sie hat schreckliche Angst vor ihm. Offen gesagt habe selbst ich Angst. Manchmal kommt er hierher. Einmal habe ich unter seiner Jacke sogar eine Waffe an seinem Gürtel gesehen. Heroin, Glücksspiel, in alles mögliche ist der Kerl verwickelt ... Berfins Verlobter ist der Freund des Bruders. Natürlich wurde sie zwangsweise verlobt. Das arme Mädchen will überhaupt nicht. Doch was kann ich machen? ... Ich habe alles für sie getan wie eine große Schwester, wie eine Mutter, aber irgendwo ist Schluß ... Das heißt ... Selim sagt, ich solle mich nicht weiter in diese Angelegenheit einmischen. Vielleicht hat er recht. Doch ich weiß, sie ist ein mutiges Mädchen. Meiner Ansicht nach wird sie auch diese Sache hinkriegen. Ich weiß nicht, wie, aber sie wird es schaffen. Wenn sie sich ihrem Schicksal beugt, wie wird sie das ihr zugedachte Leben dann ertragen? ... Jetzt, angesichts dieser Lage, denke ich sogar, ob ich es wohl richtig gemacht habe, daß ich ihr das alles gegeben habe. Dabei habe ich all die Jahre nie daran gezweifelt ...«

Was sollte ich dazu sagen? ... Ich schwieg, versuchte schweigend zu verstehen und mich mitzuteilen. Ich dachte wieder einmal, was für tragische Schicksale sich doch hinter manchen Bildern versteckten ... Was für Schmerzen und Ängste verbargen sich doch hinter manch einem Lachen ... Was manches Lachen eigentlich erzählen wollte, was erwartet und nicht gesagt wurde ... Wenn ich weiter nachgedacht hätte, wären mir sicher noch andere Fälle eingefallen. Über dem, was ich gehört hatte, hatte ich sogar mein Gefühl von vor ein, zwei Stunden vergessen ... Ja, wenn's hoch kam, lagen zwei Stunden dazwischen ... Zwei Stunden, die mich die Zeit auf andere Weise hatten erleben lassen ... Doch Şeli hatte nicht vergessen. Als sie in die Küche ging, um uns, wie sie sagte, frischen Kaffee zu machen, konnte ich das nur so deuten, daß sie von mir erwartete, ich solle ausführlicher über Necmi erzählen. Wieder blieb ich ein Weilchen allein. Ich mußte meine Umgebung nicht länger betrachten. Ich hatte derartig gemischte Gefühle ... Berfin, Necmi, Şebnem, Yorgos, Şeli ... Die Bilder und Stimmen vermischten sich ... Wie konnte sich das Leben mancher Menschen doch durch andere derartig verändern ... Was war das für ein Landstrich? ... Was für eine Geschichte? ... Wer, was verursachte jenes Unrecht? ... Wie würden uns die Menschen nach vielen Jahren sehen, was würden sie über uns denken? ... Ich versank in Gedanken ... Ich stand mit den Händen in den Taschen vor der Glastür und schaute auf die Passanten auf der Straße, doch ich sah eher die Bilder in meinem Inneren ... Deswegen merkte ich es nicht, als sie wiederkam und den Kaffee brachte. Hätte sie mich gelassen, wer weiß, wohin ich noch abgedriftet wäre. Doch ihre Stimme und noch mehr ihre unverblümten Worte, mit denen sie verlangte, von Necmi und seiner Geschichte zu erfahren, reichten aus, mich augenblicks in ihre Gegenwart zurückzubringen.

»Ich bin wirklich gespannt, was passiert ist ... Was war das doch für ein Junge! ... Solche wie er werden entweder Ministerpräsident, oder sie werden hingerichtet ...«

Sie dachte sich sicher nichts dabei. Sie wußte ja nicht, was er erlebt hatte. Sie versuchte nur auf ihre Weise zu sagen, wie sie Necmi sah. Ich drehte mich um und schaute, was hinter meinem Rücken geschah. Sie hatte sich gesetzt und tat Süßstoff in ihren Kaffee. Ich ging zu ihr hin und setzte mich langsam wieder ihr gegenüber. Ihre Worte hatten mich dennoch betroffen gemacht. Deswegen versuchte ich, in meine Antwort, die meine Gefühle zeigte, einen leisen Vorwurf zu legen. Zudem war es gar nicht schlecht, die Erzählung von dieser Seite aus zu beginnen.

»Er ist ja tatsächlich zum Tode verurteilt worden ... Und er hat sieben Jahre gesessen ...«

Als sie das hörte, faßte sie sich zugleich an die Stirn, blinzelte und senkte den Kopf. Sie verstand und war sehr bekümmert. Das konnte ich spüren. Dieses Mal spielte sie nicht.

Wir waren nun bereit. Ich erzählte die Geschichte. Soweit wie möglich, mit allen Einzelheiten, an die ich mich erinnerte, mit meinen Kommentaren ... Beim Zuhören lachte sie stellenweise, manchmal füllten sich ihre Augen mit Tränen, manchmal war sie empört. Es war nicht leicht. Ich erzählte nicht nur die Geschichte unseres Freundes, sondern die Geschichte dessen, was in diesem Land passiert war ... Auf dem Weg durch diese Geschichte mußten wir natürlich viele Punkte aufs neue sehen, uns gegenseitig daran erinnern.

Die Theaterstücke jener Tage kamen ebenfalls vor. *Asiye Nasıl Kurtulur* (*Wie Asiye gerettet wird* von Vasıf Öngören), *Keşanlı Ali Destanı* (*Die Ballade von Ali aus Keşan* von Haldun Taner), *Cadı Kazanı* (*The Crucible* von Arthur Miller) ... Und *Salıncakta İki Kişi* (*Two for the Seesaw* von William Gibson). Sie hatte Tränen in den Augen ... Wir beide erinnerten uns an das Stück trotz unseres unzuverlässigen Gedächtnisses. Und auch daran, wie diese beiden Personen sich an ihrem Protest hatten festhalten wollen ... Wie hoch konnte man seine Gefühle auf seiner Schaukel in die Luft schwingen? ... Wie hatten wir diese Möglichkeiten doch lang und breit diskutiert. Damals hatten wir ganz andere Hoffnungen, Erwartungen ans Leben gehabt und natürlich auch Ängste. Hatten wir befürchtet, in Zukunft das zu erleben, was wir auf jener Bühne gesehen hatten? ... Protestierten wir gegen unsere Eltern, unsere Familien, die nicht in so eine Schaukel gestiegen waren und uns zu einem Leben wie dem ihren zu zwingen versuchten? ... Waren unsere Ängste unser Widerstand? ... War es uns gelungen, uns ausreichend zu befreien, uns zu kennen, zu leben? ... Diese Frage wollten wir beide nicht stellen, und wenn wir sie gestellt hätten, hätten wir sie nicht beantworten wollen. Das Leben war halt so gelebt worden ... Es war das gelebt worden, was man hatte leben können ... So waren wir an den Punkt gelangt, dem wir nicht ausweichen konnten ... Ihre Blicke drückten ganz unverhüllt die Trauer über dieses Unvermeidliche aus ... Ich fühlte, daß sie reden wollte, und schwieg. Sie zündete eine Zigarette an. Der Ort, wohin sie in Gedanken gegangen war und mich führen wollte, war sehr wohl bekannt. Die Zeit war vielleicht weit entfernt, doch für diesen Moment sehr nahe ...

»Nachdem wir uns an jenem Abend nach dem Theater von euch getrennt hatten, sind wir nach Elmadağ gegangen, um irgendwo etwas zu trinken ... Wir standen dermaßen unter dem Eindruck des Theaterstücks ... Doch wir hatten eine Hoffnung. Eine Begeisterung ... Wir würden uns dem Schicksal nicht beugen ... Wir würden nicht so sein wie jene Menschen. Der Tisch, an dem wir saßen, schaute auf die Straße hinaus. Wir beobachteten die Passanten. Was haben wir uns für Geschichten über die Paare mit ›Lebenserfahrung‹ ausgedacht ... Wir haben uns kaputtgelacht ...«

Ich ließ mich von ihren Gefühlen mitreißen. Es war jetzt genau der richtige Zeitpunkt, daß ich davon sprach. Ich würde es sowieso sagen. Es gab keinen Grund, noch länger zu warten, es aufzuschieben.

»Ich habe auch Yorgos' Spur gefunden.«

Sie guckte und versuchte zu lächeln. Ich sah, daß sie auch jetzt nicht spielte. Unsere Verteidigungsmauern waren sowieso längst zusammengebrochen. Sie fragte mit leicht zitternder Stimme das, was sie fragen wollte, ganz geradeheraus.

»Geht es ihm gut?... Wo ist er jetzt?...«

Ich erzählte wieder, was ich wußte. Welch großen Kampf es ihn gekostet hatte, sein Leben in Athen einzurichten, daß er zwar nicht nach Istanbul zurückgekehrt sei, aber dennoch die Verbindung zu dem Land, wo er einen Teil von sich gelassen hatte, nicht hatte abbrechen können, und vor allem, daß er mehrmals in Izmir gewesen sei... Die letzte Bemerkung war freilich der erstaunlichste und erschütterndste Teil der Erzählung... Wie war unser Leben doch manchmal mit den seltsamsten Zufällen verbunden... Beide wollten sie aus demselben Grund nicht in die Stadt zurück, aus der sie geflohen waren, und doch lebten sie über all die Jahre hin zeitweilig in derselben Stadt, ohne voneinander zu wissen. Und dabei begegneten sie sich niemals... Das war ein richtiger Filmstoff. Was für ein Motiv! Wie schön hätte doch die Erzählung durch einen guten Drehbuchschreiber und einen Regisseur ausgearbeitet werden können. Doch es war Realität. Es handelte sich weder um einen Film noch um einen Roman. Daraufhin fragte sie, ob er einverstanden sei, wegen dieses Theaterstücks nach Istanbul zu kommen. Ihre Stimme zitterte ein wenig. Schließlich hatte meine Antwort für sie eine Bedeutung, die weit über jenes Spiel hinausging. Ich sagte, er habe sich noch nicht entschlossen, doch meiner Ansicht nach werde er wohl kommen. Sie nickte. Es war nun kein Hauch mehr von der selbstbewußten Frau übrig. Sie lächelte, aber es fiel mir nicht schwer zu verstehen, wohin dieses Lächeln sie trug. Es war, als legte sich über diese reifen Gesichtszüge eine wohlbekannte Kindlichkeit. In dem, was sie sagte, lag nun eine schmerzliche Freude. Eine schmerzliche Freude, die die Zeit, in der wir uns befanden, sehr gut in Worte faßte...

»Es scheint, die Truppe ist bald beieinander... Mensch, Isi, du Blödmann... Du bringst mein Leben ganz durcheinander, das wirst du mir büßen!...«

Ich lachte. Ich wußte, in diesen Worten lag kein Vorwurf, im Gegenteil, sogar ein geheimer Dank. Das war der Grund, weshalb ich lachte. In dem Moment konnte ich ihr aber nicht sagen, auch um den Zauber nicht zu zerstören, daß es nicht mehr möglich sei, die Truppe ganz genauso zusammenzubringen. Wieder schwiegen wir für eine kurze Weile. Beide waren wir in unseren Welten, in den Winkeln, in die uns unsere Gefühle getragen hatten. Plötzlich beendete sie unser Schweigen mit einer etwas zittrig scheinenden Stimme.

»Niso wird wahrscheinlich nun auch kommen...«

Warum war sie so aufgeregt?... Wollte dieses Zittern von einer anderen Begegnung, Erinnerung erzählen?...

Als wäre in der Stimme der Person mir gegenüber eine Enttäuschung, ja sogar eine Verärgerung zu spüren. Ich fühlte mich gedrängt, einen weiteren Schritt zu tun.

»Er wird schon kommen... Wenn wir ihn erreichen, kommt er ganz bestimmt, da habe ich keinen Zweifel... Ich wollte dich in dem Fall sowieso um deine Hilfe bitten... Du hast doch dort immer noch einen Bekanntenkreis, eine Reihe Verbindungen. Nur... Nur, du bist auf einmal irgendwie komisch...«

Sie lächelte. Dieses Lächeln vermittelte ein ähnliches Gefühl wie ihre Stimme. Ein wenig enttäuscht, ein wenig verärgert. Ihre Frage, obwohl sie ganz schlicht war, machte die Situation noch deutlicher spürbar.

»Ja, meinst du?...«

Was für eine Antwort sollte ich darauf geben?... Ich war verwirrt und wußte wieder mal nicht, was ich sagen sollte. Worauf bezog sich ihre Frage und auf wen?... Darauf, daß ich gesagt hatte, ich hoffe, sie könne mir helfen, oder darauf, daß ich ihren Gesichtsausdruck irgendwie seltsam gefunden hatte?... In solchen Situationen habe ich meine Gesprächspartner nie zum Reden gezwungen. Jeder erzählte sowieso, was er erzählen konnte und wollte, und die Erzählung entwikkelte sich unabhängig davon, was ich wollte, aus den Möglichkeiten, die sich aus den mitgeteilten Tatsachen ergaben oder aus den Fragen, die aus dem Nichtgesagten hervorgingen. Ich konnte nicht weiter vordringen und habe das nie getan. Meine Antwort war ein Ausdruck genau dieser Haltung.

»Ich weiß nicht... Ich denke halt so... Hast du eine andere Idee?...«

Sie lächelte wieder. Es war mir, als hörte ich aus ihrer Stimme nun Entschlossenheit und eine versteckt beabsichtigte Herausforderung. Freilich war das mein Eindruck. Dieser konnte auf Tatsachen oder einem Irrtum beruhen... Noch wußte ich nicht, daß ich mit einer Erzählung konfrontiert werden würde, die neue Probleme in mein Leben bringen sollte. Doch ich konnte spüren, daß das, was ich zu sehen und zu hören bekommen sollte, mich erschüttern, mich zu neuen Möglichkeiten forttragen würde.

»Als ich Niso das letzte Mal sah, hatte er, soviel ich mitbekam, eine ziemlich problematische Beziehung zu einem Mädchen aus Tunesien. Sie sprachen davon, eine Dokumentation vorzubereiten, in der es um die Nachkommen der aus muslimischen Ländern ausgewanderten Familien ging... Das ist lange her... Wir trafen uns in der Wohnung eines gemeinsamen Freundes. Er erzählte von vielen schlechten Zeiten, doch jetzt ginge es ihm gut, wie er sagte. Er lebte in Haifa... Ich werde ihn für dich finden, keine Angst, ich finde ihn bestimmt...«

Jetzt war die Reihe an mir, etwas besorgt zu lächeln. Ich wollte noch einmal glauben, daß ich im Laufe der Zeit schon sehen würde, was ich sehen mußte. Erneut begnügte ich mich mit einer Phrase, die vieles bedeuten konnte. Denn langsam wurde ich nervös, weil nun Şebnem an die Reihe kam, die einzige Person, von der wir noch nicht gesprochen hatten...

»Wie du meinst...«

Sie nickte erneut lächelnd... Sie wirkte nun wieder weiblicher. Irgendwie versöhnter mit dem, was sie vor kurzem gehört hatte... Ich hatte keine Ahnung... Was sie zeigte, konnte auch ebenso Teil eines Spiels sein. Doch kam Şebnem irgendwie nicht, wie ich mir vorgestellt hatte, an die Reihe. Selim trat ein, als wir uns gerade etwas entspannt hatten. Damit ich wußte, um wen es sich bei dem Eintretenden handelte, mußte Şeli natürlich in Aktion treten. Doch eine Stimme, ich weiß nicht, woher und warum, sagte mir sofort, daß er es war, der mir gegenüberstand. Deshalb war das gegenseitige Bekanntmachen für mich nicht besonders aufregend.

Er wirkte, als könne er mit seiner sympathischen, selbstbewußten Art viele Menschen sofort beeindrucken. Er war mit Sonnenbrille eingetreten, hatte diese aber abgenommen, als wir uns gegenseitig vorstellten. Augenblicklich dachte ich, dieses Ehepaar besitze wohl eine riesige Sammlung an Sonnenbrillen. Doch wie verschieden war seine Sonnenbrille von der Necmis... Seine leicht angegrauten, am Scheitel etwas dünnen Haare waren lang und im Nacken zusammengebunden, sein Bart war noch etwas grauer und sorgfältig in Form gebracht, die Haut war gebräunt, er trug Jeans und ein weißes, kurzärmeliges Leinenhemd mit offenem Kragen, dunkelblaue Sportschuhe. Sein unübersehbar dicker Bauch und auch seine muskulöse Statur paßten sehr gut zu dem überaus männlichen Typ, der, wie ich mir vorstellte, beim Trinken laut lachte. Dieser Eindruck verstärkte sich noch, als er mir fest die Hand drückte. In dem Moment dachte ich, er könne deshalb ein guter Pokerspieler sein. Letztendlich hatte auch ich, wie jeder, meine vorgefaßte Meinung und meine fertigen Muster im Kopf, um die Menschen sofort in Schubladen einzuordnen. Sicher konnte ich mich auch irren. Doch bestätigte das, was er sagte, kaum daß wir uns kennengelernt hatten, diese richtige oder falsche Lebenserfahrung.

»Willkommen in Izmir... Entschuldige, daß ich erst jetzt komme. Aber ich habe mir gedacht, ihr wolltet ein wenig allein sein, nachdem ihr euch so lange nicht gesehen habt...«

Menschen, die gleich bei der ersten Begegnung so vertraut, zwanglos zu reden anfangen, sind mir, im Gegensatz zu dem, was sie demonstrieren wollen, immer total steif vorgekommen. Ich glaubte, daß dieser Typ Mensch hinter seiner Lässigkeit bewußt oder unbewußt seine Unsicherheit versteckte. In dem Moment erinnerte ich mich an diese Tatsache. Doch es kam mir unnötig und sinnlos vor, mir sofort diesen Gedanken anmerken zu lassen. Im Gegenteil, ich bemühte mich soweit wie möglich, mich der Stimmung anzupassen.

»Danke... Das hat auch gutgetan... Wir haben lange geredet, haben unsere Erinnerungen aufgefrischt... Doch wir sind noch immer nicht fertig... Wenn du magst, dann kannst du noch ein bißchen durch die Gegend bummeln...«

Er lachte. Auch ich grinste und schaute zu Şeli. Sie lächelte ebenfalls. Sicherlich war sie zufrieden, daß deutlich geworden war, was für ein umgänglicher Mensch ihr Mann war, und daß ich mich ebenfalls locker verhielt. Wie es schien, machte sich hier niemand Gedanken darüber, wie wenig herzlich diese Gespräche eigentlich waren. Die Gefühle konnten wieder einmal verdeckt bleiben. Außerdem gab es keinen Grund, allzusehr in die Einzelheiten zu gehen. Man lebte das Leben so, wie es gelebt werden konnte. Ich wünschte mir in dem Moment bloß, mich in den kommenden Abendstunden nicht allzusehr zu langweilen. Ich würde mir die Zeit mit diesen Mitspielern meines Wochenendes wieder mal auf meine Art vertreiben. Nach der Begrüßungszeremonie im Stehen setzten wir uns wieder und versuchten, einigermaßen zwanglos mit Themen, die mögliche Beunruhigungen vermieden, sowohl das Gespräch zu verdichten als auch einander manche

Einblicke in unser Leben zu geben. Für solche Situationen hatten wir sowieso viele einfache Spielfiguren, die wir jederzeit leicht hervorziehen konnten. Auch er sei wie wir Absolvent eines französischen Gymnasiums; Izmir sei eine schöne Stadt, in der man leichter als in Istanbul leben könne; man dürfe die glanzvollen Tage der Fußballclubs Göztepe und Altay nicht vergessen; vom guten Essen etwas zu verstehen bedeute, das Leben besser zu verstehen; im Sommer müsse ich unbedingt nach Çeşme kommen, ich müsse mit ihnen eine Woche auf ihrem Boot verbringen, ich müsse unbedingt Çela und unseren Wein mitbringen ... Nach einer Weile begann ich mich trotz all meines guten Willens zu langweilen. Ich redete, antwortete auf das Gesagte, aber gleichzeitig fragte ich mich, wie ich mich aus dieser unbehaglichen Lage befreien konnte. Die Rettung kam von Şeli, die wohl irgendwie merkte, wie ich mich fühlte, und während sie noch einmal ihren Mann mit dem Ausdruck einer glücklichen Frau anschaute, versuchte sie auf die mir nun schon sehr gewohnte Art, dem Gespräch eine Wendung zu geben. Der gewählte Zeitpunkt war absolut passend.

»Schatz, was sagst du dazu, wenn wir Isi heute abend nach Karataş ausführen? ... Wir könnten ihm auch *Asansör** und die Dario-Moreno-Gasse* zeigen ...«

Nun war Selims Auftritt an der Reihe. Auch er sprach, so wie es die Rolle verlangte, indem er seine Frau anschaute.

»Ich hatte gedacht, wir fahren nach Foça. Doch *Asansör* ist auch eine gute Idee. Zwar ist das Restaurant nicht besonders, aber der Ausblick ist schön ...«

Ich spielte meinen Part als Zuschauer. Er schaute mich an und versuchte mit dem gleichen Entgegenkommen, mich an der Planung zu beteiligen.

»Kennst du den Aufzug im renovierten Zustand? ...«

Ich sagte, ich wüßte, daß es eine Renovierung gegeben habe, doch ich hätte keine Gelegenheit gehabt, mir das anzuschauen. Mir gefiel die Idee. Weil es sowieso vor allem um das Gespräch ging, war das Essen in dem Restaurant nicht so wichtig. Nichts hinderte uns am Aufbruch. Wir erhoben uns, schlossen den Laden, stiegen in Selims Auto ein und machten uns auf den Weg. Dabei kam das Gespräch selbstverständlich auf Autos. Er fuhr einen Honda CVR. Selim sagte, wie sehr er Jeeps liebte. Dann wurde erklärt, was alles an unserem Weg lag, und bezüglich der Orte, an denen wir vorbeikamen, wurden kurze Erläuterungen abgegeben. Ich hörte zu und bemühte mich, ab und an kleine Reaktionen der Begeisterung zu zeigen, weil ich glaubte, sie erwarteten das. So brachten wir auch diesen Weg hinter uns. Nachdem wir das Auto geparkt hatten, gingen wir ein wenig in der Dario-Moreno-Gasse spazieren. Wir sprachen über dessen Lieder, die uns in unserer Kindheit tief beeindruckt hatten und erinnerten uns gegenseitig an die Titel... *Das Meer und der Mondschein*; *Adieu Lissabon*; *Jeden Abend Wodka, Raki und Wein*; *Ihr Kleid wirkt rot*. Ich war ein wenig erleichtert. Wir alle drei waren ein wenig erleichtert... War das der Zauber Dario Morenos?... Vielleicht gefiel es uns, der Spur eines Gefühls zu folgen, das aus der Kindheit stammte, und zu sehen, daß wir diese Spurensuche miteinander teilen konnten. Das Ergebnis war gut. Als hätten wir uns alle drei diese Entspannung sehr gewünscht. Dazwischen sprachen wir von dem historischen Asansör und seinem Erbauer, Nesim Levi.* Schließlich gingen wir ins Restaurant. Die Kellner kannten die beiden und insbesondere Selim gut. Es hätte mich gewundert, wenn sie sie nicht gekannt hätten. War mein Gegenüber nicht ein Mensch, der das Nachtleben kannte, der durch seinen Beruf über solche Orte Bescheid wußte?... Alles, was ich sah, paßte zu dem Bild in meinem Kopf, und die Show ging, kurz gesagt, weiter...

Beim Essen bevorzugte ich Fleisch. Sie schlossen sich mir an. Es wurde Wein getrunken, dann kamen süßer Nachtisch und Kaffee; alles lief so ab, wie es bei einer solchen Zeremonie üblich war. Wenn man es von dieser Seite aus sah, war alles wohlbekannt. Mehr als wohlbekannt ... Doch in Wirklichkeit verlief das Essen gar nicht so sinnlos und gezwungen, wie ich anfangs befürchtet hatte. Denn es gab eine Person, über die wir sprachen, sprechen mußten. Eine Person, über die ich mit Şeli den ganzen Tag nicht hatte sprechen können: Şebnem ... Şebnem, die ich nach all den Jahren in tiefer Finsternis gefunden hatte ... Şebnem, die Frau in meinem Leben, die mich wohl am tiefsten beeindruckt hatte ... Daß ich sie nach allem, was ich erlebt und wofür ich mich entschieden hatte, weiterhin als solche ansah, appellierte an wer weiß welche Tiefen. Doch wenigstens konnte ich mir diese Wahrheit nun leichter eingestehen, nach dem, was ich auf dem Weg dieser Erzählung gesehen hatte. Als ich mich an jenem Abend darauf vorbereitete, von Şebnem zu sprechen, durchfuhr mich dieses Gefühl ebenfalls, doch ich entschied mich, auf keinen Fall darüber zu sprechen. Ich eröffnete das Gespräch in dieser Hoffnung, und gestärkt durch den Eindruck, den das zu Erzählende machen würde, fragte ich Şeli, warum sie sich nicht nach Şebnem erkundigt habe. Die Antwort, die ich bekam, war völlig unerwartet. Es war eine Antwort, die plötzlich die Grundlagen erschütterte, von denen ich ausgegangen war ... Sie habe gewußt, daß ich irgendwie schon davon reden würde. Auch wenn ich mich sicherlich damit quälen würde ... Sie habe bemerkt, was ich damals gefühlt habe, so sagte sie nun hier, Jahre danach. Eine Antwort, die mir schlagartig deutlich machte, wir konnten an jenem Tisch alles, was wir erlebt hatten, in aller Offenheit besprechen ... Ich war betroffen. Ich fühlte mich zwar ein wenig nackt, ein wenig schutzlos, doch ich war sehr betroffen. Als ich dann anfing, von Şebnem zu erzählen, ihre mir bekannte Geschichte und wie ich sie zuletzt gesehen hatte, war die Reihe an Şeli, betroffen zu werden. Sie war mehr als betroffen, sie war erschüttert, sehr traurig. Einmal konnte sie nicht an sich halten und weinte sogar... Und sie sagte ganz aufrichtig, sie weine nicht nur um Şebnem, sondern um uns, um das, was wir zurückgelassen hätten, daß wir uns alle so weit voneinander entfernt, einander auf diesem langen Weg verloren hätten, und sie weine auch über die Wunden, die wir empfangen hätten...

An jenem Abend an jenem Tisch, als wir über jene Geschichte sprachen, sah ich auch ein, wie verkehrt die ersten negativen Urteile waren, die ich unter dem Einfluß jener fertigen Muster in meinem Kopf über Selim gefällt hatte. Ich erlebte nun einen feinfühligen Menschen, der Anteilnahme zeigte. Ja, Şeli hatte ihr Leben mit dem richtigen Mann verbunden, nach allem, was ihr passiert war. Diese Wahrheit zu sehen reichte, mich in jenem leidvollen Umfeld ein wenig glücklich zu machen. Auch er wollte Şebnem helfen. Darüber würden wir zu gegebener Zeit gemeinsam entscheiden. Besser gesagt, Şeli würde das entscheiden. Ich konnte nicht wissen, was sie erleben würde. Aber alle würden wohl irgendwie zurückkehren. Man mußte sehen, was die Zeit uns bringen würde.

Dann erhoben wir uns und kehrten auf demselben Weg nach Alsancak zurück. Sie luden mich zu sich nach Hause ein, und ich kam mit. Es gehörte sich nicht, sie zu brüskieren. Wir wollten den Abend mit einem kleinen Drink und weiteren Gesprächen beenden. So würde ich auch sehen, wie sie wohnten. Ich wußte, das, was ich zu sehen bekam, hatte ebenfalls einen Platz in dieser Erzählung.

Die Wohnung war ziemlich groß, doch nur spärlich eingerichtet. Solche Wohnungen machen mir immer den Eindruck der Leere, Unbelebtheit. Ich zog immer vollgestellte Wohnungen vor, mochten sie nun groß oder klein sein, da ich überzeugt war, in den Details verbargen sich die Lebenseinstellung der Bewohner und Hinweise auf ihre Geschichte...

Die Wohnung sagte mir deswegen nicht zu. Das war freilich unwichtig. Schließlich waren das meine Gedanken. Vielleicht gab es unter denen, die mich zu Hause besuchten, auch welche, die sich von meinen Möbeln bedrängt fühlten. Wahrscheinlich bemerkte Şeli, daß ich ein wenig befremdet war. Was sie sagte, klang, als fühlte sie sich zu einer Erklärung gedrängt.

»Manchmal entschließt sich der Mensch, sein Leben zu vereinfachen. Wir fühlen uns so viel wohler...«

Ich nickte leicht und lächelte, ohne einen Kommentar abzugeben. Mein Schweigen konnte in verschiedene Richtungen zielen, vielerlei bedeuten. Ich erörterte das nicht. Das war kein Thema, über das ich sprechen wollte. Selbst wenn ich fühlte, daß Şeli in diesem Punkt von mir eine Bestätigung erwartete... Selim lockerte die Stimmung auf. Was wollten wir trinken? Ob ich Cognac wolle oder Whisky?... Natürlich konnte ich auch etwas anderes haben... Ich schwankte nicht lange. Für mich war nach dem Essen immer noch Cognac konkurrenzlos. Auch die angebotene Zigarre wies ich nicht zurück. So weit, so gut. Ich brauche mich an diesen Teil der Nacht nicht ausführlicher zu erinnern. Ich muß mich nur daran erinnern, daß wir über das ›Spiel‹ sprachen, das wir erneut auf die Bühne bringen wollten. Şeli ließ sich ziemlich mitreißen. Sie dachte sogar schon darüber nach, was wir mit dem Geld aus dem Verkauf der Eintrittskarten machen wollten und daß sie aus Izmir Zuschauer bringen könnte. Dann sprangen wir zu anderen Themen. Wir sprachen von Cognac, von Zigarren, von Izmir und seinen Frauen, seiner Geschichte und seinen Speisen. Selim war genau wie Şeli ihn beschrieben hatte. Er hatte offenbar zu jedem Thema etwas zu sagen. Ich verstand nicht, warum ein Mensch soviel Wissen anhäufte, darauf soviel Wert legte. Als ich mit derartig viel Wissen bombardiert wurde, fühlte ich mich plötzlich sehr müde. Ich war fast zwei Stunden dort gewesen, zudem war es schon ziemlich spät. Ich stand auf und sagte, ich wolle nun in mein Zimmer gehen und mich ausruhen. Ihr Angebot, mich ins Hotel zu bringen, nahm ich nicht an. Ich konnte den Weg finden, ich wußte, es war nicht sehr weit. Ich wollte ein wenig allein sein. Sie drängten mich nicht weiter. Sie sagten, sie würden mich am Morgen, besser gesagt gegen elf Uhr mittags abholen; ich sagte, mir wäre es lieber, wir würden uns bei der Anlegestelle *Pasaport* am Hafen treffen. Ich wollte dort frühstücken, denn ich hatte die Nase voll von den gewöhnlichen, genormten Hotelfrühstücken. Sie sagten, sie würden kommen, wann ich wollte, und würden auch *boyoz*, die bekannte Izmirer Gebäckspezialität, und gekochte Eier mitbringen. Wenn ich denn schon auf Izmirer Art frühstücken wollte ... Sie versäumten nicht, mir den Weg zum Hotel zu beschreiben. Es war aber nicht schwierig. Ich konnte mich wohl kaum verlaufen. Ich hatte es in vielen fremden Städten immer sehr reizvoll gefunden, mich manchmal zu verlaufen, meinen Weg nicht zu finden und deswegen auf anderen Wegen zu gehen, neue Wege zu entdecken. Unter leidenschaftlichen Fotografen wie mir gibt es wahrscheinlich viele, die dieses Gefühl erleben wollen und es auch tun. Ich habe in Lissabon dieses Erlebnis ausgekostet und auch in Amsterdam. Doch Izmir war für mich keine fremde Stadt. Nun erst recht nicht mehr, nach allem, was ich erlebt und gesehen hatte ...

Ich marschierte in sicherem Vertrauen zum Hotel. Dort ging ich auf mein Zimmer, zog mich aus und legte mich sofort ins Bett. Ich war müde, konnte jedoch nicht einschlafen. An einem einzigen Tag hatten sich derart viele Gefühle und Erzählungen zusammengedrängt ... Auf Fernsehen hatte ich keine Lust, so löschte ich das Licht und versuchte, die Gespräche in meinem Geist Revue passieren zu lassen. Es gelang mir nicht. Ich weiß nicht, wieso, aber plötzlich fiel mir Berfin ein. Ihr Lachen, ihre braune Haut und ihr Gewürzgeruch ... Ich stellte mir ihren nackten Körper vor. Ihre Brüste mit aufgerichteten Nippeln, ihre runden Hüften, die Härchen zwischen ihren Beinen ... Ich wünschte mir, mit ihr heftig Liebe zu machen. Das war ein sehr erregender Zustand. Ich stellte mir vor, wie sie die Tür meines Zimmers öffnete und sagte, sie habe gefühlt, daß ich sie erwartete. Dann legte sie sich splitternackt neben mich, küßte wollüstig meine Lippen, ließ ihre Zunge über meinen Hals, meine Brust, meinen Bauch wandern, schließlich legte sie sich auf mich und verlangte, daß ich in sie eindrang. Ihre schnellen Atemzüge und ihr Stöhnen waren zum Verrücktwerden ... Nachdem ich so weit gegangen war, tat ich in meiner Einsamkeit das einzige, was ich zu meiner Erleichterung tun konnte. Dieses Gefühl hatte ich schon seit Jahren nicht mehr erlebt ... In dem Moment wünschte ich mir sehr, sie würde fühlen, daß ich mit ihr Liebe gemacht hatte. Ich wußte natürlich nicht, was sie tat, wo sie war, mit wem. Ich hatte nur meine Träume, doch auch träumen war schön ... Dann schlief ich ein ...

Als ich am Morgen aufwachte, war es fast halb zehn. Ich stand auf, duschte mich und zog mich an. Ich nahm meinen Fotoapparat mit und ging hinaus, ohne am Frühstückssalon vorbeizugehen. Das Wetter war wunderschön. Es sah so aus, als erwartete uns wieder ein heißer Tag. Ich ging ganz langsam. Die Stadt erwachte erst. Wie anders als mein erster Sonntag in dieser Stadt war doch dieser Sonntag ... Als ich zu dem Café am *Pasaport* kam, setzte ich mich an einen der freien Tische. Das Café war noch nicht voll. Ich bestellte einen starken Tee. Mein Tisch war nahe am Meer. Ein Dampfer kam von Karşıyaka herüber, dem Stadtteil auf der anderen Seite der Bucht. Mit welchen Gefühlen kam man zu dieser Zeit von dort? ... Wer weiß ... Es strömten so viele andere Leben an so vielen anderen Orten ... Ich machte ein paar Bilder. Einstmals hatte ich sehr gerne Dampfer und Anlegestellen fotografiert ... Ich schaute auf die Bilder, die ich gemacht hatte, und dachte noch einmal darüber nach, wie sich doch alles so stark verändert hatte ... Was hatte ich nicht schon fotografiert? ... Was würde ich noch alles fotografieren? ... Wieviel Platz und Zeit blieben noch? ...

Während ich in diese Gedanken versunken war, kamen Şeli und Selim. Natürlich hatten sie die versprochenen Dinge mitgebracht. Unser Frühstück war für einen Izmirer vielleicht normal, doch ich war ein Istanbuler, und was ich erlebte, genügte, mich an eine frühere Begeisterung zu erinnern. Sie fragten, wie ich die Nacht verbracht habe. Diese Frage gehörte zu den Fragen, die man so stellt. Ich konnte nur antworten, daß ich gut geschlafen und mich erholt habe. Auch jenen Tag würde ich verbringen, indem ich meine Geheimnisse, meine kleinen ›Sünden‹, in mir verschloß. Indem ich noch einmal die neuen Alltäglichkeiten spielte ... Doch Şeli brachte mir an jenem Morgen eine kleine, neue Aufregung, indem sie sagte, sie habe die Internetadresse von Niso gefunden. Sie hatte nur einen Freund in Tel Aviv anzurufen brauchen. Ich hörte wieder dieses Zittern in ihrer Stimme. Obwohl sie es dieses Mal sehr gut verbarg ... Das hieß, für diesmal war nur soviel zu erfahren, mehr konnte sie nicht verlauten lassen. Ich bohrte nicht nach. Ich wollte diese Heimlichkeit lieber als Bestandteil eines Geheimnisses sehen, das sie mir später erzählen würde. Zudem machte mich diese Entscheidung noch gespannter. Ich war dabei, das letzte Glied der Kette zu erreichen. Sobald ich zurück in Istanbul war, würde ich den erforderlichen Schritt tun. Ich hatte die Erzählung in Gang gesetzt und würde sie fortführen, so weit es ging.

Dann versuchte ich, mich wie ein Tourist in Izmir dem Programm anzupassen, das Selim und Şeli geplant hatten. Wir fuhren nach Çeşme. Sie schienen als meine Reiseführer entschlossen, mir auch diese Seite ihres Lebens zu zeigen. Ich hatte nichts dagegen. Der Ort, an den wir fuhren, war schön. Aber das Restaurant in Dalyanköy, wo wir wieder zum Fischessen einkehrten, nachdem wir ein wenig herumgefahren waren, war noch schöner. Auf unserem Tisch stand außer Seetangsalat und in Butter gebratenen Garnelen auch der für mich legendäre Izmirer Rukola. Der Mastixpudding, den wir zum Nachtisch aßen, war ebenfalls typisch für die Region. Bei diesem Essen sprach am meisten ich. Ich erzählte, was ich zu erzählen hatte. Über meine Gefühle in bezug auf Izmir, meine Erinnerung an die erste Reise, meinen Sinn für Fotografie, mein Interesse fürs Kino, von meinen Musik- und Filmsammlungen, wie ich nicht Gitarrespielen gelernt hatte und wie sehr ich mir jenes ›Theaterstück‹ wünschte ... Alte Erinnerungen kehrten ebenfalls in unsere Unterhaltung zurück. Zwischendrin sprachen wir sogar von Yorgos, indem wir, vielleicht weil wir nicht anders konnten, die Sache ins Lächerliche zogen. Ich sagte, er sei nun Theaterschriftsteller und Regisseur. Und wie Necmi ihn gesehen und mir geholfen hatte, ihn zu finden ... Ich erzählte auch von Monsieur Tahar. Als wäre er der Held eines von mir sehr geliebten Films. In diesem Gespräch wurde mir Selim noch lieber. Durch seine Reden, sein Verhalten, seine Bemerkungen und Scherze zeigte er deutlich, wie sehr er Şeli liebte. Was ich hörte und erzählen konnte, brachte uns einander immer näher. Es waren für mich die bedeutsamsten, berührendsten und glückbringendsten Stunden meiner Reise nach Izmir ... Doch wie immer ging auch diese Zeit zu Ende. Als ich sagte, daß ich abreisen müsse, brachten sie mich zum Flughafen.

Ich trug in mir nun viele Bilder, die mich lächelnd, mit schmerzlicher Freude auf meine Erlebnisse zurückblicken ließen. Ich versuchte, einige dieser Bilder mit Çela zu teilen. Was ich nicht teilen konnte, blieb wieder allein bei mir. Ich wußte inzwischen, das waren die Regeln des Spiels, meines Spiels. Das Gefühl des Teilens und Nicht-Teilens zu erleben ... Ich war nur für ein Wochenende weggefahren, aber mir erschien es, als wäre ich viele Tage fortgeblieben. So viele Erzählungen waren in so kurzer Zeit zusammengekommen ...

Vorbereitungen für Nisos Auftritt

Am nächsten Tag rief ich Necmi an, sobald ich im Geschäft war. Er bereitete sich gerade auf eine lange Tour nach Anatolien vor. Ich sagte: »Ich habe was zu erzählen, komm!«, und er kam. Wir aßen bei unserem *köfteci* zu Mittag. Ich erzählte ihm von Şeli und meinen Erlebnissen in Izmir. Manchmal lachten wir, manchmal wurden wir traurig. Stellenweise nahmen wir uns das Recht, aufgrund unserer alten Freundschaft leicht ›boshafte‹ Kommentare abzugeben ... Schließlich konnten Männer ebenfalls Spaß an Klatsch haben, auch wenn das Gegenteil behauptet wird. Ich war froh, einen weiteren Menschen wiedergefunden zu haben, den ich auf den Wegen der Vergangenheit verloren hatte. Trotzdem sah, fühlte ich, daß noch etwas Weiteres, das ich nicht näher bezeichnen wollte, in uns zerbrochen war. Noch wichtiger aber war, daß das Kind in uns nicht völlig vernichtet war und daß wir uns jenes Gefühl bewahrt, nachdrücklich bewahrt hatten, das uns über das Erlebte immer noch spotten ließ. Vielleicht konnten wir wegen unserer Erlebnisse das Leben verspotten ...

Dann gingen wir in den Laden. Ein bißchen sprachen wir auch über Necmis Angelegenheiten. Er hatte von seiner Arbeit die Nase voll, aber wenn er überleben wollte, blieb ihm nichts anderes übrig. Natürlich hatte er etwas Geld gespart. Die Jahre hatten ihn unter anderem gelehrt, seinen Verstand so zu gebrauchen, wie es dieses Leben erwartete und erforderte. Nur, wieviel Verstand brauchte man wohl schon, um dieses wenige Spargeld auf die Seite zu legen! Wenn er weiter feste arbeitete, konnte er sich vielleicht nach einiger Zeit in den Hintergrund der Bühne zurückziehen, um das Spiel von dort besser zu beobachten. Eigentlich aber hatte sein Schicksal ihn vor vielen Jahren in weite Ferne geschleudert. Er war am Leben geblieben, und es war ihm dank seiner Menschen gelungen, auf eigenen Füßen einen Weg zu gehen, auf seine Art. Er lebte, aber eigentlich war er nie richtig aus der Ferne zurückgekehrt. Wie hätte er zurückkehren können? ... Er hatte dort so viele Tode und unverheilte Wunden zurückgelassen, deren Schorf jederzeit aufplatzen konnte ... Deshalb wollte er etwas Neues anfangen, um seinem Leben mehr Sinn zu geben. Er wußte noch nicht, was das sein würde, konnte es weder beschreiben noch erklären, aber er hoffte immer noch darauf ... Diesen Schritt erwartete er von sich. Er erwartete ihn um seiner inneren Ferne willen, um dieser Ferne mehr Sinn zu geben. Um seine Stimme und seine Verbannung andere hören zu lassen ... Mit ein paar früheren Weggenossen hatte er im Internet Verbindung aufgenommen. Sie diskutierten, werteten, versuchten neue Fragen zu stellen, Fragen, an deren Richtigkeit und Realitätsnähe sie noch stärker glauben wollten ... Um die Erstarrung zu durchbrechen ... Er hatte zudem nun auch andere Erfahrungen ... Dieser Schritt war positiv. Er war positiv, doch mir schien, es war nicht der für ihn entscheidende Schritt ... Ich war von dem, was ich hörte, sehr ergriffen. Auch bei mir gab es ein Echo dieser Erwartung, der Hoffnung und der durch verborgene Stimmen vertieften Stille. Waren wir wohl alle hinter dieser ›letzten Sache‹ her? ... Hatte ich etwa umsonst davon geträumt, dieses ›Spiel‹ für unsere Leben zu gewinnen? ... Er sah, daß ich gerührt war, und um mich zu beruhigen, wedelte er lächelnd mit der Hand, als wollte er ›laß doch‹ sagen. Wir gaben uns gegenseitig zu verstehen, daß wir uns immer mehr verstehen würden ... Es war dermaßen anregend, ihn aufs neue zu gewinnen, trotz allem, was ich hatte erleben müssen. Wir hatten uns unerwartet wiedergefunden. Ich wußte, daß ich diese Begegnung auskosten würde. Ich wußte auch, daß wir nicht an diesem Punkt verharren würden. Alles, was das Schicksal uns gegeben und genommen hatte, ließ uns miteinander andere Aspekte des Lebens entdecken und durch diese Entdeckung auch gewisse Seiten in uns sehen. Doch ich wußte nicht, daß das Gespräch an jenem Tag eines von den historischen Gesprächen unseres Lebens war. Die Auswirkung des Abwartens würde zu gegebener Zeit zu spüren sein. Um uns beide tief zu erschüttern... Das bedeutete, wir beide waren sozusagen in einer langen Vorbereitungsphase, ohne es zu merken...

Nach diesem Gespräch trennten wir uns. Er sagte, er würde mindestens zwanzig Tage von Istanbul weg sein. Sobald er zurück sei, würde er anrufen. Ich sagte ihm, ich würde seine Abwesenheit ausnutzen und in aller Ruhe ganz allein Şebnem besuchen gehen. Wir würden endlich das tun, was wir tun konnten... Wir lachten. Wir waren gerührt. Beide hielten wir eine Frau in uns lebendig, von der wir uns innerlich irgendwie nicht hatten trennen können. Wir liebten wahrscheinlich auch den damit verbundenen Schmerz, den wir nicht aufgeben wollten. Zu diesem Schmerz gehörten eine Geschichte, ein Egoismus und ein innerer Kampf. Ein innerer Kampf, der uns zwang, uns noch mehr zu suchen und zu erforschen. Ein Kampf, der durch die Gefühle, die er auslöste, uns noch mehr uns selber spüren ließ... Ein Kampf, der uns die Kraft gab, einen Menschen zu unterstützen, und uns das Gefühl erleben ließ zu helfen. Besser gesagt, ich empfand das, was wir erlebten, in dem Moment so... Denn seinen inneren Kampf konnte ich natürlich nicht völlig klar sehen...

Als ich aber meine erste ›Mail‹ an Niso schrieb, von der ich nicht wußte, auf welche Weise und wann er sie lesen würde, fühlte ich mich voll neuer Hoffnung unter dem Eindruck dessen, woran mich Necmi erneut erinnert und was er mich hatte fühlen lassen. Ich brauchte aufs neue meine Erzählung, und ich mußte auch zeigen, daß mein Leben nicht umsonst gewesen war. Sonst hätte ich nicht genug an den Weg glauben können, auf den ich mich gemacht hatte. Während ich mir jene Zeilen noch einmal zurückrufe, kann ich auch besser verstehen und sehen, wo ich stand.

Grüß dich, Niso!
Deine Mailadresse habe ich von Şeli bekommen. Du fragst vielleicht, warum ich Dir jetzt nach Jahren so plötzlich schreibe. Ich könnte sagen, ich hatte Sehnsucht und wollte wissen, was Du so gemacht hast und gerade machst. Das ist tatsächlich wahr. Natürlich möchte ich sehr gerne wissen, was Du erlebt hast. Doch ich will gleich sagen, daß ich einen anderen Grund habe, Dir zu schreiben. Ich bereite etwas vor, wofür ich auch Dich finden müßte. Ich werde Dir natürlich ausführlich davon erzählen, was ich beabsichtige. Doch vorher sollst Du kurz erfahren, was sich hier bei mir getan hat. Als Türöffner sozusagen, damit auch Du erzählst, wie es Dir dort ergangen ist ... Nachdem Du ebenfalls hier weggegangen warst, habe ich mich sehr einsam gefühlt. Ihr wart alle irgendwohin gegangen. Auch ich habe es nicht ausgehalten und bin gegangen. Ich habe mich eine kurze Weile in London rumgetrieben, mich im wahrsten Sinne des Wortes rumgetrieben, mehr habe ich nicht geschafft. Ich habe so getan, als wollte ich dort studieren und mir ein neues Leben aufbauen ... Na gut, egal, das ist vorbei, es lohnt sich nicht, lange davon zu erzählen. Als ich zurück war, hatte ich die Lust verloren weiterzustudieren. Eine Zeitlang wollte ich ein kleines Restaurant aufmachen. Doch die Realitäten des Lebens erwarteten mich. Der langen Rede kurzer Sinn, alle Träume wurden auf Eis gelegt, und ich tat das einzige, was ich damals tun konnte oder tun zu können glaubte, ich übernahm das Geschäft meines Vaters. Alle waren zufrieden. Als ich auch noch eine Ehe einging, gegen die man nichts einwenden konnte, glaubten die Leute, wie Du Dir vorstellen kannst, daß der Alptraum gänzlich vor-

bei sei. Der aufrührerische, junge Mann war zurück auf dem rechten Weg. Doch niemand interessierte sich für den Albtraum, der in mir weiterlief. Hauptsache, jenes Spiel der Tradition wurde fortgeführt ... Man muß nicht einmal darüber reden, wie diese Traditionen unsere Individualität vernichten und manche Menschen still, langsam, brutal vom eigentlichen Leben entfremdet und sogar abgeschnitten haben ... Tradition war Tradition ...

Über dieses Problem haben wir seinerzeit viel gesprochen, wie Du Dich vielleicht erinnerst. Deshalb muß ich das Thema hier nicht ausbreiten. Doch ich will nicht undankbar sein, ich habe eine gute Ehe geführt. Wenn ich daran denke, was ich mit der Frau erlebt habe, die seit vierundzwanzig Jahren mein Leben teilt, kann ich sagen, es war ziemlich gut – vielleicht hätte es besser sein können, denn etwas Besseres gibt es immer, solange man es nicht erlebt hat – doch ich kann sagen, es war soweit wirklich gut. Ich weiß nicht, wie wichtig Dir das inzwischen ist, aber da wir schon davon sprechen, sage ich Dir, daß meine Frau Çela heißt. Zeigt nicht allein dieser Name schon, warum ich glaubte, gegenüber dieser Ehe keinen Einspruch erheben zu können? ... Außerdem, Du wirst es nicht glauben, haben wir aufgrund von ›prop‹ geheiratet! Weißt Du noch, wie wir uns über den Ausdruck amüsiert haben, mit einem Mädchen ›prop‹ zu machen? ... Mann und Frau durch Vermittlung einer dritten Person miteinander bekannt zu machen ... Weißt Du noch, wie Du uns zum Lachen gebracht hast durch Deine Imitationen und improvisierten Sketche? Wie wir darauf immer gesagt haben, heiratet man denn so, Mensch, wenn es die Liebe gibt, solche bourgeoisen Ehen sind nichts für uns. Wie können wir das vergessen? ... Einmal – erinnerst Du Dich an den Abend –, als es gerade wieder um dieses Thema ging und Du uns alle durch Deine Clownerien so weit gebracht hattest, daß wir uns fast in die Hosen gemacht hatten vor Lachen, ist Şeli plötzlich ernst geworden und hat uns geradezu wie im Unterricht erklärt, daß das Wort die Abkürzung des französischen Wortes ›*proposition*‹, also Vorschlag, sei und daß wir uns manchen Vorschlägen gegenüber nicht verschließen dürften; daß außerdem Ehen, die auf diese Weise geschlossen würden, zufriedener verliefen als viele Liebesheiraten. Daraufhin bist Du aufgestanden und hast gesagt: ›Behalt deine Weisheiten für dich, du sephardische Bäuerin!‹, und sie hat Dir auf diesen Ausfall hin ihr Glas mit Fruchtcocktail ins Gesicht geschüttet und geschrien: ›Der Bauer ist dein Vater, du Rabbinersohn! Kommunistischer Bastard!‹ Du hast mit vom Cocktail besudeltem Gesicht und Kleidung weiter dagesessen. Zuerst waren wir perplex, dann haben wir angefangen zu lachen. Wir drei waren, um sie nicht allein zu lassen, zuerst im Kino *Site* in einem Film gewesen, an den ich mich jetzt nicht mehr erinnere, dann hatten wir uns ins Café *Bonjour* gesetzt. Das war, als sie mit Yorgos wieder einmal gestritten hatte und sich bei ihr zu Haus mit jedem Tag die Stimmung verschlechterte ... Wir mußten von dort natürlich sofort aufbrechen. Auf dem Weg hast Du zu Şeli gesagt, Du habest ihr Verhalten als sehr erregend empfunden. Sie aber hat Dich erneut beschimpft. Dann haben wir Dich nach Hause begleitet. Als Dein Vater, der uns an der Türe entgegenkam, bei Deinem Anblick sagte: »*Mira lonso!* Schau mal den Bären an! Du bist wohl wieder besoffen!«, lachten wir erneut los. Und zu Şeli meinte er ganz väterlich, indem er auf uns zeigte: »Aber Kindchen, warum ziehst du mit solchen Viechskerlen rum?« Was hätte er wohl gesagt, wenn er gewußt hätte, was Şeli vorher über ihn geäußert hatte? ... Meiner Ansicht nach hätte er gelacht, auch er hätte sehr gelacht. Er war ein außergewöhnlicher Mensch, hoffentlich lebt er noch. Meine Eltern sind gestorben, alle beide sind tot ... Ach, was waren das doch für Zeiten! ... Schau, wohin ich im Reden abgeschweift bin. Also kurz gesagt habe ich mich zu gegebener Zeit für einen solchen ›Vorschlag‹ offen gefühlt, mein Freund. Meine Mutter, die sich wegen meines Vagabundenlebens große Sorgen gemacht und oft geäußert hatte, ich würde, wenn es so weiterginge, noch zum ›Goi‹ werden, ließ die Gelegenheit nicht verstreichen, als sie mich in diesem Zustand der Kapitulation erwischte, und suchte die Hilfe von Madame Eliza, von der sie glaubte, sie habe bei solchen Eheanbahnungen großes Geschick bewiesen und gute Arbeit geleistet. Madame Eliza genoß damals gerade ihre dritte Ehe, wobei sie mit dem ›Gewinn‹ aus ihren beiden ersten Ehen fast wie eine lustige Witwe lebte, und binnen kurzem tat sie aufgrund ihrer Kenntnisse das Erforderliche, so gut, wie es ihrem Ruf entsprach. Sie erhielt selbstverständlich ihre Anerkennung, indem sie beim Hochzeitsessen, das wir im Sheraton Hotel gaben, an einem der besten Tische plaziert wurde ... Çela hatte ich auf die Dachterrasse desselben Hotels geführt, um sie ›kennenzulernen‹. Manchmal erinnere ich mich, wenn ich daran vorbeikomme. Das Hotel gibt es immer noch, nur unter anderem Namen. Jene Tage kann ich sowieso nie vergessen. Ich habe mich damals wie gegen meinen Willen an einen unbekannten Ort verschleppt gefühlt. Erst mit der Zeit habe ich mich daran gewöhnt und mich davon befreit, meine Erlebnisse befremdet, ja wie ein Außenstehender wahrzunehmen.

Ich habe das Geschäft meines Vaters so stark ausgeweitet, wie ich es anfangs nicht für möglich gehalten hätte. Wenn man mir in meiner Studentenzeit gesagt hätte, ich würde im Handel solche Erfolge haben, hätte ich wahrscheinlich bloß gelacht. Doch es hat geklappt. So sind die Jahre vergangen. Den Laden gibt es auch noch, doch inzwischen ganz anders als in dem altmodischen Zustand, den Du kennst. Ich verkaufe auch keine Drogeriewaren mehr. Ich bin in den Handel mit Leichtölen eingestiegen. Wir verkaufen Grundstoffe an große Fabriken. Das Geschäft hat sich längst eingespielt. Im Vertrauen darauf drücke ich mich auch manchmal. Ich bin nicht mehr so fleißig und diszipliniert wie anfangs. Inzwischen habe ich sowieso einen anderen Traum. Dieser Traum ist für mich sehr, sehr wichtig. Denn ich weiß nicht, wie lange ich noch leben werde ... Na gut, davon reden wir ein andermal ... Ein andermal reden wir auch über meine Kinder, wie ich das Vatersein erlebt habe, über meine Fotografiererei, über mein Musik- und Filmarchiv. Aus diesen Worten kannst Du auch entnehmen, was ich sonst noch so gemacht habe. Du wirst sehen, für die Details nehmen wir uns richtig Zeit. Du fragst vielleicht: Und wie? ...

Ich will Dir nun den Grund erklären, von dem ich zu Beginn meiner Mail gesprochen habe ... Halt Dich fest! Ich versuche, die ›Schauspieltruppe‹ wieder zusammenzubringen! ... Um das Stück nach Jahren neu auf die Bühne zu stellen! ... Was sagst Du dazu? ... Du wirst es nicht glauben, aber ich habe alle Register gezogen und die Spur von allen gefunden. Von Şebnem, Necmi, Yorgos, Şeli ... Ich habe mit allen gesprochen. Nur Du bist noch übrig. Doch auch Dich habe ich endlich erreichen können. Ich hoffe, ich habe Dich tatsächlich erreicht. Wenn Du wüßtest, was alles passiert ist, welche Kämpfe ausgestanden, welche Schwierigkeiten überwunden wurden. Die Lebensgeschichten von allen sind als Filmstoff geeignet, exakt als Filmstoff, glaub mir. Ich bin mir sicher, das gilt auch für Deine Geschichte. Im Grunde gibt es schwerwiegende Hindernisse. Manche kannst Du Dir vorstellen, manche ahnst Du nicht mal. Wenn Du kommst, wirst Du alles sehen ... Doch ich habe Hoffnung, mit jedem Tag hoffe ich mehr. Auch Du mußt Deinen Platz in diesem Abenteuer unbedingt einnehmen. Unbedingt, verstehst Du? ... Paßt es Dir, für eine kurze Zeit Deines Lebens hierherzukommen? ... Wir müssen einige Proben abhalten und den Text überarbeiten. Und außerdem kommen wir wieder zusammen, nicht schlecht, was? ... Wir waren eine gute Truppe, das habe ich nie vergessen. Solche Gemeinsamkeiten erlebt nicht jeder.

Eine Bühne kann ich organisieren, dazu habe ich eine Idee. Um die Zuschauer brauchst Du Dir keine Sorgen zu machen. Çela hat durch ihre Vereinsarbeit viele enge Verbindungen. Auch Şeli sagt, sie würde etwas arrangieren. Sie ist jetzt in Izmir. Du wirst nicht glauben, was für eine attraktive Frau sie geworden ist. Ich weiß teilweise, was sie, was ihr dort in Israel erlebt habt. Wir haben zusammengesessen und lange geredet. Dabei habe ich mich auch ein bißchen über Dich informiert, doch eigentlich möchte ich diese Geschichte von Dir selbst hören.

Frag nicht, warum ich mir das so sehr wünsche. Ich weiß, daß Du sowieso nicht danach fragst, wenn Dich unsere Zusammenkunft begeistert. Ich kenne Dich. Du kannst Dich nicht derart verändert haben. Wenn es Dich interessiert und Du hierherkommst, werde ich es Dir auf jeden Fall sagen. Wenn es Dich interessiert, wirst Du auch erfahren, was Deinen Freunden passiert ist. Das war's. Ich habe viel mehr geschrieben, als ich wollte. Doch wenn der Mensch sich dem Fluß seiner Gefühle überläßt oder vielleicht wenn er anfängt, langsam alt zu werden, wird er redselig...

Jetzt bleibt mir nur noch, ungeduldig auf Deine Antwort zu warten.

Mit allen guten Wünschen...
Isi

So war meine erste ›Mail‹, also fast wie ein herkömmlicher Brief geschrieben. Ich hatte gelernt, die Technik zu nutzen, doch es fiel mir nicht leicht, mich von den traditionellen Formen des Schreibens zu lösen. Nun gut, ich wollte mich ja auch gar nicht bemühen, mich davon zu lösen... Von den Menschen unserer Generation war nicht zu erwarten, daß wir wie die Kinder der heutigen Zeit schnell schrieben, uns in verkürzten Sätzen und Wörtern ausdrückten. Die Antwort, die ich von Niso bekam, war geeignet, diesen Gedanken zu bestätigen. Ich wartete nicht lange. Vielmehr mußte ich weit weniger warten, als ich geglaubt hatte. Die Antwort erschien etwa zwei Stunden später auf meinem Bildschirm. Ich las das Geschriebene mit großer Aufregung, und beim Lesen erkannte ich mit jeder neuen Zeile, daß ich einen weiteren echten Freund in einer anderen Zeit und einem anderen Land gelassen hatte. An seinem Stil wurde sofort deutlich, daß er die alte Begeisterung, seine Widerspenstigkeit und seinen Witz nicht verloren hatte ...

Isi,
Dein Schreiben hat mich derart aufgeregt, daß ich mir sagte, ich muß einfach sofort antworten. Gerade als ich mich schon so fürchterlich gelangweilt hatte, daß ich mir eine neue Arbeit suchen wollte, kam mir Deine Mail zu Hilfe. Was für ein Zufall aber auch! Du wirst es nicht glauben, aber ich habe mich dieser Tage darauf vorbereitet, nach Istanbul zu kommen. Überdies nach so langer Zeit ... Seit ich hierhergekommen bin, habe ich irgendwie nie in meine Geburtsstadt fahren können, obwohl ich das sehr gewünscht hätte. Ich sehne mich dermaßen nach Istanbul. In den ersten Jahren habe ich sogar davon geträumt. Ich habe mich in Kavaklar Steinbutt essen und Raki trinken gesehen, habe in Caddebostan ein Boot genommen, bin an der freien Stelle vor der Disco 33 im Meer geschwommen, bin durch Elmadağ gebummelt. Natürlich wart ihr auch dabei. Manchmal war ich auch allein. Ich war verwirrt von dem, was ich erlebt hatte, und habe mich gefragt, wie ich eigentlich nach Israel gekommen bin. Dann habe ich mich daran gewöhnt. Die Straßen von Istanbul verwischten sich, andere Straßen traten in mein Leben. Das wichtigste ist, ich habe mich hier sogar ans Rakitrinken gewöhnt. Ich habe mir immer gesagt, noch ein bißchen, es muß noch ein bißchen Zeit vergehen, ich muß überzeugt sein, daß ich mir wirklich ein neues Leben geschaffen habe, dann kehre ich eines

Tages zurück. So wie unsere Arbeiter in Deutschland, die immer sagen, ich will mit einem Mercedes zurückkehren, damit sie meinen Erfolg sehen ... Der Unterschied ist, daß ich mit einem Leben zurückkehren wollte. So ist die Zeit halt vergangen. Ich habe mich mit denen begnügt, die aus Istanbul hierhergekommen sind. Auch die Parabolantenne, die ich mir auf meinem Haus habe installieren lassen, hat mir sehr geholfen. Ich weiß also, was in meiner Heimat los ist. Freilich, dort zu sein ist etwas anderes. Doch wie Du siehst, habe ich, obwohl ich hier lebe, nicht alle Verbindungen gekappt. Ich habe erkannt, was es bedeutet, Nomade zu sein. Ich habe neue Menschen kennengelernt und habe mit Leuten, die wie ich aus verschiedenen Ländern mit anderen Erinnerungen gekommen sind, manchmal sehr schöne Zusammenkünfte erlebt. Doch eine Seite von mir ist immer bei euch geblieben. Wenn Du erfährst, was ich alles gemacht habe, wirst Du mir recht geben.

Nun dazu, warum ich nach all der Zeit nach Istanbul zurückkehre, warum ich mich entschlossen habe, zumindest für eine Weile zurückzukehren ... Meine Mutter ist sehr krank, Isi. Weißt Du, was Alzheimer ist? ... Es ist eine schlimme, ganz schlimme Krankheit. Ohne daß man es merkt, blamiert man sich mit jedem Tag ein wenig mehr. Für die Mitmenschen ist die Lage jedoch noch schlimmer. Denn sie sehen es ja. Wer das nicht erlebt hat, kann es sich nicht vorstellen. Früher haben meine Eltern mich oft besucht. Bei ihrem letzten Besuch hier vor einem Jahr wurde die Diagnose gestellt. Wir haben sehr gute Spezialisten dafür. Doch auch sie konnten den Verlauf nicht aufhalten, konnten nichts dagegen tun. Die Krankheit ist rasch fortgeschritten. Mein Vater ist inzwischen ebenfalls sehr alt. Für sein Alter ist sein Gesundheitszustand nicht schlecht, doch er hat viel Kraft verloren. Sie haben nur sich selbst und sonst niemanden. Nun leben sie seit fast sechzig Jahren zusammen. Beide zusammen sind über hundertfünfzig Jahre alt. Zwar wohnen sie in unserem Altenheim und befinden sich insoweit in Sicherheit. Sie werden gut versorgt. Doch Du weißt, ich bin ihr einziges Kind. Nun ja, wir haben damals viele Auseinandersetzungen gehabt, uns gestritten, doch ich habe nun auch ein gewisses Alter erreicht. Wie lange können wir uns noch davon überzeugen, daß wir im Inneren, im Herzen, jung geblieben sind ... Tatsache ist, daß man sich an einem Punkt auf dem Weg für immer trennen muß. Deswegen will ich eine Zeitlang bei ihnen bleiben. Man weiß nie, wann das Ende kommt. Mein Vater hat mir einen Platz besorgt, wo ich wohnen kann. Ein Zimmer hinter der *havra* auf der Insel. Er hofft wohl noch immer, ich könnte den richtigen Weg finden! ... Nun gut ... Spaß beiseite! Das hat die Sache erleichtert. Ich habe sowieso gelernt, überall zu übernachten, mich anzupassen. Gut, daß er jahrelang in der Gemeinde gearbeitet hat. Deswegen war es auch leicht, das Zimmer zu finden, in dem sie jetzt wohnen ...

Ich sage ja, ich werde für eine Weile kommen, anderthalb oder höchstens zwei Monate kann ich bleiben. Aus den vergangenen Jahren habe ich noch aufgesparten Urlaub. Auf diesen langen Urlaub habe ich sehr gewartet. Ich hatte eigentlich andere Pläne, Träume. So eine lange Reise durch Südamerika. Wie Genosse Ernesto! ... Das muß ich jetzt auf ein andermal verschieben. Aber ich werde das machen ... Unter den Umständen muß dieser Traum für eine Weile aufgeschoben werden. Nicht so schlimm. So etwas kann jedem passieren. Vielleicht kann ich den alten Leutchen in letzter Minute eine kleine Freude machen. Vielleicht erleichtert das mein Gewissen, vielleicht finde ich etwas mehr zum Frieden mit mir selbst. Denn ich habe immer gedacht, indem ich hierher übergesiedelt bin, habe ich ihnen einen Teil von mir für immer weggerissen ... Vielleicht sind diese Gründe aber nur Vorwände für meine Rückkehr nach Istanbul. Ich werde doch wohl nicht Heimweh haben? ... Wer weiß, vielleicht sind anläßlich dieser Krankheit ein paar meiner Ängste erneut ausgebrochen ... Sag, was Du willst, auf jeden Fall komme ich nun ...

Du sagst, Du möchtest wissen, was ich hier mache. Ich habe im Grunde vieles erreicht, habe ein gutes Leben. Auch wenn ich nicht so reich geworden bin wie Du! ... Doch glaub mir, ich beklage mich nicht. Zumal das Leben immer ein bißchen anders ausschaut, je nachdem wie man es nimmt und lebt ... Ich habe mir zum Beispiel jeden Unsinn geleistet, wenn ich es wollte, und tue das auch weiterhin.

Außerdem habe ich den Beruf als Elektroingenieur ausüben können, und zwar indem ich jahrelang in einer staatlichen Firma gearbeitet habe. Am Anfang ist es mir sehr schwer gefallen. Was ich erlebt habe, war manchmal eine richtige Komödie. Natürlich erscheint es mir jetzt in der Erinnerung so. Mit der Zeit haben sich die Probleme gelöst, oder vielleicht habe ich mich an die Probleme gewöhnt, ich habe gelernt, auch mit den Problemen zu leben. Ich habe sowieso nie allzu großen Ehrgeiz in diesem Beruf verspürt. Wenn ich je einen Ehrgeiz verspürt habe, dann bei anderen Dingen, aber da bin ich mir auch nicht so sicher. Wenn diese nicht gewesen wären, würde ich heute vielleicht sagen, Mann, Isi, unser Leben war sinnlos.

Es stimmt freilich, daß das Lebensumfeld mir all das ermöglicht hat. Die beste Seite am Beamtendasein war, daß ich pünktlich Feierabend hatte und machen konnte, was ich wollte. Bald gehe ich in Pension. Dann habe ich mehr Zeit, mich meinen Nebentätigkeiten zu widmen, die mein Direktor und die meisten meiner Arbeitskollegen für unwichtig halten. Du bist wohl gespannt, was das für Nebentätigkeiten sind, nicht wahr? ... Ich will mich im Moment auf eine knappe Information beschränken. Ich weiß nicht, was die anderen von unserer ›Truppe‹ gemacht haben, aber ich habe mich unter anderem ernsthaft mit Theater beschäftigt. Ich mache das noch immer. Und zwar auf hebräisch!... Wenn Du die Stükke kennen würdest... Ich habe sogar in Stücken von Shakespeare und Beckett gespielt. Wie Du siehst, habe ich mit dem Theater nicht gebrochen. Es gibt noch etwas. Also, wir bereiten jetzt ein Stück vor, darin habe ich eine Rolle, über die Du sehr erstaunt, aber auch gerührt sein wirst, und Du wirst sagen, wie seltsam doch das Leben ist... Um das miteinander zu besprechen, nehmen wir uns Zeit, wir beide ganz allein. Du kannst ruhig ein wenig gespannt sein und Dich fragen, was der Verrückte wohl wieder macht... Außerdem ist Dein Vorschlag klasse!... Ich bin dabei, Bruderherz!... Wir werden eine super Arbeit leisten. Insbesondere, wenn wir die Sache machen können, solange ich da bin, wird meine Rückkehr sehr gewichtig und imponierend sein, beim Himmel!... Kannst Du Dir das vorstellen?... Ich kehre nach Jahren in die Heimat zurück, um in dem Stück meiner Jugend wieder eine Rolle zu übernehmen... Oho!...

Außerdem habe ich schrecklich Sehnsucht nach allen. Ich bin so gespannt, wer wie wohin gegangen ist, was alle erlebt haben... Schau, wir machen es jetzt so... Voraussichtlich komme ich in zehn bis vierzehn Tagen an. Wie gesagt, eine Unterkunft habe ich. Gib mir Deine Telefonnummern, ich rufe Dich dann an. Wir treffen uns, wo es uns paßt. Natürlich nur, wenn ich den Weg finden kann. Wer weiß, was sich dort alles verändert hat. Wenn ich daran denke, bin ich einerseits aufgeregt, andererseits fürchte ich mich ein bißchen. Hoffentlich komme ich mir nicht in meiner Heimatstadt wie ein Tourist vor... Na, mal sehn. Alles Gute
Niso.

Diese ausführliche Antwort, die viel schneller als erwartet eingetroffen war, führte mich in Gedanken wieder irgendwohin. Das Erzählte zeigte, wie ein Leben in einem anderen Klima mit anderen Kämpfen vergangen war. Sicherlich gab es auch

Dinge, die er nicht hatte erzählen wollen oder können. Ja, darüber würden wir reden, wenn wir uns getroffen hatten. In seiner Erzählung lagen auch ein solches Versprechen und eine Erwartung. Solch eine Suche nach Offenheit ... Damit man sich besser verstehen und mitteilen konnte ...

Eine weitere Brücke war geschlagen worden. Besser gesagt waren in gewisser Weise alle Brücken geschlagen worden. Was für ein großer Abstand lag dazwischen ... Vielleicht hätte ich in den dazwischenliegenden Jahren die Möglichkeit ergreifen können, Niso zu begegnen. Doch ich hatte nicht die Kraft gehabt, mich darum zu bemühen. Wie hätte ich mich denn bemühen können ... Ich war nicht mal in der Lage gewesen, mich selbst zu sehen. Neli hatte damals einen Virus erwischt und unfassbar schnell abzunehmen begonnen. Ich weiß nicht, ob eine Behandlung hier möglich gewesen wäre. Doch Çela meinte, wir müßten unbedingt nach Israel fahren. Da auch der hier behandelnde Arzt sie unterstützte, konnte ich natürlich nichts dagegen einwenden. Wir hatten auch gar keine Zeit für solche Auseinandersetzungen. Sonst verloren wir unser Kind. Was waren das für schlimme Tage! Wir blieben fast zwei Monate dort. Bei der Rückkehr waren wir ganz andere Menschen, voller Freude, so als wären wir einem Krieg entronnen und könnten einander von neuem umarmen. Damals verstand ich das Leben besser. Später traten keine weiteren Komplikationen auf. So hatten wir also auch das erleben müssen. Um die Liebe noch stärker zu spüren ... Damals war ich Niso räumlich ganz nahe gewesen. In gleicher Weise galt das auch für Şeli. Ich wußte, daß sie damals ebenfalls dort lebte. Doch irgendwie fühlte ich mich Niso gegenüber schuldiger, weil ich ihn nicht kontaktierte, denn ich dachte daran, wieviel ich einst mit ihm geteilt hatte. Ich fand nicht die Kraft anzurufen. Manchmal konnte sich der Mensch nicht einmal dazu aufraffen, die liebsten, nächsten Menschen zu sehen. Wir waren getrennt, irgendwie getrennt.

Ohne Zeit zu verlieren, antwortete ich sofort. Ich bedankte mich bei Niso, daß er sich getraut hatte, mir einen Aspekt seines Lebens mitzuteilen, wenn auch im Internet, ich gab ihm meine Telefonnummer und sagte, ich erwarte ungeduldig seine Ankunft in Istanbul. In seiner unmittelbar folgenden Antwort schrieb er, er versuche, sich an seine Repliken in dem Stück zu erinnern ... Er war dermaßen begeistert. Schreiben war wie sprechen. Er sagte, was ihm einfiel ... Jedenfalls galt das für jene Tage. Für jenen Abschnitt unseres Lebens ...

In den darauffolgenden Tagen schrieben wir uns nicht. Wir beide waren wohl der Meinung, daß wir das Weitere bis zu unserer Begegnung aufsparen wollten. Ich fand es deshalb unnötig, mich zu bemühen.

Für eine Weile kümmerte ich mich um meine Arbeit, versuchte, mich dem Ablauf des alltäglichen Lebens zu überlassen, und schaute, ein wenig von Nisos Worten in seiner letzten Mail beeinflußt, das Stück aufs neue durch. Ich las sowohl seine Repliken, an die er sich zu erinnern versucht hatte, und noch aufmerksamer las ich meinen eigenen Part ... Ich machte mir auch ein paar weitere Notizen ...

Dazwischen rief ich Şeli an. Ich sagte ihr, daß die Adresse, die sie mir gegeben hatte, mir geholfen hatte, Niso zu finden, und las ihr vor, was wir geschrieben hatten. Ich wollte, daß sie wußte, was passiert war. Sie hörte geduldig zu, ohne mich zu unterbrechen oder Kommentare abzugeben. Mir schien, als lausche sie wieder mit leichtem Lächeln. Der Ton ihres Kommentars, den sie anschließend abgab, verstärkte meinen Eindruck, doch mir war, als wolle sie mich auf einen weiteren Punkt aufmerksam machen.

»Er hat nur wenig von dem erzählt, was er eigentlich hätte erzählen müssen ...«

In dieser Stimme lag ein ähnliches Zittern wie bei unserem Gespräch an jenem Abend. Ein Zittern, das durch das Verheimlichen einer Tatsache verursacht wurde, durch den vergeblichen Versuch, davon zu erzählen... Es gab so viele Möglichkeiten... Erwartete sie etwa, daß ich fragte, was sie sagen wollte?... Vielleicht erwartete sie das. Doch wenn es wirklich etwas zu erzählen gab, etwas, das man erzählen mußte, wollte ich das im dunkeln Gebliebene nicht von ihr erfahren, sondern von dem eigentlichen Helden der Erzählung, von Niso. Meine Antwort sollte diese meine Meinung ausdrücken.

»Zweifellos ist es so... Wenn er kommt, werden wir sowieso ausführlich miteinander reden. Dann werden wir es endlich erfahren...«

Meine Worte führten zu einer kleinen Schweigepause. Dann reagierte sie, wie es zu ihr paßte, wodurch meine Neugierde aber noch stärker wurde.

»Wie du willst...«

Dieser kurze Satz konnte vielerlei bedeuten. Ich zog die Sache nicht in die Länge. Vielmehr versuchte ich ein anderes Thema anzuschneiden. Das einfachste war, mich für das Wochenende zu bedanken, das sie mir bereitet hatte. Natürlich wollte ich mich auch bei Selim bedanken. Ich war ja ein wohlerzogener Mensch. Ich hätte ein unvergeßliches Wochenende verlebt. Diese meine Worte entsprangen nicht gewöhnlicher, alltäglicher Höflichkeit. Ich schwankte, ob ich es sagen sollte oder nicht. Zur Unvergeßlichkeit des Wochenendes hatte auch die Glut von Berfin beigetragen. Zu ihr zog mich eine Wollust hin, die ich seit Jahren nicht gefühlt hatte. Eine Wollust, die größer wurde durch einen Verlust, von dem ich spürte, daß er aus einer ganz großen Tiefe in mir kam, den ich längst hinter mir gelassen zu haben gemeint hatte und dem ich nicht erneut begegnen wollte. Mir schien, als würde ich mich nun jedesmal, wenn ich mich an Izmir erinnerte, auch an diese Glut erinnern. Insgeheim freute ich mich durchaus, daß mein Erlebnis eine weitere Erregung in mein Leben gebracht hatte. Deswegen war es nicht so erstaunlich, wenn ich mit dieser Glut eine Möglichkeit nährte, wohin auch immer mich das führen würde. So sagte ich, ich wolle, da wir gerade über das Wochenende sprächen, nicht versäumen, ihr meine Grüße an Berfin aufzutragen. Ich konnte meinem Gefühl nur so, auf diese verborgene Weise, ganz heimlich Ausdruck verleihen. Sie sagte mit sehr femininer Stimme, sie werde diese Grüße ganz bestimmt ausrichten. Mir wurde bei dieser Antwort ein wenig mulmig. Hatte ich mich unnötig verraten, war ich auf ein Spiel hereingefallen, stand ich ungewollt entblößt im Mittelpunkt?... Ich versuchte, mich zu fassen. Das fiel mir nicht allzu schwer. Der Ausweg war, ich mußte zeigen, daß ich alle Erlebnisse lückenlos in meinem Gedächtnis gespeichert hatte. Dieses Mal erwiderte sie nichts. Vielleicht glaubte sie meinen Worten nicht. Um die Dinge nicht weiter zu verwirren, zog ich es vor zu schweigen. Ich beendete das Gespräch, indem ich es bei dieser kleinen Unbestimmtheit beließ. Dann faßte ich einen Entschluß. Ich würde dieses Thema nie, nicht einmal im Scherz, wieder anschneiden. Mit Necmi konnte ich vielleicht besprechen, was mir zu besprechen möglich war. Schließlich hatte ich mit ihm einen anderen Aspekt des Lebens geteilt, zu dem niemand so leicht Zutritt hatte. Eine einzige Seite war noch immer im dunkeln geblieben. Was Şeli gesagt hatte, als die Rede auf Niso kam... Ihre erste Reaktion im Laden, ihr Gesichtsausdruck, als sie mir seine Adresse gegeben hatte, und diese Stimme, die sich in meinen Geist eingenistet hatte... Etwas sagte mir, ich hatte nicht umsonst diese Verknüpfung hergestellt. Doch ich konnte nichts tun, als erneut darauf zu vertrauen, was die Zeit brachte. Wenn es etwas zu sehen gab, würde sich das Sehenswerte zu gegebener Zeit selbst enthüllen...

Das kleine Mädchen auf dem Gemälde

Die Erzählung floß dahin. Wir flossen in der Erzählung dahin ... Ich hatte eine weitere Spur eines meiner Menschen gefunden. Natürlich würde ich gehen, wohin die Spuren mich führten. Wobei ich mich ständig daran erinnerte, daß jeder meiner Schritte auf diesem Weg einen weiteren Schritt zu mir selbst bedeuten konnte ... Doch es gab noch eine andere Spur, der ich folgen mußte, selbst wenn ich noch nicht wußte, wer wem wen zeigen würde ... Auf diesem Weg wartete Şebnem, die Şebnem in mir als Verkörperung dieser Spur. Diese Möglichkeit reichte völlig aus, daß ich einige Erschütterungen in Kauf nahm. So erlebte ich einen der wichtigsten Tage meiner Erzählung. Natürlich wußte ich nicht, daß mich ein solcher Tag erwartete, als ich mich aufmachte zu der Frau, deren Existenz ich all die Jahre in meinem Innersten gefühlt hatte. Auf dem Weg ins Krankenhaus sagte ich mir nur, daß ich meine Hoffnung nicht verlieren dürfe. Der Arzt hatte ja gesagt, man dürfe die Wahrscheinlichkeit einer Rückkehr nicht gänzlich ausschließen ... Die Verbindungen waren ja nicht völlig abgerissen ... Ich hatte es zwar noch nicht gehört, doch nach dem, was gesagt wurde, waren ein paar Sätze aus ihrem Mund geflossen, unbestimmt, zerrissen, ohne Sinn und Zusammenhang, vielleicht weil sie von jenseits einer Grenze, aus einer inneren Welt, kamen. Ein bißchen auf türkisch, ein bißchen auf französisch ... Diese Regungen waren zweifellos einzelne Zeichen. Das wichtigste aber war, daß sie Bilder malte. Auch ich mußte mich an das halten, was sie mit diesen zaghaften Schritten ausdrücken wollte. Ich hatte keine andere

Wahl. Zwischendurch hielt ich an und kaufte einer alten Zigeunerin am Straßenrand einen Strauß Feldblumen ab. Wobei ich nicht feilschte. Wieder ihr zuliebe ... Denn sie wäre sehr böse geworden, wenn ich um Feldblumen gefeilscht hätte. Dann erinnerte ich mich plötzlich an ein Detail, das ich vergessen zu haben glaubte. Meine stärkste Waffe war in meiner Jackentasche. Jener Ohrring ... Würde ich ihr den Ohrring dieses Mal geben, würde ich endlich sagen können, daß ich gekommen sei, ihr den Ohrring zu geben? ... Diese Frage konnte ich in dem Moment nicht beantworten ...

Ich trat in jenen Garten mit der Kraft, die mir dieses Gefühl und diese geheime Waffe gaben. Waffe ... Warum sagte ich denn Waffe? ... Wo ich doch Waffen ablehnte. Ich wollte mich wohl verteidigen gegen jemanden, den ich nicht kannte und nicht sah, gegen einen Verlust, einen Fluch, eine Niederlage oder sogar gegen mich selbst. Dieses Mal fand ich ihre Station noch leichter. Ich sprach mit der Oberschwester. Sie sagte, sie sei sehr erfreut, daß ich wieder gekommen sei. Sie lud mich zunächst zu einem Tee ein. Ich lehnte nicht ab. Ich mußte mich sowieso auf die erneute Begegnung vorbereiten. Während ich Tee trank, sprachen wir über das, was man in so einer Umgebung sprechen konnte. Es gab gute Nachrichten. Şebnem hatte in den Tagen seit meinem letzten Besuch zwei weitere Bilder gemalt. Sie arbeitete emsig. Wir konnten zu ihr in die Werkstatt gehen. Die Oberschwester sagte auch, ich hätte gut daran getan, Blumen mitzubringen. Was ich hörte, steigerte natürlich meine Aufregung. Ich konnte diese Aufregung nun nicht mehr unterdrücken, sosehr ich wollte und mich bemühte. Es war auch sinnlos, in solch einer Umgebung sich zu verstellen, wo in so vielfältiger Weise Dinge jenseits der Grenze ausgelebt wurden. Dann brachte mich die Oberschwester in die Werkstatt und ließ mich dort mit ihr allein. Ich versuchte, in einen weiteren Raum zu gelangen. Wieder ohne zu wissen, wieweit dieser Raum mich aufnehmen würde ... Es sah aus, als sei sie sehr intensiv mit ihrem Bild beschäftigt. Ich näherte mich, wobei ich möglichst wenig Geräusche machte. Ich nahm mir einen Hocker und setzte mich neben sie. Ich beobachtete, wie sie malte, und ihre Augen, ihre Hände. Ich versuchte jede Bewegung in ihrem Gesicht, ihrem Körper zu sehen und zu verstehen. Sie schien mich nicht bemerkt zu haben.

Die Blumen lagen auf meinem Schoß. In der Mitte ihres Bildes verlief ein steiniger Erdweg. Nur ein Weg ... Die Gegend drum herum war leer, verlassen, wahrscheinlich auch weit entfernt ... Das war es, was ich sehen konnte. So saßen wir eine Weile still, schweigend. Dann fragte ich sie, wohin der Weg führe. Sie reagierte nicht. War sie wieder an einem jener Punkte, von denen sie nicht leicht zurückkehren konnte? ... Sie schien mich nicht gehört zu haben. Und wenn sie mich doch gehört hatte, tat sie wohl so, als wenn nicht. Ich ging einen weiteren Schritt in der Hoffnung, eher Gehör zu finden. Indem ich riskierte, wieder in eine Leere oder ein Dunkel hineinzusprechen ... Meine Stimme zitterte. Genauso wie mein Inneres ... Kann man sein inneres Zittern, wenn man will, spürbar machen? ... Ich wollte gehört werden. Wollte glauben, daß ich in dem Moment gehört werden konnte ... Um mich noch mehr öffnen zu können ... Worte ... Wie sehr konnte man mit Worten die Hand eines Menschen halten? ... Ich versuchte es, versuchte es noch einmal ...

»Das ist ein sehr verlassener Weg ... Aber ohne Gefahr ... Vielleicht ist er gefahrlos, weil er so verlassen ist ...«

Dieses Mal schaute sie auf. Sie lächelte. Dieses Lächeln konnte ich in vielfältiger Weise deuten. Hatte sie wirklich reagiert, oder war es ein fernes Abbild? ... In der Hoffnung, sie könnte verstehen, streckte ich ihr die Blumen hin und fuhr im gleichen Tonfall fort.

»Erinnerst du dich? ... Du hast Feldblumen immer sehr

gemocht. Du hast gesagt, das sind echte Blumen. Lebendige Blumen...«

Sie lächelte weiter, legte den Pinsel weg und berührte die Blumen zart. Als wollte sie sie begreifen... Indem sie sie streichelte... Scheu... Mit der Zartheit eines Schmetterlings... Ob die Blumen wohl immer noch lebten?... Bewahrten wir uns diese Illusion?... Angesichts dessen, was ich sah, versuchte ich einen weiteren Schritt zu tun. Noch einen Schritt... Um zu gehen... In ihr, in mir, in unserer Geschichte, in dem, was wir erlebt hatten, in unserem Jetzt... Meine Stimme zitterte ziemlich, es war die Stimme eines Menschen, der jeden Moment zu weinen anfangen konnte. Ich konnte es nicht ändern. Es tat dermaßen weh, diese Ferne auszuhalten, zu ertragen gezwungen zu sein, wenn doch eine solche Nähe da war...

»Und was ist mit uns, meine liebe Şebnem?... Leben wir denn?... So kümmerlich, so zerstückelt und zerfetzt... So voneinander verbannt...«

Woher kam diese Mattigkeit?... Die Antwort war wieder irgendwo verlorengegangen, es schien, als wollte sie sich verstecken. In diesen Augenblicken hatte ich meine eigene Stimme nicht unter Kontrolle. Jene Augenblicke... Jene Augenblicke waren nämlich die Augenblicke, in denen sie mich mit jenem gefrorenen Lächeln anschaute. Jene Augenblicke... Was waren doch jene Augenblicke so lang... Ich wurde in eine neue Tiefe gezogen. Meine Augen füllten sich mit Tränen. Ich versuchte zu lächeln. Ich lächelte, soweit mir das möglich war. Doch ich fand keine Worte. Vielleicht erwartete ich jene Worte nun von ihr. Doch mir gegenüber war nur Schweigen. Ein Schweigen, das seine Stürme wieder einmal in sich behalten wollte... Dann wandte sie sich ihrem Bild zu. Mit dem Pinsel in der Hand schaute sie auf den Weg. Ich versuchte, sie zu begleiten. Indem ich mir erneut klarmachte, daß es zur Liebe gehört, in dieselbe Richtung zu schauen. Dann, in der Hoffnung, in die Finsternis, in die sie sich erneut zurückgezogen hatte, einzutreten oder mich dort vernehmbar zu machen, versuchte ich zu erzählen, was ich erfahren hatte, so wie es mir gerade in den Sinn kam, so als brächte ich Nachrichten vom Geschehen der letzten Tage. Von Şeli, von Izmir, von Yorgos und Niso ... Ich sagte, daß die ›Truppe‹ wohl wieder zusammenkommen könnte. Ich erinnere mich nicht, wie lange ich geredet habe, wahrscheinlich fast eine Stunde. Während dieser Zeit schaute sie mich nicht an. Ihre Augen ruhten auf dem Weg auf ihrem Bild. Der Pinsel lag inzwischen auf ihrem Schoß. Es war für mich nicht zu erkennen, was sie fühlte, wie sie das hörte, was ich ihr erzählte.

Plötzlich, während ich weitersprach, geriet sie in Bewegung und begann, rasch die Umgebung des Weges einzufärben, wobei sie mit einem Bild, das noch nicht zu sehen war, geradezu kämpfte, indem sie aufgeregt die Lippen zusammenkniff und ein leises, unbestimmtes Wimmern erzeugte. Es wirkte, als würde sie jederzeit laut losheulen oder einen Schrei ausstoßen. Sie bedeckte die freie Fläche mit einem lieblichen Wiesengrün. Ich mochte diese Farbe ebenfalls sehr gern. Bei diesem Anblick unterbrach ich meine Erzählung, denn ich fühlte mich verpflichtet, einen kurzen Kommentar abzugeben.

»Ein grenzenloses Grün ... Jetzt habe ich ein wenig Angst bekommen ...«

Ohne sich zu mir umzuwenden, schüttelte sie den Kopf, als wollte sie ausdrücken, daß sie nicht meiner Meinung sei. Sie regte sich auf, ihr Gesicht rötete sich. Sie schien jetzt dem Weinen, jenem Weinen, noch näher zu sein. Dann begann sie auf dieses große Bild, das so langsam Gestalt annahm, in das Grün unproportioniert große Margeriten zu malen. Ihre Augen schwammen in Tränen. Ich sah auch, daß sie lächelte, vielmehr innerlich lachte, zumindest fühlte ich das. Dieses Lächeln war zudem ganz anders als das, was ich vorher gesehen hatte. Ein lebendiges Lächeln, das etwas zu erzählen versuchte, auch wenn dies nicht gelang ... Vielleicht weil es aus einem tiefen Schmerz kam ... Weil es gespeist wurde aus einem Enthusiasmus, der an so einer Grenze schwer zu ertragen war ... Es fiel mir trotzdem schwer, wirklich glaubhafte, echte Worte zu finden. Doch gleichzeitig spürte ich, daß wir angefangen hatten zu kommunizieren, ja, daß auch sie versuchte, zu mir eine Brücke zu schlagen ... Mit dem Schmerz einer alten Blutung ... Auch wenn die Brücke aussah, als könnte sie jeden Augenblick einstürzen ... Sollte ich den Grund dafür, daß ich jene Worte nicht fand, darin suchen, was diese Schritte wiederaufleben ließen, woran sie erinnerten? ... Vielleicht war auch das Bild noch nicht fertig. Vielleicht würde ein Detail jene Worte hervorbringen. Ich versuchte, mich einem Fehlenden zu nähern, das ich nicht bezeichnen konnte, es so gut wie möglich zu fassen. Anders konnte ich die Grenze, an die wir gekommen waren, nicht verstehen, nicht wirklich erleben. Konnten ein paar zaghafte Worte ausdrücken, was ich von wem erwartete? ...

»Denkst du ... Denkst du, das Bild wartet auf jemanden, meine liebe Şebnem? ... Auf jemanden ... Oder ...«

Ich konnte nicht weiter. Ich kam bloß bis dahin. Sie blickte weiter auf das Bild. Dann drückte sie die Pinselspitze an der engsten Stelle des Weges, am fernsten Punkt auf. Sie blieb dort so. Ihre Hand zitterte leicht. Wo war sie? ... Wohin war sie gegangen? ... Was suchte sie? ... Konnte ich ihr an den Ort folgen? ... Ich wußte es nicht. Dennoch mußte ich tun, was ich konnte. Eine Stimme sagte mir, ich müsse noch einen weiteren Schritt tun. Ich versuchte, die Stimme so hörbar wie möglich zu machen. Ich wurde zu einer Frage aufgefordert.

»Wer ist dort, meine liebe Şebnem? ...«

Sie drückte den Pinsel fester auf, ihre Augen füllten sich mit Tränen. Ja, wir sprachen, wir sprachen nun mit unserem tiefsten Inneren. Wie hätte ich diesen kleinen Fortschritt, vielmehr die wenigen zaghaften Schritte, die sie getan hatte, übersehen können? ... Als ich herkam, hatte ich auf solche Schritte allenfalls hoffen können. Doch in dem Moment gab mir das Leben mehr, als ich erträumt hatte. Plötzlich ... Plötzlich sprach sie mit einer leicht weinerlichen Stimme, die Angst, Ausweglosigkeit ausdrücken wollte, fast wimmernd.

»Das kleine Mädchen ... Das kleine Mädchen ist verlorengegangen ...«

Dieses Wimmern war ein Schrei. Ja, ein Schrei. Ich konnte das, was sie sagte, nicht anders hören. Mich schauderte am ganzen Körper. Mir war, als steckte ich in einem Albtraum. Wie seltsam war außerdem das, was ich fühlte. Statt mich zu freuen über die Stimme der Frau, nach der ich mich so gesehnt, auf die ich so gewartet hatte, schien diese mir aus tiefster Finsternis, aus einer Höhle zu kommen. Ich hatte mir eingeredet, sie würde viel länger sprachlos bleiben, nicht sprechen ... Nun war ich hilflos, schutzlos, nackt, ganz nackt. Meine trügerische Überlegenheit, die daher rührte, daß ich einem verwundeten Menschen helfen wollte, war in die Binsen gegangen. Wir teilten einen viel gleicheren, viel ehrlicheren Augenblick. Was konnte ich tun? ... Dann schaute sie und wiederholte ihre Worte mit einem noch schmerzlicheren, ratloseren Ausdruck.

»Das kleine Mädchen ist verlorengegangen ...«

In dem Augenblick tat ich das einzige, was ich tun konnte, ich versuchte, wieder auf meine innere Stimme zu hören, und nahm sie in meine Arme, umarmte sie fest. Eigentlich ... Eigentlich wollte auch ich mich an ihr festhalten. Ich wußte nicht, ob ich die Şebnem umarmte, die ich in jener Finsternis gefunden hatte, die ich mit hilfreicher Hand erneut ins Leben zurückbringen wollte, oder die Şebnem, der ich meine Liebe nie hatte bekennen können, die ich deswegen nie aus meinem Leben verbannt und ganz tief in mir vergraben hatte,

was dazu geführt hatte, daß ich immer einen Mangel erlebt hatte. Oder umarmte ich sogar die Liebe als solche, die ich für immer verloren, nie gelebt zu haben glaubte? Ich wußte nur, daß ich sie aus ganzem Herzen umarmen wollte. Auch ich wollte aus dieser Umarmung Kraft schöpfen. Auch ich ...
Als wäre ich in dem Moment ein kraftloser und zerbrochener Mensch genau wie sie ... In diesem Moment verkörperte die Frau in meinen Armen alle meine Niederlagen, alles, was ich bereute, meine Einsamkeiten ... Und sie? ... Was fühlte sie in dem Moment? ... Wenn ich das doch gewußt hätte. Ich sah nur, daß sie ganz anders reagierte als ich. Sie wirkte reaktionslos. In meinen Armen hielt ich eine Frau, von der ich noch immer nicht wußte, wo, wie sie sich befand. Eine Frau, von der ich nicht sagen konnte, ob sie je ihre Sprache wiederfinden, ob sie leben wollte ... Diese Frau atmete nur heftig. Mir war unklar, ob das der Atem des Bemühens um Rückkehr war oder des Wunsches, sich erneut in sich selbst zu begraben. Wenn sie sich in einem Kampf befand, worum ging es dabei? ... Wenn sie Widerstand zeigte, gegen wen richtete der sich? ... Waren diese Fragen wichtig ... Oder war wieder ich es, der sich diese Möglichkeiten ausdachte? ...
Ich hielt es nicht aus. In aller Ratlosigkeit versuchte ich, meine Gefühle auszudrücken, wobei meine Stimme ungewollt weinerlich klang.

»Sprich, Şebnem, sprich! ... Ah, bitte, sag doch etwas! ...«
Ich hielt sie an den Schultern und schüttelte sie. In meiner Ratlosigkeit wußte ich einfach nicht, was ich machen sollte. Ich sah, daß ihre Lippen leicht zitterten bei meinen Worten, und merkte, daß ich nicht weiter gehen durfte. Ich schwieg. Die Stille dauerte nicht lange. Ein paar weitere Worte flossen aus ihrem Mund. Ein paar Worte, die vielleicht einen Protest, vielleicht auch Ratlosigkeit oder Angst ausdrücken wollten ... Ich hörte auch dieses Wimmern.

»Geh weg von hier! ... Geh sofort! ...«

Meine Hände lagen immer noch auf ihren Schultern. So blieb ich. Ich schaute, schaute bloß. In all meiner Schwäche... Sie schaute mich nicht an, vielmehr schien es so, als wollte sie nicht schauen. Ich mußte gehen, zumindest für heute mußte ich gehen. Ich sah die Grenze. Ich nahm meine Hände herunter und stand auf. Dieses Mal sprach ich, ohne sie anzuschauen.

»Ich liebe dieses kleine Mädchen, und zwar sehr... Denn jenes kleine Mädchen... Jenes kleine Mädchen bist nicht nur du, das bin zugleich auch ich...«

Hatte sie verstanden? ... Oder noch wichtiger, hatte sie mich gehört? ... Ich wußte, ich würde keine Antwort auf meine Worte bekommen. An jenem Tag konnte ich nichts weiter erwarten. Ich ging zur Tür. Ehe ich hinausging, sagte ich, daß ich die Blumen in ihr Zimmer bringen lassen würde.

Ich ging wieder ins Zimmer der Oberschwester. Drinnen traf ich auch auf Doktor Zafer. Wir tranken zusammen noch einen Tee. Ich erzählte, was geschehen war. Ich wollte weitermachen. Ich wollte mehr sehen... Und wenn ich verlor, wollte ich besser verlieren und besser verstehen, was ich verlor... Ich war bereit, alles dafür zu tun, in ihr weiter zu gehen, bis zum letztmöglichen Punkt, an den ich gehen konnte. Ich wollte aber auch keinen falschen Schritt tun, der den gesamten Prozeß völlig anhalten konnte. Auch wenn ich überzeugt war, daß die Gefühle und die Echtheit die richtigsten Schritte zeigen würden... Die Oberschwester, die meinen Besuchen anfangs mit gezwungener Höflichkeit begegnet war, betrachtete mich dieses Mal mit anderen Augen. Vielleicht gab ich auch ihr das Material zu einer anderen Erzählung. Wer wußte, was ihre Träume und ihre Geschichte waren. Der Kommentar von Zafer Bey, der meinem Vortrag aufmerksam zugehört hatte, ohne mich zu unterbrechen, wobei er stellenweise meine Bewegungen prüfend beobachtete, war, soweit ich verstand, sowohl ermunternd als auch sehr freundschaftlich.

»Das ist eine gute Entwicklung. Wir nehmen solche Reaktionen sehr wichtig. Sie müssen noch öfter kommen. Sie braucht Sie jetzt sehr...«

Mir war der Punkt bewußt, an dem ich mich befand, an den ich gebracht worden war. Auch ich brauchte diese Frau, die sich mit ihrem Licht in ihrer Finsternis verlaufen hatte, doch ich konnte ihnen nicht erzählen, was ich fühlte, was jene Pinselstriche in mir ausgelöst hatten. Ich begnügte mich damit zu sagen, ich würde den Appell ernst nehmen und mein möglichstes tun, jene Korridore besser kennenzulernen, von denen ich glaubte, sie könnten mich mit den Tiefen eines Raumes verbinden. Natürlich wollte ich auch das vollendete Bild sehen. Wie würde jenes Bild vollendet werden?... Würde es wohl vollendet werden?... Auch diese Frage behielt ich für mich. Denn es war meine Frage, eine Frage, die ich nur mit Şebnem erleben wollte. Es hatte keinen Sinn, das Gespräch auszudehnen. Ich erhob mich. So bald wie möglich würde ich einen erneuten Besuch wagen. Für Şebnem, für meine Geschichte, für alles, was ich erlebt hatte und erleben würde... Für jeden in diesem Spiel...

Als ich nach draußen ging, schloß ich die Hand wieder um den Ohrring, versuchte ihn zu fühlen. Mein Gefühl riet mir, erneut an die Kraft der Zeit zu glauben. Ich bestieg mein Auto und kehrte in mein leichter zu ertragendes Leben zurück. Ich hoffte, mich ein wenig ausruhen und andere Fragen stellen zu können, wenn es sie gab... Diese Erzählung brauchte eine kurze Stille. Nur so konnte ich meine Befürchtungen ertragen. Doch ich konnte nicht ahnen, daß binnen kurzem eine unerwartete Entwicklung diesem Verlauf neuen Schwung verleihen würde. Şebnem lebte in jenem Zimmer mit so einer machtvollen Stimme... Diese Stimme erfüllte mein Inneres...

Letztlich sind Leben und Tod immer verschlungen

Es war ein Samstagmorgen ... Die Hausbewohner und ich lebten in unterschiedlichen Zeiten ... Wie immer war ich vor allen anderen aufgestanden, hatte geduscht, gefrühstückt, mich im Salon aufs Sofa gestreckt und begonnen, den Sportteil der Zeitung zu lesen, wobei ich mich an ein paar alte Bilder zu erinnern versuchte, die in meinem Geist noch nicht erloschen waren. Da klingelte das Telefon. Es war Niso. Er befand sich auf Büyükada, der Großen Insel. Als er am Morgen aufgewacht und im Café gegenüber der Anlegestelle, bei *debarkader*, seinen Tee getrunken hatte, war ihm die Idee gekommen, mich anzurufen. Eigentlich sei er schon drei Tage in Istanbul, doch habe er seine Benommenheit noch nicht abschütteln können. In spöttischem Ton entschuldigte er sich, weil er mich am ›Schabbath‹ störe ... Auf Anhieb beschwor er soviel von unserer Realität, von den Spuren unserer Geschichte herauf ... In ihrer Naivität, ihrer Herzlichkeit weckten seine Worte so viele Assoziationen ... Es war unter ›unseren Leuten‹ üblich, jenen Platz neben der Anlegestelle auf Büyükada, besser gesagt auf ›der Insel‹ *debarkader* zu nennen. Man benutzte das Wort, ohne zu wissen, daß es im Französischen die Bedeutung von Anlegestelle hatte ... *Debarkader* war ein lebendiger, unvergeßlicher Platz in seinem Leben gewesen, und alles andere war egal. Zu sagen, er habe am ›Schabbath‹ gestört, bedeutete gleichfalls, uns in unsere alte, unzerstörbare Lebenswirklichkeit hineinzuziehen. Wir beide scherten uns wenig darum, die Vorschriften für diesen Tag einzuhalten. Vor allem Niso. Denn obwohl er der Sohn eines Rabbiners war, hatte er sich in der Zeit, als ich ihn kennenlernte, entschieden, wie ein Atheist zu leben. Mir kam es recht unwahrscheinlich vor, daß atheistische Juden in einem Land, in dem man viel freier als hier leben konnte, den Weg des Glaubens einschlugen. In dieser Situation erwartete ihn nur eine Antwort. »Jetzt reicht's aber, du Heuchler! ... Vermehre deine Sünden lieber nicht durch weiteres Gerede! ... Was wollen wir machen? ...«

Nach vielen Jahren hörten wir zum ersten Mal gegenseitig unsere Stimmen. Ich war aufgeregt. Er auch? ... Das war nicht leicht zu erkennen. Zwischen uns lagen so viele Stimmen ...

»Magst du herkommen? ... Wir setzen uns ans Meer, trinken Tee und reden. Hier ist jetzt nicht viel los. Die Sommerfrischler sind noch nicht da ...«

Ich konnte hinfahren. Der Gedanke erschien mir plötzlich sehr verlockend. Ich fragte ihn, ob er eine Telefonnummer habe. Ich würde auf den Schiffsfahrplan schauen und ihm meine Ankunftszeit mitteilen ... Er gab mit entschiedener Stimme Antwort und ließ mich dabei wieder diese Nähe spüren.

»Ich habe einen Fahrplan hier. Ich sag's dir gleich ...«

Er schien sich gründlich auf mein Kommen vorbereitet zu haben. Daß er sich einen Fahrplan besorgt hatte und diesen ohne Schwierigkeiten lesen konnte, schien zu zeigen, daß die Verbindung zu der Stadt, die er vor Jahren verlassen hatte, nicht gänzlich abgerissen war. Er sagte mir die Abfahrtszeiten des Dampfers. Wir machten einen Schritt in Richtung auf eine neue Zeit. Ein paar Stunden später konnten wir uns treffen, einander sehen.

Çela war vom Läuten des Telefons wach geworden und hatte mein Gespräch mit Niso gehört. Ich mußte keine Erklärung abgeben. Sie merkte, wie mich die Sache begeisterte.

Ich zog mich an und bereitete mich auf eine weitere Reise vor. Dabei sagte ich, ich werde nicht allzuspät zurückkehren ... Sie nickte stumm. Mehr war nicht nötig. Wir wußten beide, daß ein ›Spätkommen‹ dieses Mal niemanden verletzen würde. Ich entschied mich für die Straße nach Bostancı, weil ich hoffte, noch mehr in Stimmung zu geraten. Denn ich war in meiner Kindheit und Jugend immer von dieser Dampferanlegestelle auf die Insel abgefahren, diese ›Insel‹, die ich mit ganz unterschiedlichen Gefühlen erlebt hatte.

Auf dem Dampfer zogen mir viele alte Bilder durch den Sinn. Soviel Trauer, Wut, Ausgrenzung und Unvollkommenheit gab es in jenen Bildern ... Soviel Aufgeschobenes, soviel Ungesagtes ... Diese Gefühle hatten mich jedesmal erfüllt, wenn ich auf die Insel gefahren war. Gefühle, die mich zu mir selbst gemacht hatten, deren Bedeutung ich, wenn ich ein wenig nachgebohrt und mich zu erinnern versucht hätte, wodurch Licht in eine andere Finsternis meiner Geschichte gefallen wäre, alle in mir zu verschließen gewünscht hätte ... Doch in jenem Augenblick wollte ich nicht weiter nachgraben. Auch war der Punkt, an dem ich stand, ein ganz anderer, genau wie der Punkt, auf den ich zuging ... Angesichts der Bilder, an die ich mich dort erinnerte, hätte ich mir sehr alt vorkommen können. Dieser Zustand konnte für die Stimmung des kommenden Gesprächs in mancher Hinsicht sehr günstig sein, in anderer Hinsicht nicht. Es gab einerseits Bilder der Zerzaustheit, andererseits des Sich-nicht-unterkriegen-Lassens. Ich wählte die letzteren. Wobei ich die Möglichkeit der Täuschung und Selbsttäuschung bewußt in Kauf nahm ... Wer war schon wirklich der Blöße, der Schutzlosigkeit gewachsen? ... Zudem war ich überzeugt, wenn es eine Mauer, die viele Fluchten einschloß, einzureißen galt, würde sie einer von uns beiden im Verlauf des Redens, des Austausches einreißen. Dieses Gefühl hatte ich auch vor dem Treffen mit Necmi gehabt und ebenso vor der Begegnung mit Şeli ...

Höchstwahrscheinlich würde ich es auch vor dem Treffen mit Yorgos erleben. Die Fahrt von Bostancı nach Büyükada dauerte sowieso nicht so lange, daß sie derart viele Gefühle fassen konnte. Als sich der Dampfer der Anlegestelle näherte, wuchs meine Spannung. Ich wollte mich mit Niso bei der Buchhandlung am Ende der Landungsbrücke treffen. Ich verließ den Dampfer und ging aufs Ziel zu, wobei ich merkte, daß mein Herzklopfen immer heftiger wurde. Nach einer Weile sah ich ihn. Seine Haare waren ziemlich weiß. Auch er erblickte mich. Ein lächelnder Mensch kam auf mich zu, der seine Begeisterung, seine Freude, seine Kindlichkeit nicht verloren hatte. Wir kamen uns wortlos mit ausgebreiteten Armen entgegen, dann umarmten wir uns fest. In dem Moment empfand ich mit meinem ganzen Sein, wie sehr ich ihn vermißt hatte. Diesen Moment würde ich sicher nie vergessen. Wir gingen in das nahegelegene Café. Tatsächlich war wenig Betrieb. Der Anblick paßte zur Jahreszeit und den Erwartungen und war für mich sehr entspannend.

Zuerst fragte ich ihn, wie er sich nach all den Jahren in Istanbul fühle. Er sagte, er sei ziemlich verwirrt. Es gebe so viele Stellen, die sich verändert hatten... Für uns war es nicht so leicht, diese Veränderungen zu sehen, er aber konnte sie sehen. Noch dazu mit einem tiefen Gefühl unausweichlichen Verlusts... Vielmehr mit einem Gefühl, sich verlaufen zu haben... Freilich gab es auch Gassen, die dem Wandel widerstanden oder die es geschafft hatten, sich wenig zu verändern, und Ecken, die wie ganz früher waren. Beispielsweise waren einige Häuser auf der Insel unverändert. Der Geruch der Insel war jedenfalls mehr oder weniger gleichgeblieben. Auch das verminderte ein wenig sein Gefühl der Fremdheit. Er würde sich daran gewöhnen. Er hatte sich ja an so viele Veränderungen, Unterschiede gewöhnen müssen... So fingen wir also an zu reden. Als bemühten wir uns, einen Spalt zu schließen, den die Jahre erzeugt hatten, oder eine Lücke zu füllen, die wir nicht spüren wollten. Dieses Gefühl hatte ich auch gehabt, als ich mit Necmi und Şeli zusammengewesen war. Es gehörte zum Schicksal der Erzählung, diese Aufregung zu erleben.

Doch ich wollte mich nicht sofort auf die unvermeidliche Reise in die Vergangenheit machen. Deshalb fragte ich ihn zuerst nach seiner Mutter. Ich wußte, warum er hierher zurückgekehrt und wie traurig er über diese Krankheit war. Er erzählte von ihrem Zustand, als machte er sich ein wenig darüber lustig. Indem er Kraft schöpfte aus dem meiner Ansicht nach für ihn unverzichtbaren Komödiantentum, aus seinem unbegrenzten komödiantischen Talent... Vielleicht, um das Erlebte dadurch leichter erträglich zu machen... Die komisch wirkenden Szenen führten uns in Wirklichkeit ein sehr schmerzliches Spiel vor Augen. Die Mutter hatte sich zum Beispiel ihren Sohn vorgeknöpft und ihm erzählt, ihr Ehemann habe ihr während der gesamten Ehe, während all der sechzig Jahre, an keinem einzigen Abend Blumen mitgebracht. Obwohl er doch wisse, daß ihr in ihrer Jugendzeit viele verliebte Männer nachgelaufen seien. Und daß ihr viele Männer, wenn sie in Beyoğlu spazierengegangen sei, bewundernd nachgeschaut hätten... War das wahr, was sie sagte, woran sie sich erinnerte, und in welchem Ausmaß?... Oder brachten diese Phantasien beziehungsweise Gefühle in Form von Phantasievorstellungen jahrelang verheimlichte, versteckte Wahrheiten endlich ans Tageslicht? Wenn das stimmte, was sie äußerte oder besser was sich da, ohne daß sie es merkte, ausdrückte, wie erschütternd war das. Wie erschütternd, sogar schlimm und schmerzlich. Für alle an der Geschichte Beteiligten... Für eine Frau, die diese Gefühle erlebt hatte, ebenso wie für einen Mann, der nach so vielen Jahren diese Wahrheit hören mußte, als auch für einen Sohn, der sein Leben lang geglaubt hatte, seine Eltern hätten vorbildlich zusammengelebt... Die Äußerungen konnten aus einer alten

Traumwelt stammen und sollten womöglich, obwohl nicht erlebt, wie erlebt erscheinen, so dargestellt werden. Selbst wenn das der Fall sein mochte, so wurde der Mensch in dieser Situation doch konfrontiert mit der Angst vor manchen Blößen, Fehlern. Wenn sich seine Grenzen zu verwischen anfangen, holt der Verstand manche Spiele wieder hervor, die er zu löschen versucht hat, um sich selbst zu schützen, und nun werden sie endgültig sichtbar.

Das Gespräch wurde immer intensiver. Wir konnten nun eine Bewegung hin zu den Tiefen unseres Lebens nicht mehr vermeiden. Wieder waren die langen Jahre der Trennung unwichtig geworden. Unsere Vergangenheit verlangte das so. Zudem saß mir ein Mensch gegenüber, dessen Zorn trotz all der Jahre nicht verraucht war und der sein Inneres noch immer hinausschleudern wollte, ohne lange darüber nachzudenken. Ich versuchte, meine Empfindungen durch ein Lächeln auszudrücken. Ich wollte, daß er verstand, wie ich ihn sah. Ich entschied mich, wieder einmal zuzuhören. Ich liebte diese meine Rolle in der Erzählung. Und ich liebte es, wenn einerseits alle so sehr das Bedürfnis zu erzählen hatten und andererseits die Helden in meinem ›Spiel‹ versuchten, sich selbst darzustellen durch das, was sie in der Gegenwart oder in der Vergangenheit getan und sogar nicht getan hatten... Bis zu einem gewissen Punkt strömte das natürlich so weiter. Doch dann fiel ihm mein Schweigen auf. Er fühlte sich zu einer Erklärung genötigt. Ich wußte nun nicht, inwieweit ich das, was ich sagen wollte, vermittelt hatte. Er sagte:

»Nein, Junge, nein, nun guck mich doch nicht so an, als hätte ich Schwatzdurchfall gekriegt. Ich habe mich so danach gesehnt, Türkisch zu reden, kapiert?... Dort reden wir schon mal, wenn ich mich mit ein paar Freunden aus der Heimat treffe. Aber hier kannst du jeden Augenblick Türkisch reden. Weißt du, was das bedeutet?... Woher solltest du das wissen... Außerdem habe ich mich nach einer Weile von vielen Bekannten entfernt. Nur so konnte ich mein Leben ändern. Habe ich mich verständlich ausgedrückt? ...«

Hatte er sich verständlich ausgedrückt? ... Hatte ich ihn wirklich verstanden? ... Aus seiner Rede hatte ich den Schluß gezogen, daß er sich bemüht hatte, sich von hier möglichst zu lösen, zumindest in einer bestimmten Phase seines Lebens, in der Hoffnung, mehr auf das zu vertrauen, was er getan hatte und in Zukunft tun wollte. Irgendwo hatte er seine Spur verwischt, doch manche Spuren trug er in sich, es schien, als hätte er sie nicht löschen, nicht verlieren können. Wie hätte ich sonst diesen Gefühlsausbruch verstehen sollen? ... Dabei steckte mich seine kindliche Begeisterung an, die ich immer geliebt hatte und die er sich, wie ich sah, bewahrt hatte. Um des besseren Verstehens willen versuchte ich einen nächsten Schritt.

»Wonach hast du dich sonst noch gesehnt? ...«

Er lächelte. Die Falten in seinem Gesicht spielten überhaupt keine Rolle mehr. Denn mich blickten die Augen des Jungen von früher an. Indem sie ganz spontan das Unverlierbare zu seinem Recht kommen ließen.

»Die Fußballspiele von Fenerbahçe! ...«

Wieder fand ich keine Antwort. Ich lächelte, weil ich mehr nicht tun konnte ... Eigentlich war mir zum Weinen zumute. So nahe ging mir das. Als er sah, daß ich schwieg, redete er weiter. Ich hatte sowieso nicht erwartet, daß er hier aufhörte.

»Wie oft habe ich im Fernsehen in den Sportsendungen das Şükrü-Saraçoğlu-Stadion gesehen. Wie oft habe ich mir gesagt, Mensch, dort könntest du sein! ... Schau, vor allem das hat mir gefehlt, verdammt noch mal! ... Ich trinke meinen Raki, wenn ich mag. Wir haben Weißkäse und Honigmelonen, das genügt mir als *meze*, wenn ich Raki trinken will, ich kann mich nicht beschweren. Doch die Spiele von Fenerbahçe ... Das geht einem schon sehr nahe ...«

Seine Augen wurden feucht. Ich merkte, wie auch mir die Tränen kamen. In dieser Gefühlsaufwallung atmete eine so tiefe Geschichte, ein Herzschlag, den Außenstehende überhaupt nicht begreifen konnten. Wer weiß, wohin wir geraten wären, wenn wir angefangen hätten, uns an diese vergangenen Ereignisse zu erinnern, uns gegenseitig daran zu erinnern. Sogar das, was in meinem Geist in diesen Augenblicken schnell vorüberzog, reichte aus, mich an einen anderen Ort zu versetzen ... An dem Tag, als wir die Schule wegen eines Türkeipokalspiels geschwänzt hatten, gab es das Şükrü-Saraçoğlu-Stadion noch nicht. Ich dachte daran, wie wir mit Necmi als die drei schier unzertrennlichen Kameraden, um ein Spiel gegen Galatasaray von der Neuen Offenen Tribüne des Mithat-Paşa-Stadiums anschauen zu können, am Sonntag in der Frühe um sechs in der Schlange gestanden hatten und plötzlich in eine Schlägerei geraten waren, in der wir von Polizeiknüppeln, deren Schmerz ich noch immer nicht vergessen habe, auseinandergetrieben worden waren; wie wir bei einem anderen Spiel um den Türkeipokal mit vier zu fünf Beşiktaş unterlagen und wie Yılmaz, genannt *Jilet*, Rasierklinge, nach seinen Fouls und der entsprechenden Ermahnung in militärischer Habachtstellung vor dem Schiedsrichter strammgestanden hatte, um sich zu entschuldigen; ich erinnerte mich an die Anstöße von Levent, genannt der Bär; daran, wie wir, wieder in einem Pokalspiel, bei einem Heimspiel gegen Ankaragücü, nur noch zu acht, durch ein Tor von Köksal besiegt worden waren; an unsere Didi-Zeit, die Freistoßtore von Osman, daran, wie wir die Spiele nur hatten stehend anschauen können, wie wir die Mannschaftsaufstellungen auswendig hersagen konnten, an unseren Ausscheidungskampf gegen Manchester City,* die unvergeßlichen Tore, die Abdullah und Ogün in diesem Spiel geschossen hatten, die Finten von Cemil, seine ständig rutschenden Socken, die Anfeuerung der Elf durch Rıdvan, die Weitschüsse von Can Bartu, den wir nur in den letzten Jahren seiner Karriere erwischt hatten, die Rettungsaktionen von Datcu, an Ziya als Mannschaftskapitän, Alpaslan als Spielführer ... Wenn wir davon angefangen hätten, wer weiß, wohin wir geraten wären ... Darum fing ich gar nicht erst an. Wir hatten anderes zu besprechen. Unser Leben hatte andere Aspekte, andere Seiten ... Zudem wollte ich bei der gemeinsamen Erinnerung an diese unvergeßlichen Augenblicke Necmi dabeihaben. Doch das Gesagte konnte auch nicht vollkommen ohne Antwort bleiben. Es war die Reihe an mir, zu zeigen, daß ich meine Begeisterung nicht verloren hatte.

»Ich kann dir vielleicht den Gefallen tun. Die Saison geht eigentlich zu Ende. Aber wenn es mir gelingt ...«

Er hatte mich schon verstanden, und als er in jugendlicher Weise meine weiteren Ausführungen abschnitt, zeigte sich in seinem durch die Jahre gezeichneten Gesicht noch einmal, wie schön manche Kontraste sein konnten.

»Kannst du das? ... Toll, Mensch! ... Schau, ich verfolge alle Spiele intensiv. Diese Woche haben wir ein Auswärtsspiel. Was für ein Spiel danach kommt, habe ich jetzt nicht im Kopf. Aber egal, was das für ein Spiel ist, Bruder! ... Es genügt mir, wenn ich die Atmosphäre erlebe! ...«

Für eine Weile konnte ich unser anderes Gespräch vergessen. Auch mich packte die Liebe zum Fußball. Zudem spürte ich, ich würde hier Anhaltspunkte finden können, ihn besser zu verstehen. Eine Frage konnte mich zu einem dieser Anhaltspunkte führen.

»Gehst du dort nicht zu Fußballspielen?«

Es war weiterhin spannend. Wir waren mitten im Thema.

»Was redest du denn! ... Ich bin inzwischen Fan von einem weiteren Verein. Maccabi Hayfa! ... Die Grünen! ... Ich gehe zu jedem Spiel von denen! Weißt du, wovon ich manchmal träume? ... Daß bei den Europa-Kämpfen Fener und Maccabi Hayfa aufeinandertreffen! ... Sogar ... Laß uns mal einen großen Traum weiterspinnen, in einem Finalspiel! Weißt du, warum? ... Weil Maccabi für jedes Spiel in Europa spezielle Erinnerungsschals herausbringt. Zur Hälfte in unseren Vereinsfarben, zur anderen Hälfte in denen des Gegners. Kannst du dir das vorstellen, einen Schal von Fener und Maccabi! ... Dann wäre ich glückselig, Mann! ... Den würde ich mir um den Hals wickeln und so durch die Straßen spazieren! ...«

Was für ein erstaunliches Detail war das doch, wie lebensvoll ... Ich fragte ihn nicht, welchen Verein er bei so einer ›Begegnung‹ unterstützen würde, konnte ihn nicht fragen, wollte es vielmehr nicht. Er würde für den Verein die Daumen drücken, den er am liebsten hatte. Wir beide konnten nicht wissen, wohin sich das Herz in jenem Augenblick neigte. Außerdem war sowieso der Schal das wichtigste, das, was wirklich wert war, erträumt zu werden. Jener Schal erzählte. Er erzählte von dem, was er dort erlebt hatte, von dem Istanbul in ihm, was er warum miteinander versöhnen, zusammenbringen wollte, was er nicht hatte auseinanderreißen können ... Und da wir schon von einem Schal sprachen, wäre zu bedenken, daß ein Schal nicht nur wärmte, sondern viele Bedeutungen, Gefühle in sich trug. Nun war auch eine Frage an der Reihe, die vielen Menschen viel wichtiger erscheinen mochte. Die Antwort darauf konnte indirekt viele andere Fragen beantworten.

»Wo fühlst du dich nach all den Jahren am ehesten zu Hause? ...«

Wieder konnte ich in seinen Augen die irgendwie nicht erloschene, nicht aufgebrauchte Begeisterung lesen. Was ihn für mich besonders machte, war, daß er immer mit diesen Augen aufs Leben blickte. Zwar hatten die Jahre uns Unvermutetes, selbst von uns Unerwartetes, gezeigt, aber uns wohl doch manche Blicke bewahrt und die Fähigkeit, den Willen, uns gegenseitig in diesen Blicken zu erkennen. Die Antwort, die er auf meine Frage gab, bestätigte das noch.

»Ich habe immer noch eine türkische Seite, die ich niemals aufgeben werde. Die ich niemals aufgeben wollte. Vielmehr habe ich immer versucht, sie auszuleben. Wüßtest du, was ich gemacht habe, würdest du mir recht geben. Ich werde dir erzählen, alles, was ich gemacht habe, was und wie ich gelebt habe. Es war nämlich gar nicht so leicht, sich dort einzugewöhnen. Aber schließlich habe ich mich eingelebt, und zwar sehr gut. So sehr, daß ich woanders inzwischen nicht mehr leben könnte. In meinem Alter könnte ich mich in kein neues Abenteuer stürzen. Schau, ich sage ein neues Abenteuer, hast du das gemerkt?... Ich sehe es inzwischen als ein Abenteuer an, woanders zu leben. Ich habe dir ja auch geschrieben, daß ich bald meine Pension beantragen werde. Ich habe meine Verhältnisse geordnet. Eigentlich gerade zur rechten Zeit. Mit der Abfindung werde ich in eine bequemere und größere Wohnung umziehen, meine jetzige Wohnung verkaufen... Wie du dir vorstellen kannst, habe ich auch eine Menge Pläne, ist doch klar... Was sollte ich wohl von meinen verbleibenden Lebensjahren mehr verlangen...«

Niso hatte das Recht, sein Leben so zu interpretieren. Er hatte auch das Recht, seinen Kampf so zu führen. Sobald ich aus seinen Erzählungen erfahren hatte, wie er das Land, das er verlassen hatte, in sich lebendig erhalten hatte, räumte ich ihm dieses Recht noch mehr ein. Ich war entschlossen, ihm bis zuletzt zuzuhören. Es war inzwischen nicht besonders schwer, die notwendige Frage zu stellen.

»Wie sind wir bis dahin gekommen, Niso?«

Auch ich war in die Frage eingeschlossen und jeder, der in das ›Spiel‹ verstrickt war und die Frage stellen wollte. Anders konnte ich nicht vorgehen. Ich konnte ihn nur so zur Offenheit aufrufen. Indem ich mich bereit zeigte, mich ebenfalls zu entblößen, wenn Ort und Zeit gekommen waren. Meine Absicht war sowieso der Austausch. Mich auszutauschen, indem ich mich selbst öffnete, um zu verstehen und meine

Existenz ein wenig fühlen zu können. Wir tranken unseren zweiten Tee. Dazu rauchten wir viel. Dies hatte sich als weitere Gemeinsamkeit zwischen uns herausgestellt. Als er seinen Tee ausgetrunken hatte, schaute er aufs Meer. Dieses Mal lag Trauer in seinem Blick. Mir konnte diese Tiefe seiner Blicke nicht entgehen. Ebenso wie mir in seiner Stimme der Stolz, den Kampf überstanden zu haben, das hinter seiner Bescheidenheit verborgene Selbstwertgefühl, das mich nicht störte, nicht entgingen ... Sowohl seine Beharrlichkeit als auch seine Kampfansage hatten ihren Preis gehabt, genauso wie sein Bemühen, sich selbst zu akzeptieren und in Frieden mit sich zu sein. Wir waren an einem Punkt, wo Lob und Tadel sich gegenseitig belebten. Der Vorhang öffnete sich ...

»Es war gar nicht einfach ... Überhaupt nicht ... Doch wenn du willst, fange ich ganz von vorne an. Was ich erlebt habe, als ich von hier Abschied nahm. Das ist mir seinerzeit sehr schwer gefallen. Doch nun ... Ich erinnere mich jetzt manchmal lachend ...«

Das war ein guter Anfang. Ja, wir hatten inzwischen viele bittere Erinnerungen, die wir jetzt lachend auffrischen konnten ... Dieses Gefühl kannte ich sehr gut. Auch ich war bereit, mit ihm zusammen in jene Tage zurückzukehren. Für unser neues ›Hier‹ ... Ich nickte. Um anzudeuten, ich sei bereit, sowohl für seine als auch für meine Erinnerungen. Auch ich wollte ja die Bühne betreten ...

»In Istanbul erwartete mich keine Zukunft ... Davon war ich damals fest überzeugt. Wer würde einem Elektroingenieur Arbeit geben ... Und wenn, dann wäre das ein elendes Dahinvegetieren. Eine derartige Arbeit hatte ich ja gefunden, das weißt du. Erinnerst du dich an den Gauner von einem Juden, der medizinische Geräte verkaufte und so tat, als wäre er der liebe Gott? ... Als du mich mal in der Firma besuchen kamst und gesehen hast, was der Kerl machte, hast du gesagt: ›Wenn du willst, verprügeln wir den Scheißer gemeinsam, dann haben wir Ruhe.‹ Er fühlte sich berechtigt, für die paar Pfennige, die er mir bezahlte, mich jede Arbeit tun, sogar Fotokopien machen und Briefe am Postamt aufgeben zu lassen. Es ging gegen meine Ehre, in dieser Lage gesehen zu werden, und ich habe noch am selben Tag gekündigt. Dabei hatte ich noch nicht mal sechs Monate gearbeitet. Danach sind wir nach Büyükdere in die Kneipe zum Saufen gegangen. Schau mal, wie lange das schon her ist, und trotzdem sehe ich es noch vor mir. Vorher sind wir noch bei den Fischern vorbeigegangen, um diesen herrlichen Fischgeruch einzuatmen. Sie hatten auch Dörrfische aufgehängt. Mit lauter Stimme fragten wir einen alten Fischer, ob die Dörrfische aus *kolyos*-Makrelen seien oder aus *uskumru*-Makrelen. Die Frage gefiel dem Kerl, und mit angenehm strengem Ton flüsterte er uns tadelnd ins Ohr: ›Aus *kolyos* natürlich, ihr naseweisen Strolche! Los, haut ab!‹ So eine Schelte freute uns und war eigentlich wie eine Ehre. Plötzlich hatte ich gute Laune und sagte mir, das Leben hat auch solch schöne Augenblicke. Aber kurz danach, schon nach ein paar Minuten, machte ich mir klar, daß ich bald nicht mehr in dieser Stadt würde leben können. Etwas sehr Hartes blieb mir in der Kehle stecken. Etwas wie eine Gräte ...

Die Kneipe hatte drei Stockwerke. Ganz oben war eine Dachterrasse. Die hölzerne Treppe war mit Linoleum bedeckt, sie knarrte. Der Sommer war vorbei ... Es war ein wenig kühl. Trotzdem setzten wir uns auf die Terrasse. Ich sagte: ›Laß uns hier sitzen, verdammt noch mal, wer weiß, wann wir wieder da sitzen.‹ Du hast natürlich nicht verstanden, was ich damit eigentlich sagen wollte. Vielleicht hast du gedacht, ich meinte, es würde bald richtig kalt werden. Und es wurde auch kalt ... Es war die Zeit für *palamut*. Wir aßen jeder eine wunderbare gegrillte *palamut*-Makrele ... Mensch, gibt es diese Kneipe noch? ...«

Diese Frage hatte ich nicht erwartet. Die Kneipe mit jenen

Bildern erschien auch vor meinen Augen. Ich war dort seit Jahren nicht mehr gewesen. So viele Plätze hatten wir lautlos, unbemerkt aus unseren Leben gestrichen ... Vielleicht auch hatten wir diese Orte aus unserem Inneren gerissen, weil wir wußten, daß wir nicht so leben konnten, wie wir wollten. Weil wir unsere Freunde verloren hatten ... Weil wir zusammen mit ihnen einen Teil von uns selbst verloren hatten ... Weil wir einen Verlust bewahren wollten ... Weil wir ihn mit einer Trauer lebendig erhalten wollten. Indem wir gewisse Bilder und Gefühle in der Tiefe unseres Gedächtnisses bewahrten, oft ohne uns dessen bewußt zu sein. Ich wußte nicht, ob die Kneipe noch dort war, wo wir sie zurückgelassen hatten, und ob sie noch so war wie damals und, falls wir sie wiedersähen, ob wir sie wie früher empfinden würden. Doch ich wollte ihm angesichts all dieser Verluste eine Hoffnung oder zumindest eine Chance geben. Noch eine Chance ... In der Hoffnung, das Heute irgendwo festzuhalten, es sinnvoller zu erleben, soweit das möglich war ... Wir konnten versuchen, aufs neue loszuziehen ...

»Sie wird schon noch da sein ... Es gibt immer Menschen, die solche Plätze am Leben halten ... Auch dorthin werden wir gehen, wenn du willst ...«

Er nickte mit dieser kindlichen Freude. Ich konnte auch das heimliche Leid sehen, das diese Freude noch bedeutender machte. Wir waren ja in ein Alter gekommen, wo man Leid und Freude vermischt erleben kann ... Ja, wir würden dort hingehen ... Wir würden auch dorthin zurückkehren ... Um vor allem uns selbst sagen zu können, daß wir manche Werte nicht zerstört hatten. Ich erinnerte mich und wollte zeigen, daß ich mich erinnerte. So tat ich einen weiteren Schritt.

»Wir haben ordentlich gepichelt. Du hast gesagt: ›Ich gehe weg ... In diesem Land gibt es für mich kein Leben mehr.‹ Du hast gesagt, du hättest schon mit den Formalitäten für die Einwanderung nach Israel begonnen ...«

Ich sah, wie gerührt er war. Seine freudige Rührung konnte er auch durch ein erneutes Lächeln nicht überspielen. Was war der Auslöser für dieses sein Gefühl? ... Daß ich mich erinnerte oder das, woran der Rückblick auf jene Tage ihn erinnerte? ... Ich wußte es nicht.

»Im Grunde liebte ich dies hier mehr als ihr alle. Doch was sollte ich sonst noch anstellen? ... Mich erwartete kein Laden wie dich. Du sagtest zwar: ›Ich kümmere mich nicht um die Geschäfte meines Vaters‹, doch du hattest immer noch einen Rückhalt. Ich hatte den nicht. Und dann der Zustand des Landes! Es war nicht klar, wer wessen Feind war. Die Dinge waren längst aus dem Ruder gelaufen. Noch auf der Uni hatten wir gemerkt, daß die Revolution, auf die wir die größten Hoffnungen setzten, nicht zu verwirklichen war. Die Tatsachen konnten wir irgendwie nicht offen aussprechen, eingestehen, aber wir konnten sie sehen. Manche Freunde machten gute Arbeit in den *gecekondu*-Vierteln, und es gab Fatsa*, nun gut, und doch war es, als käme eine große Welle über uns, die uns alle verschlingen würde. Wir haben so viele Kommilitonen von der Technischen Hochschule verloren. Sogar unsere Professoren waren Ziel der Kugeln. Manche von uns haben gesessen. Auch mir hätte jederzeit etwas passieren können. Du hast angefangen, etwas weich zu werden. Ich war noch immer hart. Was für Tage waren das doch ... Wir haben genügend Fehler gemacht, trotzdem waren es schöne Tage, Meister! ... Gut, daß wir auch jene Tage erlebt haben ... Natürlich können wir das jetzt sagen. Ich erinnere mich gut sowohl an meine Angst als auch meinen Schmerz. Die Heimat war am Ende, wir waren am Ende ... Ich konnte aber auch an dem Ort, wohin ich ging, den Kampf fortsetzen, mit den dortigen Genossen Kontakt aufnehmen, die Sache der Palästinenser unterstützen. Wir würden einen Weg finden. Es gab auch andere Weltgegenden, wo man kämpfen konnte ... So habe ich mich halt getröstet. Übrigens war da noch mein Musikantentum. Hätte ich hier damit Geld verdienen wollen, so hätte ich nur in Nachtclubs und billigen Kasinos Arbeit finden können. Doch das war nichts für unsereinen. Du siehst, alle Türen waren mir verschlossen. Als ich sagte, daß ich weggehen wollte, warst du erst dagegen und sagtest: ›Hier ist deine Heimat, willst du in ein imperialistisches Land gehen?‹ Mir war bewußt, du versuchtest, mich an meiner schwachen Stelle zu treffen. Doch als du gehört hattest, was ich zu sagen hatte, hast auch du mir recht gegeben ...«

Ja, ich hatte ihm recht gegeben. Alle waren irgendwo hingegangen. Ich wollte nicht auch noch ihn verlieren. Doch es schien, als gäbe es keine Wahl, keinen anderen Ausweg. Zudem beeindruckte mich sein Bemühen sehr, aus dem Graben herauszukommen, in den er gefallen war, der Kampf, den er um seines Lebens willen auf sich nahm. Darum übernahm ich zwei Monate nach diesem Abend von Herzen gern die Aufgabe, ihn als letzten Freund mit seinen Koffern auf den Flughafen zu bringen und den ›Fremden auszuliefern‹. Ich war es auch, der an jenen Tag erinnerte.

»Natürlich habe ich dir recht gegeben. Als wir zum Flughafen fuhren, hast du gesagt, daß wir uns wohl jahrelang nicht sehen, uns aber eines Tages ganz sicher wieder begegnen würden. Wir würden durchhalten. Wir würden den Kampf gewinnen, trotz unserer Toten und unserer Niederlagen ... Wir gaben einander unser Wort. Wir würden nicht weinen. Wir würden nicht wanken und nicht den Mut verlieren. Wir versuchten, uns gegenseitig davon zu überzeugen, daß wir uns nicht völlig voneinander trennten, sondern nur beschlossen hatten, an unterschiedlichen Orten zu leben. Du hast mir noch ein Versprechen abgenommen. Wenn du es nicht wolltest, würden wir nicht wieder Kontakt aufnehmen. Du würdest dort bleiben und deinen Kampf alleine durchstehen. Du wolltest die Möglichkeit der Rückkehr völlig aus deinem Kopf verbannen. Ich habe dieses Versprechen jahrelang gehalten.

Nur einmal war ich nahe dran, mich davor zu drücken. Ich war in Tel Aviv und durchlebte schlimme Tage. Es hätte mir sehr gut getan, mit dir zu sprechen. Doch ich habe dich nicht angerufen, nicht anrufen können. Nicht allein, weil ich mein Wort nicht brechen wollte, eigentlich auch, weil ich niemanden sehen wollte... Nun ja, das ist vorbei. Ich werde davon erzählen, wenn es soweit ist... Doch ich habe mein Wort nur bis jetzt halten können. Denn ich hatte das Gefühl, wenn ich dich wegen des Spiels nicht angerufen hätte, hätte ich an mir selbst Verrat begangen, ebenso wie an der ›Schauspieltruppe‹ und unserer Vergangenheit. Außerdem ... Außerdem hat dieses Versprechen keine Bedeutung mehr angesichts dessen, was ich erlebt habe... Lassen wir das Ganze mal beiseite. Wenn es Verjährung gibt, gibt es dann nicht auch für dieses Versprechen eine Gültigkeitsfrist, müßte es sie nicht geben? ...«

In dem Augenblick las ich in seinen Blicken wieder Liebe, Freundschaft und eine Lebensfreude, die seiner Kindlichkeit entsprang, die sich trotz seiner Falten in seinem Gesicht gut erhalten hatte. Diese Begeisterung hatte eine andere Ausprägung gefunden durch eine mit den Jahren erworbene Weisheit, die man jedoch nur erkannte, wenn man sehr aufmerksam hinschaute. Ich konnte die Fortsetzung seiner Erzählung von so einem Ausgangspunkt her noch besser verstehen. Meine Gefühle machten mich wieder schweigsam. Mir war bewußt, daß auch er erzählen, sich erinnern wollte.

»Als ich zum Flughafen fuhr, hatte ich zwei Koffer dabei. Das war alles. Und natürlich meine Gitarre, die mir auf dem Rücken hing... In den einen Koffer hatte ich meine Kleidung und ein paar persönliche Dinge gepackt, der andere war voll mit Schallplatten und Büchern. Kannst du dir einen Koffer voller Platten und Bücher vorstellen? ... Auf die konnte ich nicht verzichten. Ich weiß nicht, ob du dich erinnerst. Damals gab es bei der Sicherheitskontrolle keine Apparate. Es gab Beamte, die einen aufforderten, die Koffer zu öffnen, und die zugleich nachschauten, ob man etwas Wertvolles außer Landes schmuggelte. Es ging also nicht nur um die Sicherheit... Wir waren damals jung. Das reichte als Verdachtsgrund schon aus. Wenn die Koffer schwer waren und man außerdem eine Gitarre auf dem Rücken hatte, dann gab es kein Entkommen. Ich wurde angehalten. Ein Polizist ließ mich meine Koffer öffnen. Du kannst dir vorstellen, wie höflich er war. Zuerst durchwühlte er den Koffer mit meiner Kleidung. Er hatte nichts zu meckern. Als er dann meine Bücher sah, fragte er grinsend, ob ich die alle auf der Reise lesen wollte. Weil ich glaubte, er mache sich über mich lustig, war ich sauer und schaute ihm dreist ins Gesicht. Ich wollte mir die Gelegenheit nicht entgehen lassen und sagte: ›Ich wandere aus!‹ Als er das hörte, schaute er mal mich, mal die Bücher an. Da fehlte nichts. Du kennst ja meine Bücher. Die damals verbotenen Bücher von Nâzım Hikmet kamen schnell ans Licht. Als er auch diese noch erblickte, sagt der Kerl, wieder mit diesem schmutzigen Grinsen: ›Gut, daß du abhaust!... Laß dich hier nie wieder blicken, du Gauner! ...‹ In dem Moment hätte ich am liebsten Streit angefangen, ich beherrschte mich nur schwer. Ich sagte mir, einer wie ich sollte sich nicht noch in letzter Minute in Schwierigkeiten bringen, und schwieg. Ich war voller Wut und Haß, und doch schwieg ich. Ich lächelte bloß. Ich durfte nicht auf den gemeinen Kerl eingehen. Plötzlich dachte ich an Nâzım. Solange diese Menschen am Ruder waren, solange ihre Speichelleckerei andauerte, solange die Heimat in diesem Zustand blieb, würde ich mit dem ›Vaterlandsverrat‹ weitermachen. Dabei verfluchte ich noch einmal diejenigen, die uns diese Zeiten eingebrockt hatten... Mir kamen unsere Demonstrationszüge in den Sinn, wie wir die Versammlungsplätze gefüllt hatten, unsere Gefängnisse, unsere Schwüre, unser Zusammenhalt, unser Marsch... *Revolutionäre sterben, doch Revolutionäre streben, unaufhaltsam...* Wie konnte mir das alles in jenen wenigen

Augenblicken durch den Sinn gehen? Was paßt manchmal doch alles in wenige Augenblicke hinein... Ja, es war das Gescheiteste, dort zu schweigen. Es war kein Spaß, die Bücher konnten jeden Moment beschlagnahmt werden. Und es war nicht der richtige Zeitpunkt, den Helden zu spielen. Genausowenig wie für die Aussage, daß eigentlich wir es waren, die die Heimat liebten... Am besten brachte ich das Ganze hinter mich, und wenn ich ging, dann ohne Verlust. Was besaß ich denn schon? Wenn ich die Bücher rettete, rettete ich mich auch selbst... Du kannst dir vorstellen, wie hoffnungsfroh, aufgeregt und gleichzeitig wie traurig ich war, als ich ins Flugzeug stieg. Bei der geringsten Berührung hätte ich weinen müssen. So sagt man ja, und genauso ging es mir. Ich weiß nicht, warum ich so deprimiert war, aus Erleichterung, aus Aufregung vor meinem neuen Leben, oder weil ich die Heimat verließ... Doch mir war zum Weinen zumute...«

In dem Augenblick brach plötzlich seine Stimme. Ich dachte weiter. Die von ihm geschilderte Szene machte mit all den Gefühlen, die sie erweckte, dermaßen gut verständlich, was dieses Land in einem bestimmten Zeitabschnitt durchgemacht hatte... Was hatten wir ertragen... Was für Ängste hatten wir erduldet, um welche Dinge zu retten... Die Bücher, die wir heimlich versteckt, vergraben hatten... Wie wir sogar unser Leben für diese Bücher riskiert hatten... Weil wir wußten, daß diese Bücher noch eine Bedeutung hatten über das hinaus, daß es Bücher waren... Ich mußte nun unbedingt auch etwas sagen, einerseits, um ihn aus seinen Gedanken zu reißen, andererseits, weil ich dieses Gefühl zur Sprache bringen wollte. Damit ich die Nachwirkung jener Bilder leichter ertragen konnte, mußte ich die Existenz eines Freundes wirklich spüren.

»Weißt du, daß das alles den heute Zwanzigjährigen wie ein Märchen vorkommt?... Als hätten wir in einem anderen Land gelebt...«

Es war das Schicksal unserer Generation, diesen historischen Zeitabschnitt in einer zunehmenden Einsamkeit und Fremdheit zu erleben. Doch wir konnten immerhin noch darüber reden. Und trotz aller Tode hatten wir manche Werte in uns noch nicht getötet, nicht töten können... Zudem halfen diese Gespräche auch, das Erlebte zu bestätigen. Vielleicht war der erreichte Punkt ein trauriger, an den wir uns jedoch festklammern mußten, es war ein Punkt, dem wir nicht entkommen konnten, und zugleich einer, den wir brauchten. Jene Ablehnung war nämlich bei all unseren Fehlern auch unsere Ehre, unser Land, unser Leben. Was noch übrigblieb, war die Fortsetzung einer Erzählung... Wir hatten uns selbst mit jenen Erzählungen erzogen, wir hatten sie ja uns selbst und anderen erzählt, zu erzählen versucht...

»Was wir erlebt haben, hat uns aber auch gelehrt, vorbereiteter zu sein auf Gefahren und Schmerzen... Erinnerst du dich an jenes Flittchen, mit der ich zwei Jahre lang gegangen bin, mit der ich eine Beziehung voller Streit gehabt habe, und die mich dann ohne ein Wort der Erklärung verlassen hat?...«

Natürlich erinnerte ich mich, wie denn nicht... Ich fühlte mich gedrängt auszudrücken, was ich wie im Gedächtnis behalten hatte, damit ich mit ihm gemeinsam fortfahren konnte.

»Aviva... Was für schöne lange, blonde Haare sie hatte... Ich habe mir immer gesagt, diese Beziehung geht nie zu Ende, sie endet nicht so leicht. Du bist wohl eigentlich ein bißchen auch ihretwegen dorthin gegangen. Das hast du irgendwie nie zugegeben, doch meiner Ansicht nach war es so...«

Er nickte. Um einerseits meine Worte zu bestätigen, aber auch, um auszudrücken, daß das, was er erzählen wollte, mich verblüffen würde. Ich würde ihn nun eine Zeitlang nicht unterbrechen können.

»Sie war ein Jahr vor mir nach Israel gegangen. Du hast recht, ich hatte sie nicht vergessen können. Wir hatten auch ein-, zweimal telefoniert... Als sie hörte, daß ich käme, sagte sie, sie würde mich vom Flughafen abholen. Ich wußte nicht, was sie in ihrem neuen Leben erlebt hatte. Doch ich hatte durch die Kraft, die mir die Befreiung von den Unterdrückungen verlieh, ein wenig Hoffnung auf einen neuen Anfang in einem fremden Land. Es war auch möglich, daß sie nicht Wort hielt, nicht kommen, mich versetzen würde ... Aber sie kam. Plötzlich stand sie mir am Ausgang des Flughafens gegenüber, als ich verwirrt um mich blickte. Ich hatte sie gefunden, doch bald sollte ich mir sagen: ›Ah, hätte ich sie doch nicht gefunden!‹ Sie hatte sich sehr verändert. Jene langen, gepflegten Haare hatte sie ganz kurz geschnitten. Wie ein Mann... Auch ihr Benehmen hatte sich sehr verändert. Sie war härter geworden. Sie war sowieso frech gewesen, jetzt war sie noch frecher. Und zu ihrer Frechheit kam noch, soweit ich sehen konnte, eine seltsame Distanziertheit, eine spürbare Überheblichkeit. Ich war verwirrt. Ich hatte ja erwartet, einer anderen Frau zu begegnen... Trotzdem versuchte ich, mir nichts anmerken zu lassen. Sie hatte ein kleines Auto. Wir luden die Koffer ein und fuhren Richtung Haifa. Ich hatte eine bestimmte Adresse. Ich wollte in einen Ulpan gehen. Das ist ein Ort, wo ich in einem Intensivkurs die Sprache meines neuen Landes lernen würde ... Dort wollte ich mindestens sechs Monate bleiben. Wir würden wahrscheinlich auch Integrationsunterricht bekommen. Sie hörte mir wortlos zu. Dann sagte sie plötzlich: ›In diesem Land nabelt sich jeder auf seine Weise ab.‹ Ich solle von ihr kein neuerliches Beisammensein erwarten. Sie lebe mit einem Juden aus Argentinien zusammen und sei mit ihrem Leben zufrieden, denke sogar daran, bald zu heiraten. Sie könne mir nur bis zu einem bestimmten Punkt helfen ... Ich konnte nichts erwidern... Was hätte ich sagen können? ... Ich hätte ja nicht sagen können, daß ich auch mit einer neuen Hoffnung in bezug auf sie, auf uns hergekommen war. Ich weiß nicht, wie sie mein Schweigen deutete. Als wir in Haifa ankamen, setzte sie mich in der Innenstadt am Anfang einer Straße ab, die ich inzwischen sehr gut kenne. Sie beschrieb mir den Weg, den ich gehen sollte. Es war ganz nahe. Ich würde alleine zurechtkommen. Sie zöge es auch vor, wenn ich nicht anriefe, außer in Notfällen. Mir war, als bekäme ich eine Ohrfeige nach der anderen. Wieder sagte ich keinen Piep. Ich konnte mich nur bedanken. Ohne zu wissen, wofür. Ich weiß nicht, vielleicht bedankte ich mich dafür, daß sie mich vom Flughafen abgeholt und in die Stadt gebracht hatte, wo ich bleiben sollte, vielleicht weil sie mich mittendrin abgesetzt hatte, damit ich mich sofort, noch schneller an mein künftiges Leben gewöhnen sollte. In dem Moment war ich nicht imstande, das zu analysieren. Aber wahrscheinlich waren das meine Gefühle. Ich war mitten in der Arena ... Ich konnte kein Wort Hebräisch, nur ein bißchen Englisch. Den Ulpan fand ich. Sie schauten in die Einschreibungsunterlagen. Ich mußte warten. Dann richtete ich mich dort im Internat ein. Lange habe ich mich gefragt, warum mich diese Frau so behandelt hat. Dann gab ich es auf. Ich gewöhnte mich sowieso schnell an mein neues Leben. Es blieb mir nichts anderes übrig ... Zuerst besuchte ich die Grundkurse, als diese abgeschlossen waren, begann ›*mitkatmin*‹, also Hebräisch für Fortgeschrittene. Dort gab es viele Menschen wie mich, die aus unterschiedlichen Ländern, Kulturen gekommen waren, um in einem neuen Land ein neues Leben anzufangen. Das war wohl ein bißchen das Multikulturelle. Na ja, es gab auch Mädchen. Alle hatten sich das Prinzip zu eigen gemacht, ja keine feste Beziehung einzugehen, weil sie sich in das neue Leben integrieren wollten. Es wurde ein Existenzkampf geführt. Ich genoß die Freuden jener Tage. Ich war ein guter Schüler. Noch ehe ich den Fortgeschrittenenkurs in Hebräisch abgeschlossen hatte, schickten sie mich auf die Technische Hochschule in einen Kurs für berufsbezogenes Hebräisch. Wir waren neun Leute, davon acht aus Rußland. Ich war der einzige Türke unter ihnen. Der Kurs sollte vier Monate dauern. Doch weil dieser Kurs vom Arbeitsministerium und dem Ministerium für die Integration der Einwanderer gemeinsam veranstaltet wurde, schickten sie mich nach Ablauf eines Monats schon zum Einstellungsgespräch für das erstbeste Arbeitsangebot. Es ging alles sehr schnell. Ich begann in einer Projektfirma zu arbeiten. Bis diese Firma im Jahr 1985 geschlossen wurde und ich deswegen meine Arbeit verlor... Damals besuchte ich dann die Theaterschule Bejth Zwi. Dieses Mal war es ein siebenmonatiger Kurs für Leute, die die Altersgrenze für die Universität überschritten hatten. In jenen Tagen traf ich in Tel Aviv einen Freund aus Kindertagen, der schon lange vor mir aus Istanbul übergesiedelt war. Er machte nebenbei die Bemerkung: ›Bei uns, bei den staatlichen Elektrizitätswerken, werden immer Elektroingenieure wie du gebraucht‹. Er war dort in einer Direktorenposition. Ich bewarb mich und wurde eingestellt. Es war eine richtige Beamtenstellung. Das Einkommen war nicht besonders hoch, doch es gab unglaubliche Vergünstigungen. Außerdem war es keine ganz schlecht bezahlte Arbeit. Israel ist ein sozialistischer Staat, der die kapitalistischen Vorteile zu nutzen weiß. Deswegen gibt dir dein Einkommen die Möglichkeit zu einem menschenwürdigen Leben. Du hast deine soziale Sicherheit, hast genug zu essen und zu trinken. Das übrige hängt davon ab, wie du auf das Leben schaust, aus welcher Sicht...

Ich weiß nicht, ob ich, wenn ich diese Arbeit nicht gefunden hätte, in einen Kibbuz gegangen wäre, den ich für eine der Einrichtungen halte, die den Sozialismus am besten umsetzen. Es ist gar nicht so leicht, dort aufgenommen zu werden. Doch ich habe es nicht versucht. Vielleicht habe ich es nicht gewagt. Außerdem wollte ich, wenn ich mich anpaßte, eher in der Bewegung sein. Ich trat der Arbeitspartei bei. Ich war einer der Organisatoren der Antikriegsdemonstrationen.

Manchmal habe ich sogar davon geträumt, mich eines Tages zum Abgeordneten wählen zu lassen. Doch als ich mich näher damit befaßte, habe ich auch dort bei den Menschen Seiten gesehen, die ich nicht sehen wollte. Politische Arbeit konnte überall schmutzig sein. Ich verstand, daß das nichts für mich war. Ich trat aus der Partei aus. Von meinen Überzeugungen verabschiedete ich mich jedoch nicht. Vielleicht habe ich manche Enttäuschung erlebt. Aber das ist nicht wichtig. Denn niemand konnte mir meine Gedanken rauben. Niemand hat sie mir je rauben können ... Inzwischen habe ich auch Israel und seinen Krieg, den es führt, besser zu verstehen begonnen. Doch meine Einsicht hindert mich nicht daran, gegen das imperialistische Verhalten in den besetzten Gebieten zu sein. Wir haben unsere Bemühungen mit den israelischen und den palästinensischen Genossen gemeinsam weitergeführt. Und wir machen immer noch weiter. Auch gibt es eine Wahrheit, die ich sehr gut kenne und verstanden habe: Kein Land, eingeschlossen die Türkei, hat in bezug auf Israel ausreichend zutreffende Analysen erstellt. Das kann sogar jemand wie ich erkennen. Dieses Land hat ein ernstes Problem in bezug auf Öffentlichkeitsarbeit. Schau, wir haben große Protestmärsche organisiert gegen das, was in Ramallah, in Dschenin, im Libanon passiert ist. Denn es gibt nicht nur das eine Israel. Wir haben achtbare Schriftsteller, Journalisten. In diesem Land gibt es auch uns. Wie du siehst, sind wir auch dort in der Minderheit, verflucht noch mal. Aber glaub mir, die Mehrheit ist der Lage überdrüssig. Das Volk hat den Krieg satt. Ich meine, wenn du wüßtest, was dort mitten im Alltagsleben passiert ... Ist es etwa leicht, mit der Angst zu leben, daß einem im Café oder in einem Restaurant, im Bus bei der Rückkehr von der Arbeit oder wenn dein Kind im Schulbus zur Schule gefahren wird, jeden Augenblick eine Rakete auf den Kopf fallen kann? ... Oder die Angst, dein Kind mitten ins Feuer zu schicken, wenn du es bis zu einem bestimmten Alter großgezogen hast? ... Nun ja, das sind sehr weitreichende Probleme ... Vielleicht interessieren sie dich auch gar nicht so sehr. Du weißt, wenn ich mal anfange, von etwas zu reden, das mir wichtig ist, wenn ich mich aufrege, kann ich so leicht nicht aufhören ...«

So war es wirklich. Auch in den Tagen unserer Freundschaft war er oft von einer augenblicklichen, unbegreiflichen Aufregung erfaßt und mitgerissen worden und hatte irgendwie nicht wieder aufhören können. Es war schön zu sehen, daß er diese Eigenschaft nach all der Zeit nicht verloren hatte ... Ich hörte ihm lächelnd zu, wobei ich einige alte Bilder aus meinem Gedächtnis hervorkramte. Ich wollte auch dieses Gefühl genießen. Doch gab es noch andere Gründe, daß ich schwieg und nicht versuchte, ihn zu unterbrechen. Zum einen, weil mich das, was er sagte, ganz im Gegensatz zu seiner Vermutung sehr interessierte. Zum anderen wollte ich vermeiden, daß er durch eine unnötige, unangebrachte Frage oder einen Kommentar meinerseits das Gefühl für seine Erzählung verlor. Und drittens war ich überzeugt, daß in solchen Fällen, in solch ausführlich erzählten Lebensgeschichten plötzlich mitten in ihrem natürlichen Verlauf ein Detail erwähnt werden konnte, das ein unglaubliches Licht auf das Erlebte warf.

Auch war es für mich sehr wichtig, von ihm über eine Weltgegend zu hören, die mir niemals gleichgültig sein würde. Doch wenn ich ehrlich sein sollte, so interessierte mich sein Theater- und Musikerleben noch viel mehr. Ich wußte, er konnte das, was er in diesem Bereich getan hatte, sowieso nicht von seiner politischen Haltung trennen. Zumindest hatte ich ihn als solch einen Menschen gekannt. Deshalb versuchte ich, das Gespräch auf seine Vergangenheit zu lenken, von der ich noch mehr erfahren wollte.

»Gut, wie hat denn jene Arbeit als Musiker angefangen? ... Wo hast du gespielt? ... Du hattest es ja nicht nötig, in Nachtclubs das tägliche Brot zu verdienen! ...«

Er lachte. Soweit ich nun verstand, lag in seinem Lachen nicht nur ein kleiner Stolz, den er nicht verstecken wollte, sondern auch eine ausgeprägte Schalkhaftigkeit, die ihm meiner Ansicht nach trotz all der Jahre immer noch gut stand.

»Ich habe die Gitarre aufgegeben ... Inzwischen spiele ich nur noch *saz* und *bağlama*.* Ich lebe mein Türkentum dort auf diese Art aus. Indem ich meine Seele vollkommen in die Musik lege, die ich mache ... Das wollte ich dir eigentlich von allem Anfang an erzählen. Wir haben jetzt einen bekannten Namen, und ebenso bekannt ist, wie wir von denjenigen beurteilt werden, die sich selbst nicht kennen; ersparen wir uns die Details. Aber wenn wir nun schon mal dabei sind, muß ich es doch sagen. Schau, sagen wir mal, der Mann heißt Oğuz. Ein richtig türkischer Name, nicht wahr? ... Er hat in Amerika irgendwo an guten Universitäten studiert. Deswegen sind drei von zehn seiner Wörter englisch, denn er kann nicht anders, so hat er es gelernt. Außerdem hört er immer Jazz. Ich höre klassische türkische Musik. Er trinkt Whisky, ich Raki ... Nun frage ich: Wer von uns beiden ist mehr Türke? ... Na egal, ein jeder soll sich blamieren, wie er will. Am besten erzähle ich dir, wie die Sache angefangen hat. Da siehst du noch einmal, wie Zufälle, Begegnungen das Leben des Menschen verändern. Es war an einem der Tage, als ich die Nase voll hatte von jenen kleinen politischen Auseinandersetzungen. Zwischen Tür und Angel fand ich Gelegenheit, mit einer jungen Frau ein paar Worte zu wechseln, die ich aus der Partei nicht besonders gut, nur vom Sehen kannte, die mich aber, offen gesagt, schon lange ziemlich interessierte. Als ich merkte, sie war sehr locker, sehr nett, sagte ich mir, ich könne es ja mal probieren, und lud das Mädel zu einem Kaffee ein. Sie war einverstanden, und wir setzten uns in eine nah gelegene Konditorei. Dabei gab dann ein Wort das andere ... Irgendwann fing sie an von Musik zu reden, zum Beispiel über die Musikstile auf der Welt. Ich sei ja Türke ... Das Mädel war in Israel geboren, eine echte ›Sabra‹. Doch von ihrer Familie hatte sie verschiedene Kulturen mitbekommen. Ihre Mutter stammte aus Venezuela, ihr Vater aus Polen. Deswegen konnte sie auch Spanisch. Im Gespräch glitten wir ab und zu ins Spanische hinüber. Auch das gefiel mir außerordentlich gut. Nebenbei gesagt, ich habe dort auch intensiv Spanisch gelernt. Also war das, was wir von unseren Großmüttern gelernt hatten, doch zu etwas nütze. Es stimmt, daß ich im Gespräch mit diesen Menschen ganz kostenlos eine Sprache gelernt habe. Natürlich habe ich auch einige Bücher gewälzt. Nun gut, als ich dem Mädel sagte, daß ich früher Gitarre gespielt habe, aber mich nun mehr für *bağlama* und *saz* interessiere, wurde das Gespräch intensiver. Ich hatte die Instrumente bei meinen Eltern bestellt, wobei ich ihnen extra aufgetragen hatte, wo in Istanbul sie sie kaufen sollten. Netterweise hatten sie die Mühe nicht gescheut, sie zu bringen ... Das Mädel stellte nun Fragen, und ich erzählte. Sie interessierte sich immer mehr und versuchte, diese Instrumente zu verstehen. Ihre Fragen wiesen sie als eine aus, die etwas von Musik verstand, das entging mir nicht. Du weißt ja, ich bin nicht auf den Mund gefallen, und wenn das Thema interessant und die Dame schön ist, dann rede ich gerne. Ich kam dermaßen in Fahrt, unvorstellbar. Nachdem sie mir eine ganze Weile konzentriert zugehört hatte, sagte sie plötzlich, sie hätten eine ethnische Musikgruppe, in der sie Vokalistin sei und manchmal auch Geige spiele, und sie lud mich ein, mit ihnen ein paar Stücke zu erarbeiten ... Wie du siehst, war das genau mein Ding. Ich war wohl im achten oder neunten Jahr dort, genau erinnere ich mich nicht. Doch ich erinnere mich, daß ich mir sagte, das sei wohl das beste Arbeitsangebot, das ich bisher in meinem Leben bekommen habe. Ich rede hier von einem Angebot, doch ich wußte natürlich nicht, was mir passieren, wie sich die Dinge entwickeln würden. Ich wußte auch nicht, ob es ein professionelles Angebot war und ob sich mein

Leben ganz plötzlich verändern würde. Ich überließ mich ganz einfach der Strömung, die zu spüren dem Menschen schon genügt. Du weißt, ich bin begeistert von solchen Situationen. Ich sagte, ich könne sofort kommen, so eine Arbeit würde mein Leben bereichern. Meine Impulsivität begeisterte das Mädel, und ihre Begeisterung begeisterte wiederum mich. Ich konnte es sowieso nicht mehr an meinem Platz aushalten. Aus dieser Begeisterung heraus lud ich sie an jenem Tag in meine Wohnung ein und sagte: ›Komm und schau dir selbst an, was die *saz* für ein Ding ist.‹ Sie war ähnlich gestrickt wie ich und ließ sich das nicht zweimal sagen. Ich bot ihr Raki an, und wir tranken ein wenig. Danach gab ich ihr eine kleine Vorstellung und ließ ein, zwei Stücke von Ruhi Su explodieren. Sie war sehr beeindruckt. Dann fingen wir plötzlich an, uns zu lieben. Es war ein unglaublicher Liebesakt, Bruder, noch die Erinnerung daran erregt mich, glaub mir. Bis zu dem Tag waren so viele Frauen in jene Wohnung hereingeschneit, doch sie war anders, ich kann nicht sagen, was an ihr so anders war, sie war eben anders. Wir blieben auf dem Fußboden hingestreckt liegen. Eine Weile haben wir geschlafen. Nach dem Aufwachen rauchten wir eine Zigarette. Eine von den speziellen Zigaretten, du weißt schon ... Dann plötzlich, ganz ruhig, hat sie etwas Unglaubliches gesagt: ›Ich bin verheiratet, und mein Mann spielt in der Gruppe die Klarinette.‹ ... Die Verwirrung in meinem Gesicht war sicherlich sehenswert. Das Mädchen wollte sich totlachen, du kannst es dir nicht vorstellen. Als ich sagte, ich könne mich unter diesen Umständen nicht der Gruppe anschließen, fand sie mein Verhalten dermaßen komisch, daß sie, so nackt, wie sie neben mir lag, aufs neue und noch mehr zu lachen anfing. Ich versuchte ebenfalls zu lachen, um nicht unhöflich zu erscheinen, doch ich konnte eigentlich nicht entscheiden, worüber ich lachen sollte. Über das Mädel oder über meine Lage, in die ich geraten war? ... Dann schaute sie mich an und sagte zärtlich und verführerisch lächelnd: ›Du dummer Türke! ... Daran gewöhnst du dich schon, mach dir keine Sorgen, wir werden eine wunderbare Freundschaft miteinander erleben, du wirst sehen, ich spüre das. Unsere Ehe ist halt eine solche Ehe ...‹ Wäre es jemand anderer gewesen, hätte ich ihr auf den ›dummen Türken‹ die entsprechende Antwort gegeben. Doch in dem Augenblick fühlte ich schon die gleiche Freundschaft wie sie. Das heißt, auch ich wollte aus tiefster Seele an diese Möglichkeit glauben. In dem Moment fragte ich mich, ob das Mädel wohl über Zauberkräfte verfügte. So hatte es mich erwischt, obwohl ich noch nicht genau wußte, womit ich zusammengeprallt war. Natürlich sprach ich das mit der Zauberei nicht aus. Sonst hätte ich vielleicht ihr Vorurteil über meine ›Dummheit‹, die sie mit meiner Kultur, meinen Wurzeln assoziierte, noch verstärkt! ...

Nun, kurz und gut, ich schloß mich ein paar Tage später der Gruppe an. Der Ehemann des Mädels war ein toller Kerl, ein guter Mensch und ein prima Musiker. Schon bei unserer ersten Begegnung spürte ich, daß er von der Sache wußte. Ich ließ mir nichts anmerken. Wir würden zu gegebener Zeit sicher über das Thema sprechen, sagte ich mir. Wir sprachen auch darüber ... Jedoch unter ganz anderen Bedingungen, mit ganz anderen Gefühlen und Erfahrungen als in jenen Tagen ... Binnen kurzem hatte ich mich an die Gruppe gewöhnt. Die Musik, die wir machten, war genau nach meiner Vorstellung. Wir paßten Musikstücke aus verschiedenen Kulturen, Ländern dem von uns gefundenen Stil an und entwickelten daraus eine andere Musik. Du wirst es nicht glauben, aber dieses Zusammenspiel dauerte jahrelang. Bis vor zwei, drei Jahren ... Es dauert sogar noch an, aber nicht wie früher. Einerseits gab es Trennungen, andererseits habe ich den Schwerpunkt jetzt mehr auf die Theaterarbeit gelegt. Was haben wir in diesen langen Jahren nicht alles erlebt ... Wir haben mit einer guten Agentur zusammengearbeitet. Es kam die Zeit, da wir nicht nur in Israel, sondern praktisch durch die ganze Welt getourt sind. Wo waren wir nicht alles ... In Hongkong, in Paris, Rom, auf Sizilien, in New York, Amsterdam ... Glaub mir, ich übertreibe nicht, ich könnte die Liste noch fortsetzen. Unter anderem habe ich in den Städten, in die wir kamen, auf den Festivals viele bekannte Namen kennengelernt. Stephan Micus, Maria Faranduri, Paco de Lucia ... Wie oft haben wir in verschiedenen Lokalen der Welt zusammengesessen, miteinander getrunken und, wenn wir begeistert waren, miteinander gespielt ... Wäre ich in der Türkei geblieben, hätte ich das nicht tun können. Nicht wahr, ich hätte das nicht tun können, oder? ...«

Es schien, als wäre es wieder Zeit, innezuhalten und Atem zu holen. Gab es eine einfache Antwort auf seine Frage? ... Die eigentliche Antwort ... Lag die eigentliche Antwort in unserem Schweigen, in unserer Tiefe, wo wir unsere Wunden zu heilen und vor allem zu verstecken versuchten? ... Jede Weltgegend hatte ihr eigenes Schicksal. Und überall, wo Menschen ein gemeinsames Schicksal teilten, entwickelten sie auch ein Gewissen ... Jemand wie er hätte zweifellos auch in Istanbul seinen Weg gemacht. Er hätte sicher einen Weg gemacht, auch wenn es ein anderer gewesen wäre. Doch ich spürte in diesem Moment, daß sich hinter seiner Frage eine andere Frage verbarg, die er irgendwie nicht stellen konnte. Vielleicht war es auch eine Frage, die aus dem Wunsch kam, noch einmal an seinen Lebensverlauf zu glauben. Was sollte ich sagen? ... Lag die Antwort wieder im Schweigen? ... Ich schwieg aber nicht, dieses Mal konnte ich nicht schweigen. Sowohl um meinetwillen als auch um seinetwillen ... Um meine Glaubwürdigkeit nicht zu zerstören, vertraute ich noch einmal auf die Kraft der Worte

»Sagst du nicht auch, daß Begegnungen den Lauf unseres Lebens verändern? ... Daß mancher Tod uns auf ein wahreres Leben vorbereitet ... Wie zwei Wolken, die zusammenstoßen, damit es regnet ... Wie könnten wir sonst das Schicksal ertragen? ...«

Er schwieg. Es sah aus, als wollten seine Augen mir Zustimmung signalisieren. Wer wollte, konnte meine Worte sowieso auslegen, wie es ihm gefiel. Dennoch hatte ich die Antwort auf jene Frage nur so geben können. Wir schwiegen beide. Ich spürte aber, daß die Erzählung noch nicht zu Ende war. Tastend versuchte ich weiterzufragen.

»Passierte danach nichts weiter zwischen euch? ...«

Er schaute aufs Meer hinaus. Es schien, als sei er wieder irgendwo ganz versunken. Deswegen verstand er zuerst nicht, nach wem ich fragte. Schließlich besann er sich. Aus seiner Antwort entnahm ich, daß sich jene Beziehung mit sehr andersartigen Menschen auf ganz andersartige Weise entwickelt hatte.

»Mit Miriam? ... Ja, ihr Name war Miriam ... Sie war ein wunderbares Mädel. Von jenem Tag an hatten wir eine sehr tiefe Freundschaft. Genau wie sie es gesagt hatte ... Sie hat sich oft um mich gekümmert, hat meinen Kummer geteilt. Dasselbe habe ich auch zu tun versucht. Mit Ari, ihrem Ehemann, habe ich ebenfalls unvergeßliche Augenblicke erlebt, doch er war ganz anders als sie ... Jahrelang führten sie ihre Ehe in dieser Weise ... Trotzdem haben sie sich getrennt. Miriam war diejenige, die weggegangen ist. Jetzt lebt sie mit einem reichen Amerikaner, der drei Kinder hat, in San Francisco ... Manchmal vermisse ich sie sehr. Für ihr Weggehen gab es einen triftigen Grund. Den habe ich ebenfalls im Lauf der Zeit erfahren. Sie wollte endlich ein Kind haben. Ari konnte sich dazu nicht entschließen, er sagte, es sei Dummheit und Egoismus, ein Kind in diese Welt zu setzen. Denn die Unschuld sei längst verloren. Er würde sich an dieser Schuld nicht beteiligen ... Im Hinblick auf das von ihm gewählte Leben konnte ich ihn verstehen. Hingegen konnte ich Miriams Beharren nicht verstehen. Ihr Lebensstil, ihre Vorlieben, ihr bisheriges Leben hatten sie in meinen Augen weit entfernt von der uns bekannten Mütterlichkeit. Eines Tages, als wir allein waren, fragte ich sie nach dem Grund für ihre Hartnäckigkeit; da füllten sich ihre Augen mit Tränen, und mit zitternder Stimme sagte sie, es gäbe einen allertiefsten Grund, an den sie sehr glaube, doch sie könne nicht mehr darüber sagen. Nachdem sie ein wenig geschwiegen hatte, sagte sie mit derselben zitternden Stimme, so als protestiere sie gegen ihr gesamtes Leben: ›Was glaubst du denn, warum ich dies alles durchgemacht habe? ...‹ Ich war wie erstarrt. Das war eine Frage, die alles, was ich bis dahin mitbekommen hatte, erschüttern konnte. Eine Frage, die mich zu der Vermutung veranlaßte, daß womöglich alles nicht so war, wie es zu sein schien. Ich verstand nicht genau, was sie mitteilen wollte, aber ich konnte sehen, daß sie sehr litt. Dennoch konnte ich nicht weiter vordringen. Es war, als sagte sie mir mit den Augen, ich solle mich zurückhalten. Ich weiß nicht, ob du so etwas je erlebt hast. Vielleicht hatte ich auch nur das Gefühl, zurückgehalten zu werden. Weil ich nicht anders konnte ...«

Ich hatte das erlebt, natürlich. Die Umstände waren anders gewesen, aber das Gefühl war mir bekannt. Ich liebte ihn in diesem Moment noch mehr. Seine Ratlosigkeit, seinen Wunsch, mehr zu erfahren ... Ich konnte sogar die Fragen hören, die er sich selbst stellte. Es war nun unausweichlich, daß wir einander dieses gemeinsame Schicksal mitteilten. Indem ich eine von diesen Fragen stellte, konnte ich ausdrücken, was ich wie und warum verstand.

»Du fragst dich sicher manchmal, ob sie in dem Moment von dir erwartet hatte, einen anderen Schritt zu tun, nicht wahr? ...«

Er schaute betroffen, mit einer traurigen Freude, weil er sich verstanden sah, und mehr noch mit einer Aufregung, die er wieder nicht verbergen konnte. Unsere Entfernung hatte unsere Nähe nicht vernichtet.

»Es war dies das erste und vielleicht einzige Geheimnis, das sie mir nicht verriet ... Jetzt hat sie ihr Geheimnis mit sich fortgenommen. Ich hatte auch Gelegenheit, mit Ari darüber zu sprechen. Ich habe ihm berichtet, was mir seine Frau gesagt hatte. Wußte er die Wahrheit? ... Vielleicht. Doch wenn er sie gewußt hätte, hätte er sie nicht sagen können, nach dem, was er von mir gehört hatte. Er war ein so edler Mensch, daß er mir nicht verraten hätte, was Miriam mir nicht gesagt hatte. Er schien bereit zu sein, die Trennung still zu ertragen, indem er seinen ganzen Kummer in sich vergrub ... Ehe Miriam wegging, sagte sie mir in unserem letzten Gespräch, ihr Zusammenleben sei auf einem großen Tabu aufgebaut und eigentlich gar keine richtige Ehe gewesen. Ich dürfe aber keine weiteren Erklärungen verlangen und müsse mich mit dem Gesagten begnügen. Selbst dies wüßte niemand und würde niemand erfahren ... Sie seien durch eine sehr seltsame Leidenschaft einander verfallen ... Seit Jahren. Seit ihrer Kindheit ... Über den Fluch, der sie verband, könne man nicht sprechen ... Doch nun sei die Zeit gekommen, sich zu trennen, und wenn es das Leben koste. Eigentlich seien sie gar nicht so frei, wie es aussah ... Die wirkliche Freiheit würden sie womöglich nur durch den Tod erfahren ... Ich war gehörig verwirrt, hatte aber nicht die Kraft, weiter vorzudringen. Ich verstand nur, daß ich die Frau, die mir am meisten bedeutete, verloren hatte, ohne sie wirklich verstanden zu haben ... Was gibt es doch für Beziehungen? ... Ich konnte noch etwas sehen. Daß mit ihr die Solistin der Gruppe und nach meiner Meinung das wichtigste Mitglied wegging. Als ob es damit nicht genug wäre, zog sich kurz nach dieser Trennung unser Freund aus dem Iran, der in unserer Gruppe *bendir** spielte, im Groll gegen das Leben zurück, nachdem er erfahren hatte, daß sein Sohn im Krieg in Palästina gefallen war. Er war sehr sensibel. Wir konnten ihn nicht halten ... Ich war nun sehr enttäuscht und spürte, es war Zeit, mich von der Gruppe zu trennen. Es schien ein Fluch auf uns zu liegen. Ich redete mit Ari, unserem Leiter. Er reagierte verständnisvoll. Nach diesen Trennungen hatte er ebenfalls seine Begeisterung verloren. Es war Zeit, daß wir alle verschiedene Wege einschlugen. Die Gemeinsamkeit der Gruppe war zu Ende. Wir hatten getan, was wir konnten. Am Ende unseres Gesprächs sagte Ari, daß er mich manchmal um meine Beziehung zu Miriam beneidet hätte, nicht deswegen, was vor Jahren einmal vorgefallen sei, sondern wegen unserer Freundschaft, unserer Nähe. Ich sei einer der wenigen Menschen gewesen, denen gegenüber diese Frau sich geöffnet hatte. Ich wußte natürlich nicht, was ich sagen sollte. Ich schämte mich, war betroffen, bin sicherlich rot geworden, doch ich wußte nicht, was ich sagen sollte.

Jetzt treffen wir uns, wenn auch selten, setzen uns irgendwo hin und reden lange. Es gibt eine Menge Themen, über die wir sprechen: vom Palästinenserproblem über die Auswirkungen der Globalisierung auf uns, über Frauen bis hin zu Fußball. Manchmal kommen auch die anderen Mitglieder der Gruppe. Wir spielen dann nur für uns. Wir trinken, trinken alles mögliche im Andenken an die alten Zeiten, sitzen in der Nacht da und spielen bis zum Morgen. Nur über Miriam sprechen wir nicht. Dieses Verbot haben wir uns von alleine auferlegt. Insbesondere ich achte darauf, nicht von ihr zu sprechen. Denn ich weiß, sie hat dort das Leben gefunden, das sie sich gewünscht hat. Jedenfalls sagt sie, sie sei glücklich, und ich glaube es. Wir schreiben einander, wenn auch nicht oft. Was ich weiß, weiß ich aus ihren Briefen. Inzwischen hat sie von dem Amerikaner auch das ersehnte Kind bekommen.«

Unerwartet waren wir an einen sehr sensiblen Punkt gelangt. Ehrlich gesagt hatte ich zu Beginn unseres Gesprächs nicht ahnen können, daß sich die Erzählung in dieser Weise entwickeln würde. Überraschende Ausgänge haben mich immer beeindruckt. Doch hier waren die Auswirkungen, das Echo, vermutlich ebenso wichtig wie der Schluß selbst. Miriam hatte, soweit ich sehen konnte, in Nisos Seele tiefe Eindrücke hinterlassen. Dem mußte ich nachspüren, und zwar sofort.

»Du hast dieses Mädel geliebt...«

Er zündete sich eine Zigarette an und nahm einen Zug. Ich spürte, daß er sich anschickte, in die Tiefe einer anderen Erzählung hinunterzusteigen oder die Tür einer anderen Verletzung zu öffnen. Was er erzählte, sollte langsam zeigen, daß mein Gefühl mich richtig geleitet hatte...

»Ich habe sie geliebt, und zwar sehr. Doch nicht in der Weise, wie du vermutest. Das zwischen uns war keine Leidenschaft, sondern etwas anderes. Nun ja... Doch es war etwas anderes... Man muß es nicht unbedingt mit Namen bezeichnen... Bald danach bin ich sowieso schrecklich auf eine Frau abgefahren. Das war eine richtige Leidenschaft. Eine richtige, leidenschaftliche, echte Liebe mit allem Drum und Dran... Mit ihr habe ich sechs Jahre zusammengelebt. Fast hätten wir geheiratet, hätten ein Kind gehabt...«

Er unterbrach sich. Es war deutlich, daß die Erinnerung ihn schmerzte. Er rauchte weiter. Auch ich rauchte. Ich wußte nicht, die wievielte Zigarette das inzwischen war. Wir hatten längst aufgehört zu zählen, der Kellner hatte unsere Aschenbecher ein paarmal ausgetauscht. Außerdem waren wir beide nicht drauf aus, Berechnungen anzustellen... Wir wollten bei keinem Thema mehr Berechnungen anstellen... Bei keinem Thema... Wir bewegten uns erneut in unserer Geschichte, um uns selbst und einander besser zu erkennen. Um zu verstehen und erzählen zu können... In der Hoffnung, unsere Leben in den Griff bekommen zu können... Um von meinen Gefühlen das zu erzählen, was sich erzählen ließ. Ich war überzeugt, auch er würde das tun. Er hatte schon damit angefangen. Ich berührte seine Schulter und sagte, wir sollten aufstehen und ein wenig laufen, doch er hörte mich nicht, sondern redete weiter. Seine Stimme verriet, wie notwendig es für ihn war, mir auch diese Erzählung mitzuteilen.

»Das Mädel war aus Marokko... Sie hat auch meine Eltern kennengelernt. Diese haben sie mit ihrem geringen Französischwortschatz herzlich willkommen geheißen. Sie war eine Filmemacherin, drehte Dokumentarfilme. Ein-, zweimal haben wir auch zusammengearbeitet. Das hat gut geklappt... Aber wir haben halt einen Fehler gemacht...«

In diesem Moment fiel mir die Bemerkung ein, die Şeli über dieses Mädchen gemacht hatte. Wir waren nun wohl auf der Spur einer Protagonistin der Erzählung, über die man unbedingt reden mußte. Würde mich Niso einweihen?... Ohne einen Versuch konnte ich das nicht wissen. Ich versuchte es also. Dabei verließ ich mich auf den Spaß, einige Hinweise auf sein Leben zu besitzen... Woher hätte ich denn wissen sollen, daß ich an die Tür einer anderen Erzählung klopfte. Daß ich unerwartet eine Verbindung herstellen und erneut sehr erstaunt sein würde...

»Şeli hat von ihr gesprochen... Doch sie hat gesagt, sie sei aus Tunesien...«

Er lächelte. Auf meine Worte hin schaute er ein bißchen aufgeregt. Ich kannte natürlich seine Aufgeregtheit, die Arten seiner Aufgeregtheit. Diese Aufregung war anders als die bisherigen, sie schien darauf hinzuweisen, daß nun etwas sehr Verborgenes, eine Tatsache, die man gut versteckt halten wollte, ans Licht kommen würde. Als verstecke sich hinter dieser Aufregung eine Schuld. Ich wurde nämlich mit einer Frage konfrontiert. Einer Frage, die einfach aussah, die mir in jenem Moment jedoch bedeutungsvoll erschien. Mit einer Frage, die auszudrücken schien, hier müßte etwas geschützt werden... Auch dieses Mal erweckte der Ton seiner Frage das Gefühl in mir.

»Was hat sie sonst noch erzählt?«

Für mich war nun der kürzeste und einzig mögliche Weg, ihn ein wenig zu zwingen, indem ich kurz und knapp sagte, was ich wußte, und insbesondere formulierte, was ich nicht verstanden hatte. Ich war in dem Moment ganz überzeugt davon, daß ich auf diese Weise Şelis Enttäuschung und ihre Wut auf ihn endlich verstehen würde ... Zweifellos war diese Überzeugung durch die Frage und ihren Ton entstanden. Vielleicht täuschte ich mich. Es war nicht weiter wichtig. Im schlimmsten Fall hätte ich ihn nur ein wenig unter Druck gesetzt.

»Ich habe ihr deine Mail vorgelesen. Zuerst reagierte sie ein wenig schweigsam. Dann sagte sie, du hättest nicht alles erzählt. Sie ist dir wohl ein bißchen böse...«

Er zündete sich eine neue Zigarette an. Sein Ton wurde deutlicher.

»Was sie sagt, das stimmt... Sie hat auch recht, böse zu sein...«

Diese Worte kündigten offenbar an, daß ein anderer Aspekt in die Erzählung geriet. Die Aufregung sprang auf mich über. Ja, wir näherten uns einem Punkt, den ich überhaupt nicht erwartet hatte.

»Sie erlebte mit ihrem Mann damals eine schlimme Zeit. Einmal rief sie mich an und sagte, sie wolle mit mir reden, sich mit mir aussprechen. Sie kam nach Haifa, wir trafen uns in einem Café. Ora war wegen Dokumentaraufnahmen nach Nazareth gefahren. Danach sind wir zu mir nach Hause gegangen. Die Ereignisse entwickelten sich rasch. Ein jeder stellt seine eigenen Berechnungen an. Dinge aus unserer Vergangenheit, unsere Schwächen, das Verborgene, unterdrückte Wünsche, Ängste, die mit anderen zu tun haben, unser Zorn, ich weiß nicht... Wir ließen uns hinreißen... Dann kam Ora eher als erwartet nach Hause und fand uns beide im Bett... Das ist alles... Die Geschichte ist einfach zum Schämen, wie immer du es auch betrachtest, eine blamable und unglückselige Geschichte... Eine Geschichte, die in so

einem Moment den Menschen seine Charakterlosigkeit fühlen läßt ... Ob es nun richtig ist oder falsch ... Das war es, was ich in dem Moment fühlte ... Sowohl den beiden Frauen gegenüber als auch mir selbst ... Was dann kam, kannst du dir denken. Şeli ging wortlos weg. Ein paar Tage später ging auch Ora. Ich versuchte zu erklären, ich konnte es nicht; ich bemühte mich sehr, sie zurückzuholen, ich habe viel geredet, aber es gelang nicht. Ganz ohne Grund habe ich eine Beziehung kaputtgemacht ... Vielleicht waren wir aber auch am Ende ... Später habe ich über diese Seite der Sache nachgedacht. Wir waren am Ende und haben uns die Wahrheit irgendwie nicht eingestehen wollen. Nicht einmal uns selbst ... Also war dies der Tropfen, der das Faß zum Überlaufen gebracht hat ...«
In dem Mosaik der Erzählung hatte ein weiterer Stein seinen Platz gefunden. Es war interessant, daß Şeli sich entschlossen hatte, diesen Vorfall nicht zu erzählen, trotz all ihrer Lockerheit, Aufrichtigkeit und Selbstsicherheit. Es war auch verblüffend, insbesondere wenn ich daran zurückdachte, was sie alles erzählt, mitgeteilt hatte. Unmöglich, daß sie nicht gedacht hatte, ich würde die Wahrheit früher oder später erfahren. Und wenn das so war? ... Gab es auch für sie unüberwindliche Schwächen, Sackgassen? ... Geheimnisse, die sie nur insgeheim ertragen konnte? ... Lügen? ... Vielleicht sogar Lügen, die ihr nicht richtig bewußt waren? ... Schließlich paßte diese Beziehung nicht zu den berichtenswerten Siegen, mit denen sie aus ihren Kämpfen hervorgegangen war. Es war nicht leicht, sich manche Niederlagen einzugestehen. Daß sie sich diese nicht eingestand, wies womöglich auf eine andere Schwäche, einen unbeendeten inneren Kampf hin, aber es war zugleich eine Tatsache, ob es ihr nun gefiel oder nicht. So war es. Wenn Şeli über das Geschehen nachdachte, kämpfte sie vielleicht auch mit einem Schuldgefühl, mit dem sie nicht fertig wurde ... In einem solchen Kampf

mußte man manchmal die Schuld einem anderen aufladen, dem anderen Menschen, mit dem man die Schuld teilte. In der Hoffnung, das Erlebte so leichter ertragen zu können ... Es war nicht einfach ... Ein Moment der Schwäche hatte dazu geführt, daß eine Beziehung zu Ende ging, zerstört wurde ... In dieser Situation konnte man wahrscheinlich nicht so leicht sagen, man solle nicht von Schuld reden ... Ich konnte, wenn ich die Sache von dieser Seite her betrachtete, ein wenig verstehen, daß Şeli von Niso erwartete, daß er das Ganze erzählte. Zudem ergaben sich aus diesem Zusammensein, sofern man den Vorfall als ein Zusammensein bezeichnen mag, auch andere Fragen, die sich gar nicht so leicht beantworten ließen. Beispielsweise, warum diese Beziehung gerade damals erlebt wurde? ... Was wollte Niso damit sagen, wenn er davon sprach, daß ein jeder seine eigenen Berechnungen anstellte ... Waren manche Wünsche langsam unbewußt mitgewandert? ... Ich erinnerte mich plötzlich, wie sie sich gestritten hatten an jenem Abend vor Jahren, als wir noch weit von dem Erlebten entfernt waren. Wie Şeli den Fruchtsaftcocktail in Nisos Gesicht geschüttet hatte und er das als sehr erregend empfunden hatte ... Wir drei waren eine Insel gewesen ... Vielleicht zum letzten Mal zusammen ... Ich weiß nicht, warum ich mich plötzlich an jenen Abend erinnerte. Andererseits hatte die Angelegenheit auch eine Ora betreffende Seite. Ich konnte natürlich verstehen, daß sie sich sehr erniedrigt und gekränkt gefühlt hatte. War ihre Reaktion nicht aber doch als eine sehr maßlose, überzogene Reaktion anzusehen? ... Wurden Beziehungen nicht manchmal auch trotz Kränkungen weitergeführt, versuchte man sie nicht weiterzuführen, weil man sich ausrechnete, daß eine Trennung noch schwerer zu ertragen wäre? ... Berechnungen ... Eigentlich mochte ich das Wort überhaupt nicht ... Niso hatte mich gezwungen, mit diesem Wort zu denken. Darum ging es sowieso nicht. Wichtig war vielmehr, daß ich über die Fragen nachdachte und das, woran diese Fragen erinnerten; wichtig waren die Menschen, die uns riefen, vielmehr die Spiegel. In diesem Spiegel gab es womöglich Niso, der zeigte, daß er nicht so leicht verwand, verlassen zu werden, und auch ein Trauma, das mit dem Schleier der Vergangenheit zugedeckt werden sollte und das wohl deutlicher gezeigt hätte, warum Ora diesen Betrug so sehr aufgebauscht hatte. Und es gab Şelis in den Niederlagen ihrer Vergangenheit begründete, stets zu spürende Rachsucht, die nicht an die Oberfläche getreten war und trotzdem viele ihrer Beziehungen beeinflußt hatte... Ich überlegte zwischendrin auch, ob Şeli und Niso sich nach diesem Vorfall nochmals begegnet waren. Und wenn ja, was hatten sie gesprochen, von wo aus und wie hatten sie sich gegenseitig angeschaut?... Die Antwort konnte ich mir auf meine Art geben oder von ihnen geben lassen. Doch als ich mich gerade in diese Gedanken vertieft hatte, zog er mich durch seine Worte wieder zu einem anderen Punkt hin. So fand ich auch keine Gelegenheit zu sagen, daß ich dieses Zusammensein, das trotz aller Möglichkeiten von so kurzer Dauer gewesen war und doch sichtlich ein Leben im Tiefsten erschüttert hatte, in so ein Leben nirgends einordnen konnte und für sehr unpassend und überflüssig hielt. Ich wollte ihm sagen, um ihn ein wenig zu necken, wenn diese Beziehung in einem Roman erzählt würde, käme sie mir unglaubwürdig vor, doch leider, was sollte man machen, sei das Leben manchmal ein größerer Quatsch als jeder Roman. Aber auch das konnte ich ihm nicht sagen. Denn der Punkt, auf den ich nun zurückverwiesen wurde, war dieses Mal sehr berührend und leider sehr überzeugend.

»Nach Ora habe ich keine ernsthafte Beziehung mehr erlebt... Ich bin mal hier, mal dort hängengeblieben... Schließlich hatte ich gar nichts mehr... Ich habe keine Familie gründen können wie du... Ich hoffe, du weißt zu schätzen, was du hast...«

Ganz sicher tat er sich selbst unrecht. Ich kannte nämlich eine Reihe Leute, die auf sein Leben mit Neid, ja Eifersucht blicken würden, trotz aller Rückschläge, Abbrüche, Irrtümer ... Mehr noch, auch ich hätte beim Anhören der Erzählung einen Platz in einem der Bilder einnehmen mögen. Auch als ich Necmis Geschichte hörte, hatte ich so ein Gefühl gehabt. Doch es kam mir bemerkenswert vor, daß beide das Bedürfnis gehabt hatten, an einem Punkt ihrer Erzählung mir fast denselben Mangel mitzuteilen. War es etwa derart wichtig, eine Familie zu gründen? Das hieß, wenn man keine gründete, wurde das wichtig ... Ja, da gab es eine Enttäuschung, eine große Enttäuschung gegenüber dem Leben. Ich sagte ihm, was ich empfand. Er solle nicht ungerecht sein, er habe eine bewundernswerte Lebensgeschichte erlebt; so ähnlich wie ich zu Necmi gesprochen hatte ...

Dann übernahm ich die Führung des Gesprächs. Es war an der Zeit. Ich erzählte die Geschichte von Necmi, soweit ich sie kannte. Danach erzählte ich natürlich auch von Şebnem, und zwar das, worüber ich sprechen konnte, ich erzählte von Yorgos und von Şeli ... Er hörte auf seine Weise zu, indem er sich über das Gehörte manchmal ein wenig lustig machte, doch mehr noch mit Entrüstung oder Begeisterung ... Damit verbrachten wir fast zwei Stunden. Dann erhoben wir uns zu einem langen Spaziergang an der Küste entlang. Wir schwiegen ein wenig, und dann wieder machten wir ein paar Bemerkungen zu den gehörten Geschichten. Wir waren voll mit Gefühlen ... Es wurde Abend ... Er fragte, ob wir uns in ein Restaurant setzen und weiterreden sollten. In dem Moment spürte ich, er wollte sehr gerne, daß ich bliebe. Das wollte ich auch. Unverzüglich rief ich Çela an und sagte ihr, daß ich später käme. Weil sie das sowieso geahnt hatte, hatte sie sich mit ihren Freundinnen etwas vorgenommen. Wir würden uns also dann später zu Hause treffen ... Diese Worte konnte ich wieder auffassen, wie ich wollte. Als kleinen Vorwurf oder als ihre Weise, sich als verständnisvolle Frau darzustellen... Niso schaute mir lächelnd zu. Als er sah, daß ich das Gespräch beendet hatte, sagte er, ich hätte eine gute Frau. Nicht jede Frau reagiere so verständnisvoll, wenn sie an einem Samstagabend im letzten Moment allein gelassen würde. Ja, meine Frau war eine gute Frau, daran hatte ich keinen Zweifel. Aber nach so vielen Ehejahren konnten wir ja auch gar nicht anders. Als er hörte, wie ich meine Ehe betrachtete, fragte er plötzlich, ob während der langen Zeit eine andere Frau in mein Leben getreten sei. Ich konnte verstehen, weshalb er diese Frage stellte. Ich antwortete ganz aufrichtig. Es hatte nie etwas Ernstes gegeben. Das war mir auch nie nötig erschienen. Außer ein paar kleinen Seitensprüngen auf Auslandsreisen... Çela hatte das manchmal mitbekommen, manchmal nicht. Wenn sie etwas bemerkt hatte, hatte sie sich mit ein paar kleinen Sticheleien begnügt. Wobei sie nie die unterdrückte Frau spielte... Im Gegenteil, sie verhielt sich in gewisser Weise nachsichtig wie eine Mutter... Kurz gesagt war unsere Ehe in dieser Hinsicht wie eine von Millionen Ehen in dieser Welt. Mit aller Gewöhnlichkeit und Entschlossenheit, mit allem Durchstehen... Es gab ja einen Preis für das Dableiben und Nicht-Weggehen... Während wir bei diesem Thema waren, nahmen wir schon in einem der Restaurants am Strand Platz. Ich überlegte, meinem Freund, dem ich schon so viele meiner Gefühle mitgeteilt hatte, auch Berfin nicht zu verheimlichen. Vielleicht wollte ich davon erzählen. Ich versuchte, meine Gefühle in Worte zu fassen. Er sagte, ich solle bis zum Ende gehen, ich solle ausleben, was mir möglich sei. In der Zeit, in der ich lebte, sei es möglich, diesen Appell ernst zu nehmen. Es gab aber eine Realität, die er übersah. Wir waren ganz unterschiedliche Charaktere. Wir blickten mit unterschiedlichen Einstellungen aufs Leben... Mit anderen Befürchtungen, anderen Gefühlen... Trotz all unserer Gemeinsamkeiten... Deswegen konnte ich ihm nicht erklären, daß mich bei dieser Geschichte vor allem die wollüstige Phantasie fasziniert hatte. Es war aber trotzdem gut, darüber zu reden, reden zu können. Dieses Gefühl verdankte ich zweifellos seiner Frage, ob eine andere Frau in mein Leben getreten sei.

Dann beendeten wir das Thema. Denn die Rede kam schließlich auf unser ›Spiel‹. Auch er hatte sich dafür begeistert. Er hatte viel Spaß daran, seine Rolle erneut zu übernehmen. Noch dazu, nachdem er sich schauspielerisch so entwickelt hatte... Er sprach wieder davon, daß er in einer Theaterschule eine Ausbildung genossen habe, indem er wie immer geistreiche Bemerkungen über die Menschen machte, die er dort kennengelernt hatte... Später hatte er das Stück eines Freundes angeschaut. Es war von einer Amateurgruppe gespielt worden, die mit Hilfe des Städtischen Theaters von Haifa gegründet worden war. Niso war sehr beeindruckt gewesen. Nach dem Spiel hatte er gesagt, er wolle in so einer Gruppe mitmachen.

»Ich nahm das Angebot sofort an. Sie mußten sich eigentlich nicht sehr anstrengen, mich zu überreden... Die Gruppe arbeitete im Geist von Amateuren, doch es war nicht gratis, an den Arbeiten teilzunehmen. Du mußtest im Jahr dreitausend Schekel bezahlen, dann jeden Donnerstag von abends um acht bis Mitternacht und länger arbeiten und hattest dafür den Spaß, mit gleichgesinnten Verrückten zusammenzusein... Bis zum Monat Mai... Da wurde das Spiel des Jahres ausgewählt, und nach zwei Probelesungen wurden die Rollen verteilt. Nach zwei Monaten ging es auf die Bühne... Was habe ich nicht alles gespielt... In *Die kahle Sängerin* von Ionesco die Rolle des Mr. Smith, in *Was Ihr wollt* von Shakespeare den Sir Toby, in *Der Trojanische Krieg findet nicht statt* von Giraudoux den König Priamos... Becketts *Warten auf Godot* wurde in einer seltsamen Bearbeitung von zwölf Personen gespielt. Auch darin hatte ich eine Rolle. Und nun halt dich fest, wir bereiten *Der Preis* von Arthur Miller vor. Rate mal, welche Rolle ich spielen werde ...«

Als er das sagte, lächelte er unaufhörlich. Er schaute fragend. Ich merkte, daß er mich wieder an einen Punkt zu führen versuchte, der in uns allen tiefe Eindrücke hinterlassen hatte, und daß er sehen, hören wollte, an was ich mich noch wie weit erinnerte. Natürlich erinnerte ich mich, und zwar sehr gut. Dort lagerte wieder ein Bild unserer unverzichtbaren Geschichte. Sich nicht zu erinnern wäre sogar der Leugnung einer Existenz gleichgekommen, die auf dieser Geschichte begründet war. Doch ich mußte zeigen, an was ich mich wie erinnerte. Ich schaute ihm ebenfalls lächelnd in die Augen.

»Das wird dir nicht schwerfallen ... Ich bin aber wirklich neugierig, mit welchem Akzent du das spielen wirst ...«

Wir waren wieder viele Jahre in die Vergangenheit zurückgegangen ... Was für unvergeßliche Erinnerungen hatten wir doch in bezug auf dieses Stück ... Es war unmöglich, sich nicht zu erinnern. Wir waren noch sehr jung gewesen. Wir hatten das Stück in einem jüdischen Verein, den wir damals ab und zu besuchten, auf die Bühne gebracht. Niso in der Rolle des alten Trödlers. Wir hatten den Text den Bedingungen des Landes angepaßt, in dem wir lebten, und ließen den Trödler, der im Original mit schwerem jiddischen Akzent spricht, mit einem ebenfalls schweren, schon übertriebenen sephardischen Akzent sprechen. Das Ergebnis war äußerst erfolgreich. Alle krümmten sich vor Lachen. Wieder einmal sahen wir, wie gerne Juden sich selbst auf die Schippe nehmen ... Natürlich konzentrierte sich das ganze Interesse auf den in dieser Weise sprechenden Niso. Er seinerseits genoß die Aufmerksamkeit. Diese Erfahrungen waren gut, sogar sehr gut, und das kleine Malheur, das in einer der Vorstellungen passierte, sowie der geschickte Umgang damit zeigten uns noch einmal, was für ein Mensch er war. Es gab in dem Stück eine Szene, wo der alte Trödler in dem Haus, wo er Sachen kaufen will, in aller Ruhe sein Mittagessen verzehrt, das er in seiner Tasche mitgebracht hat. Es war sehenswert, wie er jedesmal ein hartgekochtes Ei ganz langsam pellte und aß. Eine unserer Kameradinnen hatte die Aufgabe, vor jeder Vorstellung das Ei zu kochen und in die Tasche zu tun. Sie hatte diese Aufgabe stets erfolgreich erfüllt. Einmal jedoch war es irgendwie passiert, daß das Mädel das Ei nicht richtig gekocht hatte. Das wußten wir natürlich bis zu jener Szene nicht. Niso wollte das Ei wieder ganz langsam zu pellen anfangen, doch plötzlich floß das Eigelb über seine Finger. Da zeigte er sein komisches Talent und fügte dem Text eine Replik hinzu, indem er schnell improvisierte: »Ich sag der Frau, koch das Ei richtig, sie aber hört nicht auf mich, sie macht, wie sie denkt, und tut in Tasche...« Die Zuschauer hielten das für einen Teil der Inszenierung und lachten. Wir selbst konnten uns nur schwer beherrschen, nicht zu lachen. Wir standen ja auf der Bühne. Ich verkörperte die Rolle des Ehemannes der Frau, die die Sachen verkauft. Wir haben wahrlich keine schlechte Arbeit geleistet. Aufgrund der begrenzten Möglichkeiten und unserer Laienhaftigkeit machten wir viele Fehler. Trotzdem brachte uns unsere Begeisterung, unsere Leidenschaft, ein Stück weit vorwärts... Zudem ging es uns ums Theater als solches, das bis zum äußersten ausgekostet werden wollte, die Liebe zum Theater teilte sich begeistert mit und vermehrte sich. Was wollten wir unter jenen Bedingungen in jenen Tagen mehr verlangen...

Das war es, woran ich mich in jenem Moment erinnerte. Ich zweifelte nicht, auch er erinnerte sich wieder an jene Szene. Seine Antwort zeigte deutlich, daß wir in die gleiche Zeit zurückgegangen waren.

»Der Trödler spricht Hebräisch mit einem stark jiddischen Akzent. Wie du siehst, habe ich die Sprache so gut gelernt, daß ich sie nachahmen kann...«

Diese Worte freuten mich, aber wenn ich ehrlich sein soll,

machten sie mich auch traurig. Denn ich sah, er hatte die Sprache des Landes, in das er mit neuer Hoffnung, aber gleichzeitig auch mit Ängsten und Enttäuschungen gegangen war, bis zum Niveau eines Theaterstücks erlernen können. Es kam mir vor, als hätte jemand mir meine Geliebte weggenommen. Diese Geliebte gehörte mit einer Seite, und zwar mit einer für mich sehr wichtigen Seite, nämlich der Welt und dem Gefühl der Sprache, zu einem anderen Ort. Sie gehörte damit in eine Ferne, die außerhalb meiner selbst lag, wo ich nicht war und nicht hinkam ... Ich fühlte mich durch das Ausgeschlossensein wieder einmal erschüttert. Mir war bewußt, daß es ganz sicher Egoismus war, wenn ich ihn noch immer innerhalb der Grenzen der Sprache halten wollte, durch die wir uns gegenseitig erzogen hatten. Mir war auch bewußt, daß er die Grenze erst nach einem großen Kampf hatte überschreiten können und sich deswegen an seine Erlebnisse klammerte. Was mich traurig und froh zugleich machte, war wohl der Anblick des leicht kindlichen Siegerlächelns auf seinem Gesicht. Ich versuchte, meine Gefühle auszudrücken. Wobei ich meine Traurigkeit lieber für mich behielt ...

»Unglaublich ... Es ist dir also gelungen, du hast es geschafft ... Als du hier abgereist bist, hast du nicht mal davon träumen können, an so einen Punkt zu kommen ... Denk noch mal zurück ... Wie gut stehst du jetzt da ...«

Als er diese Worte hörte, schaute er wieder sehr freundschaftlich ... Als wollte er erzählen, noch viel mehr erzählen ... Ich kannte den Mann, der voller Begeisterung, mit unerschöpflicher Begeisterung, mir gegenübersaß, ich kannte ihn sehr gut.

»Es geht mir gut, richtig ... Ich weiß, was du hören willst. Ohne daß du fragst, werde ich es dir sagen. Ich bin kein ganz glücklicher Mensch; trotz allem, was ich gemacht habe, fühle ich mich manchmal sehr einsam, und doch geht es mir gut. Ich erlebe keine Konflikte mehr. Ich bin glücklich, weil ich meine türkische Seite habe bewahren können. In der Musik, die wir machen, weht ein Hauch von diesem Land, ich trinke weiterhin Raki und lese die Gedichte von Meister Nâzım, Fenerbahçe regt mich nach wie vor auf, du wirst es nicht glauben, sogar mehr als früher, und wenn ich mich so richtig ärgere, beispielsweise am Fernseher, kommt es vor, daß ich mich beim Fluchen, du weißt schon, erwische ... Das alles kann mir niemand nehmen ... Heutzutage ist beispielsweise einer meiner größten Träume, die Gedichte von Nâzım zu dramatisieren und auf die Bühne zu bringen. Nâzım auf hebräisch! ... Kannst du dir das denken, Alter? ... Wenn ich nur daran denke, kriege ich eine Gänsehaut ... Aber die Übersetzungsarbeit ist schwierig. Das kann niemand außer mir machen, besser gesagt, da lasse ich keinen dran, ich überlasse es keinem, das lasse ich mir nicht wegschnappen. Schauen wir mal ... So steht's also ... Doch ganz ehrlich, wenn du jetzt sagen würdest, komm zurück, würde ich nicht zurückkommen wollen. Den größten Teil meines Lebens habe ich dort verbracht, und höchstwahrscheinlich wird es auch dort enden. Meinen größten Kampf habe ich dort gekämpft. Zudem ist dieser Kampf noch nicht zu Ende. Weder für mich noch für das Land, in dem ich lebe ... Wir tun, was wir können, in der Hoffnung, es besser zu machen und das zu sehen und zu erleben. Was glaubst du, warum wir unsere Friedensmärsche und Versammlungen veranstalten? ... Die Antwort ist einfach. Um unsere Träume nicht zu verlieren. Weißt du, wie ich geweint habe in der Nacht, als Rabin von jenem niederträchtigen Schurken ermordet wurde. Ich habe mich gefragt: ›Soll soviel Mühe umsonst gewesen sein, oder sollen wir wieder an den Anfang zurückkehren? ...‹ Aber schau, wir haben uns noch nicht unterkriegen lassen. Was in Palästina passiert, belastet mein Gewissen sehr. Doch andererseits möchte ich, daß diejenigen, die über Israel so einseitig urteilen, so ahnungslos daherreden, einmal erleben, was die Menschen fühlen, die mit Kind und Kegel in den Keller flüchten, wenn in Haifa Bomben und Raketen auf unsere Köpfe fallen. Wenn sie das selbst erleben würden, wäre ich wirklich sehr gespannt, wie sie die Dinge betrachten würden...«

Dann hielt er inne... Wir durchlebten ein weiteres Schweigen. Auch ich hielt inne. Weil ich spürte, daß er noch etwas sagen wollte... Es mußte keine lange Zeit vergehen, bis ich merkte, daß ich mich nicht getäuscht hatte. Ich konnte die Begeisterung und Lebensbejahung wieder in seiner Stimme hören. Doch ich hörte auch die Trauer und die Herzlichkeit...

»Weißt du, warum ich das alles gemacht habe und mache?... Schau mal, ich bin immer noch ein Linker, in den Augen mancher ein Verrückter, ein Anarchist, ein Taugenichts, wie immer du das nennen magst... Aber ich lebe aus dem vollen. Warum?... Hast du darüber nachgedacht?... Warum tue ich das alles?...«

Ich gab keine Antwort. Ich wollte ihn nicht kränken, indem ich eine falsche, eine unpassende Antwort gab. Ich spürte, daß wir an einen ganz sensiblen Punkt gelangt waren. Seine Antwort zeigte mir, daß mich mein Gefühl nicht getrogen hatte.

»Weil ich mich vor dem Alleinsein fürchte...«

Das waren berührende Worte, die einen zu ganz verschiedenen Schlüssen verleiten konnten. Ich konnte seine Worte von dem Punkt aus hören, den mir sein Leben gezeigt hatte, oder auch, indem ich mich bemühte, besser zu verstehen, was er erlebt hatte... Wen betraf diese Angst?... Diese Angst konnte uns an verschiedene Punkte bringen, uns mit einer Wirklichkeit konfrontieren, sosehr wir auch vor ihr zu fliehen versuchen... Sie konnte uns dermaßen uns selbst geben, von uns erzählen... Ich konnte ihn in dieser Situation nicht fragen, über welches Versäumnis er traurig war. Ich fragte auch nicht. Auch nicht, was er wirklich vermißte... Zwischen den Zeilen hatte er sowieso einige Hinweise gegeben. Den

Rest zu finden, tiefer zu suchen, war meine Sache. Und für wen war das Leben nicht voll von Bedauern, Nichtgelebtem und verschenkten Gelegenheiten... Erschien uns nicht in anderen Leben das Übriggebliebene reizvoll, besonders wegen unseres eigenen Unausgelebten?... Zog uns nicht oft das trügerische Gefühl von Verlust an, ja, fühlten wir nicht sogar das Verlangen, uns deswegen in Lügen zu verstricken?... Wir hatten gelebt, was zu leben möglich war, mit Siegen und Niederlagen... Mit unseren Träumen und Geschichten... Warum also überließ ich mich in dem Augenblick diesem Gedankenstrom?... Weil ich die gleiche Angst, die Schatten und Gespenster meiner Vergangenheit, in meiner enttäuschten, verschlossenen Innenwelt stets für mich lebendig erhalten hatte?... Wir hatten verschiedene Kämpfe geführt, wir hatten zweifellos verschiedene Leben gelebt. Doch am Ende waren wir an sehr ähnlichen Punkten angekommen. Diese Angst hatte er als Reaktion auf meine Worte geäußert, mit denen ich gehofft hatte, ihm zu vermitteln, daß er das Richtige getan habe. Die einzige Antwort, die ich ihm auf seine Worte geben konnte, war aber, daß diese Angst auch meine war. Es war die Angst derer, die sich bemühten, sich nicht unterkriegen zu lassen, selbst wenn ihnen Verlassenwerden und Geringschätzung drohten. Ich bemühte mich, ihm diese Seite des Lebens so gut wie möglich zu zeigen.

»Ich auch... Auch ich habe mich immer gefürchtet... Wäre diese Angst nicht gewesen, hätten wir vielleicht nicht getan, was wir getan haben... Es war ein Gefühl wie Todesangst...«

Er lächelte. Wie erlösend war es wohl für ihn zu wissen, daß er zumindest in diesem Punkt nicht allein dastand und nicht allein bleiben würde?... Er antwortete nicht. Auch ich traute mich nicht, weiter zu gehen. Es schien, als genügte es uns beiden, hier zu verweilen und uns das gegenseitig fühlen zu lassen. Außerdem war er mit dem, was er erzählen wollte, noch nicht fertig. Wir kamen von den Wehrdienstverweigerern aus Gewissensgründen auf seine etwas vergnüglicheren Erfahrungen als Soldat zu sprechen. Diese Erinnerungen unterschieden sich wesentlich von den Soldatengeschichten, die bei Trinkgelagen unter Männern so häufig aufgetischt wurden. Er hatte nach seiner viermonatigen Kurzversion des Militärdienstes in der Türkei auch in seiner neuen Heimat Militärdienst ableisten müssen. Das war eine der Grundvoraussetzungen, um als Einwanderer aufgenommen zu werden. Als er Staatsbürger jenes Landes geworden war, hatte er wie alle bis zum fünfundvierzigsten Lebensjahr unbedingt zwei Wochen im Jahr Dienst tun müssen. Was er erzählte, war dennoch interessant, es war zumindest für mich beeindruckend.

»Es waren lustige Tage... Ich war im Norden bei den Seestreitkräften. Auf einem ihrer Beobachtungsposten... Insbesondere in den Sommermonaten war der Dienst, weil an der Küste, wie Urlaub. Da waren prima Kameraden. Wir waren immer dieselbe Truppe, was haben wir nicht alles angestellt... Alkohol, Ausflüge auf dem Meer, die Soldatinnen... Alles natürlich heimlich. Aber alle wußten Bescheid. Es waren ziemlich hitzige und bewegte Tage... Aber das war nicht alles. Außerdem gab es auch sehr heiße Nächte. Von Bomben, Minen im Meer und Sprengstoff in Segelbooten bis zu Terroristen, die sich vom Ufer aus heranschlichen, kam alles vor. Tod und Leben durchdrangen sich, beides war ineinander verschlungen. Nun, das alles mag nicht so schlimm gewesen sein, aber denk mal, was ich gefühlt habe. Meine Aufgabe war es, das Meer zu beobachten... Und dabei nicht zu krepieren...«

Ja, Tod und Leben waren ineinander verschlungen... Von hier aus hätten wir im Gespräch bis wer weiß wohin gehen können. Doch ich spürte plötzlich, daß er, indem er seine Erlebnisse etwas zu amüsant geschildert hatte, über dieses Thema nicht länger sprechen wollte. Einige der von ihm verwendeten Wörter hatten sich sogar verwandelt, vielleicht weil er jene Tage so in sein Leben eingebaut hatte. Beispielsweise wußte ich, er hätte früher niemals das Wort ›Terrorist‹ verwendet. Nachdem er gesagt hatte, nun denk mal, was ich gefühlt habe, hätte er das vertiefen können, wenn er gewollt hätte. Doch obwohl ich das alles sah, wollte ich der Sache nicht weiter nachgehen. Denn ich wußte, die Menschen können auch mit Widersprüchen leben. Ebenso wußte ich, was Niso im Grunde für ein Mensch war, wohin auch immer mich seine Erzählungen geführt hätten. So weit, so gut, die Nacht war ziemlich weit vorgerückt. Ich mußte schauen, daß ich den letzten Dampfer erwischte. Wir standen auf und gingen zusammen zum Anleger, ohne viel zu sprechen. Er gab mir die Telefonnummer des Hauses, wo er wohnte. Unter dieser Nummer konnte ich ihn erreichen. Er würde mich sowie häufig anrufen. Ich solle auch das Fußballspiel im Stadion von Fenerbahçe nicht vergessen ... So trennten wir uns.

Ja, ich hatte jene ›Insel‹ mit vielen Erinnerungen in meinem Gedächtnis gespeichert. Mit vielen Erinnerungen, an die ich gar nicht so gerne zurückdachte ... Doch diese Erinnerung, das wußte ich, würde ich an einem ganz anderen Platz aufbewahren. An einem ganz anderen und sehr beeindruckenden Platz ... Denn in dieser Erinnerung lagerten die Bilder einer Geschichte, die lang und tief in unser Inneres herabreichte ... Die Nacht war ruhig und ein wenig kalt. Auf dem Achterdeck des Dampfers befanden sich nur vier Personen. Auch sie fuhren zu dieser Nachtstunde von wer weiß woher wer weiß wohin ... Wir hatten uns alle weit entfernt voneinander hingesetzt ... Ich lauschte auf die Stimme des Windes und versuchte noch einmal, den Geruch des Meeres einzusaugen ... Auch die Schaumschleppe des Schiffes trug mich weit fort, ebenso wie die zitternden nächtlichen Lichter in den Häusern an der Küste ... Ich war in Istanbul ... In der Stadt, wo ich immer gewesen war und immer bleiben wollte ... Zu sterben war nun derart schwer geworden ...

Wie klein war doch mein alter Garten

Nach jenem langen Samstag und der darauffolgenden Nacht verbrachte ich einen sehr ruhigen Sonntag. Ich fuhr zusammen mit Çela nach Ortaköy, wo wir zu Mittag aßen. Ich erzählte ihr von Niso, wobei ich freilich die Aspekte der Geschichte verschwieg, die ich für mich behalten wollte. Wir sprachen auch ein wenig über die anderen Protagonisten des ›Spiels‹. In jeder Erzählung mußte ich in andere Tiefen vordringen und sie erneut betrachten. Ich beklagte mich nicht. Außerdem hatte ich mich ja absichtlich auf diesen Weg gemacht. Hätte ich es lieber anders gehabt, dann wäre die Zeitreise, um mein ›Jetzt‹ neu zu erschaffen, sinnlos gewesen. Diese Reise war trotz aller Erschütterungen immerhin ein Anfang, das wußte ich. Nur ein Anfang ... Ich war gerade erst zum wirklich schwierigen Teil gelangt. Ich mußte nun die Protagonisten des ›Spiels‹ auf eine Bühne bringen, sie zumindest auf einer Bühne versammeln können, sie zusammenführen. Ich hatte angefangen, ich würde weitermachen. Ich würde diese Schritte unternehmen, wen oder was immer diese Bühne jemandem und insbesondere mir zeigen würde. Dieses Mal würde ich furchtlos vorgehen. Doch dafür mußte ich mir einen Weg zurechtlegen. Was sollte ich tun? ... Konnte ich diese Begegnung nicht bewerkstelligen, während Niso in Istanbul war? ... Mit Yorgos hatte ich nur einmal telefoniert, und wir hatten uns lange Briefe geschrieben. Necmi würde sowieso zurückkehren. Şeli konnte jederzeit kommen. Aber Şebnem? ... Konnte sie kommen, würde sie eines Tages kommen können? ... Auf diese Frage gab es keine Antwort, noch nicht. Notfalls ... Notfalls konnten wir zu ihr hingehen ... Alle gemeinsam ... Um unserer alten Tage willen ... Um der ›Schauspieltruppe‹ willen ...

Bei jenem Mittagessen sprach ich mit Çela über meinen Traum, dieses Treffen zu arrangieren, und von den Möglichkeiten, an die ich dachte ... Wir würden tun, was wir konnten ... Auch sie wollte mich bei meinem Traum unterstützen ... Dafür stünde unser Haus jederzeit offen ... Vielleicht konnten wir alle zu einem Abend einladen, etwa in einem Monat ... Dieser Satz formulierte eine Hoffnung, die uns alle mehr mit dem Leben verband. Ich wollte mich an eine Hoffnung klammern. Aus ganzem Herzen ... Um der vergangenen und zukünftigen Tage willen, von denen ich nicht wußte, wie lange sie dauern würden ...

Diese Hoffnung ließ mich einen weiteren Schritt tun. So ging ich am nächsten Tag seit Jahren erstmals wieder in meine alte Schule. Wegen der ›Aufführung‹ mußte ich eine solche Rückkehr erleben, sie wagen. Diese Notwendigkeit verstörte mich nicht wenig. Denn ich war von dort trotz all dieser Freundschaften nicht gerade mit angenehmen Erinnerungen geschieden. Dies galt auch für die anderen Mitglieder der ›Truppe‹. Wir alle hatten dort unsere Enttäuschungen, unsere Wut, ja sogar unseren Haß erlebt. Es erwartete sie eine Bühne, auf der die Begegnungen Geschichten von Trennung, das Gelebte und auch das Ungelebte zwangsläufig heraufbeschworen. Würden sie diese Bühne betreten wollen? ... Meine Lebenserfahrung sagte mir jedoch, daß man im Lauf der Zeit das Gefühl der Niederlage überwinden, manche Schmerzen leichter ertragen konnte, die aus einer Unzulänglichkeit aufgrund verpaßter Gelegenheiten oder irrtümlicher Verfehlungen herrührten ... Daß Ängste, die uns daran hinderten, manche Menschen, Orte wieder zu erleben, mit der Zeit auch ausgelöscht werden konnten und ebenso das, was man sich falsch gemerkt hatte ... Ich hatte solche mörderischen Befreiungsschläge erlebt. Und auch, wie manche mörderische Aktion Menschen frei gemacht hatte ... Jene Mauern konnten auch langsam eingerissen werden, es konnten zumindest Breschen entstehen. Auf dem Weg zur Schule fühlte ich das Bedürfnis, mich an diese Möglichkeit zu klammern. Was ich auf dem Weg gesehen und woran das Gesehene mich erinnert hatte, gab mir Zuversicht. Es war auch wirklich nicht allzu schwer.

Die Eisentür am Eingang war geschlossen. Ich läutete. Ein Wachmann trat mir gegenüber. Es war einer von jenen Angestellten, die ihre Existenz oder zumindest ihren beruflichen Erfolg darauf gründen, daß sie ihrem Gegenüber vermitteln, an ihnen komme keiner vorbei. Ich sagte, ich sei ein ehemaliger Absolvent der Schule und wolle den Direktor in einer persönlichen Angelegenheit sprechen, wobei ich so tat, als respektierte ich sein Verhalten, seine Rolle. Er spielte seine Rolle tatsächlich gut. Er rief die Sekretärin des Direktors an und schilderte den Sachverhalt. Soviel ich verstand, zog er aus der Antwort den Schluß, ich sei kein gefährlicher Mensch. Er sagte, ich könne hereinkommen, und ich trat ein. Das Schulgebäude lag vor mir. Ich war im Schulgarten. In einem der Gärten meiner Kindheit ... So viele Bilder und Stimmen vermischten sich ... Dann betrat ich das Gebäude. Dieses Mal fragte ich einen anderen Angestellten nach dem Direktorat. Ich erhielt die gewünschte Auskunft. Das Direktorat war woanders als früher. Ich trat ein. Eine charmant und gepflegt aussehende Frau in den Vierzigern begrüßte mich und bot mir einen Platz an. Ihre Bewegungen waren gemessen und geschult. Sie schien sich zu bemühen, höflich zu erscheinen, und sagte, es freue sie, einen früheren Absolventen empfangen zu dürfen. Was immer das für eine Freude sein mochte ... In welchem Jahr ich denn abgeschlossen habe? ... Was ich denn tue? ... Ich beantwortete ihre Fragen möglichst knapp, wobei ich mich bemühte, ruhig zu bleiben. Offensichtlich mußte ich mich einem kurzen Verhör unterziehen. Als ich schon anfing, mich unbehaglich zu fühlen, fragte sie mit dieser Höflichkeit, die mir mit jedem Moment heuchlerischer erschien, wie sie mir helfen könne. »Wie kann ich Ihnen helfen?« Diese aus dem Englischen übernommene Frage zeigte, wie weit entfernt von Aufrichtigkeit sogar die von ihr benutzte Sprache war. Ehrlich gesagt hätte ich Fragen wie: Warum sind Sie gekommen? Was wollen Sie? vorgezogen, auch wenn sie weniger höflich erschienen wären. Denn eigentlich war es das, was sie wissen wollte. Ich nahm es nicht wichtig und versuchte meine Beherrschung zu bewahren, erklärte lediglich, ich hätte mich ziemlich lange mit dem Entwurf zu einem Theaterstück beschäftigt und wolle in diesem Stück zusammen mit anderen früheren Absolventen auftreten. Dabei versäumte ich nicht zu erwähnen, daß das Stück vor Jahren auf der Bühne dieser Schule aufgeführt worden sei ... Die Details würde ich gerne mit dem Direktor besprechen, wenn es möglich wäre. So ein Verhalten stoppte Menschen in ihrer Position gemeinhin. Und so war es auch. Sie signalisierte durch Blicke, daß sie verstanden hatte, erhob sich und öffnete sofort die Tür hinter sich, um in ein weiteres Zimmer zu gehen. Nach fünfzehn bis zwanzig Sekunden kehrte sie zurück und sagte lächelnd unter der Tür, ich könne eintreten ... Auch ich lächelte. Obwohl ich wußte, Lächeln verbarg in solchen Situationen absichtlich viele nicht ausgedrückte Gefühle ... Als ich eintrat, begegnete ich unverhofft, ganz unerwartet einem sehr viel schlichteren, doch freundlichen Mann, der, was wichtiger war, die Höflichkeit nicht spielte, sondern in Benehmen und Sprache vom ersten Augenblick an den Eindruck eines äußerst höflichen Menschen machte. Ja, dieses Mal war die Höflichkeit echt, die mir begegnete. Ich wußte nicht, ob die Höflichkeit des Mannes wohl aus einer aufrichtigen Schlichtheit resultierte. So zu beginnen war gut und erweckte Hoffnung. Wahrscheinlich war dies das eigentlich Wichtige. Das Zimmer war sehr klein. Viel kleiner als die Zimmer aller Direktoren, die ich im Lauf meines Lebens gesehen hatte, die hinter der Maske der Höflichkeit ihre Nacktheit zu verstecken versuchten ... Hatte sich die Schule derart verändert? ... Dabei hatte uns das Direktorat damals, vor allem wenn wir zur Bestrafung einbestellt worden waren, durch seine schiere Größe erschreckt ... Ich konnte mich nicht weiter fragen, was sich wohl wirklich verändert hatte. Es reichte, was sich in diesen ein, zwei Momenten zeigte und wahrnehmen ließ ... Auch was erweckt und gesagt wurde ... Ich verstand ... Die Jahre konnten manche Magie ganz langsam zerstören ... Ich begrüßte den Direktor mit der hergebrachten Ehrfurcht. Er machte mir ein Zeichen, ich solle mich setzen, und ich setzte mich. Wir begannen französisch zu sprechen. Von einem ehemaligen Absolventen wurde nichts anderes erwartet. Eigentlich hatte ich im Lauf der Jahre mein Englisch stärker entwickelt. Doch tatsächlich hatte ich mich auch vom Französischen nicht entfernt. Ich war öfter in Paris gewesen und sah oft den französischen Sender TV5, und manchmal las ich auch *Le Nouvel Observateur*. Mein Sprechen reichte aus, den notwendigen positiven Eindruck zu machen. Das Gespräch begann unvermeidlich mit den Erinnerungen an einige der alten ›frères‹ aus meiner Schulzeit, die der Direktor noch gekannt hatte und die inzwischen alle in eine andere Welt hinübergegangen waren. Dann ging es um einige Fächer und was davon übriggeblieben war ... Wir sprachen von der Form der Klassenräume, der Bankreihen. Das war der beste Weg, sowohl ihm als auch mir zu zeigen, daß ich meine Vergangenheit dort nicht vergessen hatte. Daraufhin sagte er, wir könnten auch einen Rundgang durch die Schule machen. Doch zuerst müßten wir einen Mokka trinken. Ich sagte, ich nähme sein Angebot gerne an. Die Aufregung, nach all den Jahren jene Korridore und Klassenzimmer wiederzusehen, war nicht gering einzuschätzen. Er war wirklich höflich und nett. Diese Seite an ihm konnte ich in dem Moment noch deutlicher erkennen. Was ich sah, gab mir nach dieser gegenseitigen Kennenlernphase das Vertrauen, meine Geschichte zu erzählen. Ich mußte das Vergangene nicht lange ausbreiten. Es reichte, daß ich von dem Erfolg erzählte, den das ›Stück‹ gehabt und wie es uns zusammengeschweißt, uns zu einer ›Truppe‹ gemacht hatte. Daß ich versuchte, diese Menschen, die an unterschiedliche Orte gegangen waren, wieder zusammenzubringen. Daß wir aufs neue auf die Bühne treten wollten. In jeder Hinsicht aufs neue ... Ich erbat mir von ihm diese Bühne für einen einmaligen Auftritt. Sollte er die Erlaubnis geben, würde sich dieser Traum erfüllen. Er hörte meine Darstellung geduldig an, und auf seinen Lippen zeigte sich ein Lächeln, so als bereite ihm das Gehörte großen Spaß. Als er merkte, daß ich geendet hatte, sagte er, ohne eine weitere Frage zu stellen oder eine weitere Erklärung zu verlangen, daß er gegenüber diesem Traum, zumal er mit dieser Schule zu tun habe, gewiß nicht gleichgültig bleiben könne. Doch könne er uns den Theatersalon für die Proben und die Aufführung nur am Wochenende zur Verfügung stellen und innerhalb der Woche im Notfall ein- oder zweimal am Abend. Dafür müsse er einen von den Angestellten finden, um uns zu helfen. Ich verstand, worauf er hinauswollte. In angemessenen Worten sagte ich, daß die Arbeit dieses Angestellten nicht unbelohnt bleiben würde und daß er mir in dieser Hinsicht ruhig vertrauen könne. Daraufhin fragte er, wann wir beginnen wollten. Ich konnte kein bestimmtes Datum angeben, lediglich abschätzen, daß ich die ›Truppe‹ etwa in einem Monat versammelt haben würde. Darauf sagte er, dann wären wohl Sommerferien, was unsere Arbeit erleichtern würde. Es gebe kein Problem. Wir würden ja sowieso nur eine Vorstellung geben. Wir könnten auch andere Ehemalige einladen. Er zweifelte nicht, daß uns der Verein der Ehemaligen helfen würde. Auch dieses Angebot war ermutigend. Das Theater lebte vor allem durch seine Zuschauer, das war schließlich die Grundlage seiner Existenz... Seine Begeisterung war nun ganz deutlich zu merken. Dennoch verließ ihn die Besonnenheit nicht. Er fragte, was das für ein ›Stück‹ sei. Ich erzählte ihm, was ich erzählen konnte, vielmehr, was ich in dem Moment erzählen wollte. Die Geschichten von Menschen unterschiedlicher Kulturen dieser Stadt wurden in einer leicht satirischen und zugleich die Gefühle ansprechenden Form zur Sprache gebracht, wobei auch ein Liebesmärchen hineinverwoben sei... Er mochte darunter verstehen, was er wollte... Er sagte, das sei ihm schon genug. Wir könnten einander die Hand drücken. Die Bühne gehöre uns. Noch einmal uns... Er würde die Vorführung ungeduldig erwarten und an jenem Tag gerne seinen Platz in der ersten Reihe einnehmen. Wir schüttelten einander die Hände, und ich bedankte mich. Auch er bedankte sich und sagte, wir könnten nun die Schule besichtigen. Weil er so nachdrücklich darauf bestand, wurde mir noch deutlicher, daß ihm dieser kleine Rundgang sehr wichtig war. Es war, als wollte er sein Haus zeigen. Diese Aufforderung konnte mich natürlich nicht kaltlassen. Außerdem glaubte ich, offen gesagt, daß auch mir so eine kleine Reise in die Vergangenheit eine gewisse Aufregung verschaffen würde... Mit diesem Gefühl verließen wir das Zimmer.

Wir begannen den Rundgang. Im Parterre wurde in zwei Klassenzimmern Unterricht gehalten. Das konnte man von draußen sehen. Mir war, als hätten sich nicht einmal die Fensterscheiben der Klassen verändert. In diesen beiden Klassenzimmern hatte ich ebenfalls gesessen. Etwas weiter vorne lag ein kleines Fotostudio. Dort hatte ich gelernt, Schwarzweißfotos abzuziehen. Es war eine außergewöhnliche Erfahrung gewesen. Und wie faszinierend waren die Momente gewesen, wenn jene Fotografien in der Entwicklerflüssigkeit langsam Form gewannen... Dem Studio gegenüber war der

Geräteraum. Die Stelle, wo wir auch unsere Bücher gekauft hatten. Dort befand sich einer von den letzten ›*frères*‹ der Epoche. Er war ein uralter Mann. Es schien, als hätte er sein Leben in jenem Zimmer verbracht ... Ich konnte nun meine Umgebung nicht mehr wie ein Zuschauer betrachten ... Die Stimmen, die ich von irgendwoher hörte, zogen mich in ein anderes Spiel hinein. In ein Spiel, das ich irgendwo verlassen und von dem ich geglaubt hatte, ich würde es nie mehr sehen ... Dann gingen wir in den Theatersalon. Er hatte sich im Vergleich zu unserer Schulzeit unsagbar verändert, verschönert. Damals war es nicht mal ein richtiger Theatersaal gewesen. Es war eine ziemliche Veränderung, vor allem aber eine unübersehbare. Doch es gab auch eine Veränderung, die sich nicht zeigte, das spürte ich. Ich hatte sie zwar schon gleich bemerkt, als ich die Schule betrat, konnte sie aber irgendwie nicht definieren, auf ihren Kern kommen ... Als wir den Vorführsaal verlassen hatten und in den Garten blickten, wurde es mir klar. Die Schule, die mir in meiner Schulzeit sehr groß erschienen war, erschien mir jetzt sehr klein. Es war die Wiederholung des Eindrucks, den ich beim Betreten des Direktorats gehabt hatte. Ich versuchte, meinen Eindruck auch ihm mitzuteilen. Er ging wieder höflich darauf ein.

»Was sich verändert hat, ist nur Ihr Blick ...«

Er hatte recht ... Die Jahre hatten vor allem uns verändert. Es war der richtige Zeitpunkt für mich zu gehen, mich von dort zu verabschieden ... Ich bat um Erlaubnis, gehen zu dürfen. Ich würde wiederkommen ... Er sagte, er erwarte mich. Er begleitete mich bis zur Außentür. Wir verabschiedeten uns ...

Als ich hinaustrat, hatte ich wieder gemischte Gefühle. Trauer und Freude verstärkten einander aufs neue. Daß mir die Schule derart klein erschienen war, führte dazu, daß unerwartet ein bedeutsames Phantasiebild in sich zusammenstürzte ...

Ich hatte mich so nach Neveser Hanım gesehnt ...

Mein Gang in die Schule war ein wichtiger Schritt gewesen. Ein Schritt, der dazu diente, noch mehr an meine Erzählung zu glauben. Denn ich hatte diesen Schritt nicht nur in jenen Garten getan, sondern auch auf mich zu. Ich konnte nun die Stimmen auf der Bühne schon besser hören. Würde ich sie aber alle in meinem Haus versammeln können? ... Würde ich eine Zeit finden, die allen paßte? ... Das beste war, einen Termin festzusetzen und die Eingeladenen zu bitten, sich nach diesem Termin zu richten. Diesen Schritt tat ich noch am selben Tag, indem ich mich an den Grundsatz erinnerte, das Eisen zu schmieden, solange es heiß ist. Ich ging in den Laden, und nachdem ich die Arbeit erledigt hatte, die ich unbedingt selbst tun mußte, entschloß ich mich, das Telefonnetz so lange zu nutzen, wie ich wollte. Ein Freitagabend in etwa vier Wochen schien mir geeignet zu sein ...

Zuerst rief ich Necmi an. Er stand mir am nächsten. Mit ihm zusammen hatte ich diese Sache ja auch begonnen. Ich erzählte ihm, daß ich in der Schule gewesen war und was ich gesehen und gefühlt hatte. Beim Zuhören sparte er nicht mit Kommentaren und stellenweise mit den Flüchen, die so gut zu ihm paßten. Ich sagte, daß ich den Theatersalon organisiert hätte. Er freute sich sehr und sah keinen Grund, zu dem von mir angepeilten Termin nicht zu kommen. Zu der Zeit wäre er zurück. Darauf sagte ich ihm, daß er sich mit Niso treffen könne. Aufgeregt fragte er, wie ich ihn gefunden habe. Doch was ich mit Şebnem erlebt hatte, konnte ich nicht erzählen. Wir mußten das Gespräch beenden. Er war gerade in Kapadokien mit einer Gruppe beim Mittagessen. Länger konnte er das Gespräch nicht ausdehnen. Alles andere konnten wir sowieso später besprechen, das war nicht so wichtig. Wirklich wichtig war, daß ich ihn immer an meiner Seite fühlte. Deswegen reichte mir völlig, was ich in dem kurzen Gespräch gehört hatte.

Ich hatte die Sache an der einfachsten Stelle angepackt und keinerlei Probleme gehabt. Ich mußte etwas mutiger werden. Deswegen rief ich Şeli an. Sie sagte mit der übertriebenen Freude, an die ich mich inzwischen gewöhnt hatte, sie werde auf jeden Fall kommen und sei schon jetzt aufgeregt. Auch dieses Gespräch dauerte nicht lange. Ich konnte nicht anders, als mich zu fragen, was sie wohl in den Augenblicken nach Beendigung des Gesprächs fühlen mochte. Würde sich ihre Begeisterung im Lauf der Tage in eine echtere Begeisterung verwandeln? ... Als wir über Yorgos sprachen, hatte ich den Eindruck, daß sie das, was sie dort in weit entfernter Vergangenheit zurückgelassen hatte, nicht mehr betrauerte. War das wirklich so? ... Oder war ein weiteres Mal ein tiefes Leid mit Schmerzen aus anderen Kämpfen zugedeckt worden? ... Ich wußte es nicht. Ich wußte nur, daß ich jene Liebesgeschichte bewundert und spannend gefunden hatte und sie in meinem Leben an einen bedeutsamen und unvergeßlichen Platz gerückt hatte. Die Bilder kehrten ein weiteres Mal zurück. Und damit auch die Überzeugung, daß wir das, was wir erleben konnten, zusammen mit dem, was wir zu verlieren gelernt hatten, erleben würden und einander erleben lassen sollten... Ebenso die heimliche Lust, die aus dem Schmerz geboren wurde, wenn man wußte, daß die Bindung an den Zauber von Wahrscheinlichkeiten gleichbedeutend war mit der Bindung ans Leben...

In dieser Situation mußte ich unbedingt Yorgos anrufen. Ich hatte noch immer keine Antwort von ihm. Außerdem mußte ich auf jede Antwort, die kommen konnte, gefaßt sein.

Diese Tatsache erhöhte unwillkürlich meine Spannung. Deshalb drückte ich die Tasten, die mich mit ihm verbinden sollten, mit ständig wachsender Angst und Aufregung. Ich wartete, dieses Mal wartete ich sehr lange. Dann hörte ich wieder die warme Stimme des Freundes. Er fragte mich, wie es mir ginge. Nur sprach er sehr leise. Die Erklärung dafür gab er ohne Umschweife. Er war in der Probe eines seiner Stücke, er konnte das Gespräch nicht lange ausdehnen. Doch am Abend würde er anrufen. Dann würden wir die nötige Zeit finden. Mir blieb nichts anderes übrig, als zu sagen, ich würde warten. Um ihn zum Anrufen zu drängen, hätte ich ihm in Kürze die neuesten Entwicklungen mitteilen können, doch es war besser, abzubrechen und sich nicht egoistisch zu verhalten. Ich konnte ihn nicht mitten in so einer Arbeit stören. Immerhin wußte ich, daß er anrufen würde. Wir beendeten das Telefongespräch. Es gab Sicherheit, ihn gesprochen und die Sympathie in seiner Stimme gehört zu haben, dennoch war jene Spannung nicht von mir gewichen. Um die Spannung überwinden zu können, mußte ich den Abend und seinen Anruf abwarten... Mir war bewußt, daß dies ein Problem war, das ich beherrschen, bewältigen mußte. Ich konnte irgendwie nicht vergessen, daß Yorgos möglicherweise im letzten Moment ausscherte. So verging der Tag. Ich tat alles, um die Zeit totzuschlagen. Ich ging ins Internet auf diverse alberne Seiten, eingeschlossen Pornoseiten, und las sogar die in schlechtem Türkisch verfaßten Glossen der aufgeblasenen Zeitungskommentatoren, die eine Menge Geld verdienten, weil man das, was sie sagten, aus einem unerfindlichen Grund sehr wichtig fand. Endlich wurde es dann auch für mich Abend, und ich kehrte nach Hause zurück. Meine Aufregung entging Çela natürlich nicht. Wir setzten uns zum Essen, und ich versuchte zu erzählen, was ich fühlte. Sie versuchte, wie sie es schon oft getan hatte, mich zu ermutigen und zu beruhigen. Ihre Ahnungen sagten ihr, daß Yorgos die Einladung annehmen würde. Natürlich waren für mich trotz all ihrer Glaubwürdigkeit diese Zuversicht und der Ausdruck ihres Gefühls nicht ausreichend. Wenn ich in so eine Stimmung geriet, hörte ich auf niemanden mehr. Wir beide kannten diese meine Seite gut. Doch mußte ich nicht mehr lange mit diesem Zustand kämpfen. Als wir gerade mit dem Essen fertig waren, klingelte das Telefon. Ich nahm aufgeregt ab. Er war es! Er entschuldigte sich in aller Form, daß er tagsüber nicht hatte sprechen können. Ich versuchte, diesen Teil abzukürzen, und erzählte ihm von den jüngsten Entwicklungen, soweit das im Rahmen eines Telefongesprächs möglich war. Daß ich die Bühne in der Schule irgendwie organisiert hätte, daß Niso gekommen sei, von der Einladung und daß Necmi und Şeli auf jeden Fall kommen würden, daß sogar Şebnem vielleicht kommen könne, aber vor allem, daß er erwartet werde... Er hörte schweigend zu. Eigentlich verunsicherten mich solche Zuhörer sehr, die scheinbar keine Reaktionen zeigten. Doch in diesem Augenblick ließ sich sogar diese Verunsicherung kaum spüren. So sehr traten das Erzählen und ihn Überzeugenwollen in den Vordergrund, die Begeisterung, ihn von dem ›Spiel‹ zu überzeugen... Dann schwieg ich. Jetzt erwartete ich, daß er etwas sagte. Als er merkte, daß ich fertig war, antwortete er mit etwas zögerlicher Stimme, er habe nicht erwartet, daß sich die Sache derart schnell verwirklichen würde... Wie viele Bedeutungen konnte man doch in das Wörtchen ›Sache‹ hineinlegen. Entsprangen diese Interpretationen alle einer Angst?... Ich schwieg weiter. Nun war ich an der Reihe, zu schweigen und zuzuhören. Dann sagte er nach kurzer Stille, das sei ja wohl ein Zufall, daß er um jenen Termin herum sowieso geplant hätte, nach Izmir zu fliegen. Sein Weg... Sein Weg könne dieses Mal auch über Istanbul führen. Er wisse nicht, was er nach all den Jahren fühlen würde, aber er würde kommen, alles daransetzen, um zu kommen. Es ginge wohl nicht anders. Er sehe diese Reise als schicksalhaft an. Dieses ›Spiel‹ würde dabei helfen, ihn von seinen Ausflüchten zu befreien. Ich freute mich sehr. Ich freute mich so sehr, daß ich sagte, ich werde ihn nicht nur vom Flughafen abholen, sondern sei sogar bereit, ihn während seiner Zeit in Istanbul bei mir zu Hause zu bewirten. Er bedankte sich und sagte, das sei nicht nötig. Vielmehr wolle er ein paar Tage früher kommen und alleine herumspazieren. Ihm sei schließlich die Sprache der Stadt nicht fremd, also könne er irgendwie seinen Weg finden ... Was sollte ich machen? ... Vielleicht hätte ich seine Worte anders deuten können. Ich wußte, die Sprache einer Stadt war nicht nur die Sprache, die zur Verständigung zwischen den Menschen benutzt wurde. Zudem gab es in einer richtigen Stadt nicht nur eine Sprache ... Vielleicht suchte auch Yorgos in seinem Inneren Orte, bemühte sich, eine andere Sprache zu finden, zu entziffern. Meine Deutung war möglicherweise für manche allzu poetisch, doch zu dem Yorgos, den ich kannte, paßte sie tatsächlich gut. Wahrscheinlich würde er auf dieser seiner neuen Reise auch die Straßen und Häuser aufsuchen, die er einst hatte zurücklassen müssen. Um noch einmal besser zu verstehen, was er verloren hatte ... Um seine nicht verwischten Spuren besser zu fühlen ... Um jene Tode nach Jahren auch mit anderen Händen berühren zu können ... Er würde das, was er sah und gesehen hatte, an einem Platz in seinem Leben einordnen. Ich konnte und durfte mich nicht vor seine Begegnungen stellen und das, was sie in ihm auslösten. Deswegen sagte ich nicht viel und begnügte mich mit dem Hinweis, er werde Istanbul sehr verändert finden. Er sagte, er habe sich auf die Realität schon längst vorbereitet ... Da der Termin sowieso feststand, würde er seine Arbeit dementsprechend einrichten und mich dann zur gegebenen Zeit anrufen. Ich fragte nicht weiter nach. Er fragte ebenfalls nichts und hielt es nicht für nötig, seine Gefühle auszudrücken. Er wußte, was ihm begegnen würde. Er würde sich dementsprechend vorbereiten ... Nach dem Ende des Gesprächs fragte ich mich wieder, was und wen er wie sah. Meine Frage ähnelte der Frage, die ich mir in bezug auf Şeli gestellt hatte. Auch er hatte auf mich den Eindruck gemacht, als ob er den Schmerz sehr weit hinter sich gelassen oder sehr tief vergraben hätte. Doch solange er mir seine innere Welt nicht öffnete, konnte ich nicht wissen, was er erlebt hatte. Was ich spürte, war, daß er längere Zeit eine Trauer getragen hatte. Das war aber nur ein Gefühl, das auch irrig sein mochte. Die Erzählung versteckte die genaue Antwort wieder einmal irgendwo ...

Nun konnte ich Niso leichter anrufen. Ich tat das umgehend. Wir redeten ein wenig, ich erzählte ihm von der Einladung. Er sagte nur, er könne kommen. Es wirkte so, als sei er nicht begeistert. Dabei hatte ich von ihm eine ganz andere Reaktion erwartet. Ich war erstaunt. Seine Stimme klang bedrückt wie die Stimme von jemandem, der nicht viel reden will. Ich fragte nach dem Grund. Er sagte, er habe mit seiner Mutter eine schlimme Nacht verbracht. Nach den Einzelheiten fragte ich nicht. Wenn er gewollt hätte, hätte er darüber gesprochen. Er erzählte aber nichts. Ich sagte, ich würde ihm gerne zuhören, wenn er das wolle. Er schwieg ein wenig, dann sagte er, das wisse er ja. Wir beendeten das Gespräch an dieser Stelle, um das Schweigen zwischen uns nicht noch zu verlängern. Er werde mich anrufen. Das hörte ich heraus, auch wenn er die Worte nicht aussprach. Das reichte mir. Manchmal war es schön, warten zu können ...

Ich hatte mit allen geredet, außer mit Şebnem. Angesichts dieser Tatsache versuchte ich, mich wieder an die Gewißheit zu halten, daß die Zeit uns den richtigen Weg zeigen würde. Sie war dort ... Dort, in der Finsternis, in die sie sich zurückgezogen, eingeschlossen hatte ... In ihrem Schweigen, das sie gewählt hatte und in das sie fortan niemanden mehr eintreten lassen wollte ... Mußte sie für immer dort bleiben? ... Diese Frage ging mir nicht aus dem Kopf. Ich konnte mich von dem Gedanken, ja, dieser fixen Idee, nicht lösen, sie zurückzugewinnen, sie in unsere Welt zurückzubringen, deren Grenzen, Mauern wir erbaut hatten – was immer dieser Erfolg bedeuten mochte. Ich konnte sie nicht in dieser Einsamkeit lassen. Außerdem waren wir an einen Punkt gelangt, wo ich mich ihr hatte verständlich machen können. Daran mußte ich glauben. Ich mußte an diese Brücke glauben ... Ich durfte nicht auf einen anderen Weg abbiegen ... Nun durfte ich nicht mehr abbiegen ... Diese Geschichte war nun auch meine Geschichte ... Am folgenden Tag fuhr ich hoffnungsvoll zum Krankenhaus. Den Ohrring hatte ich wieder in meine Jackentasche gesteckt ... Noch einmal folgte ich den Verunsicherungen, den unbeantworteten Fragen, aber zugleich auch jener Hoffnung, die ich nicht aufgeben wollte. Wobei ich das Gefühl nicht loswerden konnte, auf dem Weg zu einer verbotenen Geliebten zu sein ... Der Unterschied war nur, daß ich mich weniger schuldig fühlte ... Ich kannte den Weg nun ziemlich gut, und am wichtigsten war, daß ich wußte, während ich in Richtung auf die mir nun nicht mehr fremde Station zuging, ich konnte meine innere Überzeugung jedem mitteilen. Dieses Gefühl ließ mich einerseits die Hoffnung aufrechterhalten, andererseits erleichterte es mir, meinen Weg weiterzugehen. Außerdem hatte mich das Leben noch eine andere Grundwahrheit gelehrt. Wenn man daran glaubt, was man tut, wofür man kämpft, wirklich glaubt, dann überträgt sich dieser Glaube auch auf die anderen Spieler auf der Bühne und macht einen selbst damit ebenfalls glaubwürdiger ... In dem Spiel, Şebnem zu gewinnen, zu erwecken, brauchten wir alle, brauchten alle Mitspieler diesen Glauben. Mit anderen Worten, der Schritt, den ich an jenem Tag auf die Station zu tat, war zugleich auch der Schritt auf diese Überzeugung hin. Ich hatte Glück. Zafer Bey war bei der Oberschwester im Zimmer. Das bedeutete, wir konnten ein wenig mehr reden. Vielleicht konnte ich die Einladung erwähnen ...

Wieder kam der Tee, wieder wurden alltägliche Banalitäten gestreift in Sätzen, die irgendwo schon längst vorbereitet in Reserve lagen. Und endlich kam die Rede auf das eigentliche Thema, auf Şebnem. Die Zukunft war nun für alle Möglichkeiten offen. Die Nachrichten waren ermutigend. Nach dem letzten Bild hatte sie aufgehört zu malen, doch das war nicht besorgniserregend. Sie war in guter Stimmung. Wahrhaftig sah sie in den letzten Tagen vergnügter aus. Sie ging alleine spazieren und kehrte lächelnd zurück. Daraufhin fragte ich, wie sie das Bild beendet habe, vielmehr, ob sie es überhaupt beendet habe. Ob jemand auf den Weg gekommen war, wo sich das kleine Mädchen verirrt hatte? ... Das wußten sie nicht. Wir konnten gemeinsam hingehen und schauen. Was sie wußten, war, daß sie das Bild voller Begeisterung an die Wand ihres Zimmers gehängt hatte. Vielleicht saß sie jetzt auch dort. In dem Augenblick sah ich, daß auch sie ganz aufrichtig an meiner Begeisterung für diese Geschichte teilnahmen. Diese Erkenntnis war sehr verbindend und tröstlich. Ermutigt von diesen Gefühlen, brachte ich meinen Vorschlag vor. Ob ich Şebnem wohl in ein paar Wochen an einem Abend zu mir nach Hause mitnehmen könne? ... Wir würden mit alten, sehr nahen Freunden, die wir seit Jahren nicht gesehen hatten, zusammentreffen. Ich glaubte, wir könnten die Entfremdung, die im Verlauf der Jahre zwischen uns entstanden sei, durch die Nähe auslöschen, die wir füreinander fühlten. Was Şebnem sehen würde, fühlen würde, konnte dazu beitragen, die Brücke der Rückkehr, an die zu glauben ich nicht aufgab, mit anderen Steinen neu zu erbauen. Einige Steine waren ja schon eingesetzt worden, das wußte ich. Das, was ich bei unserer letzten Begegnung erlebt hatte, hatte mir ermöglicht, diese Steine an einen Platz zu tun, wo ich sie sehen, beziehungsweise keinesfalls mehr verlieren konnte. Sie hatten selbstverständlich nicht vergessen, was passiert war. Die Oberschwester schaute den Arzt an, als wollte sie sagen, sie wüßte nichts zu bemerken. Jetzt war er am Ball, er allein konnte die Entscheidung treffen. Dieses Mal war die Antwort nicht wie erwartet. Jedenfalls nicht so ermutigend, wie ich erwartet hatte. Das ginge nicht. Solche Kranken bekamen keine Erlaubnis, das Krankenhaus zu verlassen, solange sie nicht Anzeichen einer wesentlichen, aufzeichnenswerten Besserung gezeigt hätten. Doch ich gab natürlich nicht gleich auf. Ich war entschlossen, meine Überzeugungsfähigkeit bis zum letzten einzusetzen. Zuerst erinnerte ich daran, daß sowieso schon ein Fortschritt zu sehen gewesen sei. Obwohl ich wisse, daß dieser Fortschritt nicht ausreichend sei, um die Bedingung zu erfüllen ... Die Antwort, die ich erhielt, unterstrich das, was ich selbst wußte. Man müsse noch ein wenig mehr arbeiten, geduldig sein. Aber das hieß auch, die Tür war nicht gänzlich verschlossen. Ich zog aus diesen Worten diesen Schluß, vielleicht deshalb, weil ich einen solchen Schluß ziehen wollte, ich zog ihn einfach. Auch dieses Mal schöpfte ich Mut aus dieser Möglichkeit und sagte, daß ich aus ganzem Herzen glaubte, bis dahin, bis zu dem Tag der Einladung, würde eine solche Entwicklung stattfinden. Ich wagte sozusagen einen Wettlauf mit der Zeit. Beispielsweise könnten wir Şebnem sofort besuchen gehen, ohne weiteren Zeitverlust. Ja, das konnten wir, zumindest hatte er dagegen keinen Einwand. Wir standen auf. Um zuerst in ihr Zimmer zu schauen ... Sie war dort. Sie saß auf ihrem Bett oder dort, wo ich ihr Bett vermutete. Denn ich hatte ihr Zimmer vorher noch nie betreten können. Ich hatte ihr Zimmer vorher noch nie betreten können ... Dieser Satz hatte eine dermaßen große Bedeutung für mich ... Sie hatte auf dem Bett, auf dem sie saß, einige Kleidungsstücke ausgebreitet. Wem gehörten diese Kleidungsstücke, aus welcher Zeit stammten sie? ... Vielleicht würde die Zeit die Antwort auf diese Frage bringen. Im Schoß hielt sie eine alte, dunkle Strickweste. Es sah aus, als würde sie jeden Moment zu weinen anfangen. Ich setzte mich neben sie. Der Arzt setzte sich auf das gegenüberliegende Bett. Schon beim Betreten des Zimmers hatte ich das Bild gesehen. Am entferntesten Ende des Weges, dort, wo sie den Pinsel aufgesetzt hatte, war ein roter Fleck. Wie ein Blutfleck. Ein Blutfleck, der von wer weiß woher kam und irgendwohin floß... Sie schien unser Kommen nicht wahrgenommen zu haben. Entschlossen, nur etwas unsicher, wobei ich diese Unsicherheit aber möglichst zu verbergen versuchte, begann ich, ihre Haare zu streicheln, gestärkt durch die Liebe, die ich zu ihr empfand. Genau so, wie ich sie vor Jahren, vor vielen langen Jahren, auf jener Bank gestreichelt hatte... Dieses Bild verfolgte mich sowieso immer... Und genau in diesem Moment... In diesem Moment zeigte sie eine Reaktion, die uns beide sehr erstaunte. Sie näherte sich mir und lehnte ihren Kopf an meine Schulter, wobei sie die Weste in ihrem Schoß noch fester hielt. Ich regte mich nicht und schaute Zafer Bey an. Er lächelte. Danach sah ich, wie mich auch Şebnem anlächelte. Ihre Blicke waren noch immer sehr fern und aus diesem Grund immer noch ein wenig beängstigend, doch schienen sie einen Abglanz von Liebe zu tragen. Auch ich lächelte und hoffte, meine Unsicherheit auf meine Weise verbergen zu können... Ich sagte, sie sähe sehr gut aus. Mir war bewußt, das war der banalste Satz, den ich finden konnte. Doch dieser Moment war nur mit diesen Worten erträglich. Auch war es überhaupt nicht wichtig, was die Worte besagten. Entscheidend war, nicht zu schweigen. Sie hatte weiterhin dieses tiefe, stete Lächeln. Dann löste sie ihre Hand von der Weste und führte sie langsam zu meinem Kopf. Auch sie begann, mir über die Haare zu streicheln. Ich wußte nicht, was ich tun sollte. Dieses Mal fiel mir nichts zu sagen ein. Ich lächelte bloß weiter. Sie faßte meine Hand. Ich tat dasselbe. Dann führte sie meine Hand zu ihren Haaren. Sie wollte, daß ich sie weiter streichelte. Natürlich tat ich, was sie wollte. Ich tat es für diesen neuen wortlosen, aber für mich sehr tiefen Dialog. Ich schaute wieder zu Zafer Bey hin. Er beobachtete uns weiter lächelnd mit größter Aufmerksamkeit. Plötzlich fühlte ich mich wie ein Schauspieler in einem Stück für nur einen Zuschauer. Ich wollte die Rolle, die mir unerwartet zugefallen war, bis zum Ende spielen. Ich hätte mit ihr dort stundenlang so verweilen können. Sie roch sehr schlecht, aber das war ihr wohl nicht bewußt. Dieser Geruch, den ich zu anderer Zeit abstoßend gefunden hätte, kam mir in diesem Moment sogar anziehend vor. Denn dieser Geruch war der Geruch jener Zeit, in der sie ihr Verlorensein erlebte. So verharrten wir einige Minuten lang still, wobei ich weiterhin ihre Haare streichelte. Ich dachte daran, über das Bild zu sprechen, als sie plötzlich die Stille unterbrach. Ich hörte wieder ihre zitternde, gebrochene Stimme. Ihre Worte waren wieder wie ein Appell. Wie ein Appell, von dem man nicht wußte, woher er kam ...

»Ich habe mich so nach ihr gesehnt ...«

Wir hatten einen weiteren Schritt getan. Ich fragte natürlich, was zu fragen war:

»Nach wem hast du dich gesehnt, liebe Şebnem? ...«

Ihre Stimme kam daraufhin ein wenig entschlossener, aber zugleich noch weinerlicher.

»Ich habe mich so nach ihr gesehnt ...«

Ich konnte darauf nicht reagieren. Dieses Mal griff Zafer Bey ein, er wiederholte die Frage in einem Ton, der die freundliche Autorität des Arztes spüren ließ. Nachdem sie noch ein wenig geschwiegen hatte, antwortete sie.

»Nach Neveser Hanım ...«

Mir schoß das Blut in den Kopf. Zafer Bey konnte unmöglich verstehen, nach wem sie sich sehnte. Doch ich verstand, und zwar sehr gut. Neveser Hanım war der Name der Hauptfigur, die sie in dem ›Stück‹ verkörpert hatte, das ich erneut zum Leben erwecken wollte ... Das hatte ich nun wirklich nicht erwartet. Doch ich mußte durch die Tür, die sich unerwartet geöffnet hatte, trotz jener Finsternis eintreten und an dem Ort, wo ich eingetreten war, sagen, was es zu sagen gab, mehr noch, sie zum Sprechen bringen, soweit das möglich war. Außerdem mußte ich Zafer Bey zeigen, daß ich Neveser Hanım kannte ... Also hatte sich das, was ich bei meinen vorigen Besuchen erzählt hatte, in ihr weiterentwickelt, hatte nachgewirkt. Noch konnte ich nicht wissen, woran sie sich wie erinnerte, wo sie mich sah. Deswegen versuchte ich, der Grenze ein wenig näher zu kommen.

»Wenn du willst, können wir sie besuchen ...«

Als wollte sie zeigen, daß sie einen solchen Besuch nicht ertragen würde, schüttelte sie aufgeregt den Kopf. Zweifellos bedeutete dieser Widerspruch, daß die Verbindung immer besser verankert war. Doch die Tür konnte sich, so plötzlich, wie sie sich geöffnet hatte, auch wieder schließen ... Die einzige Möglichkeit des Vorwärtskommens war wohl, Fragen zu stellen, mit Fragen zu ihr vorzudringen und sie zu mir zu ziehen. Ich verlor keine Zeit.

»Hast du dich auch nach dem Holzhändler Bohor gesehnt? ...«

Dieses Mal nickte sie heftig, als wolle sie eine positive Antwort geben. Es schien, als läge in dieser Aufregung außer Freude auch tiefes Leid. Und eine Kindlichkeit, die sie trotz ihrer Erlebnisse noch immer sehr gut vermitteln konnte, die sie sich bemüht hatte, nicht zu verlieren ... Der Holzhändler Bohor war ich gewesen in jenem ›Stück‹ ... Beide waren sie ganz alte Leute. Sie wohnten in derselben Straße, im selben Viertel. Der Sohn von Bohor war weit weg gegangen, nach Amerika, seine Frau Estela war krank, bettlägerig. Neveser hatte ihren Mann schon seit langem verloren, auch ihre Tochter war fort, sie war nach Paris gegangen und hatte ihre Spuren verwischt. Sie empfanden füreinander eine tiefe Liebe, in die sich die nicht ausgelebte, aber nicht erloschene Leidenschaft ihrer Jugend verwandelt hatte. Beide sehnten sie sich so sehr danach, in ihrer letzten Lebenszeit beieinander Zuflucht zu finden ... Ich mußte weitersprechen. Ich mußte im Hinhören auf die Stimme meiner Gefühle blindlings vorangehen, so weit ich kam.

»Was sind wir doch alt geworden, Neveser, uralt sind wir geworden! Unser Leben ist zu Ende ...«

Das war eine von meinen Repliken aus dem ›Stück‹. Ich befand mich in einer meiner anrührendsten Szenen, die ich zusammen mit ihr hatte. Und sie? ... Würde sie in diese Szene zurückkehren können? ... Ich hatte meinen Text gesprochen und wartete auf ihre Entgegnung. Plötzlich gab sie mit ihrer zitternden Stimme die Antwort.

»Ich bin nicht alt geworden! ... Es geht mir gut, hast du verstanden? ... Sprich du nur für dich selbst! ...«

Das war die Antwort, ja, das war die Replik, die ich erwartet hatte. Ich wurde sehr aufgeregt. Ich hatte mich nun ziemlich in die Atmosphäre der Szene hineinversenkt. Der Akzent meiner Rede, meiner Stimme, war der aus der Szene, der Akzent einer anderen Zeit. Ich mußte mich schwer beherrschen, um nicht zu weinen. Dennoch gab ich die nötige Antwort. Das ›Spiel‹ mußte weitergehen, die Vorführung mußte weitergehen.

»Ach, laß mal! ... Noch gestern hast du geklagt, mein Ischias ist schlimmer geworden, ich kann nicht aufstehen, ich kann mich nicht hinsetzen ...«

Ihr Kopf war immer noch an meiner Schulter. Sie entgegnete lebhaft:

»Gib einfach nichts drauf! ... Los, los, trink deinen Kaffee und geh schon ... Du hast doch was zu tun. Laß Estela nicht lange warten! ...«

Ja, wir konnten weitermachen, wir konnten weitermachen ... Ich rückte von ihr ab, sah sie frontal an, faßte sie bei den Schultern und schüttelte sie leicht. Genau wie in jener Szene ... Ich sprach auch weiter ...

»Nicht doch, Neveser... Was soll das jetzt mit Estela, das verdirbt uns doch die Laune... Wir wollten hier doch ein wenig miteinander plaudern... Wir wollten unsere Liebe genießen...«

Sie lächelte, lächelte bitter. Ich konnte nicht unterscheiden, ob dieses Lächeln zu jener Szene gehörte oder zu dem Augenblick, den wir erlebten. Doch die Worte waren die aus der Szene, das wußte ich.

»Sind wir nicht ein bißchen spät dran, Bohor?... Was kann man denn in diesem Alter wohl noch machen...«

War es möglich, diese Worte auf die Realität unseres Lebens, auf unsere Gegenwart zu übertragen?... Ich wollte nicht tiefer über diese Möglichkeit nachdenken, um nicht den Zauber dessen zu zerstören, was wir erlebten. Sie hatte sich diese Frage wahrscheinlich gar nicht gestellt. Doch es war erschütternd, daß sie sich an soviel erinnerte, zumal sie aus so einer Stille, einer Finsternis auftauchte, vielmehr, daß sie sich erinnerte, um aufzutauchen... Woran sie sich wohl noch erinnerte?... Ich ließ die Szene sein. Wieder ausgehend von dem Stück, versuchte ich, ihr unsere anderen Freunde vor Augen zu führen. Sie mußte dahin kommen, wo wir lebten, auf welchem Weg auch immer, sie mußte unbedingt kommen...

»Wenn du willst, besuchen wir Nesrin. Sie hat in einem anderen Nachtlokal eine Arbeit gefunden. Sie arbeitet viel, aber sie scheint zufrieden zu sein. Bei Nikos kaufen wir Vorspeisen, ein wenig eingelegten Thunfisch, ein wenig Rogen, ein bißchen Gänseleber, ein bißchen Mortadella und ein bißchen Pfefferkäse, und dann beschwipsen wir uns schön. Auf dem Weg bleiben wir bei Necati hängen. Ihm gibst du wieder Geld, damit er sich Fusel kaufen kann. Und Hüseyin kannst du wieder zur Schnecke machen... Du wirst schon sehen... Du wirst sehen, sogar Neslihan kann kommen...«

Sie nickte, weiterhin lächelnd. Die Nesrin hatte Şeli gespielt, den Delikatessenhändler Nikos Yorgos, den Trunkenbold des Viertels, den leicht verrückten früheren Steueramtsdirektorgehilfen Necati, hatte Niso übernommen und den Hausmeister im Mietshaus von Neveser Hanım, Hüseyin aus Sivas, der von allen Beziehungen wußte und alle Fäden heimlich in der Hand hielt, Necmi. Neslihan war Nevesers Tochter, die immer erwartet wurde, aber nie kam und während des gesamten Stücks nicht zu sehen war. Durch meine Worte versuchte auch ich, mich langsam an das Stück zu erinnern und manche Szenen im Geist erneut auferstehen zu lassen. Zafer Bey verstand vielleicht noch immer nicht ganz, wovon wir redeten, doch er sah sicher, daß wir an einen sehr wichtigen Punkt gekommen waren. Anders konnte ich mir nicht erklären, daß er sich langsam und möglichst unbemerkt aus dem Zimmer zurückzog. Die Zweisamkeit, in der er uns zurückließ, war für mich um so entspannter. Was Şebnem empfand, konnte ich nicht genau ergründen, aber zumindest faßte ich Hoffnung, daß wir beide so ein paar Schritte aufeinander zu und zu den gemeinsam erlebten Tagen hin tun konnten. Wir schwiegen. In dem Moment, als Zafer Bey aus dem Zimmer gegangen war, waren auch wir aus dem ›Spiel‹ ausgestiegen. Dennoch konnten wir weitermachen ... Unser Spiel mußte weitergehen ... Ich nahm meine Hände von ihren Schultern. Sie war neben mir. Sie schaute auf die Strickweste in ihrem Schoß, die sie nun wieder festhielt. Es war an der Zeit, etwas zu sagen, zu fragen. Wieder versuchte ich, blindlings meinen Weg zu ihr zu finden.

»Willst du diese Weste anziehen, liebe Şebnem? ... Sie steht dir sehr gut ...«

Sie klammerte sich in kleinmädchenhafter Scheu und Naivität noch fester an die Weste, als hätte sie Angst, man wollte sie ihr wegnehmen. Ihre Augen füllten sich mit Tränen. Wieder schüttelte sie den Kopf, als wollte sie protestieren. Erneut zeigte sie Widerstand gegen meine Worte. Mir wurde bewußt, daß ich dieses Mal nicht richtiglag. Deshalb machte ich nicht weiter. Ich schwieg lieber eine Weile. Ich war mir sicher, daß diese Weste, die ich noch nie an ihr gesehen hatte, sie an eine ganz andere Szene erinnerte. Und auch, daß ich auf diesem Weg nur bis zu einem gewissen Punkt würde vordringen können ... Wir setzten unser Schweigen fort ... Ich hätte nun gehen können. Doch da ich nun schon einmal so weit mit ihr gekommen war, wollte ich mich nicht damit begnügen. Ich versuchte es noch einmal mit einer anderen Möglichkeit. Ich schaute lange auf das Bild, das an der Wand hinter uns hing. Ich sagte, daß ich den Weg doch beängstigend fand. Dieses Mal blieb sie nicht unbeteiligt, sondern nickte mit dem Kopf, als wollte sie meine Worte bestätigen. Nun mußte ich eine Frage stellen. Ich mußte fragen, noch einmal, um besser zu verstehen, sehen zu können ... Fragen, soweit ich fragen konnte ...

»Was hat es mit dem roten Fleck auf sich? ...«

Ihre Lippen begannen leicht zu zittern. Als wäre sie an der Grenze zum Weinen. An einer Grenze zwischen einem schweigenden Protest und einem lauten Losschreien ... Ohne mich anzuschauen, gab sie wieder in diesem klagenden Tonfall Antwort. Als riefe sie von weit her ...

»Das kleine Mädchen ist verlorengegangen ...«

Dieser Satz war bedeutungsvoll, und zwar sehr. Denn er erinnerte an das, was sie bei unserem vorherigen Gespräch gesagt hatte. Aber noch wichtiger war, daß sie sich erinnern wollte. Konnte ich sagen, daß sie nun endlich bestimmte Verbindungen herzustellen begonnen hatte? ... Oder war ich es, der diese Verbindungen auf seine Weise knüpfte, zu knüpfen versuchte? ... Diese Zwangsvorstellung von dem kleinen Mädchen war zweifellos sehr wichtig. Wer war das kleine Mädchen? ... Sie selbst? ... Ihre Tochter, die die Flammen verschlungen hatten? ... Oder eine Märchenheldin, die ich vielleicht niemals kennenlernen würde und die sie an ihre für immer verlorene Tochter erinnerte? ... Ich versuchte zu verstehen. Indem ich versuchte, sie möglichst fühlen zu lassen, daß wir uns am selben Punkt befanden ...

»Ja, ich weiß, sie hat sich verlaufen ... Sollen wir gehen, um sie zu suchen? ...«

Sie schaute vor sich hin. Sie antwortete nicht. Auf ihrem Gesicht breitete sich Verärgerung aus. Dann stand sie auf, ließ die Weste auf dem Bett liegen und verließ eilig und ohne ein Wort das Zimmer. Ich blieb verwirrt und ratlos sitzen. Irgendwie konnte ich ihr nicht nachgehen. Wahrscheinlich spürte ich, daß es an jenem Tag für uns beide reichte. Zudem sagte mir meine innere Stimme, ich müsse ihr Recht auf Alleinsein respektieren. Ich blieb noch ein wenig sitzen. Dann erhob ich mich ebenfalls und ging ins Zimmer der Oberschwester. Sie sagte, Şebnem sei erregt nach draußen gegangen. Doch ich müsse mir keine Sorgen machen, das ginge vorbei, und später würde sie dann friedlich zurückkommen. So wie ich es verstand, wollte die Schwester zeigen, daß sie solche Fälle mit Leichtigkeit unter Kontrolle hatte. Sie konnte sich jedoch nicht enthalten zu fragen, was zwischen uns vorgefallen sei. Ich wollte gerade zu erzählen anfangen, als Zafer Bey hereinkam. Was er sagte, war wiederum ermutigend, ganz so, als brächte es uns alle zu neuen Möglichkeiten.

»Sie waren sehr gut. Ich habe sie nie so offen und lebhaft gesehen ...«

Ich erklärte ihm das Nötigste und erzählte ihm ein wenig von dem ›Stück‹, wie es mir gerade aus dem Herzen kam. Alles, woran wir uns erinnerten und was wir fühlten, sei sehr wichtig. Alle Einzelheiten, alle Worte und die Geschichten dieser Worte in uns, ihr Widerhall ... Ich konnte in dieser Situation nicht umhin, zu fragen, ob er das, was wir erlebt, gesehen hatten, als Anzeichen einer ›aufzeichnenswerten Besserung‹ ansehe. Er lächelte und gab keine Antwort. Möglicherweise dachte er, ich wollte selbst die geringste Gelegenheit ausnutzen. Doch war es auch möglich, daß er an dieser

Frage sah, wie sehr ich mich auf den Kampf einlassen wollte. Vielleicht verstand ich deshalb nicht, worüber er lächelte. Jedenfalls aber sagte er nicht nein, er versuchte nicht, mich mit ›professioneller‹ Distanz von dieser Begeisterung eines ›Laien‹ abzubringen. Das war für unsereinen ausreichend. Ich bemühte mich, möglichst das Gefühl zu vermitteln, daß ich nicht mehr erwartete, sagte, daß ich in einigen Tagen wiederkommen würde, und verließ das Zimmer.

Auf der Rückfahrt versuchte ich, mich bis ins kleinste Detail an das zu erinnern, was ich erlebt hatte. Wie sehr doch im Grunde die Szene mit den Bildern, Worten und Gefühlen aus anderen Zeiten uns im Tiefsten ein Leben, unser Leben erzählte! So als bewegten wir uns auf einer seltsamen, ja, sogar etwas beängstigenden Schicksalslinie. Anfangs hatte ich nicht im Traum daran gedacht, daß jene unschuldigen Worte, Repliken von vor vielen Jahren, diesen Weg zurück in die Vergangenheit beschleunigen würden. Ich hatte mich selbst viel zu sehr eingeengt und Hoffnungen auf andere Schlüssel gesetzt... Auch diese Schlüssel konnte ich freilich weiterhin in meiner Tasche bereithalten. Schließlich war mir bewußt, daß sich die Tür noch nicht wirklich geöffnet hatte, noch nicht hatte öffnen können, daß es noch mehr Anstrengungen brauchte. Ich würde nicht aufgeben, was oder wer, welche Hindernisse auch immer sich mir entgegenstellen würden, und dieses Gefühl bestärkte mich in der Gewißheit, jene Brücke mit noch sichereren Schritten zu beschreiten. Darüber hinaus machte diese Gewißheit auch die Einladung noch bedeutsamer, aufregender. An jenem Abend zu jener Einladung würden die wirklichen Helden des ›Spiels‹ kommen... Ich war auf dem richtigen Weg. Ich war auf dem richtigen Weg... Diesen Satz wollte ich ständig wiederholen. Immer wieder... Um mich nicht zu verirren... Um meine Existenz zu schützen... Um unseren Tod, das Leid, die Trauer zu überwinden, die aus unseren Toden erwuchsen... Zu jener Einladung würde auch Şebnem kommen, ja, sie würde ganz sicher kommen. Das Festhalten an diesem Glauben bedeutete inzwischen, an dem tiefsten ›Spiel‹ meines Lebens festzuhalten ...

Es vergingen vier gewöhnliche Tage. Es gab keinen erinnerungswürdigen, aufzeichnenswerten Fortschritt, und doch bekamen diese vier gewöhnlichen Tage Bedeutung durch die in mir widerhallende Stimme, die mich in jenen Raum rief, hin zu dem, was jenes Bild erzählen wollte ... Die Szene, die wir erlebt hatten, stand mir immerzu vor Augen. Wie weit würde ich in jenen Raum hineingelangen können? Um Antwort auf die Frage zu erhalten oder die Hoffnung darauf weiterhin aufrechtzuerhalten und mich mit dem Gesehenen auseinanderzusetzen, mußte ich es noch einmal wagen, mit dem kleinen, zitternden Licht in der Hand in jene Finsternis vorzudringen. Deshalb fuhr ich zum Krankenhaus. Als ich die Station betrat, sagte eine Schwester, ohne daß ich gefragt hätte, mit bedeutsamem Lächeln, Şebnem sei spazierengegangen. Sie könne nicht weit sein, sie hielte sich ja immer nur in der Nähe auf ... Konnte sie nicht doch weiter weg gegangen sein, spazierte sie wirklich bloß immer in der Nähe herum? ... Ich stellte mir selbst diese Frage, aber auch wenn ich die Schwester gefragt hätte, so hätte ich das, was ich wirklich wissen wollte, nicht erfahren. Ich begnügte mich deshalb wieder damit, still zuzuhören. Sie sähen, daß es ihr in letzter Zeit viel besser ginge. Wieder enthielt ich mich einer Antwort. Ich bedankte mich nur und ging hinaus. Auch dieses Mal sagte mir meine innere Stimme, es würde mir nicht schwerfallen, sie zu finden. Ich mußte nur ein wenig laufen, um zu sehen, daß ich mich nicht getäuscht hatte. Sie saß auf einer der Bänke nicht weit vom Stationsgebäude entfernt. Ich hatte es natürlich nicht vergessen. Es war die Bank, auf der wir in diesem Garten bei meinem ersten Besuch miteinander gesessen hatten. Wie anders war jedoch inzwischen das, was wir erlebten.

Ich ging langsam und möglichst leise zu ihr hin und setzte mich. Sie wirkte wieder wie in weiten Fernen versunken. Zwar reagierte sie nicht, doch war ich mir sicher, daß sie mich bemerkte. Das sagte mir wieder meine innere Stimme, der ich sehr vertraute. Diese Stimme sagte mir, ich solle mich bemerkbar machen. Ich verlor keine Zeit.

»Guten Morgen ... Was ist das denn für eine Gastfreundschaft ... Man sagt doch zumindest einen Willkommensgruß! ...«

Sie wendete ihr Gesicht. Sie schaute wieder mit jenem erfrorenen Lächeln, an das ich mich inzwischen gewöhnt hatte, das ich anfangs sehr erschreckend gefunden hatte. Mit jenem Lächeln, das die vielen Gesichter und Stimmen des Abgrunds umschloß, der Finsternis, in die sie gefallen war ... Doch ich konnte in ihren Augen auch ihre Liebe sehen, ihre Angst, ihre Not, ihr Leid, ihre Enttäuschung und auch ihre Einsamkeit ... Ich berührte sie noch einmal. Noch ein Mal ... Um aller Abschiede und Rückkehren willen ... Ich konnte nicht an mich halten und küßte sie auf die Wange. Sie lächelte noch ein wenig mehr. Doch das war alles, für diesen Augenblick war es genug. Sie wendete ihr Gesicht ab und kehrte wieder in jene Ferne zurück, zumindest schien es so. Vielleicht würde sie am Ende ganz dort bleiben. Daraufhin versuchte auch ich, mich in mich selbst zu versenken. Ich sagte mir, das, was ich als erstes sehen würde, nachdem ich die Augen geschlossen hätte, wären die treffendsten Bilder. Da trat mir noch einmal der Moment vor Augen, als das junge Mädchen an jenem fernen Abend in Tarabya davon gesprochen hatte, sie habe das Gefühl, von einem Sturm erfaßt und zu einer namenlosen Katastrophe gerufen zu werden. Dieses Mädchen saß Jahre später wieder neben mir ... Es schien, als wäre inzwischen nicht derart viel Zeit vergangen, sondern nur einige Augenblicke, ein paar lautlose Augenblicke. Was für tiefe Eindrücke hatte das, was ich damals erlebt hatte, in meinem Leben hinterlassen ... Jener Abend ... Hätte ich an jenem Abend um jenes Lebens willen einen Schritt auf sie zu getan, hätte ich ihn tun können, hätten wir dann das alles erlebt? ... Meine Augen waren noch immer geschlossen ... Fast begann ich zu weinen ... Ich fühlte mich sehr schwach und schutzlos ... Ja, kraftlos, schutzlos und ausgeliefert ... Doch ich war ich selbst ... Endlich war ich ich selbst. Ich begegnete ihr in aller Echtheit. Mit all meinen Schwächen, verpaßten Gelegenheiten und Blößen ... Vielleicht hatte ich auch jahrelang auf diesen Augenblick gewartet, ohne es zu merken ... Konnte es sein, daß ich bei dem Versuch, sie in dieses Leben, in mein gelebtes Leben zurückzuholen, mich auch selbst aus einem Schlaf aufwecken wollte, aus einem Schlaf, zu dem ich mich ein wenig auch absichtlich hingelegt haben mochte? ... Wollte ich, indem ich ihr Erwachen bewirkte, zusammen mit ihr ins Leben zurückkehren? ... Jene Berührung, jener leichte Kuß, um sie aufzuwecken ... Vielleicht war die Stimme, die mich nachdrücklich zu ihr, in ihre Finsternis, zog, die Stimme, die mich zur Aussöhnung mit der Finsternis in meiner Vergangenheit rief. Ich befand mich in einem der Momente, wo sich Freude und Leid vermischten, die den Menschen dieselbe Erregung wie in der Ekstase erleben ließen. Dies war ein Moment der Begeisterung. Es war ein leidenschaftlicher Moment, der den Menschen sagen ließ: Ich lebe! ... Ich konnte es mir nur so sagen, klarmachen. Ja, ich war in meine Fernen gegangen ... Ich erinnere mich nicht, wie lange ich dort mit ihr so blieb, ohne zu sprechen. Vielleicht waren es zehn, vielleicht fünfzehn Minuten, vielleicht aber auch nur wenige Augenblicke ... Doch diese erschienen mir wie Stunden. Meine innere Stimme verlangte dieses Mal von mir, daß ich meine Gefühle, ausgehend von jenem Schmerz, in Worte faßte. Der Schmerz brannte wie jeder echte Schmerz ...

»Ich habe dich ins Feuer geworfen ... Verzeih mir ...«

Heutzutage kann ich besser verstehen, warum ich ihr mein Gefühl im Bild eines brennenden Schmerzes mitteilen wollte. Es gab in meiner Vorgeschichte so viele Erinnerungen, die mit Feuer zu tun hatten. Doch kaum hatte ich diese Worte ausgesprochen, da bedauerte ich sie schon sehr. Mir fiel ein, woran das Feuer sie erinnern mochte. Dieses Wort konnte sie noch einmal an diese sensible Grenze bringen ... Nun machte ich den Fehler schon zum zweiten Mal ... Ich öffnete langsam die Augen und drehte ihr mein Gesicht zu, wobei ich auf jede mögliche Reaktion vorbereitet war. Sie konnte mich wegschicken, sich schnell wieder von mir entfernen, ohne auch nur ein Wort zu sagen, schluchzend weinen, sogar mich ohrfeigen, durchschütteln ... Von dem her, was ich erlebt hatte und wußte, konnte ich nur dies erwarten. Doch ... Doch nichts dergleichen geschah. Sie schaute mich mit einem sanften, warmen Lächeln an, mit einer Liebe, die aus großer Tiefe zu kommen schien ... Auf dem Weg, den ich blindlings zu gehen versuchte, war ich wieder in der Situation eines verwirrten Menschen, der nicht wußte, was er wie verstehen sollte ... Ich wußte nicht, waren das die Blicke einer früheren Geliebten, die trotz allem, was vorgefallen war, nach Jahren bereit war, alle Kränkungen zu vergessen? Waren es die Blicke einer Freundin, die trotz aller Entfernung ihre Liebe nicht verloren hatte und mit Herz und Seele immer bei mir geblieben war? Oder die einer älteren Schwester, die immer versuchte, mir beizustehen? Das mußte ich vielleicht auch gar nicht wissen. Als sie meine Verwirrung sah, lächelte sie noch stärker und legte ihre Hand an meine Wange. Mit ihrer zitternden Stimme versuchte sie zu sagen, was sie fühlte:

»Wie gut, daß du gekommen bist ... Wie gut, daß du gekommen bist ...«

Ich spürte, sie war jetzt dem Leben, zu dem ich sie gerufen hatte, sehr nahe. In dem, was meine Gefühle mich sagen ließen, lag nun die Aufregung über eine Begegnung, von der ich so lange geträumt hatte.

»Wie gut, daß auch du gekommen bist ... Sei willkommen ...« Wieder lächelnd schüttelte sie den Kopf, als wollte sie erneut aus einer aus der Tiefe kommenden Zerschlagenheit heraus Einspruch erheben. Wollte sie sagen, sie könne noch nicht zurückkehren, sie sei noch nicht bereit dazu? ... Ich wußte es nicht. Wenn ich das besser verstehen wollte, blieb nur eins zu tun. Ich steckte die Hand in die Jackentasche, holte den Ohrring hervor und zeigte ihn ihr. Der Ohrring lag in meiner Hand. Er wartete darauf, erkannt zu werden. Ich versuchte zu lächeln. Die Worte, die ein erneuter Appell waren, kamen mir wie von selbst auf die Zunge.

»Ich habe diesen Ohrring immer aufbewahrt ... So wie du es wolltest ... Erinnerst du dich? ...«

Weiter kam ich nicht ... Ich hatte gezeigt, was ich zeigen konnte, und gesagt, was ich sagen konnte. Jedenfalls für diesen Augenblick ... Für diesen unendlichen Augenblick ... Sie schaute auf den Ohrring, berührte ihn mit der Spitze ihres Zeigefingers ... Es war eine leichte, zaghafte Berührung ... Und danach ... Danach fing sie plötzlich zu weinen an. Sie weinte lauthals, schluchzend ... Ich rückte ein wenig näher, hielt den Ohrring fest in der Hand und nahm sie wieder besorgt in die Arme. Sie schmiegte sich an. Auch sie umarmte mich, wobei sie weiterweinte ... Mit weinerlicher Stimme flüsterte sie mir ins Ohr:

»Ich friere ... Ich friere innerlich ... Mich friert bis ins Mark ...«

Meine Worte kamen wieder von selbst, irgendwo aus mir, aus meinen Tiefen ...

»Von nun an wirst du nicht mehr frieren ... Ich lasse dich nicht mehr los ...«

Würde ich sie wirklich nicht mehr loslassen? ... Wie haltbar, zuverlässig, glaubwürdig war die Brücke, die ich zu ihr hin geschlagen hatte? ... In dem Moment konnte ich mich mit dieser Frage nicht auseinandersetzen ... In dem Moment konnte ich nicht anders, als sie mich mit meinem ganzen Wesen spüren zu lassen. Wir blieben eine Weile so. Ich fragte mich, was die Zeit uns noch alles zeigen würde, doch ich konnte nicht darauf antworten, wollte das nicht beantworten. Nur so konnte ich an den Zauber glauben, einen Moment bis zum Ende auszuleben. Dann lösten wir uns voneinander und saßen eine Weile zusammen, ohne zu sprechen. Bis sie mit ihrer zitternden Stimme unser Schweigen beendete ... Ihre Worte zeigten mit einer anderen Offenheit, wo wir uns befanden.

»Mich friert ... Bring mich in mein Zimmer ...«

Eigentlich war es ein sonniger, warmer Tag. Aber das zu sagen, war nicht sinnvoll und nötig. Wir standen auf und gingen langsam auf die Station zurück. Ich brachte sie in ihr Zimmer. Sie setzte sich aufs Bett, so als wäre es ihr lieber, allein zu sein. Wenn sie etwas gesagt hätte, wäre ich noch geblieben, doch sie wollte wohl lieber für sich sein. Als ich sagte, ich müsse gehen, erhob sie keinen Einwand. Ich nahm ihre Hand und legte ihr den Ohrring in die Handfläche. Ich sagte, was ich sagen konnte:

»Auf diesen Augenblick habe ich all die Jahre gewartet ... Was du mir anvertraut hattest, war unsere Erinnerung ... Der Mensch kann mit so einer Last nicht sterben ...«

Dieses Mal nickte sie wieder wortlos, als wollte sie ausdrücken, sie habe meine Worte verstanden. Hatte sie verstanden? ... Hatte ich mich mitteilen können? ... Das war mir egal. Ich wußte jedenfalls, daß die Zeit das Nötige zeigen würde ... Ich küßte sie noch einmal auf die Wange und ging langsam zur Tür. Ehe ich hinausging, sagte ich die letzten Worte, die ich an jenem Tag sagen konnte:

»Ich komme ganz bald wieder ... Dann habe ich eine Überraschung für dich, halt dich fest ...«

Sie schaute lächelnd. Es war, als zeigten sich die Neugier, Naivität und Freude eines kleinen Mädchens in ihrem Gesicht. Mir war bewußt, diese Freude kam aus einem bitteren, tiefen Leid, deswegen war sie mehr als berechtigt. So blinzelte ich ihr verführerisch zu, weil ich sie lächelnd meine Liebe spüren lassen wollte, und zugleich hoffte, ich könnte sie ihre Weiblichkeit fühlen lassen. Dann legte ich den Zeigefinger auf die Lippen, als wollte ich sagen, sei still und warte ab. Dieses Mal kicherte sie. Mein komisches Talent zeigte die nötige Wirkung. Doch gab es für sie noch eine Überraschung? ... Das konnte ich nicht wissen. Für mich zumindest gab es noch eine. Ich glaubte an diese Überraschung, aus ganzem Herzen. Die Überraschung war zudem nicht bloß für die Erzählung dieses ›Spiels‹, sondern für mein Leben notwendig. Auf diese Weise würde ich den Ort, an dem ich mich befand, ein wenig besser erkennen können ...

Wie immer wollte ich vor dem Verlassen der Station auch Zafer Bey meine Gefühle eröffnen. Ich wollte diese jüngste Entwicklung ebenfalls erzählen. Doch an jenem Tag war er nicht gekommen. Weil ich nicht berichten konnte, hieß dies für mich, den Tag nicht vollständig zu erleben, besser gesagt, unvollständig zu erleben. Es gab Abhilfe. Ich hatte schon früher seine Telefonnummer bekommen. Ich wußte, ich konnte ihn jederzeit anrufen. Ich ging hinaus. In mir war eine traurige Freude. Doch von dieser Freude zu sprechen, sie mitzuteilen, war nun gar nicht mehr so leicht. Insbesondere mit Çela würde ich meine Gefühle überhaupt nicht teilen können. Deswegen verschob ich das auf später. Ich rief Necmi an, der sagte, er käme in ein paar Tagen nach Istanbul zurück. Wenn er zurück sei, würden wir uns auf jeden Fall treffen und reden. Seine Stimme machte den Eindruck, als wollte er mit mir etwas Wichtiges besprechen. Ich war mir sicher, auch er hörte meiner Stimme an, daß ich mit ihm etwas zu besprechen hatte. Dabei beließen wir es. Wir hatten längst gelernt,

Geduld zu haben. Und keine unzeitigen Fragen zu stellen, nicht einmal allzu erstaunt zu sein ... Aber in Wirklichkeit war ich doch sehr gespannt, wie er meine Erlebnisse aufnehmen würde. Ich wollte sein Gesicht sehen, wenn er zuhörte. Inzwischen hoffte ich sehr, Şebnem zu jener Einladung mitzubringen. Aber ich wollte diese Hoffnung und die Möglichkeit mit Zafer Bey besprechen, und wenn es am Telefon war. Es war genau der richtige Zeitpunkt, ihm den Ball zuzuspielen. Ich erzählte ihm lang und breit das Vorgefallene, wobei ich mich bemühte, keine Einzelheit auszulassen. Es interessierte ihn, und zwar sehr. Sein langes Zuhören fiel nicht unter jenes wohlbekannte professionelle Verhalten, das mich immer so sehr störte, doch seine Antwort spiegelte die Haltung eines distanzierten Arztes wider. Trotz all seines guten Willens und seiner Hilfsbereitschaft ... Der Fortschritt sei sehr wichtig, unübersehbar. Dennoch dürfe man die Besonnenheit nicht verlieren ... Natürlich war diese Antwort nicht ausreichend für mich. Ich erwartete eine viel wärmere und begeistertere Bestätigung. Ich wagte es, dringlicher zu fragen, indem ich jene Frage stellte, die ich schon früher gestellt hatte ... Ob man diese Entwicklung als ›wesentlich‹ ansehen könne ... Er schwieg eine Weile. Ich vermute, er verstand, worauf es in seiner Antwort ankam. Er antwortete geradeheraus.

»Ja ... Es ist zwar möglich, daß der Zustand nicht stabil bleibt. Wir können einen erneuten Rückzug erleben. Außerdem ist nicht leicht vorherzusehen, wohin so eine Öffnung führt. Doch dies ist eine wichtige Entwicklung. So wie wir sie haben wollten ...«

Ich freute mich. So sehr, daß ich nicht gleich antworten konnte ... Daß ich nicht sprechen konnte ... Ich hatte gehört, was ich hören wollte. Ich war dabei, einen Menschen aus der Finsternis zu holen ... Ich wußte nicht, wohin ich sie holen würde, doch ich konnte diesen kleinen Sieg in mir, still für mich feiern ... Ich feierte ihn ... Hatte der Arzt verstanden? ... Wahrscheinlich ja. Er hatte gesehen, wie ich gekämpft hatte. Sicherlich hatte er auch gesehen, warum ich diesen Kampf geführt hatte. Schließlich hatte ich gar nicht versucht, mich vor ihm zu verstecken. Nun fehlte nur noch die Belohnung. Jene Belohnung, die die stille Siegesfeier noch bedeutsamer machen würde ... Ich wartete nicht lange. Die Stimme am anderen Ende des Telefons stellte jene Frage, die spüren ließ, daß sie das nicht Ausgesprochene gehört hatte ...

»Für wann hatten Sie die Einladung geplant?«

Es blieben uns noch drei Freitage. Nur drei Freitage ... Ich versuchte, meine Aufregung zu verbergen, doch es gelang mir kaum. Wie, wie weit hätte ich das Zittern in meiner Stimme unterdrücken können? ... Er hingegen war ruhig, allzu ruhig, sogar so ruhig, daß es mich nervös machte ... Ich versuchte, nicht darauf zu achten. Denn es kam nur auf das an, was er sagte. Ich hielt – wörtlich – den Atem an, bereitete mich darauf vor, zuzuhören.

»Wir finden eine Lösung ... Ich werde es so einrichten, daß Şebnem an der Einladung teilnehmen kann. Doch ein ärztlicher Therapeut muß sie unbedingt begleiten ...«

Da war nun also die Belohnung ... Daß die Lösung an eine Bedingung geknüpft war, verhinderte die Realisierung meines Traums überhaupt nicht. Deswegen fiel es mir nicht schwer, die Sache gleich festzumachen. Ein weiteres Mal bewies ich meine Begeisterung, meine Entschlossenheit.

»Sie sind selbstverständlich ebenfalls mein Gast ... Es wäre mir eine Ehre, wenn Sie kämen. Zudem ist es so am besten ...«

Ich spürte, wie er ein wenig zögerte. Vielleicht hatte er diese Antwort nicht erwartet. Zum ersten Mal ertappte ich ihn dabei, daß er unsicher wurde.

»Das ist möglich ... Ich werde darüber nachdenken ...

Wahrscheinlich geht das ... Ich kann es jedoch nicht versprechen ...«

Ich drängte ihn nicht. Ich verstand den Grund für sein Schwanken nicht, dennoch drängte ich ihn nicht. Es genügte mir, daß er eine Lösung fand, beziehungsweise sich darum bemühte. Ich machte mir keine Sorgen, daß er mich womöglich auf halbem Weg hängenließ. Şebnem würde kommen, auf welche Weise und mit wem auch immer. Das konnte ich ihm natürlich nicht sagen. Ich sagte nur, was ich sagen konnte.

»Das überlasse ich Ihnen ... Was muß ich tun? ...«

Er antwortete mit derselben ruhigen Stimme.

»Ich veranlasse alles Notwendige. Sie dürfen in der Zwischenzeit allerdings nicht ins Krankenhaus kommen. Ich möchte sie noch ein wenig genauer beobachten. An besagtem Freitag dann kommen Sie etwas früher. Es wäre gut, sie vor allen anderen ins Haus zu bringen. Sie soll sich erst ein wenig an die Umgebung gewöhnen. Sie wird sowieso einen Schock erleben, wenn sie ihre alten Freunde sieht ...«

Mir gefiel der Gedanke überhaupt nicht, daß ich Şebnem eine so lange Zeit nicht sehen durfte. Doch es hatte keinen Sinn, durch eine unpassende Reaktion eine angespannte Situation herbeizuführen. Am besten war, sich einverstanden zu zeigen.

»Gut ... Doch ab und zu rufe ich Sie an ... Wenn es Ihnen recht ist ...«

Ich überschlug mich fast vor Höflichkeit! ... Vielleicht wäre soviel gar nicht nötig gewesen ...

»Sie können immer anrufen, wenn Sie wollen ... Schließlich sind Sie ja auch an dieser Rückkehr beteiligt.«

Die Worte waren ermutigend, doch zugleich auch reichlich bedrohlich, wenn ich über die Realität nachdachte, auf die sich diese Worte bezogen. So langsam drängten sich mir neue Probleme auf. Was tat ich zum Beispiel, wenn Şebnem, so wie ich es mir wünschte, mit ihrem ganzen Wesen ins Leben, in unser Leben zurückkehrte? ... War ich bereit, die notwendige Verantwortung dafür zu übernehmen, wenn sie außerhalb des Krankenhauses ein neues Leben anfing? ... Das ›Schauspiel‹ würde wahrscheinlich irgendwie aufgeführt werden. Und danach? ... Wohin würde danach ein jeder gehen? Wenn ich an die restliche Zeit meines Lebens dachte, hätte ich mich vor dieser Frage fürchten können, hätte ich mich angesichts all meiner Ausflüchte fürchten können. Doch der Tag war nicht dazu geschaffen, um mir über diese Fragen den Kopf zu zerbrechen. Noch ging es nicht darum. Diese Fragen würden, wenn die Zeit gekommen war, auf andere Weise gestellt werden. Wenn wir in ein anderes Stadium dieses Lebensspiels gekommen sein würden ... Wenn wir unsere anderen Wunden sowohl noch einmal aufreißen als auch verbinden wollten, soweit uns das möglich war ...

An jenem Tag wollte ich in diesen Augenblicken nur meine Freude erleben. Ich rief Çela an und erzählte ihr aufgeregt, daß der Tag, an dem ich Şebnem nach Hause bringen würde, nun ganz nahe sei. Die Entwicklungen seien höchst vielversprechend. Natürlich konnte ich nicht sagen, daß ich noch nicht wisse, ob ich es wagen konnte, die Frau, die aus dem Schlaf erwacht war, die ich mit Einsatz meiner Persönlichkeit aufgeweckt hatte, in allem, was sie vorhatte, zu unterstützen. So wie ich schon von vielen anderen Gefühlen nicht hatte sprechen können ...

Auch Necmi und Şeli hätte ich anrufen können, aber offen gesagt wollte ich verhindern, daß der Zauber des Erlebten sich verflüchtigte. Im letzten Moment konnte etwas dazwischenkommen. Man mußte warten, noch ein wenig geduldig sein ...

Dann kamen jene Tage des gespannten Wartens, Tage, die in mir wieder unterschiedliche Gefühle auslösten. Ich sprach noch einmal mit Yorgos. Er sagte, er habe sich gründlich darauf vorbereitet, nach Istanbul zu kommen. Mit Niso zusammen aß ich einmal zu Mittag. Was ich dabei hörte, führte uns beide in eine der noch unerzählbaren, weitgehend unerzählbaren Finsternisse unserer Geschichte ... Wir hatten unser Leben auf soviel Leiden aufgebaut, das noch nicht durchleuchtet war, das irgendwie nicht zu erforschen war ... Ich sprach auch mit dem Krankenhaus. Es gab kein Problem. Dort wurde eine weitere Rückkehr nach Istanbul vorbereitet ... Das letzte Gespräch fand zwei Tage vor der Einladung statt. Zafer Bey wollte, daß ich am Tag der Einladung frühzeitig kam. Wir wollten Şebnem gemeinsam darauf vorbereiten, nach so vielen Jahren nach draußen zu gehen ...

Steine ins Meer werfen können

Dann kam jener Freitag. Im Grunde war dieser Tag einer der wichtigsten meines Lebens. Das war mir bewußt. Und auch, daß die Belohnung ihren Preis hatte... Selbst wenn ich noch nicht wußte, wen das Kommende uns allen, allen, die in diese Geschichte verwickelt waren, wie zeigen würde...

An jenem Freitag erwachte ich nicht bloß zu einem der wichtigsten Tage meines Lebens, sondern auch zu einer Hoffnung. Yorgos war seit ein paar Tagen in Istanbul. Wir waren uns noch nicht begegnet, doch ich wußte, er war mir schon sehr nahe. Er hatte angerufen und gesagt, er wolle eine Weile allein sein. Das war nicht allzuschwer zu verstehen. Ich hätte wahrscheinlich dasselbe getan, wenn ich endlich den Mut gefunden hätte, in die Stadt zurückzukehren, die ich jahrelang gemieden hatte. Es reichte, daß ich wußte, er kam, er war gekommen. Şeli würde am Morgen mit dem Flugzeug anreisen. Necmi hatte ich alle Entwicklungen in allen Einzelheiten erzählt. Er wollte mit ins Krankenhaus fahren, doch als er sah, wie ich mich der Sache angenommen hatte, verzichtete er darauf. Aber er wollte vor allen anderen zu mir nach Hause kommen. Ich hatte nichts dagegen. Schließlich war er es gewesen, der mich auf den Weg zu Şebnem geschickt hatte. Er war ja auch aus unserer ›Truppe‹ derjenige, der die arme Frau so wie ich mit ganz anderen Augen sehen konnte, und er stand mir am nächsten. Niso wohnte in jenen Tagen bei einem Verwandten in Şişli. Wie sehr ließen ihn wohl jene Gassen, die sich so tief in unsere Erinnerungen eingegraben hatten, seine Fremdheit erleben, wie sehr ließen sie ihn diese Fremdheit vergessen?... Es war an einem der Tage gewesen, an denen wir auf jenen Freitag warteten. Wir hatten in Elmadağ zu Mittag gegessen in einer Art Café-Restaurant. In einem Lokal, das es damals in der Jugend noch gar nicht gegeben hatte. Wir sprachen lange über Şebnem. Über den Sturm, der sie erfaßt hatte, das tiefe Loch, in das sie gefallen war, ihre Finsternis, in die ich einzutreten versucht hatte, über das, was wir auf dem Weg zurück erlebt hatten, wie sie sich an die Dialoge des ›Stücks‹ erinnert hatte... Ich sagte auch, was für eine gebeutelte Generation wir doch seien... Er war in Gedanken versunken. Wir schwiegen. Ich erwartete seine Antwort. Dann bekam ich seine Antwort. Was ich hörte, zog mich allerdings aufs neue in eine völlig unerwartete Finsternis. In dem Moment dachte ich erneut, daß wir unsere Leben über vielen schwärenden Wunden aufgebaut hatten.

»Neulich traf ich zufällig in Osmanbey eine von meinen ehemaligen Kommilitoninnen von der Technischen Uni. Auf der Straße, ganz zufällig... Fast hätten wir uns nicht wiedererkannt. Aber wir haben uns erkannt, trotz all der Jahre. Wir setzten uns gleich irgendwohin. Sie wollte reden. Als ich von hier wegging, war sie eingebuchtet. Nach ein paar Jahren kam sie raus... Inzwischen war sie schwer gefoltert worden. Als sie sie freiließen, haben sie zu ihr und noch zu zwei anderen Kameradinnen gesagt: ›Wir haben euch etwas angetan, aber erst Jahre später wird der eigentliche Schmerz kommen.‹ Danach hat das Mädel versucht, sich ein Leben aufzubauen. Sie hat geheiratet und ein Kind bekommen. Dann hat sie sich scheiden lassen und noch einmal geheiratet. Neulich hat sie erfahren, daß sie Gebärmutterkrebs hat... Das ist alles... Ich weiß nicht, was ich tun soll...«

Natürlich wußte auch ich nicht, was ich tun sollte... Wir würden weiterleben, was konnten wir anderes tun?... Trotz dieser Ungerechtigkeiten würden wir weiterleben... In dem Moment, als ich mich an Niso erinnerte, mußte ich auch an diese Geschichte denken. Es war nicht leicht, auf andere Gedanken zu kommen, doch ich mußte weitergehen, so weit ich konnte. Deswegen erschien es mir als das einfachste, mich daran zu erinnern, daß wir gelernt hatten, mit einer Mischung aus Protest und Hoffnung zu leben. Wir lebten das Leben ja auch wirklich auf diese Weise. Und wahrscheinlich würden wir bis zuletzt so leben ...

Deswegen fiel mir um so mehr auf, wie sehr sich auch Çela für die Einladung begeisterte. Ich merkte, daß sie gefühlsmäßig davon ergriffen war. Der Satz: »Überlaß das mal mir!« bedeutete wesentlich mehr als: ›Du kannst meiner Erfahrung und meinen Fähigkeiten vertrauen.‹ Es gab viele Gründe für ihr Bedürfnis, ihren Herrschaftsbereich zu erleben und erleben zu lassen ... Die Hinweise waren schon zwei Tage im voraus zu erkennen gewesen. Sie selbst wollte die Speisen mit Hilfe ihrer Zugehfrau, die seit Jahren ins Haus kam und der sie sehr vertraute, vorbereiten. Dieses Mal, sagte sie, würde es die Spontaneität und Herzlichkeit stören, wenn wir, wie oftmals bei unseren Einladungen mit vielen Personen, eines der Catering-Unternehmen ins Haus kommen ließen, die das Essen und die Bedienung übernahmen. Sie selbst würde den wertgeschätzten Gästen das zubereiten, was im Haus eines Istanbuler Juden geboten werden sollte. Mit anderen Worten, das Haus mußte ein wirkliches Heim sein, es mußte wie ein Heim duften, mußte die Gäste heimelig umfangen. Doch ich übersah nicht, daß es ihr bei diesem Bemühen auch um die Macht ging und daß wir die Gäste eine traditionelle Atmosphäre erleben ließen. Doch warum soll ich es verheimlichen, mich störte das offen gesagt nicht sehr. Es reichte mir, daß Wertschätzung ausgedrückt wurde, das war mir mehr als genug. Deshalb interessierte ich mich sogar nicht mal für die Speisenfolge. Denn eigentlich hegte ich im tiefsten Inneren andere Befürchtungen. Diese Befürchtungen gebaren viele Möglichkeiten, und ich konnte die Gesamtheit meiner

Gefühle nun mit meiner Frau, mit der ich meine Jahre verbracht hatte, nicht mehr teilen ... Die Wellen in meinem Inneren warfen mich in ein sehr fernes Meer ...

Als ich morgens früh aus dem Haus ging, kamen aus der Küche Essensgerüche. Diese Düfte erinnerten bei aller Ferne an Nähe ... An der Tür umarmten wir einander wie an jedem Morgen. In ihrer Umarmung lag dieses Mal eine Weiblichkeit, mit der sie sich selbst ein wenig spüren lassen wollte. Sie flüsterte mir ins Ohr, sie erwarte Şebnem. Vielleicht könne sie sie ein wenig besser auf den Abend vorbereiten. Ich verstand nicht recht, was sie meinte. Doch ich konnte verstehen, daß sie mir vermitteln wollte, sie stehe an meiner Seite. Ich merkte auch, daß sie sich selbst bemerkbar machen wollte. Dagegen gab es nichts einzuwenden. Ich antwortete, wir würden die nötige Zeit finden, alleine zu sein, und ging hinaus.

Auf der Fahrt zum Krankenhaus wurde mir erneut deutlich, daß mich viele Gefühle auf manche Wahrheiten hinführen konnten, die ich noch nicht sehen, denen ich mich noch nicht stellen wollte. Doch es war nicht an der Zeit, unnötig Probleme aufzurühren. Die Brücke, auf der ich ging, erzeugte in mir eine neue Begeisterung. Für die Rückfahrt nach Hause hatte ich auf meine Weise ein wenig Vorsorge getroffen, um für Şebnem das passende Umfeld zu schaffen. Wir würden im Auto jene Chansons hören, die wir nicht vergessen hatten ... Während ich mich ihr langsam näherte, hörte ich die Lieder noch einmal ab, um auch der geringsten Störung vorzubeugen. Jedes Chanson hatte andere Bilder. Es waren meine inneren Bilder, die die Chansons unsterblich machten ... Und was war mit Şebnems Bildern? Höchstwahrscheinlich konnte ich nur den Abglanz davon sehen ... Mehr konnte ich nicht wollen, in diesem Zeitabschnitt mußte ich mich mit diesem Vibrieren begnügen. Es erschien mir nun wie Schicksal, in ihrem Leben vorwärts zu schreiten, so weit zu gehen, wie ich gehen konnte. Denn ich war immer mehr davon überzeugt, auf diese Weise mich selbst besser sehen, finden zu können, leben zu können ... Mit dieser Hoffnung durchschritt ich die Tür des Krankenhauses.

Als ich das Zimmer der Oberschwester betrat, erwartete mich ein überraschender Anblick. Şebnem sah völlig anders aus, sie war anders gekleidet als bisher. Sie trug ein kurzärmeliges Kleid, wahrscheinlich indische Batikarbeit, in dem helles Lila und Grün die vorherrschenden Farben waren, einen bordeauxfarbenen Schal und am Arm einen breiten Silberreif. Ihr Lippenstift und die Augenschminke wirkten in ihrem bräunlichen Gesicht wie eine Erinnerung an die alten Zeiten. Die Haare waren geschnitten und schwarz gefärbt. Es war das gleiche Schwarz wie vor vielen Jahren. Als hätte sie jemand aus einer anderen Zeit um einer anderen Zeit willen berührt. Wieweit war diese Berührung ihre eigene? ... Woher kam dieses Kleid oder von wem, wo war es gewesen? ... Auch Zafer Bey war da sowie die Oberschwester und zwei weitere Schwestern von der Station ... Es war offensichtlich, alle hatten ihr möglichstes dafür getan, sie auf die neue Reise ›nach draußen‹ vorzubereiten ... Das Ergebnis war einerseits traurig, andererseits sehr aufregend. Und zweifellos hatte sowohl die traurige Seite des Bildes mit mir zu tun wie auch die aufregende, glücklich machende. Wie seltsam war es doch, daß in manchen Situationen das Glücklichsein den Menschen traurig macht ... Auch ich kannte ein solches Glück, aber ebenso wußte ich, wie echt und berechtigt so ein Glück war ... In dieser Lage mußte ich nun der Frau, die mir dieses Gefühl gab, noch näher kommen. Ich ging zu ihr hin, setzte mich. Ich sagte ihr, sie sei sehr schön geworden. Sie sei eine faszinierende Frau geworden ... Alle würden sie bewundern. Wir hatten eine neue Bühne betreten. Dieses Spiel hatte nur einige wenige kurze Wechselreden ... Doch mit diesen Worten dankte ich auf indirekte Weise auch denen, die sie so attraktiv gemacht hatten. Ich nahm ihre Hand. Sie lächelte. Dieses Lächeln wirkte dieses Mal wie das von unseresgleichen, es glich einem Lächeln, das lieben und Hoffnung geben wollte. Daraufhin fragte ich sie, ob sie wisse, wohin wir gingen, und sie gab wieder, wortlos weiterlächelnd, mit dem Kopf ein Zeichen, das andeutete, sie wisse es sehr wohl. In dieser Reaktion und dem Lächeln konnte ich auch eine Unruhe erkennen, sowohl die Freude eines kleinen Mädchens als auch das Bemühen, sich in Ratlosigkeit und Schicksalsergebenheit ans Leben zu klammern ... Anders ausgedrückt, ich konnte sie sehen, wie ich wollte ... Diese Möglichkeiten erschweren mir aber auch das Reden. Zafer Bey griff rechtzeitig ein.

»Seit Tagen schon bereitet sich Şebnem vor ...«

Dann wandte er sich zu Şebnem.

»Heute abend werden alle bei dir sein ...«

Alle? ... Wenn man sich an ihre Vergangenheit erinnerte, lag dann in diesen Worten nicht ein Fehler? ... Sie nickte wieder mit dem gleichen Lächeln. Wer weiß, was sie fühlte, was in ihr vorging? ... Ich sagte, wir könnten gehen, und stand auf. Die Anwesenden erhoben sich ebenfalls, als hätten sie auf meine Bewegung gewartet. Um etwas besser auf die Fahrt vorzubereiten oder um meine Beklommenheit vor der Reise abzuschütteln, suchte ich erneut Zuflucht bei alltäglichen Redensarten. Schließlich gelang es bis zu einem gewissen Maße, manche Befürchtungen mit der Decke des Gewöhnlichen zuzudecken.

»Das Wetter ist wunderschön. Auf! ... Laßt uns bis zum Auto gehen, das kann nicht schaden ...«

Sie schaute. Mir schien, in ihren Augen war ein Abglanz jener schalkhaften Blicke, die sich von solchen Manövern nicht täuschen ließen ... Wieder sprach sie, als fiele es ihr schwer.

»Ist deine Wohnung auch schön? ...«

Hinter dieser Frage verbarg sich wer weiß was für ein Sinn. Doch was auch immer sich verbarg, dies war ein wichtiger

Schritt ... Denn in ihren Worten zeigte sich endlich eine Frage. Eine kindliche Frage, die sie selbst vielleicht in einem Spiel zeigte, das jedoch gleichzeitig den Versuch zu verstehen enthielt ... Natürlich mußte man diesen Schritt entsprechend würdigen.

»Doch, sie ist schön ... Ich mag sie sehr ... Wenn du kommst, wird sie noch schöner ...«

Was tat ich da? ... Wer das hörte, dachte, ich brächte meine Geliebte zu mir nach Hause. Oder war es so? ... Ich dachte nicht weiter darüber nach. Ihre Rührung, ihre kindliche Freude zogen mich in diesem Moment sowieso in eine andere Richtung. Sie schaute Zafer Bey an. Diese Blicke wirkten irgendwie fragend oder zumindest Hilfe erwartend. Der Mensch, an den sich diese Blicke richteten, mußte das Gefühl bekommen, er könne der Frau, die er seit Jahren beobachtete, um die er sich bemühte, eine kurze, aber ehrliche Erläuterung nicht versagen. Ja, er würde mit uns kommen, auch er würde stets an ihrer Seite sein ... Ich war mir sicher, er war sich der Verantwortung bewußt. Schließlich taten wir einen Schritt, der uns allen sehr mutig vorkam. Auch die Oberschwester, die uns begleitete, sagte ein paar Worte, die zur Stimmung paßten.

»Du wirst dich gut amüsieren ... Aber mach dir keine Sorgen, dein Zimmer hier bleibt dir ...«

Diese Worte konnten verschieden ausgelegt werden. Sowohl aus der Sicht von Şebnem als auch aus der Sicht der Sprecherin ... Doch ich wollte zuerst einmal das hier ausgedrückte Zartgefühl sehen. Şebnem erlebte wahrscheinlich, abgesehen von der Aufregung, nach so vielen Jahren ›nach draußen‹ zu gelangen, auch die Angst, nicht mehr in ihre Zuflucht zurückkehren zu können. Die Worte waren insofern feinfühlig, als sie aus dem Bemühen kamen, so eine Befürchtung auszuräumen. Als wir die Station verließen, fragte eine der Kranken, wohin Şebnem ginge, und bekam die Antwort, sie ginge spazieren. Auch diese Antwort war für sie eine Garantie, ein Wort, das ihr die Rückkehr versprach. Eine andere Kranke rief ihr etwas zu, eine weitere zeigte übertriebene Freudenbekundungen, obwohl sie vielleicht nicht einmal wußte, worüber sie sich freute. Şebnem schaute alle freundlich lächelnd an. Schließlich waren es ihre Schicksalsgenossinnen. Ihre Schicksalsgenossinnen, mit denen sie jahrelang das Leben geteilt hatte ...

Danach gingen wir hinaus ... Wir gingen ganz langsam. Wir hatten sie zwischen uns genommen. Sie schaute sich um. Als erwartete sie, daß andere Kranke bemerkten, daß sie fortging.

Es waren ein paar Minuten bis zum Auto. Ich öffnete der Frau, die ich bis zu dieser Stelle zu bringen geschafft hatte, die Tür mit dem mir inzwischen wohlbekannten Gefühl eines kleinen Sieges. Ich wußte, daß sie mich hören, in jeder Hinsicht hören würde. Mein Ton und meine Worte wurden von diesem Glauben getragen.

»Nun mal los, Şebnem Hanım! ... Die Reise beginnt ...«

Auf diese Worte hin zögerte sie ein bißchen. Es war, als verharrte sie zwischen Gehen und Nichtgehen. Es war einer dieser Momente, die einem endlos vorkommen. Doch dann nickte sie wieder mit einer Geste, die Schicksalsergebenheit oder die Erwartung des Kommenden ausdrückte. Sie stieg ins Auto, setzte sich auf den Sitz, schaute auf einen Punkt vor sich, als sähe sie dort einen ganz besonderen, ihr gehörenden Punkt, vielleicht zog sie sich aber bloß in sich zurück, verschränkte die Arme und wartete ... Sie würde die Fahrt über neben mir sitzen ... Wer weiß, was wir reden würden oder auch nicht ... Zafer Bey stieg indessen hinten ein. Wir fuhren los. Ich fragte, ob sie Musik hören wolle. Sie antwortete nicht. Wenigstens erhob sie keinen Einwand. Ich startete die CD. Das Chanson *Adieu mon pays* von Enrico Macias erfüllte das Auto. »Ich habe mein Land verlassen ... Ich habe eine Geliebte verlassen ... Ich sehe immer noch ihre Augen ...«

Wie sehr liebte ich dieses Lied ... Für mich war dieses Lied überhaupt nicht veraltet ... Und für sie? ... Der einzige Weg, das zu erfahren, war, sie zu fragen.

»Erinnerst du dich? ...«

Sie nickte wie ein Kind. Ihre Augen füllten sich mit Tränen. Man konnte denken, daß sie gerührt, traurig war, aber man konnte sich auch sagen, daß es ihr gutging, daß sie sehr glücklich war. Ihre Blicke drückten letzteres aus. Gleichzeitig war ich auch jederzeit darauf gefaßt, daß Zafer Bey etwas sagte. Ich wollte keinen falschen Schritt tun. Dann kamen andere Chansons an die Reihe. Ich kündigte ihr jedes Lied an, indem ich den Radiosprecher spielte. Die Lieder von Moustaki, Brel, Brassens, Montand, Joan Baez, Shirley Bassey, Victor Jara, von Cem Karaca, Timur Selçuk, Fikret Kızılok, Ruhi Su, Özdemir Erdoğan kamen nacheinander zu uns. Ja, das waren unsere Lieder, unsere Kinder, unsere Geschichte ... Mit jedem Lied kam sie etwas mehr in Stimmung. Zwischendurch schien sie sogar *Beyaz Güvercin* (Die Weiße Taube) von Timur Selçuk mitzumurmeln. Ich schloß mich ihr an. Wir erinnerten uns, soweit wir konnten. Wir sprachen den Text mit, so gut es ging. Dazwischen schaute ich zu Zafer Bey hin. Er schien gerührt zu sein. Ich konnte nun an meinen Weg zurück noch mehr glauben. Ich erinnerte mich an meinen Besuch. An jenen Besuchstag, als wir auch unsere Lieder gehört hatten ... Was für eine große, tiefe, unendliche Finsternis da zwischen uns geherrscht hatte ... Jener Tag schien nun sehr weit zurückzuliegen. Das Gewonnene gemahnte natürlich daran, was wieder verlorengehen konnte. In dem Augenblick liebte ich aber meine innere Trauer, ich liebte sie sehr. Ich fuhr nicht schnell. Mit Absicht nicht. Denn ich wollte, daß sie, indem ich langsam fuhr, den Weg, zu dem sie nach langen Jahren aufgebrochen war, genießen und von selbst manches Detail erfassen sollte. Woher sollte ich wissen, was sie wie sah? ... Wir fuhren die Küstenstraße entlang ... Ich zeigte aufs Meer. Das Meer... Das Meer, das diejenigen, die diese Stadt kennen und sie wirklich erleben können, niemals vergessen, selbst wenn sie es lange nicht gesehen haben... Das Meer, das wir überall auf der Welt oder in unserem Leben mitnehmen können, das uns niemand wegnehmen kann... Wie erinnerte sie sich ans Meer?... Sie antwortete nicht. Darum hielt ich an einer geeigneten Stelle an. Ich fragte, ob sie von nahem aufs Meer blicken wolle. Sie zuckte leicht mit den Schultern. Diese Bewegung konnte Gleichgültigkeit ausdrücken, aber auch Angst oder ein Schmollen... Ich schaute Zafer Bey an. Er ließ es an Unterstützung nicht fehlen. Seine Stimme war sehr freundschaftlich.

»Komm, laß uns ein wenig am Ufer spazierengehen... Schau, das Wetter ist ja auch sonnig...«

In dem Moment bemerkte ich, daß die Worte des Arztes großes Gewicht hatten. Wir stiegen aus und gingen am Strand entlang. Wir hatten Glück. Der Wind brachte Jodgeruch mit. Die Wellen schlugen leicht ans Ufer. Als wäre für uns alles zusammengekommen, was wir für einen romantischen Rückblick brauchten... Wir setzten unseren Weg fort. Wir fanden ein paar Steinchen und warfen sie ins Meer. Während unseres kurzen Spaziergangs sagte sie kein einziges Wort. Dennoch hatte ich das Gefühl, daß wir ganz tief innen ein sehr bedeutungsvolles Gespräch miteinander führten. Die Worte flossen an einem anderen Ort, sie kamen aus einer anderen Zeit, brachten uns zusammen... Zumindest ich fühlte das so. Denn ich hatte es in den Augenblicken sehr nötig, dieses Gefühl zu erleben, diese Stimmen und alles, woran ich mich erinnerte, zu erleben...

Dann kehrten wir zum Auto zurück und setzten unseren Weg fort. Unsere Lieder erklangen weiterhin. Wir schwiegen erneut. Als wir uns Teşvikiye näherten, fragte ich, ob sie sich an die Orte erinnerte, die wir sahen. Sie erinnerte sich. Wahrscheinlich erlebte sie das Gefühl, von sehr weit her zu kommen. Einen anderen Schluß konnte ich nicht ziehen aus jenem Lächeln, das ein Weinen unterdrückte. Es waren inzwischen Jahre, sogar ganze Leben vergangen. Nicht nur einige Häuser und Straßen dieser Stadt waren gestorben, sondern in uns auch manche Menschen ... Wir erinnerten uns dennoch, wollten uns dennoch erinnern ... Denn was wir erlebt hatten, war es wert, nicht vergessen und dem Vergessen preisgegeben zu werden. Unsere Lieder spielten weiterhin. In diesem Schweigen suchte ich erneut mich selbst, indem ich das, was wir verloren hatten, in mir vorüberziehen ließ. Der Glaube aber, daß ich diese Suche mit Şebnem teilte, machte den Weg, der uns zu mir nach Hause führte, noch bedeutungsvoller. Dann fuhren wir durch die Rumeli Caddesi, durch Osmanbey, Şişli, Mecidiyeköy und Gayrettepe, bis wir zu dem Haus gelangten, in dem ich meine Jahre verbracht hatte. Als ich an der Tür klingelte, fühlte ich irgendwie, daß wir einen weiteren Schritt hin zu ihr und uns getan hatten. Ich fühlte noch etwas anderes. Erneut wurde ich von einem sehr seltsamen Gefühl erfaßt. Ich brachte Şebnem zu Çela und war beinahe so aufgeregt wie ein junger Mann, der seine Freundin seiner Mutter vorstellen will ... Wir warteten nicht lange. Nach kurzer Zeit standen wir der Frau des Hauses gegenüber. Ich hatte mich auf eine sehr herzliche Begegnung vorbereitet und wurde nicht enttäuscht. Meine Frau war wieder voll und ganz Herrin der Lage. Dabei hatte sie nicht versäumt, sich zu schminken und sich besonders hübsch zu machen. Sie begrüßte Şebnem mit herzlicher, warmer Stimme und umarmte sie, als wäre diese eine sehr wertgeschätzte, lange erwartete alte Freundin. So herzlich und lebhaft die umarmende Frau war, so perplex und matt war die Umarmte. Trotzdem lächelte sie. Auch in diesem Lächeln lag Wärme. So als sei sie bereit, alle mit Liebe, mit Zärtlichkeit zu betrachten. Vielleicht glaubte sie auch, die Welt, der sie gegenüberstand, nur so ertragen oder erfassen zu können. Nun kam die Reihe an

Zafer Bey. Die Ansprache der freundlichen, quicklebendigen Hausherrin, die Sicherheit vermittelte und ihre Gäste sofort zu beeindrucken wußte, wirkte wie längst vorbereitet.

»Seien auch Sie herzlich willkommen... Isi hat erzählt, was Sie getan haben. Von allem, was Sie getan haben, von ihrem Engagement...«

Während sie diese Worte sprach, hörte sie nicht auf, Şebnem freundschaftlich anzusehen. Dann fuhr sie an der Stelle fort, wo sie unterbrochen hatte.

»Durch Ihre Bereitwilligkeit sind wir bis hierher gekommen, vielen Dank...«

An ihrer Höflichkeit hatte ich nichts auszusetzen. Ob Zafer Bey wohl aufgrund seiner beruflichen Erfahrung die kleine versteckte Künstelei sehen konnte, ebenso wie ich sie sehr genau sah, weil ich sie sehr gut kannte?... Was hätte es aber für einen Unterschied gemacht, wenn er sie gesehen hätte?... In dem Augenblick brauchten die Anwesenden viel eher Entspannung als Aufrichtigkeit. Deswegen sorgte er nach Kräften für gute Stimmung.

»Aber bitte schön... Dieser Erfolg ist der Erfolg von uns allen... Sowohl des Teams in unserem Krankenhaus als auch der von Isi... Und vor allem von Şebnem...«

Das war kein schlechter Anfang. Alle taten ihr Bestes, die anderen zu entkrampfen. Bei diesen Worten fielen die Blicke auch auf Şebnem. Natürlich wieder lächelnd, besorgt... Eigentlich noch mehr, um die Besorgnis zu verdecken... Şebnem hob daraufhin beide Hände zum Gesicht und imitierte mit dieser sehr anmutigen und dermaßen natürlichen Bewegung ein verschämtes, scheues Mädchen. Auch dieses Mal wurde aus Lächeln Lachen. Şebnem begann ebenfalls zu lachen. Das Kapitel Beruhigung und Besänftigung ließ sich sehr gut an. Alle standen noch im Flur. Zweifellos war es die Pflicht der Hausherrin, sich dieser Situation anzunehmen, was sie auf die gewohnt geschickte Weise tat.

»Nun, wir wollen wohl nicht den ganzen Tag hier stehenbleiben ... Unsere Wohnung hat noch andere Räume ... Zumindest könnten wir in den Salon hinübergehen ...«

Wieder wurde ein bißchen gelacht. Man ging in den Salon und nahm Platz, setzte sich, wie es für die Feier passend war. Tee und Kaffee wurden angeboten. Die altbewährte ›Helferin‹ erwies sich dabei als recht erfahren und tatkräftig. Hier konnte wirklich nichts schiefgehen. Plötzlich sagte Şebnem, daß ihr unsere Wohnung gut gefiele. Irgendwie berührten mich diese Worte sehr. Denn darin lagen eine gewisse Einfalt und Unschuld. Çela erwiderte, sie könne sie nachher durch die ganze Wohnung führen. Es hätte mich schon sehr gewundert, wenn sie das nicht gesagt hätte. Ich wußte, sie hatte keine böse Absicht. Doch ich konnte nicht umhin zu denken, daß hinter diesem Vorschlag der Wunsch steckte, ihre Herrschaft, Macht spüren zu lassen. Dann wurde ein wenig über dies und das geredet. Das Wetter gehörte bei derartigen Gesprächen zu einem der unvermeidlichen Themen. Danach fragte Çela, wie die ›Reise‹ verlaufen sei. Şebnem antwortete, indem sie die Rolle des kleinen Mädchens weiterspielte, in die sie unerwartet versetzt worden war und die sie ganz spontan übernahm.

»Wir haben Steine ins Meer geworfen ...«

Zafer Bey und ich lachten, und Şebnem lachte ein wenig schalkhaft. Çela verstand natürlich nicht, warum, und schaute uns nur mit einem um Verstehen bemühten Lächeln an. Ich gab die nötige Erläuterung. Es war bewegend, daß Şebnem sich vor allem an unseren Spaziergang am Meer und dieses Detail erinnerte und zu erwähnen für wert befunden hatte, vor allem machte es große Hoffnung in bezug auf das Leben, das vergangene und zukünftige Erleben. Genau in dem Moment tat Çela einen weiteren Schritt, indem sie mit Şebnem wie mit einer alten Freundin redete.

»Komm ... Wir lassen die Männer allein, sollen sie nur

plaudern ... Komm mit in die Küche. Wenn du gedacht hast, du könntest dich so einfach wie ein Gast hinsetzen, dann hast du dich geirrt, Mädchen ... Zugleich kannst du uns ein bißchen bei der Zubereitung der Speisen zuschauen, es ist noch nicht alles fertig ... Du wirst sehen, eines Tages brauchst du das ...«

Lag in diesen Worten eine Neckerei oder sogar eine Anspielung? ... Das wußte ich nicht. Vielleicht versteifte ich mich auch grundlos auf eine Möglichkeit, die ihr gar nicht eingefallen war. Das Entscheidende war sowieso, daß diese Möglichkeit mir eingefallen war. Doch ich mußte hier innehalten, durfte nicht weitergehen. Wenn man diese Worte wohlwollend betrachtete, konnte man sie als sehr herzlich und aufrichtig verstehen. In dieser Situation war es ein wunderbarer Schritt, den sie tat. So einen Schritt konnte nur eine Frau wie meine Ehehälfte tun. Şebnem, um ihre Verwirrung angesichts dieser Worte im Zaum zu halten, schaute plötzlich Zafer Bey an. Ich hatte schon vorher seinen starken Einfluß auf sie bemerkt. Zwischen beiden schien eine Art Vater-Tochter-Verhältnis zu bestehen, wobei das Alter keine Rolle spielte. Die Umstände, das gemeinsam Erlebte hatten dieses Verhältnis entstehen lassen. Zudem wirkten beide mehr als zufrieden mit dieser Beziehung. Die eine hatte sich sozusagen entschlossen, die Entscheidung in manchen Dingen dem anderen zu überlassen, ein wenig auszuweichen und sich das Leben zu erleichtern, der andere genoß seine Überlegenheit. Die notwendige Erlaubnis wurde sofort erteilt.

»Geh nur, Şebnem, geh ... Man soll nicht glauben, daß du nur gute Bilder malst. Zeig auch in der Küche deine Fähigkeiten ...«

Diese Aufmunterung reichte. Mit dieser eingestreuten Bemerkung, die uns geschickt an Şebnems malerische Begabung erinnerte, hatte Zafer Bey zugleich auch ihr Selbstvertrauen gestärkt. Çela nahm wie eine ältere Schwester den Arm unseres Gastes, der sich trotz der Freude über diese Worte etwas zögerlich erhob. Es sah so aus, als wäre ein jeder darauf aus, in diesem Spiel seine Macht zu erleben oder erleben zu lassen. Vielleicht war auch ich in diese Falle gegangen. Woher rührten denn diese Bestrebungen? ... Aus einer Unsicherheit, bei Şebnem etwas zu sehen, das wir nicht sehen wollten? ... Aus einer Angst, die sich aus dieser Unsicherheit ergab? ... Aus dem Wunsch, uns selbst stärker zu fühlen, um leichter mit unseren Schwächen zu leben, indem wir Kraft zogen aus der Gestörtheit, ja, Niederlage eines anderen Menschen? ... Alle diese Möglichkeiten kamen für uns in Frage. Schließlich wollten wir alle mit unseren Bedrängnissen fertig werden. Çela flüsterte Şebnem, bei der sie sich eingehakt hatte, beim Hinausgehen aus dem Salon ein paar Worte ins Ohr. Freilich konnte ich nicht hören, was sie sagte. Sie kehrten uns den Rücken zu. Ich konnte auch nicht sehen, wie Şebnem darauf reagierte. Das machte den Zauber des Geheimnisses noch wirkungsvoller. In dem Moment merkte ich, daß sich diese Szene als eine der unvergeßlichen Szenen der Erzählung in mein Gedächtnis einprägen würde. Ich wußte nicht, warum, aber das, was ich sah, erweckte zumindest in mir dieses Gefühl. Was hatte Çela gesagt? ... Was hatte Şebnem gehört? ... Wohin zog das Gesagte die Protagonistinnen der Erzählung? ... Es genügte mir zu sehen, daß die Erzählung von den Protagonistinnen geschrieben wurde, vielmehr daß sie geschrieben werden konnte.

Ich blieb nun mit Zafer Bey allein. Mit unterdrückter Stimme sagte ich, er könne, wann immer er wolle, ebenfalls in die Küche gehen. Er sagte, das sei nicht nötig. Er sah sie jetzt in sicheren Händen. Außerdem würde ihr diese Abwechslung sogar guttun. Daraufhin erinnerte ich ihn daran, daß Çela nicht vollständig über meine Gefühle für Şebnem Bescheid wisse. Einmal habe ich versucht, dieses Tieferliegende zur Sprache zu bringen, weil ich geglaubt habe, auf diesem Weg besser vorankommen zu können. Was ich fühle, erzeuge ein Schuldbewußtsein in mir ... Er sagte daraufhin, ich solle nicht zu streng mit mir sein. Ich sei nicht verpflichtet, alles mitzuteilen, was ich fühle. Diese kleine Welt sei meine Welt. Meine Welt, in der ich mich davon überzeugen könne, daß ich mein Leben intensiver lebte, daß ich existierte ... Das waren beruhigende Worte, die Sicherheit gaben. Zumal sie aus dem Mund eines ›Zuständigen‹ kamen. Obwohl das im Grunde egal war. Ich war bereit, unterstützende Worte anzunehmen, von wem auch immer sie kamen. Denn ich hatte das Bedürfnis, mehr als an meine Realität an die Wahrheit dieser Realität zu glauben. Ab einem gewissen Punkt, konnten unsere Lügen ja auch unsere Wahrheit sein ...

Begegnung mit der Vergangenheit beim Essen

Von der Zeit, die wir für Şebnem reserviert hatten, damit sie sich an die ›Außenwelt‹ gewöhnte, in die hinaus sie nach Jahren den Schritt tat, erinnere ich mich jetzt vor allem an diese Augenblicke und Gefühle. Es gab natürlich Spannungen, doch die wurden überspielt durch Zartgefühl, und vor allem wurden Verunsicherungen nicht geäußert. Schließlich wollte niemand, daß die Spannungen das Spiel störten. Jeder war hinreichend einverstanden, das Erforderliche so zu spielen, wie es sich gehörte. Nun wurde es Zeit, daß die Gäste langsam eintrafen, besser gesagt, die anderen Helden des ›Spiels‹ auf die Bühne kamen. Es wurde Zeit, die anderen Begegnungen und Gefühle zu erleben ... Die Protagonisten, die mit ihren Erzählungen meine Erzählung bildeten, würden nicht nur mir, sondern auch einander begegnen ... Die ›Schauspieltruppe‹ würde endlich zusammenkommen ... Alles hatte mit einem Traum angefangen ... Mit einem ›Ob‹ und einem ›Vielleicht‹ ... Jetzt aber wurde das zur Realität. Zu einer Realität, der wir, auch wenn wir gewollt hätten, nicht hätten entfliehen können, in der wir mit dem, was das Leben uns gegeben und genommen hatte, einander berühren würden ...

Necmi läutete als erster an der Tür. Die Aufregung in seinem Gesicht war unübersehbar. Şebnem wirkte glücklich über das, was sie in der Küche getan hatte. Dieses Glück – freilich in Verbindung mit jener nicht so leicht zu verwischenden melancholischen Stimmung – spiegelte sich sowohl in ihren Augen, ihrem Lächeln als auch in ihren Bewegungen wider. Sie schien etwas lebhafter geworden zu sein. Doch erst recht war ihre Koketterie bemerkenswert, als sie Necmi, der auf ihre faszinierende Veränderung mit der Frage reagierte: »Wer bist du denn?« mit einem leicht femininen Blick antwortete: »Şebnem, ich bin Şebnem ... Du dummer Dicker! ...« Mir war das Zittern in Necmis Stimme nicht entgangen, vielleicht sogar ein wenig Angst. Ich kannte ihn sehr genau. Es fiel mir schwer, diese Besorgtheit zu verstehen. Auch entgingen mir nicht Şebnems Blicke, die wirkten, als verzeihe sie ihrem Geliebten nach einem langen Streit, langem Bösesein. Warum hatte ich diesen Eindruck? ... Darauf wußte ich keine Antwort. Ich hätte mir sagen können, da denke ich mir nun wieder eine Geschichte aus. Doch in den folgenden Tagen sollte ich erkennen, daß meine Ahnungen richtiger waren als vermutet. Nach diesem Schlagabtausch umarmten sie einander, als hätten sie sich Jahre nicht gesehen, wären weit voneinander entfernt gewesen, als hätten sie ihre Gefühle nicht vollkommen abtöten können ... Sie hatten ja sowieso weite Fernen überwinden müssen, um bis zu diesem Augenblick zu kommen. Deswegen berührte mich auch diese Szene zutiefst. Es schien, als umarmten sie eigentlich auch das, was sie in jener Ferne verloren hatten, zurücklassen hatten müssen ... Vor allem wir drei wußten, was in jenen Augenblicken nachbebte, wie erschüttert sie waren ... Man hatte die Vergangenheit ja nicht umsonst erlebt ... Dann ließen sie einander los. Sie schauten sich nun an, um wer weiß was zu finden oder wiedersehen zu können. Necmi sagte: »Sei willkommen!«, wobei er versuchte, den Bruch in seiner Stimme zu verbergen, und sie dankte ihm mit einem schmerzlichen Lächeln. Das war alles ... Dann strichen sie einander über den Rücken. Ich war mir sicher, auch dieses Detail war nicht unwichtig. Şebnem erschien uns immer noch sehr schön ... Denn mit anderen Augen hätten wir sie nicht sehen können. Schließlich waren wir in einem Spiel. Innerhalb eines Spiels, das wir auch mit unseren Lügen spielten, vielmehr spielen wollten ... Mehr oder weniger, es kam nicht darauf an ... Deswegen mußten wir uns nicht sehr bemühen, in Stimmung zu kommen. Daß gleich Alkohol serviert wurde, erleichterte die Sache noch. Insbesondere für Necmi, der sehnsüchtig darauf wartete ...

Kaum war eine Stunde vergangen, als es wieder an der Tür klingelte. Dieses Mal war es Şeli, die eintraf. Sie war noch schöner, schicker und attraktiver als damals in Izmir. Man konnte ihr richtig ansehen, wie sehr sie diesen Abend herbeigesehnt hatte. Wie hätte man das nicht verstehen sollen? ... Vielleicht war diese Begegnung eine Begegnung, auf die sie seit Jahren gewartet hatte. Eine Begegnung, auf die sie seit Jahren gewartet hatte, wobei sie manchmal schon die Hoffnung aufgegeben hatte, sie doch noch zu verwirklichen ... Ich bemerkte ihre Unsicherheit. Die Art und Weise, wie sie beschwingt hereinkam, machte mir erneut den Eindruck, sie befürchtete, übersehen zu werden; sofort musterte sie das Umfeld mit verstohlenen Blicken, wobei sie sich bemühte, das Lächeln nicht zu verlieren. Es war unschwer zu erraten, wen sie insbesondere suchte. Als sie den Erwarteten jedoch nicht erblickte, ließ sie sich nichts anmerken. Denn wie sie wußte, mußte er unbedingt kommen. Zudem war zuerst Necmi an der Reihe. Diese Begegnung war für die beiden die erste Begegnung nach all den langen Jahren. Als sie einander umarmten, waren sie sehr bewegt, und beide mußten sich beherrschen, um nicht zu weinen. Ja, wir alle umarmten eine Vergangenheit, unsere Vergangenheit. Wir alle beweinten Teile von uns, die in der Vergangenheit gestorben waren. Genauso wie wir manchmal unsere irgendwo verlorenen Gassen, Wohnviertel, Städte beweinten ... Dann war die Reihe an der Begegnung der beiden Frauen. Ich merkte, daß Şeli bei dieser Umarmung zweifellos eine Unsicherheit verspürte unter dem Eindruck dessen, was sie über Şebnem wußte. Natürlich versuchte sie, sich ihre Gefühle möglichst nicht anmerken zu lassen, doch ich bemerkte sie trotzdem. Was hätte sie wohl getan, wenn sie Şebnem schon früher gesehen hätte, wenn sie jenes kleine Mädchen gesehen hätte, das dort für immer in der Finsternis verloren zu sein schien? Was jedoch Şebnem in jenem Moment fühlte, war mir unmöglich zu erraten. Sie schaute mit jenem entfernten Lächeln, an das ich mich inzwischen immer mehr gewöhnt hatte. Neu war ihr Wille, ihr angestrengtes Bemühen, noch mehr zu uns zurückzukommen. Das war zweifellos ein wichtiger Unterschied. Doch die Ferne war immer noch da, sie machte sich irgendwie bemerkbar. Man konnte aber spüren, daß die beiden große Sehnsucht nach einander gehabt hatten. Diese Sehnsucht konnte ich sogar in Şebnems Augen sehen. Şeli blieb dieses Mal stumm. Sie wußte nicht, was sie angesichts dieser Blicke tun sollte. Auch wir wußten in diesem Augenblick nicht, was wir sagen oder tun sollten. Ich schaute Zafer Bey an, dann Necmi, Çela. Auch sie warteten und versuchten zu verstehen. Şebnem kam uns zu Hilfe, als spürte sie, was wir fühlten. Sie schaute Şeli nun mit liebevollen Augen an, so als wollte sie sie beruhigen. Aus ihren Worten konnte man diesen Schluß ziehen.

»Du bist sehr süß, sehr...«

Das waren schon fast die Worte einer älteren Schwester. Die Situation war etwas seltsam, unerwartet und mußte aufgefangen werden. Şeli übernahm augenblicklich die Rolle der Verantwortlichen. Es mußte Güte erwiesen werden, und sie erwies Güte. Sie wußte, daß sie eine Antwort geben mußte. Ich spürte, daß sie dies trotz ihrer Verblüffung wußte. Wir alle beobachteten die beiden. Endlich kam die Antwort. Die Herzlichkeit hatte wieder gesiegt.

»Auch du bist sehr süß, kleine Şebnem... Mein Schatz...«

Ihre Stimme zitterte. Unzweifelhaft hätte sie noch viel mehr sagen können. Doch in dem Moment konnte sie nur soviel sagen. Die Szene war schwer zu ertragen. Diese Gefühle waren für uns alle überwältigend. Jemand mußte diese Stimmung auflockern. Gerade wollte ich allen Getränke anbieten, als mir Necmi zuvorkam und die Frauen im Umgangston der ›Schauspieltruppe‹ anredete.

»Wenn man euch sieht, könnte man denken, ihr seid zwei ehemalige Geliebte, verflixt noch mal! ...«

Çela wußte angesichts dieses Ausbruchs nicht, wie ihr geschah, auch Zafer Bey war erstaunt. Ich lachte. Selbst ich konnte nicht verhindern, daß ich ein wenig kindisch lachte. Nicht nur, um Necmi zu unterstützen, sondern weil ich mehr oder weniger erraten konnte, was gleich passieren würde. In dem Moment sah ich, daß meine Vermutung mich nicht getrogen hatte, daß trotz all der Jahre unsere Bindungen nicht zerrissen und einige unserer Gemeinsamkeiten nicht tot waren. Auf das Gerede von Necmi hin lächelten die beiden Mädchen schwach, sie kniffen ihre Augen übertrieben zusammen und schauten ihn gespielt wütend an. Zuerst sagte Şeli, wie es die Sitte verlangte: »Unverschämter!« und gleich darauf Şebnem: »Unverschämter Naseweis, was geht dich das an!« Ich lachte noch mehr, auch Necmi lachte. Danach begannen die Mädchen zu lachen. Unsere Zuschauer konnten bei diesem Anblick nicht anders als lächeln. Die Vorstellung ging weiter. Şebnem nahm aus der Schale auf dem Beistelltisch gleich neben sich eine Pistazie und warf sie auf Necmi. Şeli tat dasselbe. Wir konnten tatsächlich unser Leben von früher spontan wieder hervorholen ... Damals hatte Necmi ebenfalls unerwartet den Mädchen mit Flüchen vermischte Redensarten nachgerufen, ja, noch schlimmere, ohne sich zu genieren, und er hatte auch seine Antwort auf diese Weise gekriegt. Das war vor allem passiert, wenn die Lage gespannt war ... In dem Augenblick war ich noch mehr davon überzeugt, daß wir eine echte Begegnung erlebten. Wir hatten uns nicht vorbereitet; diese Szene war nicht geprobt worden. Was passierte, passierte ganz spontan. Es war nun noch leichter, einander zu berühren, in jeder Hinsicht zu berühren. Dazu kam die Wirkung der ersten alkoholischen Getränke. Mit solchen Reden, gegenseitiger Neckerei und dem Auffrischen alter Erinnerungen verbrachten wir eine weitere Stunde. Dann klingelte es erneut. Wir erwarteten noch zwei weitere Gäste. Dieses Mal ging ich an die Tür. Als ich öffnete, stand ich einem dünnen, fast kahlköpfigen, freundlichen Mann in weißem Hemd und blauen Hosen gegenüber. In den Händen hielt er einen ziemlich großen Blumenstrauß und eine Flasche Wein. Hätte ich ihn auf der Straße gesehen, hätte ich ihn wohl nur schwerlich erkannt. Doch ich wußte, wen ich erwartete. Endlich stand ich Yorgos wieder gegenüber. Auch Çela war herbeigekommen, um ihn zu begrüßen. Sie nahm seine Gastgeschenke entgegen und stellte sie behutsam auf das Schränkchen im Flur. Wir umarmten uns schweigend. Anders ging es nicht. Auch das Zeremoniell des Bekanntmachens mit Çela verlief in dieser Atmosphäre. Ich konnte ihn aus ganzer Seele ›herzlich willkommen‹ heißen. Aus ganzer Seele. Dabei hoffte ich ihm vermitteln zu können, daß ein Willkommen bei mir zu Hause gleichzeitig ein Willkommen in Istanbul bedeutete ... Ob er fühlte, was ich meinte, weiß ich nicht. Denn er begnügte sich höflich lächelnd mit einer gewöhnlichen Antwort des Dankes. Er hatte mich wohl schon richtig verstanden, vielleicht aber wollte er lieber so tun, als hätte er nicht verstanden. Da sagte ich, es seien nun alle da bis auf Niso. Ich hatte wieder den Wunsch, ihm auf meine eigene Weise etwas zu erzählen, mitzuteilen. Auf diese Worte hin äußerte er, er sei sowieso hergekommen, um alle zu sehen. Versteckte er sich wohl hinter der Maske eines selbstsicheren, abgeklärten Menschen, der sehr wohl wußte, was es bedeutete, den Realitäten des Lebens zu begegnen? ... Dabei sah ich, daß er aufgeregt war. Seine Aufregung war echt, seine Freundlichkeit war echt, ohne Zweifel. Doch ließen mich seine Worte, seine Antworten in dem Moment auch andere Möglichkeiten vermuten. Andererseits war ich an die Situation schon gewöhnt. Die Helden dieses Spiels taten selbstverständ-

lich die ersten Schritte auf die Bühne mit Befürchtungen, Zweifeln und geheimen Fragen ... So einfach war das natürlich nicht ... Auch er hatte höchstwahrscheinlich seit Jahren auf diesen Augenblick gewartet, nachdem er sich hinter vielen Ausflüchten versteckt hatte ... Doch es hatte keinen Sinn, länger darüber nachzudenken. Als wir in den Salon eintraten, übernahm ich die Rolle des Zeremonienmeisters, um ihn ein wenig zu entlasten. In dem Moment wendeten sich uns alle Augen zu. Er wählte einen geistreichen Einstieg. Als versteckten sich hinter seinen Worten noch andere Worte ... Andere Worte oder genauer gesagt das, was er wirklich sagen wollte: »Da bin ich ... Ihr kennt mich wahrscheinlich! ...«
In dem Moment konnte ich besser verstehen, was ich beim ersten Eindruck ihm gegenüber gefühlt hatte. Er wirkte in seinen Bewegungen, seinem Benehmen, seiner Haltung und Sprechweise im Vergleich zu uns allzu ›westlich‹. Dagegen war nichts einzuwenden. Außerdem war das mein erster Eindruck. Ich konnte mich täuschen. Er schaute sich um. Zuerst sah er natürlich Şeli. Er ging lächelnd auf sie zu, faßte sie an den Schultern und begrüßte sie herzlich. Dann küßte er sie zärtlich auf beide Wangen, aber nicht wie eine ehemalige Geliebte, sondern wie eine kleine Tochter, die er sehr gern hatte und nach der er sich sehr gesehnt hatte. Das wurde auf dieselbe Art erwidert. Diese ›Tochter‹ streichelte ihn über Arme und Rücken. Das war alles ... Zumindest für diesen Moment war das alles ... Das war alles, was ich sehen konnte und was sie einander und uns zeigen konnten ... In ihren Blicken lag weder Zorn noch Gekränktheit. Es sah so aus, als seien allein liebevolle Blicke übriggeblieben. Und wahrscheinlich sahen sie mit ihren liebevollen Blicken nicht so sehr sich selbst, sondern die jungen Leute aus einer anderen Zeit. Woran wollten sie sich und einander erinnern? ... Wen zu zeigen und zu spielen waren sie verpflichtet? ... Die Antwort auf diese Frage kannten zweifellos vor allem sie selbst. Vielleicht wuß-

ten sie das selbst noch nicht so richtig. Ich sah lediglich das, was dort alle sehen konnten. Und ich hörte lediglich, was alle in solchen Situationen sagen konnten ... Jene wohlbekannten, gewohnten, sinnentleerten Worte waren längst für andere Filme und Theaterstücke geschrieben worden. Sie hielten sich noch immer an den Händen. Der erste Schritt kam von Yorgos.

»Du siehst prima aus ... sehr, sehr gut ...«

Er lächelte weiter, doch schien es ihm immer schwerer zu fallen, dieses Lächeln durchzuhalten. Man konnte nicht sagen, daß Şelis Zustand sich sehr davon unterschied. Ich mußte mich nicht anstrengen, auch in ihrem Gesicht das bemühte Lächeln zu erkennen. Als sie sagte: »Auch du siehst ziemlich gut aus«, zitterte ihre Stimme leicht, doch das mußte man für natürlich, sogar für unvermeidlich halten. Daraufhin unternahm Yorgos einen weiteren Schritt. Ich hörte, daß das leichte Zittern nun auch seine Stimme erfaßt hatte.

»Wir sind aber auch alt geworden! ... Schau uns mal an ...«

Şelis Antwort lag bereit.

»Die Jahre sind vergangen, Junge ... Wir konnten doch nicht immer gleichbleiben ...«

Yorgos schüttelte den Kopf und schluckte, wobei er wieder versuchte, sich hinter diesem Lächeln wie hinter einer Maske zu verstecken. Wir beobachteten sie. Es war unmöglich, diese Szene weiter auszudehnen, aber genauso unmöglich war es, Necmi davon abzubringen, das zu bemerken ... Im Vergleich zu vorher benahm er sich dieses Mal ein wenig ›wohlerzogener‹ ...

»Hallo, Kumpel, paß mal auf! ... Wir sind auch noch da! ...«

Yorgos, die eine Hand auf Şelis Schulter, drehte sich, ohne den Gesichtsausdruck sehr zu verändern, nach der Stimme um und erkannte Necmi sofort, trotz Sonnenbrille, Gewichtszunahme und Haarausfall, kurz gesagt, trotz aller Veränderungen. Daraufhin breitete sich in seinem Gesicht eine viel echtere Freude aus. Diese Freude konnte man auch in seiner Stimme hören. In seinen Worten spiegelte sich jedoch außer dem Wissen aus viel früherer Zeit zudem das, was ich erzählt hatte.

»Necmi! ... Der legendäre Kommunist Necmi! ...«

Man konnte natürlich erwarten, daß sich der Angesprochene geehrt fühlte. Mit offenen Armen gingen sie fröhlich aufeinander zu. Dieses Mal schauten wir alle zu ihnen hin. Gerade als ich mir sagte: »Jetzt wird unser Alter gleich wieder eine Bombe platzen lassen«, zog eine andere Stimme die Aufmerksamkeit ganz plötzlich in eine andere Richtung.

»Nun mal langsam! ... Hier gibt es nicht bloß einen Kommunisten! ...«

Die Stimme kam von Niso. Plötzlich war er in unserer Mitte. Çela fühlte sich zu einer kleinen Erklärung veranlaßt.

»Ich war gerade dabei, dem Hausmeister den Müll zu geben. Da stand mir plötzlich ein Mann gegenüber, der nach dir fragte. Ich habe sofort gewußt, wer er ist. Wahrscheinlich hat auch er erkannt, wer ich bin ...«

Nun waren alle versammelt. Auch Niso und Yorgos umarmten sich. Beide wirkten fremdartig, vielleicht, ich weiß nicht, weil sie beide seit Jahren fern von Istanbul gelebt hatten. Dann war Necmi an der Reihe. Auch die beiden umarmten sich. Angesichts dieser Szenen fühlte ich mich plötzlich wie in einem absurden Theaterstück, obwohl mir bewußt war, wie viele starke Emotionen in diesen Umarmungen steckten. Die Protagonisten begegnen sich, und sofort umarmen sie einander. Danach vollführen auch alle anderen der Reihe nach dieselbe Bewegung. Hätte ich nicht gewußt, was sie erlebt hatten, dann hätte ich fast gesagt, so sollte eigentlich ein gut gespielter Verfremdungseffekt aussehen. Immerhin gab es etwas, das hinter dem lag, was zu sehen war und gezeigt werden sollte. Und immerhin konnte ich in gewisser Weise dieses Verborgene sehen. Ich hatte mehr als andere die Fähigkeit, manche Zustände, Reaktionen und Blickwechsel zu entschlüsseln, zu interpretieren. Beispielsweise versteckte sich in der ebenso herzlich wie liebevoll aussehenden Umarmung von Şeli und Niso eine leichte Scham, die nur diejenigen bemerken, fühlen konnten, die wußten, was die beiden erlebt hatten. Şeli, die mich in dem Augenblick lächelnd ansah, drückte dieses Gefühl überdeutlich aus. Sie wußte, daß ich mit Niso ein langes Gespräch geführt hatte. Es war, als wollte sie herausfinden, ob dabei über das, was sie nicht erzählt hatte, gesprochen worden war. Sie hatte mich ja neugierig gemacht... Wahrscheinlich spürte sie, daß ich Bescheid wußte. Und ich tat alles, um mit meinen Blicken ihr Gefühl zu verstärken. Das alles vollzog sich während dieser sekundenkurzen Umarmung und dem gleichzeitigen Blickwechsel... Ich war nun ihrer beider Mitwisser. Sowohl Mitwisser ihrer Schuld als auch ihres Geheimnisses... Ich bin mir sicher, Niso merkte von alledem nichts. Schließlich waren die Frauen in geradezu furchterregendem Maße Meisterinnen darin, solche Geheimnisse zu sehen und mitzuteilen, während die Männer dermaßen schutzlos und ausgeliefert waren... Yorgos aber, den man unbedingt von diesem Geheimnis fernhalten mußte, war unterdessen auf Şebnem zugegangen. Er drehte sich zu mir und stellte mir seine Frage nicht bloß gut gelaunt, sondern auf eine etwas schalkhafte Weise:

»Wer ist denn diese Puppe?...«

Er wußte natürlich, wem er gegenüberstand, aber auch er war verunsichert von dem, was er sah. Doch in den vergangenen Jahren hatte er, wie wir alle, seine schauspielerischen Fähigkeiten entwickelt. Anders konnte ich mir nicht erklären, daß er dermaßen lässig wirkte. Ich fragte mich nicht einmal, ob hinter dieser Lässigkeit nicht eine Befürchtung lauerte. Şebnem stand bei diesen Worten auf. Sie schaute Yorgos freundlich, aber gleichzeitig wie strafend an. In dem Moment erstand vor meinem geistigen Auge ihr Verhalten in der Jugendzeit, das uns manchmal alle zur Raison gebracht und manchmal ein wenig in Schrecken versetzt hatten. Ich war wirklich gespannt, was sie sagen würde. Wahrscheinlich waren alle gespannt, vor allem natürlich Yorgos. Was sie sagte, war genau das, was wir von dieser kleinen Person hören wollten. Das, was wir in Erinnerung an die alten Zeiten hören und sehen wollten ...

»Hast du mich etwa nicht erkannt, Kahlkopf!«

Sie hatte damit wieder ausgesprochen, was wir alle nicht hatten sagen können ... Natürlich lachten wir. Auch Yorgos lachte. Er strich sich leicht über seinen fast kahlen Kopf. Bei seiner Antwort schaute er Şebnem gespielt lüstern an.

»Aber ich bin doch sehr sexy, nicht wahr?«

Er lächelte weiterhin und schien sich selbst leicht auf die Schippe zu nehmen. Es wurde deutlich, daß er sich längst mit seinem Zustand abgefunden hatte ... Sicher hatte er nicht das Problem, sein Leben allein über die erotische Anziehungskraft zu definieren. Sein Satz war lediglich eine Replik in dem Augenblick des Spiels und für diesen Moment gedacht. Eine Replik in einem Spiel, das eigentlich mit großer Aufrichtigkeit, Einfalt, ja sogar Kindlichkeit gespielt wurde ... Vielleicht die Replik jenes Spiels, das vor allem für eine Zuschauerin, eine einzige Zuschauerin, mit anderen Worten für diese Zuschauerin gespielt werden wollte ... Dieses Mal erwiderte Şebnem nichts. Sie lächelte bloß liebevoll. Wer weiß, was sich in diesem Lächeln verbarg. Eine Fassungslosigkeit, als sei Sexualität ein sehr altes Märchen, etwas, das in einer anderen Welt zurückgeblieben war. Und eine aus dieser Fassungslosigkeit resultierende Ratlosigkeit oder eine mit Worten, zumal in einer Zeit, in der sie so viele Worte verloren hatte, nicht auszudrückende Liebe, die durch dieses unschuldige Spiel erweckt worden war ... Die Tiefe in Şebnems Lächeln hatte mit unserer Vergangenheit zu tun, sie hatte mit unseren Erschütterungen zu tun und dem, was wir nicht hatten vergessen können. So war beispielsweise verständlich, weshalb Niso bei diesem Anblick wieder den wohlbekannten Komödianten spielte. Er wollte die beiden dort nicht allein lassen, sondern trat mit seinem Freund geradezu in einen Sexwettstreit, indem er wer weiß welche Filmszene meisterhaft karikierte, Şebnem machohafte Blicke zuwarf und sich vor ihr als Rowdy aufspielte.

»Mädel, laß diesen dreckigen Sünder... Er versucht, dir den Kopf zu verdrehen, aber der Kerl ist verheiratet, sei doch nicht so blöd... Schau her, ich bin ledig. Ich werde dich nehmen...«

Auch Necmi mischte sich ein. Dieses Mal nahm er Niso wegen der vorangegangenen Äußerungen aufs Korn.

»Schau den schlauen Juden an!... Wie der mal wieder die Gelegenheit ausnutzt!... Meine liebe Şebnem, glaub bloß diesem hergelaufenen Ungläubigen nicht!...«

Sowohl Çela als auch Zafer Bey fielen bei dem, was sie da hörten, fast die Augen aus dem Kopf. Wir aber lachten bloß. Wir wußten ja nur zu gut, was wir warum und mit welchen Gefühlen sagten... Die waren seit Jahren schon tief in uns verwurzelt. Diese Art Wurzeln machten die Wurzeln, die für andere sehr wichtig waren, in unserer Erde bedeutungslos. Das, was wir erlebt hatten, hatte uns unsere Wurzeln nicht auszureißen vermocht. Ich bin mir sicher, auch Niso war Necmi mit diesen Gefühlen verbunden. Und eigentlich gehörte zu dieser Verbindung auch, daß die gegenseitige Fopperei nicht ohne Erwiderung blieb.

»Sie haben dich also im Knast wohl nicht umgebracht, du kommunistisches Vierauge!«

Necmi mußte natürlich auf diese Anspielung noch eins drauf setzen.

»Wahrscheinlich wolltest du Dreiauge sagen!«

Wir lachten verhalten. Wollte er wirklich, daß wir über seinen Ausspruch lachten? ... War das etwa ein Protest, der Versuch, sich noch mehr mit einem Unrecht abzufinden, indem man das erlittene Unrecht lächerlich zu machen versuchte? ... Diese Fragen stellen zu müssen war an sich schon traurig genug. Wer weiß, was die Vergangenheit, die in uns ablief, in unseren Leben sonst noch zerstört hatte ... Ich zweifelte nicht, daß alle in der ›Truppe‹ den Kummer spürten. Wir alle hatten irgendwo etwas zurückgelassen, das wir nicht einmal benennen wollten ...

So wurde also die Zeit der Wiederbegegnung erlebt. Wir tranken noch ein bißchen und foppten uns noch ein bißchen. Wahrscheinlich waren wir in dem Augenblick überzeugt, die Leere der Jahre nur auf diese Weise ausfüllen zu können ...

Dann gingen wir zu Tisch. Necmi setzte sich zwischen Şeli und Çela, Yorgos gegenüber von Şeli. Yorgos saß neben Şebnem, neben dieser saß Zafer Bey, neben Zafer Bey nahm Niso Platz. Mir als Hausherrn jedoch blieb nichts anderes übrig, als an der Stirnseite des Tisches zu sitzen. Doch wie ich sah, hatte niemand etwas dagegen. Es fiel uns nicht schwer, unsere Plätze zu finden. Sowieso hatten die Plätze keine allzu große Bedeutung. War nicht das eigentlich Wichtige, daß wir nach Jahren noch einmal vollzählig zusammengekommen waren? Vielleicht fehlte uns manches, aber dennoch waren wir vollzählig ...

Die Speisen schmeckten erwartungsgemäß allen sehr gut und wurden gebührend mit Lob bedacht. Çela war glücklich, weil sie die Belohnung bekam, die sie verdient zu haben glaubte. Sie hatte sich wieder einmal erfolgreich als gute Hausfrau erwiesen. Das waren Lobpreisungen, an die sie gewöhnt war, die sie aber trotzdem nicht missen wollte. Natürlich fanden auch die Weine Anklang. Der Erfolg war einer von meinen kleinen Erfolgen, an die ich gewöhnt war ... Inzwischen war mir jedoch bewußt, daß wir um den heißen Brei herumredeten. Auch war ich mir sicher, daß nicht allein ich das bemerkte. Jemand mußte das Thema anschneiden. Das konnte aber niemand außer mir, es durfte keiner. Ich war der Gastgeber. Ich war derjenige, der die ganze Sache angestoßen hatte. Ich begann mit einem Dank an alle und hoffte dabei, mich ein wenig besser einzustimmen auf das, was ich sagen wollte. Ich sagte, ich hätte anfangs nicht recht daran geglaubt, die ›Truppe‹ wirklich wieder zusammenbringen zu können. Doch ich hätte Glück gehabt. Es habe ein paar Schwierigkeiten gegeben und einige Mühen gekostet, doch die Begegnung hätte sich leichter als gedacht verwirklichen lassen. Vielleicht hätte auch nur irgend jemand den Anstoß geben müssen. Ehrlich gesagt hätte ich nicht gedacht, daß wir so viele Erzählungen anhäufen würden. Doch wir hatten sie angehäuft. Wir hatten gelebt, wir hatten gekämpft, wir hatten erlebt, was uns möglich war, und doch hatten wir zueinander zurückfinden können. Trotz aller Grenzen und Fernen, die uns trennten ... Ich hatte diese Rede nicht vorbereitet, vielmehr gefunden, mich vorzubereiten paßte nicht zu mir. Ich wollte meinen Impulsen folgen. Und so machte ich es dann auch. Sonst hätte man es sofort gemerkt, und ich wäre binnen kurzer Zeit verspottet worden. Wir waren ja so miteinander verbunden ... Wir hatten voneinander, wie man so schön sagt, derartig viele Blößen gesehen. Diese Besonderheit, die es nur selten gibt, war uns bewußt. Deswegen hatten wir diese erneute Begegnung trotz all unserer Ängste, trotz der Jahre, trotz des Lebens, der Menschen und Verluste nicht abgelehnt, nicht verschieben wollen. Für andere mochte die ›Schauspieltruppe‹ keinerlei Bedeutung haben. Für uns aber doch. Diese Überzeugung war genug, mußte mehr als genug sein ... Ich sah, daß sie meinen Worten lächelnd, ohne anzügliche und spöttische Bemerkungen, ganz ernsthaft und gewiß beeindruckt zuhörten. Ich fuhr fort, daß jeder von uns auf seine Weise erwachsen geworden sei. Die Kämpfe, die wir hatten durchmachen müssen, hätten wir teilweise so nicht gewollt, dennoch hätten wir sie durchgestanden und dadurch in gewisser Weise uns selbst gewonnen. Der Traum, dieses ›Stück‹ erneut auf die Bühne zu bringen, mochte manch einem ziemlich sinnlos, sogar als Quatsch vorkommen. Doch wir müßten in diesem Punkt ganz anders, anders als alle anderen denken. Unsere Vergangenheit erwarte von uns diese Einstellung. Außerdem sei dieses ›Spiel‹ nicht bloß ein Spiel. Ich glaubte sogar, wir alle bräuchten diese Begeisterung. Ich irrte mich nicht, diesmal irrte ich mich nicht. Ich hätte mich in meinem Leben viele Male geirrt, auch mein Leben sei voll von Irrtümern, doch dieses Mal hätte ich mich schlichtweg nicht geirrt ... Anders hätte ich mir unser Zusammenkommen nicht erklären können ... Nach dieser langen, gefühlsbetonten Einleitung war es an der Zeit, über die paar Schritte zu sprechen, die ich unternommen hatte, um das ›Stück‹ auf die Bühne zu bringen.

»Ich habe den Text gefunden und sogar ein wenig daran gearbeitet. Doch ab einem gewissen Punkt habe ich aufgehört. Denn eigentlich müssen wir die notwendigen Veränderungen gemeinsam vornehmen. Oder einige Stellen ganz neu schreiben ... So wie vor Jahren auch ... Außerdem habe ich noch etwas unternommen, damit wir wieder diese Begeisterung wie vor Jahren erleben. Ich bin in die Schule gegangen, habe mit dem Direktor gesprochen und die notwendige Erlaubnis eingeholt: Die Bühne ist nun ebenso bereit wie der Saal. Wir können ihn sogar an den Wochenenden für ein, zwei Proben benutzen.«

Die Freude auf den Gesichtern verstärkte sich noch bei diesen Worten. In dem Moment mischte sich auch Çela ein. Dabei wendeten sich ihr alle Blicke zu.

»Jetzt werde auch ich ein paar kleine Mitteilungen machen. Erstens braucht ihr Kostüme. Eure alten Kostüme werdet ihr nicht mehr haben. Und wenn, dann paßt ihr sowieso nicht mehr rein! ... Ich habe eine Schneiderin für euch gefunden. Einzelne Teile können wir auch kaufen. Wie ihr es für richtig haltet. Zweitens habe ich jemanden gefunden, der das Bühnenbild anfertigen kann. Das ist ein junger Architekt, der auch in unserem Verein bei einigen Stücken das Bühnenbild gestaltet. Für all das brauchen wir natürlich ein bißchen Geld. Das könnt ihr untereinander klären. Drittens kann ich wahrscheinlich einen Teil der Eintrittskarten in unserem Verein verkaufen. Zumindest werdet ihr nicht vor leeren Reihen spielen!«

Diese Worte wurden mit leichtem Lachen und Ausrufen der Bewunderung aufgenommen. Als hätte sie schnurstracks für dieses ›Spiel‹ alle ihre Beziehungen ungeniert benutzt. Ich hörte das genau wie die Anwesenden zum ersten Mal. Ich war überrascht und freute mich sehr. Verstohlen lächelnd schaute sie zu mir her und erhaschte Überraschung und Zufriedenheit in meinem Gesicht. Auf diese Weise hatte sie auch die Gelegenheit, meinen so sehr geschätzten Freunden zu zeigen, mit was für einer Frau ich verheiratet war. Tat ich ihr unrecht? ... Vielleicht. Außerdem mußte ich in jenem Moment eher auf das Ergebnis schauen. Daß sogar sie sich um das ›Stück‹ kümmerte, war bedeutsam genug. Die um den Tisch Sitzenden dachten ebenso. Da schaltete sich auch Şeli ein, die sagte, sie wolle einen Teil der Karten übernehmen, und außerdem sollten wir anstelle des Wortes ›Billett‹ lieber ›Einladung‹ sagen ... Sie würde sich auch um den Druck der Einladungskarten kümmern. Zudem könnte es eine Art von Spendensystem geben. Jeder könne geben, soviel er wolle. Und wir würden die gesammelten Gelder an eine wohltätige Einrichtung geben, die wir für passend hielten. Sie wisse nicht, ob alle mit diesem Gedanken einverstanden seien. Dies sei nur ein Vorschlag ... Durch die Beteiligung der Frauen bekam das Spiel, von dem ich nicht gewußt hatte, wie es sich entwickeln würde, und das ich ursprünglich aus einem ganz anderen Geist heraus auf den Weg gebracht hatte, einen professionellen Touch. Das steigerte meine Begeisterung. Es war aber nicht allein meine Begeisterung, sondern, wie ich spürte, die aller Anwesenden. Und obwohl es so aussah, daß sich bei der Verteilung der Karten beziehungsweise Einladungen jene ›bourgeoisen‹ Beziehungen einschalteten, die wir in der Vergangenheit abgelehnt hatten, gewannen wir durch die gute Absicht, die eingesammelten Gelder einer Einrichtung zu spenden, wenigstens in Gedanken eine ›sozialistische‹ Haltung! Das Gespräch wurde immer intensiver. Daraufhin sagte ich, die ganze Situation erinnere mich an einen Film. Da träfe sich eine ›Gruppe‹ nach Jahren wieder, um an einem Auftritt von früher zu arbeiten und die Einnahmen aus dem Spiel zu spenden, genauer gesagt, um das Land ihrer Kindheit zu retten. Unerwartet schloß sich hier der Kreis. Hätte Şeli diese Spendenangelegenheit nicht angesprochen, hätte ich womöglich die Ähnlichkeit nicht gesehen. Zweifellos waren unsere Erzählungen ganz anders, wir alle waren ganz anders, aber diese Ähnlichkeit war wirklich unübersehbar. Auch Niso sah das, was ich sah, und er versuchte auf seine wie immer begeisterte Art, uns alle an den Film zu erinnern.

»Blues Brothers!... Was für ein Film aber auch! Du hast recht...«

In dem Augenblick hatte ich den Eindruck, jeder am Tisch sah im Geiste andere Filmszenen vor sich. Vielleicht hatten wir den Film in unseren ganz unterschiedlichen Lebenslagen angeschaut und dabei uns irgendwie an uns erinnert... Das war mein Gefühl, und ich war mir sicher, das war das Gefühl aller. Der Geist jener Band ähnelte dem Geist der ›Schauspieltruppe‹, hatte eine ähnliche Lebensfreude... Auch Şeli mischte sich plötzlich ein. Als wollte sie zeigen, daß auch sie den Film kannte, sich an ihn erinnerte...

»Wenigstens aber kommen wir nicht in den Knast!...«

Mit diesen Worten verband sie sicherlich keinen Hintergedanken. In der Absicht, uns alle zum Lachen zu bringen, hatte sie eine weitere Schnodderigkeit von sich gegeben, man mußte keine andere Begründung suchen. Doch in dem Moment konnte ich Necmi nicht anschauen. Unter uns war einer, der den Knast von innen kannte. Wobei er außerdem einen hohen Preis bezahlt hatte, gezwungenermaßen ... Ein seltsames, absurdes Schuldgefühl ergriff mich in dem Augenblick. Mußte ich mich schuldig fühlen? ... Nein, natürlich nicht. Wenn ich gesagt hätte, daß ›drinnen‹ und draußen‹ sich inzwischen ziemlich vermischt hätten und wir alle, indem wir unsere Sicherheitsräume verteidigten, sozusagen durch Eisengitter aufs Leben blickten, hätte ich die Situation sowohl für mich als auch für alle etwas erträglicher machen können. Schließlich hatte auch ich gelernt, wie man mit nebulösen Gedanken von manchen tiefen Wunden des Lebens ablenken konnte. Doch irgend etwas hielt mich zurück. Ich wollte nicht unaufrichtig werden wegen des Gefühls, das mich ergriff. Aus dieser Sorge heraus gab ich weder Şeli eine Antwort, noch konnte ich das Thema wechseln. Am Tisch breitete sich ein bedrücktes Schweigen aus, das man mit Lächeln zu überdecken versuchte. Offensichtlich hatte nicht nur mich das Gesagte verstört. Zudem sah ich auf dem Gesicht der Sprecherin Bestürzung. Doch es war nun mal passiert und nicht rückgängig zu machen. Das Schweigen unterbrach Necmi, der nach meinem Gefühl sehr wohl wußte, worum es ging. Er schaltete sich gerade rechtzeitig ein.

»Es gibt noch einen Unterschied ... Wir wissen nicht, wohin wir die Spende geben wollen ...«

Erleichterung breitete sich bei diesen Worten auf allen Gesichtern aus. In seiner Stimme lag keine Verletztheit. Er hatte nicht einmal die Absicht, auf jene Tage anzuspielen, deren Spuren nie gelöscht werden würden, obwohl sie so weit zurücklagen. Was geschehen war, war geschehen, war irgendwo abgelegt worden ... Zumindest war es das, was ich in dem

Moment aus seiner Stimme heraushören konnte. Doch nun war es unmöglich, länger darüber nachzudenken. Die Gespräche flossen dahin und konnten uns alle jeden Augenblick an neue, andere Orte bringen. Die Worte von Yorgos, der im Vergleich zu früher viel ruhiger wirkte, eine innere Ausgeglichenheit gefunden zu haben schien, genügten, um diese Möglichkeit zu verstärken.

»Die Spende ist jetzt nicht so wichtig, Freunde... Sind wir nach so langen Jahren deswegen zusammengekommen?... War die Absicht nicht, uns wiederzusehen?...«

Man hätte denken können, mit seinen Worten wollte er auf sich aufmerksam machen. Man konnte in diesen Worten auch eine versteckte Hochnäsigkeit sehen. Trotzdem war dies eine berechtigte Frage. War die eigentliche Absicht nicht, anläßlich des ›Stücks‹ uns wiederzusehen oder uns in gewisser Weise zu zeigen, uns zu Gehör zu bringen?... Doch es war auch möglich, daß die Worte von Yorgos auf etwas anderes zielten. In der Geschichte der ›Schauspieltruppe‹ hatte es nicht nur Freundschaft gegeben. Deswegen war es unvermeidlich, daß seine Frage auf Şeli wirkte. Sie war es ja, die das Thema Spende aufgebracht hatte, und sie bemühte sich, die Situation zu retten.

»Gut, gut!... Wir haben diese Sache vielleicht ein bißchen zu sehr aufgebauscht... Vergeßt es... Ihr habt recht, die Absicht war, zusammenzukommen... Wir haben es gewollt, und nun sind wir hier...«

Mit diesen Worten wollte sie wohl auch vermeiden, daß ihre Idee und mehr noch sie selbst gerade jetzt Mißfallen erregten. An die Stelle der Frau, die höchst selbstsicher war, beziehungsweise Selbstsicherheit mit großer Meisterschaft spielte, war ein etwas hitziges, junges Mädchen getreten, dessen Charme allerdings nicht zu übersehen war. Wenn schon ich das bemerkte, dann erst recht Yorgos. Versteckte sich hier wohl das Spiel einer alten, nicht erkalteten Liebe?...

Yorgos schaute die Frau, die ihm gegenübersaß, lächelnd an. Da sah ich, wie sie sich in die Augen blickten. Und auch, wie Şeli leicht errötete. In dem Moment wurde mir wieder einmal klar, wie manche Augenblicke viele Gespräche, sogar sehr lange Gespräche ersetzen konnten. Was ich sah, sagte mir auch, daß sie nach einer solchen Begegnung ganz sicher zusammenbleiben würden und miteinander erleben würden, was möglich war. Genau in diesem Moment meldete sich Zafer Bey. Seine Worte führten uns in die Gegenwart zurück.

»Wenn Sie eine Spende machen wollen, dann habe ich eine Idee ...«

Wohl oder übel wendeten sich alle Blicke sofort ihm zu. Ich vermute, wir alle brauchten diesen Ton. Ein Aufatmen schien sich am Tisch zu verbreiten. Alle waren bereit zuzuhören. Und er fuhr lächelnd fort, als sei er sich seiner Wirkung bewußt.

»Seit langem schon wollen wir für die Station, wo Şebnem lebt, eine Arbeits- und Entwicklungsabteilung einrichten. Wir könnten die Werkstatt ausbauen. Wir könnten einen Fernseher kaufen. Wir könnten sogar ein Filmvorführgerät installieren ...«

Ich schaute zu Şebnem hin. Auf ihrem Gesicht war eine unübersehbare Freude zu lesen. Diese Freude konnten wir fördern, teilen, zusammen erleben. So ein Erlebnis konnte unserem Zusammentreffen nach all den Jahren noch mehr Sinn verleihen. Auch mich durchzog eine Welle der Freude. Eine Welle der Freude ... Doch zugleich ein Kummer, besser gesagt eine Angst, ein Kummer, der aus einer Angst herrührte ... Ich mußte mich noch einmal mit einer Tatsache auseinandersetzen. Höchstwahrscheinlich hatte die Frau, die ich aus einem tiefen Schlaf zu erwecken versuchte, ihr Zimmer in jenem Krankenhaus als ihr letztes Zimmer angesehen. Und zwar seit Jahren schon ... Ohne daß auch nur ein Mensch sie besucht hatte ... Vielleicht hatte sie geglaubt, sich dort gefunden zu haben, weil niemand sie suchen, finden wollte. Und nun? ... Was würde sie jetzt erleben? Würde dieses Erwachen nicht dazu führen, daß sie dort eine andere Angst, Fremdheit und Ferne erlebte? ... Es war mir gelungen, sie zu erwecken. Doch wo war die Tür, die sie wirklich nach draußen führte? ... Wo war ihr neues Zimmer? ... Gab es ein neues, ein wirkliches, noch sichereres Zimmer? ... Vielleicht hatte auch Necmi, der mit mir auf den Weg dieser Erzählung aufgebrochen war, diese Fragen nicht bedacht. Vielleicht hatten wir einen falschen Schritt getan, und zwar einen entscheidenden Schritt. Über diese Angst, über diese Befürchtungen, die dieser Schritt in mir weckte, mußte ich mit ihm reden, unbedingt. Aber zweifellos war dafür jetzt nicht der richtige Zeitpunkt. Doch ich wußte, nun konnten wir dieses Gespräch nicht viel länger aufschieben. Ich weiß nicht, ob Necmi das, was ich fühlte, jetzt oder zu anderer Zeit gefühlt hatte, doch seine Reaktion auf den Vorschlag paßte zumindest zu dem Gespräch am Tisch.

»In Ordnung, Doktor, das gefällt mir! ... Was sagt ihr, Freunde? ... Der Aktionsplan steht auch schon ... Wir können gleich anfangen!«

Diese Worte, diese Haltung waren typisch für ihn, brachten ihn zurück. Ich konnte sehen, wie sich die Welle der Freude auf alle am Tisch ausbreitete. Zwar machte niemand eine Bemerkung, doch mir reichte, was ich aus meinen Beobachtungen ableitete. Necmi aber schien seine Führungsrolle voll ausspielen zu wollen ... Er wirkte, als wollte er alle antreiben. Er blickte Şebnem an. Man merkte, daß er vor allem sie durch seine Worte antreiben wollte.

»Was sagst du, Mädel?«

Dieses Mal wendeten sich alle Blicke dem ›Mädel‹ zu, an das die Frage gerichtet war. Ein kurzes, ganz kurzes, aber tiefes Schweigen senkte sich über alle. Mit Spannung wurde die Antwort erwartet. Das ›Mädel‹ schaute vor sich hin und antwortete leise lächelnd mit einer Stimme wie schwankend zwischen Leid und Freude, die mich zuerst erschauern ließ, dann schmerzte, aber mir zugleich eine seltsame Lebensfreude gab.

»Dann schauen wir auch *Papillon* an ... Der Mann ist von den Klippen gesprungen...«

Ich wußte, daß sich Zafer Bey genauso wie ich sehr fürs Kino interessierte. In einem unserer Gespräche hatten wir lange über dieses gemeinsame Interesse geredet. Ich wußte nicht, ob er sich in diesem Augenblick den Film und die Szene vergegenwärtigen konnte, die den Helden in die Freiheit führt, doch ich konnte es, und auch wenn ich mich nicht genau an die Einzelheiten erinnerte, so doch an das Gefühl. Ich sah sowohl jene Szene vor mir als auch jenen Abend, an dem wir den Film zusammen angeschaut hatten, selbst wenn einige Nuancen inzwischen verlorengegangen waren, und jenes Kino, das ich nie vergessen werde ... Aus dem, was ich gehört hatte, konnte ich den Schluß ziehen, daß Şebnem sowohl das Gespräch verfolgte als auch weiterdachte. Ich konnte daraus auch schließen, daß wir uns mit zaghaften Schritten einander näherten, aufeinander zugingen. Und was war mit den anderen am Tisch? ... Was sahen und wohin blickten sie, was fühlten sie? ... Necmi wirkte, als wäre er verwirrt, ja leicht verärgert über die Antwort, die von seinem Aktionsplan wegführte, aber zugleich erfreut, weil er merkte, er hatte eine Verbindung knüpfen können. Seine Reaktion war typisch für ihn.

»Den schauen wir uns an, verdammt noch mal! ... Wir schauen den an, klar, Mensch!...«

Auch Niso zögerte nicht, sich einzumischen.

»Es lohnt sich, Dustin Hoffman und Steve McQueen noch einmal anzugucken! ... Mensch Şebnem, wie hast du dich bloß an den Film erinnert!...«

Auch Şeli sparte nicht mit einem Beitrag. Alle wollten sich irgendwie einbringen.

»Das Konak-Kino eröffnet aufs neue, los!...«

Yorgos amüsierte sich wohl sehr bei dem Anblick, der sich ihm bot, und warf ein.

»Ihr seid wirklich Kinder, Kinder...«

Er lachte. Aber weil er bei diesen Worten, beim Lachen über das, was er sah, noch mehr als wir alle wie ein Kind aussah, brachte er uns noch mehr zum Lachen. Şebnem fing zu kichern an. Dieses Lachen wirkte ziemlich ›irre‹, doch zugleich ungeniert, natürlich und voller Gefühl ... Plötzlich und unerwartet breitete sich Heiterkeit am Tisch aus. Alle brauchten diese Entspannung. Niso nahm eine Olive von der vor ihm stehenden Salatplatte und warf sie Necmi an den Kopf. Das blieb natürlich nicht ohne Revanche. Necmi schüttete Niso das Wasser aus seinem Glas ins Gesicht. Das Ganze geriet fast völlig außer Kontrolle. Şeli lachte dermaßen, daß sie plötzlich das Gleichgewicht verlor und zu Boden fiel. Yorgos stand sofort auf, um sie aufzuheben, was ebenso sehenswert und unvergeßlich war wie die vielen rührenden Szenen, die es bisher gegeben hatte. Innerhalb kürzester Zeit verstummten wir alle schmunzelnd und schickten uns an, den beiden zuzuschauen. Dann ... Dann fingen wir erneut zu lachen an. Die beiden jedoch fuhren fort sich gegenseitig mit einem Lächeln anzusehen, das mir sehr bedeutsam, sehr gefühlvoll vorkam. Zafer Bey und Çela betrachteten uns zwar freundlich, aber mit einer trotz aller Bemühungen unverhohlenen Fassungslosigkeit. Ich mußte die Situation in den Griff bekommen und tat, was mir in dem Moment einfiel. Ich mimte eine ernste Haltung und ergriff das Wort:

»Freunde ... Wir haben nun aber ein richtiges Problem...«

Die Blicke wendeten sich wieder mir zu. Alle schauten mich lächelnd und doch beeindruckt von meinem Ernst an. Ich stellte ganz ernsthaft meine Frage:

»Habt ihr gar nicht darüber nachgedacht, wie wir diesen Film finden können?«

Alle schauten sich verdutzt an. Sie waren verdutzt, weil sie weder eine Antwort auf die Frage wußten noch wußten, wie sie auf die Abwegigkeit, ja, Blödsinnigkeit der Frage reagieren sollten. Ich hatte den erwünschten Effekt erzielt und grinste. Denn ich wußte die Antwort und ließ nicht länger darauf warten.

»Überraschung!... Dieser Film liegt in meinem Archiv!...«

Wieder schwappte eine Woge der Heiterkeit über den Tisch. Wieder wurde gelacht. Dieses Mal wurden die Gläser auf den kleinen Filmsalon im Krankenhaus erhoben.

Ohne Zweifel hatte dieser Traum uns zu einem sowohl sinnvollen als auch aufregenden Punkt geführt. Für mich als Kinonarr konnte man sich nichts Besseres denken. Außerdem konnte ich mir nun ausmalen, daß Şebnem noch aufgrund anderer Erinnerungen zu uns zurückkehren würde.

Für mich war das der wichtigste Teil jenes Abends, an dem wir uns getraut hatten, nach all den Jahren jenes Begegnungsspiel zu spielen. Hier regte sich der Geist der ›Schauspieltruppe‹. Etwas davon war noch immer lebendig, etwas, das wir alle unterschiedlich bezeichnen mochten ... Ich erkannte noch deutlicher, welch wichtige Leistung ich für mich und für uns alle vollbracht hatte. Wir verbrachten den Abend bis in die Nacht hinein mit Scherzen und gegenseitigen Foppereien. Jeder erzählte seine Geschichte so, wie es diese Umgebung und diese Nacht erlaubten. Alle außer Şebnem ... Von ihr erwarteten wir das sowieso nicht. Ich kannte den Inhalt der Erzählungen und sogar viel mehr. Das war ja auch das Privileg dessen, der die Erzählung hatte beginnen lassen und sich eine solche Begegnung ausgedacht hatte. Schließlich brachen alle auf, um sich zurückzuziehen. Wir wollten an dem Text arbeiten, den Çela fotokopiert hatte, und uns in zwei Tagen, am Sonntag früh, wieder in meinem Haus versammeln, um darüber zu diskutieren. Vielleicht würden die, die von woanders her nach Istanbul gekommen waren, die endlich hatten zurückkommen können, innerhalb dieser Frist das erleben, was ihnen möglich war...

Nachdem alle gegangen waren, saß ich mit Çela noch ein wenig zusammen, und wir genossen die Freude und den Frieden nach dem Bestehen einer wichtigen Prüfung. Wir tranken ein Glas Wein. Sie wollte vor allem über Şebnem sprechen. Das konnte ich verstehen. Zweifellos war deren Geschichte ganz anders als die der anderen und viel schmerzlicher... Doch was sollte ich sagen?... Wie konnte ich über den Sturm in meinem Inneren sprechen?... Vielleicht verstand sie oder fühlte etwas, das sie nicht näher bezeichnen konnte oder sich zu bezeichnen traute. Vielleicht wollte sie mich deswegen zum Reden bringen. Doch ich zog es vor, an einem anderen Punkt zu verweilen. Sie sah womöglich die Grenze. Denn nach ein paar vertiefenden Kommentaren zu den Ereignissen schwieg sie lächelnd. Sie wirkte herausfordernd überlegen, was ihr sehr gut stand. Mit ihrem Lächeln wollte sie quasi ausdrücken, sie wisse Bescheid, tue aber trotzdem so, als wenn nichts wäre... Das war es, was ich verstand, beziehungsweise meine Interpretation, auf die ich fixiert war. Wenn das eine Herausforderung war, dann hatte ich keine Kraft, an dieser Front zu kämpfen, nicht in jener Nacht. Irgendwann einmal würden wir vielleicht auch über meine Gefühle sprechen. Aber nur, wenn dafür der richtige Zeitpunkt gekommen war... Zumindest schien mir, daß wir uns darüber verständigt hatten, und zwar wortlos... Das war nicht erstaunlich. Nicht umsonst hatten wir so viele Jahre gemeinsam verbracht, gelebt... Es gab noch etwas, das wir in dieser langen Zeit gewonnen hatten. Wir hatten im Grunde immer gegenseitig unser Recht auf Alleinsein respektiert. Trotz all der Enttäuschungen und kleinen Widerspenstigkeiten, die wir hatten ertragen müssen. Ich wußte, daß wir so fühlten, denn wir hatten darüber gesprochen. In den langen Jahren hatten wir auch über diese Gefühle gesprochen. Deswegen fiel es mir nicht schwer, ihr zu sagen, daß ich ein wenig allein sein wolle ... Eine ähnliche Szene hatte es an einem anderen Abend schon einmal gegeben, als wir über Şebnem gesprochen hatten und ebenfalls an Grenzen gestoßen waren. Das war noch nicht lange her. Auch sie konnte das nicht vergessen haben ... Doch es gab einen wichtigen Unterschied. Damals waren die Beteiligten noch nicht erwacht gewesen, noch nicht zueinander zurückgekehrt. Für mich hatte der Wunsch nach Alleinsein inzwischen eine andere Bedeutung ... Ich war mir sicher, daß der winzige Unterschied auch Çela nicht entgangen war. Mit Blicken versuchte sie, mich ihr Vorhandensein spüren zu lassen, mir ihre Liebe zu zeigen, in Erinnerung zu rufen, und mir wurde bewußt, mit wem ich mich wo befand. Wieder waren keine Worte nötig. Sie stand auf und näherte sich mir langsam, setzte sich auf meinen Schoß und streichelte meine Haare. Sie ließ ihre Lippen über meinen Hals wandern. In der Hitze ihres Atems war ganz sicher jener noch nicht erstorbene Appell zu spüren. Sie flüsterte mir mit der Vertraulichkeit, die wir durch unser Zusammenleben aufgebaut hatten, ins Ohr:

»Bleib nicht zu lange, und quäl dich nicht zu sehr ... Du wirst sehen, alles wird gut ...«

Alles wird gut ... Lag in diesen Worten das aufrichtige Bemühen, Mut zu machen, oder der Ausdruck einer geheimen Angst, einer Befürchtung? ... Konnte es sein, daß sie, indem sie versuchte, mir Mut zu machen, auch sich selbst Mut zusprechen wollte? ... Ich hielt inne. Es hatte keinen Sinn, in jener Nacht diesen Weg weiterzuverfolgen. Denn in dieser Nacht hatte ich noch andere Fragen. Fragen, die mich viel weiter in die Ferne zogen ... Dennoch lächelte ich, um ihr als Antwort auf diese Worte die Liebe zu geben, die ich geben konnte ... Dann küßten wir uns. Sie gab mir einen leichten Schlag auf die Schulter, erhob sich und verließ langsam den Salon. Ich zündete mir eine Zigarette an. An diesem Abend hatte ich schon viel geraucht, aber das war egal. Nun war ich endlich allein. Allein mit viel Kummer und Vergangenem ... Mir gingen so viele Fragen durch den Sinn ... Beispielsweise, wie Şebnem in ihr Zimmer zurückgekehrt war, mit welchen Gefühlen? Wie erlebte sie ihr Zimmer, nachdem sie uns alle erlebt hatte? ... Würde sie den Text durchlesen? ... Würde sie, falls sie denn läse, sich hineinversetzen können? Und wenn sie sich hineinversetzen könnte, wie weit? ... Und was war mit Yorgos und Şeli? ... Würden sie zusammenbleiben? ... Sicherlich, ganz gewiß würden sie zusammenbleiben. Manche verschlossenen Türen öffneten sich mit der Zeit ganz von selbst ... Vielleicht hatten sie sich verabredet, um sich zu treffen, um sich endlich treffen zu können. Vielleicht waren sie gemeinsam irgendwohin gegangen, um all den vielen aufgeschobenen Nächten endlich zu ihrem Recht zu verhelfen, auch wenn sie wußten, daß es für das, was sie erleben würden, keine Zukunft gab, oder weil sie wußten, daß es für sie keine Zukunft gab ... Die verbleibende Zeit war nämlich nicht mehr so lang wie früher, die Zukunft war nicht mehr so lang ... So oder so hieß die eigentliche Frage: War diese Liebe es wert, ausgelebt zu werden? Gab es noch eine Flamme, die nicht erloschen war? ... Zumindest für ein Mal ... Ein letztes Mal ... Um noch einmal das Gefühl des Unvollständigen, des Unausgeschöpften zu erleben ... Um mit anderen Gefühlen und Erinnerungen leben zu können ... Um sich mit der Vergangenheit versöhnen zu können ... Ich würde natürlich nicht erfahren, was sie erlebten, wenn sie es nicht wollten. Und die Protagonisten dieser Erzählung würden erleben, was ihnen möglich war ...

Die Fragen kamen in dieser Weise ... Ich schaute auf die Uhr ... Es wurde bald vier. Eine unerträgliche Schwere senkte sich auf mich. Unter der Last dieser Schwere ging ich ins Schlafzimmer. Unter dieser Last zog ich mich aus und legte mich ins Bett. Als ich mich hinlegte, sah ich, daß Çela noch nicht schlief. Wieder näherte sie sich mir mit jenem Atem, berührte und streichelte mich ... Wieder war sie unter dem Nachthemd nackt ... Was auch immer Nacktheit, wirkliche Nacktheit für uns war ... Ich tat, wonach sie sich sehnte. Sie streichelte mich weiter. Unser gegenseitiges Streicheln war mehr als eine Bestätigung unserer Liebe. Alles übrige ergab sich von selbst. Neulich an jenem Abend hatten wir das gleiche erlebt, mit den gleichen Gefühlen. Wie erregend konnten Befürchtungen und Ängste doch sein. Es kam nicht unerwartet. Diese Nacht hätte nicht anders enden können.

Nach dem Liebesakt umarmten wir uns schweigend. Die Liebesakte hatten ihre Worte verloren ... Diese Wortlosigkeit war eine tiefe, aber sehr bedeutungsvolle. Eine Wortlosigkeit, die viele alte Worte, Gespräche in sich barg ... Danach folgte nicht mehr viel. Ich konnte ihr nur sagen, daß ich sehr müde sei, in jeder Hinsicht sehr müde ... Sie begriff, ich bin mir sicher, sie begriff sehr gut. Anders hätte ich nicht verstehen können, warum sie neben mir liegend wieder wortlos meine Haare streichelte. Ich mußte an diese Liebe, vielmehr diese Vertrautheit glauben. Ja, ich würde so weit gehen, wie ich konnte. Wir würden so weit gehen, wie wir konnten ... Welcher Ort blieb, an den ich gehen konnte? ... Das war die Frage, die ich mir von Anfang an gestellt hatte, um mich besser zu verstehen. Doch die Antwort war noch nicht hinreichend klar. In jener Nacht gegen Morgen blieb ich an diesem Punkt stecken. Danach überließ auch ich mich langsam dem Schweigen des Schlafes.

Es gab noch einen Ort

Am nächsten Morgen erwachte ich einerseits voll Freude, einen gewissen Punkt erreicht zu haben, voll Begeisterung, einen Traum verwirklichen zu können, aber andererseits auch mit unbeantworteten Fragen, deren Wurzeln sich weit über die letzte Nacht hinaus erstreckten. Ich war mir sicher, das ›Stück‹ würde auf die Bühne kommen, wir würden spielen. Aber danach? ... Höchstwahrscheinlich würde danach jeder wieder in sein Leben zurückkehren. Wir alle hatten unser Leben eingerichtet und das aufgebaut, was wir konnten. Vielleicht würden wir uns später nicht mehr sehen können oder aus unterschiedlichen Gründen, aus Selbstschutz womöglich, nicht mehr sehen wollen. Einige von uns würden erneut ihre Spuren verwischen, um zu überleben oder ihr bisheriges Leben weiterführen zu können. Diese Wahrscheinlichkeit brachte mich an einen unliebsamen Punkt, drohte mich mit Dingen zu konfrontieren, denen ich mich nie gerne hatte stellen wollen. Und doch hatte ich wohl trotz allem für mich und für uns alle die ersten Schritte auf einem Weg, der bis zum letzten Atemzug dauern würde, einem Weg, der allein uns gehörte, tun können, was auch immer wir dabei erleben würden. Dachten die anderen Helden des Spiels ebenso? ... Hatte dieser Weg auch für sie eine Bedeutung? ... Gewiß, ganz sicher. Wären sie meinem Appell sonst gefolgt? ... Schließlich waren alle gekommen. Alle ... Mit dem, was sie erlebt hatten und nicht hatten erleben können ... Aus ganzem Herzen ... Mit ihren Siegen und Niederlagen ...

Gestärkt durch dieses Gefühl, las ich den Text des Stücks

noch einmal durch. Von Zeit zu Zeit hörte ich jenes alte, weit entfernte Gelächter. Ein Gelächter, das inzwischen etwas ganz anderes bedeutete.

Was die Inszenierung betraf, so konnten wir uns nun ganz auf Yorgos verlassen. Dieser war inzwischen wirklich ein Profi. Auch Nisos Erfahrung war nicht zu verachten. Nur diese beiden hatten, wie es so schön heißt, weiterhin den Staub der Bühne geschluckt. Doch diejenige von uns, die am allerliebsten weitergemacht hätte, war irgendwo auf dem Weg verlorengegangen... Darin lag genau das Problem... Was würde sie tun?... Was würden wir mit ihr tun?... Es war unmöglich, daß sie wieder die Hauptrolle spielte. Würde sie überhaupt auf die Bühne treten können?... Sicherlich war ich nicht der einzige, der diese Frage stellte. Die Lösung?... Es würde sich gewiß eine Lösung finden lassen, trotz aller Hindernisse. Bei unserem Treffen am nächsten Tag würden wir wohl oder übel dieses Thema besprechen müssen. Doch plötzlich hatte ich das Gefühl, ich könnte nicht noch einen Tag warten. Ich klemmte mich ans Telefon und rief Necmi an. Ich hatte nicht bloß diese eine Frage im Kopf. Ich wollte auch unbedingt ein paar Probleme besprechen, die in der letzten Nacht aufgetaucht waren, und ich sah in ihm nicht nur den vertrauenswürdigen Freund. Die Auswirkungen dessen, was er in den Jahren unserer Trennung erlebt hatte, die Spuren seiner Vergangenheit, machten ihn in meinen Augen zu einem zuverlässigen ›Strategen‹, der gelernt hatte, sich vielen Herausforderungen zu stellen. Diese Eigenschaft war für mich sehr wertvoll, auch wenn sie nicht dazu geführt hatte, ihn im Laufe der Jahre innerhalb des Systems zum Chef einer erfolgreichen Werbeagentur oder zum Kolumnisten einer bedeutenden Zeitung zu machen. Doch was war schon der sogenannte Erfolg?... Was hatten im Grunde diejenigen erreicht, die, weil sie die Erwartungen erfüllt oder getan hatten, was erwartet wurde, die angesehenen Plätze hatten einnehmen können innerhalb der ›Werte‹, die man neu zu etablieren versucht hatte? ... Diese Fragen hatte ich mir oft gestellt. Die Antworten kannte ich inzwischen mehr oder weniger. In jenen Nischen gab es trotz allem auch solche, die sich vor der Beschmutzung hatten bewahren können ... Es gab einzelne, die immer noch an die Tugend des Neinsagens glauben konnten ... Es gab einzelne, die sich nicht fürchteten, Fragen zu stellen ... Und die anderen? ... Wenn ich an diese Antworten dachte, sah ich Necmi vor mir als einen Menschen, der einen Zug mit Absicht verpaßt hatte, ja, der diesem Zug lächelnd nachwinkte. Was mich dabei vor allem tröstete, wenn ich mich an die Tiefen unseres Lebens erinnerte, war meine Überzeugung, daß das Ziel des Zugs im Grunde nicht sehr viel anders war als der Ausgangsbahnhof. Necmi war mit dieser Haltung gegenüber dem Leben gleichzeitig mein Gewissen. Ihm war einzig der Protest geblieben, nicht in diesen Zug einzusteigen, daß er sich einzusteigen geweigert hatte. An jenem Morgen rief ich ihn natürlich nicht an, um mit ihm über diesen Protest zu reden. Doch ehrlich gesagt war unter anderem auch das Gefühl der Nähe ein Grund dafür, daß ich ihn anrief.

Ich rief ihn an und sagte, wir müßten uns sofort irgendwo treffen, um etwas zu besprechen. Er antwortete, er könne binnen einer Stunde nach Ortaköy kommen. Wir könnten uns am Brunnen auf dem Platz treffen. Das paßte mir. Wir trafen uns also erneut an der besagten Stelle zur verabredeten Uhrzeit und setzten uns in eins der Cafés. Zuerst tranken wir jeder einen Kaffee, ohne viel zu reden. Ich mochte auch unser Schweigen. Dann versuchte ich irgendwie zum Thema zu kommen.

»Wir haben gelebt und gelebt, haben alles mögliche erlebt, aber dann sind wir wieder an den Anfang zurückgekehrt ... Schau mal einer an! ...«

Ich bin sicher, er verstand. Doch er antwortete nicht. Er begnügte sich wieder nur mit einem Lächeln. Ich aber fuhr fort.

»Hier haben wir nach all den Jahren zum ersten Mal wieder zusammengesessen. Damals gab es nur eine gute Absicht. An jenem Abend habe ich nicht geglaubt, daß wir so weit kommen würden. Erst recht nicht an das, was geschehen ist. Aber es ist passiert. Wir haben die ›Truppe‹ zusammengebracht. Eigentlich ... Eigentlich haben wir viel mehr zusammengebracht ... Vielen Dank ... Für alles, was du getan hast, dafür, daß du mich nicht allein gelassen hast ...«

Er schaute vor sich hin. Er war bewegt. Ich wußte nicht, ob ihn meine Worte bewegten, mein Dank oder das, was meine Worte an Erinnerungen in ihm auslösten, doch ich sah, daß er bewegt war. Seine Stimme zeigte offen seine Ergriffenheit.

»Anders ging es nicht ... Ich habe das auch für mich getan ...«

Wir schwiegen wieder eine Weile. Dann fuhr er fort. In seiner Stimme war ein unbestimmtes Zittern. Ein Zittern, dessen Grund ich nicht kannte. Wir schienen im Laufe unseres Gesprächs auch zu einer anderen Quelle hinunterzusteigen. Ich wartete. Ich bereitete mich darauf vor zu hören, noch einmal zu hören, was ich hören konnte.

»Wir haben es aber gut gemacht, nicht wahr? ... Wo wir die Leute nicht überall hergeholt haben ...«

Auch diese Worte hätten mit unterschiedlichen Bedeutungen und Assoziationen in jeder Erzählung vorkommen können. Redeten wir um das eigentliche Thema herum? Es wurde Zeit, daß ich davon anfing. Gerade an diesem Punkt konnte ich ihn in die von mir gewünschte Richtung ziehen.

»Das wollte ich mit dir gerade besprechen. Haben wir es wirklich gut gemacht? ... Oder haben wir alle umsonst in diese Sache hineingezogen?«

Dieses Gefühl war es eigentlich nicht, das ich mitteilen wollte. Doch ich spürte, wir kamen ihm langsam näher. Er antwortete leicht nachdenklich, doch so, als wollte er zeigen, er sei nicht damit einverstanden, daß jene Begeisterung erlosch.

»Nein, also warum sagst du ›umsonst‹ ... Wir sind doch zusammengekommen ... Wir haben uns wiedergesehen ... Was denn noch?«

Das war auch mir klar. An jenem Morgen war ich, ehe ich ihn gesehen hatte, selbst zu dieser Erkenntnis gelangt. Meine eigentliche Sorge war dies sowieso nicht. Ich nahm einen weiteren Anlauf.

»Na ja ... Eigentlich meine ich das gar nicht. Ich habe ein anderes Problem ... Ich ...«

Er unterbrach mich. Diesmal lagen in seiner Stimme die so wohlbekannte Freundschaft und Herzlichkeit.

»Du denkst an Şebnem, nicht wahr?«

Ich nickte und schluckte. Anders konnte ich meine Unsicherheit nicht ausdrücken. Auch auf seinem Gesicht war Unsicherheit zu lesen. Es war, als würde auch in seiner Stimme das Zittern deutlicher. Doch gab es einen kleinen Unterschied zwischen uns beiden. Er schien etwas vorbereiteter als ich zu sein, mit der Schwierigkeit zu kämpfen, der wir uns gegenübersahen. In seinen Worten lag eine Hoffnung, die wir wohl alle brauchten.

»Denk nicht zu sehr über das Spiel nach ... Ich hab mir etwas überlegt. Wir nehmen im Text einige Veränderungen vor in der Rolle von Şebnem ... Aber wir bringen sie unbedingt auf die Bühne ... Unbedingt ... Du wirst sehen, wahrscheinlich wird sie noch wacher. Also wenn du mich fragst, dann wird sie ganz bestimmt wacher werden. Und was kann schon passieren? ... Wenn wir es versauen, dann versauen wir's halt, Mensch! ... Spielen wir etwa um den Afife-Jale-Preis* oder was? ... Wir haben sowieso kein Kunstwerk verfaßt. Das war gar nicht die Absicht ... Selbst damals nicht ...«

Freilich nicht. Wieder konnte ich nur einer Meinung mit ihm sein. Wir wollten noch ein weiteres Mal zusammenkommen und sowohl diese Gemeinschaft als auch etwas Historisches erleben. Wir wollten das ›Stück‹ dieses Mal auch als ein anderes Spiel erleben. So einfach war das. Zudem hatten wir inzwischen so viel Lebenserfahrung, daß wir noch echter spielen konnten.

Im Grunde dachten wir nicht so sehr über den Platz von Şebnem in dem Stück als vielmehr über ihren Platz in unserem Leben nach. Die Ereignisse hatten uns soweit gebracht ... Ja, darum ging es. Es war an der Zeit, die Frage anzuschneiden. Wenn ich es jetzt nicht tat, dann mußte ich es schließlich ein andermal tun. Darum tat ich, was ich konnte.

»Als du sagtest, ich dächte an Şebnem, da hast du verstanden, was ich sagen wollte, oder?«

Er nickte schweigend. Ich konnte etwas weiter gehen.

»Ich bin ziemlich durcheinander, Bruder ... Zum einen ist da das, was wir erleben durften ... Schau, wir haben das Mädel bis zu einem bestimmten Punkt gebracht ... Jetzt spricht sie, kehrt ins Leben zurück ... Gut, und was wird danach sein? ... Nachdem sie nun in dieser Weise zu uns zurückgekehrt ist, ist es irgendwie unmöglich, daß sie dort bleibt, aber daß sie nicht dort bleibt ebenso ... Und außerdem ...«

Ich verstummte. Denn als ich angefangen hatte zu reden, hatte er sein schweigendes, ernsthaftes Vor-sich-hin-Blicken aufgegeben und leicht zu lächeln begonnen. Das war der Grund, weshalb ich stockte. Dieses Lächeln konnte dermaßen viel bedeuten, es konnte so viele neue Fragen mit sich bringen ... Ich war in dem Moment nicht in der Lage, die Möglichkeiten auszudenken. Und auch nicht zu fragen, warum er so lächelte ... Denn ich wollte ihm ein Gefühl mitteilen. Ein Gefühl, von dem ich wollte, daß er es spürte ... Sein Lächeln störte mich aber. Denn ich fühlte mich nicht richtig ernst genommen. Warum fühlte ich mich so? ... Um das zu erklären, hätte ich in meine Vergangenheit zurückgehen müssen. In jenem Augenblick konnte ich auch diese Frage nicht stellen. Das war es, was ich fühlte, und mir gefiel mein Zustand überhaupt nicht. Vielleicht war die einzige Möglichkeit, mich zu retten, mich aus der Klemme zu ziehen, mehr zu erzählen, mich mehr zu öffnen. Deswegen fuhr ich fort. Wobei ich wieder nicht wußte, was ich wie sagen sollte. So daß ich eine weitere Blöße in Kauf nahm.

»Und außerdem ... Also ich frage mich, warum ich das alles gewollt, auf mich genommen habe ... Ich frage mich das häufig. Um der Freundschaft willen? ... Vielleicht. Aber, auch du weißt, dermaßen weit geht die sicher nicht. Junge, ich habe Çela niemals so richtig ernsthaft betrogen, weißt du. Ich habe nie das Bedürfnis gehabt, sie zu betrügen. Na gut, ab und zu habe ich wie viele verheiratete Männer von einer anderen Liebe geträumt. Aber ehrlich, so eine ist mir weder begegnet, noch habe mich darum bemüht. Vielleicht habe ich mich auch, ohne es zu merken, vor der Liebe verschlossen. Jetzt aber ... Jetzt passiert etwas anderes ... Vielleicht ist das nicht eine derartige Liebe, aber etwas sehr Erschütterndes ... Etwas, das ich nicht einmal näher bezeichnen will ... Also, ich weiß nicht, vielleicht läßt sich durch das, was ich erlebt habe, erklären, warum ich mich seit Jahren der Liebe verschlossen habe ... Vielleicht wollte ich keine andere Liebe mehr ...«

Was ich da sagte, klang wie ein verspätetes Bekenntnis. Ein Bekenntnis, das ich bis dahin nicht von mir erwartet hatte ... Was erwartete ich denn dann von diesem Bekenntnis? ... Wen suchte ich? ... Was suchte ich? ...

»Wir beide wissen, was du gesucht hast ...«

Während er das sagte, faßte er meinen Arm und drückte ihn. Ich spürte wieder seine Nähe, seine Freundschaft, seine Vertrauenswürdigkeit. Dabei blieb es nicht. Wir gelangten an einen sehr sensiblen Punkt, der uns noch einmal unseren Wahrheiten aussetzen, uns mit ihnen konfrontieren sollte.

»Jene Şebnem von früher gibt es nicht mehr ... Sie ist

längst verschwunden, weit fort ... Genauso wie unser damaliger Enthusiasmus ... Nun versuchen wir bloß noch, Teile davon einzusammeln ... Die Teile, die wir irgendwo in unserer Vergangenheit zurückgelassen haben ... Deswegen sind wir hier ...«

War die Realität dermaßen grausam? ... Waren wir angesichts dieser Realität dermaßen schutzlos? ... Hatte uns die Realität dermaßen egoistisch gemacht? ... Ich wollte sicher sein. Vielleicht lag in seinen Worten die Antwort auf eine Frage, die zu stellen ich nicht umhinkam, und doch tat ich den Schritt zu einer letzten Verteidigung.

»Haben wir durch diesen Egoismus etwa einen Mord begangen, dessen Schmerz wir kaum ertragen können? ... Wie werden wir mit diesem Schmerz weiterleben? ... Wie wirst du damit weiterleben? ...«

Auf diese Frage hin ließ er meinen Arm los. Ich schwieg und wartete. Mein Warten war nicht umsonst. Was er sagte, ging weit über meine Erwartungen hinaus.

»Ich habe einen Entschluß gefaßt ... Nach dem gestrigen Abend ... Ich habe darüber nachgedacht, wie ich dir das sagen soll. Doch wahrscheinlich ist genau jetzt der richtige Zeitpunkt. Ich werde noch mit Zafer Bey reden ... Ich will Şebnem zu mir nehmen ... Will mit ihr leben ... Natürlich nur, wenn sie will ... Und wenn sie will ... heiraten wir vielleicht sogar ... Eine sinnvollere Ehe könnte ich in meinem Alter gar nicht eingehen ...«

Natürlich wußte ich nicht, was ich in diesem Moment sagen sollte. Das hatte ich tatsächlich nicht erwartet. Ich war im besten Sinne des Wortes total durcheinander. Erstaunen, Freude, Schmerz, Eifersucht ... So viele Gefühle vermischten sich ... Wahrscheinlich waren meine Worte beeinflußt von diesen Gefühlen. Und außerdem versuchte ich, mich an die Situation zu gewöhnen.

»Glaubst du etwa, daß sie das zulassen? ... Wir sind nicht

in einem Film, Junge ... Es gibt Gesetze und Regeln ... Du bist kein Verwandter des Mädels, das klappt doch nicht ...«

Er nickte, als wollte er sagen, er habe diese Möglichkeiten bedacht. In dieser Bewegung lag auch eine Entschlossenheit, als hätte er sich bestimmte Lösungen überlegt. Was er dann sagte, bestätigte meinen Eindruck.

»Ich weiß, ich weiß ... So leicht ist das nicht ... Doch ich werde es versuchen und tun, was ich kann ... Letzte Nacht habe ich nicht schlafen können. Ich habe darüber nachgedacht, was ich sagen werde, wie ich den Arzt überzeugen kann. Wir werden herausfinden, ob es gesetzliche Wege gibt. Vielleicht ... Vielleicht lasse ich mich als ihr gesetzlicher Vertreter einsetzen ... Wir werden das Mädchen schließlich nicht entführen! ... Außerdem wollen sie Şebnem doch gerne herausgeben, Mensch! Da wären sie für eine weitere Kranke die Verantwortung los, ist das nichts? ... Sie geben sie mit Kußhand, mit Kußhand, du wirst sehen ...«

Er hatte nachgedacht, neue Wege für sich gesucht. Aus seinen Worten konnte ich keinen anderen Schluß ziehen. Doch leider war ich immer noch verdattert. Einerseits versuchte ich, ihn zu verstehen, mitzufühlen, andererseits aber mich zu verteidigen und den Vorwurf der Eifersucht abzuwehren, die mich bei seinen Worten erfaßt hatte ... Wohl deswegen wollte ich die Rede darauf bringen, was Şebnem bei dieser Aufforderung fühlen würde. Schließlich war sie die andere Betroffene der Erzählung.

»Wird sie deiner Ansicht nach überhaupt mitkommen wollen?«

Langsam bewegte er den Kopf von einer Seite zur anderen. Dabei schaute er wieder vor sich hin ... Und versuchte wieder zu lächeln ... Er schwieg und versuchte in diesem Schweigen zu erzählen, was in seinem Inneren vor sich ging ... Meine Frage war zweifellos berechtigt. Trotzdem beabsichtigte ich damit anscheinend noch etwas anderes. Wollte ich ihn vielleicht aufhalten? ... Allein diese Frage zu stellen war mir unangenehm. Und doch wußte ich, was ich fühlte, war menschlich und echt. Sah er den Punkt, wo ich mich prüfte? ... Schaute er mich auch deswegen nicht an und lächelte wortlos, weil er Bescheid wußte? Dann fühlte ich mich gedrängt, eine weitere Frage zu stellen. Ich tat einen weiteren Schritt auf ihn und mich selbst zu. Die Frage war uns überhaupt nicht fremd. Nur der Ort und die Erzählung hatten sich geändert. Und die Person, die fragte ...

»Warum tust du das?«

Er hatte weiter vor sich hin geblickt. Angesichts dieser Frage hob er langsam sein Gesicht und setzte die Brille ab. Offensichtlich wollte er mehr von sich zeigen ... In dem Moment bemerkte ich die tiefe Melancholie in seinen Blicken. Auch seine Antwort war zutiefst melancholisch, sehr anrührend.

»Weil das Leben verrinnt ...«

In dem Augenblick fühlte ich im Inneren einen Schmerz, der mir sogar das Atmen erschwerte. Hätte ich mich nicht beherrscht, hätte ich auf der Stelle losgeheult. Ich stand jetzt einer tiefverwurzelten Sorge gegenüber, einem erneuten Kampf um die Existenz, um trotz allem, was passiert war, das eigene Dasein zu verteidigen. Er verstand, und ich hatte gesehen, was ich sehen mußte. Diese Sorge rief mich sogar dazu auf, mich meiner eigenen Besorgnis zu schämen. Wir waren auf den Spuren einer Geschichte voller Ungerechtigkeiten und Schmerzen. Jetzt war es an mir, seinen Arm zu ergreifen und zu drücken. Was wir erlebt hatten, hatte uns viele Menschen gekostet. Viele Menschen, viele Hoffnungen und Träume von einem Morgen ... Doch wir hatten durchgehalten, hatten trotzdem durchgehalten, wir hatten bis jetzt durchhalten können ... Freilich war ich eifersüchtig auf ihn wegen des Schrittes, den ich hatte tun wollen, aber nicht hatte tun können. Diese Wahrheit mußte ich mir wieder und wieder eingestehen. Doch daß die Erzählung sich in dieser Weise entwickelte, mußte mir auch eine neue Hoffnung geben. Ich wußte, er sah und fühlte meinen inneren Kampf. Hätte er gefragt, etwas gesagt, hätte ich es sowieso nicht nötig gehabt, mich zu verstecken. Schließlich waren wir so, wie wir waren, weil wir uns voreinander nicht zu verstecken brauchten. Nur so konnte ich mir erklären, daß er mich offensichtlich zu beruhigen versuchte.

»Es gab keinen anderen Weg, Isi ... Ein Teil von mir, ein sehr wichtiger Teil, ist irgendwo längst abgestorben. Ich weiß nicht, wieweit du das verstehst, wieweit ich dir das klarmachen kann, aber glaub mir, er ist längst gestorben ... Was habe ich jetzt wohl noch zu verlieren ...«

Freilich verstand ich, was es für mich zu verstehen gab. Vor allem verstand ich seine Aufrichtigkeit. Und ... daß er Şebnem mehr brauchte als ich. Vielleicht war dies sein eigentlicher Kampf. Sein letzter Kampf von Bedeutung. Die Frage war, warum er den nicht früher gewagt hatte, doch ehrlich gesagt wollte ich keine Zeit mit so einer Erörterung verlieren. Unsere Schwächen, unsere Nöte und Verluste hatten uns halt so weit gebracht, wie es ging. In dem Moment sah ich ein wenig deutlicher, wie sehr ich ihn liebte. Diese Liebe führte uns beide zu einem anderen Punkt. Denn wenn ich die Dinge aus dieser Sicht betrachtete, dann nahm sogar meine Eifersucht eine Form an, in der ich sie bekennen konnte ...

»Du nimmst mir meine Geliebte weg, Scheißkerl! ... Und das noch ganz offen!«

Er lachte ... Auch ich hielt die Rolle des eifersüchtigen Mannes nicht länger aus und lachte. In dem Augenblick wäre ich nur zu gerne zu unserer früheren Einfalt zurückgekehrt. Zu unseren Besuchen im Puff, zu den nächtlich kalten, vom Heizungsrauch erstickten Gassen von Nişantaşı, zu unserem großspurigen Gerede, unserer Erregung beim Betrachten der dreckigen Bilder mit nackten Frauen ... Wie weit entfernt lagen nun manche Lebensabschnitte. Wie weit entfernt von uns war nun auch jene Stadt ... Es gab nur noch die Möglichkeit, das zu spielen, was wir dort gelassen hatten ... Darum mußten wir uns an dem festhalten, was unser Leben uns hatte gewinnen lassen. Ich schaute ihn noch einmal an. Mir saß ein sehr verletzlicher Mensch gegenüber. Ich konnte nicht anders, als ihm mitzuteilen, was mich dieser Anblick spüren ließ. Zugleich wollte ich ihm durch eine zarte Neckerei, indem ich ihn ein wenig aufs Korn nahm, auch sagen, wie sehr mir sein jetziger Zustand gefiel.

»Und da heißt es, die Revolutionäre sind hart, dem Leben gegenüber unerbittlich geworden ... Aber schau mal an, was du da getan, gefühlt hast und was du mich hast fühlen lassen ...«

Sein Gesicht schien etwas wie die Verachtung solcher Ansichten auszudrücken ... Seine Worte ließen jedoch zugleich das Bedürfnis spüren, sich gegen Ungerechtigkeit zu wehren.

»Wieso? ... In Wirklichkeit ist das keineswegs so. Revolutionäre sind, anders als sie scheinen und sich darstellen, empfindsame Menschen. Gut, es gab Regeln, und wegen jenes Kampfes mußten sie sich notgedrungen verhärten. Doch grundsätzlich sind sie empfindsam. Denn angesichts der Ungerechtigkeit konnten sie nicht anders als aufbegehren. Für diesen Widerstand haben sie sogar ihr Leben riskiert. Auch sie hätten den Aufstieg über die Stufen der wohlbekannten Treppe wählen können. Aber sie haben sich anders entschieden ...«

Das Zittern in seiner Stimme entging mir nicht. Es war, als hielte er etwas vor mir geheim. Etwas, das er nicht hatte sagen können ... Bezog sich dieses Gefühl auf ihn selbst oder auf eine Wahrheit, die wir sehen mußten? ... Seine Worte erschienen mir jedoch sehr sinnvoll. Unsere Leben lechzten geradezu danach, die gewohnte Denkweise zu verändern ...

Dennoch konnte ich nicht antworten. Ich drückte nur seine Hand, um mich ihm noch einmal mit ganzem Wesen spürbar zu machen ... Schließlich war auch das eine Antwort ... Da schaute er mich noch einmal an. Ich kannte diesen Blick nur zu gut. Ich fühlte, es gab noch etwas, das er erzählen wollte. Ich wartete. Mit Blicken versuchte ich ihm zu zeigen, daß ich bereit sei, ihm zuzuhören. Ich war ruhig, ganz ruhig. Denn ich wußte ja noch nicht, was er sagen würde. Danach würde ich mich in einer völlig unerwarteten, anderen Erzählung finden, die den Sinn unserer Erzählung vollständig verändern würde. In einer Erzählung, die das, was wir erlebt hatten, noch mehr vertiefen würde ... Schon die Einleitung dazu genügte, mich in diese Tiefe zu ziehen.

»Eigentlich ... Eigentlich habe ich dir eine wichtige Tatsache verheimlicht ... In bezug auf Şebnem ... Besser gesagt in bezug auf uns drei ... Vielleicht ... Vielleicht hätte ich das, was ich jetzt sagen werde, gleich zu Anfang sagen sollen. Am ersten Abend, als du mich nach Şebnem gefragt hast ... Doch ich konnte nicht, ich habe es nicht fertiggebracht ...«

Ich versuchte meinen Atem zu kontrollieren. Seine Stimme zitterte noch stärker. Ich konnte bloß schweigen. Wir beide sahen ein, daß wir einer Konfrontation nun zweifellos nicht mehr ausweichen konnten. Er fuhr fort.

»Erinnerst du dich, was ich dir im Garten des Krankenhauses bei unserem ersten Besuch gesagt habe?«

Natürlich erinnerte ich mich. Wie hätte ich es vergessen können ... Ich hatte meinen Weg zu Şebnem außer auf meiner inneren Niederlage auf ihrem Verlust aufgebaut. Wiederum durch Blicke versuchte ich zu signalisieren, daß ich mich an die Erzählung bis in die kleinsten Details erinnerte. Ich überließ mich dem, was mir jenes Zittern zeigen wollte.

»Jene Erzählung ... Jene Erzählung war eine Lüge, Isi ... Es stimmt, was ich von Şebnems Eltern, den Schmerzen, die sie in ihrer Kindheit erlebt hatte, und von ihrem Interesse fürs

Malen erzählt habe, aber jener Brand... Jener Brand war eine grandiose Lüge... Şebnem ist nicht nach Paris gegangen, sie hat keinen französischen Schauspieler geheiratet, kein Kind geboren. Jenes Haus hat nicht gebrannt... Denn... Denn sie ist mit mir nach Ankara gekommen. Wir hatten uns am Ende des Sommers dazu entschlossen. Anfangs plante sie tatsächlich, nach Paris zu gehen. Sie hat dich nicht belogen. Doch dann... Dann sind wir in jenem Sommer einander sehr nahe gekommen... Sehr nahe, verstehst du? ... Ich habe sie davon abgebracht fortzugehen und überzeugt, am Konservatorium zu studieren. Wir waren wahnsinnig ineinander verknallt. Wir sind voller Begeisterung nach Ankara gegangen, um uns dort in ein neues Leben zu stürzen. Dir mußten wir diese Tatsache verheimlichen. Denn wir wußten, wie sehr du sie liebtest. Es hat uns schon bedrückt. Doch wir wollten unsere leidenschaftliche Liebe ausleben. Ich habe das Ganze sogar vor meiner Mutter verheimlicht. So weit ging meine Heimlichtuerei, versteh doch. Wir haben uns mit der Überzeugung getröstet, daß du uns eines Tages verstehen würdest.«

Ich schwieg. Ich konnte mich weder des Gefühls erwehren, betrogen und ausgeschlossen worden zu sein, noch der Frage ausweichen, wie Şebnem dann verrückt geworden war... Ich war innerlich ganz durcheinander... Er fuhr mit seiner Erzählung fort, als spürte er, was ich fühlte.

»Vielleicht bist du jetzt wütend, sehr wütend, sowohl auf mich als auch auf sie... Aber warte, warte bitte ab, und hör bis zu Ende an, was ich erzählen will... Denn dem gegenüber, was du noch hören wirst, ist das Bisherige ein Nichts... Wie ich dir schon früher sagte, erwartete mich in Ankara jener Kampf. Şebnem trat ins Konservatorium ein. Wir wohnten in verschiedenen Wohnheimen. Erst im Laufe der Zeit bekam unser Leben eine neue Form. Wir nahmen gemeinsam an Demonstrationsmärschen und politischen Schulungen teil, doch ich versuchte, sie soweit wie möglich aus den Arbeiten für unsere Organisation herauszuhalten. Sie wollte sich sowieso nicht besonders stark einbringen. Dieses Gleichgewicht war gut, insbesondere für mich. Es beruhigte mich zu glauben, ich könnte sie von den Gefahren, dem Unheil fernhalten. Dazu kam noch, daß ich zunehmend immer härter werden, meine Empfindsamkeit immer mehr in mir vergraben mußte. Das war eine der unausweichlichen Realitäten des revolutionären Kampfes. Auf diese Weise zwang uns die übernommene Verantwortung zu einer entschlossenen Fortführung des Kampfes. Ihr Dasein hielt meine weiche Seite, die ich nicht immer zeigen konnte, in gewisser Weise lebendig. Das war die geheime Tönung meines Lebens, die geheime Tönung, verstehst du? ... Das war für mich außerordentlich wichtig. Freilich konnten wir nicht wissen, was uns dann passieren würde. Wir waren nun auf einem Weg ohne Umkehr. Ihre Besorgnis wuchs zwar ständig, doch sie sagte, sie wolle trotzdem bei mir bleiben. Und sie blieb ... Bis zum Putsch. Jene Tage waren schrecklich. Wir alle befanden uns in der Finsternis. Ich faßte einen Entschluß. Einen Entschluß, den ich nicht gerne faßte, der aber notwendig war. Unsere Wege mußten sich trennen. Ich konnte jederzeit geschnappt werden. Ich würde es nicht ertragen, sie noch weiter mit hineinzuziehen. Ich hatte sie sowieso schon so weit mit hineingezogen. Ich teilte ihr meinen Entschluß mit. Wir wollten uns auf verschiedenen Wegen nach Istanbul durchschlagen. Sie war dagegen, wehrte sich sehr und sagte, sie könne mich nicht allein lassen. Wir sollten soweit wie möglich gemeinsam gehen. Doch ich setzte mich durch. Zuletzt überzeugte ich sie. Wenn sich das Ganze beruhigt hätte, würde ich sie schon irgendwie finden. Ich wisse nicht, wie lange diese Trennung dauern würde, aber ich würde mich ganz sicher, sobald es ging, mit ihr in Verbindung setzen. Auch wenn ich ins Ausland gehen müßte, würde ich es irgendwie möglich machen, sie nachzuholen. Stell dir nun vor, wie wir uns trennten. Ich wollte mir nicht einmal vorstellen, was sie fühlte. Wir führten inzwischen einen Kampf ums Überleben. Was danach kam, weißt du. Es war genau so, wie ich es dir erzählt habe. Wie ich bei der Familie der Sympathisanten gelebt habe, wie ich meine Mutter besucht habe und verhaftet wurde, wie ich bei den Verhören standhaft geblieben bin ... Standhaft bleiben bei den Verhören ... Dabei habe ich erlebt, was ich dir in Wahrheit nicht genau habe erzählen können. Ich ... Ich habe das keinem Menschen je erzählen können. Nach Jahren erzähle ich es dir jetzt ... Dir als erstem ... Soweit ich es nun erzählen kann ... Ich bin standhaft geblieben. Wir hatten einander aus den Augen verloren. Der Gedanke, sie gerettet zu haben, gab mir Kraft. Du hast mich ja gefragt, wann ich am verzweifeltsten gewesen sei ... Meine Antwort damals war richtig. Es hat nur eine Ausnahme gegeben ... Und das war eine wichtige Ausnahme ... Ich war nahe daran gewesen, dir davon zu erzählen. Im letzten Moment habe ich es aber nicht getan. Ich hatte Angst, ich könnte es nicht erzählen. Jenes Fehlende ... Weißt du, was das war? ... Ich bin beim Verhör nicht weich geworden. Doch dann eines Tages ... Eines Tages stellten sie mich ihr gegenüber. Sie hatten sie ebenfalls eingebuchtet. Mit welcher Begründung, warum? ... Es hat keinen Sinn, danach zu fragen. In der damaligen Zeit galten die Gesetze nur auf dem Papier. Sie sagten: ›Mal sehen, wie du das aushältst ... Schauen wir mal, ob du jetzt nicht auspackst.‹ Und dann haben sie ihr in meinem Beisein die Elektroden an die Zehen gelegt. Ich wußte, was sie durchmachte. Als sie zu mir gebracht wurde, schaute sie mit ihren großen Augen und schüttelte den Kopf. Wer weiß, was sie sagen wollte. Einen Moment lang dachte ich, jetzt bin ich am Ende, jetzt bin ich wirklich ans Ende des Weges gelangt. Doch dann ... Weißt du, was ich dann getan habe? ... Ich habe nicht geredet, nicht ein Wort ist aus meinem Mund gekommen. Ich habe den

Kopf gesenkt und die Augen zugemacht. Meine Ohren konnte ich nicht verschließen, denn mir waren die Hände gefesselt. Meine Hände waren gefesselt. Gefesselt in jeder Hinsicht... Ich habe nicht gesprochen, verstehst du? ... Ich habe nichts gesagt ... Aber auch sie hat nichts gesagt. Als ich zwischendurch die Augen öffnete, sah ich, daß sie mich schmerzerfüllt anschaute. Schmerzerfüllt, hilflos ... Was fühlte sie? ... Was erwartete sie von mir? ... Ich wußte es nicht. Das einzige, was ich wußte, war, daß ich nicht auf das Spiel von ›denen‹ eingehen wollte. Dann hörten sie auf. Sie fiel in Ohnmacht. Sie schleiften sie hinaus ... Als sie die Tür zumachten, hörte ich, wie einer von ihnen sagte: ›Gratuliere, der Kerl hat sich wirklich gut gehalten.‹ Vielleicht war auch das nur eins von ihren Spielchen. Es schien nicht so, aber man konnte trotzdem nie wissen. Das war sowieso nicht mehr wichtig. Was hatte ich von so einer Respektsbezeugung, nachdem ich auch das noch erlebt hatte? ... In dem Augenblick war mir zum Sterben, oder besser, ich wollte sterben... In dem Augenblick wollte ich härter gefoltert werden denn je seit meiner Einlieferung. So eine Folter hätte mich sogar glücklich gemacht... Doch damit war Schluß. Danach befaßten sie sich nicht mehr mit mir. Über Şebnems Schicksal konnte ich jedoch trotz aller Bemühungen nichts herausfinden. Ich wollte nicht einmal denken, daß sie gestorben sein konnte. Ich sagte mir ständig, sie lebt, sie lebt ganz sicher, und sei es ihnen zum Trotz. Ich wußte, ich hatte noch Jahre bis zu meiner Entlassung. Vielleicht kam ich auch nie wieder raus. So vergingen Tage, Monate, Jahre ... Doch jener Anblick verfolgte mich ständig wie ein Alptraum. Ich habe dir erzählt, was ich bei meiner Entlassung gefühlt habe. Sicher fragst du dich, was sich jeder fragen würde. Diese Frage wird wahrscheinlich jedem einfallen, der diese Erzählung hört. Hast du nach Şebnem gesucht? ... Ich habe sie gesucht, und zwar in jeder Hinsicht... Doch würdest du es glauben, wenn ich dir sagte, ich suchte, um nicht zu finden, oder ich suchte voller Angst vor dem Finden? ... Macht eine solche Suche überhaupt einen Sinn? ... Vielleicht habe ich ihre Spur auch nicht ausreichend verfolgt. Der Kreis der Genossen ist klein. Noch immer. Heutzutage ist er noch kleiner geworden. Denn viele von uns haben ihre Spuren verwischt und tun es heute noch. Weil sie darum kämpfen, ein neues Leben zu begründen ... Weil sie nicht zu jenen alten Tagen zurückkehren wollen ... Ich beschuldige sie nicht, bin ihnen nicht böse, sondern versuche, sie zu verstehen. Na ja, egal. Ich will folgendes sagen: Hätte ich meine Verbindungen wirklich spielen lassen, dann hätte ich sie gefunden, unbedingt, daran zweifle ich nicht. Was aber, wenn ich sie gefunden hätte? ... Damals fühlte ich mich derart schwach ... Ich hatte nichts mehr, buchstäblich ... Was hätte ich ihr geben können? ... Wenn du verstehst, ich wollte nicht in diesem Zustand vor sie hintreten. Genauso wie ich auch dir nicht begegnen wollte ... Vielleicht kämpfte sie ebenfalls um ihr neues Leben, vielleicht wollte sie das Erlebte vergessen. Vielleicht hatte sie sich sogar ein Leben aufgebaut, in dem sie mich nicht sehen wollte. Ich hätte es nicht ertragen, als Last empfunden zu werden. Außerdem hatte ich ihr versprochen, nach ihr zu suchen, wenn die Lage sich beruhigt hätte. Die Lage hatte sich für mich jedoch noch nicht beruhigt ... Natürlich war ein Teil meiner Existenz bei ihr geblieben. Insbesondere nach dieser letzten Begegnung ... Dennoch traute ich mich nicht, weiter vorzudringen. Auch in meinem Entschluß, nach Griechenland zu gehen, muß man ein Ausweichen sehen. Diese Wahrheit habe ich erst Jahre später erkannt. Zur selben Zeit, als ich eine andere Wahrheit erkannt habe ... Ira war ein Haltepunkt, ein vorübergehender Halt ... Uns beiden war bewußt, was wir erlebten. Aber Nihal ... Was glaubst du, warum ich unsere Beziehung nicht bis zu Ende weiterführen konnte? ... Weil Şebnem immer eine Möglichkeit war ... Immer eine Möglichkeit ... Und wenn sie auf mich wartete? ... Ich ließ mich von ihrem lautlosen Appell gefangennehmen. So vergingen Jahre. Damals habe ich die Wahrheit über mich nicht in dieser Klarheit sehen können. Doch das Gefühl war da. Ohne es zu bemerken, näherte ich mich auch ihr immer mehr ... Dann eines Tages ... Man sagt ja, unser Leben besteht manchmal aus Zufällen, aus schicksalhaften Begegnungen. Ich tat mein möglichstes, um den Schmerz zu vergessen, in den ich mich vergraben hatte, genauer gesagt, ich klammerte mich durch Vergessen ans Leben, wollte mich aber zugleich nicht verleugnen. Eine neue Partei wurde gegründet. Sie fanden mich und wollten, daß ich mitmachte. Ich verweigerte mich nicht und ging hin. Einerseits weil ich einen neuen Anstoß erleben und andererseits weil ich auch sehen wollte, wer alles auf welche Weise übriggeblieben war. Ich fand viel mehr, als ich erwartet hatte. Einer von unseren alten Kampfgenossen, der über unsere damalige Zeit sehr gut Bescheid wußte und dem ich nun nach Jahren wieder begegnete, konfrontierte mich mit den Tatsachen. Von ihm erfuhr ich, wo Şebnem lebte und in welchem Zustand. Es tut nichts zur Sache, wie und auf welchem Weg sie dorthin gelangt war, wer sie hingebracht, eingeliefert und dort gelassen hatte. Ich habe nicht gefragt, mich nicht bemüht, das zu erfahren. Wichtig war nur, was sie erlebt hatte, und noch mehr, daß sie dort lebte, ohne zu sprechen. Wovon hatte ich geträumt, und was erfuhr ich nun! Jetzt konnte ich nicht mehr ausweichen. Ich war an die letzte Grenze gestoßen. Sie war bloß ein paar Kilometer von mir entfernt. Es war nicht so, daß ich nicht eine Weile gezögert hätte. Wie sollte ich ihr nach dem, was wir erlebt hatten, gegenübertreten, wie konnte ich es wagen? ... Was würde sie fühlen, wenn sie mich sah? ... Diese Fragen zerfraßen mich innerlich. Doch eines Morgens, nach einigen Tagen des inneren Kampfes, machte ich mich auf zum Krankenhaus, um mich allem zu stellen. Ich fand sie. Denn nun wollte ich sie finden. Du hättest die Szene sehen sollen. Bei unserem ersten Wiedersehen schaute sie mich genauso an wie dich bei eurer ersten Begegnung. Trotz unserer gemeinsamen Vergangenheit ... Lächelnd, unbeteiligt, tief in ihre Stummheit vergraben ... Ich versuchte, zu reden und ihr zu sagen, was ich sagen konnte. Ich konnte nicht feststellen, ob sie mich hörte, geschweige denn erkannte. Wie weh tat es mir, sie so zu sehen. Wie viele Gründe hatte ich, mich über uns zu grämen, und zwar sehr ... Ich erlebte noch einen weiteren Tod ... War das der Preis dafür, daß ich am Leben geblieben war? ... Glaub mir, ich habe mir sogar diese Frage gestellt. Was hatte ich getan? ... Was für ein Mensch war ich? ... Ich lernte Zafer Bey kennen und sprach mit ihm. Er sagte mir dasselbe, was er auch dir anfangs gesagt hat. Sie hatte seit einigen Jahren keinen Besuch mehr gehabt. Einige Male hatte er ihre Mutter gesehen. Eine stille, früh gealterte, gebrochene Frau, soweit er hatte erkennen können. Er erfuhr von ihr, daß sie ihren Mann verloren hatte und nichts mehr besaß außer ihrem Haus, und er gewann den Eindruck, sie wollte ihre Tochter am liebsten nicht mehr wiedersehen. Dann zog sie in ein Altersheim und verstarb dort. Dieser Todesfall hatte ihn Şebnem noch näher gebracht. Aber leider sind die Möglichkeiten des Gesundheitssystems begrenzt. Er kümmerte sich um sie mehr als um die anderen, doch selbst das war nicht ausreichend. Offen gesagt konnte man nicht behaupten, daß die Bedingungen für sie günstig waren. Er hörte meine Geschichte geduldig und mitfühlend an. Er wußte schon einiges, aber keine Details. Er sagte, ich solle geduldig sein und sie nicht allzusehr drängen. Was sollte ich nun wohl tun? ... Sollte ich sie jetzt so dalassen? ... Sollte ich nach dieser Begegnung weiterhin die Augen verschließen, so tun, als wäre nichts? ... Das ging natürlich nicht. Jahr und Tag ging ich also weiter zu ihr hin, immer in der Hoffnung, mich ihr erklären zu können. Doch ... Doch es gelang mir nicht, den Abstand zwischen uns zu überwinden. Sie sprach nicht mit mir, ich habe alles versucht, was mir nur einfiel, doch sie sprach nicht. Viele Male habe ich sie auch besucht, ohne daß sie mich überhaupt wahrnahm. Dann beobachtete ich sie von weitem, wie sie im Garten herumspazierte oder ganz allein schweigend auf einer der Bänke saß ... Ich wußte mir keinen Rat ... Und tröstete mich damit, daß sie am Leben war ... Ich versuchte, mir vorzulügen, sie habe sich in ihren Frieden zurückgezogen ... Um sie nicht länger zu quälen ... Als hätte ich sie nicht schon genug gequält ... Ich tat alles, um ihre Lebensbedingungen zu verbessern, damit sie in einem besseren Umfeld leben konnte. Ein Teil meines Lebens spielte sich nun dort ab. Vielleicht mußte sie immer dortbleiben ... Vielleicht würde das Leben so weitergehen bis zu meinem letzten Atemzug ... Mir war bewußt, daß ich mich zugleich selbst bestrafen wollte, um meine Schuldgefühle zu vermindern. Doch ich wußte, ich würde bis zum Ende an ihrer Seite bleiben, aus welchem Grund auch immer. Dann ... Dann bist du mir begegnet ... Durch deine Anwesenheit bekam unsere Erzählung einen ganz anderen Verlauf ...«

Nun war ich endlich an der Reihe mit Reden und Nachfragen. Ich war in einem tiefen Schmerz versunken. Dieser Schmerz hätte mich aufhalten können, mich wieder auf mich selbst zurückwerfen können. Doch ich hatte Fragen. Auch wenn ich möglicherweise das, was ich dann über ihn und uns erfuhr, nicht gerne hören würde. Ich fragte, um besser zu verstehen und mich soweit wie möglich mit unserer Realität auseinanderzusetzen ...

»Wieso bloß hast du diese Brandgeschichte erfunden? ...«

Er lächelte bitter. Als bereite er sich auf ein neues Bekenntnis vor.

»Denk mal an die erste Nacht hier, als wir so lange geredet haben ... Als ich allein war, bin ich alles, was wir erlebt hatten, noch mal durchgegangen. Ich habe nachgedacht, intensiv nachgedacht. Was wir dir, mir, uns gegenseitig angetan haben ... Was für ein Leben wir geführt haben ... Du warst so unschuldig und aufrichtig ... Dein Wiederauftauchen und daß du mich so begeistert aufs neue gesucht hast, war auch für uns drei eine große Chance. In jeder Hinsicht eine große Chance ... Nur du, Isi, konntest sie ins Leben zurückbringen ... Deine reine Liebe konnte sie zurückbringen ... Ich war mir sicher, sie würde sich dieser Liebe überlassen. Du hattest eine Kraft, die dir selbst nicht bewußt war. Wir sind sehr beschmutzt, sehr beschädigt. Hätte ich dir damals an jenem Morgen die Geschichte erzählt, die ich dir heute erzählt habe, dann wäre womöglich dein Enthusiasmus zerbrochen. Du hättest dich vielleicht betrogen gefühlt und uns abgelehnt. Du siehst es ja nun ... Wir sind alle nicht untadelig. Alle haben wir unsere niederträchtigen Seiten. Doch ich habe mich nicht geirrt, wie du siehst. Sie ist zurückgekehrt, weil sie die Unschuld, Lauterkeit in dir gesehen hat; sie hat ihre Stummheit aufgegeben. Ich konnte mich dir gegenüber nicht anders verhalten. Das ist der Grund, weshalb ich mich in den Tagen, als du zum Krankenhaus gingst, ferngehalten habe. Vielleicht bist du nun noch wütender auf mich. Du kannst dich betrogen, benutzt fühlen, was weiß ich. Aber vielleicht ... Vielleicht kannst du dich auch für sehr wertgeschätzt ansehen. Insbesondere von seiten Şebnems ...«

Fühlte ich mich wirklich benutzt? ... In jenem Augenblick konnte ich diese Frage nicht beantworten. Ich fühlte nur, daß ich niemandem böse sein konnte. Und außerdem ... Außerdem konnte mich diese Geschichte in den folgenden Jahren nur noch mehr ans Leben binden. Ich hatte gesehen, was für eine Kraft ich hatte ... Das Leben von uns dreien, das Schicksal, das uns miteinander verband ... Wie viele Menschen auf der Welt konnten schon so eine Geschichte erleben? ... Mir gegenüber saß ein Mann, der mir eine der finstersten Seiten seiner Vergangenheit gezeigt hatte. Ich wollte nicht richten

566

über das, was seine Finsternis anderen angetan hatte. Zudem verlieh mir seine Schwäche Kraft. Und außerdem gab es etwas, das viel wichtiger war. Die Liebe, die ich zu ihm empfand ... Und zu sehen, wie sehr er mich wertschätzte ... Ich nahm seine Hand und sagte ihm, daß ich ihm nicht böse sei. Natürlich sei ich etwas gekränkt. Es gebe an unterschiedlichen Stellen viele Bilder für die Gründe dieser Gekränktheit. Ich fühle mich auch ein wenig hintergangen. Aber in meinen Gefühlen sei kein Zorn. Seien wir schließlich nicht alle verwundet genug, um zu wissen, niemand würde aus diesen Leiden ganz unversehrt hervorgehen? ... Man könne über das, was wir erlebt hatten, denken, was man wolle. Wir wüßten ja, wer wir seien und was wir füreinander bedeuteten ... Er drückte meine Hand und antwortete auf meine Worte, manche Beziehung zu leben sei schmerzhafter, als sie nicht zu leben. Ich verstand. Ich konnte nicht näher darauf eingehen. Ich nickte nur, schluckte und schwieg. Ich hatte gesagt, was ich sagen konnte. Ich wußte sowieso nicht mehr, was ich sagen wollte ...

Mit diesen Gefühlen erhoben wir uns vom Tisch. Es gab für uns noch eine weitere Geschichte ... Ich fühlte auch, das Spiel war noch nicht zu Ende und würde uns zu unbekannten anderen Wirklichkeiten hinziehen. Trotzdem war ich innerlich ruhig. Es war eine Ruhe, wie ich sie seit Jahren nicht verspürt hatte ... Ich war mir sicher, auch ihm erging es so. Wenn wir gewußt hätten, was wir noch erleben sollten, wären wir sicherlich nicht so ruhig gewesen. Doch ich wußte, uns würde von nun an so leicht nichts trennen können. Daran hielt ich nach dem, was mir diese Erzählung eröffnet hatte, für uns beide aus ganzer Seele fest. Wir näherten uns nun einer Zeit, wo wir jeden verpaßten Augenblick noch viel mehr bedauern sollten ...

Um nicht mehr zu sterben
und aufs neue geboren zu werden

Von da an ließ uns die Erzählung erschütternde Momente und Berührungen erleben, die uns aufs neue noch unverhüllter uns selbst zeigten. Jeder Augenblick ließ uns die Angst vor dem Ende erfahren oder das melancholische Gefühl, einen Schritt ein letztes Mal zu tun, doch vielleicht öffnete sich für uns alle ein wenig auch die Tür für neue, und zwar unerwartete Augenblicke und Begegnungen. Am Sonntag nach meinem Treffen mit Necmi machten wir weitere Erschütterungen durch. Ein jeder kam mit seiner eigenen Begeisterung an, mit seinen Erwartungen und dem, was er vorzeigen wollte. Doch zwischen den einzelnen gab es Unterschiede. Die Hausaufgaben, die Arbeiten am Text, hatten alle gemacht. Yorgos war noch weiter gegangen und hatte sogar ein kleines Regiekonzept entwickelt. Auch Şebnem hatte ihren Text mitgebracht mit ein paar Zeichnungen, die sie hineinskizziert hatte ... Sicherlich wollte sie mit diesen Bildern ebenfalls etwas aussagen. Dieses Mal kam sie zusammen mit Necmi zu mir nach Hause. Das hatte ich erwartet, besser gesagt, wir hatten das am Tag zuvor so beschlossen. Necmi hatte abends angerufen und gesagt, gleich nach unserem Gespräch habe er sich mit Zafer Bey unterhalten. Er habe über seine Pläne gesprochen, sie hätten in allen Details darüber diskutiert. Zafer Bey hatte seine Gedanken mit Interesse und Sympathie aufgenommen. Die Situation schien keineswegs so hoffnungslos. Wir hatten vielmehr viele Gründe und die Worte des Arztes, um Hoffnung zu schöpfen. Zafer Bey hatte gesagt, Şebnem habe einen

Riesenfortschritt gemacht. Es sei vielleicht nötig, ein wenig zu warten und geduldig zu sein, doch wenn keine Komplikationen auftauchten, könne er die Entlassung und den Gedanken an den Versuch eines neuen Lebens befürworten. Es sei sogar das Beste, da man schon mal so weit gekommen sei, wenn Şebnem ihr Leben in einem liebevollen Umfeld innerhalb der ›normalen Welt‹ verbrachte. Er könne veranlassen, daß sie nach einer Weile der Kommission vorgestellt würde. Die Kommission würde, auch unter Berücksichtigung seines Berichts, höchstwahrscheinlich eine positive Entscheidung fällen. Nachdem Necmi die Kommentare von Zafer Bey wiedergegeben hatte, hatte er gesagt, er werde Şebnem am nächsten Tag herbringen, natürlich wieder unter Aufsicht. Vor lauter Erstaunen hatte ich das Gehörte nicht kommentiert und nur sagen können: »Ist gut, ist in Ordnung.« Ich hatte natürlich verstanden, was ich wie weit auf welche Weise verstehen konnte, wollte. Ob ich es nun zugab oder nicht, meine Eifersucht flackerte noch einmal auf. Zu diesem Gefühl gesellte sich noch die Erschütterung meiner Autorität. Doch gleichzeitig war ich froh. Sowohl für ihn als auch für Şebnem ... Schließlich kämpften beide auf ihre eigene Art ums Überleben. Und beiden war ich eng verbunden. Sie folgten auf dem Weg dieses Kampfes einem Licht, obwohl sie nicht wußten, wie weit sie einander berühren konnten ... An jenem Sonntag trat ich ihnen mit einem derartigen Gefühl gegenüber. Şebnem wirkte, als sei sie noch mehr bei uns. Die Kommentare, die sie bei der Besprechung des Textes von sich gab, zeigten mir dies in all ihrer Naivität. Zwischendurch stürzte sie trotzdem in ihre große Leere ab. Doch manchmal sprach sie auch von dem, was wir früher erlebt hatten, und zwar mit Details, die wir längst vergessen hatten, was uns alle erstaunte.

Jenen Tag erlebten wir als einen langen Tag ... Wir besprachen das Stück, brachten es auf einen gewissen Punkt und faßten es für uns zusammen. Yorgos leistete wirklich gute Arbeit. Auch Niso war eine große Hilfe durch die Lösungen, die er fand. Şebnem sollte in ihrer alten Rolle auftreten, doch auf der Bühne sehr wenig sprechen. Die Repliken wurden für sie angepaßt oder sogar neu geschrieben. Wir bekamen Hunger und ließen Pizza kommen, wir bekamen Durst und tranken Unmengen von Cola und Bier. Auch Zafer Bey und Çela ließen sich von unserer Begeisterung anstecken und trugen einige Kleinigkeiten bei. Manchmal trennten wir uns in Zweier- und Dreiergruppen. Alles, was wir redeten, war für diese Erzählung wichtig und bedeutsam. Zumindest mir erschien es so. In den Augenblicken, als ich mit Necmi allein war, fragte ich ihn, ob er Şebnem seine Absicht mitgeteilt habe. Nein, aber er hatte sich vorbereitet und würde diesen Schritt in ein paar Tagen tun. Er hatte bloß bei der Herfahrt im Auto von Zafer Bey schon scherzhaft gesagt: »Oh, du bist ja sehr schön geworden, ich werde dich entführen, sieh dich vor!« Und sie hatte ganz verschmitzt darauf geantwortet: »Das denkst du dir wohl so! ... Als ob das so leicht ginge! ...« Und nach einer Weile des Schweigens hatte sie hinzugefügt, als wollte sie das Gesagte erklären: »Ich fliehe, wohin ich will und zu wem ich will ... Du weißt, dazu bin ich fähig ...«

Wer wollte, konnte auch in diesen Worten viele Bedeutungen und Hintergründe suchen. Doch in diesen Augenblicken brauchten wir nicht so weit zu gehen. Die Tür hatte sich mit vielsagenden Worten ein wenig geöffnet. Soviel mußte erst einmal für uns alle reichen. Während wir zwischendurch dieses kurze Gespräch führten, fing ich Şebnems Blicke auf, mit denen sie uns leicht lächelnd beobachtete. Ich konnte nicht wissen, worüber sie lächelte. Mir wäre am liebsten gewesen, sie hätte die beiden Männer oder Jungen, die sie ins Leben zurückholen wollten, freundschaftlich betrachtet. Was ich in jenem Moment sehen konnte, war, daß sich hinter dem unbestimmten Lächeln wieder ein Sturm verbarg, der in ihrem

Inneren losbrach. Das spürte ich. Deswegen setzte ich alles daran, ein Weilchen mit ihr allein zu sein. Als mir das gelungen war, fragte ich sie, wie es ihr ginge. Die Antwort war sowohl ehrlich als auch – offen gestanden – besorgniserregend.

»Ich habe Angst ... Ich hatte gedacht, daß ich nie mehr zurückkehren würde ...«

Ich konnte mit ihr in dem Augenblick nicht über diese Angst reden. Selbst wenn wir es gewollt hätten, weiß ich nicht, wie weit wir damit gekommen wären. Doch auch ich hatte offen gestanden Angst vor dieser Angst. Es blieb nur zu hoffen, daß wir im Laufe der Tage auch darüber würden sprechen können. Nur so konnte ich mich erleichtert fühlen. Ich drückte ihren Arm. Wie anders hätte ich signalisieren können, daß ich ihr zur Seite stehen wollte ... Außerdem hatte ich ja weitere Informationen. Hatte ich mit dieser unbestimmten Geste allein mir sagen wollen, was es zu sagen gab? Wer weiß ... Für mehr war nicht Zeit.

Im Verlauf des Tages ergriff ich die Gelegenheit, für eine kurze Weile auch mit Şeli allein zu sein. Ich hatte den Mut, sie zu fragen, ob sie und Yorgos neue Sachen erlebt hätten. Die ›Sachen‹ in dieser Frage retteten uns, sie konnte den Ausdruck verstehen, wie sie wollte. Sie antwortete mir mit dem verführerischen Lächeln, das ich so liebte und das ihr so gut stand. Dabei sagte sie kein einziges Wort ... Es schien in ihrem Lächeln jedoch ein tiefer Schmerz zu liegen ... Ein Schmerz, der sich nicht verstecken, der sich aber nur durch einen Blick mitteilen wollte. Ich konnte die Traurigkeit sehen, die aus jenem Schmerz entstand. Ich hörte an dem Punkt auf, wo ich aufhören mußte. Als Yorgos mir ins Ohr flüsterte: »Wir hätten das nicht erlebt, wenn du uns nicht zusammengebracht hättest«, half mir das nicht viel weiter. Genausowenig Niso, der zu mir kam, um mich auf ihr Verhalten hinzuweisen, wenn sie alleine miteinander sprachen, und mir zuraunte: »Für meine Begriffe vögeln die beiden«, wobei er sich bemühte, möglichst nur mich seine aufgeregte Stimme hören zu lassen ...

Es passierte, was passierte, und es wurde geredet, was man reden konnte. Es blieb uns wieder überlassen, die Zukunft zu finden und an einem Platz in unserem Leben einzuordnen. Tat nicht jeder letzten Endes, was er tun konnte, mochten andere sagen, was sie wollten? ... Jener Tag war eben so ein Tag ... Doch von wo aus immer man es auch betrachtete, wir leisteten eine gute Arbeit. Nach den Textänderungen hielten wir eine kleine Leseprobe ab. Das war genug, für jenen Tag war es genug. Wir konnten die Probe für die nächste Woche ansetzen. In der übernächsten Woche konnten wir das ›Stück‹ endlich auf die Bühne bringen. Ich würde den Text in korrigierter Form kopieren und ihn innerhalb von zwei Tagen allen zukommen lassen. Wer würde sich in diesem Zeitraum wo befinden? Für Necmi und Niso war das keine Frage. Sie waren sowieso in Istanbul. Bis zur Rückreise von Niso war noch viel Zeit. Eigentlich war es auch für Şebnem keine Frage. Sie gehörte jetzt sozusagen zu uns. Doch Şeli mußte nach Izmir zurück, sich um ihre Geschäfte und um die Einladungen kümmern ... Es gab natürlich noch einen anderen Grund, der sie zwang, nach Izmir zurückzufahren. Doch sie konnte uns in dem Moment diesen Aspekt ihres Lebens nicht zeigen. Yorgos würde nach Athen fliegen und dann wiederkommen. Auch er hatte Dinge in seinem dortigen Leben zu regeln. Nach seiner Rückkehr würde er noch einmal acht bis zehn Tage bleiben. Der weitere Ablauf wurde entsprechend geplant. Ich würde den Raum in der Schule reservieren. Am folgenden Samstag würden wir zwei Proben abhalten, am Vormittag und am Abend. Bis dahin würden wohl auch unsere Kostüme soweit sein. Am Sonntag könnten wir aber nur den Vormittag für die Probe reservieren. Bei diesen meinen letzten Worten schauten mich die anderen ein wenig fragend an. Ich versuchte, für einen Moment auszukosten, daß alle Blicke auf mir ruhten. Dann nannte ich meine Begründung, wobei ich Niso und Necmi angrinste, die zufällig nebeneinandersaßen: »An jenem Abend gehe ich zusammen mit Necmi und Niso zum Fußballspiel von Fener!...«

Ich freute mich sehr und war sehr aufgeregt... Die Freude aber, die ich als Reaktion auf diese unerwartete Einladung zu dem Spiel auf den Gesichtern meiner Freunde sah, denen es vor lauter Überraschung fast die Sprache verschlug, verstärkte meine Freude und Begeisterung noch. Als brächen wir nun gemeinsam auf, um einen weiteren Teil von uns zu suchen, den wir irgendwo zurückgelassen hatten. Schon waren wir in die Stimmung des bevorstehenden Spiels eingetaucht. Niso sagte, er verfolge die Spiele stets aufmerksam, auch wenn er sich inzwischen als Anhänger vieler Seiten betrachte, und es war zu erkennen, daß er einen Teil von sich mit unausrottbarer Begeisterung hiergelassen hatte. Hätte er sich nicht geniert, dann hätte er die Mannschaftsaufstellung heruntergebetet. Er wußte zum Beispiel, daß unser Spiel gegen Bursaspor ging. Er wußte auch, daß wir nach unserem vorangegangenen Sieg über Galatasaray die Tabellenführung hatten.

Ich erinnere mich nicht, wie lange wir über Fenerbahçe sprachen. Doch es verging mindestens eine halbe Stunde. Plötzlich bemerkten wir, wie uns die anderen im Salon lächelnd beobachteten. Als sähen sie einem zwar komischen, aber zugleich auch bewegenden Schauspiel zu. Zuerst sahen wir einander an und dann sie, etwas verwirrt und beschämt. Auch wir versuchten zu lächeln. Yorgos winkte leicht mit der Hand, als wollte er sagen: Wir sind auch noch da. Şebnem meldete sich mit der Miene des netten Mädchens voller Begeisterung, was ihr eine reizende Weiblichkeit verlieh:

»Nehmt mich auch mit, bitte... Ich will mitkommen...«

Wir schauten einander wieder an. Da ich die Eintrittskarten besorgt hatte, fühlte ich mich zu einer Erklärung verpflichtet.

»Es gibt jetzt keine Karten mehr, Şebnem. Aber wir nehmen dich zu einem anderen Spiel mit, versprochen...«

Was ich sagte, genügte nicht. Vielmehr schien Şebnem entschlossen, dieses Gespräch in eine kleine Szene verwandeln zu wollen. Ihre Frage ließ ihre Absicht aufs allerschönste erkennen...

»Wann?... Wann ist das?«

Ich gab eine Antwort, die in solchen Situationen die banalste war, die man geben konnte.

»Sobald wie möglich...«

Ich gebe zu, meine Worte waren gewöhnlich, abgegriffen. Doch in dem Moment fand ich keine besseren. Ich schaute zu Necmi hin. In seinem Gesicht las ich, er werde Şebnem aufziehen. Er enttäuschte mich nicht.

»Was hast du denn?... Das ist Männersache, verstanden?«

Mir war nicht ganz klar, ob er sich amüsieren oder Şebnem ein bißchen auf die Probe stellen wollte, oder ob er sie neckend zu einem kleinen Spiel der Liebe einlud, doch das Ergebnis war wahrhaft fulminant. Das anvisierte Mädchen antwortete sofort mit wütenden Blicken und einer Stimme, die an die alten Tage erinnerte.

»Männersache, was?... Ihr primitiven Kerle!... Dabei denkt man, wenn man euch anschaut, ihr hättet Charakter!«

Natürlich lachten wir alle über diese Worte. Auch Şebnem fing an zu lachen, nachdem sie für eine kurze Weile Necmi angefunkelt hatte. Yorgos aber brachte uns durch sein kindliches Gelächter noch mehr zum Lachen. Woher hatte er dieses Lachen, wo er doch in seiner Jugend nie auch nur im entferntesten gelacht hatte, jedenfalls hatte es so ausgesehen. Wie hatte er das Lachen gelernt, das so gut zu ihm paßte?... Das würde ich wahrscheinlich niemals erfahren. Außerdem hatte es keinen Sinn, daß ich das herauszufinden versuchte. In diesem Gelächter konnte sowohl eine unzerstörbare Unschuld liegen als auch eine Reaktion auf das, was er erlebt hatte, die er nur auf diese Weise ausdrücken konnte, ebenso wie Zorn; sowohl das Bemühen, aus dieser Reaktion die Kraft zum Ertragen des Vergangenen zu gewinnen, als auch das Bedürfnis, sich ans Leben zu klammern ... Es gab noch andere Möglichkeiten. Doch das eigentlich Wichtige war meiner Ansicht nach das Ergebnis, der Punkt, den er erreicht hatte, das, was wir sahen und sehen konnten. Auch Şeli schaute ihn in jenen Augenblicken voller Liebe an.

Mit diesen Gefühlen und diesem Tun verging auch jener Tag. Es wurde Abend. Plötzlich hatte ich eine Idee, wie der Tag und unsere Wiederbegegnung für uns noch bedeutungsvoller werden konnten. Ich schlug vor, wir alle sollten uns sofort aufmachen und in Nişantaşı ins Restaurant *Yekta* gehen. Dort war ich seit Jahren nicht mehr gewesen, hatte vielmehr aus nachvollziehbaren Gründen nicht hingehen können. Ein Essen dort wäre zugleich ein Geschenk für mich selbst. Alle mußten wohl dasselbe Gefühl gehabt haben, denn der Vorschlag wurde mit großer Freude aufgenommen. Wir folgten der Spur eines weiteren verlorenen Ortes, der mit unserer Vergangenheit zu tun hatte. Die Erinnerung machte uns natürlich etwas traurig, und eine wohlbekannte Melancholie entstand. Schließlich ging es um ein Gefühl des Verlustes. Was wir erlebten, erzählte uns aber auch von einer Freude, erinnerte uns daran, daß das Leben lebenswerte Momente, Zeiten hatte. Das Essen wurde verspeist, der Wein wurde getrunken, und alte Erinnerungen, die der Erinnerung noch wert waren, wurden ausgetauscht. Şebnem und Necmi saßen nebeneinander. Ich mochte dieses Bild sehr. Was ließen sie einander wie fühlen? Ließ die Zeit wirklich manche Verletzungen unwichtig erscheinen? ... Ja, wir hatten nicht umsonst erlebt, was wir erlebt hatten. Und wer weiß, was wir noch alles erleben würden. Letztendlich wollte ich glauben, daß wir uns trotz aller unserer Fehler am richtigen Platz befanden. Dann trennten wir uns ... Alle zogen sich wieder in ihr Privatleben zurück. Doch die Trennung war nicht allzu schmerzlich. Nach einer Woche würden alle erneut zusammenkommen. Beim Abschied sagte Şeli zu Çela, sie könne nach einigen Tagen wiederkommen, um ihr bei der Auswahl der Garderobe zu helfen. Mir gefiel die Herzlichkeit in diesem Angebot. In dieser Erzählung, deren Ausgang wir nicht kannten, waren wir inzwischen soweit, uns gegenseitig neue Eindrücke und Stimmen zu schenken ...

Irgendwo gab es noch unbeantwortete Fragen und Erwartungen. Natürlich reichte die Begeisterung für das ›Spiel‹ schon, um in mir ein neues Vibrieren zu erzeugen. Diese Begeisterung war sehr naiv. Ich war mir sicher, es war für alle aus der ›Truppe‹ das gleiche. Doch eigentlich regte ich mich aus einem ganz anderen Grund auf. Fragen und auch Ängste und Befürchtungen verfolgten mich. Wohin gingen wir mit Şebnem? Wohin ging Şebnem? ... Ich fand es richtiger, nicht beim Krankenhaus vorbeizuschauen. Seit Necmi sie besuchte und sich bemühte, einen Weg für sie zu planen, zweifelte ich nicht, er kämpfte einen weiteren Kampf und hatte es lieber, wenn ich mich eine Zeitlang fernhielt. Ich folgte diesem wortlosen, unausgesprochenen Appell. Ich konnte mich nicht entscheiden, ob diese Zurückhaltung richtig war, doch offen gestanden wollte ich auch warten ... Warten in jeder Bedeutung ... Sobald man mich erneut brauchte, war ich bereit, dort weiterzumachen, wo ich aufgehört hatte. Ich wartete auf ein Zeichen von Necmi. Ein Zeichen, das mir sagte, wie die Erzählung weitergehen konnte ...

Dieses Zeichen kam am Freitag. Als ich auf dem Display meines Handys Necmis Namen sah, verwandelte sich die Qual des Wartens in Aufregung. Ich nahm das Gespräch mit einer unüberhörbar aufgeregten Stimme an. Auch er war aufgeregt. Er sagte, er wolle kommen und reden. Ich war im Laden. Ich sagte, er könne sofort kommen. An jenem Tag war viel los. Zwei Stunden vorher waren auch Çela und Şeli dagewesen, um die eingekauften Kostüme zu zeigen... Die beiden verstanden sich offensichtlich gut. Sie hatten ordentliche Arbeit geleistet. So hatten wir auch die Probleme mit der Garderobe gelöst. Das war nicht weiter erstaunlich. Ebenso waren sie mit den Einladungen ziemlich weit vorangekommen. Auch das war nicht erstaunlich. Wir gingen zum Mittagessen ins Restaurant *Borsa*. Es gab eine Menge zu besprechen... Dann erzählte ich ihnen, was Necmi sich für Şebnem ausgedacht hatte, wobei mir unsere neu entstandene Nähe Kraft verlieh. Als sie erfahren hatten, was Necmi plante, waren sie sehr bewegt. Vielleicht waren sie etwas zu schwärmerisch, doch gleichzeitig waren sie aufrichtig... Was ich sah, gab mir nicht bloß Mut, sondern auch Hoffnung. Diese Hoffnung brauchte ich sehr, um meine inneren Befürchtungen zu bekämpfen... Unter anderem sagte Çela, ich hätte mich sehr darum bemüht, Şebnem ins Leben zurückzubringen. Den Erfolg in der Geschichte könne man nicht allein Necmi zuschreiben. In ihrer Stimme lag etwas Besitzergreifendes. Daraufhin schaute Şeli mich mit einem bedeutsamen Lächeln an, während sie sagte, ich hätte ihr ebenfalls von diesem Kampf erzählt... Ich hätte einen sehr überzeugenden Weg eingeschlagen. Es sei sehr sinnvoll, uns alle wieder zusammenzubringen. Ich meinerseits konnte aus all dem, was gesagt wurde, viele andere Bedeutungen herauslesen. Meine Eigenschaft, hinter allem Gesagten etwas nicht Gesagtes zu vermuten, meldete sich wieder einmal störend. Ich wußte, es war ermüdend, so zu leben, doch ich konnte diese Eigenart nicht ablegen, sosehr ich auch meinen Verstand einschaltete. Meine Intuition ließ mich befürchten, die Frauen könnten sich, wenn sie sich näherkamen, über andere weibliche Gefühle austauschen. Ich schwieg und versuchte auch diese Sorge in mir zu begraben. Mit all meinen Irrtümern und Illusionen... Ich sagte, daß eine echte Gemeinsamkeit sehr bedeutungsvoll sei, daß nur sehr wenige Menschen den Geist einer solchen ›Gruppe‹ erleben könnten und daß wir den Wert dessen, was wir bis heute gemeinsam gewonnen hatten, ebenso schätzen müßten wie das, was wir durch den gemeinsamen Verlust gelernt hatten. Sie waren mit mir einer Meinung. Dann ging jeder in den Tag, in seinen eigenen Alltag hinaus. Sie wollten nach Beyoğlu aufbrechen, um ein paar Dinge zu besorgen, die für die Kostüme noch fehlten. Sie konnten dafür sowohl in die Atlas-Passage als auch ins Untergeschoß von Aznavur gehen. Ich meinerseits hatte etwas viel Einfacheres zu erledigen, was jedoch nötig war, um dieses Leben so weiterzuführen. Ich mußte die Zahlungseingänge kontrollieren. Das Schiffchen mußte in Fahrt kommen.

Necmi erwischte mich an solch einem Tag, mit diesen Gefühlen. Nicht mal eine Stunde später kam er in den Laden. Dieses Mal las ich die Aufregung in seinem Gesicht. Es drückte sowohl Hoffnung als auch Hektik und Sorge aus. Er hatte sich nach jenem Sonntag jeden Tag mit Şebnem getroffen. Sie waren im Garten des Krankenhauses spazierengegangen und hatten über ihr Zusammenleben diskutiert. Natürlich auch über das Zusammensein, das sie vor langer Zeit hatten aufgeben müssen ... Allein schon daß sie miteinander sprechen konnten, machte Hoffnung. Was für eine Bedeutung solche Gespräche nach so vielen Jahren auch immer haben mochten ... Zafer Bey würde den nötigen Bericht verfassen. Nach einigen Tagen würde Şebnem vor die Kommission treten. Sie könne dann versuchen, einen Schritt in jenes Haus zu tun. Würden sie aus den Ruinen in ihrem Inneren nun endlich jenes Haus bauen, von dem sie einst nur hatten träumen können? Ehe sie dem Leben draußen, das ihr wahrscheinlich sehr brutal vorkommen würde, noch einmal gegenübertrat... Höchstwahrscheinlich würde es kein Problem geben. Auch Fatoş Abla sei sehr glücklich. Wir lächelten uns an. Ich sagte, nur eine Mutter wie sie könne in solch einer Lage glücklich sein. Eine Verrückte verstand die Situation der anderen Verrückten. Wir waren sehr gerührt. Necmi sagte, er habe noch nicht entschieden, welche von beiden verrückter sei. Die alten Tage zogen vor unseren Augen vorbei. Ich sagte, ich würde auch Fatoş Abla besuchen kommen. Darauf antwortete er, sie sei mir schon richtig böse, daß ich noch immer nicht vorbeigekommen sei. Um sie versöhnlich zu stimmen, müsse ich mich gehörig anstrengen, sie mit Geschenken überschütten. Es war klar, wer das ursprünglich gesagt hatte. Wir lachten wieder. Necmi war nicht mehr so wütend auf seine Mutter wie früher. Wie hätte er das auch sein können? ... Nach allem, was er erlebt hatte ... Hätten wir damals gewußt, was wir noch alles erleben würden, hätten wir uns da von jenen zornigen Gefühlen so mitreißen lassen? Das Leben war die eigentliche Schule. Es lehrte die Menschen im Laufe der Zeit, und erst im Laufe der Zeit fanden die Gefühle ihren eigentlichen Platz. In dem Moment schwiegen wir kurz. Vielleicht sahen wir beide denselben Punkt, suchten uns innerhalb derselben Bilder, versuchten uns darin zu finden. Er brachte seine Sorge zur Sprache, und seine Stimme drückte diese Sorge ganz offen aus.

»Auch ich habe Angst, Isi ... Nicht meinetwegen, sondern ihretwegen ...«

Ich ließ ihn nicht weitersprechen. In dem Augenblick mußte ich ihm Mut machen. Denn nur so konnte ich mir selbst Mut machen. Ich suchte Kraft zu schöpfen aus Worten, von denen ich wußte, daß er sie liebte.

»Sei still! ... Nicht weich werden! ... Wir haben uns auf den Weg gemacht, und wir gehen den, solange wir können! ...«

Er ergriff meine Hand und ich die seine. Ich schaute ihm ins Gesicht und begann die unvergeßliche Komposition von Timur Selçuk zu dem Gedicht von Nâzım Hikmet zu summen ...

»Wie Schiffe gegen die Wellen kreuzend
Sind wir aufgebrochen,
Teilen die Finsternis mit unseren Körpern.
Auf zu den Gebirgsketten mit den kältesten Winden
Den tiefsten Klüften
Den strahlendsten Lüften.
Hinter uns wie Feindesauge
Der Weg der Finsternis
Vor uns Kupferschalen voll Sonne.
Wir sind unter Freunden
Am Tisch der Sonne ...«

Er sang leise murmelnd mit. Wir hatten weder diese Worte noch das dazugehörige Gefühl vergessen ... Als wir zum Refrain des Liedes kamen, erhoben wir beide die Stimme. »Wir sind unter Freunden ... Am Tisch der Sonne ...« Nur wir konnten die Ergriffenheit in unseren Stimmen spüren. Ebenso wie die, die jene Tage mit uns erlebt hatten ... In diesem Augenblick sah ich die Konzertsäle wieder vor mir, in denen dieser Refrain wiederholt worden war. Es war mir egal, daß unsere Stimmen aus meinem Zimmer, das sich im Zwischengeschoß des Ladens befand, nach draußen drangen. Dieser Augenblick war von unschätzbarem Wert. Wie man sah, kehrte sowohl das Gedicht als auch das Lied in unsere Gegenwart mit einem ganz anderen Gefühl zurück, um einer ganz anderen Hoffnung willen als damals. Doch es erzählte uns auch von etwas Unveränderlichem. Wieder waren wir Seite an Seite, Hand in Hand ... Der Unterschied war, daß wir uns wahrscheinlich mehr und mit echteren Gefühlen ans Leben klammern wollten. Dann tranken wir noch einen Tee. Da sagte er, er würde neue Möbel für die Wohnung kaufen. Das hätte er bisher nie für notwendig gehalten, doch nun sei die Situation anders. Es müsse auch neue Kleidung für Şebnem besorgt werden. Dafür würde er Çelas Hilfe erbitten. Er wirkte ziemlich beschäftigt mit den Vorbereitungen für das künftige Leben. Ich hörte ihm zu. Indem ich mich um unserer Vergangenheit und Zukunft willen bemühte, jedem seiner Worte Aufmerksamkeit zu schenken. Wir tranken noch einen Tee. Dann sprachen wir auch über andere Themen und über das ›Spiel‹. Wir tratschten sogar über Şeli und Yorgos und dachten uns Geschichten über sie aus. Wenn sie uns gehört hätten, wären sie uns wohl sehr böse gewesen. Seine Befürchtungen hatten sich wohl ein wenig gelegt. Dann erhob er sich und sagte, er wolle nun ein wenig allein sein. Das konnte entweder ein gutes Zeichen sein oder ein schlechtes. Doch ich erforschte seine Gefühle nicht weiter. Denn ich wußte, wenn er das sagte, dann wollte er wirklich lieber allein sein. Ich erinnerte ihn nur noch an das Fußballspiel am Sonntag. Danach könnten wir irgendwohin gehen, um etwas zu trinken. Das sei ein guter Gedanke, daran sollten wir festhalten ... Wir würden noch mal darüber sprechen, denn am nächsten Tag würden wir uns sowieso zu den Proben treffen. Zuerst wollten wir bei mir zu Hause zusammenkommen, dann zur Schule fahren. Er sagte aufgeregt, er würde Şebnem wieder begleiten. Er hätte das gar nicht zu sagen brauchen. Wir beide wußten sowieso, daß die Erzählung so weiterlaufen mußte.

Nach Jahren in denselben Korridoren

Auf den ersten Blick mochte es nicht ganz logisch erscheinen, sich zuerst bei uns zu Hause zu treffen, wenn wir in die Schule wollten. Vor allem wenn man bedachte, daß einige von uns dort ganz in der Nähe wohnten... Doch nachdem wir ein wenig darüber geredet hatten, hatte sich der Gedanke durchgesetzt, gemeinsam und gleichzeitig in die Schule zurückzukehren. Alle waren aufgeregt. Das konnte ich verstehen. Ich konnte auch verstehen, daß einige von uns zögerten oder sogar zurückwichen. Wenn wir zusammen hingingen, bedeutete das auch, daß wir aus den Schwächen, den Befürchtungen der jeweils anderen Kraft schöpften. Sowohl bei unserem Zusammentreffen am Morgen als auch bei unserer Hinfahrt gab es viele Anzeichen, die mein Gefühl bestätigen konnten. Die Einzelheiten waren nicht wichtig. Ich sah, dies war schließlich das Gefühl, das uns alle beherrschte. Wir fuhren wieder mit zwei Autos. Das eine war meins, das andere gehörte Zafer Bey. Çela, Yorgos und Şeli fuhren bei mir mit, Niso fuhr mit Şebnem und Necmi im anderen Wagen. Wir fuhren wieder dicht hintereinander her. Nachdem wir angekommen waren, parkten wir an einer geeigneten Stelle. Danach klingelte ich am Schultor, um möglichst gut das Amt des Fremdenführers auszufüllen, das man mir übertragen hatte. Ich wußte, daß wir erwartet wurden. Überflüssig zu sagen, daß ich zwei Tage vorher erneut in die Schule und auf demselben Weg zum Direktor gegangen war, um ihm mitzuteilen, wir würden am Wochenende kommen. Er hatte sofort mit Hilfe seiner Sekretärin jemanden beauftragt, der uns betreuen sollte. Auf meinem Weg hinaus hatte ich diesen Hausmeister gefunden und ihm zum Dank ein gutes Trinkgeld in die Hand gedrückt. Meine Eigenschaft, Dinge nicht dem Zufall zu überlassen, zeigte ausreichend Wirkung. Schließlich mußte man auch dieses Spiel, wie man so schön sagt, gemäß den Regeln spielen. Auf diese Weise verschaffte ich mir die Beruhigung, für eine Mühe entsprechend bezahlt zu haben ...

Sobald der Angestellte mich sah, begegnete er mir mit der erwarteten Ehrerbietung und Freundlichkeit. Und natürlich auch meinen ›Gästen‹ ... Indem er fragte, ob sie alle frühere Absolventen seien ... Offensichtlich wollte er nett zu ihnen sein. Necmi antwortete auf die Frage mit einem »Ja leider«, Yorgos dagegen mit »Entschuldigung, aber so ist es«. Wir lachten alle ein bißchen. Selbst der Hausmeister lachte, vielmehr versuchte er es. Er war über die Antworten wohl verblüfft, sicher hatte er andere erwartet ... Um ihn nicht zu verstimmen, nutzte ich die Gelegenheit, ihm zu sagen, daß Theaterschauspieler solche unerwarteten Reaktionen zeigen konnten und daß sie eigentlich äußerst aufgeregt seien, in ihre alte Schule zurückzukehren. Er betrachtete die Situation noch immer mit Befremden. Doch diese Erklärung beruhigte ihn wohl ein bißchen. Zudem war das, was ich gesagt hatte, keine Lüge. Weder daß Schauspieler unerwartete Reaktionen zeigen konnten noch daß sie eigentlich sehr aufgeregt waren, auch wenn sie das sowohl bei ihrem Spiel als auch in diesem Augenblick so gut wie möglich zu verbergen suchten ... Wie sollten sie diese Aufregung nicht verspüren, da ja selbst ich, der schon vorher dort gewesen war, sie verspürte. Auf dem Weg durch den Garten fragte ich den Hausmeister zuerst, ob wir in das übrige Gebäude hineindürften. Ich wollte meine Freunde in der Schule herumführen. Freilich durften wir. Er sagte sogar, er könne einen Tee für uns aufbrühen. Das war eine gute Idee. Doch zuerst einmal würden wir einen Rundgang machen. Wir betraten das Gebäude und schauten in die leeren Klassenzimmer. Allen stand nicht bloß Aufregung, sondern auch Freude ins Gesicht geschrieben. Eine – wie mir schien – etwas angestrengte Freude, um die Aufregung zu überdecken ... Plötzlich rief Şebnem: »Ҫaҫa kommt!« Ҫaҫa war der Spitzname des für die Schulstrafen verantwortlichen ›frère‹, den alle fürchteten. Diejenigen, die zu jener Zeit diese Schule besucht hatten, wußten sehr wohl, wer gemeint war. Necmi fing an, ihn nachzuahmen, und schrie: »*Yorgo, retenu!*« – »Yorgos, ab zum Nachsitzen!« Wer hätte je diesen Satz vergessen können, mit dem man seiner Freiheit beraubt wurde? ... Yorgos aber antwortete wie ein Schüler, der sich ungerecht behandelt fühlt, und wehrte sich, wie es damals üblich war mit: »*Mais cher frère!*« – »Aber lieber frère!«

Wir betraten ein Klassenzimmer. Niso wollte, daß sich alle in die Bänke setzten, dann begann er, Eşref Bey zu imitieren. Noch immer war er unheimlich gut darin, jemanden nachzuahmen. Sein ›komödiantisches *Timing*‹ schien ihm angeboren. Şebnem hingegen ahmte die Geschichtslehrerin Fahrünissa Hanım nach, die ich nie gemocht hatte, doch nun gab es für mich keinen Grund mehr, sie nicht zu mögen, zumal ich nicht mal wußte, ob sie überhaupt noch lebte. Wieder saßen wir in den Bänken. Sie tadelte Necmi mit den Worten: »Necmi, Necmi, du wirst noch ausrutschen ... Wenn du hinfällst, platzt dir der Kopf! ... Dummkopf! ...« Eigentlich war dieser Satz nach all den Jahren sehr bedeutungsvoll und betroffen machend, insbesondere wenn man daran dachte, von wem er zu wem gesagt wurde. Doch in diesem Augenblick konnte ich unmöglich über diese Bedeutung nachdenken. Denn nun ging es vor allem darum, jene Momente noch einmal zu erleben. Ich guckte zu Zafer Bey hin. Er lächelte und schaute mich ebenfalls an. Er hatte wahrscheinlich gemerkt, daß ich ihn angeschaut hatte. Er zwinkerte mir zu. Aus dieser Geste schloß ich, daß wir am richtigen Platz waren.

Danach gingen wir in den Schulhof hinaus. Alle erinnerten

sich an etwas oder wollten die anderen erinnern. Die Männer gingen mit etwas schnelleren Schritten auf den Platz zu, der jenseits des Schulhofs lag. Dort hatte sich der Fußballplatz befunden. Ich wußte, was sie erwartete. Es gab keinen Fußballplatz mehr. Statt dessen standen dort jetzt zwei Gebäude, die anderen Zwecken dienten. Die Tore waren von anderen beschlagnahmt worden ... Übriggeblieben war eine kleine Fläche zwischen den beiden Gebäuden, die nicht mal bis zu den Strafräumen reichte. Hörten auch sie so wie ich, als ich die Stelle zum ersten Mal erblickt hatte, jene Stimmen, jene weit entfernten Stimmen? ... Ich erhielt die Antwort auf diese Frage schon nach kurzer Zeit. Necmi holte aus dem Abfallkübel in der Nähe eine leere Coladose und warf sie mitten auf den Platz. In seinem Gesicht lag eine freundliche Aufforderung. Er mußte nichts erklären. Er brauchte kein einziges Wort zu sagen. Wir stürzten gleich los und begannen mit der Coladose Fußball zu spielen, als hörten wir jene Stimmen in uns. Necmi, Niso, Yorgos und ich ... Wir liefen dem Ball in unserer Phantasie nach ... Zur Erinnerung an jene Tage ... Das Spiel, das wir noch spielen konnten, war inzwischen nämlich so ein Spiel. Nach all den Jahren nur noch so ein Spiel ... Der Hausmeister, der unser Geschrei und Gelächter gehört hatte, kam herbeigelaufen und schickte sich an, uns lächelnd zuzuschauen. Eigentlich war er noch immer verblüfft, womöglich konnte er irgendwie nicht fassen, daß große, erwachsene Männer so ein Affentheater veranstalteten, doch offensichtlich blieb er von der Komik der Situation nicht unberührt. Zafer Bey, Şebnem, Çela und Şeli begleiteten uns mit Beifallsbekundungen. Doch das Spiel dauerte nicht sehr lange. Nach zehn Minuten waren wir schon außer Atem. Wir setzten uns auf den Boden und versuchten einander lachend zu zeigen, wie alt wir doch geworden waren. Ich bedeutete dem Hausmeister lachend und nach Luft ringend, daß er den Tee nun zubereiten könne. Daraufhin entfernte er sich, erleichtert, endlich eine vernünftige Arbeit tun zu können. Dann erhoben wir uns und spazierten wieder im Garten herum. Alle versuchten, den beiden Fremden unter uns angefangen beim Fußballplatz alles mögliche zu erzählen, was uns gerade einfiel. Und sich beim Erzählen zu erinnern und die anderen zu erinnern...

So verging ebenfalls etwa eine halbe Stunde. Das mochte für den Hausmeister genügend Zeit sein, den Tee ziehen zu lassen und sich wieder zu fassen. Als er mit dem Tablett mit den vollen Teegläsern zurückkam, wirkte er tatsächlich etwas gefaßter. Er hatte seine Scheu abgelegt und fing an, uns vorsichtig auf die Schippe zu nehmen. Natürlich tat daraufhin niemand befremdet. Er hatte also die Zeit, in der er allein gewesen war, gut genutzt. Wieder einmal bewährte sich die Schlauheit, mit der man dem Leben gegenüber ständig auf der Hut sein mußte, um sich in den Großstädten nicht unterkriegen zu lassen... Wir gingen in den Theatersalon hinüber. Besser, wir tranken unseren Tee dort, um so langsam in die Stimmung des Stücks einzutauchen.

Als wir den Salon betraten, waren alle beeindruckt. An die Stelle des Mehrzweckschuppens unserer Schulzeit war ein wirklicher Theatersalon mit Bühne, Sesseln und Beleuchtungsanlage getreten. Wie konnte man bei diesem Anblick unbeeindruckt bleiben?... Während wir unseren Tee tranken, versuchten wir einander ins Gedächtnis zu rufen, was uns von den alten Bildern des Saales noch in Erinnerung war. Wie wir bei Konzerten auf Hockern vor der behelfsmäßigen Bühne aufgereiht gesessen hatten... Wir erinnerten uns an die Konzerte in jenem Saal, besonders an jenes Konzert von Cem Karaca, an die Debattierübungen* und die Zeugnisfeiern... Jene Augenblicke hatten wir ebenfalls nicht vergessen können, hatten wir nicht vergessen... Wir erinnerten uns nur an manche Einzelheiten nicht. An Einzelheiten, die in der Vergangenheit irgendwo verlorengegangen waren, die nicht dann zu uns zurückkehrten, wenn wir es wollten, sondern wenn wir es nicht erwarteten ... Dennoch erwuchs eine Erinnerung aus der anderen ... Zu diesen Erinnerungen gehörten die Karatestunden auf den Matten am Boden. Diese gab nach Absprache mit dem Direktorat Hakkı Koşar, und wir hatten davon geträumt, den schwarzen Gürtel zu erlangen wie er ... Mein Vater war dagegen, daß ich solche Stunden nahm, doch ich war in einem Alter, wo ich weniger gehorsam war. Wir gingen zweimal die Woche ganz begeistert zu den Übungen. Ja, unsere Träume waren groß. Doch als ich mir bei der Prüfung zum gelben Gürtel einen Zeh brach, war das Spiel plötzlich vorbei. Ich konnte meinen Vater nicht länger davon überzeugen, daß ich weitermachen durfte. Ich war sowieso nicht sehr erfolgreich gewesen. Necmi und Niso machten noch eine Saison lang weiter. Ich beneidete sie sehr darum. Aber nun gut, nach einer Weile endeten die Kurse, und ich war ein wenig erleichtert, als auch sie mit der Sache aufhörten. Yorgos hatte sowieso nie angefangen. Er hatte damals ganz andere Bedingungen gehabt ... Der Ort, der uns mit einigen Bildern an die Vergangenheit erinnerte, rief uns nun aber in eine andere Zeit ...

Wir begannen zu arbeiten. Çela zeigte uns einige Zeichnungen, die der Innenarchitekt, den sie angeheuert hatte, für das Bühnenbild entworfen hatte. Diese schauten wir zuerst an. Yorgos wies sich sogleich durch seine Kommentare aus. Man sah, daß er Jahre am Theater verbracht hatte. Sein Benehmen, seine Haltung waren die eines Profis. Ich vermute, alle erkannten diesen Sachverhalt. Das führte dazu, daß wir ihm gern die Regie überließen. Auch wenn wir wußten, wir würden nicht mit Worten sparen, wenn es soweit war ... Unser zukünftiger Regisseur fragte denn auch gleich in selbstbewußter Pose, ob der Bühnenbildner am nächsten Tag kommen könne. Çela telefonierte unverzüglich und bekam eine zustimmende Antwort. Er schaute sich auch die Kostüme an, das machte uns Spaß. In diesem Punkt gab es kein Problem. Dann meinte Yorgos, wir müßten zuerst einmal eine Leseprobe abhalten. Gesagt, getan. Niso und Şeli hatten die meisten ihrer Repliken sogar auswendig gelernt. So verging der Morgen sehr produktiv. Als wir Hunger bekamen, schlug ich vor, zum Mittagessen irgendwohin zu gehen. Aber weil Yorgos sagte, wir dürften nicht zuviel Zeit verlieren, ging ich zusammen mit Necmi zum nahen *kebapçı*, um ein paar *dürüm** zu kaufen.

Am Nachmittag arbeiteten wir auf der Bühne. Alle achteten besonders auf Şebnem. Es schien, als seien ihr die Änderungen in ihrem Text bewußt und machten sie ein wenig traurig, aber weil sie wohl oder übel akzeptiert hatte, was ihr geschehen war, wollte sie weder sich selbst noch uns Probleme bereiten. Zweifellos war sie weit entfernt von ihren alten Zeiten. Doch wenn man sich erinnerte, von woher sie kam, konnte uns schon das große Hoffnung und Freude bereiten. Waren wir nicht überdies alle weit entfernt von unseren alten Zeiten? ... Und dann sah und fühlte ich, wie Şebnem bei dieser Arbeit uns noch näher kam, trotz des Abgrunds, der sich im Laufe der Jahre gebildet hatte, besser gesagt, trotz der Spuren der Finsternis, die sie gewissermaßen gefangengehalten hatten. Es geschah ein kleines Wunder. Als ich zwischendurch in einem Teil des Stücks auf der Bühne nichts zu tun hatte, setzte ich mich in einen Zuschauersessel neben Zafer Bey. Şebnem war gehörig ins Spiel vertieft. In ihrer Stimme lagen außer jener Gebrochenheit auch Begeisterung und Leidenschaft... Ich hatte das Bedürfnis, mich zu Zafer Bey, der den Ablauf verfolgte, hinüberzubeugen und ihm das, was ich in diesen Augenblicken sah und empfand, ins Ohr zu flüstern...

»Merken Sie das? ... Sie ist durch ihre Rolle im Stück ins Leben zurückgekehrt. Und sie kehrt immer noch zurück. Das könnte als Fallbeispiel in die Lehrbücher aufgenommen werden...«

Er nickte und lächelte. Mir war nicht recht klar, wie ich sein Lächeln verstehen sollte: Drückte es Zufriedenheit, Freude und Zustimmung zu meinen Worten aus, oder fand er sie etwas naiv, sogar ›laienhaft‹? Manche Psychiater haben ein Lächeln, das mir gar nicht gefällt. Wenn man ihnen etwas erzählt, lächeln sie leicht nickend. Man weiß nie, ob sie das Gesagte wirklich verstehen oder zu verstehen versuchen, oder ob sie zu verstehen vorgeben, um ihre Überlegenheit zu behalten. Vielleicht schweigen sie auch lächelnd, weil sie Angst haben, einen Fehler zu machen, und weil sie sich nicht wirklich sicher sind. Manche Kranken empfinden dieses Lächeln als vertrauenerweckend. Immer wenn ich an diese Szenen denke, möchte ich am liebsten das Therapiezimmer und diese Gespräche in ein Theaterstück einbauen ... Sein Lächeln war genau so ein Lächeln. Doch ich glaubte wirklich an meine Worte, was immer er auch denken mochte. So sehr, daß ich sogar dachte, Şebnems Schicksal könnte Gegenstand eines Films oder eines Romans sein ... Ich hatte keine Ahnung, wie belangvoll das Ergebnis für andere sein würde, doch ich zumindest wäre beeindruckt. Zumal auch, als ich anfing mich zu erinnern, welche Assoziationen der Titel des ›Stücks‹ in mir auslöste ... Ich konnte nicht anders, als weiterzumachen an der Stelle, wo ich war. Ich neigte mich wieder zu seinem Ohr und flüsterte, was ich empfand. Vielleicht konnte ich auf diese Weise besser verstehen, was er empfand.

»Jetzt paßt der Titel des Stücks noch besser, nicht wahr? ...«

Wieder nickte er lächelnd. Doch dieses Mal neigte auch er sich zu meinem Ohr und flüsterte eine Frage, die zeigte, was er wie verstanden hatte.

»Gilt das etwa nur für sie? ...«

Die Frage trug die Antwort schon in sich. Deswegen mußte ich nicht darauf antworten. Nun war ich an der Reihe, leicht zu lächeln. Wir brauchten nicht weiterzureden. Dieses kurze Gespräch würde ich nie vergessen ... Es ging auf fünf Uhr zu.

Yorgos sagte, wir könnten Schluß machen. Wir waren so erschöpft, daß wir nicht gegen diese Entscheidung protestierten. Am nächsten Tag sollte Kostümprobe sein. Auch dagegen hatte natürlich niemand einen Einwand. Im Gegenteil, eine kindliche Welle der Freude erfaßte alle. Wir würden noch mehr in die Atmosphäre des Stücks eintauchen. Das Vergnügen ging weiter ...

Wir verließen die Schule, zufrieden, eine weitere Leistung vollbracht zu haben. Ich versäumte nicht, dem Hausmeister zuzuraunen, ich würde ihm morgen ein kleines Geschenk mitbringen, weil ich sicherstellen wollte, daß er am nächsten Tag hochmotiviert zur Schule kam. Der Stadtteil Osmanbey mit seinen wechselnden Bildern lag unter uns. Şeli hatte die Idee, wir sollten irgendwo einen Kaffee trinken, dann könnten wir den Plan für den Abend machen. Alle zusammen gingen wir die steile Gasse hinunter, die sicherlich niemand vergessen hatte. Vergeblich suchten wir nach dem Café *Bonjour*, wo wir einst ›herumgehangen‹ hatten, wie man so schön sagt. Noch ein Platz aus unserem Leben war Geschichte geworden. Wir versuchten, das nicht schwerzunehmen. Auch das *Site*-Kino, das direkt gegenüber gewesen war, gab es nicht mehr. Das sahen wir ebenfalls und bemühten uns, nicht darüber zu sprechen. An jenem Abend wollten wir uns nicht mit Worten und Erinnerungen die Laune verderben. Wir gingen langsam in Richtung Şişli. Lieber wollten wir über das ›Stück‹ sprechen, und das taten wir dann auch. Ich schlug vor, wir sollten alle zusammen nach Tarabya fahren, weil ich dachte, dies würde unsere Erlebnisse vertiefen. Ich war gespannt auf die Wirkung meines Vorschlags und wurde nicht enttäuscht. Die Begeisterung in den Augen der Freunde sagte, wir näherten uns der richtigen Stelle ... Wir kehrten zur Schule zurück, stiegen in unsere Autos und fuhren langsam auf den Ort zu, wo für mich die Erzählung begonnen, beziehungsweise geendet hatte. Die Restaurants am Ufer mit ihren Lichterketten glitzerten wie früher. Zudem besaßen wir nun nicht nur unsere Erinnerungen und unsere zukünftigen Erlebnisse, sondern auch Geld. Wir versuchten wieder hintereinander zu fahren. Mir fiel die Aufgabe des Vorausfahrens zu. Als wir zu einem mir passend erscheinenden Restaurant kamen, hielt ich an. Die Bediensteten kamen herbei und nahmen uns die Autos ab. Danach setzten wir uns an einen guten Tisch und gönnten uns ein Essen, dem angemessen, was wir erlebt hatten. Die anfängliche Spannung legte sich langsam. Wir erinnerten uns gegenseitig an das, was wir noch von jenem besonderen Abschlußessen wußten. Wir erinnerten uns, um zu lachen, vor allem, um lachen zu können. Und die Erinnerungen wurden dementsprechend ausgewählt und formuliert.

Dann gingen wir ein wenig am Ufer spazieren. Yorgos und Şeli gingen nebeneinander her. Auch Çela und Zafer Bey begannen allein miteinander zu sprechen. Was sie redeten, hörte ich nicht. Doch ich konnte ahnen, daß meine Frau mit ihrem bekannten Unternehmungsgeist den Arzt zu einem Vortrag in den Verein einlud, dessen Vorstandsmitglied sie war, und ihm deshalb von diesem Verein erzählte. Şebnem hängte sich plötzlich bei mir ein, wobei sie sehr liebenswürdig zu Çela sagte, sie wolle mich für eine Weile ausleihen... Dann drehte sie sich zu Necmi um, der neben Niso ging, und pflaumte ihn ebenfalls ganz charmant an...

»Wenn Sie erlauben, werter Herr...«

Necmi machte ihr ein Zeichen, das meiner Ansicht nach besagte, sie solle tun, was sie wollte. Man mußte nicht sehr empfindsam und gescheit sein, um diesen liebevollen Worten zu entnehmen, daß sie in ihren vermutlich langen Gesprächen alle möglichen Gefühle ausgetauscht hatten. Das Bild wurde noch deutlicher durch den freundlich strengen Ausdruck der Worte, die Necmi an mich richtete.

»Hör mal!... Wenn du dem Mädel das Herz brichst, dann breche ich dir den Arm, du vertrockneter Schürzenjäger!«

Çela wandte sich ebenfalls zu Şebnem um und setzte sich auf ihre Weise in Szene.

»Bedien dich ausgiebig, Mädel ... Ich habe von dem Kerl sowieso die Nase voll!«

Nun war ich an der Reihe. Hätte ich auf das Gesagte nicht geantwortet, dann hätte diesen ganzen Foppereien womöglich etwas gefehlt.

»Ich sehe schon, wie sehr ich geliebt werde! ... Vielen Dank, wirklich!«

Ganz abgesehen von diesen Späßen war klar, daß jeder sich auf seine Weise ein wenig entspannen wollte. Die Nacht erwartete von uns wohl auch diese kleinen Fluchten ... Dieser Spaziergang war für mich sowohl eine verdiente Belohnung als auch Gelegenheit zu einem schmerzhaften Gespräch ... Ich zog es vor, meine Gefühle nicht zu offenbaren. Das, was man sagen konnte, würde noch gesagt werden. Wir gingen weiter. Wir konnten einander in jenen Augenblicken lediglich unser Schweigen schenken ... Ich schaute zu den Bänken am Ufer hin. Nie hätte ich gedacht, daß ich noch einmal mit ihr hierherkommen würde. Ich hatte mich einem solchen Traum verschlossen, war weit entfernt gewesen von dieser Möglichkeit ... Ich zeigte auf eine nahe Bank und fragte, ob wir uns setzen sollten. Das Licht des Mondes erleuchtete nicht nur das Meer, sondern auch unsere Gesichter. In diesem Licht konnte ich das Leuchten in ihren Augen sehen. Denn das war es, was ich sehen wollte. Sie schaute mich an und gab eine Antwort, die bewies, daß sie sehr wohl verstanden hatte, was ich fühlte.

»Was können wir denn anderes tun?«

Ich gab keine Antwort. Vielmehr konnte ich nicht. Wir setzten uns und schauten eine Weile aufs Meer, schweigend. Ohne zu sprechen ... Sie war es, die das Gespräch fortsetzte.

»Necmi hat zu mir gesagt, komm, laß uns miteinander leben ...«

Während ich weiterhin aufs Meer schaute, stellte ich die in diesen Augenblicken einzig mögliche Frage:
»Und was hast du gesagt?«
Nach kurzem Schweigen antwortete sie:
»Gar nichts ... Noch gar nichts ...«
Auch ich schwieg. Es schien, als erwarte sie Unterstützung, eine Ermunterung. Ich sah mich in einer ziemlichen Zwickmühle. Auf der einen Seite war da das, was ich in mir zu vergraben versuchte, auf der anderen waren da die Gefühle meines Herzenskameraden, seine Erwartungen ans Leben, vielleicht seine letzten Erwartungen ... Ich versuchte das, was wir erlebten, von einem Punkt her zu fassen.
»Dort kannst du nun aber nicht bleiben.«
Sie schwieg. Konnte sie meinen Standpunkt überhaupt teilen? Oder sah sie das Krankenhaus immer noch nicht als etwas, von dem sie sich weit entfernt hatte? ... Wie nahe fühlte sie sich eigentlich der Welt, in der wir lebten, zu der sie erwacht war, die sie erneut zu kennen angefangen hatte? ... Obwohl ich diese Fragen sehr gerne gestellt hätte, stellte ich sie nicht. So weit war sie vielleicht noch nicht. Oder ich war noch nicht soweit ... Ich konnte ihr auch nicht mitteilen, wie schwer mir die neue Wendung der Geschichte fiel. Weil Necmi wahrscheinlich verlangen würde, ich müsse jene Seite des Lebens in mir begraben, hinderte mich dies wieder, eine Grenze zu überschreiten ... Ich mußte einen anderen Weg einschlagen.
»Was denkst du, was du tun willst?«
Nach einer kurzen Weile des Schwankens kam die Antwort.
»Ich werde das Angebot von Necmi wahrscheinlich annehmen ... Ich will es versuchen ...«
Es wurde mir schwer, sogar mir selbst klarzumachen, was ich fühlte. Ich versuchte noch einmal, mir Necmi vorzustellen. Wie er mir schmerzlich zulächelte ... Wie er mir von

jener Ruine erzählt hatte. Ich hatte noch eine Frage, um zu verstehen, um besser verstehen zu können.

»Weiß er das?«

Dieses Mal ließ sie mich nicht lange warten. In ihrer Antwort lag eher Trauer als Hoffnung, eher eine Frage als ein Entschluß.

»Nein ... Ich wollte es zuerst dir sagen ...«

Warum zuerst mir? ... Wer war ich für sie? ... Konnte sie sehen, wer sie für mich war? ... Vielleicht sah sie das ja. Vielleicht sah sie viel mehr, als ich vermutete. Vielleicht erwartete sie von mir auch mehr als Unterstützung und Mutmachen, vielmehr eine Zustimmung. Um sowohl mir als auch sich die Freiheit zu geben ... Vielleicht wollte sie auch, daß ich sie noch einmal zurückhielt. Auch wenn inzwischen soviel Zeit vergangen war ... Jahre waren vergangen. Jahre ... Jahre ... Oder waren wir nach der ganzen langen Zeit immer noch am selben Punkt? ... Wieder tat ich, was ich tun konnte. Wieder sagte ich ohne Rücksicht auf mich selbst, was ich sagen konnte.

»Du machst es richtig ... Auch meiner Meinung nach ist es einen Versuch wert ...«

Ich schaute weiter aufs Meer. In dem Moment fühlte ich ihre Blicke auf mir. Ich hatte feuchte Augen. Eigentlich waren es Tränen, Tränen, die ich nicht länger verbergen konnte und die mich überdeutlich verrieten. Ich wollte nicht, daß sie mich so sah. Doch ich spürte, daß sie mich ansah. Unwillkürlich wandte ich ihr mein Gesicht zu. Ich hatte mich nicht getäuscht. Sie schaute mich wirklich an. Sie lächelte. Als wollte sie sagen, sie sähe nun viel Verborgenes. Sie streichelte leicht meine Wange, über die die Tränen liefen. Ich konnte mich nicht mehr verstecken. Ich wußte, diese Tränen hatten viele Bedeutungen. Viele Bedeutungen, die sich auf sie bezogen, auf Necmi und auf alles, was wir erlebt hatten ... Welche davon hätte ich in mir verstecken können? ... Ich hatte ihr gesagt, es sei einen Versuch wert. Es sei es wert, trotz allem, was geschehen war, ein Leben mit einem anderen zusammen zu versuchen ... Das war das einzige, was ich tun konnte. Die Frage, die sie daraufhin stellte, während sie meine Wange, meine Tränen berührte, erschien mir, als befragte sie mich über eine ganze geschichtliche Epoche.

»Ist es das wert? ... Ist es das wirklich wert? ...«

Ich konnte sie nicht fragen, was ihre Frage eigentlich bedeutete. Ich würde endlich verstehen, was ich verstehen konnte. Was ich verstehen konnte und verstehen wollte ... Was ich zu verstehen bereit war ... Ich griff nach der Hand an meiner Wange. Hatte ich gesagt, was ich hatte sagen wollen? ... Hatte ich es endlich sagen können? ... Wir blieben eine ganz kurze Weile so. Für eine kurze Weile ... Doch in Wirklichkeit waren das unendlich lange, viele Gefühle umfassende Augenblicke ... Dann zog sie langsam ihre Hand zurück und steckte sie in ihre Hosentasche. Wieder schaute sie mit einem traurigen Lächeln. Sie hatte etwas aus der Tasche hervorgeholt, das sie nun fest in der Faust hielt. Sie streckte mir ihre geschlossene Hand hin. Als wollte sie, ich sollte sie halten und öffnen. Ich tat, was ich zu verstehen meinte. Ihre Hand lag nun zwischen meinen Händen. Auf ihrer geöffneten Handfläche lag jener Ohrring ... Wieder jener Ohrring ... Was sollte ich sagen? ... Dieses Mal hielten wir beide den Ohrring. Wie gut umschrieben doch ihre Worte den Punkt, an dem wir uns befanden, besser gesagt, an den wir gelangt waren.

»Entschuldige, daß ich den anderen nicht habe aufbewahren können ... Wenn ich mich nicht verirrt hätte, dann hätte ich ihn aufbewahrt, ganz bestimmt ... Alles ist nun so weit weg, so weit weg ... Ich kann diesen Ohrring nicht länger tragen ... Dies ist dein Ohrring, vor allem deiner ... Für mich genügt es, wenn ich weiß, du hast ihn ...«

Ich war verdutzt und hielt inne. Dieses Mal wollte ich mich nicht fragen, wo ich mich eigentlich befand. Auch dieses Mal nahm ich das Anvertraute in die Handfläche, schloß die Hand und steckte den Ohrring wortlos in meine Tasche. Ihr Gesicht war wieder dem Meer zugewandt. Nachdem sie eine Weile geschwiegen hatte, preßte sie zwischen den Lippen mit jener flüsternden, wimmernden Stimme, die ich so gut kannte, ein paar Worte hervor, deren eigentliche Bedeutung ich erst erkennen konnte, als dafür die Zeit gekommen war...

»Wir haben das Leben stets verfehlt, Isi...«

Es war nicht leicht, ihr die Antwort zu geben, die ich geben wollte. Es gab auch keine Gelegenheit mehr dazu, denn in dem Moment hörte ich die Stimme von Şeli.

»Da schau an... Wie ein altes Liebespaar...«

In ganz ähnlicher Weise hatte Necmi sie angepflaumt in dem Augenblick, als Şeli Şebnem bei ihrer ersten Begegnung seit Jahren mit ganz anderen Gefühlen angesehen hatte... Zweifellos war ihr das nicht bewußt. Sie hakte sich bei Yorgos ein, und beide schauten uns an. Ich hätte am liebsten gesagt: ›Wer behauptet denn das Gegenteil?‹, doch das konnte ich nicht sagen. Das war unmöglich... Wir hatten nie ein Liebesverhältnis gehabt. Trotzdem versuchte ich, abgebrüht zu wirken...

»Man überfällt andere Leute nicht einfach so... Wenn ihr uns nun beim Küssen überrascht hättet?«

War es nicht auch so?... Hatten wir uns nicht in gewisser Weise geküßt?... Die Antwort von Şeli stand mir indessen in ihrer Schlagfertigkeit in nichts nach.

»Du bist verheiratet, mein Junge!... Gut, daß wir rechtzeitig gekommen sind...«

Ich hätte natürlich erwidern können, daß sie ebenfalls verheiratet sei. Doch das tat ich nicht. Sie wirkten so unschuldig und glücklich... Kurz darauf kamen auch die anderen. Necmi und Niso waren wieder in eine hitzige, politische Diskussion verwickelt. Wieder kehrten die Bilder von vor vielen Jahren zurück. Çela und Zafer Bey schienen sich bestens zu unterhalten. Sie lachten zusammen. Was mochten sie einander erzählen? Ich befaßte mich nicht damit. Ich war nicht mehr in der Lage, mich mit irgendeinem Gespräch zu befassen. Inzwischen waren auch wir aufgestanden. Trotz allem waren wir in der Nacht alle auf unsere eigene Weise ein Stück vorwärts gegangen, soweit wir gehen konnten. Es war wieder einmal Zeit zum Aufbruch. Ein weiterer Tag erwartete uns. Wir hatten alle das Bedürfnis, uns etwas auszuruhen, in jeder Hinsicht auszuruhen. Während wir zu den Autos gingen, fand ich Gelegenheit, Necmi ins Ohr zu flüstern: »Dein Vogel will aus dem Käfig fliegen.« Ich hatte genug gesagt. Es blieb ihm überlassen, diese Worte zu verstehen und dann die entsprechenden Schritte zu unternehmen... Doch was Zafer Bey beim Einsteigen in die Autos sagte, gehörte vielleicht zu den wichtigsten Aussagen der Nacht...

»Ich bitte Sie, mich morgen zu entschuldigen. Es spricht nichts dagegen, daß Şebnem mit Necmi Bey zusammen bei Ihnen ist. Wir alle dürfen die Regeln hin und wieder brechen...«

Umarmen, fliegen und sich einem Gefühl nicht entfremden

Die Zeit zog uns nun auch zu neuen Spielen hin. Zu neuen Spielen ... Damit wir uns selbst und einander besser sehen konnten ... Jener Sonntag begann deshalb mit neuen Fragen. Mit neuen Fragen, aber zugleich auch einem Vibrieren, das ganz tief aus meinem Inneren kam ... Wahrscheinlich war das so, wenn man sehr aufgeregt ist. Wir hatten beschlossen, uns morgens um zehn Uhr wieder an der Schule zu treffen. Daran hielten sich alle im großen ganzen. Kleine Verspätungen bedeuteten nichts. Der erste Unterschied war, daß diesmal jeder auf seinem eigenen Weg kam, der zweite, daß Zafer Bey Şebnem ein wenig mehr Freiheit ließ, mit eigenen Flügeln zu fliegen. Unterdessen kam auch der Bühnenbildner, den Çela engagiert hatte. Wir beredeten das Nötige mit ihm. Yorgos zeigte sich wieder als äußerst genau. Sein Zuhören, seine Reaktionen und Kommentare bewiesen ganz deutlich, was er durch das Theater gelernt hatte. In Wirklichkeit hatte ihn auch das Leben sehr verändert. Wir standen einem viel ruhigeren Menschen gegenüber, der seinen Zorn weit hinter sich gelassen hatte. Diese Tatsache erkannte ich in diesem Augenblick erneut. Ich wußte allerdings nicht, ob diese Gelassenheit daher rührte, daß er eine Niederlage akzeptierte, oder ob sie vielmehr einen Sieg über das Leben bedeutete. Jener Kampf war offensichtlich vergessen. Zweifellos spiegelte sich seine Haltung auch in dem wider, was er mit Şeli erlebte. Sie kamen miteinander zur Schule. Ich hatte aber immer noch keine Vorstellung davon, was sie wirklich erlebten.

Dann zogen wir unsere Kostüme an. Wir hatten die Rollen etwas besser auswendig gelernt, und die Kostümprobe verlief noch lustiger und machte mehr Spaß. Wir kamen gehörig in Fahrt. Niso improvisierte wieder aus dem Stand, und seine Einfälle brachten uns alle sehr zum Lachen. Wir beschlossen, diese in unser Stück aufzunehmen, wohl wissend, daß wir uns auf andere unerwartete Situationen und Repliken während des Spiels einstellen mußten...

Wir wiederholten das ganze ›Stück‹ von Anfang bis Ende zweimal. Dazwischen machten wir eine Pause und besprachen alles, was uns so einfiel... Schließlich sollte auch die eigentliche Absicht nicht zu kurz kommen, wofür das ›Stück‹ nur der Vorwand war, nämlich das Leben zu genießen und beieinander zu sein. Dennoch versäumten wir um der ›Ernsthaftigkeit‹ der Sache willen nicht, eine letzte Planung zu machen. In genau einer Woche würden wir abends vor Publikum auftreten. Wir hatten noch sechs Tage, den Text richtig auswendig zu lernen. Am nächsten Samstag sollte eine weitere Probe stattfinden und am Sonntag morgen noch eine... Niemand durfte seinen Partner auf der Bühne in Schwierigkeiten bringen... Das sagte unser Regisseur. Wir stimmten zu. Wir wollten durch einen Einspruch nicht die ganze Sache weiter verzögern. So langsam erfaßte uns eine andere Begeisterung. Es war klar, daß Yorgos und Şeli den Abend und die Nacht zusammen verbringen würden. Wir ließen sie am besten in Frieden. Selbst wenn wir sehr gerne gewußt hätten, wohin sie gingen und was sie machten... Çela hatte für Şebnem ein nettes Programm vorbereitet. Sie würden zuerst ins Kino gehen, dann irgendwohin zum Essen und danach zu uns nach Hause. Şebnem war seit Jahren nicht im Kino gewesen. Seit Jahren, seit vielen langen Jahren... Auf sie wartete noch eine andere Aufregung. Eine Aufregung, von der ich nicht wußte, wie sie sie verkraften würde. Wie sie diese mit Çela erleben würde, machte hingegen mich aufgeregt. Was würden sie alles reden, sowohl beim Essen als auch bei uns zu Hause. Und was war mit dem, was wir besprochen, miteinander geteilt hatten? ... Würden sie von Frau zu Frau über diese unsere Augenblicke sprechen? ... Ich hatte wieder gemischte Gefühle. Aus unterschiedlichen Gründen wollte ich, sie sollten darüber sprechen, dann wieder nicht. Sicherlich konnte ich nicht wissen, wo sie bei ihren Gesprächen landen würden. Ich konnte mir bloß vorstellen, daß sie nicht sehr tief hinabsteigen würden, besser gesagt, daß sie das lieber nicht wollten, sondern einander höchstens manche Gefühle spüren lassen würden. Weder war Çela geneigt, mehr zu sehen, als sie wollte, noch würde Şebnem die Augenblicke, von denen sie glaubte, sie müßten ganz geheim bleiben, die sie für sehr wertvoll hielt, die uns an sehr persönlichen Stellen erschüttert hatten, preisgeben ... Ich zweifelte andererseits auch nicht, daß die gemeinsam zu verbringenden Stunden sowohl mich als auch sie eine neue Farbe in dieser Erzählung erleben lassen würden. Wir würden uns nachher irgendwie wieder mit ihnen treffen. Nachher ... Denn uns erwartete das Fußballspiel, das vielleicht endlich den Weg zur Meisterschaft eröffnen würde. Derjenige unter uns, der am ungeduldigsten war, war Niso. Seine Aufregung war seinen Worten und seiner Stimme leicht anzumerken.

»Laß uns endlich gehen, Kumpel ... Ich möchte die Atmosphäre im Stadion spüren ...«

Wir erlebten jetzt eine Aufregung, die über die übliche vor einem Spiel hinausging. Seine Aufregung war auf uns übergesprungen. Auch die Frauen bekamen unsere Gefühle mit. Çela entwarf ein Bild des Abends, als wollte sie mit uns konkurrieren.

»Wir wünschen euch ein schönes Spiel, die Herren ... Wir Frauen wollen endlich unter uns sein und machen, was uns gefällt ...«

Ich bin sicher, sie hatte bei diesen Worten keinerlei Hintergedanken. Doch ich hatte in dem Moment plötzlich das Gefühl, in meinem Inneren Stimmen zu hören. Ich gab nichts darauf. Man durfte das nicht allzu genau nehmen. Außerdem war ich längst wegen etwas ganz anderem aufgeregt. Mit diesen Reden und Gefühlen verließen wir die Schule. Şebnem schaute sowohl mich als auch Necmi an und winkte uns zu. Als wollte sie versuchen, uns beiden unterschiedliche Gefühle mitzuteilen. Ich für meinen Teil nahm, was ich konnte, innerhalb der Grenzen, die dieser Moment erlaubte. Zweifellos tat das auch Necmi. Es war wieder einmal so ein Moment, in dem uns nicht nach Reden zumute war...

Bei der Überfahrt mit dem Auto auf die asiatische Seite und auf dem Weg zum Stadion redeten wir wieder von vergangenen Spielen und von unseren Chancen auf die Meisterschaft. Der Knoten konnte sich auch erst im letzten Spiel lösen, in dem Fall erwartete uns möglicherweise ein sehr unliebsames Ende der Saison. Im letzten Spiel würden Galatasaray und Trabzonspor in Istanbul aufeinandertreffen. Wir dagegen würden zu einem Auswärtsspiel nach Samsun gehen. Wir zweifelten nicht, daß Trabzonspor sich von Galatasaray besiegen ließ, damit Fener nicht Champion werden konnte. Dann mußten wir von Samsun auf deren eigenem Platz mindestens einen Punkt bekommen. Die Auswärtsspiele bei Samsunspor waren überhaupt nicht leicht. Wir würden das ja nun sehen. An jenem Abend jedoch ging es erst einmal um das Spiel gegen Bursa. Im eigenen Stadion verloren wir selten ein Spiel. Man durfte aber nicht vergessen, daß der Streß, die Meisterschaft zu verfehlen, die Fußballer beeinträchtigen konnte...

Mit dieser Sorge gingen wir ins Stadion und setzten uns auf unsere Plätze. Was wir erlebten, jene Atmosphäre vor dem Spiel, enttäuschte Niso sicherlich nicht. Als über die Lautsprecher die Ansage der Mannschaftsaufstellung ertönte, erreichte die Aufregung ihren Höhepunkt. Danach begann auch schon das Spiel. Auf allen Gesichtern lag der Glaube an den Sieg. Unsere Jungs stürmten ununterbrochen. Schon in den ersten fünfzehn Minuten hatten wir drei wichtige Torchancen vergeben, zwei durch Kopfball von Andersson, eine bei einem Schuß von Serhat. Dann schoß Serhat nochmals, und Torhüter Şenol wehrte ab, dann schoß wieder Andersson, und Şenol wehrte erneut ab. Der Ball ging einfach nicht ins Netz. So endete die erste Halbzeit torlos. Dieses Mal breitete sich leichte Besorgnis auf den Gesichtern aus. Dann begann jene wundervolle zweite Halbzeit. Zuerst verschoß Andersson und dann Rapaiç. Danach kam jenes unvergeßliche Tor... Yusuf drang von rechts in den Strafraum ein, zog an zwei Gegnern vorbei und spielte einen traumhaften Paß zu Revivo. Der stand in der Nähe des anderen Torpfostens und schoß den ankommenden Ball mit dem Außenrist ins Netz. Ein phantastischer Schuß. Der Ball landete in der Torecke, die Şenol nicht erreichen konnte. Der Begeisterungssturm im Stadion zeigte nur zu gut, was Fußball einen erleben lassen konnte... Als Revivo seinem Tor auch noch eine Kaskade von Purzelbäumen hinzufügte, entstand richtige Feststimmung. Doch das allerwichtigste war, wie wir drei uns aus Freude über das Tor umarmten. Voller Gefühl war diese Umarmung... In dieser Umarmung lag nicht nur das Glücksgefühl über ein Tor. Es ging auch nicht nur um die Freude, in jenem Stadion auf jener Tribüne zusammenzusein. Diese Umarmung lag eingebettet in all unsere zurückliegenden Spiele und Fußballerinnerungen... Diese Umarmung lag eingebettet in unsere Geschichte und darin, daß es uns trotz der Trennung gelungen war, uns diesem Gefühl nicht zu entfremden und wir selbst zu bleiben. Wie sollte ich sonst erklären, daß wir unsere Tränen nicht aufhalten konnten, als wir einander voller Glück umarmten?... Hätte es solch einen Moment nicht gegeben, dann hätten wir vielleicht unser Innerstes nicht dermaßen nach außen gekehrt. Aber hatten wir uns nicht auch im stillen auf diesen Moment vorbereitet?...

Inzwischen lief das Spiel weiter. Es vergingen kaum zehn

Minuten, bis Lazetiç die Torchance vergab. Der Ball ging am Tor vorbei und verfing sich seitlich im Netz ... Doch gegen Ende des Spiels erbebten die Tribünen noch einmal. Es war in der dreiundachtzigsten Minute. Andersson köpfte einen weiten Abschlag von Rüştü an die Strafraumgrenze, Revivo täuschte die Abwehr und drosch den Ball ins linke Toreck. Wir lagen 2:0 vorn. Das war dann auch der Endstand. Wir hatten gewonnen. Und zwar mit zwei Toren, einem schöner als das andere ... Zwar hatte auch Galatasaray gewonnen, was die Entscheidung der Meisterschaft auf die letzten Spiele verschob, wie wir vermutet hatten ... Trotzdem verließen wir das Stadion voller Freude. Es war nach neun Uhr. Wir hatten Hunger bekommen. Wir hätten irgendwohin zum Essen gehen können. Doch auf dem Weg zu unserem Auto sahen wir im Gedränge plötzlich einen *köfteci*. Dieses Detail konnte uns nicht entgehen. Niso schaute uns wieder mit dieser Begeisterung kindlich lächelnd an, als wollte er sagen, macht ihr mit? ... Wir brauchten nichts zu sagen. Schnurstracks rannten wir auf die Stelle zu, woher der wundervolle Duft kam. Jeder ließ sich ein halbes Brot mit *köfte* machen. Auch Zwiebeln durften nicht fehlen. Wie viele Erinnerungen erwachten doch bei diesem Anblick ... Wir aßen unsere *köfte*-Brote dort wie Kinder ... Mit jenen weit entfernten Bildern in uns ... Würden unsere Münder jetzt nach Zwiebeln stinken? ... Und wenn, dann stanken sie halt, wen kümmerte das ... Nachdem wir auch diesen Moment noch hatten erhaschen können ... Noch dazu ohne Vorbereitung ... Darin lag der Zauber ... Fünfzigjährige Kinder konnten ein Fußballspiel nach all den Jahren nur so erleben ...

Dann stiegen wir ins Auto und machten uns auf den Weg nach Hause, wobei wir natürlich das Spiel diskutierten. Ich hatte einen der intensivsten Abende unserer Begegnung nach all den Jahren erlebt. Nachdem wir die Bosporusbrücke passiert hatten, verlangte Niso, ich solle ihn in Mecidiyeköy absetzen. Er wollte in das Haus zurück, wo er vorübergehend wohnte, und ein wenig allein sein. Vielleicht versuchte er, uns damit auch etwas mitzuteilen. Denn er sagte, wir würden zu Hause erwartet. Manche Worte konnten ja ihre Bedeutung in gewisser Weise verbergen ... Ich schaute zu Necmi hin. Verstand er ebenfalls das, was ich verstand? ... Darauf brauche er keine Rücksicht zu nehmen, sagten wir zu Niso, aber wir fanden kein Gehör. Wir drängten ihn nicht. Ich verkniff mir aber nicht die Äußerung, ich könne ihn nicht einfach so auf weiter Flur aussetzen. Schließlich hätten wir doch ein Auto, ich würde ihn bis zu dem Haus bringen. Er wehrte sich nicht. Dann schwiegen wir. Sein Verhalten erschütterte uns alle drei ein wenig. Um das Schweigen nicht länger andauern zu lassen, flüchtete ich mich nach einer Weile wieder zum Fußball. Ich sagte, in der kommenden Saison könnten wir wieder gemeinsam im selben Stadion eine andere Aufregung erleben. Wir sollten den Abstand künftig nicht mehr so groß werden lassen. Er lächelte etwas traurig. Dann gab er eine sehr bewegende Antwort.

»Das ist Schicksal ... Wer weiß, wann ...«

In seinen Worten schwang auch Leid mit. Was fühlte er? ... Das war schwer zu erraten. Ich konnte mich wieder nur auf ein paar Vermutungen stützen. Diese Melancholie übertrug sich dann auch auf mich. Ich konnte dasselbe sagen wie er. Wer weiß, wann ... Diese Worte beschrieben meinen Zustand nur zu gut ... Ein andermal erschien mir in dem Moment unendlich weit weg zu sein. Und doch hatte das, was ich erlebt hatte, mir diese Ferne wieder nahegebracht ... So versuchte ich ihn zu ermutigen. Indem ich mich ein wenig lustig machte über die Melancholie, die ihn, wie ich sagte, plötzlich gepackt hätte ... Im Grunde versuchte ich mich selbst zu ermutigen. War nicht ein Weg, um sich nicht unterkriegen zu lassen, sich über das Leben lustig zu machen? ... Dann setzten wir ihn ab und fuhren nach Hause. Die Mädels waren ins Gespräch vertieft und sogar ein wenig angeheitert. Necmi ging sofort zu Şebnem hin. Ich übersah nicht, daß sie sich liebevoll umarmten. Konnten die Grundlagen dieser Nähe schon vor all den vielen Jahren bewußt oder unbewußt ohne mich gelegt worden sein? ... Oder hatten diese Verluste sie einander nahegebracht? ... Wer weiß ... Woher auch die Antworten kamen, wie auch immer sie ausfielen, sie waren letztendlich traurig ... Auch ich umarmte Çela. Anders ging es nicht in dieser Situation ... Noch während sie mich umarmte, trat mir sofort die liebevoll gestrenge Frau gegenüber. Sie verweigerte mir zwar ein Lächeln nicht, schaute mich aber mit zusammengezogenen Brauen an, fast wie eine Mutter, die ihre Kinder tadelt, und fragte:

»Was habt ihr denn gegessen? ...«

Wahrscheinlich hatte sie den Zwiebelgestank aus meinem Mund gerochen ... Die Frage betraf uns beide. Uns blieb nichts übrig, als einander anzuschauen und die schuldig ertappten Kinder zu spielen. Doch Necmi, gemäß dem Prinzip ›Haltet den Dieb!‹, versäumte nicht, zum Gegenangriff überzugehen.

»Und ihr habt getrunken! Ihr stinkt nach Alkohol ...«

Ein guter Ausweg. Natürlich wurde gelacht. Wir waren also gleichermaßen ›schuldig‹. Gemeinsam tranken wir noch alle ein Glas. Wir erzählten ihnen von dem Fußballspiel, sie uns von dem Film. Das war alles. Über Einzelheiten wurde nicht geredet, sie wurden nicht miteinander geteilt. Jeder hatte erlebt, was er erlebt hatte, und zog es vor, es in sich zu verstecken. Für mich hatte dieses Verbergen, beziehungsweise das kleine Spiel eine angenehme Seite.

Nach einer Weile brachen sie dann auch auf. Ich erbot mich, sie nach Hause zu fahren. Necmi sagte, er würde das schon hinkriegen. Außerdem, was sollte das denn, immer mit dem Auto hin- und herzufahren? ... Şebnem sollte endlich die Stadt besser kennenlernen, sollte in ihr leben. Es gab doch Busse. Ich antwortete nicht. Ich hatte sein Zuzwinkern, während er redete, so verstanden, daß er sie doch mit dem Taxi befördern wollte. Und daß die beiden allein bleiben wollten ... Wir waren jetzt mitten in der Erzählung. Es war jetzt nicht mehr wichtig, wie sie wohl um diese Zeit ins Krankenhaus hineinkam und wie glaubwürdig oder wahrscheinlich jemandem vorkommen würde, was sie da erlebten. Wichtig war nur, was ich sah und was ich sehen wollte. Dort war die eigentliche Wirklichkeit. Wir waren jetzt so tief innerhalb der Erzählung, wie wir wollten. Und doch wußten wir alle noch nicht, wohin wir gehen würden, wohin wir würden gehen können ...

In den nächsten Tagen herrschte erst einmal Schweigen. Da ich für die ganze Sache von allem Anfang an die Verantwortung übernommen hatte, hätte ich eigentlich am liebsten alle einzeln angerufen und gefragt, was sie so machten, doch offen gesagt hielt mich mein Feingefühl davon ab, mich allzusehr in das Privatleben der anderen einzumischen. Da sie mich ebenfalls nicht anriefen, versuchte ich, mich damit zu beruhigen, daß es schon keine Probleme gäbe und sie mit ihrem Leben zufrieden seien. Doch drei Tage später, mittags gegen halb eins, als ich mir gerade überlegte, ob ich zu unserem Restaurant Süreyya gehen und *pilaki** essen sollte, klingelte mein Handy. Es war Necmi, ich nahm das Gespräch sofort an. Er fragte nicht erst nach meinem Befinden, sondern kam sofort zur Sache.

»Wo steckst du denn, Junge? ... Morgen ist hier Party! ... Şebnem hat gerade vor der Kommission bestanden. Sie kann endlich raus. Das Personal will eine kleine Feier für sie veranstalten. Bring die anderen mit, und komm! ... Morgen früh um elf, kapiert?«

Wieder mal wußte ich nicht, was ich sagen sollte. Ich konnte nicht reden, das Schlucken fiel mir schwer. Schließlich konnte ich nur mit schwacher, zitternder Stimme erwidern:

»Gut, mach dir keine Sorgen ... Morgen sammle ich alle ein und bringe sie hin ...«

Reichte das? ... Natürlich nicht. Weder für mich noch für ihn. Im Grunde wollte ich schreien, laut herausschreien, um meine Freude richtig auszudrücken ... Was er wohl fühlte? Der einzige Weg, das zu erfahren, war zu fragen. Er antwortete, er sei ebenfalls seit Jahren nicht mehr so aufgeregt gewesen. Ich verstand. Er hatte sich auf einen Weg gemacht und hatte zudem einen anderen Menschen mit auf diesen Weg genommen, das war nicht leicht. Doch ich wußte, daß er sich eine solche Aufregung gewünscht hatte, und insbesondere, warum er sie sich gewünscht hatte. Ich würde ihn soweit wie möglich unterstützen. Ich mußte ihm das Gefühl geben, daß ich bereit sei, erneut meine Hand auszustrecken. Um ihn zum Lachen zu bringen, mußte ich das Pflänzchen ein wenig begießen. So konnte ich anfangen.

»Was sagt denn Fatoş Abla zu dem Ganzen? ...«

Ich stellte mir vor, wie er lächelte. Seine Antwort verriet überdeutlich dieses Lächeln.

»Frag bloß nicht ... Du solltest mal sehen, wie aufgeregt die Frau ist, Junge! ... Sie ist zum Frisör gegangen, hat die ganze Wohnung aufgeräumt. Sie kocht Essen ... Morgen will sie sogar Weinblätter wickeln ...«

Unmöglich, nicht zu lachen. Fatoş Abla und Essen machen ... Das waren zwei Dinge, die schwerlich zusammenpaßten ... Sie hatte damals überhaupt nicht gerne gekocht. Deswegen hatte sich Necmi immer sehr wohl gefühlt, wenn er zu uns gekommen war. Plötzlich hatte ich diese Bilder vor Augen, und ich erinnerte mich, wie er einmal bei Tisch, als er die Speisen meiner Mutter mit großem Appetit vertilgte, gesagt hatte: »Hier ist ein richtiges Zuhause.« Ich weiß nicht, inwieweit meine Eltern verstanden, was er damit sagen wollte, doch ich verstand es. So gut, daß ich das Gehörte sehr tief in mir versteckt hatte. Jetzt kamen die Worte wieder hervor ...

Ich versuchte, ausgehend von den Bildern in mir, Fatoş Abla in meinem Gedächtnis wiederzubeleben. Auch in dem, was sie mir, uns hinterlassen hatte, lag eine Epoche. Eine Epoche, die sich nicht auslöschen ließ, selbst wenn Jahre vergangen waren ... Ich verlieh meinem Gefühl Ausdruck.

»Ganz bald werde ich kommen und sie besuchen. Ich fürchte mich sehr, aber ich werde kommen. Vielleicht kommen wir ja alle miteinander sogar schon morgen zu euch ...«

Ohne viel zu überlegen, antwortete er sofort:

»Das wollte ich auch schon sagen. Komm! ... Jetzt ist gerade der richtige Zeitpunkt! Außerdem geniert sie sich dann ein bißchen vor Şebnem und wird dich weniger runterputzen!«

Wir lachten wieder. Ich versprach zu kommen und sagte auch, daß der Tag, den wir erleben würden, für uns alle sehr wichtig sein würde ... Wir würden uns erneut alle an einem Ort versammeln. Auch wenn dies ganz unterschiedliche Erschütterungen auslösen sollte ... Nachdem ich das Gespräch beendet hatte, rief ich voll Aufregung die anderen an. Endlich hatte ich einen triftigen Grund. Ich hatte Glück und konnte alle innerhalb kurzer Zeit erreichen. Als sie die Nachricht hörten, freuten sie sich sehr und sagten begeistert zu. Als Treffpunkt vereinbarten wir das Atatürk-Kulturzentrum am Taksimplatz, das so viele Istanbuler sehr gut kannten. Hatten wir uns dort nicht schon mindestens einmal mit unterschiedlichen Menschen, unseren unterschiedlichen Geschichten getroffen? ... Andere unvergeßliche Momente erwarteten uns ...

Der Koffer auf dem Bett und die Mosaiktorte

Als wir an jenem Freitag zum Krankenhaus fuhren, freute sich jeder auf seine Weise. Meine Freude, mein Gefühl war zweifellos sehr verschieden von dem der anderen, es ging, zumindest nach meiner Ansicht, viel tiefer und weiter... Ich kannte den Weg nahezu auswendig. Doch diese Hinfahrt war anders als alle vorangegangenen, vor allem, weil diese Hinfahrt die letzte war... Angesichts dieser Tatsache konnte ich nicht anders, als mich noch einmal an meine erste Fahrt mit Necmi zu erinnern und dann an alle anderen Fahrten, bei denen ich mit meinen Fragen, Hoffnungen und Erwartungen ganz allein gewesen war. Was hatte ich nicht alles erlebt bei diesen Hin- und Rückfahrten... Wieweit konnte ich den anderen von dem erzählen, was ich empfand?... Sicherlich nur sehr wenig, verschwindend wenig... Doch ich erzählte trotzdem, dennoch erzählte ich. Das war die schönste Erzählung, die ich ihnen für den Weg und für das, was wir in kurzer Zeit erleben würden, geben konnte. Ich erzählte, wie ich Şebnem zum ersten Mal gesehen hatte, von ihrer Ferne, von den Chansons, die ich ihr vorgespielt, von den Bildern, die sie gemalt hatte, und von meinen langen, unbeantworteten Reden. Ich erzählte, wie sie sich an die Szenen, die Repliken aus dem Spiel und an ihre Rolle erinnert hatte, von ihrem Zimmer... Was ich mit Necmi besprochen hatte, was wir miteinander geteilt hatten... Natürlich sprach ich nicht über den Ohrring. Von jenem Ohrring hatte ich niemandem erzählen können und würde es auch nicht tun. Der Ohrring war meine Erzählung, war unsere Erzählung... Selbst als wir schon auf dem

Parkplatz angekommen waren, erzählte ich noch weiter. Alle waren sehr beeindruckt von meinen Erzählungen. Wir blieben noch ein wenig sitzen. Schweigend ... Dann legte Niso los. Er brachte mit seinen Worten eine Seite unserer Erlebnisse zur Sprache, die ich bisher nicht hatte sehen können.

»Schau mal einer an! ... Wir sind hier zusammengekommen, und was ist passiert! Şebnem hat anscheinend auf uns gewartet ...«

Ich konnte nichts dagegen einwenden, daß er die Entwicklung auf diese Weise deutete. Doch eine Stimme – vielleicht weil ich mich nicht von meinen Erlebnissen frei machen konnte – sagte mir, daß diese Geschichte so nicht enden würde. Für Niso mochte die Sache darauf hinauslaufen. Ihn erwartete ein Leben, das er sich in einem anderen Land aufgebaut hatte. Für Yorgos galt dasselbe. Ich aber ... Ich würde hierbleiben. Ich würde wieder hierbleiben ... Mit meiner Geschichte, meinem ›Jetzt‹ und allen meinen Möglichkeiten ... Ich antwortete ihm aber auf seine Worte nicht so, wie mir eigentlich zumute war. Ich konnte lediglich eine Erwartung und eine Sorge formulieren. Selbst wenn er meine Aussage anders interpretierte ...

»Mal sehen, was passiert ... Wir sind halt auf einem Weg ... Überall gibt es ein Ende ...«

Şeli, die bis dahin geschwiegen hatte, sagte nun etwas, das im wahrsten Sinne mein Herz aufblühen ließ.

»Bravo! Ihr habt großartige Arbeit geleistet!«

Ja, wir hatten großartige ›Arbeit‹ geleistet. Dieses Lob konnte ich freudig im Namen von uns allen dreien annehmen. Dann stiegen wir aus dem Auto und gingen auf die Station zu. Daß mir die Führung zufiel, war erfreulich, doch aus anderer Sicht machte es ein bißchen traurig ...

»Was ihr zu sehen bekommt, erschreckt euch vielleicht etwas. Euch erwartet da drinnen kein besonders angenehmer Anblick ...«

Diese Worte hatte Necmi zu mir gesagt. Bei unseren allerersten Schritten ... Sie nickten. Ich vermute, sie verstanden, was ich sagen wollte. Wir gingen hinein. Mitten auf der Station war ein ziemlich großer Tisch aufgebaut. Auf dem Tisch standen Plastikteller mit Keksen und kleinen Pizzen. Das waren die Vorbereitungen für unsere Party. Die Oberschwester empfing uns. Auch die übrigen Schwestern waren dort. Alle lachten. Einige Kranke standen um den Tisch herum, manche spazierten umher. Vielleicht würden sie nie dort herauskommen ... Dann kamen Şebnem und Necmi und wurden mit Applaus begrüßt. Sie hatten sich mit ihrer Kleidung große Mühe gegeben. Als wenn ... Als kämen sie aus einem Zimmer, um mit uns ihre Eheschließung zu feiern ... Wir umarmten uns der Reihe nach ... Şebnem sagte, sie fühle sich sehr seltsam, so als verließe sie ihr Zuhause, eine Familie. Es war nicht einfach. Sie hatte dort ihre Jahre, sehr lange Jahre, verbracht, und zwar weit entfernt von den meisten Menschen. Dort war nicht ihr Zuhause gewesen, aber eine Zuflucht. Nun verließ sie diese Zuflucht – und zwar für immer ... Nach kurzer Zeit kam auch Zafer Bey dazu. Wir wechselten ein paar Worte. Einige Kranke pflaumten ihn an. Eine fragte, warum die Torte noch immer nicht gekommen sei. Endlich traf die erwartete Torte ein. Es war eine große Torte mit dem Schriftzug: »Şebnem, wir lieben dich ... Gute Reise ...« Als Şebnem die Aufschrift las, war sie sehr bewegt. Sie hielt die Hände vors Gesicht und fing an zu weinen. Necmi war neben ihr. Er legte ihr die Hand auf die Schulter, küßte sie auf die Haare. Wir standen alle um den Tisch herum und waren ebenfalls sehr gerührt. Ein paar Kranke hatten schon angefangen, die Kekse und die kleinen Pizzen zu essen. Die Oberschwester ermahnte sie freundlich. Noch war die Torte nicht angeschnitten worden. Außerdem sollten Reden gehalten werden.

Zuerst ergriff Zafer Bey das Wort. So gehörte es sich auch. Seine Rede war aufrichtig, schlicht und sehr kurz. Er sagte, er sei stolz auf Şebnem und er glaube fest an ihren neuen Weg... Auch sei er beruhigt zu wissen, daß sie ihr Leben mit Menschen, die sie liebten, wirklich liebten, fortsetzen würde... Er versäumte auch nicht, dem Krankenhauspersonal sowie mir und Necmi zu danken. Dann schaute er mich an, nun war ich an der Reihe. Ich sagte, ich glaubte, einen der größten Erfolge meines Lebens errungen zu haben, indem ich zu Şebnems Rückkehr in unsere Mitte beigetragen hätte. Şebnem würde sich von nun an nicht mehr verlassen fühlen. Wir würden immer bei ihr sein. Immer bei ihr... Bis zu unserem letzten Atemzug... Die Freunde und das Krankenhauspersonal, das ich in diesem Kampf immer an meiner Seite gewußt hatte, schauten mich lächelnd an. In dem Augenblick sah ich vor allem, wie Şebnem lächelte, und ich freute mich. Sie war sehr bewegt. Ich wußte, ich hatte sie erreichen können, ich hatte mich ihr endlich verständlich machen können. Ich wußte auch, ich würde ihr alles sagen können, was ich sagen wollte... Auch daß sie von mir immer Offenheit erwartete... Dann ergriff Necmi das Wort, doch er sagte nicht viel, nur daß er Şebnem sehr liebe. Das war genug, für uns alle mehr als genug... Die Stimme, die diese Liebesworte sprach, zitterte vor Aufregung... Zuletzt sollte Şebnem reden... Sie sagte, sie sei sehr durcheinander. Sie würde sich nach dem Zimmer sehnen, in dem sie jahrelang gewohnt hatte, nach dem Garten, in dem sie sich erholt hatte, und nach ihren Schicksalsgenossen. Ihre Bilder würde sie nicht mitnehmen. Sie gehörten zu den Dingen, die sie zurückließ. Zu allem, was sie zurückließ und zurücklassen wollte... Als sie sich bei uns allen bedankte, wirkte sie freudig, hoffnungsvoll, aber zugleich ein wenig besorgt. Mir entging diese Besorgnis nicht.

»Ich gehe... Doch eigentlich weiß ich nicht, wohin ich gehe...«

Eine kurze, tiefe Stille folgte. Angesichts dieser Äußerung fand keiner von uns beruhigende Worte. Ihre Stimme brach.

Dann schluckte sie und versuchte, sowohl sich selbst als auch uns in Partystimmung zurückzuholen.

»Los jetzt, laßt uns die Torte anschneiden!...«

Sie nahm das Messer zur Hand und schaute den direkt neben ihr stehenden Necmi lächelnd an... Auch Necmi griff nach dem Messer und bedeutete mir mit Blicken, mich ihnen anzuschließen. Ich konnte mich diesem Appell nicht entziehen und ging zu den beiden hin. Wir nahmen Şebnem in unsere Mitte. Zu dritt hielten wir das Messer, und mit übereinandergelegten Händen schnitten wir die Torte an. Es war ein wundervoller Moment. Er war wie die Zusammenfassung all dessen, was wir erlebt hatten. Auf diesen Moment hatten wir nach all dem Leid so sehr gewartet... Wir wurden beklatscht. Doch es gab auch welche, die uns Beifall klatschten, ohne dort zu sein, beziehungsweise die sich in einer Ecke versteckten, so daß man sie nicht sehen konnte. Das waren die Seiten von uns, die wir irgendwo hatten liegenlassen, die wir nicht hatten berühren können, vor denen wir uns gedrückt hatten, die wir bereuten, die wir verloren hatten, die sich von uns getrennt hatten... Das waren wir... Die wir im Inneren zerrissen waren... Die wir uns noch immer bemühten, die Teile zu suchen, zusammenzufügen... Wir würden auf diesem langen Weg weiter vorangehen... Wir hatten uns gegenseitig so akzeptiert, wie wir waren...

Die Torte erwartete nun, daß wir uns an ihr erfreuten. Mit echter und verdienter Freude... Wir aßen sie mit großem Vergnügen. Natürlich wurden Fotos gemacht. Niso, Yorgos und Şeli hatten Fotoapparate dabei. So nahmen wir auch auf diese Weise unsere Plätze in unserer Geschichte ein...

Dann ging die Party zu Ende... Wir kamen zum bewegendsten Teil des Tages. Şebnem sagte, sie wolle ein wenig allein sein und im Garten spazierengehen. Wir sagten nichts dagegen, nur daß wir auf sie warteten. Necmi ging in das Zimmer, in dem sie jahrelang zusammen mit wer weiß welchen

Enttäuschungen, Halluzinationen und Einsamkeiten gewohnt hatte, und kehrte nach kurzer Zeit mit einem kleinen Koffer in der Hand zurück. Das, was sie nach all der Zeit mitnehmen wollte, ließ sich in einem kleinen Koffer unterbringen... Was war das?... Was band sie an die gelebten Tage?... Wie viele Gegenstände waren es, die ihr wertvoll waren, die sie an diesen Ort banden?... Könnten wir unser Leben in so einem kleinen Koffer unterbringen, wenn wir irgendwohin gehen wollten?... Vielleicht war sie ja viel freier als wir alle... Viel unabhängiger als wir... Ich wollte an diese ihre Unabhängigkeit gerne glauben, als sie nach etwa einer halben Stunde mit einem vielleicht etwas traurigen, doch ebenso auch friedlichen Lächeln im Gesicht zurückkehrte. Wir versuchten, das alles für ganz normal und selbstverständlich zu nehmen, und taten so, als ob wir eine Freundin nach langer Krankheit aus dem Krankenhaus abholten. Nun kam die Abschiedszeremonie. Şebnem umarmte einzeln alle Anwesenden, Zafer Bey, die Schwestern und alle ihre Freunde dort. Alle lächelten und versuchten, nette Worte zu sagen. Als wir die Station verließen, kam Necmi näher und bat mich, ihn nicht allein zu lassen. Als die Freunde die Situation erkannten, sagten sie, sie würden mit dem Taxi zurückfahren. Wir gingen alle zusammen langsam zum Parkplatz. Während wir wieder kleine Späße machten... In einem Film wäre in so einer Szene wahrscheinlich ein romantisches Lied zu hören gewesen. Dieses Lied wurde in unserer Szene nicht gespielt. Doch das Lied in uns, das Lied, an dem wir seit Jahren geschrieben hatten, war uns genug, und zwar mehr als genug... Und das war in diesen Augenblicken auch unsere Wirklichkeit. Die andere Wirklichkeit, an die wir einander erinnern mußten, war die Probe, zu der wir uns am kommenden Tag in der Schule treffen würden.

Im Auto setzte sich Şebnem neben mich. Sie schwieg. Es schien so, als befände sie sich nicht innerhalb des Spiels, sondern betrachtete das, was sie erlebte, eher von außen. Ich versuchte, sie mit lockeren Worten auf unser Ziel vorzubereiten.

»Mach dir keine Gedanken, Fatoş Abla ist verrückter als du ... Du wirst dich in dem Haus nicht fremd fühlen. Du gehst von einem Irrenhaus in ein anderes, verstehst du? ...«

Sie nickte und lächelte. Sie lächelte nur. Necmi lieferte ebenfalls seinen Beitrag.

»Bisher habe ich es zu Hause mit einer Verrückten zu tun gehabt, nun sind es zwei ... Der eigentlich Verrückte bin aber wohl ich. Was ich getan habe, das macht kein Mensch, der seine Sinne beisammen hat ...«

Wir lächelten uns noch ein wenig an. Schließlich versuchten wir einander Mut zu machen. Doch danach sprachen wir während der Fahrt fast nichts mehr. Es war unnötig, sich selbst und andere unter Druck zu setzen. Ich wußte, im Inneren sprachen wir sowieso mit uns selbst und miteinander. Dann kamen wir zu dem Haus. Immer stärker ergriff mich eine unbezwingbare Aufregung. Ich würde Fatoş Abla gegenübertreten, die ich seit so vielen Jahren nicht gesehen hatte. In diesem neuen Abschnitt meiner Erzählung hatte ich eine Begegnung mit ihr immer aufgeschoben. Irgendwie hatte ich ja gewußt, wir würden uns schon noch treffen. Nun war es soweit. Als hätte Necmi in meinen Augen, meinem Gesichtsausdruck meine Gefühle gelesen, flüsterte er mir, als wir durch die Tür des Appartementhauses traten, mit freundschaftlicher Stimme ins Ohr:

»Sie ist sehr gealtert, du siehst es gleich. Sie ist noch immer ein verrücktes Huhn, aber inzwischen schon recht klapprig ...«

Seine Stimme war traurig. Es war deutlich, daß ihm der Zustand seiner Mutter Kummer machte. In dem Augenblick konnten wir freilich nicht über dieses Gefühl sprechen. Ich nickte und sprach das erstbeste aus, was mir einfiel.

»Wer von uns ist nicht älter geworden...«

War das eine banale Antwort?... Wahrscheinlich ja. Dann klingelten wir. Wir wußten, daß sie uns erwartete, deshalb blickten wir einander lächelnd an. Man versucht zu lächeln, um gewisse Sorgen zu überdecken... Wir mußten nicht lange warten. Die Tür wurde geöffnet. Nun stand sie mir gegenüber. Eigentlich war sie gar nicht so alt geworden, wie Necmi gesagt hatte, um mich vorzubereiten. Sie schien bloß ein wenig kleiner geworden zu sein... Deswegen konnte ich nicht umhin zu denken, daß sich in seinen Worten ein anderes Gefühl, eine andere Einschätzung verbargen. Natürlich kam mir dieser Gedanke erst später. Einige Stunden nach dieser Begegnung und nach dem, was ich in diesem Haus erlebt hatte... Bei mir zu Hause, als ich versuchte, das Erlebte besser zu verstehen... In jenen Augenblicken der Begrüßung war es unmöglich, auf diese Feinheiten einzugehen. Denn Fatoş Abla tadelte mich sofort wie früher mit ihrer lebhaften Stimme und ihren Blicken. Mit der unverwüstlichen Liebenswürdigkeit und Unbedachtheit, wie ihr Sohn gesagt hatte... Ohne daß sie es für nötig hielt, zu verbergen, wie sehr sie sich über meinen Besuch aufregte und freute...

»Wo steckst du denn, du Treuloser!... Man fragt doch mal nach, wie es geht, kümmert sich, wie es Fatoş Abla geht, ob es ihr gutgeht, ob sie gesund ist!... Aber nein!... Ihr seid irgendwohin verschwunden, klar... Du bist aber auch ziemlich alt geworden!...«

Wir standen unter der Tür. Wir lachten. Das schönste Lachen von allen war Şebnems Lachen... Ich antwortete, ebenfalls lachend:

»Du bist aber überhaupt nicht alt geworden, Fatoş Abla... Bist wunderschön, ich schwör's!... Wie hast du denn das angestellt? Hast du all die Jahre in der Tiefkühltruhe gesteckt?...«

Das Geplauder unter der Tür, besser gesagt die Begrüßungszeremonie ging weiter. Die mit Neckerei vermischten netten Worte blieben natürlich nicht ohne Entgegnung:

»Jetzt reicht's aber, Frechdachs! Der macht sich auch noch lustig, schau mal! ...«

Dann wandte sie sich liebevoll Şebnem zu.

»Entschuldige, Kind ... Herzlich willkommen ... Kommt rein, ich habe euch an der Tür stehenlassen ... Entschuldige ... Die beiden da habe ich großgezogen. Was bist du doch für ein schönes Mädel ... Komm, komm, nur zu ...«

Das so bezeichnete ›schöne Mädel‹ war eine über fünfzigjährige Frau. Aber Fatoş tat, als wäre eine junge Braut um die Zwanzig ins Haus gekommen ... Dabei waren wir weder naiv noch unversehrt. Wir waren auch nicht so unschuldig. Dennoch war die Begrüßung sehr bewegend. Das Spiel war es dennoch wert, gespielt, erlebt zu werden. Wir alle waren jeder auf seine Weise beeindruckt ... Necmi versuchte, die Stimmung ein wenig aufzulockern, indem er seine Mutter anblickte.

»Und wir dachten schon, du läßt uns überhaupt nicht rein!«

Fatoş Abla war entschlossen, dagegenzuhalten.

»Los, los, rede nicht soviel, du Naseweis! Wäre dieses Mädel nicht da, dann hätte ich dich schon gehörig abgekanzelt ...«

Sie schaute Şebnem freundlich an. Wir traten ein und setzten uns in den Salon. Ich schaute mich um. Die Einrichtung schien mir kaum verändert. Als wäre die Zeit stehengeblieben. Als wäre ich in eine traurige Fotografie eingetreten. Was ich sah, gab mir einen weiteren Anhaltspunkt, wie die, die in dieser Wohnung wohnten, das Leben lebten und ertrugen ... Plötzlich bemerkte ich, daß Necmi mich angrinste. Verstand er, was ich sah? ... Als Antwort nickte und blinzelte ich ihm zu, das war das einzige, was ich in dem Moment tun konnte. Bei passender Gelegenheit würde ich ihm auch mein Gefühl mitteilen.

Fatoş Abla kümmerte sich jetzt vor allem um Şebnem. Zuerst führte sie sie in der Wohnung herum, dann zeigte sie ihr ihr Zimmer. Ein Raum, der jahrelang als Abstellkammer gedient hatte, war ausgeräumt und in einen netten Wohnraum für sie verwandelt worden. An viele Details war gedacht worden. In einer Ecke des Zimmers stand sogar eine Staffelei mit Farben und einigen Pinseln. Das Zimmer, das all die Jahre viele Erinnerungen aufbewahrt hatte, erwartete die Rückkehr zu einem neuen Leben. Als wir durch die Tür eintraten, fiel durch die Vorhänge ein angenehmes Licht herein. Necmi ging hin und zog die Vorhänge auf. Als wollte er sagen: Das Spiel beginnt... Dann sagte er zu Şebnem:

»Das ist nun dein Zimmer... Wenn etwas fehlt, sag es...«

Wie Şebnem daraufhin ein wenig verlegen, aber liebevoll Necmi anschaute, war äußerst bewegend. In dem Moment hakte Fatoş Abla sich bei mir unter und versuchte, mich in den Salon zu ziehen, indem sie in ironischem Tonfall so laut, daß alle es hörten, sagte, man solle die ›jungen Leute‹ nun lieber allein lassen... Sie wollte unbedingt mit der neu ins Haus Gebrachten das Spiel Braut oder Geliebte spielen. Ich bin mir sicher, auch ihr war bewußt, daß das Leben ganz anders verlief. Doch sie war nun eben mal Fatoş Abla. Sie wollte dieses Spiel unbedingt erleben... Was es zu erleben gab, mußte sie auskosten... Bis zum Ende... Ohne darauf zu achten, daß es andere, seitens der Realität geforderte oder diktierte Möglichkeiten gab... In dem Moment zeigte uns Şebnem jene Realität, besser gesagt jene Seite unserer Realität. Ihre Stimme war fast zu einem Flüstern geworden.

»Kann ich ein wenig allein sein?... Ich möchte auch meine Sachen einräumen.«

In diesem Flüstern war wieder jenes Wimmern. Jenes besorgniserregende Wimmern... Wir fühlten uns aber außerstande, etwas einzuwenden. Necmi berührte ihre Schulter, als er das Zimmer verließ. Und sie berührte seine Hand auf ihrer

Schulter ... Dann schlossen wir ihre Tür und gingen in den Salon hinüber. Fatoş Abla fragte in der uns wohlbekannten Naivität, ob sie etwas falsch gemacht habe. Wir versicherten ihr, daß dies nicht der Fall sei und sie sich keine Sorgen machen solle. Auf derartige Reaktionen müßten wir gefaßt sein. Sie nickte, wie um auszudrücken, daß sie verstanden hatte ... Sie war ein wenig bestürzt. Anscheinend hatten unsere Worte sie nicht besonders überzeugt.

Ich setzte mich im Salon in einen der Sessel, um mich von der Szene zu erholen, die wir eben erlebt hatten. Auf den Gesichtern der anderen las ich dasselbe Bemühen. Vielleicht gelang es, diese drückende Stimmung ein wenig aufzulockern, wenn wir mit Fatoş Abla wieder zu unserem Spiel der Neubegegnung zurückkehrten. Sie schien bereit, möglichst alles zu tun, um dieses Spiel noch auszudehnen, und entschlossen, mich mit ihren Vorwürfen nicht zu verschonen. Ich mußte meine Rolle als schuldiger Junge gebührend spielen. Wie hätten wir einander sonst das schenken können, was vor Jahren gewesen war ... Natürlich nahm auch Necmi an dem Spiel teil. Nach dem Motto ›mitgefangen, mitgehangen‹ ... Was wir erlebten, war sozusagen eine süße Trauer ... Oder eine bittere Freude ... Diese Formulierungen mögen einem unlogisch vorkommen. Doch um das auszudrücken, was ich in jenen Augenblicken fühlte, fand ich keine anderen Worte, und ehrlich gesagt finde ich auch heute noch keine ... Dann versuchte Fatoş Abla, einen kleinen Gang durch mein Leben zu machen ... Auch dieses Mal versuchte ich, den Schmerz zu ertragen, daß ich längst nicht alles sagen konnte. Wieder versteckte ich mich hinter den Bedeutungen von Worten, die von anderen vorbereitet worden waren. Soweit wie möglich, soweit ich konnte ... Sie fragte nach meiner Frau, nach meiner Arbeit. Ich bemühte mich, das Bild eines glücklichen Mannes zu zeichnen. Sie fragte nach meinen Kindern. Hier fiel es nicht leicht, ein ebensolches Bild zu zeichnen. Wieder tat ich, was mir möglich war. Von diesem Aspekt meines Lebens hatte ich bisher noch nicht einmal Necmi ausreichend erzählen können... Sie hatte mir wahrscheinlich nichts angemerkt, denn im Hinblick auf meinen Bericht sparte sie auch dieses Mal nicht mit Tadel an ihrem Sohn. Der Mann führe ja ein unstetes Vagabundenleben. Als ob er ihr auf diese Weise je einen Enkel schenken könnte... Wenn er ihr doch einen Enkel schenken könnte! Ich dachte, das seien doch wohl nicht ihre eigenen Worte, das könne nicht sein... Die Fatoş Abla, die ich kannte, war keine Frau, die sich in solche Plattitüden hätte verwickeln lassen. Sie beabsichtigte damit zweifellos etwas anderes. Vielleicht setzte sie ja auch den alten Krieg fort. Vielleicht würde dieser nie aufhören. Ich schaute Necmi an. Mir entging nicht, daß er zu lächeln versuchte. Ich mußte ihm zu verstehen geben, daß ich an seiner Seite sei, auch um mich selbst besser zu fühlen.

»Manchmal läßt es sich besser leben, wenn man kein Kind hat, Fatoş Abla... Wenn man ein Kind hat, hat man Sorgen... Schau, du hast zum Beispiel jetzt Sorgen... Necmi hingegen ist frei wie ein Vogel... Und außerdem, wie viele Menschen in diesem Land haben das zu tun gewagt, was er getan hat?«

Mehr konnte ich nicht sagen. An sich war ich in Gedanken weit über das Bild, das ich mit diesen Worten malte, hinausgegangen. Doch das wußte nur ich, konnte nur ich wissen. Jedenfalls in dem Moment... Ich schaute aus den Augenwinkeln zu Necmi hin. Er hatte mein Bemühen bemerkt, ihm beizuspringen. In dem Augenblick fühlte ich aber auch Bedauern. Fatoş Abla nickte mit dem Kopf angesichts der Realität, an die ich sie erinnert hatte. Hatte ich unnötig eine Wunde aufgerissen?... Wer weiß, welch schweren Preis auch sie infolge der Ungerechtigkeiten hatte zahlen müssen... In dieser Situation war es besser, das Thema zu wechseln. Man mußte sich lösen, sich vor dem Schmerz der nur schwer verheilenden Wunde schützen, die uns durch die Verluste der

Vergangenheit geschlagen worden war ... Şebnem kam uns zu Hilfe. Indem sie bei ihrem Eintreten in den Salon alle Aufmerksamkeit auf sich zog. Es schien, als hätte sie wieder gute Laune. Sie setzte sich auf den freien Platz aufs Kanapee. Wir erlebten noch einen kurzen Moment des Schweigens. Dieses Mal bemühte sich auch Necmi, das Schweigen zu brechen, das sonst vielleicht zu neuer Besorgnis geführt hätte. Er schaute seine Mutter an.

»Ja wo bleibt denn nun der Tee? ...«

Die Worte zeigten sofort Wirkung. Mutter und Sohn kabbelten sich wie zwei Eheleute. Man konnte sagen, daß Fatoş Abla diese Szene sehr gut spielte.

»Der Tee ist fertig, gnädiger Herr! ... Auch anderes steht bereit ...«

Dann setzte sie das Spiel fort, indem sie aufstand und sagte, sie gehe nun in die Küche. Auch Şebnem erhob sich lächelnd und versuchte anzudeuten, sie wolle mit ihr kommen. Dieser Schritt freute vor allem Fatoş Abla. Alle taten ihr möglichstes, sich an eine Freude zu klammern ...

Ich war wieder mit Necmi allein. Wieder versuchten wir zu sehen, zu verstehen. Plötzlich erhob er sich und sagte, er wolle gucken gehen, ob Şebnem ihre Kleidung in den Schrank getan habe. Offen gesagt befremdete mich dieses Verhalten etwas. Ich antwortete aber nichts. Vielleicht rief ihn eine Stimme in jenes Zimmer. Vielleicht erfand er einen solchen Vorwand aber auch, weil er mit mir in diesem Moment nicht sprechen konnte oder wollte. Deshalb schwieg ich und wartete. Er ließ mich nicht lange allein. Nach kurzer Zeit kehrte er zurück. Er wirkte ein wenig bestürzt, ein wenig traurig. An seinen Worten erkannte ich, daß ich mich nicht geirrt hatte.

»Ihr Koffer liegt noch genauso auf dem Bett ... Sie hat ihn nicht aufgemacht ...«

Jetzt war es an mir, bestürzt zu sein. Dennoch versuchte ich, sowohl mich zu fassen als auch ihn zu beruhigen.

»Laß nur, sie braucht Zeit ... Sie kämpft jetzt an einem ganz neuen Ort um die Existenz. Wir wissen nicht wirklich, was sie sieht, was sie fühlt ... Alles, was wir für sie tun können, ist, sie fühlen zu lassen, daß wir sie unterstützen ...«

Er nickte, um meine Worte zu bestätigen. Wir hätten länger darüber sprechen können. Doch in diesem Moment kehrten die ›Damen‹ mit Tabletts zurück. Auf dem Tablett von Şebnem standen die vollen Teegläser, auf dem Tablett von Fatoş Abla Teller. Als sie ein wenig näher kam, konnte ich sehen, was auf den Tellern war. Die sorgfältig geschnittenen Stücke von *suböreği* waren sehr appetitanregend. Doch am wichtigsten war der Mosaikkuchen auf dem anderen Teller. Mosaikkuchen, den uns Fatoş Abla früher so oft gemacht hatte ... Mosaikkuchen, den ich jahrelang nicht gegessen und deswegen fast vergessen hatte ... Sie aber hatte ihn nicht vergessen. Als sie den Kuchen auf den Beistelltisch vor mich hinstellte, lächelte sie. Mit ihren Blicken, die sowohl voll mütterlicher Liebe als auch närrisch und aufreizend waren ... Worte waren nicht nötig. Einen Moment lang verloren wir uns in einer langen Geschichte, in vielen gemeinsamen und verheimlichten Gefühlen. Als Necmi den Teller sah, sagte er, seine Mutter habe diesen Kuchen zuletzt an dem Tag gemacht, an dem er aus dem Gefängnis entlassen worden und nach Hause zurückgekehrt sei. Dadurch bekamen die gegenwärtigen Augenblicke zusätzlich noch eine ganz andere, tiefere Bedeutung.

Was danach kam, war weniger wichtig ... Kuchen und *börek* wurden gegessen, Tee wurde getrunken, und es wurde geredet. Danach sagte ich, es sei Zeit für mich zu gehen, und ich stand auf. Ich konnte mir die Bemerkung nicht verkneifen, daß ich die Mitglieder der neuen Familie nun für sich lassen wolle ...

Auf dem Heimweg fand ich viele Gründe zu glauben, wir hätten einen weiteren wichtigen Schritt in unserem Leben getan. Es war nicht so, daß ich mir um Şebnem keine Sorgen machte. Doch ich mußte mir auch sagen, es sei nicht ganz richtig, sich auf diese negative Möglichkeit zu fixieren, jedenfalls im Augenblick. Ja, wir mußten sowohl ihr als auch uns Zeit geben... Das ›Stück‹ würde aufgeführt werden. Diesen Traum hatten wir noch nicht verwirklicht. Ganz sicher kamen Zeiten, in denen wir uns unausweichlich mit anderen Tatsachen auseinandersetzen mußten. In jenen Tagen aber sollten wir nur für jenes ›Stück‹ leben. Waren wir nicht um dieser Hoffnung willen aufgebrochen?...

Unsere Kneipe in Büyükdere

Am anderen Tag kamen alle wieder zur gleichen Zeit zur Schule, voller Aufregung, weil einen Tag später das ›Stück‹ vor Publikum aufgeführt werden sollte. Alles Notwendige schien erledigt zu sein. Das Bühnenbild war fertig, die Kostüme waren sowieso fertig. Das wichtigste aber, alle hatten entsprechend dem Geist der Truppe den Text gut auswendig gelernt. Es war offensichtlich, daß alle besonderen Wert auf das Textlernen gelegt hatten, aus Sorge, den Text zu zerstören, der die Erlebnisse, die Essenz der Jahre enthielt. Auf diese Weise gaben wir uns wieder einmal gegenseitig Kraft, und die Begeisterung, die jeden von uns beseelte, sprang auf die Truppe über. Die ›Schauspieltruppe‹ würde ein weiteres Mal ruhmreich ein Stück aufführen... Vielleicht deswegen entschlossen wir uns, jenen Abend anders zu verbringen als den Samstag vor einer Woche. Andere Zeiten erwarteten uns in einer anderen Ecke von Istanbul. Nach der Probe wollte sich ein jeder lieber in die eigene Welt zurückziehen. In die eigene Welt und in die Zeit, die man nun nicht mehr verpassen durfte... Egal, ob ganz allein oder zu zweit... Wir waren ja an einem Ort angekommen, wo ein jeder möglichst für sich gelassen werden wollte... Das Leben hatte uns ja auch gelehrt, daß der Druck, der auf einen anderen ausgeübt wurde, gleichbedeutend war mit der Beschneidung seines Lebens... Schließlich würden wir am folgenden Abend nach der Vorstellung des ›Stücks‹ unter dem Deckmantel, den Erfolg zu feiern, einander dieses Zusammensein erleben lassen... Dieses eine Zusammensein... Höchstwahrscheinlich war dieses Zusammensein dann unser letztes ... Zumindest in diesem Lebensabschnitt ... Wer weiß, wann wir später einmal erneut eine solche Reise unternehmen konnten, ohne daß einer oder etwas fehlte. Wir waren vollzählig da und wirklich vollständig ... Vollständig in jeder Hinsicht, in jeder Bedeutung ... Waren wir nicht eigentlich zueinander zurückgekehrt, weil uns etwas gefehlt hatte? ... Wie aber hatten wir die Lücken füllen können, mit was, mit wem, mit welchen Seiten von uns? Necmi und Şebnem hatten sich auf den Weg einer Erzählung gemacht, die bisher noch keinen Namen hatte, doch ich zweifelte nicht, daß sie uns alle tief beeindrucken würde. Damit sie ihre Zweisamkeit so richtig ausleben konnten, wollte ich ihnen ohne Rücksicht auf meine Gefühle eine längere Zeit fernbleiben. Schließlich würde jeder in sein eigenes Leben zurückkehren, auch ich. Um erneut zusammenzukommen, mußten wir vielleicht an anderen Orten andere Lebenserfahrungen sammeln. Andere Lebenserfahrungen, andere Enttäuschungen, andere Sehnsüchte und andere Hoffnungen ... Unsere Erlebnisse konnten uns erneut zusammenführen oder auch nicht. Angesichts dieser Möglichkeit sagte ich mir ein weiteres Mal, daß ich jeden Augenblick auskosten wollte, den ich mit ihnen erlebte ...

Ich blieb mit Niso allein ... Dieses unerwartete Zusammensein bot die Gelegenheit, andere verdiente Augenblicke zu erleben. Plötzlich fiel mir ein Ort ein. Ein Ort, den wir beide sehr gut kannten ... Mit Worten und Blicken versuchte ich die Aufregung, die meine Erinnerung in mir auslöste, auf ihn zu übertragen.

»Los, gehen wir uns eine Tracht Prügel holen! ... Dafür ist jetzt gerade die richtige Zeit! ...«

Wir gehen uns eine Tracht Prügel holen ... Diese Worte hatte ich seit Jahren nicht mehr benutzt ... Wie hatte ich sie nur vergessen können, warum hatte ich mich nicht mal beim Zusammensein mit der ›Truppe‹ daran erinnert? Wie kam es, daß sich kein einziger erinnert hatte?... Folglich hatten wir manche unserer Geheimnisse in die tiefste Finsternis versenkt ... Dabei war das eine Parole gewesen ... Sie hatte bedeutet, daß wir zum Saufen gehen wollten ... Wenn der Mensch jene Grenze überschritt, fühlte er sich ja manchmal wie verprügelt, von jemandem brutal verhauen ... Was ich sagte, reichte schon aus. Die Worte kamen bei ihm an. Das Losungswort erweckte in ihm sowieso den nötigen Enthusiasmus, die dahinterstehende Geschichte mit ihren Möglichkeiten. Unsere Begeisterung steigerte sich, als wir auf der Uferstraße am Bosporus dahinfuhren. Als er merkte, wohin wir fuhren, zögerte er nicht, seinen Gefühlen freien Lauf zu lassen.

»Gratuliere, Bruder! ... Mann, du bist großartig, große Klasse!...«

Wir fuhren nach Büyükdere in jene Kneipe. In jene Kneipe, wo er mir vor Jahrzehnten gesagt hatte, er habe sich entschlossen, Istanbul zu verlassen und in ein neues Land, ein neues Leben zu gehen ... Es war jetzt unmöglich, nicht ergriffen, melancholisch zu sein. Bei dieser Rückkehr mußten wir auch diesen Ort erleben, und zwar mit all unseren Erinnerungen, allem, was wir nicht hatten vergessen können. Ja, jetzt war die richtige Zeit. Die richtige Zeit ... Der Weg kam mir sehr lang vor. Zudem hatte ich ziemliche Schwierigkeiten, die Kneipe zu finden. Ich war ja seit vielen Jahren nicht dort gewesen ... Nicht nur, daß ich mich verirrte, zwischendurch befürchtete ich sogar, daß jener Ort total verschwunden sein könnte. Ich fuhr im Kreis, irrte umher und bog ständig in die falschen Gassen ein. Es war wie ein Albtraum. Rächte sich die Kneipe an uns, weil wir jahrelang nicht vorbeigeschaut hatten? ... Doch nach langer Suche kamen wir endlich an den gesuchten Ort, stellten den Wagen ab und gingen langsam auf die Kneipe zu, wobei wir uns bemühten, auch die Umgebung wahrzunehmen. Wir gingen an den Fischern vorbei, öffneten die Tür und traten ein. Jedes Detail gehörte zu den unverzichtbaren Bestandteilen der Zeremonie. Alles schien so zu sein, wie wir es verlassen hatten ... Die Treppen aus knarrendem Holz, das mit Linoleum belegt war, der Geruch von Alkohol, der sich mit dem Geruch von Fisch und Vorspeisen vermischt hatte ... Als wäre die Zeit dort für uns beide stehengeblieben. Vielleicht sahen wir aber auch das, was wir sehen wollten. Viele Details hatte ich allerdings vergessen. Für ihn war es womöglich ebenso. Soviel Leben war inzwischen vergangen ... Mochten auch in unserer persönlichen Geschichte viele Details in bezug auf diese Kneipe absichtlich oder unabsichtlich getilgt worden sein, vielleicht um uns zu schützen, so konnten wir doch jene Details, die mit der Geschichte unserer Stadt zu tun hatten, was auch immer uns geschah, nicht aus uns, unserem Inneren reißen. Im Gedenken daran bestellten wir unsere Vorspeisen, aßen wir unseren Fisch. Auch unseren Raki tranken wir in dem Sinne ... Unsere Gespräche drehten sich wieder um das, was wir getan und nicht getan hatten. Wir hatten gelebt, und es lag noch zu Erlebendes vor uns ... Wir sprachen über unsere Hoffnungen und persönlichen Erwartungen ... Wir wollten vor allem über diese Hoffnungen und Erwartungen sprechen. Der Abend verlangte das von uns. Danach sprachen wir wieder über Theaterstücke. Über *Der Preis* von Arthur Miller und woran uns dieses Stück erinnerte ... Diese Rolle würde Niso nach all den Jahren, nachdem er für so vieles den Preis bezahlt hatte, zweifellos noch viel besser spielen. Schauspielkunst bedeutete ja, das Gespielte zu verinnerlichen, zu fühlen, zu leben ... Wir sprachen auch von seinem Plan, die Gedichte von Nâzım Hikmet ins Hebräische zu übersetzen und auf die Bühne zu bringen. Der Geist und die Form der Gedichte waren dafür sehr geeignet. Und wie beeindruckt wir doch von dem Theaterstück *Kerem Gibi** gewesen waren, in dem Genco Erkal* gespielt hatte ... Ich fragte ihn, ob er sich erinnerte, wie wir bei ihm, Niso, zu Hause Lesungen veranstaltet hatten. Natürlich erinnerte er sich, und zwar als wäre es gestern gewesen. Er erinnerte auch daran, wie sein Vater, weil er wußte, wen wir bis Mitternacht rezitierten, ins Zimmer gekommen war und gebeten hatte, die Stimmen etwas zu senken; und wie er, nachdem er hinausgegangen war, zur Mutter gesagt hatte: »*Komunistos... Moz van a meter la kavesa en bela!*...« – »Kommunisten!... Die stürzen uns noch alle ins Unglück.« In der Erinnerung an jene Zeiten lachten wir erneut. Wie fern lagen jetzt doch jene Tage... Lagen sie fern?... Lagen sie wirklich so sehr fern?... Vielleicht war das gar nicht so. Vielleicht waren wir trotz all unserer Aufbrüche noch immer am selben Platz... Dennoch durfte ich den Kampf, den Niso gekämpft hatte, nicht übersehen. An dem Abend vor Jahren, als wir seinen Weggang besprachen, ahnten wir nicht, was wir danach alles erleben würden... Die Kneipe war noch dieselbe, doch in uns gab es die Spuren einer langen Reise... In dem Augenblick wurde mir bewußt, wie wertvoll es für mich war, daß Niso seinen Enthusiasmus nicht verloren hatte... Und daß wir uns von nun an nie mehr trennen würden... So wie ich mich nie mehr von Necmi trennen würde...

Und die anderen?... Was fühlten sie für sich und füreinander?... Diese Fragen stellten wir an jenem Abend ebenfalls. Zum Beispiel sprachen wir über Yorgos und Şeli. Wir wußten nicht, was sie erlebten. Wir würden auch nicht versuchen, es herauszubekommen, es sei denn, sie wollten es erzählen. Trotzdem wollten wir beide glauben, daß sie ihrem Leben etwas Unvergeßliches hinzufügten, wie immer man das auch nannte. Denn das war ihr Recht. Ein jeder würde irgendwie schon den besten Weg finden... Wir sprachen sogar auch über Necmi und Şebnem. Natürlich zuerst über Şebnem... Niso sagte, er mache sich ihretwegen Sorgen. Auch ich machte mir Sorgen. Vielleicht unterschieden sich unsere Sorgen, aber es gab ganz offensichtlich eine Besorgnis. Wir würden sehen. Auch sie hatten gewagt, sich auf einen Weg zu machen. Ich erzählte, warum und mit welchen Gefühlen Necmi sich auf jenen Weg gemacht hatte. Wir gaben ihm ebenfalls recht. Konnten die Wunden, die uns die Geschichte geschlagen hatte, dazu dienen, uns noch stärker ans Leben zu binden? ... Diese Frage konnte ich nicht beantworten. Ich konnte nur sagen, daß unsere Verluste uns alle gelehrt hatten, noch widerstandsfähiger zu werden. Und ich fügte hinzu, daß manche Wunden manchmal schwerer zu ertragen waren als der Tod...

Es war unvermeidlich, daß unsere Gespräche uns wieder bis in die tiefsten Nachtstunden trugen. Dann standen wir auf. Ich brachte ihn nach Şişli, wo er wohnte, und kehrte zu mir nach Hause zurück. Çela schlief. Meine Tochter schlief ebenfalls. »Erwacht! / Werft ab den flaum'gen Schlaf, des Todes Abbild, / Und seht ihn selbst, den Tod! ...«* Warum fielen mir plötzlich diese Verse ein? ... Es war mir egal. Noch war nicht Zeit, an die Toten zu denken ... Ein weiterer wichtiger Tag erwartete uns. Wir wollten uns am Nachmittag fünf Stunden vor Beginn des ›Spiels‹ zur Generalprobe treffen ... Würde es ein Problem geben? ... Das konnte sein. Doch wenn, dann war das jetzt nicht mehr wichtig. Wenn ich mir all das ins Gedächtnis rief, was wir erlebt hatten und einander hatten erleben lassen, war das wirklich nicht mehr wichtig. Wir hatten unsere eigentlichen Spiele erlebt. Außerdem hatten wir noch weitere Szenen, Akte zu spielen. Und auch Repliken, die noch nicht geschrieben waren, die erst im Laufe der Zeit geschrieben werden sollten ... Mehr mußte man nicht erwarten, um sich ans Leben zu binden ...

Unser Lied

Meine Aufregung an jenem Morgen steigerte sich durch die traurige Freude, die dem bevorstehenden Ende entsprang. Was hatten wir nicht alles erlebt, während wir uns auf das ›Spiel‹ vorbereitet hatten... Am Anfang hatte ich wissen wollen, ob ich meinem Leben eine neue, aber echte Farbe würde hinzufügen können oder nicht. Ich hatte sowohl diese Frage als auch die Antwort sehr nötig gehabt. Und auch, mir zu sagen, daß das, was ich erlebt, und sogar das, was ich verloren hatte, von Bedeutung war... Dermaßen erschüttert war ich gewesen. Dann aber erfuhr ich, daß es auch an anderen Orten in anderen Leben tiefe Erschütterungen gegeben hatte. Die Erzählungen hatten geschmerzt. Doch noch viel mehr geschmerzt hatte mich die Geschichte der Stadt – der ich mich mit meiner gesamten Identität und meinem Wesen verbunden fühlte –, wie sie in den Erzählungen der Protagonisten vorgekommen war. Am Ende bekam ich aber wesentlich mehr Antworten, als ich erwartet hatte. Für mich war jedes Leben eine Antwort, jeder Augenblick, der nach Jahren gelebt wurde, gelebt werden konnte, war eine Antwort... Natürlich war ich verwundet, ich war immer noch verwundet. Die Verletzung, um derentwillen ich mich auf diesen Weg gemacht hatte, schmerzte weiterhin. Ich würde damit aber fertig werden, ich würde lernen, mit dieser Wunde zu leben. Das Erzählte erinnerte mich noch einmal daran, das Leben anders anzupacken. Ich konnte mich nun nicht mehr anders entscheiden...

Wir waren beim Frühstück. Ich war versunken in den Stimmen und Bildern aus jenen Erzählungen, die in mir nachhallten. Meine Versunkenheit entging Çela natürlich nicht. Ich versuchte ihr ein wenig zu erzählen, was ich fühlte. Meine Sorgen, meine Hoffnungen, meine Freuden, meine Aufregung ... Sie bemühte sich hingegen, mir zu versichern, wie richtig doch mein Standpunkt sei. Ihr Bemühen war frei von krampfhaftem Mutmachen. Ich zweifelte nicht, daß wir beide aufrichtig waren in dem, was wir sagten und was wir den anderen fühlen lassen wollten. In dieser Situation hätte ich fragen können, was der Punkt, an dem ich mich befand, mir noch an Erlebnissen bereiten würde. Doch ich unterließ das und sprach mit ihr lieber über das ›Stück‹. Zusammen mit Şeli hatte sie gute Arbeit geleistet. Der Salon würde voll sein. Alle hatten sich mit ihrer Rolle identifiziert, ihren Text auswendig gelernt, waren in guter Stimmung. Ich hatte viele Gründe, den Tag gut zu beginnen und heute zuversichtlich zur Schule zu gehen ... Ich las ein wenig in der Zeitung, um meine Aufregung zu dämpfen. Doch die Lektüre steigerte meine Aufregung noch. An jenem Abend würde während der Aufführung des ›Stücks‹ ein Teil von mir, mochte man ihn nun Gehirn, Geist oder Herz nennen, in Samsun sein ... Immer noch war die Meisterschaft für Fenerbahçe in Gefahr. Wir mußten in jenem Spiel zumindest ein Unentschieden erreichen. Nachdem wir schon so weit gekommen waren, wollte ich an ein unerwartetes Ergebnis nicht mal denken, doch so etwas war natürlich immer noch möglich. Leider würden wir das Spiel nicht sehen können ... Um diesem Mangel wenigstens ein bißchen abzuhelfen, traf ich eine kleine Vorbereitung. Unser ›Stück‹ begann um acht. Als ich mit Necmi den Text der Einladung verfaßt hatte, war uns dieses Detail leider entgangen ... Irgendwo im Haus hatte ich ein seit Jahren nicht benutztes, tragbares kleines Radiogerät, das ich seinerzeit wegen seiner starken Kurzwelle gekauft hatte. Obwohl inzwischen Jahre vergangen waren, funktionierte es noch immer ohne Mucken.

Zumindest die erste Halbzeit des Fußballspiels würden wir miteinander hören können. Am Radio ... Wie in unseren Kindertagen, als es in unserem Leben noch kein Fernsehen gegeben hatte ... Zu diesem Gefühl würde nun auch noch die Aufregung des Theaterspiels hinzukommen. Was konnte ich von einem Tag mehr verlangen. Es schien allerdings, als könnten wir die zweite Halbzeit nicht hören, weil wir da auf der Bühne standen. Beziehungsweise hing das davon ab, wann wir in den Kulissen waren. Es gab auch Szenen, wo wir nicht alle gleichzeitig auf der Bühne standen. Als ich mit dem Radio in die Schule kam und den Grund dafür erklärte, breitete sich auf Nisos Gesicht wieder jene kindliche Freude aus. Die gleiche Freude sah ich auch bei Necmi. Unsere Freude wurde freilich von Yorgos, der seine Anspannung als Regisseur, zumal unmittelbar vor der Aufführung, nicht abschütteln konnte, anfänglich als Unernst beurteilt ... Sicherlich spielte bei seinem Mißfallen auch mit, daß er Anhänger von Galatasaray war, selbst wenn er das nicht zugab ... Doch in kurzer Zeit gelang es uns, ihn milder zu stimmen. Offen gesagt mußten wir uns nicht sehr anstrengen. Auch er wußte ja, was wir warum spielten. Wir hatten uns ja mit diesen Gefühlen auf das Spiel vorbereitet. Wir zogen unsere Kostüme an. Çela und Şeli schminkten uns. Als es sieben Uhr wurde, waren wir sowohl bühnenfertig als auch bereit, die Übertragung des Fußballspiels anzuhören.

Dann begann das Spiel. Es ging hin und her, rauf und runter ... Noch waren keine 30 Minuten gespielt, da passierte, was wir befürchtet hatten. Ilhan Mansız spielte auf dem eigenen Platz in Samsun natürlich groß auf. Das Tor war auch ihm zu verdanken. In einem überraschend schnellen Angriff köpfte er den Ball zu Ali, der die Abwehr austrickste und den Ball in unser Tor knallte. Das Albtraumszenario hatte sich verwirklicht. Wir lagen mit 0:1 im Rückstand ... Wie sollten wir in so einer Verfassung auf die Bühne hinaustreten? ...

Doch in der letzten Minute vor der Halbzeitpause fiel das Tor, das uns begeistert auftreten ließ. Rapaiç wurde kurz vor dem Strafraum gefoult. Revivo führte den fälligen Freistoß aus. Als der Reporter das Tor verkündete, umarmten wir uns wie im Stadion. Der Ausgleichstreffer war nun gefallen, und ein Unentschieden reichte uns. Wie wir vermutet hatten, ging Galatasaray zu Hause in Führung, doch das war unwichtig. Selbst wenn sie gewonnen hätten, wären wir nun Champion geworden. Allerdings stand uns nach dem Ende der ersten Halbzeit noch die höllische zweite Halbzeit bevor, die unsere Aufregung wachhalten würde. Gleichzeitig sollten wir auf der Bühne unser ›Stück‹ spielen. Auch jenes ›Spiel‹ mußte gespielt werden. Wir traten auf die Bühne und gaben in unseren Rollen das Beste. Insbesondere Şebnem war wunderbar. Als hätte eine Zauberhand sie berührt. Ihr Spiel beflügelte auch uns. Nach einer Weile trat Necmi auf, der lange in den Kulissen hatte warten müssen. Lächelnd zeigte er mit der Hand eine Zwei an. Ich verstand, daß wir ein weiteres Tor geschossen hatten. In dem Moment spielte ich gerade mit Şebnem jene unvergeßliche Szene, die wir schon früher im Krankenhaus rezitiert hatten, die jene Brücke geschlagen, die ihre Rückkehr angekündigt hatte und die ich nun aus vielen Gründen nie mehr vergessen werde. Wie besonders war doch die Begeisterung, die ich erlebte. Ich war wieder der Holzhändler Bohor, sie war wieder Neveser, die mich in den letzten Augenblicken unseres Lebens an jene Möglichkeit erinnerte... Ich hatte wieder zu sagen, wir seien alt geworden, unser Leben sei zu Ende... Und sie sagte als Antwort darauf wieder, sie sei nicht alt geworden, ich solle nur für mich selbst sprechen... Danach kamen jene Worte: »Sind wir nicht ein bißchen spät dran, Bohor?... Was kann man denn in diesem Alter wohl noch machen...« Nur wir beide wußten, was diese Worte für uns eigentlich bedeuteten. Nur wir beide... Vielleicht spielten wir das Stück deshalb so glaubhaft... Sehr glaubhaft und mit echten Gefühlen ... Was wir wußten, würde jahrelang in uns nachhallen. Jahrelang ... Ich wollte nur zu sehr an diese Möglichkeit glauben ... Diese Worte waren nun zu unseren Worten geworden ... Mein Auftritt endete kurz nach diesem Dialog. Es ging mit Szenen zwischen Şeli und Şebnem weiter. Auch Necmi stand auf der Bühne. Ich war mit Niso und Yorgos in den Kulissen. Das Fußballspiel lief weiter. Niso sollte gleich als der Verrückte, der Säufer des Viertels, auf die Bühne hinaustreten, und alle würden sich wieder vor Lachen krümmen. Das Fußballspiel neigte sich dem Ende zu. Die normale Spielzeit war sogar schon vorbei. Sie spielten in der Verlängerung. Wir umarmten uns und warteten auf den Schlußpfiff. Wir waren dabei, Champion zu werden. Ja, der Moment kam. Die Sehnsucht von fünf Jahren sollte sich erfüllen. Wir gingen zum Gegenangriff über. Revivo schoß, der Ball prallte vom Torwart zurück, Revivo schoß erneut und erzielte ein weiteres Tor. Wir lagen mit 3:1 in Führung! Ich weiß nicht, ob unser Geschrei bis zur Bühne drang. Wir waren nun endlich Champion. Das Fußballspiel war zu Ende. Wir hatten sogar vergessen, daß Yorgos da war. Doch durch seine tadelnden Worte ließ er uns augenblicklich seine Anwesenheit spüren.

»Ihr seid übergeschnappt, übergeschnappt! ... Dein Auftritt, Mensch, du Esel, los jetzt! ... «

Mit diesen Worten zog er Niso, der mich gerade umarmte, schnell weg und schubste ihn auf die Bühne. Der aber purzelte wie in einer Komödie vor die Zuschauer hin und begann im Überschwang seiner Freude seine Betrunkenennummer mit:

»Fener ist am größten! ... Fener Champion! ...«[*]

Er vermischte wieder alles, was da war. Wie viele von den Zuschauern merkten wohl, daß diese Worte nicht im Text standen? ... Niemand, wahrscheinlich überhaupt niemand ... Da es im Ablauf ja auch keine Unterbrechung gab ... Die Lacher und der Beifall reichten, um zu zeigen, daß die Dinge nicht aus der Bahn geraten waren. Was der Verrückte des Viertels auch sagte, und sei es mit jenem bekannten Slogan, das paßte schon ... Sowieso war er in den vorangegangenen Szenen noch verrückter gewesen ... Im letzten Teil waren wir, wie es das Stück verlangte, alle zusammen auf der Bühne. Wir waren auf einem Hochzeitsfest und ließen uns gemeinsam fotografieren. Gemeinsam, um für immer beisammenzubleiben ... Unserer Ansicht nach hatten wir wunderbar gespielt. Als gleich nach dem Ende des Stücks der Beifall losbrach, schien das zu zeigen, daß die Zuschauer derselben Meinung waren. Kurz gesagt schienen alle äußerst zufrieden zu sein. Es war wirklich sehr schwer, unser Gefühl zu beschreiben. Es war auch schwer zu beschreiben, was wir fühlten, als wir untergefaßt vor die Zuschauer traten, um uns zu verneigen, ebenso wie beim Aufbranden des Beifalls für Şebnem, als Yorgos sie nach vorn schob, und vor allem, als wir Şebnem deswegen weinen sahen ... Soviel Freude und Zerschlagenheit erlebten wir gleichzeitig ... Dann kamen die Späße in den Kulissen. Wir schminkten uns ab und tauschten die Kostüme gegen unsere Alltagskleidung, um uns auf einer anderen Bühne unter die Zuschauer zu mischen. Çela hatte zusammen mit Şeli einen kleinen Cocktailempfang vorbereitet. Wir waren natürlich die Helden des Abends. Eine Weile blieben wir auch dort und versuchten, unser Erlebnis möglichst auszukosten ...

Als wir wieder unter uns waren, wußten wir, es gab viele Gründe, jenen Abend so lange wie möglich auszudehnen. Wir hatten es geschafft, noch einmal geschafft. Wir hatten noch einmal gemeinsam spielen können. Und wir hatten außerdem die Meisterschaft erreicht, auf die wir so lange gewartet hatten. Diese Freude interessierte vielleicht nicht alle Mitglieder der ›Truppe‹, doch sie genügte, eine Welle des Glücks zu verbreiten. Abgesehen davon war jener Abend höchstwahrscheinlich der letzte, an dem wir unsere Gemeinschaft vollständig erleben konnten. Zumindest der letzte Abend in diesem Zeitabschnitt... Yorgos hatte sogar schon gesagt, er werde gleich am nächsten Morgen nach Athen zurückfliegen. Auf Şeli wartete ihr Leben in Izmir. Niso würde noch eine Weile bleiben, doch auch er wollte nun mehr bei seiner kranken Mutter und seinem stark alternden Vater sein. Ich mußte also auch ihn dort mit seinem Leben allein lassen. Die Kämpfe würden weitergehen ... Sie würden weitergehen trotz der Verluste... Um der Leben willen, zu denen wir zurückkehrten und zurückkehren mußten ... An jenem Abend sollten wir den Wert dessen erkennen, was wir erlebt hatten und erleben würden. Ich sagte, wir sollten wie richtige Schauspieler nach der ›Premiere‹ unbedingt irgendwo hingehen. Dieses ›Spiel‹ wurde weder ein zweites noch ein drittes Mal aufgeführt und auch keine weiteren Male ... Dennoch konnten wir zum Essen ausgehen wie nach einer erfolgreichen ›Premiere‹. Şeli schlug vor, nach Beyoğlu in die Çiçek Pasajı, die Blumenpassage, zu gehen, Necmi dagegen verwies auf das schöne Wetter und schlug vor, weiter bis nach Nevizade* zu gehen... Der zweite Vorschlag fand die meiste Zustimmung. Es ging gegen zehn, doch für die Kneipen, die wir bevorzugten, war das nicht allzu spät. Zudem war es sonntags abends leichter möglich, einen Platz zu finden. Dieses Mal fuhren Şeli und Yorgos bei uns im Auto mit. Şebnem und Necmi hingegen nahmen zusammen mit Niso ein Taxi. Wir wollten uns am Eingang zum Parkplatz neben dem Atatürk Kültür Merkezi* wieder treffen. Von dort wollten wir zu Fuß über die Istiklal Caddesi nach Beyoğlu gehen. So machten wir es dann auch. Am Taksimplatz wimmelte es wieder von Menschen. Wir hatten auch dort unsere Erinnerungen. Und was für unvergeßliche Erinnerungen, was für unheilbare Wunden, was für Tode... Das Leben war dahingeflossen, und das, was dortgeblieben war, war vergangen ... Doch in diesem Augenblick ... Doch in diesem Augenblick konnten wir sagen, daß die Ereignisse – was soll ich es verheimlichen – einige von uns woandershin zogen... Trotz all unserer Sensibilität... Denn an dem Ort, wohin es uns zog, gab es sowieso eine andere Sensibilität in bezug auf das Leben... Um uns herum waren Menschenmassen, die die Meisterschaft von Fenerbahçe durch Autocorsos, Ovationen, Gehupe und Fahnenschwenken feierten. Der Taksimplatz war im Wortsinn zum Festplatz geworden. Konnte sich Niso angesichts dieser Bilder zurückhalten?... Natürlich nicht. Er marschierte neben den Autos her, die nur mit Mühe vorwärts kamen, und stimmte in das Beifallsgeschrei ein. Auch ich zögerte nicht, durch sein Vorpreschen ermutigt, mich zusammen mit Necmi zu beteiligen. Die anderen lachten über uns. Doch offen gesagt lachten sie wie Kinder. Dieses Lachen reizte uns, die Fans von Fener, noch mehr Späße zu machen. Dabei wußten wir nur zu gut, über wen und worüber wir eigentlich lachten...

Auf dem Weg durch die Istiklal Caddesi gab es ebenfalls viel, woran wir einander erinnern konnten. Es reichte, uns an die Kinos zu erinnern und unsere Geschichten, die mit diesen Kinos verbunden waren. So wanderten wir bis zum Galatasaray Lisesi und durch den ebenfalls mit Erinnerungen beladenen Balık Pazarı, den Fischmarkt, nach Nevizade. Aufs Geratewohl betraten wir eine der Kneipen. Tische wurden für uns zusammengeschoben, wir bestellten einige Vorspeisen und eine Platte mit gemischtem Grillfleisch. Wir waren nicht sehr hungrig, nur trinken wollten wir, soviel wir konnten... Außerdem hatten wir viel zu reden, immer noch viel. Über das ›Spiel‹, über die Vorkommnisse hinter den Kulissen, über Nisos Improvisationen... Danach kamen unsere Hoffnungen in bezug auf das Leben dran, an die wir uns bis zuletzt klammern wollten. Wir hoben das Glas auf Şebnem und Necmi. Und wir genierten uns nicht, auch auf Şeli und Yorgos zu trinken. Wieder redeten wir über das, worüber wir reden konnten und wollten. Das war die Szene, die sich in der Realität unseres Lebensspiels immer wiederholte und wiederholen würde ... In unserer ganzen Offenheit, Ungeschütztheit und mit unseren unverzichtbaren Schutzschilden ... In Wirklichkeit kannten wir die Schutzschilde gut. Aber wir kannten auch das Dahinter ... Da uns die Realität bewußt war, konnten wir einander kraftvoll berühren. Deswegen waren wir füreinander bedeutsam, konnten wir nicht auf einander verzichten ... Zugleich waren wir diese Stadt. *Istanbul ist mein Leben* war unser Schicksal, unser anrührendstes Stück ... Das Stück, das wir so lange spielen würden, wie wir konnten ... Unser gemeinsames Essen und Trinken war Teil dieses Spiels, und die Zeit floß dahin. Wir waren inzwischen bei der Szene angelangt, wo ein großer Teller mit Früchten in die Mitte gestellt wurde. Wir würden auch unseren Mokka und den Pfefferminzlikör trinken. Und in dem Augenblick ... In dem Augenblick, als ich fühlte, daß die Zeit der Trennung ziemlich nahe gerückt war, erinnerte ich mich auch daran, was ich diesen Menschen schuldete, die mich diese Erzählung hatten erleben lassen. Ich hatte nicht einmal Necmi den eigentlichen Grund für meine Initiative erzählt. Wenn ich nicht jetzt spräche, dann würde ich das wahrscheinlich niemals tun. Der Moment, als wir unseren Mokka zusammen mit dem Likör tranken, erschien mir als der geeignetste. Die Stimmen und Bilder der Zeit des Bruchs, der mich zutiefst erschüttert hatte, zogen schnell durch mein Inneres. Kein Mensch wußte, an was ich mich wie erinnerte. Ich dachte nach, wie ich anfangen sollte, suchte nach den passendsten Worten ... Doch ... Doch ich konnte nicht ... Ich konnte nicht, obwohl ich mich sehr bemühte und obwohl ich wußte, ich war ihnen eine Erklärung schuldig. Irgend etwas hielt mich ein weiteres Mal zurück ... Vielleicht wollte ich auch den Zauber jenes Augenblicks, den Genuß, die Unbeschwertheit nicht zerstören. Ich konnte mich nur bedanken. Aus ganzem Wesen danken ... Ich konnte nur diese Dankesworte sagen:

»Freunde... Ich danke euch allen, daß ihr hierhergekommen seid und mich diese Erzählung habt erleben lassen. Ich wollte eigentlich noch viel mehr sagen. Aber... Aber mehr kann ich nicht... Ihr... Ihr habt dadurch, daß ihr hierhergekommen seid... Hierhergekommen seid... Ihr habt mir das Leben gerettet...«

Ich konnte nicht weiter... Meine Stimme brach... Hätte ich weitergesprochen, dann hätte ich geweint... Çela saß neben mir. Sie hielt meine Hand... Sie verstand, was ich nicht hatte sagen können... Und die am Tisch Sitzenden verstanden, wie bewegt ich war... Dieses Mal erhoben alle ihre Likörgläser auf mich. Sie sagten, auch sie hätten mir zu danken. Daß ich sie zu diesem ›Spiel‹ gerufen hätte... In dem Moment ergriff Niso mit seiner Sensibilität und kindlichen Begeisterung die Initiative. Erst schaute er mich an, dann alle anderen am Tisch, dann stimmte er ein Lied an. Es war ein Lied aus ganz alten Zeiten... Als ob das Lied für uns geschrieben worden wäre... Ein Lied, das nach Jahren erst so richtig seinen Platz fand... *»Anfangs fällt ein Funke... Langsam wächst er, breitet sich aus...«**

In dem Moment... In dem Moment, als hätten wir es so abgesprochen, begann jeder am Tisch, in das Lied einzustimmen... Ich merkte, daß das, was geschah, ganz spontan geschah. Das Lied gehörte zu den unvergeßlichsten Liedern in der Geschichte unserer Gefühle... Wir hatten es nicht vergessen... Keiner von uns hatte es vergessen... *»Plötzlich ist ein Vulkan entstanden... Du hast Feuer gefangen, Freund... Nicht Mutter noch Bruder können deine Sehnsucht stillen... Das ist das schönste, das wärmste Gefühl, Freund... Gemeinsam alles Glück, alles Leid, allen Kummer zu teilen... Und zu marschieren lebenslang, gemeinsam Hand in Hand...«*

Wir hatten uns in dem Gefühl, das das Lied erweckte, bei den Händen gefaßt und waren alle sehr bewegt. Trotzdem lächelten wir, natürlich lächelten wir trotzdem. Doch zugleich wurden auch unsere Augen feucht. In dem Moment sah ich auch in Şebnems Gesicht Tränen. Worüber weinte sie? Über die Freude, die sie nach Jahren unerwartet gefunden hatte, die aus der Tiefe kam und in die Tiefe ging, oder über jenes Leid, von dem sie wußte, sie hatte es nicht aus sich verbannt und würde es nie loswerden?... Das konnte ich nicht wissen. Doch auch sie sang das Lied weiter ... »*Keine Tränen aus dem Innersten sollen die Augen netzen ... Selbst wenn wir uns eines Tages trennen, Freund ...*«

An noch drei weiteren Tischen in der Kneipe wurde Alkohol getrunken. Die Anwesenheit der anderen kümmerte uns inzwischen überhaupt nicht mehr. Als wir das Lied zu Ende gesungen hatten, klatschte uns ein Paar Beifall, das an einem Tisch in der Nähe saß. Wir grüßten alle zusammen zu ihnen hinüber. Die Kellner betrachteten uns lächelnd. Niso, um die Stimmung ein wenig zu entspannen, beeilte sich, sie anzupflaumen.

»Nun treibt aber mal nicht die Rechnung hoch, weil wir uns hier so amüsiert haben!«

Sie lächelten wieder. Ich machte ihnen ein Handzeichen, die Rechnung mir zu bringen. Das war mein letztes Spiel für die ›Schauspieltruppe‹. Sie beteiligten sich an dem Spiel, indem sie sich entweder bedankten oder sagten, ich beschämte sie. Schließlich aber schien niemand Einspruch erheben zu wollen. Necmi versuchte auf seine Weise sogar, ihre Verhaltensweise als berechtigt hinzustellen.

»Soll er doch bezahlen, der niederträchtige Kapitalist. Der Kuppler hat Geld wie Heu!«

Wir folgten dem von Niso eingeschlagenen Weg. Schließlich paßte es nicht zu der ›Schauspieltruppe‹, dermaßen traurig auseinanderzugehen. Ich zögerte nicht, die erforderliche Antwort zu geben.

»Verpiß dich, du dreckiger Schlepper! ... Ich soll doch wohl hier nicht deine schmutzige Wäsche ausbreiten!«

Yorgos begann wieder mit jenen kindischen Lachern, die uns alle ebenfalls zum Lachen brachten. Niso stand auf und machte Bewegungen, um unseren Wettstreit zu dämpfen. Doch wir machten sowieso nicht weiter. Die Zeit war um. Wir blieben noch eine Weile schweigend sitzen. Wir waren an einen Punkt gekommen, wo auch unsere Worte zu Ende waren. Dann erhob ich mich. Nun kamen unsere letzten Repliken.

»Auf Freunde, Zeit zum Abmarsch...«

Als wäre dies das Stichwort gewesen, standen alle gleichermaßen schnell auf. Wir gingen nach draußen. Vor der Tür der Kneipe schaute Niso uns alle an und machte in seiner begeisterten Art einen Vorschlag, der unserer Nacht und allem unserem Tun eine noch größere Bedeutung verleihen sollte.

»Freunde, ich möchte jetzt von euch allen ein Versprechen... Schreibt euch das heutige Datum in euer Gedächtnis ein... Wann sind wir zum Essen gekommen?... Um elf... Schreibt euch auch diese Stunde ins Gedächtnis. Seid ihr einverstanden, daß wir uns in zwei Jahren, in genau zwei Jahren, am gleichen Tag zur gleichen Zeit an dieser Stelle hier wieder treffen?... Hier, an diesem Punkt, klar?... Es kommt nicht darauf an, ob wir uns zwischendurch schreiben oder sehen. Heute geben wir uns dieses Versprechen, was sagt ihr dazu?...«

Er machte mit dem Fuß ein Zeichen auf der Stelle, wo er stand. Alle sagten wie aus einem Mund: »Einverstanden!« Das war eine Abmachung. Ich konnte nicht wissen, was die Freunde in dem Moment fühlten, doch mich durchfuhr ein tiefer Schmerz, der mir das Schlucken erschwerte. Durch meine Erlebnisse und Auseinandersetzungen war ich an einen gewissen Punkt gelangt. Zwei Jahre später kam mir weit entfernt vor... Zwei Jahre später lag für mich im Finstern... Dennoch schwieg ich und vergrub meine Gefühle wieder einmal in mir. Inzwischen fuhr Niso fort zu drängen. Die Reaktion hatte ihn wohl ziemlich begeistert.

»Also kein Rückzieher, ja?«

Necmi spielte sich sofort auf. Die Stimmung war genau richtig für ihn.

»Kein Rückzieher, verdammt noch mal!«

Dieses Mal mischte sich Şeli ein.

»Nun fangen die schon wieder an!... Mit diesen Pennern kann ich es wirklich nicht länger aushalten!... Am besten, wir gehen...«

Sie hakte sich bei Yorgos ein. An ihn hatte sich ihre Aufforderung zum Gehen gerichtet. Necmi und Niso stellten sich dem Paar gegenüber auf, verbeugten sich vor ihnen, so als akzeptierten sie gerne die Bezeichnung als Penner, und machten mit den Händen Zeichen, daß sie losgehen sollten... Die beiden gingen auf das Spiel ein und schritten Arm in Arm voran wie bei einer Zeremonie. Sie lächelten... Waren sie nur Freunde?... War es ihnen endlich gelungen, beziehungsweise hatten sie es gewagt, richtige Geliebte zu werden?... Ich konnte mir immer noch nicht sicher sein. Dennoch sah ich das Glück in ihren Gesichtern. Was ich sah, war im Augenblick für mich genug. Auch Şebnem hakte sich bei Necmi unter. Ich konnte den Kummer in ihrem Lächeln unmöglich übersehen. Doch wollte ich in dem Moment daran glauben, daß sie alles tat, um sich mit ganzer Kraft an die Welt zu klammern, in die sie aufs neue zurückgekehrt war...

Wir gingen gemeinsam die Istiklal Caddesi entlang. Dieses Mal waren wir ein wenig stiller. Auch die Straße war ein wenig stiller... Unsere Wege trennten sich am Taksimplatz, wie es sich für Istanbul gehörte... Ein jeder ging in sein eigenes Leben. Wir bemühten uns, die Abschiedsstimmung nicht allzusehr auszudehnen. Nach zwei Jahren würden wir uns sowieso wieder treffen. Nach zwei Jahren... Als sprächen wir alle von zwei Tagen... Für die ›Paare‹ mochte die Nacht sowieso noch nicht zu Ende sein. Niso hingegen sagte, er wolle noch ein wenig herumlaufen und eine derartige Nacht bis zu ihrem Ende wach verbringen. Es gab noch andere Orte, wohin man gehen konnte ... Ganz sicher gab es ein früh geöffnetes Café, wo die Sonne aufging ...

Ich blieb wieder mit Çela allein. Wir stiegen in unser Auto. Wir hatten ein Haus, in das wir zurückkehren konnten. Ein Leben, eine Gegenwart, ein Morgen ... Wir sprachen beide nicht. Schauten wir zum selben Punkt hin? ... Dachten wir an dieselben Menschen? ... Was sie in die Stille hinein sagte, konnte vielerlei für mich bedeuten.

»Eine gute Geschichte war das, eine sehr gute Geschichte ... Jeder hat erlebt, was er erleben mußte.«

Welche Geschichte meinte sie? ... Ich wollte glauben, daß sie von der Zusammenkunft der ›Schauspieltruppe‹ sprach und was wir alle dabei erlebt hatten. Ich wollte nicht einmal in Erwägung ziehen, daß sie womöglich Şebnem meinte. Nein, diese Worte bedeuteten nicht: ›Ich habe verstanden, gesehen, und du hast die beste Entscheidung getroffen.‹ Vielmehr hatte ich mit diesem ›Spiel‹ den Mitgliedern der ›Truppe‹ zeigen können, daß das Leben noch immer Seiten hatte, die man nicht verpassen sollte. Zudem konnte sie am besten wissen, sehen, warum ich diesen Schritt getan hatte. Dementsprechend fiel meine Antwort aus. Diese Antwort konnte im Grunde ebenfalls vielerlei bedeuten ...

»Du weißt, ich konnte nicht anders handeln ...«

Ja, ich hatte nicht anders gekonnt, überhaupt nie, an keinem Haltepunkt dieser langen Reise hätte ich anders gekonnt. Selbst für Şebnem, auch für Şebnem hätte ich nicht anders handeln können. Mit diesen Worten konnte man in dieser Situation alles ausdrücken, was man wollte, auch wenn sie so aussahen, als hätte man nichts gesagt ... Zumindest konnte man nicht sagen, wir hätten nicht geredet ... Sie nickte schweigend. Sie hatte verstanden, was auch immer. Ich hatte gesagt, was ich hatte sagen können. Hatten wir wirklich gesehen, was man sehen mußte? ... Ich schaute auf die Lichter meiner Stadt, die ich in diesen Stunden so sehr liebte. Aus dem CD-Player kam die Stimme von Leonard Cohen ... Sie streichelte meine Haare. Ich war nicht allein. Ich mußte den Wert dieser Momente der Liebe zu schätzen wissen. Meine Gefühle waren verwirrt. Ich hatte in mir viele Möglichkeiten, die mich wieder irgendwohin tragen konnten, um mich sowohl eine Freude umarmen zu lassen als auch weiterhin zu trauern. Ich wußte, diese Möglichkeiten konnten mich im Laufe der Zeit zu ganz verschiedenen Menschen in unterschiedlichen Situationen bringen oder mich wieder im Schweigen begraben. Das Schweigen war eine dieser Möglichkeiten. Wieweit konnte Çela sehen, was ich fühlte? ... In jenen Augenblicken war ich noch ziemlich entfernt von dieser Frage, die ich mir erst jetzt stellen kann. Aber mein Gefühl reichte, daß sie sich mir plötzlich mit einer kleinen Hoffnung zuwandte, lächelnd über die Zeit, die ich erlebt hatte. In ihren Worten lag das Bemühen, die Aufforderung, sich trotz allem Vorgefallenen an ein Leben zu klammern.

»Wir beide brauchen unbedingt Erholung ... In diesem Sommer fahren wir an einen ruhigen Ort und machen einen langen Urlaub ... Wir beide ganz allein ...«

Sie fuhr fort, sanft meine Haare zu streicheln. Wie nötig hatte ich doch diese Aufforderung. An solch einem Urlaubsort würden wir tagsüber vielleicht nur wenig sprechen. Plötzlich erschien mir der Gedanke, an einen stillen Ort zu fahren, sehr verlockend. Ich nannte den ersten Ort, der mir einfiel. Es war, als ob ihn mir jemand zuflüsterte ...

»Bozcaada ...«

Sie lächelte und wiederholte den Namen der Insel. Dort waren wir nie gewesen ... Es war einer der Orte, an die zu fahren wir jahrelang aufgeschoben hatten. Dieses Mal würden wir fahren. Wir hatten inzwischen gelernt, auf keinen Fall das aufzuschieben, was man leben mußte. Wir wußten, daß jedes Aufschieben im Grunde bedeutete, das Leben irgendwie zu verpassen, ja zu verscherzen... Andere mochten warten. Ich würde dieses Mal nicht warten. Am schönsten wäre es gewesen, in diesem Augenblick das Auto ganz plötzlich auf die Straße Richtung Çanakkale zu lenken. Doch so weit waren wir noch nicht. Außerdem befanden wir uns nicht in einem Roman. Dennoch hatte mich das, was ich erlebt hatte, viel mehr gelehrt, als ein Roman mich hätte lehren können. Es gab nun noch einen anderen Grund, daß ich jene Nacht lieben konnte. Wann und wo hatte ich zum letzten Mal gedacht, daß der Tod und das von ihm ausgelöste Gefühl das Leben nur um so stärker spürbar machten?...

Wen hatten wir eigentlich gesucht?

Einige Tage nach dieser unvergeßlichen Nacht fuhr ich zusammen mit Çela in den erträumten Urlaub. Es war keine zweite Hochzeitsreise, wie manche Leute hätten denken können. Eine derartige Erwartung hatten wir nicht. Wir wollten lediglich ausruhen und womöglich jenen Spiegel intensiver berühren, der uns vorgehalten wurde, uns in ihn versenken. Das Wasser, in dem wir uns all die Jahre hindurch sicher gefühlt hatten, war trüb geworden ... Aus diesem Grund redeten wir auch miteinander, wir redeten miteinander, soviel wir konnten. Genauer gesagt redete vor allem ich, und sie hörte zu. Ich erzählte ihr noch einmal, wie ich damals, nachdem alle anderen Mitglieder der ›Truppe‹ weggegangen waren, alleine in Istanbul gelebt hatte, von meinen Jahren an der Universität, von jenem 1. Mai,* vom 16. März,* vom Beyazıt-Platz, von Sahaflar und dem Çınaraltı Café,* von der Cinemathek,* von dem Putsch, der uns alle wie ein Lastwagen überfuhr. Von meinem Londoner Abenteuer ... Natürlich gab es auch Zeiten, die wir dem Schweigen vorbehielten, in denen wir unsere Bücher zu lesen versuchten, in denen wir Wein tranken, in denen wir über unsere Kinder, über die Schauspieler der ›Truppe‹ und über unser Schicksal in diesem Land sprachen ... Später dann machten wir uns auf den Heimweg ... Ein Leben erwartete uns, das wir soweit wie möglich fortsetzen würden, trotz allen Verlassenwerdens und aller Verletzungen, die zu ertragen wir gezwungen waren ...

Als ich zurückkam, fand ich in meiner Mailbox kurze Briefe

von Şeli und von Niso. Yorgos hatte eine Karte geschickt. Sie waren alle wieder in ihren Ecken. Das Leben ging seinen normalen Gang. Şeli schrieb, sie würde diese Reise nie vergessen, weil sie das, was sie seit Jahren hatte erleben wollen, nun endlich hatte erleben können, und daß sie ihr gegenwärtiges Leben mit anderen Augen betrachten könne. Yorgos schrieb, er fürchte sich nun nicht mehr vor Istanbul und glaube, er habe mit dieser stets aufgeschobenen Rückkehr einen der richtigsten Entschlüsse seines Lebens gefaßt ... Beide dankten mir mit unterschiedlichen Worten und auf ihre persönliche Weise dafür, daß ich die Brücke zwischen ihnen neu gebaut hatte, und drückten ihre Absicht aus, sich öfter mit allen zu treffen. Ein weiteres Detail gab es nicht. Aus ihren Worten konnte ich lediglich dieses Ergebnis und den Glauben an die Gemeinschaft herauslesen. Vielleicht sollte ich dies für das eigentlich Wichtige halten. Vielleicht sollte ich wieder an einer Grenze haltmachen, sie nicht überschreiten ... Doch ich wußte nun, daß sie ihr Leben, das an unterschiedlichen Ufern Zuflucht gesucht hatte, nicht wie bisher weiterleben würden. Zumindest das wußte ich.

Die Haltung von Niso war nicht sehr viel anders. Er schrieb außerdem, daß er wegen der Krankheit seiner Mutter nun öfter nach Istanbul kommen werde ... Es gab aber noch einen weiteren Grund wiederzukommen. In der kommenden Saison wollte er die ›Kultstätte‹ besuchen, wo ein Europacupspiel stattfinden werde. Diese Faszination durfte man nicht vergessen, verpassen ...

Allen dreien antwortete ich, so gut ich konnte. Ich bedankte mich, daß sie gekommen und einverstanden gewesen waren, jenes ›Spiel‹ – in jeder Bedeutung – noch einmal zu spielen. Das Ganze verpackte ich in möglichst frotzelnde, provokante, anspielungsreiche Sätze. Ich wollte das Vergnügen an dieser neuen Verbundenheit trotz der Entfernungen zwischen uns bis zum äußersten auskosten. In dieser Weise ging unser Briefwechsel noch eine Weile weiter. Natürlich mit immer größeren Abständen... Es gab für uns in unseren eigenen Städten andere Sorgen, Erwartungen und Hoffnungen, die uns am Leben hielten... Ich konnte diese Entfernungen ertragen. Irgendwie wußte ich, daß wir sogar trotz dieser Entfernungen füreinander irgendwo vorhanden waren... Das wußte ich nun.

Şebnem und Necmi jedoch sah ich lange Zeit nicht. Dieses Abstandhalten gehörte zu unserer Vereinbarung. Der Vorschlag war von mir gekommen, und sie hatten zugestimmt. Sie mußten diese Beziehung möglichst ganz allein leben, indem sie aufeinander hörten und von Einflüssen fernblieben, die sich unnötig in ihr Leben einmischten. Meinen Vorschlag hatte ich ihnen zwei Tage nach jener gemeinsamen Sonntagnacht gemacht, abends in einem Teegarten in Ortaköy, schon in der Stimmung der bevorstehenden Reise auf die Insel. Necmi wollte zuerst Einspruch erheben, doch als er sah, wie Şebnem schwieg, entschied er sich innezuhalten, besser, sich zurückzuhalten. Woher kam diese Schweigsamkeit?... In jenem Augenblick hatte ich diese Frage nicht stellen können. Es genügte mir zu sehen, daß auch sie an die Richtigkeit meines Vorschlags glaubte. Woher hätte ich wissen sollen, was Şebnem wirklich fühlte, wenn sie sich so verhielt?... Sicherlich würde ich im Laufe der Zeit erfahren, was ich wissen mußte. Die Zeit zeigte uns ja immer mehr uns selbst...

Nun gut, warum wünschte ich mir diesen Abstand von ihnen?... Wenn ich wollte, konnte ich mir viele Gründe und Möglichkeiten ausdenken. Vielleicht wollte ich sie allein lassen, damit sie sich in der Abgeschiedenheit besser aneinander gewöhnten, weil ich dachte, ich würde sie durch meine Anwesenheit unnötig beeinflussen. Vielleicht wollte ich mich wegen meiner Gefühle für Şebnem fernhalten von der Wirklichkeit dieses neuen Bildes. Vielleicht wollte ich, indem ich sowohl mir als auch ihnen die Vornehmheit bewies, sie allein zu lassen, selbst Kraft gewinnen. Alle diese Möglichkeiten konnten zutreffen und auch noch andere, denen ich mich nicht zu stellen wagte... Ich erwartete von mir damals einfach nur, mich von ihnen fernzuhalten, soweit wie möglich fernzuhalten...

Meine Erzählung hätte hier in dieser Weise enden können... Ein jeder war ja dazu verurteilt, in seinem eigenen Winkel zu leben, innerhalb seiner Grenzen, die er selbst errichtet hatte... Doch so kam es nicht. Was ich dann erlebte und erleben mußte, veränderte den Lauf der Erzählung vollständig. Was ich erlebte, führte im Grunde dazu, daß diese Erzählung einen wesentlich größeren Stellenwert bekam. Wollte ich auch dies sehen?... Noch immer kann ich mich nicht entscheiden. Trotz meiner Trauer, trotz des Leids, das ich heute erlebe, kann ich mich noch immer nicht entscheiden...

Wir mußten also wohl auch dies noch ertragen... Es war an einem Freitagmorgen. Inzwischen waren fast drei Monate vergangen. Ich befand mich nach einer schlimmen, sehr schlimmen Nacht im Laden. Ich hatte einen Traum gehabt. Einen Traum, der anfangs vergnüglich zu sein schien, sich aber immer mehr zum Albtraum entwickelte... Wir waren als ›Truppe‹ auf den Rummelplatz gegangen und fuhren in diesen schnell rotierenden Gondeln. Wir hatten Spaß miteinander, waren lustig. Dann plötzlich sah ich, wie Şebnem hinunterfiel. Während sie fiel, schien sie mir noch lächelnd zuzuwinken. Doch niemand merkte etwas. Alle lachten weiter. Ich aber konnte keinen Ton herausbringen. Unsere Gondeln drehten sich weiterhin äußerst schnell. Ich wollte schreien, um diese Drehbewegung anzuhalten, doch irgendwie konnte ich nicht schreien. Dann wachte ich auf.... Am liebsten hätte ich sofort zum Telefon gegriffen, um Necmi anzurufen. Doch das ging nicht. Der Tag brach gerade erst an, und ich wollte mich nicht in ihr Leben einmischen. An jenem Tag war ich im Laden, immer noch unter dem Eindruck des Traumes.

Ich fühlte mich sehr müde und dachte sogar daran, früher nach Hause zu gehen, um mich auszuruhen. Plötzlich läutete mein Handy. Necmi rief an. Aufgeregt nahm ich das Gespräch an. Seine Stimme hatte einen Ton, der die Aufregung noch steigerte. Daß er nach dieser langen Zwischenzeit nicht zuerst nach dem Befinden fragte, ließ seine Worte grausig klingen.

»Wir müssen uns sofort treffen! ... Sofort! ...«

Ich verlangte natürlich keine Erklärung. Wenn er in dieser Weise anrief, gab es ganz sicher ein Problem. Ich fragte lediglich, wohin ich kommen sollte. Er nannte mir den Namen eines Cafés neben der Moschee von Teşvikiye. Dort hatten wir viele Male gesessen. Ich sagte, ich würde sofort kommen. Er sagte, er würde dort auf mich warten ... Das war alles. Ich klappte mein Handy zu, erhob mich schnell, sagte, ich würde nicht wiederkommen, und verließ rasch den Laden. Genauso eilig ging ich zu meinem Auto und fuhr zu Necmi ... Mir fielen ein paar Möglichkeiten ein. Alle diese Möglichkeiten hatten entweder mit Şebnem oder mit Fatoş Abla zu tun. Mir schien, als erwartete mich eine sehr schlimme Nachricht. Ich parkte auf dem ersten freien Platz, den ich kurz hinter der Bergbaufakultät fand. Zu unserem Treffpunkt ging ich quasi im Laufschritt. Er war dort. Allein. Er sah sehr bekümmert aus. Ich setzte mich. Ohne ein einziges Wort reichte er mir einen kleinen Zettel zum Lesen. Es war ein kurzer Text. Ich las, wobei ich fast meine Herzschläge spürte ...

»Ich kann nicht mehr. Ich habe mich sehr angestrengt, mir große Mühe geben, aber es gelingt mir nicht ... Jetzt muß ich gehen ... Versucht nicht, mich zu finden ... Ihr wart alle sehr gut zu mir ... Die Finsternis bricht herein ... Die Finsternis bricht herein ... Entschuldigt, daß ich euch enttäuscht habe ...«

Das Schreiben trug die Unterschrift von Şebnem. Sie war gegangen, hatte ihren Koffer genommen und war verschwunden. Necmi wußte nicht, ob sie Geld dabeihatte, wohin sie wollte, als sie irgendwann in der Nacht das Haus verlassen hatte ... Oder kündigte der Brief einen Selbstmord an? ... Diese Möglichkeit, dieses Unheil wies ich möglichst weit von mir, auch auf die Gefahr des Selbstbetrugs hin und trotz aller ausgesprochenen Hinweise. Vielleicht lebte sie ja immer noch irgendwo. An diese Hoffnung wollte ich mich in diesem Augenblick festklammern. Ich las den Brief wieder und wieder. Ja, es war alles möglich. Aber es gab für mich keinen Zweifel, daß sie gegangen war und ihre Spur verwischen wollte. Und ich hatte die beiden an so einem Ort mit so einem Gefühl allein gelassen ... Meine Augen wurden feucht. Ich schaute ihn scheu an. Als wäre ich schuld ... Er weinte. Ich faßte seine Hand. Ich wollte ihm dadurch sagen, daß ich bereit sei, mit ihm für Şebnem an jeden in Frage kommenden Ort zu gehen. Der kurze Brief lag vor uns. Als hörte er meine innere Stimme, sagte er, was er sagen konnte:

»Ich habe überall nachgeforscht. Alle Stellen abgeklappert, die mir eingefallen sind ... Bomonti, das Krankenhaus, Zafer Bey, Tarabya, die Schule, die Orte, wo wir gemeinsam waren ... Nichts, sie ist nirgends ... Ich habe die Polizei angerufen, habe andere Krankenhäuser angerufen ... Sie hat nirgends auch nur eine Spur hinterlassen ...«

Was sollte ich sagen? ... An seiner Stelle wäre ich an dieselben Plätze gegangen, hätte bei denselben Leuten nach ihr gefragt. Er hatte alles Mögliche getan. Wir verfielen in ein bodenloses Schweigen, aus dem wir scheinbar nie wieder herausfinden würden. Ich suchte nach Worten, die es leichter machen würden, ihm und zugleich mir Kraft zu geben, doch ich fand keine. Was hatten wir getan? ... Wie, warum hatten wir Şebnem auf diese Weise verloren? ... Warum? Nachdem wir sie gefunden und aufs neue zu uns zurückgebracht hatten? ... Was war der Grund für dieses Weggehen, dieses Verschwinden? ... Der Brief war eigentlich sehr deutlich. Dennoch konnte ich mich nicht enthalten, diese Fragen zu stellen. Warum hatten wir sie aufgeweckt? ... Warum hatten wir ihren inneren Sturm nicht genügend beachtet? Warum hatten wir irgendwie nicht akzeptieren wollen, daß sie das Recht hatte, das unbeschränkte Recht, in ihrem Exil zu leben? ... Warum hatten wir dieser Möglichkeit keinen Platz in unserem Leben einräumen können? ... Was war der Grund für jenes Drängen gewesen? ... Es schien, als verschlösse jede Frage den Ausweg noch ein wenig mehr. Jede Frage ... Jede Frage schien eine andere Einsamkeit zu sein. Ein neues Beklagen ... Als fühlte er, was ich empfand, versuchte er, ebenfalls ratlos, seinen Seelenzustand mitzuteilen.

»Ich habe sie nicht halten können ... Ich weiß nicht, was ich getan oder nicht getan habe, aber ich habe sie einfach nicht halten können. Ich habe mich noch nie so besiegt und hilflos gefühlt ...«

Ich konnte ihm keine Antwort geben. Auch ich war in keinem anderen, besseren Zustand als er. Doch ich wollte ihn alles fragen, was man fragen konnte, um zu verstehen, um mich noch mehr mit unserer Realität auseinanderzusetzen. Die Frage, die mir aus diesem Gefühl, aus einem derartigen Bedürfnis heraus in jenem Moment einfiel, war vielleicht nicht die richtigste Frage, aber ich konnte mich dennoch nicht zurückhalten. Richtig und falsch hatten sich vermischt, vielmehr wanderten wir wieder einmal auf der Grenze, wo der Unterschied verschwunden war.

»Wie ist es dazu gekommen?«

Ich mußte nicht mehr sagen. Die Frage war kurz, aber andererseits auch reichlich klar. Er schüttelte den Kopf mit einem melancholischen Lächeln. Das schon genügte, um seine Niederlage auszudrücken. Mit seinen Worten aber, die nicht nur an mich, sondern auch an ihn selbst gerichtet zu sein schienen, versuchte er uns wohl beide zu überzeugen.

»Anfangs lief es gut. Meine Mutter tat ebenfalls ihr möglichstes, damit sie sich wohl fühlte. So sehr, daß ich mich wunderte ... Doch mit der Zeit ... Also ich weiß nicht, es verging ein Monat ungefähr, da fing sie an, sich zeitweise wieder in sich zu vergraben. Manchmal blieb sie stundenlang in ihrem Zimmer. Sie sprach weniger, ging lange versunken umher. Mutter und ich wußten nicht, was wir tun sollten. Wenn wir nach draußen gingen, bekam sie immer mehr Angst vor dem, was sie in der Umgebung sah. Ich bemerkte diese Angst. Wenn wir zusammen waren, schien ihr Bewußtsein noch viel wacher zu sein, glaub mir. Nicht etwa, weil sie viel gesprochen hätte, vielmehr bemerkte ich diese Wachheit in ihren Blicken ... Verstehst du, so wie sie die Menschen in ihrer Umgebung, ihr Leben ansah, wie sie Fernsehen schaute, auf dem Dampfer, im Bus, morgens, abends, überall, wo unser Leben sich abspielte ... Dabei ... Dabei hat sie sich, während sie wacher wurde, vorbereitet auf einen diesmal viel längeren, noch viel tieferen Schlaf. Das haben wir alle nicht bemerkt. Niemand von uns ... Vielleicht nicht einmal sie selbst ... Kannst du den Widerspruch erkennen? ... Während sie zurückkehrte, entfernte sie sich viel weiter, verstehst du? ... Einmal wollte sie, wohl unter dem Eindruck einer Fernsehsendung, ich solle sie in ein Einkaufszentrum bringen. Ich muß nicht sagen, daß ich derartige Orte hasse. Aber wenn sie es wollte, mußten wir hingehen. Wir sind auch gegangen ... Du hättest ihre Verwirrung dort sehen sollen. Sie bekam große Augen. Sie hat sich wohl auch ein wenig gefürchtet ... Als wir rauskamen, haben wir ein Taxi genommen. Was sie sagte, habe ich immer noch im Ohr: ›Was ist das für eine Stadt? ... Sie erdrückt einen ja! Mir ist, als wäre ich verprügelt worden.‹ Da stand mir der Sinn nicht nach einer Predigt über die Konsumgesellschaft, die Entfremdung! ... Ich konnte nur sagen: ›Ja, ich weiß, dieses Gedränge und der ganze Krach...‹ Ich habe versucht, sie an ein Leben zu gewöhnen, dem sie jahrelang ferngeblieben war, habe versucht, sie mit der Realität zu konfrontieren, auch wenn diese brutal war. Ah, hätte ich ihr doch vorgeschlagen, an einen viel ruhigeren, stilleren Ort umzuziehen, wenn sie das wollte... Woher konnte ich ahnen, was und wie etwas in ihr zerbrach, langsam, still und heimtückisch?... Als hätten die Lichter der Stadt den Weg in die Finsternis gewiesen... Ich habe davon nichts geahnt, ich habe nichts von dem, was sie gefühlt hat, gewußt. Ich konnte auch nicht wissen, daß sie zwischen der Welt, in der wir sie sehen wollten, und ihrer inneren Welt mit jedem Tag einen tieferen Graben grub. Auch Zafer Bey hat ihren Zustand nicht gesehen. Ich habe ihm einmal, als ich ihn besuchte, von diesen Schwankungen erzählt. Er sagte, wir müßten diese Zustände als etwas Natürliches nehmen. Zweifellos hatte er aus seiner Sicht recht. Im Grunde dachte ich genauso. Was ich von seiten des Arztes hörte, beruhigte mich. Obwohl ich sah, daß Şebnem sich nicht nur vor dem fürchtete, was sie in ihrer Umgebung sah, sondern auch vor dem, was sie im Fernsehen, in den Nachrichten und in den Feuilletonprogrammen anschaute... Die Veränderungen waren für sie erschütternd. Uns geht es anders. Das Gift ist uns ganz langsam injiziert worden. Vielleicht haben wir deswegen nicht wirklich bemerkt, wohin wir geraten sind. Doch für sie war die Situation anders. Die Zeit war für sie irgendwo stehengeblieben, dann stürzten die Ereignisse auf sie ein und wirkten sich aus... ›Der Lack ist abgebröckelt, fürchterlich abgebröckelt‹, hat sie einmal gesagt, als sie im Fernsehen eins jener Unterhaltungsprogramme anschaute. Dabei war die Grundlage des Gezeigten ebendieser Lack. Vielleicht meinte sie einen Lack ihrer eigenen Art. Dann kamen die Tage, an denen sie sich lieber in ihr Zimmer zurückzog. Wir haben ihr immer die Freiheit gelassen, vielmehr waren wir der Meinung, wir täten das. Hätten wir sie doch lieber nicht gelassen. Hätten wir sie doch lieber nicht gelassen! Hätten wir doch lieber versucht, sie zu verstehen, anstatt uns in dieser Weise zu drücken. Denn eigentlich haben wir sie so noch mehr allein gelassen in ihrer Gefangenschaft. Doch diesen Fehler haben wir gemacht ... Auch diesen Fehler haben wir gemacht ...«

Er hätte immer weiter gesprochen, wenn ich ihn gelassen hätte. Anscheinend konnte er mit seiner Ratlosigkeit und Reue in dem Augenblick nur auf diese Weise fertig werden. Doch auch ich hatte etwas zu sagen. Ich konnte nicht zulassen, daß er sich weiterhin so ungerecht beurteilte. War diese Erzählung außerdem nicht unser aller Erzählung? ... Es blieb mir nur übrig, ihn erneut meine Anwesenheit spüren zu lassen.

»Mach dir keine Vorwürfe ... Wenn es überhaupt eine Schuld gibt, dann ist das unser aller Schuld ...«

Er schaute mich hinter seiner Sonnenbrille wieder mit jener Melancholie an. Er hatte nicht die Kraft zu widersprechen. Ich versuchte weiterzumachen.

»Vielleicht liegt die Schuld auch gar nicht bei uns ...«

Ich versuchte, in diesen Worten meine Ratlosigkeit mitzuteilen. Und doch war ich nicht bereit, die Fahne der Niederlage zu hissen. Ich wollte uns beiden auch Kraft geben. Uns beiden ... Mit letzter Hoffnung unternahm ich mein möglichstes, sowohl ihn als auch mich in Bewegung zu setzen. Meine Worte erschienen äußerlich wie Worte eines Menschen, der die Niederlage nicht akzeptierte. Doch eigentlich war mir bewußt, daß wir beide darum kämpften, uns an die Situation zu gewöhnen, in der wir uns befanden. Dennoch mußte das Spiel gespielt werden, irgendwie mußte es gespielt werden.

»Los, steh auf! ... Wir gehen zusammen noch einmal an alle diese Orte ... Noch einmal ... Wir suchen sie! ... Wir müssen sie finden! ...«

Er lächelte. Beide wußten wir, daß wir eine Lüge spielten. Es war nicht allzu schwer, diesen Sachverhalt zu erkennen. Denn die Jahre hatten mich nicht nur mich selbst zu erkennen gelehrt, sondern auch ihn. Auch ihn ... Zumindest so weit, um diese Behauptung aufstellen zu können. Ich wußte, dieses Spiel war das letzte, das wir gemeinsam für Şebnem spielten. Wir standen auf und stiegen ins Auto. Wir fuhren erneut zu den Stellen, an denen er schon gewesen war. Zu einer nach der anderen, überallhin ... Überallhin, wo wir hingehen konnten ... Sie war nicht da ... Sie hatte nicht mal eine winzige Spur hinterlassen ... Nicht einmal eine winzige Spur ... Der letzte Ort, den wir aufsuchten, war das Bosporusufer bei Tarabya ... Auf der Fahrt sahen wir noch einmal die Stadt, in der wir lebten, die uns aber fremd geworden war. Die Realität zog an uns vorüber. Wir fuhren an dieser Realität vorbei. Unser ›Spiel‹ war wahrscheinlich wirklich ein Spiel. *Istanbul ist mein Leben* war ein Spiel, ein Spiel, das sich von der Geschichte der Stadt, der Wirklichkeit der Stadt mit jedem Tag mehr entfernte ... Unser eigentliches Spiel aber war ein Scherz. Ein böser, trauriger, riesiger Scherz ... Unser Spiel ... Unser Spiel war inzwischen ein Spiel mit dem Tod geworden. Şebnem hatte es nicht ertragen, am Rand des Abgrunds zu stehen. Sie war in den Abgrund hinuntergesprungen, vielleicht war sie schon längst hinuntergesprungen. Vielleicht kam die eigentliche Freiheit durch das Hinunterspringen in diesen Abgrund ... Hinunterspringen und sich nicht von den Ängsten gefangennehmen lassen ... Allerdings mußte uns die Stelle, an der wir sprangen, nicht unbedingt den Tod bringen. Es gab immer auch eine andere Möglichkeit. Solange man sich den Tatsachen nicht stellte, gab es immer eine andere Möglichkeit ... Deswegen wollte ich glauben, daß sie noch lebte, daß sie irgendwo weiterlebte. Wir mußten glauben, daß sie noch lebte, alle beide mußten wir das glauben. Wir mußten uns an diese Möglichkeit klammern, um uns desto mehr mit dem Leben zu verbinden. Wir schauten aufs Meer... Dieses Gefühl wollte ich aussprechen.

»Vielleicht war ja auch die Welt, die sie sich als Exil gewählt hatte, die richtige... Vielleicht war es diese Welt hier nicht wert, sie zurückzubringen... Laß gut sein, wir wollen hier einhalten... Laß uns versuchen zu glauben, daß sie an dem Ort, an den sie gegangen ist, glücklicher ist als wir...«

Wir schwiegen... Wieder saßen wir nebeneinander auf einer jener Bänke und schauten aufs Meer. Das Meer und unsere Geschichte, sagte ich zu mir selbst... Unsere Stimmen, unsere Farben... Unsere Stimmen, unsere Farben, die wir einander hatten geben und nicht geben können... Unsere Einsamkeiten... Unsere Verbannungen... Unsere geistigen Wanderungen... Unsere inneren Kämpfe... Unser Miteinander... Unsere schicksalhafte Verbundenheit... Das Meer... Das Meer verbarg viele unserer Geheimnisse... So ein Leben war unser Leben in Istanbul... So ein Leben... Mit unseren gegenseitigen Berührungen und daß wir voreinander nicht zurückscheuten... Ich zweifelte nicht, daß auch er ähnliche Gedanken hatte. Wer weiß, was wir noch alles erleben würden... Was für Kämpfe wir noch für diese Stadt und dieses Land ausfechten würden?... Aber zumindest wußte ich, daß wir einander nie mehr verlassen würden, was auch geschehen mochte, wir würden uns nie mehr verlassen... Wir hatten diese Erzählung gemeinsam begonnen, und nun waren wir beide wieder zusammen... Hier und an den Wassern dieser Stadt... Um einzustehen für unsere Kämpfe und das, was wir in diesen Kämpfen verloren hatten... Dieses Mal war er es, der das Schweigen brach.

»Du hast recht... Diese Welt ist es nicht wert, daß man sie länger sucht... Wie viele von unseren Leuten sind wir denn noch?...«

Ich legte ihm die Hand auf die Schulter. Was ich zu ihm sagte, war das, was ich schließlich mir selbst sagte.

»Wenigstens wir sind geblieben ... Wenigstens wir ... Komm, ich bringe dich nach Hause ...«

Wir standen auf ... Auf der Fahrt sprachen wir fast gar nicht. Wir hatten alles besprochen, was es zu besprechen gab. Wir hatten gesehen, was wir sehen konnten. Es war unfaßbar ... Şebnem, die uns in dieser Erzählung so viele Erschütterungen hatte erleben lassen, war plötzlich verschwunden. Wir hatten keinerlei Grund, zu hoffen, sie könnte eines Tages zurückkehren. Wir hatten sogar schon begonnen, es richtiger zu finden, daß wir uns keine Hoffnung machten. Doch was immer wir uns selbst einreden mochten, wie sehr, in welchem Maße bot das Zuverlässigkeit für unser Weiterleben? ... Wie glaubhaft wären wir, wenn wir diese Geschichte jemandem erzählten? ... Konnte ein Mensch dermaßen schnell und leicht aus dem Leben eines anderen Menschen verschwinden? ... Vor allem nach einer solchen Erzählung ... Nach einem solchen Kampf und solchen Berührungen ... Ich bin sicher, ein Romanschriftsteller würde diese Lage als Konfliktsituation darstellen. Ein Mensch, der verlorenging, würde länger gesucht werden, und zweifellos würden noch andere Erzählungen hineinverwoben. Doch unsere Erzählung war nun einmal eine solche ... Man konnte sie glauben oder auch nicht. Schließlich waren dies die Ereignisse. Das war alles. Wir hatten längst gelernt zu verlieren. Wir hatten uns selbst und einander schon längst gelehrt, mit Verlusten zu leben, uns nicht unterkriegen zu lassen. Nur so hatten wir ja auch durchhalten können gegenüber denen, die uns jene Tode hatten erleben lassen. Weil wir so eine Erzählung durchgemacht hatten, waren wir ja auch wir selbst, hatten zu uns selbst werden können ...

Dann kehrte jeder in sein Zuhause zurück ... Nachdem Çela sich schweigend angehört hatte, was wir erlebt hatten, sagte sie, ich hätte für meine Erzählung schon mehr als genug getan. Wir würden weiterhin füreinander dasein ... Mit unseren Einsamkeiten in unseren Gemeinsamkeiten ... Das war der Preis dafür, daß man nicht wegging ... Das war der Preis eines Lebens, in dem man nicht wegging, sondern dablieb ...

War dieses ganze Suchen und das Verlangen, das ›Spiel‹ noch einmal zu erleben, nicht sowieso erwachsen aus dem, was diese Entscheidung mit sich brachte oder wegnahm? ...

Die Spuren des Erdbebens

Am anderen Morgen, als ich versuchte, meine neue Einsamkeit besser zu verstehen, und dabei wieder das Alleinsein wählte, mußte ich an den Ort und in die Zeit zurückkehren, wo jene Erschütterung begonnen hatte. Die Stimmen und Bilder kehrten, ob ich wollte oder nicht, auf den Weg zurück, auf dem ich mit meinen Einschränkungen zu gehen versuchte. Ich mußte auch mit jener Todesgeschichte leben, von der ich der ›Schauspieltruppe‹ nicht hatte erzählen können, ja nicht einmal Necmi. Was hatten sie sich gedacht? ... Was hatten sie zu hören erwartet? ... Hatten sie womöglich vermutet, ich hätte sie zusammenrufen wollen, weil ich todkrank wäre und nur noch kurze Zeit zu leben hätte? ... Aber wäre es nicht sehr abgeschmackt, wenn diese Erzählung auf so einem Gefühl basierte? ... Nein, noch habe ich keine Krankheit, die zum baldigen Tod führen könnte. Zumindest nicht, soweit ich davon weiß. Im Gegenteil: Vor ungefähr einem Jahr hat mir in einem der Cafés in Kanlıca am Bosporus, wohin ich gefahren war, um mich von meinem Kummer zu erholen und ein wenig mein plötzlich aufbrechendes Istanbulgefühl auszuleben, eine alte Zigeunerin aus den Handlinien gelesen und mir unter anderem prophezeit, ich würde zweiundneunzig Jahre alt werden. Es war nicht so leicht einzusehen, warum nun gerade zweiundneunzig und nicht neunzig oder fünfundneunzig. Wie auch immer, die Vorhersage war gar nicht schlecht. Es war schön zu erfahren, daß ich erst etwas mehr als die Hälfte meines Lebens hinter mir hatte ... Das galt freilich für den damaligen Moment ... Als ich jedoch tiefer in die Sache einstieg, insbesondere nach dem, was ich kurz zuvor erlebt hatte, konnte ich nicht umhin, mich zu fragen, ob ich überhaupt so lange leben wollte. Damals war ich zutiefst erschüttert von jener Konfrontation, weshalb ich mir diese Frage stellte. Ich wollte sehen, mehr sehen, wollte das erneut sehen, von dem ich mich all die Jahre ferngehalten hatte, mich fernzubleiben bestrebt hatte. In jener Zeit nun, in der ich mich bemühte durchzuhalten und neu zu erkennen, fielen die ersten Funken dieser Erzählung in mein Inneres. Woher hätte ich denn wissen sollen, was mir dann alles passieren würde?...

An jenem Abend war schönes Wetter, der Himmel war klar. Als die Sonne unterging, wurde ich noch einmal vom Zauber der Stadt ergriffen, der ich mich mit ganzer Seele und allen Gefühlen zugehörig betrachtete. Çela war an meiner Seite, doch wir sprachen nicht, wir sprachen überhaupt nichts. Selbst das Reden fiel uns schwer. Wir fühlten bloß, daß wir in jener Zeit, in der wir uns so schutzlos fühlten wie nie zuvor, noch mehr beieinander Zuflucht suchen mußten. Ja, wir waren schutzlos und ganz nackt. Wir froren. Wir waren in Trauer. In einer tiefen, sehr tiefen Trauer... Daß die Wahrsagerin außer ihren Worten zu meinen Lebensjahren noch sagte, daß wir eines Tages, aber erst wenn die Zeit dafür gekommen sei, von sehr weit her die erwartete Nachricht bekommen würden, machte das Gefühl der Trauer noch schmerzlicher...
In dieser Trauer ging es nicht um einen Todesfall der gewöhnlichen, bekannten Art. Es gab einen Tod, zweifellos, doch wir hatten sogar Schwierigkeiten, den tatsächlichen Ort jenes Todes in unserem Leben zu sehen. Was dieser Ort uns zeigte, war dermaßen schwer zu ertragen, so zerreißend und schmerzlich... Unser Sohn Nedi, der uns durch die Erfolge in seinem Studium, durch seine Lebendigkeit, seine Fröhlichkeit und seine bunte Umgebung immer die erfreulichen Seiten des Lebens gezeigt hatte, war nicht mehr bei uns... Er war

weit, weit weg gegangen. Und zwar mit dem Entschluß, nie mehr zurückzukehren ... Mehr noch, er hatte von uns verlangt, ihn nur im größten Notfall anzurufen. Wir sollten ihm Gelegenheit geben, sein Leben nach eigenen Vorstellungen aufzubauen ... Er hatte gesagt, er erwarte von uns weder materielle noch moralische Unterstützung ... Wie kann ich die Erschütterung vergessen, die an jenem Abend der Trennung begann? ... An jenem Abend sah ich zum ersten Mal, wie dieser Mensch, unser Sohn, der durch all die Jahre unsere Erwartungen und die seiner Umgebung erfüllt hatte, zugleich dermaßen enttäuscht war und in sich eine derartige Empörung aufgestaut hatte. Zum ersten Mal an jenem Abend nach all den langen Jahren ... In ihm war ein anderer Mensch herangewachsen, und ich, obwohl selbst aus einer so großen Empörung kommend, hatte diesen Zorn nicht bemerkt, hatte ihn nicht gespürt. Darin lag die erste Erschütterung. Doch nicht nur meinem Sohn war ich fremd geworden ... Nun war es zu spät. An jenem Abend blieb uns nur übrig, die letzten Repliken eines Stücks zu sprechen und vor allem die letzten Reden unseres Sohnes anzuhören, die aus einem großen Schmerz kamen, wie wir sehen mußten. In jener Szene erlebte ich noch einmal die Wahrheit, daß verletzte Kinder wiederum nur verletzte Kinder großziehen können ... Doch leider kam diese Erkenntnis sehr spät ... Ich hatte die Empörung eines der mir am nächsten stehenden Menschen zugedeckt mit den Bildern eines Lebens, das ich auf den Ruinen meiner Empörung zu erbauen versucht hatte ... Diese Blindheit verzieh ich mir nicht, und es fiel mir sehr schwer, sie zu ertragen. Was Nedi an jenem Abend der Konfrontation, unserer ersten und letzten Konfrontation, sagte, brachte uns zudem an einen Punkt weit über diese Blindheit, dieses Versäumnis hinaus. Die Worte waren ein Spiegel. Ein Spiegel, der darauf wartete, daß wir das berührten, was hinter dem Sichtbaren lag und sich zeigen wollte ...

Der Weg begann mit jenem für uns unerwarteten Gespräch. Nedi hatte alle Vorbereitungen getroffen, um nach Kanada auszuwandern, ohne uns beide davon in Kenntnis zu setzen. Er hatte sich so wie ich für das Studium der Wirtschaftswissenschaften entschieden. Damals war er im zweiten Studienjahr. Entweder würde er dort sein Studium fortsetzen oder einen anderen Weg einschlagen, den er jetzt noch nicht kannte. Er würde sich dort entscheiden. Was er wußte, war, daß er in dieser Stadt und in diesem Land für sich keine Zukunft sah. Ich schwieg, zuerst schwieg ich und versuchte, ihn zu verstehen. Doch Çela reagierte sofort, sie versuchte, ihn aufzuhalten, wobei sie ihren Ärger nicht verbarg. Nedi jedoch wirkte sehr entschlossen. Äußerst entschlossen ... So sehr, daß er über die Reaktion seiner Mutter lächelte, ja sie verächtlich abtat ... Was auch immer wir sagten, er würde gehen. Außerdem waren es bis zu seiner Abreise nur noch wenige Tage ... Ich konnte ihn in meiner Verwirrung lediglich fragen, warum er sich so entschieden habe. Die Antwort, die ich bekam, klingt mir immer noch in den Ohren ...

»All die Jahre habe ich etwas in eurem Leben gesehen, das ich nicht leben wollte ... Etwas, an dem ich mich nicht mehr beteiligen wollte. Das ist so, seit ich mich selbst kenne. Wenn ihr fragt, was das ist, kann ich es nicht genau sagen. Doch das, was ich gesehen habe, gefällt mir überhaupt nicht ...«

Was konnte ich dazu äußern? Vielleicht sprach er aus, was ich seit Jahren nicht hatte sagen können, wozu mir der Mut gefehlt hatte ... Auch das, was er dann mit einem traurigen Lächeln zu mir sagte, ist mir im Gedächtnis. Er schaute mich an, als täte ich ihm leid ...

»Vor allem, was du getan hast, will ich auf keinen Fall tun. Im Laufe der Jahre bist du zum Sklaven eines Lebens geworden, dessen Glanz dich fasziniert. Noch dazu hast du dir das nicht mal selbst eingestehen können. Das hast du nicht gekonnt, auch wenn du sehr gelitten hast. Du hast dich stets selbst belogen. Was ist aus deinen Gedanken, deinen Träumen geworden?... Deine Ehe, wir, deine Fotos, deine Arbeit... Ist das alles?... Soll das alles gewesen sein?... Verlange das nicht von mir!... Ziehe deinen geliebten Sohn nicht in so ein Leben hinein!... Schau dich doch um!... Mit was du dich in diesem Haus, in diesem Leben tröstest... War es das, was du wolltest?... Warst du das?... Wo befindest du dich denn jetzt?...«

Ich schwieg, schwieg weiter. Ich konnte nicht weiterhin lügen, indem ich versuchte, mein Leben zu verteidigen. Selbst ich glaubte ja nicht an die Richtigkeit des von mir gewählten Lebens... Ich hatte geglaubt, die Angelegenheit wäre erledigt. Besser gesagt, daß ich die Angelegenheit für mich erledigt hätte oder gelernt hätte, damit zu leben... Dabei war das aber nicht der Fall. Meine Gefühle erinnerten mich, konfrontierten mich erneut mit der Wahrheit, die ich all die Jahre zu ignorieren versucht hatte. Ich wollte nichts sagen. Ich wartete ab, wieder einmal wartete ich bloß ab. Doch Çela schwieg nicht, sie beschuldigte Nedi mit lauter Stimme, er täte mir unrecht... Glaubte sie an das, was sie sagte?... Es schien so. Doch nun war auch sie an der Reihe. Nedi teilte seiner Mutter mit, wie er über sie dachte, was er sah und fühlte.

»Und was hast du getan?... Du hast die Bequemlichkeit, die Sicherheit gewählt. Du hast ebenfalls alles dafür getan, dir dieses Leben zu erhalten. Du genießt Ansehen in deinen Kreisen. Was für ein Ansehen ist das denn?... Ansehen wofür?... Was hast du eigentlich für dein Leben getan, was hast du denn wirklich getan? Außer den Dingen, in die du dich geflüchtet hast, um deine Langeweile zu vertreiben, deine Leere auszufüllen und wie deinesgleichen dein Gewissen zu erleichtern?... Und wie ernst habt ihr zumal in solchen Zeiten ausgesehen, wie stolz wart ihr auf euch, wie klug fandet ihr euch, und wie selbstbewußt habt ihr viele Frauen in eurer Umgebung nicht entsprechend geachtet... Am liebsten habt ihr euch doch gegenseitig euren Besitz gezeigt! ... Eure Wohnungen, eure Kleidung, eure Reisen ... Was für Etiketten, was für Aufkleber! ... Was für ein Theater war das, was ihr gespielt habt? ... Alles, was ihr getan habt, war in einem sehr schicken, sehr hübschen Paket verpackt ... Doch das Paket war leer, verstehst du, das Paket war vollkommen leer. Denn drinnen in diesem Paket wart nicht ihr, nur euer Etikett war drauf. In diesem Paket waren im Grunde nicht einmal wir Kinder ... Obwohl ihr überzeugt wart, viele eurer Anstrengungen nur für uns auf euch genommen zu haben ... Darin besteht ja gerade das Problem. Daß ihr es für uns getan habt, nicht für euch ... Denn auch wir waren ein Etikett. Euer Reichtum war eine riesige Armut. Das sage ich, Mutter, ich, verstehst du? ... Ich als Insider ... Verstehst du Mutter? ...«

Selbst Çela, die normalerweise viele Probleme mit großem Selbstbewußtsein löste, wurde angesichts dieser Worte unsicher. Sie hatte ausreichend Verstand und Gefühl, um das Gesagte wirklich zu verstehen. Zweifellos rührte ihre Unsicherheit daher. Trotzdem hatte sie nicht die Absicht, die Waffen zu strecken. Man konnte in ihren Worten die Absicht sehen, auf ihren Sohn seelischen Druck auszuüben, doch meiner Meinung nach verrieten sie eher Hilflosigkeit.

»Unsere Traditionen, Nedi ... Unsere Traditionen ... Wir haben uns Mühe gegeben, eine Familie zu sein ... Was war daran falsch, was war daran schlecht? ...«

Ich konnte an der Ehrlichkeit ihrer Worte nicht zweifeln. Sie glaubte wirklich an das, was sie sagte. Wie alle Frauen, die so wie sie leben und zu leben wählen ... Aber auch Nedi war nicht gewillt aufzugeben, obwohl er zweifellos die Gefühle seiner Mutter verstand. Wie sollte er sie nicht verstehen ... Vom Tag seiner Geburt an war er in das Spiel der Traditionen eingebunden gewesen. Das Spiel war das Leben selbst gewesen, die Wahrheit selbst. Auch das wußte er zweifellos. Auch das. Doch er war zornig, sehr zornig. Seine Antwort auf den Ausbruch seiner Mutter machte diesen Zorn ganz offenkundig.

»Laß das Geschwätz, Mutter! ... Hör endlich auf, dir etwas vorzulügen! ... Gib doch zu, du hast die Ruhe gewählt, du hast dich entschieden, um dein Leben nicht wirklich zu kämpfen! ... Es ist leicht, sich hinter den Traditionen zu verschanzen. Du hast dieses Spiel geliebt, weil es ganz ungefährlich war. Dieses Spiel der Traditionen ist das Spiel aller Frauen, die sich für ein Leben wie deins entschieden haben. Aller Frauen, Mutter, aus welcher Tradition sie auch kommen mögen ... Aus welcher Tradition auch immer. Und wie sehr ähnelt ihr einander doch in dem Augenblick, wo ihr euch entschieden habt, durch das Hochhalten der Traditionen eure Persönlichkeit auszulöschen. Heiraten, Kinder kriegen und, ohne selbst etwas zu produzieren, gestützt auf die finanziellen Möglichkeiten, die dir jemand gewährt, eine angeblich gebildete Frau spielen. Traditionsgebundenheit gibt es überall, doch wenn sie die Persönlichkeit des Menschen vernichtet, wenn sie verhindert, daß der Mensch so lebt, wie er will, ist sie lediglich ein Nichts, nur ein Nichts! ...«

Seine Worte erschütterten und begeisterten mich zugleich. Eigentlich mußte ich mich freuen. Mich freuen und sogar stolz auf ihn sein. Es war nicht so wichtig, ob er recht hatte oder nicht, ob er richtig dachte oder falsch. Ich wußte, daß das Richtige für jeden Menschen anders war, und ich wußte auch, daß jeder Mensch das Recht hatte, so zu leben, wie er es als richtig empfand. Für was auch immer Nedi sich entschieden hatte, das wichtigste war, er protestierte, er sagte nein. Ich hätte diese Seite der Wirklichkeit sehen können, um die Freude voll auszukosten. Aber ich konnte mich nicht freuen ... Ich konnte mich nicht freuen, denn er tat, was ich nicht hatte tun können. Ich konnte die Tatsache in seinen Augen sehen, in seiner Stimme hören. Ich hätte zu ihm sagen können: »Warum Kanada? ... Was ist schlecht an deiner Heimat... Warum kämpfst du nicht hier deinen Kampf?... Du willst doch nicht etwa auch fliehen?...« Aber ich wußte, das war nicht das Problem. Das war nicht das eigentliche Problem. Denn dieses Richtige galt nur für mich, und das Gefühl, mich an diese Stadt gebunden zu fühlen, war nur mein Gefühl... Insofern hätte ich mich durch den Wunsch entlasten können, er möge in der Ferne Menschen finden, die ihm nahestanden... Doch in dem Augenblick... Doch in diesem Augenblick wünschte ich genau das Gegenteil. Er sollte einen Fehler einsehen, er sollte Reue fühlen... Danach schämte ich mich. Ich schämte mich, weil ich auch nur einen kurzen Moment lang dieses Gefühl gehabt hatte. Ich sah mich plötzlich an der Stelle meines Vaters. Diese Stelle war nicht meine... Mein Sohn war bereit für einen Kampf, es reichte, wenn ich die Tatsache so akzeptierte. Auch er würde leben und sehen... Auch er würde sehen...

Nach all diesen Worten kamen wir an einen Punkt, wo wir keine weiteren Gefühle austauschen konnten, zumindest für eine Weile. Çela war aus dem Zimmer gegangen. Wir waren allein. Ich war müde. Auch er sah müde aus. Es war gar nicht möglich, aus so einem Gespräch anders als müde hervorzugehen. Wir sanken in unseren Sesseln zusammen. Und zogen uns in unser Schweigen zurück... Ich erinnere mich nicht, wie lange wir so still dasaßen, ohne zu reden. Ich konnte nicht wissen, was in jenem Augenblick in ihm vorging, doch durch meinen Geist zogen viele Bilder... Mein Vater, meine Mutter, mein Aufbruch nach London, meine Rückkehr, der Laden, Kemalettin Bey... Wo, wann war der eigentliche Bruch erfolgt?... Ich hatte irgendwo zwischen den Fortgehenden und den Bleibenden gelebt... Mit meinen Erfolgen und Niederlagen... Mit meinen Irrtümern, meinen Lügen und meinen Wahrheiten, an die ich immer hatte glauben wollen... Dann... Dann hatte sich die Erzählung irgendwie weiterentwickelt... Welche Einsamkeit war dies doch, was für ein

Gefängnis? ... Wo in dieser Erzählung war die ›Schauspieltruppe‹? ... Wir ... Wir mit unseren gebrochenen Herzen, wir Zerfetzten, die wir so sehr versucht hatten, uns an uns selbst und aneinander zu klammern, die ihre Persönlichkeit nicht nach Wunsch hatten ausleben können ... Wir ... Waren nicht auch wir das Gewissen dieses Landes gewesen? ... Die Fragen hätten mich noch einmal zu anderen Fragen führen können ... Wenn mich nicht die Stimme meines Sohnes in die Gegenwart zurückgeholt hätte ... Er schaute mich an. In seinen Augen lag Liebe. Eine Liebe, die ich in jenen Augenblicken sehr wohl sehen konnte ... Ich fühlte, daß auch seine Stimme und seine Worte von dieser Liebe geprägt waren.

»Verzeih mir, daß ich dir das angetan habe ... Doch ich mußte es tun ... Einer mußte es tun ... Versuch, mich zu verstehen ...«

Ich nickte. Ich verstand sehr gut. Auch was und warum er das sagte ... Das hieß, zwischen uns gab es eine unzerstörbare Brücke ... Ich war ihm sowieso nicht böse. Ich war auf mich selbst böse. Auf mich selbst und mein Leben. Auf unser Leben ... Auf das, was ich ihn hatte erleben lassen, ohne es zu merken ... Ich konnte mir aber trotzdem jene Frage nicht verkneifen ...

»Warum hast du nicht früher etwas gesagt? ... Warum erst jetzt, nach so langer Zeit?«

Er verstand, was ich fragte. Ich versuchte herauszufinden, warum wir einander so fremd geworden waren. Seine Antwort war im ersten Augenblick seltsam, doch gleichzeitig auch sehr eindrucksvoll.

»Ich mußte diesen Zorn ansammeln ... Anders hätte ich nicht weggehen können ...«

Ich sagte nichts, gab keine Antwort. Genau besehen war dies ein recht überzeugender Grund ... Damit konnte ich mich soweit begnügen. Doch er wollte noch etwas sagen, das spürte ich. Ich schwieg weiter. Solche Momente kannte ich. Was gesagt werden sollte, wurde gesagt, wenn es gesagt werden wollte. Das Schweigen öffnete einen Weg. Um zu sehen, daß meine Gefühle mich nicht getäuscht hatten, mußte dieses Schweigen noch etwas länger dauern. Dann öffnete sich jene Tür. Es war keine Tür, die sich für jeden öffnen würde ... Auch der Raum, in den man durch die geöffnete Tür eintreten konnte, war kein für jedermann schicklicher Raum ... Insbesondere nicht für diejenigen, die sich von jenen Traditionen gefangenhalten ließen. Seine Stimme zitterte dieses Mal leicht. In diesem Zittern, in diesem Anteilnahme erweckenden Zittern, schien auch eine kleine Herausforderung zu liegen.

»Das ist noch nicht alles ... Vater, ich lebe meine Sexualität in anderer Weise ... Ich weiß nicht, was du nun denken wirst ... Aber du hast das Recht, das zu wissen ... Ich habe mich für meine Präferenz schon lange entschieden, verstehst du? ...«

Natürlich verstand ich ... Doch was sollte ich sagen? ... Die Entscheidung war seine Entscheidung, das Leben war sein Leben ... Was ich in dieser Situation bloß wünschte, war, daß er wegen seiner Präferenz nicht leiden mußte. Auch er würde wie ein jeder in seinen Beziehungen leiden. Sollte er doch ruhig leiden ... Führte dieses Leiden nicht dazu, daß wir den Wert mancher Freuden noch mehr schätzten? ... Ich konnte lediglich wünschen, daß ihn diese seine Präferenz nicht unnötig in einen anderen Kampf verschleppte. Es war nun unumgänglich, mein inneres Gefühl auszudrücken, wobei ich so gut wie möglich meine Hemmungen überwand.

»Was für dich richtig ist, ist für dich richtig ... Du mußt diesen Weg ausprobieren, unbedingt ...«

Er schaute ... Auch dieses Mal schien er sich mit Blicken bedanken zu wollen ... Als wenn ... Als wenn wir uns erst bei diesem Abschied hätten wirklich berühren können ... Eine Frage wollte ich noch stellen.

»Wann fährst du?«

Er neigte den Kopf, wie es Menschen tun, die eine traurige Nachricht mitteilen, doch zugleich antwortete er entschlossen.

»In vier Tagen ... Über London nach Montreal ... Es wird eine lange Reise werden ...«

Ich nickte, wieder lächelnd. Er ging noch weiter weg als ich damals. Ich wußte, er würde nicht wollen, daß ich zum Flughafen kam. Ich würde wahrscheinlich auch nicht wollen. In diesen vier Tagen würden wir eben miteinander reden, was es zu reden gab, einander das zeigen, was wir zeigen konnten, und erzählen, was wir uns erzählen konnten ... In diesem Augenblick fühlte ich mich gedrängt auszudrücken, was ich wohl gerade beim Abschied sagen konnte, was ich sagen mußte ...

»Kehr bloß nicht um! ... Gib bloß nicht auf! ... Oder bleib wenigstens so lange dort, bis du glaubst, deinen Traum verwirklicht zu haben! ... Wenn du willst, daß ich komme, dann komme ich. Sobald du es willst, komme ich ...«

Ich war nicht überzeugt, daß er auf dem richtigen Weg war. Meiner Ansicht nach sollte er eigentlich hierbleiben. Doch ... Doch ich war sein Vater. Ich mußte ihm das Gefühl geben, daß einer, und zwar einer, den er liebte, an seiner Seite war. Ich konnte jenen Mord nicht auch begehen. Es schmerzte mich, als ich diese Worte sagte, doch ich mußte diesen Schritt auf uns beide hin tun. Nachdem er meine Worte gehört hatte, erhob er sich. Auch ich stand auf. Wir umarmten einander. Ich wollte die Freude dieser Momente auskosten. Und ich kostete sie aus ... Obwohl mir bewußt war, daß ich mich so leicht nicht von den Auswirkungen dieses Erdbebens erholen würde ... Beide hatten wir feuchte Augen. Ich wußte nicht, worüber er weinte, und wollte es auch nicht wissen. Es reichte mir, daß ich wußte, worüber ich selbst weinte. Diese Tränen waren nicht nur Freudentränen ...

In den vier Tagen aber, die auf diesen Abend folgten, versuchten wir, soweit wie möglich, unser Zusammensein zu erleben, besser gesagt, wir versuchten, es zu erschaffen. Mein Sohn, meine Tochter, meine Frau und ich ... Vielleicht waren wir zum ersten Mal eine Familie geworden. Eine echte Familie ... Neli, meine liebe Tochter, die mir nie Probleme machte, war sehr traurig, daß sie sich von ihrem älteren Bruder trennen sollte. Çela war immer noch enttäuscht, doch ich wußte, ihre Enttäuschung richtete sich nicht gegen ihren Sohn. Vielleicht gelang es uns ja mit der Zeit, uns besser mit unserer Realität auseinanderzusetzen. In den Stunden, in denen ich mit meinem Sohn allein war, erzählte ich ihm, was es zu erzählen gab. Ein jeder wollte ja irgendwie in einem anderen Menschen verewigt bleiben. Ausführlich erzählte ich auch von der ›Schauspieltruppe‹. Wir lachten. Wir wurden gerührt, traurig ... Nachdem er meine Erzählung angehört hatte, sagte er, ich müsse sie unbedingt finden, wiederfinden. Ich dachte ebenso. Ich würde alles daransetzen. Um zu sehen, was ich alles verloren oder noch nicht verloren hatte ... Um mich selbst besser zu sehen und zu verstehen ...

Dann brach der Tag des Abschieds an ... Jener Tag, jene Augenblicke waren gar nicht dermaßen erschütternd ... Die notwendige Erschütterung hatten wir sowieso schon zur Genüge erlebt ... Die Phase des Leugnens und Widersprechens hatten wir schon lange hinter uns ... Der Tod war als nicht zu ignorierende, nicht zu unterschätzende Tatsache in unserem Leben, in unserem Inneren, doch der Kampf war beendet, zumindest an einer Front, er hatte große Schäden zurückgelassen, aber er war zu Ende, das wußten wir ...

Mein Sohn ist seit ungefähr einem Jahr dort. Er ist noch nicht zurückgekehrt. Es sieht auch nicht so aus, als käme er. Ab und zu schickt er eine Mail. Er schreibt, er wolle dort mit dem Studium der Wirtschaftswissenschaften weitermachen. Vielleicht macht er weiter, vielleicht nicht ... Er erwähnt auch manchmal seinen Geliebten und sagt, er sei glücklich, er lebe nach seinen Vorstellungen ... Ich sehe, der Kampf geht weiter. Es genügt mir, was ich sehe. Es genügt mir auch zu wissen, daß ich ihm, seinem Weggang diese Erzählung verdanke. Das Spiel wird sich wohl niemals ändern ... Manche Städte werden über zerstörten Städten errichtet oder mit den Ruinen anderer Städte erweitert ... Denn es bleiben immer Ruinen übrig ... Jene Spuren bleiben immer übrig ... Deswegen liebe ich manche alten Zivilisationen so sehr ...

Das Meer könnte erzählen

Am Tag nach dem Abend, an dem ich zusammen mit Necmi ohne große Hoffnung nach Şebnem gesucht hatte, fuhr ich zum letzten Mal an das Ufer von Tarabya, dieses Mal allein. Den Ohrring ... Den Ohrring nahm ich mit ... Überall herrschte samstagmorgendliche Stille ... Ich setzte mich wieder auf eine der Bänke. Wie viele Geschichten waren an diesem Ufer und in dieser Stadt passiert, und wer weiß, wie viele Geschichten noch passieren sollten ... Viele Erzählungen, die erzählt und nicht vergessen werden wollten ... Ein kleiner Schuhputzerjunge näherte sich mir. Er zeigte auf meine Schuhe und ließ sich mit den wohlbekannten Worten hören:

»Soll ich sie polieren, Onkel? ...«

Ich schaute zuerst auf meine Schuhe, dann auf den Buben. Er hatte ein so unschuldiges, freundliches Lächeln ... Man konnte ihn nicht enttäuschen. Ich streckte meinen Fuß vor und sagte, um ihn zu ermuntern, was mir gerade einfiel.

»Na, dann polier sie mal, Meister! ... Aber die sollen spiegelblank werden, sonst zahle ich nicht! ...«

Der Junge lächelte noch stärker. Schnell eilte er herbei, stellte seinen Putzkasten vor mich hin und setzte sich auf seinen Hocker. Ich schaute auf seine kleinen Hände und Finger. Auf seine Hände, seine von Schuhcreme verfärbten Finger ... Er war in einen anderen Kampf verwickelt ... In einen Kampf, von dem er noch nicht wußte, wie er ihn in Zukunft bestehen sollte ... Er war wohl um die elf, zwölf Jahre alt. Um das Gespräch zu beginnen, stellte ich eine einfache Frage.

»Wo kommst du denn her? ...«

Er gab seine Antwort ein wenig verschämt, wie es schien.

»Mardin ...«

Mardin ... Das war eine der Städte, die mich am meisten beeindruckt hatten. Wie hätte ich jene engen Gassen, die violetten gebrannten Mandeln, die Plätzchen der Süryani*, die alte Post und die Unendlichkeit der Mesopotamischen Ebene vergessen können? ... Darüber konnte ich nicht mit ihm sprechen. Ich wollte sowieso nicht über die Stadt sprechen, sondern über ihn. Ich hoffte, uns mit einer wieder sehr leichten Frage einen Weg zu bahnen.

»Hast du Heimweh? ...«

Während er mit der Bürste meine Schuhe säuberte und mich nicht anschaute, gab er seinen Gefühlen nun Ausdruck in der Offenheit, die zu seinem Lächeln paßte.

»Sehnt man sich nicht nach seiner Heimat, Onkel? ... Aber nun sind wir mal hierhergekommen ...«

Daraufhin fragte ich, ob er zur Schule gehe. Wieder antwortete er, ohne mich anzuschauen, doch dieses Mal in einem leicht gekränkten Tonfall.

»Wären wir wohl Schuhputzer geworden, wenn wir zur Schule gingen? ... Das ist halt die Armut ... Der Wind weht einen irgendwohin ...«

Wir schwiegen ein wenig. Dann hob er den Kopf. Er lächelte weiter. In seinem Gesicht lag der Ausdruck eines früh erwachsen gewordenen Kindes.

»Und wo ist deine Heimat? ...«

Diese Frage hatte ich nicht erwartet. Was sollte ich sagen? ... Natürlich das, was ich fühlte, was ich wirklich fühlte. Nach allem, was passiert war ...

»Ich weiß nicht ... Wahrscheinlich hier ...«

In seinem Gesicht breiteten sich außer jenem Lächeln auch eine leichte Verwirrung und ein wenig Ernst aus. Er verstand nicht ganz, es schien, als erwartete er eine Erklärung von mir. Auch ich lächelte. Ich durfte ihn nicht länger so im Zweifel lassen.

»Hier, hier ... Istanbul ... Immer Istanbul ...«

Er verstand immer noch nicht, vielmehr schien er nicht überzeugt zu sein. Wieder genierte er sich nicht, seine Verwirrung in aller Offenheit auszudrücken.

»Du bist aber komisch, Onkel, ziemlich komisch ... Gibt es denn so eine Heimat? ...«

Gab es die nicht? ... Dabei hatte ich doch versucht, meine Wirklichkeit zu beschreiben. Wovon ich überzeugt war, immer überzeugt gewesen war ... Doch es war unmöglich, ihn zu überzeugen. Dann redeten wir nicht weiter. Nach kurzer Zeit war er mit seiner Arbeit fertig und stand auf. Mich drängte es, ihm viel mehr zu geben, als er erwartete. Es freute mich in solchen Situationen immer, mit den Jungen so kleine Späße zu machen. Als er das Geld sah, war er natürlich erstaunt. Er schaute mich an, und ich lächelte wieder und nickte. Ohne auch nur ein Wort zu sagen, räumte er zusammen. Wer weiß, was er empfand. Wahrscheinlich zweifelte er nun endgültig nicht mehr daran, daß ich ein bißchen komisch sei ... Als er sich entfernte, stimmte er ganz leise ein Volkslied an. Obwohl ich die Worte des Volkslieds nicht verstand, berührte es mich doch tief drinnen ... Was war es, das mich berührte? Wer war es? ... Ich saß noch immer auf der Bank. Ich war ganz allein ... In welche Erzählung war Şebnem nun gegangen? ... Ich steckte meine Hand in die Tasche, schloß die Faust um den Ohrring und drückte ihn, drückte, drückte ... Dann stand ich auf und warf ihn mit aller Kraft ins Meer ... In dem Moment war mir, als hörte ich einen Schuß. Einen Schuß, der dem Schuß in jenem alten Traum sehr ähnlich war und den, wie ich wußte, niemand hören konnte ... Jener Ohrring gehörte nun nicht mehr mir, sondern uns allen ... Er gehörte dieser Stadt, dieser Geschichte, dieser Gefühlswelt ... Gab es denn so eine Heimat? ... Die gab es. Mit so einer Geschichte und solch einer Erzählung war sie es geworden, und zwar eine, die zu Herzen ging ... Ich war nun ein wenig freier. So wie Şebnem, ein wenig freier ... Hätte sie gesehen, was ich getan hatte, ich bin sicher, sie hätte mich noch lieber gehabt. War es wohl möglich, daß sie zu unserem Treffen in zwei Jahren kam? ... Wer weiß ... Hieß es denn nicht, glaube nie an einen Mord, ehe du die Leiche nicht gesehen hast? ... Doch war es uns denn möglich, keinen Mord zu sehen? ... Genau hier war ein kleiner Zweifel angebracht ... Şebnem kam wahrscheinlich nicht wieder ... Es war sowieso nicht mehr wichtig, ob sie nun kam oder nicht. Sie hatte uns alles erzählt, was sie erzählen konnte ... Für unsere Proteste und unsere Träume ... Ich werde nun nie mehr sagen, daß die eigentliche Wirklichkeit in unseren Träumen liegt ...

Anmerkungen

S. 6 Mit 78er bezeichnet man in der Türkei »linke« Studenten und Intellektuelle, die mit zumeist friedlichen Mitteln das »System« verändern wollten. Sie wurden für ihre politische Einstellung vom Staat schwer bestraft.

S. 18 Gemeint ist die Zeit nach 1980, als unter Turgut Özal eine Zeit der größeren Liberalisierung begann.

S. 28 *havra*, hebr. *chewra:* Bruderschaft; türkische Bezeichnung für Synagoge

S. 33 Ismet Inönü wurde »Nationaler Chef« genannt. Das Wort *Chef* wird hier auch im Türkischen verwendet.

S. 34 Stadtteil von Istanbul

S. 98 Didi war der Spitzname des brasilianischen Trainers von Fenerbahçe, Valdir Pereira

S. 113 Hier ist die Generation der 68er in der Türkei gemeint.

S. 133 »Kommunisten« wurden dem westlichen Ausland, z. B. den USA, zuliebe verfolgt.

S. 133 Man veränderte das Alter auf mindestens 18 Jahre, um das Todesurteil vollstrecken zu können.

S. 194 *tarama* ist eine Vorspeise aus Rogen. Mit »Fischeier« hingegen ist eine jüdische Spezialität gemeint, eine Art Rogenpastete in einer Bienenwachshülle, für die der Rogen der Meeräsche verwendet wird.

S. 239 Wörtlich übersetzt: *deinen Händen Gesundheit;* ein alltäglicher Ausdruck in der Türkei, um die Köchin und deren Essen zu loben.

S. 319 Stadtteile von Istanbul

S. 324 israelischer Hersteller von Wäsche und Bademoden

S. 375 *Asansör* ist der Name eines Aufzugs, der 1907 an einem Steilhang im ehemaligen jüdischen Viertel von Izmir erbaut wurde. Nach 70 Höhenmetern gelangt man zu einem Restaurant, das ebenfalls den Namen *Asansör* trägt. Von dort hat man einen weiten Blick über die Stadt und die Bucht.

S. 375 Dario Moreno (1921-68) war ein türkischer Sänger jüdischer

Herkunft, der in Izmir geboren wurde. Als Liedermacher und Gitarrist machte er v. a. in Frankreich Karriere.

S. 376 Nesim Levi (Bayrakoğlu) war ein jüdischer Geschäftsmann, der 1907 den historischen *Asansör* von Izmir erbauen ließ.

S. 419 Im Europacup der Champions League 1968 besiegte Fenerbahçe Manchester City in Istanbul.

S. 426 Fatsa ist eine Kleinstadt am Schwarzen Meer. Dort wurden in den 70er Jahren kommunistische Ideale in die Praxis umgesetzt, bis das Projekt durch den Einsatz von Militärtruppen zerstört wurde.

S. 437 zwei Arten von Langhalslauten

S. 444 *bendir* ist eine Art Trommel.

S. 549 Afife Jale (1902-41) war die erste türkische Theaterschauspielerin in Istanbul. Jedes Jahr werden die Afife Jale-Preise verliehen.

S. 586 beliebte Debattierübung an Gymnasien: Zwei gleich starke Schülergruppen vertreten nach bestimmten Regeln Pro- und Contra-Argumente zu einem gegebenen Thema.

S. 588 *dürüm* sind dünne Teigfladen, in die eine Füllung eingerollt wird, eine Art Wrap.

S. 606 *pilaki* ist ein Gericht aus Lauch mit Öl und Zitrone.

S. 627 *Kerem Gibi* (*Wie Kerem*) ist der Titel eines Theaterstücks nach dem gleichnamigen Gedicht von Nâzım Hikmet. Das Gedicht ist in Deutschland besser unter seinem Anfangsvers bekannt: *Die Luft ist schwer wie Blei*. Kerem ist ein Held aus dem türkischen Volksepos *Kerem und Aslı*, der wegen seiner Liebe großes Leid ertragen muß.

S. 627 Genco Erkal, geboren 1938, ist ein bekannter Schauspieler und Regisseur, u. a. gründete er 1969 das *Dostlar Tiyatrosu* in Istanbul.

S. 629 zitiert nach William Shakespeare, *Macbeth*, *II,3*. Aus dem Englischen von Dorothea Tieck.

S. 634 der Schlachtruf des Clubs und seiner Fans

S. 636 Nevizade liegt ebenfalls in Beyoğlu.

S. 636 Atatürk Kültür Merkezi (AKM) ist das Atatürk-Kulturzentrum am Taksimplatz. An diesem Platz war es mehrfach zu politischen Demonstrationen gekommen.

S. 639 Das Lied stammt aus dem Film *Arkadaş* (Freund, 1974) von Yılmaz Güney. In diesem Film war Güney Regisseur, Drehbuchautor und Schauspieler. Das Lied sang Melike Demirağ, die eine der Hauptrollen spielte.

S. 646 Am 1. Mai 1977 wurden auf dem Taksimplatz mehrere Linke getötet.

Am 16. März 1978 wurden vor dem Pharmazeutischen Institut der Istanbul-Universität sieben linke Studenten getötet.

Beyazitplatz, Café Çınaraltı und der Bücherbazar Sahaflar sind Plätze in der Nähe der Istanbul-Universität, an denen sich die Studenten vor dem Putsch von 1980 versammelten.

Es gab damals eine Cinemathek in Istanbul, wo man sich anspruchsvolle ausländische Filme ausleihen konnte.

S. 674 *Süryani* heißen die dort lebenden Christen.